HONGMEIGUI

半截白菜　著

一上一

红玫瑰

NOTE.

中信出版集团｜北京

第一卷 国王

Volume I — 001
The King

目录

第二卷　死神

Volume II — 181
The Death

个人简历

Resume

姓　名　：　陈静

毕业院校：　京大

投递岗位：　私人秘书

生　日　：　6月28日

籍　贯　：　周镇

New emails

Spam emails

Starred emails

Individual

Settings

· · ·

□ 欢迎加入傅恒集团

尊敬的陈静女士：

我们很荣幸地通知您，傅恒集团将正式录用您成为我们的一份子。

录用岗位：私人秘书。

报到时间：下周一（ 月 日）9:00

地址：京市 街道 号傅恒大厦

Reply:

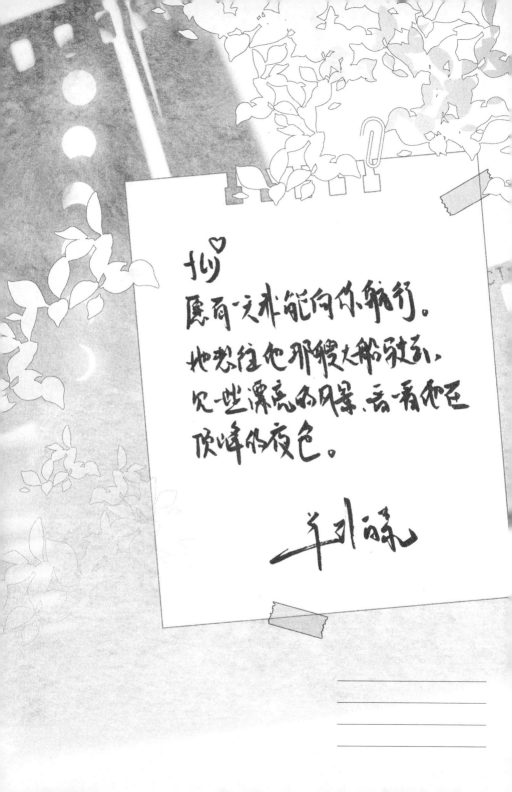

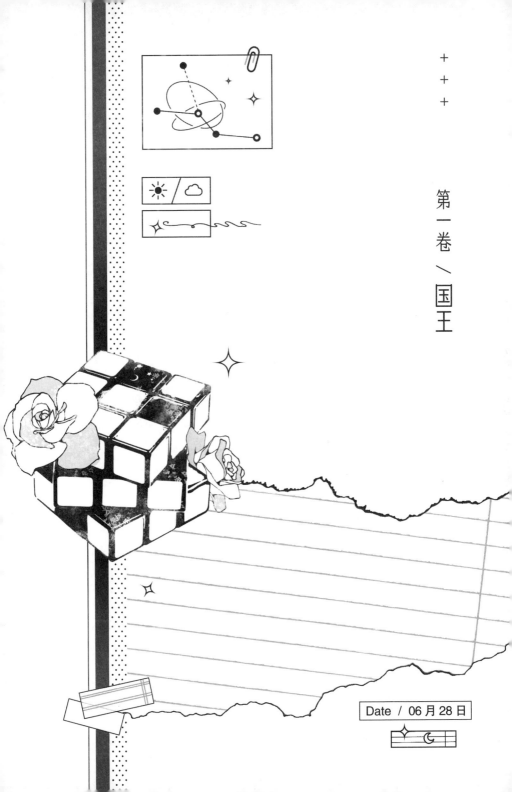

第一卷／国王

Date / 06月28日

第一章　从背后抱你

傅恒集团的晚会。

应酬完几个股东，陈静踩着高跟鞋走到阳台边，一眼看到指尖夹着烟，穿着黑色衬衫靠在墙边的男人。他将烟举到唇边咬住，听着威远投资部的经理黄沫说话。

黄沫是投资圈出了名的美女，她今晚穿着露背的收腰长裙，皮肤白皙，很是惹人注目。

她眼波流动，侃侃而谈，偶尔拨弄一下滑到唇边的发丝。

"傅总跟黄沫的传闻，是不是真的？"身边猝不及防传来蒋禾的声音，陈静连忙回过神。她收回目光，将酒杯放到唇边抿了一口，道："不清楚。"

蒋禾看向她："你是他的秘书哇，你都不清楚？"

酒液滑入陈静的喉咙，冰凉一片。她道："我只是他的秘书，又不是他肚子里的蛔虫。"

蒋禾"啧啧"几声："倒也是。"

下一秒，她小小地惊呼一声。陈静唰地转头，便看到黄沫上前一步，想跟男人说什么，而他微微低头，静听着踮起脚的女人在他耳边说话。

"挺般配啊。"蒋禾没忍住道。

黄沫的身材颇好，腰身很细，后背露出来一大片，这个姿势，男人手一拢就能握住她的细腰。

他指间夹烟，烟雾缭绕，像要晕染到女人的腰上一般。

黄沫似乎有很多话要说，傅临远偏头一直听着，两个人的姿势也就维持了很久。陈静安静地看着他的侧脸，过了许久，才收回视线，低头喝一

口酒。

　　蒋禾感叹好久，从小包里拿出手机拍了好几张照片，说："陈静，回头我们看看谁能成为傅恒集团的总裁夫人。"

　　陈静答应的声音很轻："好啊。"

　　忽然，落地窗外风声骤起，陈静想起天气预报说今晚有西北风，转头再次看向阳台。黄沫的裙子被风吹得扬起，她条件反射似的单手抱着臂膀，看来是冷到了。

　　她仰头看着傅临远，有几分柔弱。

　　傅临远自然也看到了她的动作。他撩起眼皮往这边看，声音低沉："陈静。"

　　陈静神色自然："傅总。"

　　"去休息室拿件披肩。"

　　"好的。"陈静应道，放下酒杯，往休息室而去。她今晚穿着黑色长裙，设计比黄沫的保守得多，扎起头发，露出了白皙纤细的脖颈。

　　黄沫看着那抹离去的背影，心想，陈秘书真漂亮啊。

　　她看向傅临远，见他正靠着墙，慢条斯理地抽烟。她笑眯眯地往他面前又走了一步，两个人近到她能看到他露出些许的锁骨。

　　傅临远垂下狭长的眼眸，静静看着黄沫。

　　陈静取了披肩，拐个弯回到阳台，第一眼便看到这一幕，呼吸都停了几秒。她脚跟一旋，打算先离开，那边就传来了黄沫好听的声音："哎呀，好冷。"

　　陈静脚步微顿，转过身。傅临远抬眼看来，陈静撞上他的目光，便知他意：他在催促她。

　　陈静快步走过去，将披肩递给黄沫："黄经理，披上吧，今晚要降温了，小心感冒。"

　　黄沫偏头微微一笑，眉眼弯弯，接过了披肩："谢谢陈秘书。"

　　她手一抬，将披肩递给傅临远。傅临远眯起眼，几秒后，将烟咬在唇角，接过披肩轻轻抖开，两手一抬，往黄沫肩膀上披去。

　　黄沫脸颊红红的，眼里柔情似水。陈静站了一会儿，悄然转身离开阳台，不去打扰。

早在暗处的蒋禾拉住她，探头道："傅总难得那么体贴呀。"

陈静接过酒杯，抿了好几口，"嗯"了一声。

又过了一会儿，黄沫披着披肩，跟在傅临远身旁走出阳台。陈静正跟几个同事站在一起讲话，傅临远挽起袖子看她一眼，说："陈静，送黄经理回去。"

陈静应声："好的。"

她再次放下酒杯，拿起手机打电话让司机把车开过来。黄沫临走前，踮起脚在傅临远耳边说了什么，傅临远微微低头听着，眉头微挑。

陈静站在不远处，放下手机看着这边，等待他们说完。黄沫笑着站好，说道："拜拜，下回见。"

傅临远道："下回见。"

黄沫朝陈静走来。

陈静引路，两个人走出大门。外面风确实很大，陈静被吹得都起了鸡皮疙瘩。黄沫紧紧裹着披肩，等陈静给她拉开车门，上了车。

陈静坐进副驾驶座，询问道："黄经理住哪儿？"

车里有空调，黄沫舒服多了。她脸庞落了几根碎发下来，笑盈盈地答道："盛世华庭。陈秘书，这一晚太麻烦你了。"

陈静跟司机说了详细地址，坐直身子道："不会，黄经理客气了。"

车子启动，陈静看着前方的路况。车里一时安静，过了一会儿，黄沫身子往前倾："陈秘书。"

陈静听见她的声音，侧了侧身："黄经理，怎么了？"

黄沫看着她漂亮的侧脸，微笑道："你老板平时有什么消遣吗？"

陈静呼吸微顿。傅临远挺注重隐私的。她能说吗？她想了一下，道："黄经理，我觉得这个问题您还是自己问傅总比较好。"

黄沫一听，微微挑眉："行吧。"她靠回椅背，拢拢披肩，又道，"这披肩挺暖和的，替我谢谢你老板。"

陈静也坐直了："好。"

她轻抚裸露的手臂，伸手把座位前的出风口关掉。

送走黄沫，车子返回晚会现场。此时晚会已经结束半个小时，但傅临远还没走，在六楼跟几位股东打牌。陈静一推开门，烟味夹杂着浓郁的檀

香味扑面而来。

几位股东往门口一看，或许是烟雾缭绕迷了眼，各色视线落在陈静身上，没立即收回。

陈静冲他们点了点头，算打了招呼，随后来到傅临远身侧，抬手按住礼裙领口，弯腰低声道："傅总，已经将黄经理安全送到家了。"

傅临远咬着烟，语气淡淡的："嗯。"

他端起酒杯轻晃了晃，抿一口，脸上是一贯的冷峻神情："你洗个手，来开个新局。"

陈静扫视一圈，看到房间里还有两位看牌不打的股东，应了一声："好的。"

她转身去洗手间。一个名叫陆臣的年轻股东看着她的背影，笑着弹弹烟灰："以前没注意，你家秘书挺漂亮啊。"

傅临远轻撩眼皮看他一眼。陆臣借着扔牌往前凑："她有男朋友吗？"

傅临远则往后靠，手搭在椅子扶手上，理着牌，声音低沉："有吧。"

陆臣心道，可惜了。

陈静洗完手，擦了擦指尖，想着今晚喝了不少酒，于是又洗了把脸，随后才走出洗手间。房间里面暖和，她从一旁拿了一副牌，走过去。只有傅临远身侧有位子，她便在他身侧落座。

他专心打着牌。

陈静笑着招呼那两名不打牌的股东，陆臣跟其中一名换了位置，坐到她面前："陈秘书，我想跟你打。"

陈静洗着牌，笑道："好啊。"

那两名股东见状，笑得别具深意。

傅临远靠着椅背，衬衫领口微敞。他随意甩过来一瞥，将烟放进嘴里，垂眸继续洗牌。

陈静洗好牌，俯身开始发。她的手指好看，洗牌、发牌都很吸引人，陆臣看得挪不开视线，笑盈盈地咬着烟看她。

第一局。

陈静是地主，牌并不是很好。她凝神看牌，先出了一对三。

陆臣见状，出对六，另一名股东出对八。陈静见手中的对七被跳过去，只能打出一对 A，陆臣一笑，吊儿郎当地丢下一对二。

陈静："不要。"

陆臣盯着她的脸，说道："那我继续了。"

陈静看着他，点了点头。

陆臣笑着开始"收割"，每一张牌都把陈静压得死死的，她的牌只能烂在手里。最后，陆臣出了一把三带二，结束了这局。

旁边的股东笑道："陆臣，你别欺负陈秘书啊。"

陆臣看着陈静笑："哪敢，侥幸而已。"

陈静无奈，又开始洗牌。没想到第二局她还是地主，依然让陆臣给压制了。

几局下来，不管是做地主还是平民，陈静都没赢，弄得隔壁的两位股东都停下来看戏。其中一个敲了敲桌子，问傅临远："陈秘书不会哭吧？"

傅临远咽下酒液，偏头看去。

陈静在认真地洗牌。规矩是输的人洗，她已经不知道洗了多少次，瓷白的脸上倒看不出什么情绪。

傅临远的眉微挑。

陈静其实也想赢一局。就连泥人都会有脾气，她看出陆臣是故意的，可人家是股东，她也不能有情绪。

她暗自希望新一轮能拿到好牌。发完牌，她将牌拿起来时仍祈祷着，还打算先出一对三。

一只修长的手伸过来，取走她手上的三个 J 跟一对三，帮她扔出去。

傅临远低沉冷淡的声音在她耳边响起："他不会有更大的牌了。"

他身上带着檀香味、烟草味以及一丝香水味。那一丝香水味是从黄沫身上沾来的。也是，他们两个人刚才站那么近，肯定会留下香水味的。

陈静抬眼去看陆臣。陆臣一笑，摊手道："要不起。"

另一名股东也不要。陈静的眉眼舒展，指尖在牌上滑动，犹豫着出哪个。傅临远的声音再起："对 A。"

都是大牌啊，陈静拿不定主意了。她转过头，见傅临远指间夹烟盯着她，挑眉道："出啊。"

光线昏暗，男人俊得很。

陈静抿唇，点了点头，收回视线，听从他的意思，出了对A。

陆臣"啧啧"几声，指着傅临远，说道："过。"

另一名股东也道："过。"

陈静总算赢了一轮。她见傅临远那一桌还没开新局，收到新牌时下意识地看他一眼。

傅临远掐灭烟，往她这儿探来，眼眸随意扫着牌。

他身上的烟草味又飘过来。

陈静静等几秒。他让她出顺子，这一下，她手里都没什么牌了，他们依然要不起。

陈静准备第二次出牌，这时，傅临远的手机响了，他拿起来看一眼，站起身靠着沙发椅背接电话。

陈静微顿，只能自己打了。她身后，傅临远手插裤袋听电话。电话那头是黄沫，说她洗完澡了，问他忙完没。

没了他的帮忙，陈静看着牌犹豫了好一会儿，余光看到陆臣好整以暇的表情。

陈静咬了下牙，放下一张二。陆臣轻笑，扔了一张小王。

陈静看着手中的"炸"，拿不定主意，身后男人低沉的声音传过来。他时而"嗯"一声，时而说得看时间，看来黄沫在约他。

陈静终究还是扔下这一个"炸"。

陆臣大笑，俯身扔下另一个比她大的"炸"，抬起眼仔细地盯着她，笑道："没有你们傅总帮忙，慌了吧？"

陈静一声不吭。陆臣看她这样，又笑："你这是一手好牌打烂了啊。"

陈静调整心态，说道："您是股东，我该让着您的。"

陆臣又哈哈大笑。陈静一时无语，完全不知今晚自己哪里得罪他了，好在她牌技不行，没怎么赢他。

这边的动静让傅临远偏头看过来，陆臣冲他挑一挑眉。傅临远单手插着裤袋，扫一眼低着头的陈静，心知她又输了。

电话那头，黄沫还在说话。她卸了妆、洗了澡，在自己家待着，说话声音比穿着礼服裙时更柔软一些。

傅临远靠回椅背，背对着他们，垂眸听着。

牌局再开。

陆臣跟陈静说："陈秘书，你说句话，我让让你。"

陈静抬眼，摇头："不必。"话音带着几分坚决。

陆臣又笑起来："真倔强。"

几场下来，陈静输得不知东西南北，好在是纯玩，不喝酒，不花钱，最多就是没面子。

从楼里走出来时，夜色已深，天气更冷，风一吹，陈静猛地哆嗦了一下。傅临远拎着外套，往她怀里放："穿上。"

陈静一顿，接过后，犹豫了一下，还是叠好挽在手上，并没穿。

傅临远点了根烟，看她一眼，没再开口。

有三名股东先走了，陆臣站在她身侧，理理领口："鬼天气啊，说变冷就变冷，一点准备都没有。"

这时，他的车开过来了，缓缓停在他跟前。陆臣打开车门，看向陈静："陈秘书，我送你，就当向你赔罪。"

怀里的西装外套散发出淡淡的烟草味，陈静拢紧几分，笑着摇头："不用了，陆总，又不是什么大事，玩牌有输有赢，是我技不如人。我坐傅总的车回去就行。"说着，她往傅临远那边走去。傅临远咬着烟看这边一眼，从裤袋里抽出手，拉开后排的车门。

这等天气，他只穿一件衬衫，袖子挽起来，露出半截手腕。

陆臣听陈静这样说，笑了："这样一说，好像显得我今晚很不是人啊。"

陈静心想，你知道就好，嘴上却道："没有、没有。"

她快步朝傅临远的车子走去。傅临远已经上了车，车门没关，陈静伸手将车门关上，接着拉开副驾驶座的车门，坐进去。

她对司机道："李叔，麻烦你。"

李叔笑笑，点点头，启动车子。

陈静坐正身子之前，迅速看了一眼后座的男人。傅临远叉开长腿，靠着椅背，正闭目养神。忽明忽暗的光线投进来，男人的下颌线冷硬、俊朗。

陈静收回视线，看着前方。

李叔先送傅临远回卓越万代，这个小区都是大平层。车子停下，傅临远打开车门下车，陈静也急忙下车，绕过车头，将外套递给他。

傅临远偏头看她一眼："早点睡。"

陈静点头："你也是。"

他接过外套，搭在手臂上，走进电梯间。陈静看着电梯门彻底合拢，这才回了车里。李叔再次启动车子，送她回到公寓。

陈静打开门，揉揉脖子，十分疲惫。她刚走到沙发处坐下，包里的手机就闪了闪，她拿出来，点开微信。

蒋禾就住在她隔壁。

> 蒋禾：回来了？
>
> 陈静：嗯。
>
> 蒋禾：要不要吃夜宵？
>
> 陈静：不啦。
>
> 蒋禾：行吧，我都看一个多小时的电视了你才回来，是不是陪他们打牌去了？
>
> 陈静：嗯。
>
> 蒋禾：陈秘书辛苦啦。
>
> 陈静：滚——
>
> 蒋禾：哈哈哈哈哈……

放下手机，陈静拿了睡衣去泡澡，出来后感觉舒服多了。她翻着手机，看到母亲肖梅七点多的时候给她打了一个电话。

肖梅现在应该睡了，她就没回电。

隔天是周末，陈静一觉睡到自然醒，起来做早餐，顺便给蒋禾开门。蒋禾穿着睡衣溜进来，倒在沙发上，一副没睡醒的样子。陈静倒了杯水给她，随后走进厨房看粥，顺手拿起手机，给肖梅回电。

嘟嘟几声，那头接起来。

"妈。"

"昨晚加班了？也不接我电话。"肖梅抱怨了一句。陈静拿勺子搅着锅，说道："昨晚公司举办晚会，手机塞在包里，我没听见。"

"以后别这样了，偶尔抽空看看手机。"

陈静听话地道："好。"

肖梅停顿几秒，道："你跟泊伟最近有联系吗？"

陈静手上一停，站在料理台旁沉默了一会儿，道："这几天没怎么联系。"

肖梅一顿，说道："今天周末吧？跟他约一下。"

陈静关上火，犹豫了一下，道："妈，我上次说过了，我对他好像没什么感觉……"

"见那么几次就说没感觉，你们又没好好相处过，肯定得相处了才知道有没有感觉啊！再说，他人好就行，感觉这东西太虚了。"

陈静安静几秒。

肖梅兀自道："最重要的是彼此知根知底，这才放心啊。"

陈静打开橱柜，拿出两个碗放在料理台上。她低着头，话音带了几分妥协："好，这几天有空我约他。"

"这就对了。"

"妈，你吃早餐没？"

"吃了，你还没吃吧？"

"嗯。"

"去吃吧，自己做的？"

"嗯，熬的粥。"

"好，挂了。"

肖梅那头挂了电话，陈静放下手机，将粥舀出来，端着两只碗走出去。

蒋禾坐在沙发上，已经开始看电视了。她接过粥闻了闻，道："好香啊——"

陈静在她身侧坐下，一边看着电视，一边吃。

蒋禾眼睛盯着电视，嘴上问道："刚才阿姨给你打电话啊？说什么了？"

"让我约周泊伟。"

蒋禾咬着勺子，转头看她一眼："又让你约他啊？"

陈静点头，小心地舀着粥，将母亲的话复述了一遍。

蒋禾又看向电视，说："其实阿姨说得也没错，知根知底，再差也差不到哪里去。你们要是在大城市发展不下去，还能一起回老家，挺好的。可惜你对他没感觉。"

陈静没吭声，一勺一勺舀着粥喝。

蒋禾盯着电视问道："陈静，到现在，就没有让你上心、让你特别注意的人吗？"

陈静停顿一下，勺子碰到碗的边缘。

声音不大，蒋禾也就没发现。"还是说……"她看向陈静，"天天看着傅临远那张脸，你对其他男人爱不起来？"

陈静猝不及防被她的视线一打，顿了几秒，指尖捏紧了勺子，笑道："那倒不会。"

蒋禾开着玩笑："最好是不会，不然以后怎么办？傅临远只有一个，他又不能属于你。那得多惨。"

陈静轻笑，继续喝粥。

吃完早餐，蒋禾去洗碗，陈静抱着抱枕看向桌上的手机，犹豫了好久，终究还是没给周泊伟打电话。

算了，过几天再说。

她本想在家里瘫一个周末，下午两点多，却接到傅临远的电话。男人在那头道："晚上参加个拍卖会，你穿正式点。"

"好。"陈静应了声，挂断电话。

蒋禾在沙发上敲键盘，看她起身，问道："要出门？"

陈静抓抓头发，打算洗个头："嗯，傅总要参加一个拍卖会，让我一起去。"

蒋禾"啧啧"几声，看回电脑屏幕："你当他的秘书，连假期都休不安稳啊。"

陈静耸肩："谁让他是老板呢。"

蒋禾哈哈一笑，道："也是。"

她洗完头上妆，挑衣服，蒋禾进来参谋，最终选了一件修身的黑色裙子。她将头发盘起来，留了一些细碎的发丝。

陈静拎起小包下楼。

一辆黑色的轿车停在小区门口，傅临远的另一名司机于从给陈静拉开车门。她一眼看到坐在后座的傅临远，他依旧穿着一件黑色衬衫，手臂搭在扶手上，低头看着手机，领口微敞。

陈静理理裙子，弯腰坐进去，冲于从点了点头。于从关好门，绕去驾驶座，启动车子。

此时正是落日时分，傅临远翻看邮件，手上捏了根烟把玩。陈静也安静地坐着，包里的手机突然开始振动。

上午被肖梅说过后，陈静调整了一下手机，所以动静有点大，打破了车里的安静。她立即低头打开小包，拿出手机，拒接了新的来电。傅临远抬起眼眸，偏头看她，余晖正好落在她眉眼间，有几分温柔。

他看了几秒，收回视线。

来电的是肖梅，估计是要问她有没有给周泊伟打电话。陈静想了想，还是把手机调成了静音模式。

她抬眼看向身侧的男人。他修长的指尖把玩着烟，转来转去，眼睛还在看手机。陈静犹豫了一下，终究还是没问他有没有被自己吵到。

车子抵达拍卖会现场时，天色已黑，一辆辆豪车有序地停着。陈静下了车，冷风一吹，她又起鸡皮疙瘩了。

傅临远单手扣着衬衫领口处的纽扣，扔了一件西装外套到她怀里，陈静接住，搭在手臂上。傅临远一边接着电话，一边往里走，陈静跟在他身侧。这还是她当他秘书以来第一次参加这种拍卖会。

陈静认出不少京市的豪门。她看了一眼身侧的男人，暗暗好奇他要来拍什么。他们的位子比较靠后，坐下后，陈静有几分紧张，又看了傅临远一眼，见他已经扣好了扣子，靠着椅背，还在回邮件。

陈静安静地坐着，等他开口吩咐。

不一会儿，第一件竞拍品就出来了，是一颗很大的红色宝石，像狼人杀红了的眼睛，名叫"狼人眼泪"。

陈静条件反射般又看了一眼身边的男人，他头都没抬，垂眸按着手机，眉眼俊朗。既然如此，陈静就只能静观其变。

那些作为竞拍品的珠宝都非常漂亮，陈静看花了眼，直到最后一件珠宝出来。粉色的钻石镶在一条项链上，光泽度令现场不少人惊呼。

陈静看呆了。这条粉色钻石项链，名为"初见"。

身侧的男人收起手机，支着下颔，语调低沉："举牌。"

陈静心一跳，转头看他。他撩起眼，在昏暗光线中，陈静迎上他的目光，举起一旁的牌子。

起拍价是一千六百万。

她报价一千七百万。

"一千八百万。"

"一千九百万。"

傅临远伸出指尖，在扶手上弹了弹："继续。"

陈静加到两千一百万。

现场安静几秒，有人往他们这儿看，没人再开口。陈静正松一口气时，那道说"一千八百万"的女声再次提了价格，直接加价到两千三百万。陈静呆了呆，心脏狂跳，转头去看傅临远，男人的神色在昏暗中显出几分漫不经心。

他语调低沉："让她闭嘴。"

陈静得了这话，坐直身子，报价两千五百万。

那个女声又提了一百万，陈静硬着头皮再加两百万，全场鸦雀无声，那个女声也消失了。

就在陈静想着总算结束了的时候，有个男人忽然举牌，直接喊价两千九百万。

陈静蒙了，转头看向傅临远。

傅临远往后靠了靠，眉头微挑，说道："加。"

陈静看他几秒，狠狠心，再次举牌："三千万。"

这次那个男人也放下了牌。拍卖师敲槌，一下，两下，三下。

"恭喜这位小姐，三千万拍下我们的粉钻'初见'。"

不少人往这边看，那个一开始跟陈静竞价的女士直接站起来往后看，只看到男人高大的身影从椅子上站起来，一身黑色衬衫、长裤，手插在裤袋里，往出口走去。

陈静也跟着起身去了后台，签合同，做交接。

合同盖上傅临远的个人印章时，陈静又看了一眼一旁的粉钻。刚才远远看到的时候她就觉得很美了，现在近看更好看，钻石流光溢彩，竟还能看到橙色的光芒。

难怪那么多人争夺，真美啊。

拍卖行回头会差专人将钻石送到傅恒集团，陈静拿走合同，离开后台。

黑色的轿车停在门口，于从放下抱着的手臂，给她拉开车门。陈静弯腰一看，傅临远不在后座。

她动作微顿，坐进去。

于从关上门，绕去驾驶座，启动车子。

陈静立即问："傅总呢？"

于从转着方向盘："傅总上了闻家的车。他让我带你去吃饭。"

陈静"哦"了一声，看了一眼身侧的空位，将他的外套整理好放在座位上。

餐厅是预订好的，小包厢，陈静跟于从面对面坐下来。算起来，两个人是同事，不过于从跟在傅临远身边的时间比较长。

他夹起生鱼片，看陈静把合同袋子放在腿上，很紧张的样子，笑道："你可能不知道傅总买这个粉钻干吗吧？"

陈静喝了一口清酒，抬眼问道："干吗？"

于从把生鱼片放到陈静碗里："你很快就会知道了。"

陈静低头看了一眼价值三千万的合同袋，指尖不由得捏了捏杯子。这样的粉钻，除了送女人，还能干吗？

她垂眸，安静地夹起生鱼片吃。

晚上，陈静回到公寓，放下合同去洗澡，出来时看到手机显示蒋禾发来一条消息。她点开一看：

＃傅恒集团三千万粉钻＃

这个词条挂在热搜第一。

博主介绍这款粉钻项链是某设计师为纪念初恋而设计的。钻石的颜色世间罕见，不单单是粉色的，还能看到流光溢彩的橙色。橙色代表初恋的酸甜，粉色代表梦幻的开始，因为寓意非凡，所以要价才那么高。

蒋禾：*初恋？初恋？*

蒋禾：傅总送给初恋的？他初恋是谁？

蒋禾：你们晚上就是去拍这个的吧？跟照片一样好看吗？

陈静：嗯。

蒋禾：我震惊了。

陈静心想，她也挺震惊的。她看了一眼微博热评。

　　喷喷，哪个女的收到吱一声，我尊称你一声嫂子。

陈静脑海里浮现出黄沫那张明艳的脸。会是她吗？

周一，陈静搭蒋禾的车抵达傅恒集团大厦，两个人一起上楼，蒋禾去投资部，她前往顶层。她一出电梯，齐特助就说要开会，陈静放下小包跟合同，拿了笔记本，与齐特助一同走进会议室。

刚坐下，高大的男人也走进来，一行人又纷纷站起身迎接他。

傅临远系着领带，神情有几分倦怠，轻扫陈静一眼。陈静顿时回神，推开椅子走出会议室，快步去茶水间泡了杯速溶黑咖啡。

她端着杯子回会议室，走到傅临远身侧，把咖啡放在他手边，坐回一旁的椅子。

清晨，他身上带着沐浴液的木质香味，看来是早起洗了澡。

傅临远端起咖啡喝了一口，看一眼投资部经理冯志，冯志点点头，开始发言。

这次会议主要讲资产重组的事情。

傅临远要收购开发了《上神》这个游戏的公司，而傅恒集团的事业部已经有一款名为《杀神》的游戏，两款游戏有异曲同工的地方，所以需要重组。

九点半，会议结束，正巧那枚粉钻送来了，陈静赶紧去接。她捧着漂亮的盒子，路过的人都免不了看她一眼。

陈静走进傅临远的办公室，他正坐在桌后翻看文件。

陈静把盒子放在桌上，发出轻微的声响。傅临远从文件中抬头，身子往后靠，盯着那只粉钻盒子。

陈静轻声道："已经确认过了，傅总。"

傅临远看了几秒，拿起烟咬在嘴里点燃，随后从一旁拿过一张明信片，推给陈静，声音低沉："送到这儿，于从跟你一起去。"

陈静拿起明信片，地址是美国费城。

陈静微顿，看向跟前的男人："现在出发吗？"

傅临远拿起笔，想了一下，道："周四去吧。"

"好。"

身后传来脚步声，她一回头，见陆臣穿着惹眼的衬衫跟黑色外套走进来。他一看到陈静，眉眼一挑："陈秘书，早上好啊。"

陈静一顿，抱着盒子错开一步："陆先生，早上好。"

陆臣走得更近了，先看她，再看她手中的盒子，笑了。他看向傅临远："还是让你给买到了。"

傅临远撩起眼皮，在烟灰缸上弹了弹烟灰。他没应陆臣的话，看向陈静："先把盒子放进保险柜里。"

陈静应声，走到一旁的保险柜边蹲下。她今日穿着及膝套装裙，腰身被衬衫勾勒得很细。陆臣站在一旁，不由自主地看向她。

陈静还是第一次开这个保险柜，之前入职时，齐特助告诉过她密码，但她并不记得。

陈静呆了呆，指尖在数字键上徘徊。陆臣以为她防着自己，笑了一声，转过身道："我不看，你快点吧。"

陈静更愣，犹豫几秒，终究还是看向傅临远。

傅临远捏着根烟，被她这一眼看得眉梢微扬，站起身走过来，半蹲下来，修长的手指按上数字键："认真记着。"

陈静点头，立即专注地看着数字键。因为离得近，他的身影几乎罩着她，将她笼在阴影中。

他输完密码就起身离开。人一走，光线一亮，那压迫感也就消散了，只余淡淡的烟草味。

叮，保险柜柜门打开。陈静捧起那个盒子，小心翼翼地往里放，白皙的指尖衬着黑色的盒子，竟有种不一样的美感。

陆臣笑看着她，傅临远则看着那个盒子，抽着烟。

放好后，陈静抬手合上门。

砰的一声，接着是上锁的声音，陈静盖住密码键的盖子，起身稍微顺了下裙子，往这边看来。

傅临远偏头将烟掐灭在烟灰缸里。

陈静说道："傅总，我先出去了。"

"好。"

陈静往门口走去，路过陆臣。陆臣一直笑眯眯的，说道："中午一起吃饭，陈秘书。"

陈静看他一眼："中午再说，陆先生。"

"好啊！"他笑着点头。陈静走了出去，顺便给他们带上门。看着窈窕的女人出了门，陆臣偏头看向傅临远："她真的有男朋友？"

傅临远走到沙发边按开水壶，语调懒散："似乎有。"

"之前说有，现在怎么变成似乎了？"陆臣在他旁边的沙发上坐下。

傅临远声音低沉："见过一次。"

陆臣一听，又一次大失所望："长什么样啊？"

傅临远在泡茶，用修长的指尖捏着夹具，水汽晕染开，模糊了他清俊的轮廓。他一副懒得再回答的神情。

出了办公室，陈静才想起来今天忘记煮咖啡了，打算下午再弄。她翻着傅临远的行程表，好在今天也没什么事。

投资部经理冯志进了一趟傅临远的办公室，再出来时，拿了一份财务报表给陈静，叫她帮忙送去财务部，因为她跟财务部的妹子关系不错。

她人一到门口就被拉进去。会计乔惜跟陈静都是大四的时候进傅恒集团实习，后面一块转正的。她看了一眼外面，又捏了捏陈静的手："你早上拿的那个盒子，装的是上热搜的那个粉钻？"

陈静把财务报表递给她："嗯。"

"原来是真的！"乔惜接过来放在一旁，问道，"有没有说送给谁啊？"

陈静看乔惜几秒："你怎么突然好奇这个？"

乔惜看了看陈静，"哎呀"一声。"你别误会啊。"她凑近陈静，"我就是八卦，你还记得去年 W 珠宝送来的那条钻石项链吗？"

那会儿陈静刚转正，这件事情是记得，但印象不是特别深刻。她点了点头，道："有点印象。"

"我后来听说，那条项链送去美国费城了。"

陈静微顿。

乔惜眨眨眼道："你说，粉钻会不会也送去美国费城？"

面对乔惜的八卦，陈静犹豫再三，还是没把她要飞去费城送粉钻的事情说出来。毕竟，事关傅临远的隐私。她抬手揉了揉乔惜的头："总之不关我们的事。报表我送到了，你赶快看看。"

"好吧。"乔惜耸肩，"你当秘书太合适了，一点都不八卦帅老板的感情生活。"

陈静轻笑，拉开门离开财务室，走进电梯。里面没人，陈静看着往上跳的楼层数字。

费城……

回到工位，陈静把收到的几封邀请函的时间跟傅临远的行程表对一遍，用笔记录下来。

不知不觉到了中午饭点。办公桌前的挡板被人一敲，她抬起头，陆臣笑盈盈地看着她："陈秘书，去吃饭。"

陈静手中的笔微顿，她想拒绝。

陆臣又敲了敲挡板："过了十二点半了，你可别让你老板久等啊。"

陈静抬眼看去，傅临远在陆臣身后不远处，一面咬着烟按手机，一面往电梯走去，声音低沉："走吧。"

不等陈静回应，陆臣又笑着探头："走呀。"

看着陆臣这张风流公子哥的俊脸，陈静无奈地合上本子，拿上手机绕过桌子。陆臣笑着等她，两个人一起走进电梯。

傅临远一只手插在裤袋里，一只手握着手机在接电话。

他个子高，陈静进去后，下意识地站在他身侧往后点的位子，刚站定，就听见黄沫的声音从他手机里传出来："晚上有空吗？我去找你呗。"

傅临远神色懒散，应了声："我派车去接你。"

陈静站得笔直，发丝垂下来些许，睫毛很长。陆臣站在她身侧，偏头笑着看她，问道："陈秘书周末有空吗？"

陈静回神，侧身看向陆臣，不动声色地道："这周跟好友有约。"

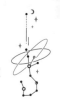

"什么类型的好友？"陆臣盯着她吹弹可破的肌肤，不经意地问道。陈静温和地道："我室友。"

陆臣又继续问："是投资部的那个蒋禾吗？"

陈静无奈，只得回答："是的。"

陆臣带笑道："我记得你跟她是大学同学吧……"

陈静："是的。"

傅临远挂断电话，随意滑动手机屏幕，点开邮箱翻看邮件。身后，陆臣还在追着陈静问问题，忽然抬眼，与傅临远的视线在电梯壁的反光中撞上。

陆臣笑得贼兮兮的，仿佛在跟傅临远说："我要挖墙脚。"

傅临远两手插进裤袋，轻扫一眼陈静，这时电梯抵达楼层，门一开，他率先走出去。陆臣绅士地按着电梯门，让陈静出去。

午饭是在公司餐厅吃的，傅临远刚坐下，冯志也端着餐盘坐过来，跟傅临远讨论资产重组的事情。

陈静只能坐在陆臣身侧。陆臣夹了好些菜给她，陈静受不起，把鳕鱼片让给陆臣。

一顿饭吃完，三个男人还要谈话，陈静用纸巾擦擦唇角，拿着手机起身道："傅总，我先上去了。"

傅临远"嗯"了一声。

陈静冲陆臣和冯志点点头，随后便离开餐厅，上楼。于从发了他的证件信息给她，陈静回到工位买机票。

下午，傅临远一直没回来。

快下班时，陈静推开他办公室的门，落日余晖洒满整间办公室，很是漂亮。茶几上，他早上用过的茶具还没有清理。陈静走过去，半蹲在地上，挽起衬衫袖子，开始清理那些茶具，用滚烫的热水烫过，一一摆好。

他落下一只黑色腕表。陈静手上都是水，不敢碰。

这时，门口传来脚步声，陈静抬眼。傅临远走进来，嘴里咬着烟，往这儿一扫，便走过来，弯腰取走那只腕表。

陈静的呼吸微微屏住，他身上淡淡的烟草味和香水味飘来。

傅临远站直身子，垂眸戴上腕表，声音很低："机票买了吗？"

陈静拿过抹布擦拭茶盘边缘，道："买了。"

傅临远看她一眼："忙完早点下班。"

陈静点头："好。"

男人转身离开办公室，背影高大，陈静静看几秒，收回视线，拎着抹布去清洗。

忙完这一切后，陈静倒了杯水，边喝边走回工位，在窗边远远地看见黄沫的车一路开到了大厦门口。下车后，她笑着将车钥匙递给傅临远。傅临远咬着烟，看了一眼一旁自己的黑色轿车，最后，伸手接了黄沫递来的车钥匙，绕过车头上了黄沫车子的驾驶座。

黄沫笑着坐进副驾驶座。

嘀嘀两声，陈静的手机响起消息提示声，她拿起来一看。

蒋禾：看到没？黄经理直接把车开到大厦门口接咱们傅总。

蒋禾：牛，手段厉害啊。

陈静：嗯。

陈静买的是周四中午十一点的飞机，周四一早便去公司拿粉钻。她推开办公室的门，看到傅临远已经在了，正靠着桌子批改文件。他抬起眼眸，见她来了，将桌上的袋子推给她。

陈静接过来一看，粉钻装在里面，用这个袋子提着确实方便多了。她拎好，看向男人，他握着钢笔，眉眼俊朗。

陈静说："傅总，我们出发了。"

"嗯。"他声音低沉，"注意安全。"

"好。"陈静的声音都温柔了些。她走出办公室，傅临远手中的笔尖微顿，抬眼透过玻璃看向那黑金色的袋子。

于从在楼下的车里等着陈静。

陈静弯腰坐进车里，于从看了她手里的袋子一眼，启动车子。

抵达机场，安检，上飞机，一路都很顺利。

这是陈静第一次出国，她选了靠窗的位子，有心要多看看外面的云朵，无奈路途太长，她很快就睡着了。

十几个小时的飞机，再加上一次转机，抵达费城。

陈静跟于从累瘫了，先休息了一晚上。隔天清晨，雾气蒙蒙，两人出发去送粉钻。

二人来到一栋欧式别墅前，于从走上前按门铃。

不一会儿，就有一个中年阿姨来开门。她一眼认出于从，安静几秒，道："顾小姐在休息。"

于从接过陈静手里的袋子，递给阿姨，道："傅先生说，祝顾琼小姐生日快乐。"

阿姨一听，笑了笑："谢谢。要进来坐吗？"

"不了，我们还有工作。"于从微笑。阿姨也不勉强，冲陈静点了一下头，又看了于从一眼，关上了门。

别墅门口，一时间复又安静了。

于从转过身走下台阶，陈静静看他几秒，于从笑了笑，指尖往后一指："老板的白玫瑰。"

陈静指尖一僵，大概是因为天气有点冷。她温和地重复："白玫瑰？"

于从把手插进外套口袋里，走在她身侧，说道："我给顾琼小姐起的外号。"

陈静看了一眼这栋像中世纪建筑般豪华漂亮的别墅："为什么叫白玫瑰？"

于从一笑："你听过《白玫瑰》这首歌吗？"

陈静摇头。

于从看了陈静一眼："有空听听。别看现在傅总身边有很多女人，但那些女人都只是过眼云烟，他如果要娶，只会娶顾琼小姐。"

陈静放在外套里的指尖还是很僵硬，费城的十月真是冷。她低声询问："顾琼是哪家的千金小姐？"

于从道："海城顾家的。傅总跟顾琼小姐算是一起长大的吧，比顾琼小姐大两岁，曾许诺将来会娶她。"

陈静的声音更低，幽幽地应了声："这样啊。"

这时，她手机响起嘀嘀声。信号不是特别好，她打开微信，黄经理的消息过了好久才跳出来。

黄沫（威远投资部经理）：陈秘书，向你打听件事情，傅临远拍下的那个粉钻，你知道他要送给谁吗？

陈静一时头疼，不知如何回答，而不远处，仿佛传来了歌声。

怎么冷酷却仍然美丽，得不到的从来矜贵……
身处劣势如何不攻心计，流露敬畏试探你的法规……

他的白玫瑰。

于从来过费城几次，对这个城市比较熟悉。他提议带陈静逛一逛，陈静没拒绝，双手插在外套口袋里，看着这座城市。

忽略街上少许流浪汉的话，这座城市挺美的。陈静从嘴里呼出少许雾气，她的睫毛很长，有些湿润。

她问道："顾琼小姐的生日是什么时候？"

于从："十月十二日。"

陈静看着路上车子经过，道："那快了。"

"是啊，所以得赶在她生日前把粉钻送来。"

于从带陈静去买咖啡，两个人手捧着咖啡继续闲逛。陈静喝了一口热咖啡，又问道："去年 W 珠宝送来的项链也送给顾琼小姐了吧？"

于从点头："对啊，那会儿你刚转正吧？"

"嗯。"

于从悠悠道："傅总对顾琼小姐很用心，她喜欢什么，就送什么。"

陈静"嗯"了声，一口一口喝完咖啡。

两个人回到酒店，因为之前买的是单程机票，要赶紧买回去的机票，于从便进了陈静的房间，用她的笔记本电脑一起看返程机票。

他们看好了下午五点的飞机，好在费城就有机场，赶过去也方便。

陈静买机票时，于从无聊地翻着杂志，说道："你顺便给傅总打个电

话，报告一下我们的情况。"

陈静指尖一顿。几秒后，她拿起手机，整理了一下情绪，拨打傅临远的电话。

响了一会儿，那头接起，男人低沉的声音从手机里传来："喂？"

陈静看着电脑屏幕，道："傅总，礼物已经送到顾琼小姐手里了。"

那边的傅临远咬着烟翻开文件，随意地问道："好。什么时候回来？"

陈静："下午五点的飞机。"

"明天周日，好好休息。"他用指尖弹了弹烟灰，说话声音很低，很好听。

陈静"嗯"了一声。

安静几秒，他挂断电话，嘟嘟声传来。陈静把手机放在桌上，点下确认键，买好了两个人的机票。

于从伸个懒腰："我去收拾行李。陈静，我们中午就在楼下餐厅吃。"

"好。"目送于从出门，陈静关掉笔记本电脑，也开始收拾行李。忙完后，她走到阳台上，竟一眼看到了那栋漂亮的欧式别墅。

下午五点，陈静跟于从准时上了飞机，又是十几个小时的航程。手机关机前，陈静不由自主地点开搜索软件，在搜索栏中输入"顾琼"二字。

几秒后，跳出来一张舞台照。漂亮的卷发女生抱着一把大提琴坐在椅子上，米白色的长裙垂落地面，灯光落在她脸上，映得她皮肤白皙，美如天使。

全球艺术大赛（美国）大提琴演奏家顾琼。

"要起飞了，陈静。"于从打个哈欠，提醒道。陈静一顿，退出软件，把手机调成飞行模式，放进包里。她侧过脸看着窗外的景色，直到飞机上了云层，她看到了漂亮的云朵。

返程时，陈静睡睡醒醒，一醒来就能看到夜晚的云层，感觉更美。

清晨六点多，飞机抵达京市。天色蒙蒙亮，于从揉着脖子去开车，送陈静回住所。

陈静提着行李进屋，拿了睡衣直接去洗漱，然后好好地睡了个觉，一觉到下午三点。她睁开眼看着天花板，心里有几分茫然。寂静的环境让她思绪飘散，脑海里闪过那一栋欧式别墅，也闪过她大三那年看到的来京市大学演讲的傅临远。那会儿他对她们来说很遥远，一个十六岁就被京市大学录取的高才生。她还在读大学时，他已经完成赴美进修，顺利回国了。

陈静越想，心情越孤寂，索性起身洗漱，换了衣服，拿了零钱下楼买菜。

她给今天加班的蒋禾发消息："晚饭回来吃不？"

蒋禾：回。

下午五点半，蒋禾进门，一眼看到茶几上摆放的啤酒。她率先开了一瓶，喝了一大口，探头看向正在厨房里做饭的纤细身影："买这么多啤酒，今天什么日子啊？"

陈静把菜盛到盘子里，笑道："犒劳犒劳你周末加班的灵魂。"

"果然还是我闺密最好。"

不一会儿，陈静把买的熟食以及自己炒的几个菜端到茶几上，解下围裙，盘腿坐在地毯上。蒋禾开了一瓶啤酒递给她，陈静接过来，两个人一碰瓶，仰头大口喝起来。

"你看到那个收粉钻的女人没有？"蒋禾夹起菜往嘴里塞，一边吃一边撩眼看陈静。

陈静捏着啤酒瓶摇头："没看到。"

蒋禾咀嚼着花生米，嘴里咔嚓咔嚓地响，道："我今天听财务部的乔惜说，去年这个时间于从也飞到美国费城送过礼。傅总在那边有情人啊？"

陈静看着蒋禾，笑着摇头。

蒋禾撇嘴："你啊，嘴巴真紧，撬都撬不开。难怪当初那么多人面试，傅总一眼挑中你。"

陈静笑笑，仰头喝着啤酒。一瓶接一瓶，喝到不知什么时候。蒋禾揉着胀得不行的肚子，陈静则晕乎乎地趴在茶几上，眼前是凌乱的瓶子。

她眼里湿润，像是醉了，一滴水珠落在玻璃上。

蒋禾也醉了，伸手越过茶几搭在陈静的头上，问："陈静，你有没有喜

欢过谁？"

陈静张了张嘴，像嘴巴跟脑子连不上似的。

"没有啊？"蒋禾坐起身，大着舌头问。

陈静也坐直，头发披散，又张了张嘴："有……"

当晚两个人喝得醉醺醺的，隔天一早起来才收拾残局。陈静脑子还有些钝，手机就响了，她接起来，努力让自己清醒："妈。"

"昨晚打你电话一直没接，干什么去了？"

陈静再一看，才发现肖梅昨晚来电了。她抓了抓头发："昨晚跟蒋禾喝了点酒，睡着了。"

"工作压力大？"

陈静立即否认："没有没有，就是想放松一下，周末嘛。"

"行吧。对了，泊伟妈妈说泊伟今天有空，他今天会约你，你别给拒绝了。"因为太清楚陈静的性格，肖梅特意打电话来嘱咐。

陈静一下子清醒许多，她看了看一片凌乱的茶几，本想找借口拒绝掉，停顿几秒还是道："好！不会的，妈。"

肖梅一停，总算放心，道："那你收拾下，别敷衍啊。"

"知道。"刚挂了电话，陈静的手机里就来了条微信消息，是周泊伟发来的，问她想去哪家餐厅吃饭。陈静犹豫了一下，说了京市大学附近的一家餐厅。

周泊伟说要来接她，她想了想，回复："我去找你吧，顺便看看学校。"

周泊伟在京市大学读研究生，以后应该会留校，这所大学，也是陈静毕业的院校。

周泊伟回了个"好"字。

蒋禾得知陈静晚上要约会，笑得贼兮兮的，两人合力收拾客厅。下午六点多，陈静换了一身衣服出门。她这次还真没敷衍，选了白色的衬衫裙，腰间系一条黑色腰带，配上高跟鞋。

她拎着包，搭乘出租车前往京市大学。她在学校读了四年书，对附近很熟悉。

下了出租车，陈静走向校门，远远就看到周泊伟穿着格子衬衫、黑色长裤，快步走下教学楼的台阶，看样子是要往她这边来。

陈静正准备招手，这时，一个女生从教学楼跑出来，追上周泊伟，一把拉住他的手臂，仰头不知说了什么。

　　周泊伟甩开她的手，那女生又抓住，随后上前一步，一把勾住周泊伟的脖颈，踮脚就要去吻他。

　　陈静抬着的手缓缓放下。

　　忽然来了一阵风，紧接着天色一暗，雨滴狠狠地砸下来。陈静躲闪不及，被雨淋个湿透。校园里，那纠缠在一起的两个人也没有躲避雨水，周泊伟拉开那女生的手臂，那女生哭得梨花带雨，仍抓着他的手。

　　陈静看了一会儿，抹抹脸上的水珠，抱着手臂转身去拦出租车。

　　就这么转眼间，她发现整个城市不只陷在雨幕里，也进入了夜晚，处处霓虹灯闪烁。路上的车子开过，溅起水花。

　　一辆黑色的轿车压着路上的水飞驰而过，几秒后，缓缓倒退，停在校门口不远处。傅临远摇下车窗，一眼认出那傻站在门口的女人。

　　他看了一眼京市大学的牌匾，随后掐灭烟，拿过还在滴水的雨伞，推开车门下了车。伞打开，他单手握着黑色的伞柄走过去，将伞遮到陈静的头顶。

　　熟悉的烟草味飘过来，陈静抱紧手臂，抬头看去。傅临远的眼眸狭长，一只手插在裤袋里，往后看一眼校园，也看到了在雨中纠缠拥吻的两个人。

　　他收回视线，再次看向陈静，道："上车。"

　　陈静愣怔地看着他，看着他宽厚的肩膀，隐在伞下的脸，忽明忽暗的眉眼。

　　她放肆地看了几秒后，陡然回神，语气平静："傅总，怎么在这儿遇见你啊？"

　　傅临远眯起眼，抽出裤袋里的手按住她的肩膀，带着她往前走，语气低冷："你运气好。"

　　他倒没用太大的力气，也没按实，只是给她压迫感让她往前。

　　风急雨骤，来得毫无预兆。陈静只是躲闪不及，并非真要在雨中待着。抵达车旁，搭在她肩上的那只手早已放下。

　　他顺手帮她开了车门。陈静说了声"谢谢"，弯腰坐进车里。

　　傅临远撑着黑伞，绕到那边的车门，收起雨伞上了车，砰的一声关上

车门。

于从从他手里接过黑伞，放在副驾驶座上。

车里比外面暖和多了，陈静冰凉的肌肤微微回暖，猛地打了个喷嚏。

傅临远睨于从一眼，于从接收到他的目光，坐直身子，将身上的西装外套脱下来递给陈静。陈静揉揉鼻尖，想到刚刚下了雨都忘记躲，总觉得不太好意思，至少跑进门卫室也好啊。

她抬起眼，从于从手里接过外套，笑道："谢谢。"

于从一脸揶揄："周末也能跟陈秘书偶遇，挺好。"

陈静有些涩然，看了一眼身侧的男人。傅临远斜靠椅背静静看着她。

陈静想说点什么，毕竟站在大学门口被雨淋被风吹，还不闪躲，任谁见了都会以为她是傻子吧。她刚张口，鼻子一痒，一个喷嚏又出来。她急忙把脸转到一旁，掩着口鼻："阿嚏、阿嚏、阿嚏——"

她一连打了三个喷嚏，于从给的西装外套掉到腿上，袖子垂落，贴着她白皙的长腿。她今日穿的白色衬衫裙打湿后贴着肌肤，晶莹的水珠顺着她的肌肤滑落，腰带也似乎被水淋得紧了些，勒出纤细的腰身。

她喷嚏不断，卷翘的睫毛沾了水珠，晶莹剔透的。衬衫里面隐隐约约透出曲线。

于从听她打喷嚏打得那么厉害，本想提醒她把外套披上，一转头却看见她此时的状态：下巴还滴着水，皮肤白如瓷器，眼里隐隐有水雾，整个人散发着一种说不上来的……柔弱美。

于从心一跳，心想非礼勿视。

这时，一只大手拎起她腿上的外套。傅临远一抬手，直接把外套盖在她身上，说："送你回去。"

陈静抬手抓住外套往下拉，正好就披在肩上。她用纸巾揉揉鼻尖，声音温软："谢谢傅总。"

她抓着外套的那只手白皙如雪，纤细柔软。傅临远看了几秒，收回视线，用手肘支着车窗，让于从开车。于从启动车子，头都不敢往回望，乖乖地开着车。

陈静总算没再打喷嚏了，能腾出手整理身上的外套。她弄好后，看到皮质座椅上的水珠，扯了纸巾轻轻擦拭，但偶尔还是有水珠从她腿上往下滑，直到滴落在高跟鞋上。

她叹了口气，想了想，还是转头看向傅临远。此时天色已暗，忽明忽暗的光线从他脸上划过，增添了几分疏离感。

他察觉到她的目光，撩眼看向她。灯光也打过来，落在陈静脸上，映得她的唇瓣有几分苍白，但又泛着淡淡的粉色。

陈静咳了一声，道："傅总，我今天来学校是有点私事，谁知道刚到学校门口，就下起那么大的雨，我躲闪不及。"她停顿一秒，"这段时间，京市这个天气真是反复无常。"

外面的雨幕贴着车窗，地上积水倒映着五颜六色的灯光，陈静看了一眼车窗外，才又看向傅临远。

傅临远仍维持着刚才的姿势，沉默地看她半晌，声音低沉："嗯，知道了。"

陈静松了一口气，他没把她当傻子就好。她收回视线，坐正身子。

于从却从车内后视镜看她一眼，心想，傅总看起来那么傻吗？那么容易被你忽悠？

陈静没注意到于从的视线，她只是静静坐着，等着赶快到住所，这一身黏腻感真是难受。

车轮碾压过无数片积水，抵达陈静的住所时，雨势还没减小。于从直接开到了地下车库，陈静打开车门，对于从说："于从，回头我把外套洗干净再还你。"

于从摆手："没事。"

陈静转头看向傅临远："傅总，那我下车了。"

"嗯。"

陈静关上车门，拢紧于从的外套，踩着高跟鞋往电梯走去。

黑色的轿车再次启动，傅临远看了一眼身侧刚刚陈静坐的位子，大概是因为雨水都在她衣服上，所以座位只是带了点潮，但不湿。

他收回视线，低头点燃一根烟，吸了一口，夹着烟的手随意搭在车窗上，手指修长，骨节分明，微泛青筋。

陈静一进门就把外套脱下来，赶紧进浴室放水，然后切了姜片泡水喝。喝完就关上浴室门，坐进浴缸，去去冷气。

蒋禾知道她回来了，用备用钥匙开门进来，走到浴室门口，一边敲一边问："回来了？"

陈静"嗯"了一声。

"这才几点啊，就回来了？你们连饭都没吃？"

陈静顿了顿，道："人都没见到。"

"啊？啥情况？"

陈静说："我先洗个澡，出去再说。你点个外卖吧，我要粥。"

"好嘞。"

半个小时后，陈静裹着浴袍走到客厅坐下，蒋禾打开热腾腾的粥，拿了勺子递给她。

陈静接过来，捧着先喝了一口。蒋禾探头看她："怎么说？"

陈静用勺子搅动着粥，把今天在学校门口看到的跟蒋禾说了。蒋禾震惊得半天没回声，许久才道："也就是说，他本来就有个纠缠着自己的女朋友。可他干吗跟你妈说他单身啊，要不要脸？"

陈静喝着粥，道："或许他也是迫不得已。"

"那他也该跟你说清楚啊，什么都不说，家里人一安排又约你出去，骑驴找马呀？"蒋禾夹了一块油条，"你该不会淋到雨了吧？"

陈静一顿，看向蒋禾，一脸"瞒不过你"的表情。

蒋禾放下筷子，用手背贴了一下陈静的额头："那你今晚要注意，别感冒发烧了。我看突然下那么大的雨，就怕你没带伞，又想着你肯定到学校了，他肯定有伞啊，不至于淋到的，没想到……"

陈静笑笑，道："我没事，刚喝了碗姜水。"

"那就好。"蒋禾收回手，余光看到衣架上挂着一件男款西装外套，愣了一下，指着那件外套问道，"这是什么？你路上遇见好心人了？"

陈静顺着她的视线看了一眼，呼吸微顿，说正巧遇到傅总，这是于从的外套。

蒋禾微愣："你跟傅总真是有缘分。"

陈静轻轻一笑，脑海里闪过他撑伞挡在她头顶的画面。她冷静地想着，太糙了。

吃完粥，陈静的手机响起，看来周泊伟总算有空发条消息给她。

周泊伟：陈静，你来了吗？抱歉啊，我今晚没办法出去了，导师临时有事找我。

陈静看了几秒才回复。

陈静：没事，雨太大了，我没出门。

周泊伟：那就好。是啊，突然下大雨，我还想跟你说一声。要不我们下次再约吧。

陈静：下次就不必了，接下来我会挺忙。

周泊伟：哦，好的。

陈静晚上睡前还是冲了一杯感冒颗粒喝进去，以防万一，没什么大事她实在不想请假。

隔天一早，陈静鼻子有点塞，但还好没什么别的不适。

她洗漱好，换了衣服，把于从的外套叠好放在袋子里，跟蒋禾一起下楼，顺便把衣服送到干洗店清洗，随后搭乘蒋禾的车去傅恒集团大厦。

今天她来得早，放好包，推开傅临远办公室的门。茶几上扔着几份文件，桌面也挺乱的，她先收拾好茶几上的文件，再收拾他的办公桌面，然后去煮咖啡。

不一会儿，咖啡的香气飘出来。

陈静正拿着一次性杯子试味道，门口传来脚步声。她撩眼看去，傅临远手臂上搭着黑色西装外套，穿着白色衬衫、黑色长裤走进来，也一眼看到她。

她抬头喝咖啡时，显得脖颈纤细修长。

陈静立即放下一次性杯子："傅总早。"

"嗯。"他声音低沉倦怠，不太想说话的样子，走到办公桌后坐下。

陈静扔掉一次性杯子，给他倒了一杯黑咖啡放在桌上。他解开袖口，挽起来一些，翻开面前的文件，顺手端过咖啡杯抿了一口。

陈静翻着他的行程表。看到今天下午的行程时，她顿了顿，还是开口道："傅总，下午两点半，在京市大学有一节公开课。"

　　傅临远拿钢笔的手一停，抬起眼。陈静有几分尴尬，脑海里又浮现昨晚的狼狈。

　　傅临远看她几秒，用修长的指尖摸着咖啡杯的底盘边缘，说道："好。"

　　陈静松了一口气，幸好他没提昨晚的事儿。

　　离开他办公室时，她不经意扫到他桌上的日历，十月十二日那一天被他用黑色的钢笔圈了一个圆圈。陈静瞬间收回视线，回到工位刚坐下，黄沫又给她发来一条微信消息。

　　黄沫（威远投资部经理）：陈秘书，不是吧，这两天你那么忙？忙到没空回我消息？

　　陈静这才想起来这个人，又一阵头疼，犹豫了一下，回复对方："黄经理，不好意思，我刚出差回来。"

　　黄沫（威远投资部经理）：去了哪儿？送粉钻去了？

　　陈静一看，就知她多少知道一些了。

　　陈静：黄经理，不好意思，事关傅总的隐私，恕我不能告知。
　　黄沫（威远投资部经理）：算啦，我暂时也不想知道。哪个男人没有几个念念不忘的女人？我能理解的。

　　陈静微顿，心想您理解就行。她放下手机，不再回复。

　　下午，黑色轿车开进京市大学，下车后，陈静去跟校方的摄影师确认器材，遇见了她读大学时的导师。导师端着杯枸杞茶，拍了拍她的肩膀，笑道："能跟在傅临远身边学习，一定要好好珍惜这样的机会。"

　　陈静"嗯"了一声："会的。老师，我下回再来看你。"

　　"去吧。"

　　傅临远的课一座难求，每节课都需要录制下来，当教材用。陈静确认好器材没问题，学生也挤得教室满满当当的，座无虚席。铃声一响，她站在教室后门，看着傅临远挽起袖子，提着笔记本电脑走上讲台。

台下的学生看到他，眼睛都亮了。摄影师转动摄像头对着傅临远。

傅临远把电脑放在桌上，手插裤袋，指尖在键盘上轻敲，姿态散漫，眉眼俊朗。台下很多女生拿起手机偷拍他。

他抬起眼，声音低沉，言简意赅："我讲几个经典案例，记一下。"

台下的学生沙沙地开始拿笔，翻记事本，然后又不约而同地仰头看着他。傅临远调试好笔记本电脑，拿过一旁的遥控器一按，他要讲的案例被投射在屏幕上。

他撩眼看着屏幕道："第一个，某公司脱离外资控制的两个手段……"

风吹起来，吹动台下学生们的书本，今日天色比昨天好，阳光落在窗外的灌木丛里。

陈静站得笔直，觉得这个画面与两年前的重合了。他给陈静那一届上过课，陈静那会儿也坐在靠后门的位置。他一进门，她就听见同学们喋喋不休的议论声。

"是傅临远啊。"

"十六岁就被咱们学校录取了！"

她一抬眼，视线就没挪开过。那节课她上得最认真。

一节课很快上完，傅临远收起笔记本电脑，拎着走出去，不少学生都探头在窗口看。于从接过他的电脑，招呼陈静，陈静快步跟上。

她看了一眼腕表，晚上傅临远跟陆臣有约，要给闻家那位小叔接风。

陈静想上前提醒，于从已经推开一间休息室的门，傅临远走进去，靠坐在沙发上，拿出根烟，低头点燃。

于从提醒陈静："给傅总倒杯水。"

陈静立即照做。她端着水走到傅临远身侧，把杯子放下，这时，门再次被推开。于从竟推着周泊伟走进来。陈静一愣，周泊伟看到她，也有些茫然。

下一秒，于从几下把周泊伟推到陈静面前："给她道歉。"

陈静呆住，周泊伟像是想到什么，脸色刹那间变得苍白。

"你昨天来学校了？"他问。

陈静恍然，下意识地看向傅临远。傅临远咬着烟，手插裤袋里，靠着

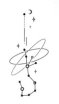

沙发，脸上没什么表情。陈静指尖一紧，看他好几秒。

傅临远的眼神瞟来，盯住她。

"看什么？"

陈静猛地回神，收回视线，拉着周泊伟的手臂，搡着他朝门口走去："你先走吧，我昨天是来学校了，也没什么的。"

"陈静，你听我说……"

"没事的，拜拜。"她打开门，把周泊伟推出去，顺便砰的一声带上了门。

她回过身。于从挑眉，问："什么情况？"

陈静看向那坐着的高大男人，心怦怦直跳，几秒后，上前低声道："傅总，他不是我男朋友，从来都不是，所以不存在背叛跟道歉一说。"

傅临远听罢，弹烟灰的指尖一顿，微微眯起狭长的眼眸，一声不吭。

于从愣了几秒："那你昨天为什么那样呢？"

陈静看向他，低声道："我都说了我躲闪不及。"

于从沉默。

搞了半天，是乌龙啊。

屋里安静一瞬，傅临远俯身将烟按灭在烟灰缸里，又轻轻解开衬衫领口，语调淡淡的："不是也好。"

陈静松了一口气。这时，傅临远的手机响起，他看了一眼来电提示，站起身接了起来，示意陈静、于从该走了。

他从陈静身侧走过，陈静听着电话那头传来黄沫的声音，问他晚上是否有空。男人低声回道："今晚没空，明晚再说。"

陈静看了一眼腕表，跟陆臣约定的时间也快到了。她跟于从一起走出休息室，于从把手插在裤袋里，对陈静说："说实在的，傅总挺护着你的。"

看着前面穿着白衬衫的颀长身影，陈静心跳加速，但沉默着。

于从笑着看她一眼："你当时那样，真挺狼狈的，一副被伤透了的模样。"

陈静无奈一笑："我解释过了。"

于从笑意加深："那个情况，解释代表掩饰。"

陈静更无奈，算了，这件事情也算过去了。

前方那个男人接完电话，刚放下手机，就有个年轻的女同学拦住他。女生穿着白色衬衫跟灰色的百褶裙，细白长腿下面是一双小白鞋。她把两手交握在胸前，仰头看着他，笑盈盈地说了什么。

傅临远单手插在裤袋里，垂眸看着那女生，几秒后，他翻转手机，点开屏幕递给她。女生眼睛一亮，高兴地举起手机，对着他手机一扫。她抬起眼，声音甜美："记得通过我的好友申请。"

陈静跟于从走到他们身后，那女生看到他们，笑着转身离开，百褶裙不住地晃动。她走出很远，还转过身朝傅临远挥了挥手。

傅临远收起手机，继续往停车场走去。于从抱着手臂"啧啧"两声，凑近陈静说道："不愧是我们的老板，老少通吃。"

陈静看着傅临远的身影，一声不吭。走到停车场，于从坐进驾驶座，陈静坐进副驾驶座，整理了一下套装裙，把傅临远的笔记本电脑放好，看了一眼腕表。

她侧过身子，看向傅临远："傅总，陆先生在旧时光餐厅等你。"

傅临远把手肘搭在后排中间的扶手上，垂眸翻着邮件，"嗯"了一声，神色有几分懒散。

陈静看他几秒，收回视线，坐正身子。于从启动车子，一路开到旧时光餐厅，下车先恭敬地打开后排的车门。

傅临远长腿迈出去，对于从说："先把她送回去。"

于从点头，目送他上了台阶，才再次坐进驾驶座。陈静滑动着平板，处理一些工作。

于从说："我送你回去。"

"好。"

车子抵达陈静的住所时，天色已暗，那一点阳光早就消失殆尽。晚风吹起，吹弯树枝，陈静从车里下来，盘起的头发都被吹乱了。一丝冷风钻入身体，她打了个冷战，跟于从点个头便走进小区。

黑色轿车开走。陈静快步上了台阶，来到楼道里总算舒服些了，手臂上的皮肤泛起小疙瘩，她鼻子一痒，在电梯里连打了好几个喷嚏。

走出电梯，她揉揉鼻子，进了门。

于从回傅恒集团大厦拿了一瓶酒，随后返回旧时光餐厅，来到包厢，推门而入："傅总，酒拿来了。"他上前把酒放在桌上。

傅临远正站在椅子旁跟陆臣说话，二人都在抽烟。傅临远把衬衫袖口挽起，露出半截手臂。陆臣伸手拿起酒，端看几秒："好酒。对了，陈秘书呢，没跟你一起来啊？"

陆臣问的是于从，于从便笑道："陈秘书回家休息了。"

陆臣"啧"了一声："才几点啊，就回家休息？"

于从顿了顿，想起今天的乌龙事件，说道："昨晚陈秘书淋雨了。"

"淋雨了？要不要紧……"陆臣放下酒，桃花眼中带着几分着急。

傅临远轻睨陆臣一眼，咬着烟没吭声。

于从虽觉得陆臣对陈静有点关心过头，但话题已经说到这儿了，他就把昨晚的事跟今天的乌龙说给陆臣听。陆臣越听眉头越扬，笑了起来，眼眸里尽显风流。

"也就是说，咱们陈秘书没有男朋友！是这个意思吧？"陆臣看向傅临远，傅临远拉开椅子坐下，没搭理他，伸手在烟灰缸上弹了弹烟灰。

于从点头："没有，都是误会。"

陆臣笑出声："挺好。"

于从没再出声。

傅临远看了一眼腕表，对他说："去接闻二。"

"好的，老板。"

屋里暖和，陈静没再打喷嚏，一边处理工作一边给蒋禾发消息。蒋禾今晚得加班，陈静就只能自己吃晚餐了。她随便煮了一碗面条，吃完已是八点多，她合上笔记本，拿着睡衣去洗澡。不知为何，水没那么热，陈静调整了几次温度都还是那样，她只能快速洗完，穿上睡衣出来，顺便把衣服抱去阳台，放进洗衣机里。阳台的风太大了，陈静的睡衣被吹得衣角翻飞。她快速关上阳台门，抱抱手臂，只觉冷死了。

晚上九点多，蒋禾回来，洗了澡，点个外卖带来跟陈静一起吃。陈静吃着吃着，又打了个喷嚏。蒋禾起初不以为意，笑着舀起一只云吞："有人想你啦？"

陈静抽张纸巾擦拭鼻子，睨她一眼："哪儿来的人？"

蒋禾一笑，见陈静又打了好几个喷嚏，才伸手搭上她的额头："你该不会发烧了吧？"

陈静摇头："没有，测过了。"

"我今晚陪你睡吧，以防万一。"

陈静"嗯"了一声，她也担心自己病了。

吃完夜宵，两个人就一起去休息，陈静这儿有两间房，蒋禾偶尔会来陪她睡。今天因为陈静不舒服，二人不到十一点就都睡了。隔天一早，陈静的鼻子还是不舒服，时不时打个喷嚏，但昨晚出了一些汗，她感觉好些了。

蒋禾抓着头发道："你昨晚喝了挺多水的。"

陈静端出早餐，放在茶几上："出了很多汗。"

蒋禾接过勺子："那你应该快好了。"

吃过早餐，两个人一起去公司。陈静抵达顶层，提着笔记本电脑推开傅临远办公室的门，他还没来，办公室里寂静昏暗。她把电脑放在他桌子上，拉开窗帘，然后泡咖啡。

过了一会儿，黑咖啡的香味飘散出来。她试了几口，一旁的手机突然响起来，她滑开屏幕一看。

> 傅临远：我早上不过去，有事打电话。

陈静一顿，她翻看他的行程表，早上确实没什么必要的事情。她回复了一个"好"字。

男人没再回她，陈静放下手机，偶尔看一眼屏幕。聊天列表里，傅临远的名字静静地躺在那儿。他几乎不发朋友圈，也不看朋友圈。之前冯志在朋友圈吐槽某个基金公司，后知后觉发现忘记屏蔽傅临远，是于让冯志别怕，说傅总从来不看朋友圈。

陈静擦拭干净桌上的咖啡水渍，拿起手机离开办公室，回到自己的工位。她在公司内部群里通知说傅总早上不来公司，有事她代为联系。大家纷纷回复了一个"OK"的手势。

刚通知完同事，陈静又开始流鼻涕了，她手忙脚乱地抽纸巾擦拭。

今天天气不好，颇为阴冷，陈静在公司餐厅跟蒋禾吃完午饭，头就有些重。她回到工位，调整了一下椅子的高度，打算趴下午睡一会儿。

这一睡，就睡迷糊了。

傅临远跟陆臣从电梯里走出来，身后跟着冯志以及财务部的几个人，要去会议室开会。

陆臣一眼看到趴在桌上休息的陈静。

冯志询问："要去叫她吗？"

陆臣立即笑道："别，让她睡吧。"

傅临远看那边趴着的人影，默许了陆臣的话。开完会已是两点半，冯志把其他人带走，陆臣伸了个懒腰，跟傅临远一起走出会议室。路过陈静的办公桌时，陆臣停下脚步，静静地看着她的睡颜。她把头发全扎起来了，露出白皙的侧脸与脖颈，此时抱着个睡枕，温柔地睡着。

陆臣玩心顿起，伸手去揪她脑后盘起的发包。

陈静睡得迷迷糊糊的，身上出汗，但头却很重，晕晕的，连东西南北都分不出了。感觉到有人在碰自己，她以为是蒋禾，下意识地伸出手抓住一旁的人："蒋禾，别闹，我想喝水。"

她白皙纤细、泛着红色的指尖拉住傅临远骨节分明的修长指尖。

那一瞬间，气氛凝滞。

傅临远垂下眼眸，轻扫一眼。仅一秒，陆臣就笑着"哎呀"一声，拉走陈静的手牵住，笑道："牵我。"

这一声出来，陈静一个激灵，猛地坐直身子，一抬眼就看到身侧的两个男人。她唰地站起身，却发现手好像被人拉着。她看了一眼陆臣，立即收回手背在身后，接着看向傅临远说道："傅总，不好意思，我睡过头了。"

鼻音很重。

傅临远一面抬起刚刚被陈静拉住的手整理衬衫袖口，一面往办公室走去，声音低沉："你先回家休息，休养两天再来。"

陈静看着他进了办公室，整个人头重脚轻，她确实需要休息，好像真的感冒了。

"我送你回家。"陆臣笑盈盈地站在一旁，盯着她看。陈静冷静几秒，回想刚刚的情况，她好像是在睡梦中牵了他的手。她抿唇说道："陆先生，我刚才把你认错了。"

"没关系，走吧，我顺路送你。"陆臣伸手把陈静放在桌上的通勤包拿起来。陈静急忙拽住通勤包一角，说道："陆先生，我自己来。"

陆臣含笑松开手，插回裤袋里，静站在旁边等着她。陈静不单单得拿包，还有一些收尾的工作，她忍着鼻塞以及头重脚轻的不适，把桌上的文件整理好，贴上标注了各部门代号的便笺纸。其中有一份是给傅临远的，她动作微顿，抬眼看向那间办公室。

他此时还用不到这份文件，陈静想了想，就没给他送去，也贴上便笺纸，写上"给傅总"，齐特助就能明白。

电梯门突然开了，冯志去而复返，走进傅临远的办公室，向他报告对开发了《上神》的游戏公司的尽调结果。他汇报到一半，眼眸一转，看一眼陈静这边，微微挑眉，问傅临远："傅总，陆先生这是干吗？他该不会要追我们的陈秘书吧？"

傅临远拿笔批着文件，听罢微顿，抬起眼眸轻扫一眼在办公室外的工位旁站着的陆臣，以及正在收拾桌面的陈静。

陆臣眉梢尽显风流，目不转睛地看着陈静收拾。傅临远看了几秒，收回视线。钢笔尖落在文件上，他对冯志道："尽调结果，继续。"

冯志"嗯"了一声，又看了一眼陆臣，回过头一边跟傅临远说尽调结果，一边想：狗股东居然把主意打到我们家陈静身上。

一门之外，陈静收拾好桌面，已经很不舒服了。她看了一眼办公室里还在谈话的两个人，没进去打扰。

她拿出手机，在跟他的聊天框里编辑好文字："傅总，我请两天假，回来补假条。"

她没立即发送出去，拎起包朝电梯走去。陆臣笑着跟上，和她一起进了电梯。陈静这才注意到陆臣，看向他，道："陆先生，我自己回去就好。"

"我怎么放心？"陆臣单手插在裤袋里，眼尾一挑，"你快晕倒了。"

陈静的脸蛋带着红晕，是发烧造成的，唇色却很白，脸色也苍白，她确实感觉自己不太舒服，连再推拒的力气都没有。

　　傅恒集团有不少股东，陆臣是最年轻的那个，又是傅临远在美国读书时的同学。因为年纪相仿，公司里不少年轻同事跟陆臣的关系都很好，面对他这个股东也没什么距离感。

　　陈静进公司两年多，跟陆臣其实没多大交集，只是他偶尔会拿她打趣。以前他来傅恒集团大厦的次数并不多，只是近来变多了。

　　电梯抵达一楼，此时附近公司的午休都结束了，连咖啡店里人都变少了，陈静看一眼外面的日头，感觉更晕了。

　　陆臣开的是辆超跑，他带着她走向停车位，笑着打开车门。

　　陈静说了声"谢谢"，坐进去，说："陆先生，麻烦你开慢点。"

　　陆臣笑道："放心吧。"

　　他坐进驾驶座，想着帮陈静扣安全带，谁知道她已经扣好了。他笑着握住方向盘，道："傅临远没给你配车？"

　　陈静头晕，只好靠着椅背，道："配了，可我还在学。"

　　她拿证不到两个月，有点怕上路，蒋禾说周末带她练习，她应该很快就能上路了。

　　"有人陪练吗？"

　　车子启动，引擎一阵轰鸣，陆臣开得跟乌龟一样慢，主要是为了照顾陈静。他单手握着方向盘，看向陈静笑问。

　　陈静累得不想说话，但陆臣身为公司的股东，要问，她也不能闭嘴不答。

　　她点头道："有的。"

　　陆臣一下子就想到她在投资部的那个闺密，说道："下回有空，我也陪你练练啊，我车技很好。"

　　陈静："不麻烦陆先生了。"

　　她脸色更白，趁着等红绿灯时把那条微信消息发出去，随后就一直看着聊天页面，并没关掉。外面的阳光照进来，她在屏幕上方的聊天框里看见"对方正在输入中……"几个字。

　　回复很快就来了。

　　傅临远：嗯。

就这一个字。

陈静心里好像有点酸楚，但又松了一口气，她请假成功，可以好好休息了。

回到小区楼下，陆臣用指尖弹弹方向盘，说："我送你上楼。"

陈静则自顾自解开安全带，说道："不用，陆先生，谢谢你送我回来。"

她虽累，但脸上带着浅浅的笑，眉眼弯着。

陆臣挑眉静看她几秒，心想真漂亮，他就喜欢这样的，嘴上说："不客气，慢点上楼。"

"好。"陈静冲他点点头，打开车门下了车，又想了一下，弯腰看一眼陆臣，"陆先生，去年那件事情，我很抱歉。"

陆臣微愣，下一秒，心里骂了一声。

去年傅恒集团的年会上，他看中了一个出席的二线女明星，听说是陈静请来的，他也不好自己去跟人联系，就让那会儿刚转正没多久的陈静把对方的微信推给他。陈静特别不愿意，推三阻四的，他便没拿到那位女明星的微信。

没想到，那位女明星也主动向陈静要他的微信，陈静假装没看到，一样没把他的微信推给对方。事后他得知，还跟傅临远告状，说你秘书胆子挺大。

他此时的心情……自然很尴尬。

进了屋，陈静放下小包，澡也没洗，吃了退烧药就去床上躺着休息。她身上一直出汗，直到蒋禾回来。蒋禾买了炸鸡，看陈静发烧了，吓了一跳，赶紧点了一份粥，先喂她吃下，然后打了盆热水给她擦身子。

陈静靠着床头，晕乎乎的。蒋禾道："你睡前再泡个脚，对了，你请假没？"

"请了。"

"好，快睡吧。"

陈静听话地躺下就睡，她与蒋禾大学同学四年，又是舍友，照顾彼此也好多年了。她在家足足休息了两天半，这期间于从以及公司的同事都发消息来询问她的身体状况，陈静心里暖暖的，一一回复。

病假的最后一天，陈静完全好了，整个人轻松多了。她买了面粉，亲手烤了一些饼干，打包成一小盒一小盒的，打算带去公司。

蒋禾上车后摸摸她额头："不发烧了吧？"

"好啦。"陈静笑着拉了一下她的手。

"那就行。"蒋禾启动车子，载她去公司。

到公司的时间还早，陈静让蒋禾帮忙拿几盒饼干去分发，自己仍直接上了顶层，将饼干放到茶水间，一人一盒，等同事们上班后自己来拿。

工作堆积了两天，她的办公桌上有点凌乱，全是文件。齐特助下个月就要调走，他新带的助理对工作还不太熟悉，所以这两天还是齐特助亲自接替她的工作。陈静赶紧收拾了一下，随后才去傅临远的办公室。

昨晚他大概下班很晚，窗帘没拉上。她不在的这两天，咖啡机也没动过，陈静先给他煮咖啡，忙完这个，再把茶几稍微收拾了一下。桌上有他的打火机，陈静擦拭下茶几，把打火机放好，接着打开一盒小饼干摆放在茶盘旁。

门口传来脚步声，傅临远一身黑色衬衫、黑色长裤，手臂上搭着外套，一进门便看到她。

陈静下意识地直起身子："傅总，早。"

"早。"傅临远声音低沉，眼眸一扫她摆好的饼干，走向衣架，把外套挂在上面，随后走到桌子后面。

他按开电脑，把袖扣解开，挽起袖子，垂眸看着电脑屏幕。陈静给他端了咖啡，放到他手边。他用指尖滑动着触摸板，语调淡淡的："身体好点了没？"

陈静看着他的侧脸，"嗯"了一声："好了。"

傅临远点点头。

陈静看他专注，也不再出声，继续去收拾茶几。傅临远一只手端起咖啡，喝了一口，另一只手的指尖仍然滑动着触摸板。

他很安静。

陈静也很安静，茶几下面的茶叶盒子空了，她起身走到酒柜前，拉开头顶的柜子门，取下一盒新茶叶。傅临远这儿的茶叶都很金贵。她靠着柜子撕下盒子的塑料外膜，打开盖子，拿了几片放进嘴里咀嚼。她很认真，垂着眼眸，几缕发丝垂在脸颊处。

傅临远放下杯子，抬手解着衬衫领口的纽扣，眼眸一抬，便看到酒柜旁的女人。阳光落在她身后不远处，有几缕缠上她的裤腿，她咀嚼着茶叶，还拿起盒子看，睫毛微垂，看着很是柔美。

傅临远慢条斯理地解着纽扣，眼神没挪开。直到领口解开，露出少许肌肤，他才收回视线，翻开文件批改。陈静拿着盒子走向茶几，打开茶几下面放着的空盒，拿起勺子一勺一勺地将茶叶舀进空的茶盒里。

忙完这些，她擦了擦手，起身离开办公室，没有发出一点声音。

陈静回到工位，刚坐下，抬手要拿文件，却一眼扫到电脑下方的时间。

今天是十月十二日。

她微愣，下意识地抬眼看向办公室里的男人，他把眼前的笔记本电脑合起来了，低头正在点烟，眉宇俊朗，神色不清。

看了几秒，陈静收回视线，专心处理手里的工作。

最近，傅恒集团投资的一家上市公司正在被外资公司恶意收购，那家公司的首席执行官找上门，希望傅恒集团能出手帮助。傅临远跟对方表示，他可以出手，但要那家公司的控制权。这正是对方一直不愿意让步的地方。

两方打起了拉锯战。

这一天很忙，等陈静抬起头时，已经是晚上七点了。她在工位上发了几秒呆，傅临远从办公室里走出来，手里拎着外套。

陈静对上他的视线，愣了一下："傅总。"

"一起去吃饭。"他声音低沉，言简意赅地吩咐。

陈静应了一声，立即起身开始收拾小包，然后跟上他的脚步，进了电梯。电梯里只有他们两个人，很安静。

陈静站在他身后。他手插裤袋，领口微敞，眉眼间带着几分倦怠、懒散。

于从在大厦门口等他们，看到他们出来，立刻拉开车门。陈静坐副驾驶座，扣好安全带，整个人也略微放松下来。

今天确实忙，她病又刚好，精神时刻紧绷着。

于从启动车子，去了附近一家挺有名的餐厅，环境好，就在公园旁。傅临远神态倦懒，于从也不敢多话，跟陈静坐在一起，二人对视一眼，低

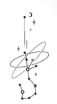

头乖乖吃饭。

吃过晚饭，于从大着胆子提议去旁边的公园走走。陈静下意识地去看傅临远。男人低头点烟，"嗯"了一声。

陈静松了一口气。

三个人进了公园，于从这会儿就有话了，跟陈静说："你说你傻不傻，发现下雨就得躲啊，还把自己弄生病了。"

陈静笑笑。

走到公园的广场，有个小女孩手里抓着只氢气球从陈静身边走过，氢气球不知怎么飞了出去，小女孩着急地叫出声。陈静条件反射性地追过去，踏上一级台阶抓住那根绳子，把氢气球拉住，回身半蹲下递给小女孩："好啦，拿回来了。"

于从走在傅临远身侧，笑看这边一眼，随后偷觑傅临远的神情，他也记得今天是十月十二日，顾琼小姐的生日。

傅临远咬着烟，用狭长的眼眸看着不远处的陈静。陈静跟小女孩身后是璀璨的灯光，细碎的光点落在她眉眼上。

傅临远没什么表情。

远在彼岸的欧式别墅，有人上门送了许多彩色气球，为今天的生日做准备。穿着白色长裙的女人缓缓从楼上下来，看着那一堆彩色气球。阿姨笑着看向她，指了指彩色气球上的卡片，上面写着一个字——

傅。

陈静安抚着小女孩，小女孩的妈妈也跑过来，抱住女儿跟她道谢。陈静摆手说不用客气，帮助人后她的心情也格外好，慢慢往傅临远、于从这边走来。傅临远接着电话，嘴里咬着烟，看她一眼。陈静的心不知为何怦怦直跳，呼出一口气，看向于从。

电话那头是陆臣，喊傅临远过去。傅临远挂断电话，对于从说："去盘山道。"

于从一听就知要去干什么，看陈静懵懂的样子，笑着道："你需要回去休息吗？"

陈静一顿。一般来说，如果不需要她或者不方便她在场，于从会直接送她回去，压根不会询问她。这时问她，也就是说那个地方她可以去，也有可能会需要她。

前两天睡都睡累了，陈静今天不想那么早休息，便说："不需要，去哪儿？"

"那走吧，你去了就知道了。"于从一笑。陈静"嗯"了一声，也不再多问，手插在裤袋里跟上于从的脚步。

她今日穿着裤装，发烧过后不敢放肆，还是穿暖和一点好。

上车后，于从启动车子，往目的地开去。陈静看着窗外的风景，渐渐发现车子在往郊区的方向开，她顿了顿，往后面看了一眼。傅临远一只手的指尖捏着烟，另一只手滑着手机屏幕。

男人的手骨节分明，落下的烟灰沾上他的手又飞走，像在亲吻他的指尖一般。

陈静看了几秒，快速收回视线，看着前面的路况。

抵达目的地后，她才发现这是一个重型摩托车的赛车场。下车后，于从站在她身边道："陆先生的爱好之一，老板是来陪他玩的。"

陈静微顿，她知道傅临远偶尔会去打打拳击，但第一次听说他会开重型摩托车。

今晚这儿很安静，灯光都亮着，赛场前停着一辆黑色的重型摩托车。傅临远走过去，长腿一迈上了车。他穿着衬衫跟西裤，显然今晚不是要比赛，只是来放松的。

这时，轰隆隆一阵响，他身后开来一辆大红色的"西装暴徒"，直接就停在傅临远身侧。陆臣一身休闲装，身后还带了个美女，那个美女穿着短裤跟黑色的修身上衣，戴着帽子贴着他的后背，两手搂着陆臣的腰。

陆臣直起身子，取下头盔，正想说话，一转眼看到站在看台上的于从跟陈静。他骂了一声，对傅临远道："你怎么带她来啊？"

傅临远整理着袖口，睨他一眼，一声不吭。

陆臣连骂几声，把那美女的手拉开。美女搞不懂他的意思，又搂了回去："干吗呀，哥哥，你是看见谁了，这么慌？"

陆臣："你……"

傅临远唇角轻勾，弧度极小，他挑起眼皮看向陈静，突然说："陈静，过来。"

两人之间距离不远，陈静以为他找她有事，下了台阶，向这边走来。陆臣浑身僵硬，都没转头跟她打招呼。

陈静冲他点点头："陆先生。"

陆臣闭了闭眼，认命地"嗯"了一声。陈静走到傅临远车旁，傅临远往她手里递了一个头盔："戴上。"

陆臣听见这话，唰地看过来，立即要下车："陈静，来我这儿。"

"来你这儿？"傅临远睨一眼陆臣身后的女人。那女人也蒙了，用拳头捶着陆臣的后背。

陈静拿到头盔，呆了几秒才戴上。傅临远转过身，双手握上车把，声音低沉："戴好就上车。"

陈静透过防风镜盯着他高大的后背，犹豫几秒，这才跨上车。车子的后货架挺高，陈静的腰被卡着，人也下意识地往前倾。她怕碰到傅临远，两手弯曲撑着大腿，声音很低："傅总……你慢点开。"

傅临远眉头微挑，没应。

陆臣的牙根咬得死紧，盯着傅临远俊朗的侧脸，暗骂道："这人是不是故意的？"

他蹬住脚蹬，让身后的女人坐好，正准备放狠话，旁边的黑色重型摩托车唰地开了出去。

陈静的身子撞到傅临远的后背，他身上淡淡的烟草味以及檀香味飘来。男人的声音被风吹过来："搂紧。"

陈静的心狠狠一跳。他在说什么？

"陈静，我让你搂紧。"要拐弯时，他又说了一遍，语气严肃。陈静这样支撑自己也累，咬咬牙，两手一伸，从他腰侧穿过，白皙纤细的手臂搂住了他的腰，两手紧扣——

命要紧。

戴着头盔，风依旧呼呼作响，陈静呼出来的热气都扑回自己脸上，一片滚烫，就像航行的星星终于抵达银河，碰见那滚烫的太阳。

远处的星星亮得直闪。

她隔着头盔，看着前方开车的男人，没忍住将手臂收紧了好几分，甚至能感受到他腰腹结实而劲瘦的肌肉。傅临远从她搂上后便一直加油门，机车宛如箭一般飞驰，风景几乎是咻地从二人身边擦过。陈静的袖子被风吹得翻飞，打在肌肤上。

陆臣的"西装暴徒"也从身侧开上来，车身距离两人只有半米远。傅临远偏头轻扫一眼陆臣，下一秒，再加油门，咻的一声再次甩开那辆车。

空气中隐约可听见陆臣咒骂的声音。陈静再次收紧环在傅临远腰上的手臂，车道上的叶子紧跟着飞起来，垂落的树梢轻点了下陈静的头盔。

陈静有几分紧张，用左手紧扣着自己右手的手腕。

傅临远一个低身开过一个拐角，膝盖距离地面只有几厘米，陈静咽下嘴里的惊呼，头抵着傅临远的后背。车子拐过弯曲的拐角，进入平稳的大道，车身也直起来。

可陈静的头还抵着傅临远，一时没离开。傅临远偏头，声音低沉："怕了？"

陈静正在调整心情，张了张嘴，呼出热气，道："还好。"

可腰上的那双手不是这么说的，它们紧得傅临远能感觉到她那无从发泄的紧张。他眉头微挑，空出一只手，往腰上摸去，轻轻拉开她的手。

陈静更加紧张，反手抓住他的手指。那一瞬间，空气似乎都停滞了。

陈静反应过来自己似乎跟他十指紧扣，唰地松开五指，往旁边一退。

傅临远沉默几秒，道："放松点，这条路，我开过无数次。"

陈静顿了顿，说道："傅总，我相信你。"一声"傅总"，在这个时候像是证明了下属对上司的忠诚以及信任。

傅临远安静几秒，唇角轻勾，那点如雾一般模糊的悸动也被打散。陈静的心跳仍在加快。她稳住心神，微微仰头，一眼就看到满天的星星，像是这个城市的所有星星都聚集起来了一样，万里星河，美不胜收。

不一会儿，前方出现一处山崖。傅临远将车缓缓停下，眼前除了有满天的星星，还有万家灯火。

陈静先下了车，取下头盔，往前走几步，盯着那一片天空。她盘起的头发凌乱不已，在脑后摇摇晃晃，却带着几分随性的美。

傅临远长腿一迈，跨下车，拿下头盔放在油箱上面，手插在裤袋里，

也看着前方的星空。星空下，有个高挑纤细的身影正在拨弄着发丝。

他低头点烟，抬眼望去。

陈静觉得后脑勺有点重，抬手整理头发，一不小心把盘发用的夹子弄掉了，头发披散下来。她无奈，只能用指尖顺顺发丝，满天星空仿佛罩在她身上。

傅临远吐出烟雾，靠着车，几秒后，红色的"西装暴徒"停在身侧。陆臣带着火气下车，取下头盔甩一甩头发，本想冲傅临远说点什么，但一抬眼看到前方披散着发丝的人影，喉头上下动了动，什么火气都消散了，漂亮的天空下站着这样一位美人，值了。他叉着腰看了一眼傅临远，道："原谅你了。"

傅临远睨他一眼，没搭理。陆臣放好头盔，向他要烟。

傅临远往他怀里扔去一盒，陆臣取出一根烟，点燃后，就朝陈静走去。陈静的头发没扎好，只能披着，她把夹子放进外套口袋里，转头看向身侧走来的人："陆先生。"

陆臣看着她娇美的脸，笑问："这儿美吗？"

陈静点头："嗯。"

陆臣含笑道："没你美。"

陈静微愣，静看他一秒，又往后看了一眼。那个跟着陆臣来的美女叉腰站在那儿，翻着白眼。陈静语气冷静："陆先生不要开玩笑。"

"不信吗？问问傅临远啊。"陆臣扭头，"傅总，你家秘书好看吗？"

陈静的心狠狠一跳。前面是万千星光，身后是悬在心间的一人。她冷静自持地转过头，静看傅临远。傅临远收起手机，撩起眼眸，咬着烟含糊道："还行。"

那个美女似乎不满意自己被忽略，上前几步，走到傅临远身侧："哥哥，那我呢？"

傅临远偏头，嘴里斜斜咬着烟，一语不发。

那个美女眼眶一红。居然连个还行都没有！

第二章　得不到的

"还行。"

陈静不由自主地想起在搜索软件上看到的那张脸，美如天使，那种纯净的漂亮，就像许多人保存在心底的白月光，其他人在她面前都暗淡无光。陈静无奈一笑，怎么会想起她，又跟她比什么呢？彼此毫不相识，她更没资格去跟对方比。

因为傅临远的沉默，那个美女失了面子，更见不得陆臣对陈静大献殷勤，立即闹着要回去，还狠狠瞪了陈静好几眼。陈静莫名其妙，陆臣觉得那美女不懂事，但怕闹得太难看，咬咬牙，拽着美女的手臂走向"西装暴徒"。

他们要走了，陈静跟傅临远再留着也不太合适。傅临远掐灭烟，拎起头盔。陈静取过头盔戴上，再次上了车。这次，不用他开口，陈静主动搂上他的腰。

之前她搂腰是傅临远命令的，他没什么感觉。这会儿，他垂眸看了一眼她扣在腰间的手，随后才抬起头加油门，轰的一声，车子冲了出去。

不一会儿，黑色重型摩托车就追上了前面的"西装暴徒"，两辆车平行了一会儿。突然，黑色重型摩托车轰隆一声，加大油门，超过"西装暴徒"。下一秒，陆臣也加大油门，追了上去。

两辆车在山道上你追我赶，互不相让。陈静觉得自己快承受不住了，她死死闭眼，手紧紧搂着他的腰。陆臣身后那个美女估计也受不住，尖叫了几声。抵达终点时，那个美女已经没了一开始的气性，拨开面罩，脸色苍白，手还紧紧搂着陆臣的腰。

　　陈静平息几秒，下了车。于从上前笑问："怎么样？看你挺淡定的。"

　　陈静撩眼："你觉得我淡定？"

　　于从看出她下唇被咬出的痕迹，轻轻一笑，道："你放心，傅总去年在这条路上拿了CSBK①冠军。"

　　陈静微顿，看了一眼那边的男人。傅临远下了车，把车钥匙扔给迎上去的赛场老板，又接过赛场老板递来的烟，垂眸点燃。赛车老板不知说了什么，他眉头微扬，点了下头。

　　于从说道："我先送你回去。"

　　陈静"嗯"了一声，跟上于从的脚步。陆臣也下了车，走向赛场老板，那个美女挽着他的手臂非要跟过去。陈静跟于从走上台阶，她的头发还没扎起来，披散在身后，发丝微卷，长度及腰。她的背影纤细漂亮，腰身以下，藏在西裤里的腿修长笔直。

　　傅临远眼一抬，便看到那抹身影，他用指尖转着香烟，看着人影走进停车场，收回视线。

　　回到住所，陈静拿了睡衣去洗澡，刚出来，手机铃声就响起来，是肖梅的来电。

　　陈静擦着头发，坐在沙发上接起电话："妈，你还没睡啊？"

　　"我睡不着，打你电话你又没接。"

　　陈静有些愧疚，说："手机放包里了，今晚加班。"

　　肖梅道："你把手机声音调大点啊，每次找你都那么麻烦，你自己又不主动联系我……"

　　"抱歉，妈，我是当秘书的，跟在老板身边，我的手机声音如果太响，会影响到老板的。"

　　肖梅沉默几秒："算了，你跟泊伟现在怎么样？上次见面如何……"

　　陈静微愣，想了想，说道："妈，你再问问阿姨，周泊伟是不是真的单身，怎么好像他在学校有女朋友……"

　　"你从哪儿听说的？"肖梅打断她的话。

　　陈静安静几秒，道："我亲眼见到的。"

---

① 中国超级摩托车锦标赛。

肖梅本以为陈静又在找理由敷衍，还想说"我怎么没听说"，陈静这样答，她脸色一变："你见到的？"

陈静"嗯"了一声。

"是不是上次我让你们约的时候发现的？"肖梅一下子就把事情串了起来，陈静应是，肖梅瞬间安静。下一秒，她道："真行，一家子都是骗子。"

"妈。"

"别管，我去找他妈说。"肖梅说完便挂了电话。

陈静听着听筒里嘟嘟嘟的声音，放下手机，支着头，有几分无奈。她没立即跟肖梅说，就是怕肖梅会这样，可她要是不说，肖梅也会没完没了地让他们见面。

肖梅一个人在老家生活，要是太过尖锐，很容易没朋友。陈静犹豫几秒，还是又拿起手机给肖梅打过去。电话那头，肖梅正在下楼。

陈静说道："妈，现在这么晚了，就别去阿姨家了，明天再说。何况她在老家，说不定根本就不知道周泊伟有没有交女朋友……"

肖梅冷哼道："她连自己儿子的事情都不知道，怎么当妈的？"

陈静低声道："妈妈也不是万事通啊。"

肖梅停下脚步，返回楼上，说道："是啊，你们这些孩子，总把我们这些父母撇开，以为自己长大了。"

陈静笑笑："不是啊，我还是很依赖你的。"

"你依赖我？我才不信。"

陈静轻笑，哄好肖梅后，才挂断电话。

隔天，蒋禾载陈静去公司的路上，提起肖梅昨天给她打电话。陈静说自己回了电话，蒋禾看她一眼："你们昨晚吃完晚饭，还去了哪里？"

陈静微顿，道："陪傅总去见了陆先生。"

蒋禾"哦"了一声，没再问。

陈静看向窗外，觉得自己的喜欢真见不得光，连跟闺密分享的勇气都没有。今天时间还早，停好车后，陈静陪蒋禾去一楼的咖啡厅买咖啡，端着咖啡走出来时，正好看到傅临远从车里下来。他用指尖抵着眉心，一脸倦怠，隐隐有几分烦躁，像是没睡饱似的，抬腿走上台阶。

这时，一个穿着T恤跟长裙的漂亮女生走过来，手里捧着一份早餐挡

住他的路，往他面前递。傅临远停下脚步，神色冷淡地看着那女生。

蒋禾笑着撞了一下陈静，陈静回神，认出是在京大问他要微信的那个女生。一大早在这么多人面前拦住他，胆子真大。

女生笑着把早餐往前递，无惧他的冷脸。傅临远淡然地伸手接过那份早餐，随后大步往大厦里面走。

陈静急忙快走几步，帮他按开了专属电梯。傅临远手里拎着那份早餐，睨了陈静一眼。陈静呼吸微顿，电梯门打开，她看他一眼："傅总。"

傅临远走进去，陈静也跟着走进去，按了楼层。傅临远轻轻扫视她几秒，陈静安静地站着，余光看着他拎着的那份早餐。

到了顶层，二人走出电梯。傅临远把早餐往她怀里放："处理掉。"

陈静急忙接过早餐，顿了顿，看了一眼早餐盒上的爱心贴纸，问道："傅总，你吃早餐了吗？"

"咖啡。"他没应，反而这样说。陈静应了声，先把早餐盒放到茶水间，随后赶去他的办公室。他轻扯开领口坐下，看样子确实很烦躁，他刚起床后偶尔会这样。

陈静打开咖啡机，快速煮了杯黑咖啡，放在他手边。他用指尖滑动着电脑的触摸板，神色没那么倦懒了。

陈静松了一口气，离开办公室，正好与从电梯里出来的冯志迎面碰上。冯志笑着凑近她，问道："我听人说，刚才有个小美女给傅总送早餐啊？"

陈静顿了顿，"嗯"了一声。

冯志"啧啧"两声："傅总艳福不浅。"

陈静笑笑。冯志不再吭声，走向办公室。陈静返回茶水间，看着那粉色的早餐盒，不知道该如何处理，叹了口气。

上午十点多，电梯门又开了，黄沫穿着一身套装裙，背着个小包走出来。她的鞋跟特别高，踩在地板上嗒嗒直响。陈静一抬眼，对上她眼眸。

黄沫取下墨镜，微微一笑："陈秘书，好久不见。"

陈静平静地应道："好久不见，黄经理。"

黄沫一笑，高跟鞋一拐，进了傅临远的办公室。傅临远跟冯志正在谈话，黄沫站在门口，挡住了光线。几秒后，冯志拿着签好的文件离开办公室。

傅临远靠着沙发椅背站着，把签名用的钢笔的笔盖合上。黄沫走到他面前，仰头看着他。

傅临远懒散地撩起眼皮，黄沫盯着他，意有所指地道："傅总最近很忙呢。晚上都约不出来。"

傅临远神色淡淡："是挺忙。"

黄沫一咬牙根："听说早上有个小美女给你送早餐，还是京市大学的学生。男人啊，喜欢新鲜的，喜欢年纪小的，都是通病。"

傅临远轻扯唇角，伸手从裤袋里拿出烟盒，抽出一根点燃，没应。黄沫看他咬着烟，气得很，但转念一想，又觉得不能这样对他，要表现得毫不在乎才行。她笑着再往前，伸手拽了一下他的领口。

傅临远咬着烟，不动。黄沫把玩着他的领口，这时见到门口一抹大红色闪过，她好奇地往外一看，竟看到陆臣捧着超大一束玫瑰花走向陈静的办公桌。

陈静正端着杯咖啡准备坐下，陆臣来到她面前，眉眼微扬，笑道："刚刚在路上看到有个小女孩儿卖花，那么小的个子拎着一整桶的玫瑰花，挺吃力的。我可怜她，就把她手里的玫瑰花全买了，权当做好事，放你桌上，你分点给其他女同事。"

陈静微愣，看了一眼他手中的玫瑰花，怕是有五六十朵。她沉默几秒，道："陆先生可以送给你那些女性朋友。"

陆臣一听，笑了："巧了，昨天晚上，我把所有莺莺燕燕的联系方式全删了。"

陈静拧眉，有些迟疑。

办公室里，黄沫挑眉笑道："看来陆总是想追陈秘书。挺有心的嘛。"

傅临远抬眼望去，见她站在花前，人比花娇，面色犹豫地沉默着。他神色淡淡的，唇角烟雾缭绕。几秒后，他收回视线，取下烟，一手握住黄沫的手腕推开她，一丝不耐爬上眉心。

拒绝的话也脱口而出，语气并不温和："滚。"

陈静很清楚玫瑰花的寓意，她家里曾经养着一片非常漂亮的红玫瑰，那是她父亲为肖梅养的，是二人爱情的象征。但在大都市里，人们认为玫

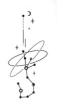

瑰花代表爱情的观点已经没有那么绝对。

看陈静还在犹豫，陆臣拿出手机，笑道："你不信啊？我把所有女人都给删了，现在通信录里只剩下一群狗男人，来，给你检查。"他直接将手机递到陈静跟前。

陈静回神，看着陆臣的手机，无奈地道："陆先生，我怎么能看你手机？"

她伸手推开他的手机，抬手接过他怀里的玫瑰花："玫瑰花就放我这儿，等会儿我装点下办公室。"

她把玫瑰花充公了。陆臣笑盈盈地收回手，盯着她漂亮的脸，道："好啊，陈秘书，我以后也是个清白的男人，不要老想着我有多风流了啊！"

他再三点题，陈静把玫瑰花放在桌上，听罢看他一眼。如果她没有误会，他这番话是想说他以后不会再花心了吗？可那跟她有什么关系？

陈静温和一笑："好。"

话音刚落，嗒嗒嗒的脚步声从办公室里传出来，走得那叫一个急。陈静一抬眼，就看见黄沫戴着墨镜，紧抿着红唇，大步地走出来，那步伐风风火火，像是赶着要去哪儿一样。

陆臣手插裤袋望去，"哟"了一声："黄经理，这么早啊。"

黄沫唇角扯了一下："早，陆总。"

她戴着墨镜，看不清脸色，说完话就往电梯走去。电梯还停在这一层，她抱着手臂，伸出指尖点按钮，一时没点到那个圆圈，又烦躁地再次狠狠一点，用力到涂着指甲油的指甲都要断了似的。

电梯门打开，她走进去，又用力按了一楼的按钮，直到电梯门关上。陆臣看出点意思，对陈静道："我进去看看你老板。"

"好。陆先生请。"陈静收回看着电梯的视线，点点头，陆臣走向傅临远的办公室。

她低头整理这一束玫瑰花，尖刺都被剪掉了，花枝下面裹着水，玫瑰中间还装点了些许满天星。

办公室里，傅临远扣着衬衫纽扣，指间夹烟，正往桌子旁走去。陆臣走进来，看见傅临远神色倦怠，样子很是冷淡。

他睨陆臣一眼，走到办公桌后坐下，咬着烟打开笔记本电脑。

陆臣笑着站到他跟前，敲了敲桌子："把黄沫给气走了？腻了？"

傅临远坐下，放下烟，指尖搭在烟灰缸上。

他没应陆臣。陆臣却不在乎，笑着继续道："你就老实点吧，远方有佳人，耐心等几年。不像我，还没有佳人，得努力。"他意有所指地看向门外，陈静正捧着玫瑰花朝茶水间走。

傅临远抬手合上笔记本电脑，身子往后靠，问道："你很闲？"

陆臣回头看向傅临远，他支着脸，面色不只倦怠，还带了几分不耐。

陆臣"喊"一声："不闲，走了。"

他出了办公室，直接往茶水间走去。傅临远拿过烟放进嘴里，视线转向电脑屏幕。

陈静刚把一束花放进花瓶里，陆臣就敲了一下门。陈静回身，陆臣笑道："陈秘书，我先走了。"

陈静点头："您慢走。"

陆臣挑眉："我们年纪相仿，你不必对我用尊称，以后可以直接叫我名字，陆臣。"

陈静微顿，笑了笑，道："陆先生，礼不可废。"

她笑起来很温柔，陆臣觉得养眼，笑道："先听你的。拜拜，下回见。"

陈静"嗯"了一声。二人一起离开茶水间，陈静目送他进了电梯，才回到工位。她收拾好桌上分好的八束玫瑰以及满天星，微微抬眼看向那敞着门的办公室。

她将花捧起来，走进傅临远的办公室。

他咬着烟在看高管的视频汇报，眉目俊朗，但仍有几分倦怠感。陈静放轻脚步，取过一个花瓶放在沙发旁的方桌上，往里面倒了一些水，接着把玫瑰花跟满天星插进去，稍微调整了一下玫瑰花的朝向。

傅临远揉着眉心，一抬眼便看到她和她送进来的花。他沉默地看了几秒，嘴里咬着烟，语气低沉："干什么？"

陈静听见他的声音，唰地转过身，看着他道："陆先生送来的玫瑰花，挺漂亮的，我在办公室放几枝。"

傅临远站起身，往沙发走去。陈静挺直腰，静静看着他。傅临远来到她面前，突然俯身，身上的烟草味以及香水味飘过来，令陈静呼吸不畅。

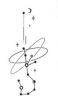

他睨她一眼，取过那只花瓶，往她怀里塞。

他站直身子，垂眸看她："拿出去，我不喜欢。"

陈静微愣，捧着花瓶，脸色有些白。她在他身边那么久，做不少事情他都会默许，还未曾遇见过他直接拒绝，甚至是开口说不喜欢的情况，让她不由得怔忡不安。

傅临远静看她几秒，说："回头买点七叶莲摆进来。"

陈静捧着那烫手的玫瑰花瓶点点头："好，我这就安排。"

说完，她快速从他身侧离开，带走淡淡的香味。傅临远站在原地，微微仰起头，喉结滑动，指尖捏着烟，面色依旧烦躁。

回到工位，陈静放下花瓶，花瓶里的红玫瑰娇艳欲滴，惹人注目，却不是办公室里那个人喜欢的花。

陈静呼出一口气，怀疑自己太自以为是了。她调整了一下情绪，拿起手机给于从打电话，让他过来。她要出门买点东西，现在是上班时间，出去办事当然是越快越好。

不一会儿，于从就发消息说在楼下等她。陈静写了一张便笺纸贴在桌上，说自己出门一趟，有事手机联系。

随后，她拎起包下楼，上了车。于从启动车子，问道："去哪儿？"

"花市。"陈静扣好安全带，声音温柔。

于从看她一眼："突然去那里干吗？"

"买七叶莲。"

于从又看她一眼，敏锐地捕捉到她情绪低落，挑眉道："怎么？不喜欢陆总的玫瑰花啊？"

陈静一顿，看向于从："你们都知道了？"

于从笑起来："这又不是什么秘密，陆总捧着那么大一束玫瑰花进公司，早传开了。"

陈静想了一下，也是。于从看着路况问道："那这七叶莲又是怎么回事？突然要去买花，你跟傅总说了没？"

"傅总"二字挑起陈静的神经，她抿抿唇，道："傅总要求的。"

"咦？"于从有几分诧异，"好端端的，买什么七叶莲？"

陈静没应。于从借着红灯转头看她，陈静被他打量几下，犹豫几秒，说道："我刚才好像做错事了。"

于从跟在傅临远身边的时间长，更清楚傅临远的性格与爱好。陈静当秘书这两年，于从帮了她不少忙，所以她也就脱口而出了。

于从一听，就猜到她情绪低落的原因，问她做错了什么事情。

陈静说她自作主张地将红玫瑰送进傅临远的办公室，本想装点一下，没想到他不喜欢，还让她出来买七叶莲。她问："傅总反感玫瑰吗？"

于从听罢，微愣。他开着车，微微拧眉："从来没听说他反感玫瑰。"

陈静安静了。

于从接着道："可能他今天心情不好。他早晨来了之后一直很不耐烦。"

陈静"嗯"了一声。

抵达花卉市场，满目琳琅，各种植物都有，各种花的香气扑面而来。陈静一眼看到一个主卖白玫瑰的摊位，那么大一片白玫瑰，在这五颜六色的花卉市场中显得清冷孤独，却又纯净美好，令人向往。

她想起顾琼小姐，那人确实配得上"白玫瑰"这个称呼，而旁边的红玫瑰就显得艳俗了。

于从顺着她的视线望去，笑着问道："看什么呢？"

陈静回神，笑道："白玫瑰很美。"

于从取了七叶莲，说道："美得孤傲。走了。"

陈静"嗯"了一声，和于从一起离开花卉市场。

回到傅恒集团大厦，陈静捧着七叶莲走出电梯，不开会的时候顶层挺安静的，齐特助正在工作，他新带的特助则在另一间办公室。这个新特助最近才接手齐特助的工作，干得手忙脚乱的，几乎一直在办公室里看资料。

傅临远办公室的门开着，陈静把植物捧起来，犹豫片刻，走进去。傅临远正在办公桌后批改文件，衬衫的领口微敞着，神色仍有几分倦怠。

陈静放轻脚步，没有出声打扰他，直接拐向沙发，把七叶莲小心地摆放在沙发边的桌子上，又拿起小抹布，轻轻擦拭叶子。

傅临远合上文件，抬起头，便看到那坐在沙发上的纤细身影正专心致志地擦拭七叶莲。他凝神看了几秒，站起身，走向身后的咖啡机，接了杯咖啡，随后靠着桌子，盯着她指尖的七叶莲叶片。

他神色不变，却想起她早晨苍白的脸。

"陈静。"男人声音低沉。陈静唰地放下抹布，扭头看去，声音温和："傅总。"

"收拾一下，陪我出差。"他看着她道。

陈静站起身，点头道："好的，傅总，去哪儿？"

"邻市。"

距离很近，开车一天就能来回。他没说要拿行李，陈静就只回到工位收拾了一下挎包，塞好充电宝、平板电脑以及速溶黑咖啡，就差不多了。

陈静站在办公桌后面等着。不一会儿，傅临远手臂上搭着外套走出来，伸手把一份文件递给她。陈静接过来，低头放进包里。

傅临远一面系领带，一面用狭长的眼眸看向她桌上的那束红玫瑰，几秒后才收回视线。

陈静拉好挎包的拉链，抬起眼："傅总，还有什么需要拿的吗？"

傅临远系好领带——他系着领带的样子有点高不可攀，又垂眸扣着袖子，声音低沉："进办公室，替我拿打火机跟烟。"

"好的。"陈静拐进他办公室，在沙发边上拿起那只打火机，又去他桌上拿烟。他的烟都是定制的，烟盒也不是市面上能见到的样式。他身上的烟草味并不难闻，是一种糅杂了木质香的烟草味，有时会让人沉迷。

陈静走出来，傅临远拎起她的包给她。陈静接过来，又把打火机跟烟盒递给他。

两个人往电梯走去。抵达一楼，于从已经把车停门口了，陈静拎着包跟在傅临远身后。

此时将近中午，大厦里的气氛也有些松散，傅临远打开车门，正要弯腰坐进去，一抹人影突然走过来，是早晨那个送早餐的女学生。她背着手站在傅临远身侧，叫住了他。

陈静脚步一顿。傅临远站直身子，手扶着车门，眯眼看去。

女学生笑着摊手："我的饭盒呢？"

她青春靓丽，做出这样的动作显得尤其天真可爱，带着一种少女的胆大妄为。傅临远神色不变，偏头看她几秒，道："不见了。"

女学生一听，仍笑道："不见了你得赔啊。"

傅临远眉头微挑，按着车门，唇角微勾："怎么赔？"

很显然，他的心情比早上好多了，有心情应付她。女学生听见他那低沉的声音，脸一下红透，抿唇仰头道："赔……就……你送我去学校吧，我下午得回学校上课。"

陈静一眼看到女学生脖子上挂着隔壁大厦那间传媒公司的实习生工作牌，心里意外又不意外。

陈静看向傅临远。傅临远神色不变，静看那女学生几秒，语调懒散："上车。"

他弯腰坐进车里，那女学生眉眼一扬，笑盈盈地绕过车门，跟着坐进去。傅临远往外扫了一眼，陈静看到他的眼神，顿了顿，拉开副驾驶座的门坐进去。扣安全带的时候，于从冲她挑眉。

陈静侧过身，问那名女生："小妹妹是直接回京大吗？"

那女生很漂亮，眼睛很大，她眉眼一弯，道："是的。姐姐，你们要出门啊？去哪里呀？"

陈静看傅临远一眼。男人靠着椅背，指尖支着脸，正看着她这边，一副交给她应付的样子。陈静拿不定这个女生在傅临远心里的位置，出于职业素养向女生微微一笑，道："是要出门，去哪里不能告诉你。那我们先出发，送你回学校。"

"谢谢你哦，姐姐。"女生也很识相，没再往下问。

陈静转回身看了于从一眼，于从启动车子，开上大路。陈静靠着椅背，看着前方的路况。车子行驶一段路后，那个女生开始跟傅临远说话："我做的早餐好吃吗？"

傅临远翻着文件，没应她。女生不甘心，又问："好不好吃呀？"

傅临远声音低沉，语调里带了几分敷衍："还行。"

"还行就是很好的意思，对不对？"女生自我解读，傅临远撩起眼眸，看她一眼。女生笑盈盈地，宛如花朵一般。

傅临远轻哼一声，身子往后一靠，抬起眼眸，不经意扫到副驾驶座上陈静的侧脸。

陈静看着前方的风景，红绿灯、车牌、路人、公交车道……听着身后女生撒娇的声音："学校周末要办画展，你有空吗？你来看看呗，我也有作品。"

他没应。

女生接着道："来嘛来嘛，我画画挺好，你绝对喜欢。"

男人睨着她，她丝毫不惧，笑着撑脸看他："你不回答我，就算你答应了。"

傅临远轻扯领带，凑近那女生，狭长的眼眸如墨，声音很低："没人告诉过你，太过主动容易吃亏吗？"

女生看着他俊朗的脸，心怦怦直跳。她眨了眨眼，道："不主动哪来的爱情？"

"哦？"他轻笑，靠回椅背。

女生撑着脸继续看他，满眼痴迷。

于从看了陈静几眼，眼里带笑。陈静很安静，神色也很沉稳。很快，车子抵达京市大学的门口，女生开门下车，弯腰跟傅临远挥手。

傅临远连眼眸都没转过去，侧脸冷峻。砰的一声，车门关上。女生还跟陈静挥了挥手，陈静也抬起手跟她挥了挥。

车里回归安静。于从一边启动车子一边问陈静："你车学得怎么样？"

陈静回神看着方向盘，道："周末刚练了一下车。"

"有把握吗？"于从笑问。

陈静说："还是有点紧张。"

"没事，多练就行。上过大路吧？"

陈静应道："上过，只是开得慢。"

此时车子驶入郊区，车流量一下子就小了许多。傅临远的声音从她身后传来："于从，把车给她开。"

陈静心脏一紧，转头看向傅临远："傅总。"

傅临远将手臂搭在后排中间的扶手上，撩眼看她，道："试试。"

陈静看着男人狭长的眼眸，心怦怦直跳，有些不敢置信。于从笑着把车缓缓停下，随后解了安全带，对陈静道："来吧。"

陈静呆了儿秒，看着前方的空路，又想着身后这个男人——他对她就那么信任吗？

陈静咬咬牙，解开安全带，下车跟于从交换了位置。于从在副驾驶座指导她："这车跟傅总给你配的那辆是一样的，慢慢来，不要急。"

陈静摸上方向盘，"嗯"了一声，缓慢地启动车子，眼睛紧盯着前方的路，开出去。

于从拍手道："这不是挺好的？"

陈静不敢松懈，她不是一个人，这车上有于从，还有傅临远。车子一路往邻市开，中间又换回于从开，抵达目的地时是下午两点半。

那个被外资恶意收购的公司名为视源，他们的首席执行官封源开了个包厢接待他们。这回他的态度比之前好很多，一顿饭下来，说了不少好话，但傅临远要的控制权，他依旧没松口。

傅临远倒是有耐心，拿起公筷，给陈静夹了一块她夹不到的鱼肉。陈静嘴里塞着青菜，指尖微顿，含糊地道："谢谢傅总。"

傅临远没应，放下公筷，挽起袖子，指骨修长。他偏头听着封源一股脑往外倒的好话，眉头都没动一下。

一顿饭下来，封源脸都笑僵了。他正了正身子，道："傅总，我们单独聊，可以吗？"

傅临远放下杯子，挑眉道："好啊。"

封源年纪比傅临远大上不少，看着眼前这个年轻的首席执行官，没想到对方能如此不动声色。他招呼傅临远起身，去了里面的休息室。

封源带来的人留下来陪陈静跟于从，一边泡茶一边同两人聊天，陈静坐得笔直。没聊几句，对方的手机突然响起，似是有事，他接起电话说要出去一趟。

陈静等他走后，松下肩膀，掩嘴打了个哈欠。

于从看她一眼，道："要不你躺在这儿休息一下？"

陈静平时在公司都会午睡，今天没午睡，这会儿是有点困。她摇头道："我看看视源的财务报表。"

她走到一旁的商务桌前坐下，从包里拿出傅临远早上给的文件，认真翻看。视源这两年发展得挺好的，上市后股价一直很稳定。当初傅临远是他们的伯乐，不过如今视源内部不平稳，这也是傅临远想要控制权的原因。

看完后，陈静收好文件，感觉更困了，撑着脸翻着手机。于从也在一旁看手机，没一会儿，他的手机也响了，随即起身出去。包厢里剩下陈静一个人，更安静了。

　　过了一会儿，包厢休息室的门打开了。封源侧过身子跟傅临远握手，傅临远轻扯领带，伸出修长的手，跟他握了握。

　　封源说道："谢谢你，傅总。"

　　傅临远"嗯"了一声。

　　封源正想问晚上要不要再一起吃个饭，眼睛扫到商务桌旁那一抹身影，看见陈静困得趴在桌子上，说道："非常抱歉，没安排让陈秘书休息会儿，这样，我在楼上开一间……"

　　傅临远抬手制止他的话："封总有事先去忙。"

　　封源一顿，说道："那晚上再一起吃个饭，我这边安排。"

　　"再说。"

　　封源点点头，又看了一眼那趴着的身影才离开，心里咒骂他带来的那个人不会招待客人。

　　包厢的门关上，傅临远走向陈静。她人是趴下了，可手机屏幕还亮着，她的睫毛很长，鼻子很挺，眼尾微翘。傅临远一边轻扯着领带，一边看着她。看了好一会儿，他捞起一旁的西装外套，搭在她肩膀上。

　　包厢这么安静主要是因为隔音特别好，地上铺着地毯，加上陈静觉得有于从在，很安心，所以才一时没醒过来。

　　傅临远在她旁边的沙发上坐下，长腿交叠，拿过杂志翻着。

　　包厢里更安静了。大约五分钟后，陈静的手机有电话进来，把她惊醒了。她迷迷糊糊地拿起手机看一眼，接起来："陆先生，你好。"

　　傅临远翻着杂志的指尖一顿。

　　他神色不变，杂志却停在了这一页。陈静坐直身子，捋了捋凌乱的刘海。陆臣笑着问道："在邻市出差？"

　　陈静清醒了很多，声音仍带着几分睡醒后的软和，显得格外好听。她说："是的，不知道陆先生找我有什么事？"

　　陆臣听着她的声音，觉得是一种享受。他轻笑道："没事就不能找你啊？陈秘书不要这么公事公办，我们也可以是朋友啊。"

　　跟股东做朋友？陈静想想都觉得不合适，何况陆臣还那么年轻。她微微一笑："陆先生有话直说。"

　　"明晚我生日，来给我过生日吧，跟你那位闺密一起来，我已经邀请她了。"陆臣笑着说道。

原来是这么回事，陈静安静几秒，道："好，我到时候看看，陆先生。"

陆臣很想叫她别一直喊陆先生，不过知道她一时半会儿肯定改不了，于是就算了。他笑问："你老板在吗？刚才打他电话也没接，你把电话给他吧，我跟他说两句。"

陈静一听，应了声"好"。她正想起身去看看傅临远忙完没，一转头便看到沙发上坐着的男人。他的手臂搭在扶手上，长腿交叠，腿上搭着本杂志，领带松垮，领口微敞，带着几分矜贵。

陈静心跳快了些，递过手机："傅总，陆先生找你。"

傅临远看向她，狭长的眼眸黑如墨，看得人心慌。

陈静正犹豫着要不要把手机收回来，傅临远终于朝她伸出手。陈静往前倾，把手机放在他掌心里。傅临远接过去，用指尖点开免提，声音低沉："什么事？"

陆臣在那头笑道："我喊了闻敛，明晚聚聚。"

傅临远用另一只手随意翻着杂志："明晚再说。"

陆臣"啧"一声："你可一定要来啊，你不来，算什么兄弟？再说，你不来，你秘书能来吗？"

傅临远神色不变，陈静则有几分尴尬，怎么说得好像她必须去一样？她凑过去，张嘴想说什么，傅临远的指尖却往红色按键一按。

嘟嘟嘟——电话挂断了，他撩起眼眸。

陈静往前凑的身体一僵，有几分呆愣地看着他的眼眸。傅临远看了她几秒，才将手机递给她。陈静回神，伸手去接。

男人低沉的声音响起："想去？"

陈静拿到手机，唰地抬起眼，神色认真地道："不是，工作为重。傅总，是不是得给陆先生准备生日礼物？"当傅临远秘书以来，陈静联系过不少品牌，帮他买礼物。傅临远合上杂志，随手扔在一旁。他往后靠，看着她，问道："你有什么建议？"

陈静又是一愣，她怎么会知道陆臣看得上什么？她犹豫了几秒，想起陆臣那些花里胡哨的领带，开口道："傅总，不如给陆先生准备一条领带吧？"

傅临远眼眸微眯。他安静地看她几秒，最后道："什么都不用替他准备。"他站起身，声音低沉："收拾一下，回京市。"

陈静愣几秒，随即应道："好的。"

不用准备还好呢，她想着，转过身子，肩膀上的外套终于搭不住了，啪嗒一声掉落在地。

什么时候披上的？她弯腰去捡，看到袖子边的金丝线以及领子后面的品牌标志——这是傅临远的外套。陈静微愣，拎起外套，下意识地看向前方的高大身影，他的手插在裤袋里，宽肩窄腰，后背宽阔。

陈静看了几秒，收回视线，把外套整理好搭在手臂上，随后把桌上的东西塞进包里装好，跟出去。

夕阳落下，于从把车开来。傅临远站在台阶上，低头点上烟，开门上车。陈静快步上前，坐进副驾驶座，怀里的外套带着淡淡的烟草味，触感柔软、暖和。

陈静抱着衣服，看着前方的路况，从车内后视镜能看到他一手夹烟，一手握着手机，垂眸看着。陈静看他专注，便没开口打扰。

回到京市，傅临远要回傅家吃饭，便让于从把车子开到傅家别墅前。傅临远咬着烟推开门，准备下去，陈静急忙转过身，喊道："傅总。"

傅临远动作微顿，偏头看来。陈静温柔一笑，把外套递给他："外套。"

傅临远垂眸看着她拿着黑色外套的白皙手掌，伸手接过来，神色淡淡的："把文件拿回公司后，就回去休息。"

"好的。"陈静点头。傅临远长腿一迈，下了车。

车门砰的一声关上了，陈静转身坐正，于从调整了一下导航，道："傅总让我带你去吃饭，吃完再回公司。"

"嗯。"

这时，车子前方停下一辆黑色 SUV（运动型多用途汽车），一个俊朗的男人从车里下来，穿着黑 T 恤跟牛仔裤，指间夹着烟往别墅门口走去，隔着老远喊了一声"哥"。

陈静在车里没听清，只是觉得这个男人眼熟，仿佛见过。于从也看到了，一边启动车子，一边说道："顾家的少爷顾呈，也是顾琼小姐的堂弟。"

陈静"嗯"了一声。

于从把车开出别墅区，道："顾家是大世家，傅总家则是书香世家，两家关系一直很好，傅总很照顾顾琼小姐的家人。"

陈静听着，又"嗯"了一声。窗外的夜景向后疾退，灯光璀璨的高楼大厦矗立在深沉的夜幕中。陈静看着天边不太显眼的星星，问了一句："顾琼小姐出国多少年了？"

于从道："五年。"

"哦。"五年的时间不算短，等待起来也需要点耐心。

于从带陈静去他无意中发现的一家小馆子吃酸菜鱼，味道确实极好。

吃鱼时说话少，陈静就安静地吃完了这顿饭。饭后，于从送她回了公司。

冯志今天出差，发了一封邮件给陈静，附件是视源发来的合同，陈静打印出来放到了傅临远的办公室。

这个时候顶层就她一个人，保洁把傅临远的办公室打扫干净了，不过他向来不允许保洁动他桌面上的东西和衣架上的衣服，这些平时就由陈静整理。她清洗了一下咖啡机，擦拭干净，一转眼就看到白天买的七叶莲。

七叶莲确实好看，翠绿的颜色也适合办公环境，放红玫瑰是艳俗了些。

她忙完，离开办公室，轻轻带上门。她桌上的玫瑰花已经有些被几个女生拿走了，但还剩了很多。陈静犹豫几秒，决定全部带走，于是把它们从花瓶里拿出来，擦拭了一下，包装好，抱在怀里回住所。

门一开，蒋禾正歪在沙发上看平板电脑，见到她怀里抱着玫瑰花，笑起来："哟，今天的收获？"

陈静换好鞋，取出一只空花瓶，把玫瑰花放进去，问蒋禾："你今天去拿了吗？"

蒋禾还刷着平板电脑，道："拿了十朵放在我办公桌上，很漂亮，看着心情都好了。"

陈静微微一笑，擦了擦手，到沙发前坐下。蒋禾挪开平板电脑，看她一眼："同事都在传陆总今天送你玫瑰花的事情，你有没有什么秘密要透露？"

陈静推开她，端起水杯喝水，道："别乱说，他是顺路买的花，说是从

一个小女孩手里买的。"

蒋禾想了一下，觉得这确实像陆臣能做出来的事，就没再想那么多，坐起身凑近陈静，说道："你要不要挑一条裙子？明晚参加陆总生日宴会的时候穿。"

蒋禾把平板转向陈静，屏幕上显示的是公司附近一家女装专卖店的商品总览图，这家店还会出租一些轻奢品牌。陈静看了几眼，道："明晚再说，我说不定要加班。"

蒋禾"啧啧"出声："怎么可能需要加班？明晚不少人收到邀约，你加班，他们都不陪你呢。"

陈静"哦"了一声，伸了个懒腰，兴致不高地说："那我洗澡去了。"

"去吧去吧。"

陈静洗完澡出来，蒋禾已经回了她自己的公寓，夜也深了。陈静倒在床上发了会儿呆，正准备入睡，手机突然响起来，她拿起来一看，竟是黄沫发来的消息。

> 黄沫（威远投资部经理）：陈秘书，这么晚打扰了，我想问你个问题。
>
> 陈静：黄经理，请问。
>
> 黄沫（威远投资部经理）：你老板除了工作，平时还有什么爱好，或者喜欢的东西吗？

又是这个问题，陈静编辑文字，打算再次回避。黄沫又发来一条微信消息。

> 黄沫（威远投资部经理）：陈秘书，不怕你笑话，我很喜欢傅临远。我今天说错话了，他很不悦，我想弥补。

陈静编辑文字的指尖一顿。黄沫长相明媚，是投资圈出了名的美女，在威远更是得到董事长的看重，性格自然有些高傲，很少有人能让她低头。

她上次问粉钻的事情时，那姿态显然很嚣张，今日却如此谦卑、真诚。

陈静微微叹了口气，编辑好文字发出去。

> 陈静：黄经理，非常抱歉，我是个秘书，没有经过老板同意是绝对不能往外透露他的爱好的。要不，你再想想别的办法？

这条消息发出去后，黄沫就没再回了，看来她也是病急乱投医。陈静放下手机，看着天花板，过了许久才入睡。

隔天，陈静起得早，自己做了早餐，蒋禾过来蹭饭，又让陈静开车跟她一起去公司。陈静乌龟一样慢地开到公司，抵达的时间比平时晚一些，她上了楼，发现傅临远已经来了。新来的那位姓刘的特助正在他办公室里站着，傅临远用指尖理着袖口，在跟他谈话。

陈静快步走到工位，放下包。电梯门打开，冯志和几个高管走出来，跟陈静打了招呼就往会议室走去，看样子是要开会。陈静的桌子上又放了几份文件，她拿起来翻看。

傅临远带着刘特助走出来，刘特助在他身侧，有些紧张地说着话，两个人经过陈静的办公桌时，傅临远扫到她桌上的空花瓶，眉头微挑，问："花呢？"

陈静抬起眼，她今日戴了美瞳，眼眸很漂亮。她对上他狭长的眼眸，道："傅总，昨晚拿回家了。"

傅临远眯起眼睛看她几秒，随后收回视线，朝会议室走去。刘特助加快脚步跟上，先伸手推门，傅临远伸出指尖轻抵了一下眉心，神色冷漠地走了进去。

会议还有一会儿才开始，陈静放下文件，去茶水间泡了一杯黑咖啡，端进会议室，放在他手边。她今日喷了香水，身上带着淡淡的香味，衬衫的袖口没扣，半挽着，露出白皙的手腕以及小巧的女士腕表。

傅临远靠着椅背，修长的手指搭上咖啡杯，轻轻摩挲杯沿。

视源答应让出控制权，傅恒集团需要向视源投资十个亿，来对抗外资的恶意收购，手续复杂、流程繁复，所以这一整天大家都很忙。

冯志进进出出地跑了好几趟傅临远的办公室，陈静也忙，刘特助在很多事情上还需要她帮忙。下午三点多，陈静还在对傅临远的行程表，一抬

眼，见傅临远手臂上搭着外套走出办公室，指间夹着烟往电梯走去。

陈静的手机响起嘀嘀两声，她低头拿起来。

> 傅临远：有事打电话。
> 陈静：好的，傅总。

随后，男人就进了电梯，陈静收回视线，继续手头的工作。谁知到了四点，蒋禾跟乔惜就上来捉她，陈静这才反应过来，原来不少人现在就要去准备给陆臣过生日了。

"走啦，我们的陈秘书。"

陈静就这样被蒋禾等人半拽着下楼，一并去了那家店，乔惜跟蒋禾都提前订了一条裙子，陈静没预订，她们两个人帮她参谋，最后选了一条红色的紧身裙，一字肩的设计，腰部露了一块儿半月形的皮肤。

陈静皮肤白，红色很衬她。

三个女人穿好衣服，面对面站着，笑着欣赏对方。

"真美啊！"

陈静拉了拉裙子，有些无奈，她戴了一天美瞳，不想再戴了，取了下来——她有点近视，工作的时候肯定得戴，生活中可以不用。

三个人上了蒋禾的车，陆臣给陈静发微信消息，问她出发没，要不要派车去接。陈静回他不必，她和同事一起去。

陆臣满意了，有了蒋禾跟乔惜，还怕她不来吗？

车子出发时，夜幕已降临，整个城市笼罩在霓虹灯下。陆臣包了一家很大的清吧，装点得很有生日宴会的氛围，灯光偏暗，音乐声不吵，特别柔和。

陈静跟蒋禾、乔惜三个人踩着高跟鞋走进去。乔惜"哇"了一声："好多气球。"

气球都是冷色调的，很现代化，三个人在人群中看到傅恒集团的几位同事，立即走过去聚在一起，舞台上有民谣歌手在唱歌，声音低柔动听。

角落的深色系沙发前，傅临远把外套搭在扶手上坐下，揉揉眉心。陆臣给他倒酒，傅临远低头点烟，声音低沉："闻敛呢？"

陆臣拿起手机看了一眼，道："他说不一定能过来。"

傅临远轻嗤一声，端起酒喝了一口。陆臣倒不在意，醉翁之意不在酒，他扭过身子看着刚进来的三个人。陈静那一抹红色挺惹眼，她站在人群中，双腿修长笔直，皮肤白皙，因别人说的话笑弯了眉眼。

傅临远一口酒入喉，口感冰凉，他撩起眼眸顺着陆臣的视线看去，也看到了那抹红色身影。他指尖把玩着烟，往嘴里放去。这时，穿着白色衬衫跟黑色百褶裙的少女从他身后伸出手，捂住傅临远的眼睛，脆声问："猜猜我是谁？"

傅临远没应，把烟放进嘴里，无视那双白嫩的手，下颌线分明，侧脸冷峻。

小女生撇了下嘴，看向陆臣。陆臣哈哈大笑，说："小妹妹别玩这种游戏，他没兴趣。"

女生随即把手收回去了，嘟着嘴绕过沙发坐到傅临远身侧。傅临远撩起眼眸看陆臣，陆臣耸肩说："你说巧不巧，我看中的那幅画就是她画的，小女生很有灵性，她得知我今晚过生日，说要过来给我捧场呢。"

傅临远收回视线，拿起一旁的酒往杯里倒。他就是这样，总是一副不愿搭理人的样子，可是每一个动作都极其吸引人，这才让一堆女人为他疯狂。

女生笑眯眯地挪过一只空酒杯，示意傅临远也给她倒上。

傅临远偏头看她一眼。昏暗的光线下，他斜斜咬着烟，一眼就让女生心跳加快，她甜甜地笑道："倒呀。"

傅临远的声音低冷："成年没？"

"当然了，我都大四了。"

傅临远握着酒瓶的手一顿，下一秒，他往女生的杯里倒酒，倒完就放下酒瓶，端起自己那杯喝起来。

陆臣站起身，往舞台那边，也就是陈静所在的方向走去。傅临远抿着酒，喉结滚了一下，神色隐在昏暗光线里，看不出情绪，只有下颌线冷硬。

他舔了下唇角的酒液。

那头，陈静被塞了两杯酒，都喝下了，好在蒋禾跟乔惜知道酒混着喝不好，给她倒的都是同一种。陆臣走近陈静，笑着喊道："陈秘书。"

　　陈静端着酒抬起眼眸，却不经意地看到傅临远正在那边角落的沙发里端着酒杯喝酒，身侧还坐着那名女学生。陈静的身子僵了僵，想起那个女生叫唐萌，她目光一转，注意到他领口微敞，露出修长的脖颈。

　　他撑着膝盖，睨了一眼身侧的女生。陈静收回视线，对上陆臣的笑眼，举起酒杯，道："陆先生，祝你生日快乐，身体健康，万事如意。"

　　陆臣笑得灿烂："谢谢陈秘书。"他端酒跟陈静碰杯，笑着看她喝下去。她喝酒的样子也很美，眼眸垂下，唇色红艳，秀色可餐。

　　蒋禾等人也凑上来，祝陆臣生日快乐。

　　陆臣笑着，仿佛不经意地站到陈静的身侧，一边跟她聊天一边接受其他人的祝福，偶尔也相互调侃。台上的歌手轻柔地唱着歌，有人跟着跳起了舞，陆臣本想邀请陈静跳一支，无奈来了些前女友，他只能立即抽身去处理。

　　他走后，冯志几个人凑过来，往她杯里倒酒。陈静跟对方喝起来，谁知道对方喝的是另一种烈酒，她呛了一下。

　　没一会儿，她就有些晕乎乎的，抬手蹭了一下额头。满场闪来闪去的灯光让她难受，于是她慢慢往后面走去，那是一条通往休息室以及洗手间的走廊，黑色的瓷砖显得格外冷寂。陈静靠着墙，深呼吸，更觉晕头转向，十分不适。

　　身侧的女生一杯就倒，傅临远轻扫一眼，招来一名女服务员照看她，自己起身往休息室那边走去，打算去透透气。长长的黑砖走廊安静得很，他拿出一根烟放在唇边点燃，啪的一声，眉眼被火光照亮。

　　这时，黑暗中有人一把抓住他的手腕。傅临远停下脚步，偏头看去，便看到了她。

　　陈静靠着墙壁抬起手，白皙的肩膀露着，精致的锁骨也露着，她醉了。傅临远看她几秒，抬手握住她那只挡着脸的手腕，陈静也跟着抬眼，她醉得晕晕乎乎的，只觉得眼前的男人好似很多年前在她生命里出现过。

　　她眼睛里全是醉后的雾气，静静地看着他好久好久。烟雾弥漫，模糊了她的眼睛，傅临远用狭长的眼眸看了她好一会儿："陈静？"

　　陈静的声音很软："嗯？"

　　傅临远取下烟，夹在指间。陈静那只握着他手腕的手缓缓往上，抓着男人青筋冒起的手臂轻轻地一搂。

傅临远眉头微挑，心中微动。他往她面前走了一步，抬手把烟摁灭在黑砖上，随后捏住她的下巴抬起来。陈静挑眼看他，一副任他为所欲为的样子。

傅临远低头，直接堵住她的红唇，陈静"嗯"了一声，伸出另一只手抓住他的手臂。男人逼近她，头埋下去，吻得她下巴微仰，黑暗中脖颈细腻白皙。

陈静迷迷糊糊，指尖下意识地掐进他手臂的肌肉里。

突然，她身子一软，往下滑，傅临远单手扣住她的腰把她抱起来，用长腿抵着她的腿，把她按在墙壁上，吻得更深。陈静的手挣扎几许，攀上他的脖颈。

走廊寂静无人，只有一方墙壁上拥吻的男女。陈静被带得时不时地跟他纠缠，每一次主动都在挑拨他的神经。

握在她腰上的那只手在她白皙的皮肤上留下红痕。她呼吸不畅，只能微微喘着。他按着她继续吻。舞台上的歌手抱着吉他坐在高脚椅上，缓缓唱起下一首歌。

> 梦里梦到醒不来的梦，红线里被软禁的红……
>
> 得不到的永远在骚动，被偏爱的都有恃无恐。
>
> 玫瑰的红，容易受伤的梦，握在手中却流失于指缝，又落空……
>
> 红是朱砂痣烙印心口，红是蚊子血般平庸，时间美化那仅有的悸动……

一曲唱罢，众人听得入神，都跟着鼓掌。陆臣擦拭着脖颈上被前女友吻出的红印，一脸烦躁地从外面回来，目光在人群中搜寻，没见到人，便拉住蒋禾问道："陈静呢？"

蒋禾喝了不少酒，也有点醉，没注意到陆总对陈静的称呼从陈秘书改成了名字，笑着往旁边一指。陆臣顺着她的手指看过去，原先陈静在的位置空空如也，桌子上只有倒满了酒液的酒杯。

蒋禾也一愣，"啊"了一声："人呢？"

陆臣走过去抓着酒杯闻了闻，骂了一声："谁给她喝这个酒的！"

蒋禾赶紧跟过去，一闻也呆住了。冯志听见，立即举手道："我刚才跟她喝的。"

陆臣咬牙切齿，恨不得打死冯志，着急地说："我去找她。"

蒋禾怎么好意思麻烦股东？她拉着乔惜道："走走走，我们也去找，她喝了两种酒，肯定醉了，也不知道窝在哪个角落里。"

大家分头去找人，冯志也知道自己闯祸了。他跃上舞台，拿过歌手的话筒，对着满场喊道："陈静，陈秘书，你在哪儿？快出来。"

陆臣狠狠拽了下衬衫的领口，无意间看到服务员照看着醉倒的唐萌，更加忧心，拐个弯就往休息室跟洗手间走去。那黑砖衬得走廊十分漆黑。

喧嚣声传来，傅临远用指腹揉了揉她的唇瓣，随即退开，陈静的酒意退去一些，比刚才清醒多了，听见到处都有人在喊她的名字，脑袋嗡嗡作响。傅临远盯了她几秒，拦腰将她抱了起来。

"陈静！"陆臣的声音由远而近，同时有人直接推开了走廊入口处的一扇生日屏风。光一下子投射过去，陆臣一抬眼，见傅临远抱着一身红裙的陈静从那长长的黑色走廊尽头走出来。她的脸埋在傅临远的胸膛，白皙长腿上的高跟鞋带松了一些，微勾着，很性感。

和傅临远迎面碰上，陆臣瞬间就安静了。蒋禾跟乔惜也从沙发那边绕过来，愣愣地看着这一幕。傅临远下颌冷硬，衬衫领口敞开，露出修长的脖颈。

陆臣安静几秒后骂了声，抓抓头发，舒一口气，道："醉了？"

傅临远声音低沉，有几分倦懒："嗯。"

"找到人就好，我都担心她跑出去了。"陆臣笑着上前，伸手看着傅临远，"我抱吧？我送她回去。"

傅临远比陆臣稍微高点，人有一半隐在昏暗中，垂眸睨他几秒，不置一词地从他身侧走过。

"喂。"陆臣赶紧转身跟上，道，"那几个前女友我都打发了，傅临远，我是认真的。"

傅临远一声不吭，抱着人出了清吧。蒋禾跟乔惜也赶紧跟上，两个人对视一眼，蒋禾道："原来陆总是真的想追我们静静。"

乔惜"哇"了一声，道："他那么花心，还是算了吧，一堆前女友。"

蒋禾点头："他还说自己是认真的呢。"

乔惜："江山易改，本性难移！不能信。"

蒋禾："对，幸好傅总没把陈静给他抱。"

入冬的时节，夜晚寒风凛冽。于从不轻易喝酒，今晚他也没喝，把车子开过来，停在清吧门口并下车开门。傅临远抱着陈静弯腰坐进车里，刚坐稳，蒋禾就拎着包挤了进来。

傅临远撩起眼眸，神色冷漠地看了她一眼。

蒋禾咳了一声，干笑着关上车门，道："我跟静静住在一起，傅总顺便送我，我今晚照顾她。"

于从转头，无奈地道："蒋禾，你坐到副驾驶座来。"

蒋禾愣了一秒，这才反应过来后座三个人坐着拥挤，何况陈静还醉着，被傅临远抱在怀里。她"哎"了一声，立即下车，暗骂自己蠢，醉糊涂了，怎么能跟老板挤在后座呢？她坐上副驾驶座，扣上安全带。

于从笑着看她一眼，启动车子。蒋禾好几次扭头往后看去。

傅临远一只手支着车窗，垂眸看一眼怀里的女人。陈静有些头疼，隐约闻到熟悉的烟草味以及一丝檀香味。她脑袋混沌，但还是从他怀里起身，头发披散着，看不太出脸色，只能看到睫毛很长，鼻尖很挺，嘴唇被他吮得发红。

她从他的腿上下来，坐到另一边。傅临远抬手扯了扯领口，又用余光扫她几眼。

陈静靠着车窗，头痛欲裂。蒋禾看到她坐起来，立即问道："静静，你怎么样？"

陈静摆了摆手，无力回答，手臂白得晃眼。

蒋禾见她有回应，松了一口气。后座极其安静，陈静闭眼靠着车窗，傅临远靠着椅背，手臂搭在中间扶手上，长腿交叠，姿态冷峻。

很快，车子抵达她们住的小区门口。于从正犹豫要不要把陈静抱上去的时候，陈静抓住车门把手，低声对傅临远道："傅总，谢谢你们送到这儿，我跟蒋禾上去就行。"

她好像使出很大的力气才说出这句话，声音极其微弱。

傅临远垂眸看着她："酒醒了？"

三个字狠狠砸在陈静心口，她摇头道："还是晕的……"

说完，她不等傅临远再开口，拉开车门下车，蒋禾在外立即扶住她，陈静膝盖很软，晕乎乎地靠在蒋禾身上。于从看着还是不放心，打开车门追上去，戴着黑色手套的手扶上陈静的手臂。

傅临远摇下车窗，点燃一根烟，盯着那黑色手套碰到的地方。

于从一直送到楼梯间，目送她们上了电梯，这才赶回来。他坐进驾驶座，傅临远咬着烟，语调低沉，含糊道："明天换副新手套。"

于从本想握上方向盘，听到这话一顿，看了一眼手上的手套。这副手套还很新啊。

他正想跟傅临远说，但不知为何，心里起了点异样，下意识地摘下手套："傅总，我现在就换，有备用的。"

傅临远没应。于从换好手套，看一眼旧手套，启动车子。

陈静刚才也是强撑着跟傅临远说话，此时进了电梯，几乎全身的重量都压在蒋禾身上。蒋禾抚摸着她的头："快到了。"

叮——电梯到了。

蒋禾扶着她开门，屋里暖和，她们肌肤上冒起的鸡皮疙瘩瞬间就消了下去。陈静被扶到沙发上，蒋禾赶紧拿了抱枕给她抱着。陈静将脸埋在柔软的抱枕里，感到一阵眩晕，却没法阻止脑海里的画面以及汹涌的记忆不断袭来。

她抓住了他的手腕，还把他往跟前拽，他拉开她的手腕，她仰头看他，像索吻一样。她甚至还清楚地记得她被吻得站不住时发出的声音，而他唇角勾出笑意，两个人身上浓烈的酒味昭示着在这场因酒而起的意外中，她是那个主动的人。

换成清醒的她，压根不可能去握他的手，更不可能拽他，而他或许也因酒失了自持，才会吻了过来。陈静抬手抓了抓头发，肩膀缩着，恨不能失去酒后记忆。

她要是能全忘掉或许更好，可偏偏忘不掉，更何况她后半程已经清醒了许多，清醒到知道自己勾着他的脖颈，能感受到他按在自己腰上的手掌。

她多想睁眼时发现面前是另一个人，这样或许会好受一些，可事实无法改变，那个男人是傅临远。想到这里，陈静忍不住又揉了揉头发。蒋禾出来倒水，看她这样，赶紧放下杯子，扶起她的肩膀。

"怎么了？很难受吗？可是家里没有醒酒药。"蒋禾拨开她的头发，陈静睁开眼，眼睛雾蒙蒙的，摇头道："我还好。"

"还好？那你怎么一直蹭抱枕？我去买药吧，冯经理给你喝的什么酒啊？"蒋禾松开她，要起身。

陈静赶紧拉住她的手："真的还好。"她安静一秒，"蒋禾，我洗个澡，然后就去睡了。"

蒋禾回头看她。陈静的眼睛很漂亮，脸蛋白皙，唇色非常红，脸颊也有些红晕，整个人看起来倒不算很狼狈。她今天也没化很浓的妆，微勾的眼线还没有晕开，除了拧紧的眉心能让人感觉到她确实被酒意侵袭得不舒服外，整个人看起来倒有种别样的美丽，衬上这红色裙子，像朵玫瑰花。

蒋禾摸摸她的额头："真的没事？"

陈静点头。

"那我给你拿睡衣去，今晚我们一起睡。"蒋禾松开她，转身去房间拿睡衣。陈静接了睡衣，被蒋禾扶进浴室。

蒋禾送她进去后，道："有事喊我。"

"嗯。"她砰的一声把门关上，不一会儿，里面水汽升腾。陈静站在花洒下，后腰处有男人手掌留下的红印，但随着热气晕染，红印也没那么清晰了。

蒋禾担心她，守在浴室门口玩手机，模模糊糊听见陈静在里面喊她，抬起头问道："你说什么？"

陈静仰起头，整张脸被热水冲刷，她歪了歪头，说："蒋禾，要是我离开傅恒集团……"

蒋禾仍没听清，凑近她问道："你说什么呀？你再不大声点，我就开门啦。"

水声哗啦啦地响着。许久，陈静的声音传来："没事了。"

洗完澡出来，陈静精神好多了，蒋禾还是趁着她洗澡时在网上买了醒酒药，倒了水递给她。陈静擦着头发，看着那醒酒药，摇头道："不吃了，

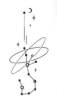

我想睡觉。"

"头不疼吗？"蒋禾问。

"不疼。"

陈静让蒋禾去洗澡。

蒋禾看她坚持不吃，也不勉强，喝了酒好睡觉倒是真的，她拿睡衣去洗澡。陈静回到房间，掀开被子躺下，闭上眼叹了口气。

她实习那会儿的工资就比其他人高，因为整个秘书室只有她一个人，但她的工作跟特助也不太一样。可以说，整个公司，她只需要听傅临远的话就行，其他人都不用管，转正后工资更是翻了两倍，各种福利一应俱全，公司有食堂，出门办事之类的都可以报销，傅临远更是安排了一辆车给她。她所有福利加起来比蒋禾多，每个月除了一点生活开销，剩余的钱都可以打进肖梅那张卡里——那是她给肖梅存的养老钱。

此时让她离开傅恒集团，她不太情愿。

她抬手遮住眼，心想，就当醉酒一场。

过了一会儿，蒋禾掀开被子上床，带着热气抱住陈静："哎哟，好冷啊。"

陈静这才反应过来，冬天要到了。她挨近蒋禾，觉得暖和多了，心也安定多了。

翌日，两个人刚醒，蒋禾就问陈静身体怎么样，头疼不疼，需不需要请假。陈静坐在床边穿拖鞋，摇头道："不用请。"

蒋禾看她神色平静，也放心下来。

两个人收拾好，洗漱，吃早餐，随后出发去公司。进了电梯，陈静调整心情，极为平静地抵达顶层。只在走出电梯那一刻，她呼吸乱了几秒，过后便恢复正常。

她先去茶水间给自己泡了杯红茶，慢慢喝着。顶楼很安静，过了一会儿，刘特助来了，抬手跟陈静打招呼。陈静回以微笑。

刘特助本来还有些紧张，此时被她这一笑带得放松下来，精神饱满地走进办公室。陈静喝了一会儿红茶，便推门进了傅临远的办公室。

屋里的瓷砖都以冷色调为主，此时主人不在，更显冷寂。陈静把窗帘打开，让外头的阳光倾泻进来，随后打开咖啡机，开始煮黑咖啡，并给傅临远换了一套黑曜石茶具，将原来的茶具用热水烫过后装好。忙完这些，傅临远还没来，她离开办公室，回到自己的工位。

陈静刚准备坐下，电梯门打开，高大的男人从电梯里走出来，身后跟着公司的公关部经理以及法务部经理。傅临远扣着袖口的纽扣，长腿迈向办公室，眼眸不经意地从她身上扫过。

陈静站直身子，喊道："傅总，秦经理，穆经理，早上好。"

"早上好啊，陈秘书。"

"早上好，陈静。"法务部的穆经理笑着挥手，陈静微微一笑。她换下了昨晚的红色裙子，今日穿着黑色修身西装外套，配白色毛衣跟黑色及膝裙，看上去专业又不失温柔，丝毫没有昨晚那雾蒙蒙的柔软。

傅临远收回视线，推门进了办公室，另外两位经理跟着进去，顺势关上门。

陈静顺顺裙子坐下，开始工作。半个小时后，秦经理跟穆经理走出来，穆经理敲敲陈静桌前的挡板，笑道："陈秘书早上准备的茶是不是毛尖？"

陈静抬眼笑道："是的。"

穆经理竖起拇指："托你的福，喝上一回。"

陈静微笑，眼睛漂亮。

穆经理说道："我们走了，你进去帮忙收拾一下茶几，把白茶找出来，晚点视源的老板要来，他喜欢喝白茶。"

陈静起身，点头道："好的。"

两位经理走后，陈静想起白茶好像就在茶几下，便走向办公室。门没关，她深吸一口气走了进去。那个男人此时正背对着门口，握着手机站在窗边接电话。陈静瞬间松了一口气，走向茶几，弯腰开始收拾。

傅临远挂断电话，一转身便看到茶几边半坐在沙发上的女人。他走向咖啡机，取下杯子，接了咖啡，靠在桌旁喝了一口，神色冷淡。

陈静听见咖啡机的声音，拿着抹布的手微顿，随后神色冷静地继续擦拭，又把茶具摆好，拿着夹具的手白得发光。

办公室里一时安静，傅临远一手端着咖啡，一手拿着手机随意地翻着，前方是她的身影。手机邮件翻完，一条微信消息跳出来。

他用修长的手指点开。

陆臣：我昨晚左思右想，陈静会不会知道了我去会前女友的事情？她们直接杀进清吧，要不是我出去，她们估计就进来了，陈静在的那个角度肯定能看到。烦死了。

傅临远神色不变，看完也没回。

陆臣接着又发来一条："你有空替我说两句好话啊。"

傅临远看了聊天框几秒，唇角轻扯出几缕不屑。他抬起眼眸看向茶几旁的女人，开口道："陈静。"

那低沉好听的声音从身后传来，陈静指尖一顿，抬起头，遥遥对上他的目光。傅临远闲散地把玩着咖啡杯，说道："陆臣让我替他说好话。"他盯着她的眼睛，"你想听什么好话？"

陈静不解，站起身面对他，极力冷静地对上他的视线："陆先生为什么要跟我说好话？"

傅临远的指腹抹过咖啡杯沿，神态懒散，看着她道："一个男人想要跟一个女人说好话，你觉得是为什么？"

陈静拧眉，仍是不解。

轻轻拧起的眉心使她看起来有几分迷茫，傅临远喉结动了动，端起咖啡喝了一口："你对陆臣不好奇？"

陈静摇头。傅临远放下咖啡杯，身子随意地靠着桌子，一双眼眸看着她的眼睛："陆臣在美国的时候，女朋友一周一个，从不间断。"他声音低沉，随意地道，"回国后，他消停过一段时间，半年后，又旧态复发。"

陈静不明所以，却知道他说的是真话，因为她有幸见过陆臣的两三个女朋友。可是，然后呢？

陈静安静地看着傅临远，没有接话。

傅临远也看着她，眼眸漆黑如墨。他偏头拿过桌上的烟，声音低冷："打火机。"

陈静回神，收回视线，转头寻找，在办公桌上看到那个银色打火机。她走过去，拿起打火机，往他那儿走去。靠近他高大的身子，陈静心跳陡然加快，有几分欲逃的念头。她伸出手，把打火机递给他，傅临远指间夹烟，先看她眉眼，再看向她的手。

银色打火机在她的手上显得格外冷硬。

他抬手拿走打火机，骨节分明的手指一拨，橘色火光跳出。他咬着烟，低头点燃，领口微敞。陈静看到男人修长的脖颈，脑海里猝不及防地闪过昨晚她手攀着的位置。

她快速收回思绪，语气冷静："傅总，我先去忙了。"

说完，不等他回应，她就踩着高跟鞋走回茶几旁。傅临远舌尖抵了下烟尾，随手将打火机放在桌上。手机响起，他伸手拿起来。

> 陆臣：算了，我还是好好表现吧，你不用帮我说好话了。你
> 那张嘴，能说什么好话。

傅临远看完，关掉屏幕。陈静也找到了白茶，她把茶叶放在桌上，擦擦手离开了办公室。

陈静回到工位坐下，冷静自持地端着水喝了好几口。十几分钟后，视源的首席执行官封源带着两个人来了。陈静笑着起身跟他打招呼，他也向陈静点头示意，三人接着进了傅临远办公室。

陈静去茶水间接了杯咖啡，顺便给茶水间的玫瑰换水。她昨天留了八朵在这儿，玫瑰好好养，能留好多天。

忙完她回工位坐下，翻看公司群里的消息。没一会儿，就看到微博热搜以及各大新闻App纷纷发布了关于傅恒集团的消息，是直接置顶的那种。

　　#傅临远出资十亿收购视源公司#

各大营销号争相转发，这个词条空降微博热搜第二。这是继拍下天价粉钻后，"傅临远"三个字再次出现在热搜词条里。

傅恒集团的所有员工此时都在上班时间抽空看自家公司的热搜。陈静点进评论区，一眼看到蒋禾用小号发布的一条评论。

> 禾家团圆：恭喜我老板，带我赚钱。

这条评论是热评第一，点赞第一。有网友在下面评论："真是你老板啊？跟这么帅的天才老板一起工作，有没有做梦当老板娘？"

蒋禾没回，但其他网友回了。

　　她有没有不知道，但你肯定有。

　　问这个话真绿茶，人家会回你吗？就算有，也不会在这儿说吧，她老板要是看到了怎么办？

　　还真别说，傅临远是真帅，有幸见过一面，腿都软了。

　　哈哈哈哈，楼上，你的脸呢？这可是热搜啊，小心你微博号没了。

　　随便，我不怕，最好官博把我这条评论截图出去，给他们老板看看，我微博有照片，来撩。

　　笑死，真是癞蛤蟆想吃天鹅肉。

评论区的走向越来越奇怪，陈静看着那些觊觎傅临远的评论，神色平静。下面又有一条评论。

　　大家还记得上次那颗粉钻吗？傅临远拍下后送给谁了？怎么不见有人出来晒？

陈静握着鼠标的手一顿，再往下翻，终于看到一条比较正常的评论。

　　傅临远这十个亿是用来救视源公司的，没有他出手，视源现在就成外资的囊中物了。

这条评论有个回复，回复者昵称叫"唐萌萌"。

　　是的，傅临远很厉害，爱他。

这昵称完全没遮掩，陈静脑海中浮现出唐萌那张青春靓丽的脸蛋，昨晚她就坐在傅临远的身侧跟他喝酒，笑盈盈的，脸颊有酒窝，甜美可人。

电脑微信闪了一下，她点开一看，是蒋禾给她截的几张图片。蒋禾此时也在看评论，还点进了唐萌的微博主页。

> 蒋禾：这是那个给傅总送早餐的女学生吧？
> 蒋禾：她还给傅总开了个超话。
> 蒋禾：#傅临远#
> 蒋禾：真是小迷妹啊，还有聊天记录呢，你看，小女生可真热情。

确实热情，蒋禾发来的那张聊天记录中，"唐萌呀"发了很多条消息给傅临远，而他回得少，回得冷，可唐萌依旧热情不减。

> 唐萌呀：你吃了吗？
> 唐萌呀：过了一个小时了，你还没回我呀，你是忘记吃饭了吗？要不要我给你点个外卖？
> 唐萌呀：再不回消息，我打你电话了。
> 傅临远：你有你就打。
> 唐萌呀：总有一天我肯定会有你的号码。哼。

> 蒋禾：看到了吗？
> 陈静：看到了。
> 蒋禾：哈哈，这女生是不是挺可爱的？她有点意思，不知道傅总会不会被她拿下，比起黄经理，我更看好唐萌呀。

陈静笑笑，回了个"嗯"。

蒋禾又发了一条消息过来，说不能再"摸鱼"了，陈静也将微博的网页关掉。刘特助拿着文件出来要找傅总，探头一看，里面有客人。刘特助神色有点急，问陈静："现在不能进去吗？"

陈静站起身，看了一眼办公室，说："可以是可以，不过你这文件很

/ 080

急吗？"

刘特助点点头，陈静拿过他手里的文件一看，觉得倒也不是很急。刘特助毕竟刚来，经手的文件都担心没及时处理好。

陈静跟他说："你拿这份文件下楼去找冯经理，他审核没问题后，把文件留在他那里，明天他来找傅总的时候，会一起拿上来的。"

刘特助一听，顿时安心了："谢谢你，陈秘书。"

"不客气。"

刘特助快步往电梯走去。

陈静坐下，继续忙手头的工作，不知不觉就到了中午。她揉了揉脖颈，这时傅临远办公室的门打开，封源带着他的两位下属走了出来。陈静放下手中的文件，封源看到她，笑了笑，从下属手里拿过一个小礼盒，放到她手边，说道："一份小礼物，给陈秘书赔罪，那天没招待好你。"

陈静微愣，站起身，下意识地看向办公室。傅临远轻扣着衬衫领口，嘴里咬着烟走了出来，对上陈静的眼眸，往下扫一眼那小礼盒，声音低沉："收吧。"

陈静安静几秒，只能收下。

封源跟傅临远说着话，傅临远偏过头，嘴角的烟斜斜的，听得认真。他把他们送进电梯，电梯门合上后，傅临远将烟掐灭在烟灰缸里，单手插进裤袋，回身看她："去吃饭。"

陈静微顿，这才意识到已经过了饭点。她看他几秒，呼了一口气，答应了一声，拿起手机朝他走去。傅临远按开电梯，陈静跟着他进去，往后退了一步。

傅临远轻瞥她一眼，没吭声。

此时大部分人都吃完了，食堂挺安静的，很多窗口都关了。傅临远拉开椅子坐下，陈静也坐下，食堂经理上前询问两人要吃什么。陈静平时吃的面此时已经卖完了，于是点了一份别的面。

傅临远要了一份鳗鱼饭。两个人点的面跟饭上桌，陈静擦拭筷子，低头正准备吃，一缕发丝垂落到脸边，飘过鼻尖，她伸手拨开。

傅临远单手拿着勺子，闻见她身上飘来的淡淡香水味。他舀了一口饭放进嘴里，咬合时下颌线线条分明。他又喝了一口汤，视线落在她脸上：

"选一份礼物，回送给封源的妻子，他妻子下周生日。"

陈静抬眼，眼眸被热气晕染得带了层雾，点头道："好的。"话音刚落，陈静的手机响起，她拿起来一看，来电人是陆臣。她接起来："陆先生，中午好。"

傅临远取了张纸巾擦拭嘴唇，身子往后靠，指尖把玩着手机，盯着她。

陆臣在那头笑道："中午好，陈秘书，你今天身体好点了吗？"

陈静温和地道："多谢陆先生关心，我好多了。"

"听说你早上上班了？"

陈静"嗯"了一声，察觉他有要闲聊的意思，赶紧问道："陆先生有什么事吗？"

"你真是的，我就猜到你又要问这个问题，还真有事。"陆臣的声音里带了几缕笑意，"今晚来一下我的工作室吧，你们昨晚在清吧落下东西了。"

陈静微愣，问："什么东西？"

"蒋禾的，还有你的。我暂时没空过去，你来拿吧。"

蒋禾的？昨晚她迷迷糊糊的，没注意自己是不是落了东西。蒋禾有些饰品是从轻奢品牌租借的，过些日子都需要还回去，否则就得按原价赔偿。蒋禾在攒钱买房，每一笔意外的开销对她来说都是无法忍受的。

陈静应了声："好的，我先跟蒋禾确认一下。"

"好，挂了啊。"陆臣的声音很好听，他平时爱笑，令人生不出距离感。陈静放下手机，碗里的面条也只剩下一点，索性放下筷子不吃了。她抬起眼看向傅临远。

傅临远抬起头，狭长的眼眸看着她："聊完了？"

陈静微顿，"嗯"了一声，想到陆臣的身份，还是张口解释道："我跟蒋禾似乎在陆先生那里落下了东西。"

傅临远眉头微挑，站起身，手插进裤袋里，声音低沉，随意地应了句："是吗？那下班后，跟蒋禾去取回来。"

陈静点头："好。"

她也站起身，跟在他身后走出食堂。此时正是午休时间，整栋大厦都很安静。傅临远走进电梯，陈静也跟进去，站在他身侧往后一点的位置，跟刚才来吃饭的时候一样。电梯缓缓向上。

嘀嘀几声，傅临远的手机来了两条微信消息，是唐萌发来的语音消息。他滑开手机。陈静安静地站着，听到唐萌在微信里喊他："傅临远，我的饭盒。"

女生娇俏的声音传出来，声音并不大，这语音还没结束，傅临远就退出了微信，于是后面的话也听不见了。

电梯抵达顶层，傅临远按着开门键："我下午不在公司，有事打电话。"

陈静立即应道："好的。"她走出电梯，准备往工位走去，犹豫了几秒，她回身，傅临远本想收回手，见她回身，撩起眼眸看她。

陈静站在电梯门口，皮肤白皙，腰身纤细。她看他几秒，说道："傅总，唐萌的饭盒我清洗了，你需要吗？"

这话说完，风好像静止了一般。傅临远松开按键的手放回裤袋，站在电梯里，狭长的眼眸盯着她看，直到电梯门完全关闭，他都没说话。

陈静的心高高提起，电梯门关上许久，电梯下行，抵达一楼，陈静才回过神，转身回办公桌。

她确实是把饭盒洗干净了。那个饭盒很可爱，背面还有唐萌刻的自己的名字，她三番两次来要饭盒，应该是真舍不得。陈静回到工位坐下，点开聊天框，询问蒋禾："你昨晚丢东西了吗？"

> 蒋禾：啊，丢了！我正准备跟你说呢，我耳环丢了，就是那对紫色四叶草的。

陈静也想起来了，那对耳环是在那间店铺顺便租的，原价过万。

> 蒋禾：你怎么知道的？是不是在你那里？
> 陈静：不是，你落在清吧了。
> 蒋禾：没丢吧？
> 陈静：嗯。
> 蒋禾：是陆总联系的你？
> 陈静：嗯。

蒋禾在那头安静几秒，她的记忆力没陈静那么好，那会儿也晕乎乎的，好像记得陆总说了"认真"这两个字。

认真什么？她一时竟想不起来。

她给陈静发消息："那过两天我去拿吧。"

下一秒她又发来一条消息："陈静，你的碎钻尾戒是不是也不见了？"

陈静条件反射性地去摸小指，空空如也。昨晚洗澡的时候她也没见到，陆臣说丢的东西有蒋禾的也有她的，应该就是那枚尾戒。

> 陈静：好像也丢了。
>
> 蒋禾：肯定都掉在清吧了，那个尾戒原价两万二啊，得拿回来。
>
> 陈静：你今晚没空吗？
>
> 蒋禾：啊，我跟冯经理出来办事了，在视源公司，估计得很晚才能回去了。

陈静一听，决定今晚自己去拿，顺便练练车。

下午傅临远不在，刘特助和冯志也一起出去了，顶层就剩陈静一个人。陈静把傅临远批改好的文件分好类，送到其他部门，其间遇见乔惜。乔惜太忙了，朝陈静招了招手，说着"下回我们再聊……"就跑没影了。

陈静笑着应了声"好"，然后回了顶层。

夕阳西下，她进傅临远的办公室收拾茶几，清洗咖啡机，整理他的办公桌。他的办公桌面极其简洁，哪怕抽烟，也不会落下太多烟灰。

大四那年应聘实习秘书职位时，那场景就像千军万马过独木桥，这不单单是傅恒集团这种上市集团的魅力，还因为是要当傅临远的秘书，京市大学的应届毕业生里，三分之二的女生都投了简历。

陈静准备了好几天。虽然她已经通过了其他公司的面试，但这个职位是她的第一选择。她拿着简历跟着一群女生走进面试厅，一抬眼就看到傅临远坐在首位，翻着人力递来的平板，看了几秒后推开平板，撩起眼眸看向她们。

那一刻，陈静几乎措手不及，谁都没想到，他会亲自来面试。她身侧

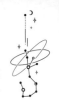

的女生纷纷发出细微的声音，有些紧张地捏着简历，有些整理起头发，窸窸窣窣的，声音不大，陈静却听得极为清楚。她一动不动，只是捏着简历看着那个人。

过了一会儿，人力喊她的名字，她愣愣地从人群中走出来。傅临远站起身看了她一眼，便走出门，离开了面试厅。

随后，人力通知她明天来上班。那些女生都十分惊讶，议论纷纷。陈静才反应过来自己被录取了，他亲自点的。

陈静从回忆中回神，摆正他桌上的文件，站直身子，离开办公室，而那日历上的十二日被用黑色笔圈着。还有两天，十月就要结束了。

陈静收拾好就下楼去食堂吃饭，吃完后，她拿着车钥匙去了地下车库，开那辆傅临远给她配的车，这辆车她至今还没开过。她慢悠悠地将车开上地面，前方夕阳压地，路上一片金灿灿的。

陆臣在这一片区域有个工作室，与其说是工作室，不如说是收藏室，里面放着很多名贵的画。陈静以前跟于从来过两回，路程不远，但陈静车技有限，开得很慢，抵达时，天色已暗。

进入工作室需要有人带。陈静勉强在大厦门口停好车，下车给陆臣发了一条微信消息，说自己抵达大厦门口了。陆臣回她说立即下来。

陈静没有等多久，陆臣就穿着白色衬衫、马甲跟黑色长裤走出来，笑着下了台阶："陈秘书吃饭没？"

陈静点头："吃了，陆先生。"她看了一眼陆臣手中提着的两个小礼品袋，陆臣顺着她的视线低头，笑道："你们的东西，一对耳钉跟一枚尾戒。"

陈静松一口气，笑道："谢谢。"

陆臣看着她漂亮的眉眼，道："以后小心点，喝醉酒了及时给我打电话。这枚尾戒掉在走廊那儿，那里很黑，要不是我有心去那里看看，都没法发现它。"

陈静心一跳，脑海里被压制一天的画面又要涌上来。她回神，冷静地点点头："以后会小心的，陆先生。"她伸出手，"给我吧，谢谢你。"

陆臣看着她伸出的白皙手掌，笑了笑，却没立即给她。他往上看，说道："给你看样东西，抬头。"

陈静微愣，下意识地跟着抬头。本来漆黑的大厦突然亮起来，五彩的灯光在大厦上缓缓滑动，陈静的名字出现在上面，后面还有一句话。

　　陈静，你真漂亮，我想追你。

　　这一行字在整个大厦表面来回滚动，陈静愣了好久，寒风凛冽，她脑海里竟浮现出傅临远早上说的话："一周一个，从不间断。"

　　"美吗？"陆臣轻声问道。陈静收回视线，整个人有点没回过神，看向陆臣。

　　陆臣手插裤袋，吊儿郎当地提着那两个小礼品袋，笑问："喜欢吗？"

　　陈静想起那束玫瑰花，一切似乎一开始就有迹可循。她顿了顿，声音温柔，道："很美，但不适合我。"

　　大厦表面滚动的文字很显眼，附近的几座大厦上都能看见。斜对面的一家高空酒吧里，闻敛站在落地窗后，手里端着酒杯，挑眉问道："陆臣又在追女人了？"

　　傅临远靠着高脚桌，咬着烟翻看手机，撩起眼眸，一眼看到"陈静"二字。他静看几秒，端起酒杯一口饮尽，喉结滑动，眉目间显出几分冷戾。

　　闻敛看他一眼："陈静？怎么有点耳熟。"

　　闻敛对陈静并不熟悉，傅临远没应。远处大厦表面的字仍在滚动。

　　你真漂亮，我想追你。

　　把车龟速开回住所，陈静拎着小礼品袋进屋——她只拿走了一个，另外一个里面是陆臣送她的礼物，她没要。

　　陈静一直都有人追，只是这次竟是公司的年轻股东，还是傅临远的同学兼好友。陈静有几分烦躁，抓过抱枕抱在怀里，发了一会儿呆。

　　手机响起，她拿起来一看，是乔惜发来的微信消息。

　　乔惜：陈静，陆总想追你，你可要注意啊，他太花心了。
　　陈静：好，我会注意的。

乔惜是怎么知道的？陈静现在没心情在这个话题上纠缠，拿了睡衣去洗澡，明天是周末，她想好好休息。

蒋禾出差到周日早上才回来，洗了个澡之后躺下就睡，一副累扁了的样子。她指着自己扔在桌上的文件，跟陈静道："于从要是来，你记得拿给他。"

陈静应了声好。

下午六点多，于从果然来拿文件，不过他让陈静拿上文件一起去。于从向来不喜欢帮拿文件，因为要是傅临远问起来，他对文件基本一无所知，没办法回答。陈静就不一样了，她本身就是这个专业出身的，又是干秘书这行的，公司的大部分事情她都很清楚。

上了车，陈静先看了看文件。这份文件挺重要的，是整个视源公司新的任职调动。陈静看了会儿，心里大概有了个底。

很快，车子抵达一个山庄。陈静打开车门下来。

于从带着她走进去，说道："老板今天在这儿会客，客人刚走。"

陈静"哦"了一声。于从一直往里走，拉开一扇门，对陈静说道："老板在这儿跟人练拳。"

话音一落，两名穿着黑上衣、黑裤子的小哥从里面走出来，冲于从跟陈静点了下头便离开了。

陈静跟于从走了进去，一眼看到傅临远坐在单人椅子上，手里拎着瓶水正在喝。他穿着黑色上衣跟军裤，手臂线条分明，腕表已经解下，额头、脖颈都有汗水，顺着领口往里滑。

看样子是刚练完拳。

他放下手臂，眼睛往这儿扫来，刚搏斗完，狭长的眼眸里有几分冷戾，目光落在陈静身上。

陈静今日穿着高腰牛仔裤以及白色衬衫，腰线清晰，盈盈一握。她看到傅临远下颌处有瘀痕。于从带着陈静走过去，弯腰看一眼："老板，伤着了？"

傅临远收回视线，对陈静道："文件。"

陈静将怀里的文件递给他。他指腹也有擦伤，带了点血迹，于从见状，从一旁拿了一个医药箱递给陈静。

陈静微愣，于从低声道："给他擦擦药，明天有采访。"

陈静这才记起来这件事情，接过医药箱，放在一旁的小桌上，从里面拿出棉签以及双氧水。傅临远用修长的手指翻着文件。陈静用棉签蘸了双氧水，小心地凑近他。

于从有个电话要出去接，屋里一时安静，傅临远认真看着文件，陈静的棉签轻触他的下颌。其实离近了，她发现这个瘀青还蛮深的，陈静感同身受，总觉得那棉签碰到自己肯定刺痛得很。她从小就特别怕疼，所以动作特别轻，像羽毛轻拂一样，而她身上淡淡的香水味不断飘来。

傅临远突然往后一靠，陈静捏着棉签的手一顿，停在原地，傅临远撩起眼眸看她："这么轻？"

陈静微愣，她的睫毛很长，眼睛看着他的眼眸。

傅临远看她几秒，带血的那只手摸上她的脸，捏住："心疼我？"

在那一瞬间，陈静是有几分心慌的，慌到仿佛能听见自己心跳的声音。落在脸颊上的那只手温热，也带着侵略感。

心疼？大概吧，毕竟喜欢了那么久。但此时她在理性地帮他处理伤口，他总不能望进她的内心。

陈静的唇色很淡，今日只涂了透明的唇膏。她望进他狭长的眼眸，开口说道："傅总，你是我老板，任何时候，我都该遵守一个下属的职责。就算心疼，那也是因为你是我老板。"

傅临远看着她漂亮的眼睛："是吗？"

轻飘飘的两个字，低沉且随意。陈静轻轻点头，傅临远轻扫她的唇瓣一眼，收回了那只手，顺势也收回视线，继续翻着手中的文件。

陈静脸上留下了一些血迹，总觉得有异物感，于是扯了纱布，擦拭掉脸上的血迹，再次看向他下颌的伤痕。

棉签再次触碰上那块地方。男人的下颌冷硬，线条分明，感受到那个硬度，陈静略微用了些力气，没有一开始那么轻飘飘了。

用力时，她偷睨他一眼。

他似毫无察觉。这份文件有好几页，封源对视源做了职位调整，写得非常详细，他显然对那些老同事都很有感情，哪怕那些老同事曾经搅得视源动荡不安，但这次收购重组，封源还是给他们保留了情面。

他以为傅临远会给他几分薄面，可傅临远压根就不会手软，这份文件在他眼里等同于废纸。

他会看，不过是想看看封源还能有多蠢。国外那几个吃人不眨眼的公司对视源做了详细的调查，今天是恶意收购，明天就是做空这个公司。

傅恒集团这次是把视源从地狱拉出来了，可之后呢？

傅临远把文件扔到一旁，陈静也已经处理好他下颌的伤口。她看了一眼他手背的伤口，重新取了棉签，给他的手背和手指消毒。

傅临远往后靠，眼眸看着她。她很认真，睫毛眨都没眨，额头光洁，眉毛纤细，干净漂亮。

嘀嘀几声，手机铃声响起，他才挪开视线，用修长的指尖滑开手机。

有个陌生人申请添加他为好友。头像是个女人，穿着吊带上衣跟牛仔裤，露着点腰线，面对着夕阳站在栏杆边，只拍了背影，名叫"MO_儿"。

总有这样的女生加他，且显然知道他是谁，不知从哪里知道他微信的。往常，他心情好就通过，心情不好就忽视。今日，他选择忽视。

陈静在给他擦最后一点药，擦完后，她扔掉棉签，把双氧水放进医药箱里，合上箱盖。

于从此时也从外面回来了，看到陈静弄好了，上前提过医药箱。

傅临远收起手机，站起身，看她一眼："吃饭没？"

陈静看了一眼被扔在地上的文件，想来他不满意封源的做法。她看向傅临远，声音温柔："傅总，还没有，但我得回去陪蒋不吃，她还在睡觉。"

傅临远难得穿西装以外的衣服。他捞过一旁的黑色外套穿上，对于从说："送她回去。"

于从应了声："好的。"

三个人离开这里，外头天色已黑，山庄寂静。风不算大，但挺冷，傅临远低头点燃一根烟，手插在裤袋里。抵达停车位后，他并没有跟他们一起走，而是走向一旁的一辆高大的 SUV，坐上了驾驶座。

于从开锁。陈静弯腰坐进副驾驶座，扣好安全带。于从启动车子开出去，正好从 SUV 跟前开过。傅临远夹烟的手随意地搭在车窗上，骨节分明，烟头往下，尾指轻轻地弹了弹，垂眸看着手机，整个人融入黑暗中，眉眼冷峻。这样的他更惹女人的注意。

陈静收回视线，车子一路开上大路。

她回到住所，蒋禾果然刚醒，正坐在沙发上抱着抱枕看那对耳钉。陈静进门，蒋禾抬眼，道："我还以为你不回来，刚准备叫外卖呢。"

陈静换好鞋，坐过去，说道："叫吧，一起吃。"

蒋禾看她一眼，拿起手机开始点餐。点完餐，她把紫色耳钉收起来，然后用肩膀撞了一下陈静："说，这两天发生了什么？"

陈静心一跳，转头看她："什么？"

蒋禾贼兮兮地凑近她，点着她的鼻尖："陆总在追你，对不对？"

陈静一顿，松一口气，道："你们怎么都知道了？"

"这又不是什么秘密，他用大楼向你示爱的时候，公司的一些人就知道了。"

陈静无奈，不知该说什么。

蒋禾"啧啧"几声："陆总好眼光，可惜他不是良人。"不管是谁都这么觉得，乔惜也这么想。

陈静笑了笑，道："我对他就是下属对上司。"

蒋禾点头："很好。他那些前女友啊，太多了，他花心可是出了名的，而且他荤素不忌，什么类型的女人都喜欢，追他的他照收，还会花心思去追别的女人，啧啧啧——若要此等男人收心，怕得等到猴年马月。"

陈静觉得好笑，点了点头："嗯。"

蒋禾接着道："倒是我们傅总，好像一直都是别的女人追他，他很少主动追人吧。"

陈静安静几秒，没应。

蒋禾叹一口气："换成我，也愿意试试追他，把这样一个男人搞到手，多有成就感啊。"

陈静依旧安静，不知何故觉得脸颊有点干，起身去洗手间洗了一把脸。

她不经意看到浴室的小花瓶里摆了三枝白玫瑰，不由得一愣，扯了纸巾擦干净脸，问坐在客厅的蒋禾："我的浴室里怎么有花？"

蒋禾拎了外卖进屋，裹紧身上的小毛毯，道："早上冯志买的，顺便给了我三朵。白玫瑰，漂亮吧？"

陈静走出浴室。

蒋禾继续说道："大清早看到一大片白玫瑰，漂亮又圣洁，冯志当下就停车下去买了。"

陈静坐在沙发上，"嗯"了一声。每个人看到白玫瑰的感受似乎都跟她的一样——圣洁、干净、美丽、高不可攀。

吃过晚饭，陈静跟蒋禾出门，陈静开车，完好无损地把租借的饰品跟衣服退了，各松一口气。蒋禾完全不想为此白花一万多，陈静也是。

隔天正是周一，陈静跟蒋禾一起去上班，陈静开车。抵达负一楼，停好车后，两个人上楼。

她开车终究还是慢了，出了电梯，于从就来了电话，叫陈静收拾一下下楼。今日傅临远有个商务会谈，会后有个采访，陈静应声，稍微收拾一下便下了楼。黑色的轿车停在大厦门口，陈静踩着高跟鞋走过去，拉开车门，坐进副驾驶座。她看向后排的傅临远："傅总早。"

傅临远正翻着膝盖上搭着的文件，头没抬，脸色冷峻，"嗯"了一声。

陈静坐正身子，看着前方的路况。

车子抵达会谈现场，几人上了二楼，暖气比较足，主办方迎出来，傅临远跟对方握手，对方笑着比了个"请"的手势："傅总，这边。"

傅临远看陈静一眼，声音低沉："一楼有早餐，你跟于从去吃。"

陈静吃过早餐了，但她还是应了声"是"。

傅临远收回目光，跟上对方走进去。他比主办方要高一个头，理着袖子，垂眸听着对方说话，人影消失在门后。

门一关，陈静手机响起，是于从打来的。她没接，直接下楼，于从站在餐厅门口跟她招手。陈静笑着朝他走过去，于从说道："饿死了。"

这个餐厅是自助模式的，陈静倒了杯咖啡，陪着于从随便吃了点。

吃完后，主办方的助理来找陈静，陈静跟对方去确认采访环境以及采访内容，对方的助理拿着本子问道："能问个私人问题吗？"

陈静神色冷静，看着对方的眼睛，笑道："最好不要。"

对方助理"唉"了一声，有点失落，点点头："好吧，那采访的内容你再看看，给我签个字。"

陈静接过来，认真阅读内容，全是行业相关的问题。她再三审核，拿过笔，在上面签了名字，随后将本子递还给对方。时间差不多了，陈静跟对方助理走出采访室，看到傅临远一行人往这边走来，她停下脚步，在原地等他。

主办方看了一眼腕表，笑道："傅总要不要系领带？"

傅临远看向陈静，陈静打开小包，取出一个盒子，里面是领带。傅临远接过盒子，慢条斯理地打开，竖起领口开始打领带。主办方跟他说话，陈静突然想起这条领带还有个金色领带夹，她顿了顿，上前一步。

她突然靠近，带来淡淡的香味，傅临远垂下眼眸，静静看着她。陈静的心怦怦直跳，低声道："傅总，金色的领带夹在公司，忘记拿了。"

她离得很近，眉眼漂亮得很，唇色也好看，皮肤细腻到宛如白瓷。

傅临远把手插进裤袋里，盯着她几秒，道："那就不系了。"说完，示意她取下来。

陈静赶紧将领带取下，心里有点懊恼，这点小细节都给忘记了。主办方看到那漂亮秘书突然凑近傅临远，正饶有兴致地挑眉，他们一个长得帅，一个长得美，秘书身高又刚好，这画面实在养眼。

不过，陈静很快退开。主办方看向高大俊朗的男人："傅总？"

傅临远脱下外套扔给陈静怀里，又松开点领口，说道："也不必那么正式。"说完走进采访间。

主办方见状，赶紧跟上。陈静呼出一口气，怀抱着他的外套走进采访间。

这种采访问的都是很专业的问题，陈静站在采访间门口，看着他垂眸听着记者的问题，并一一回答。他连外套都没穿，下颌那点伤痕还在。跟他一起接受采访的还有另外三家巨头公司的首席执行官，傅临远站在中间，穿着黑色衬衫与长裤，看起来有几分散漫与不羁。

他话不多，特别简洁，却极其吸引人。

陈静立在门口，静静地看着他。

结束后，主办方还安排了饭局，傅临远没有参加，傅恒集团还有很多事情，封源带着下属又来了傅恒集团一次。

陈静周五那天没认真看封源带来的礼物。此时她打开小礼盒，评估礼物的价值。里面放着一块绿色宝石，可以制作成项链吊坠，挺贵重的，陈静评估出价格后，就开始准备给封源的妻子买礼物。

　　封源这天在傅恒集团大厦待到很晚，傅临远忙，开了两个高层会议，封源就直接在他办公室等着，陈静给他们泡茶。

　　晚上，封源不走，冯志也来见傅临远，陈静就得跟着加班。夜幕降临，从顶楼看出去，整个城市非常美。

　　晚上八点半，陈静处理好手头的工作，开始收拾桌面，冯志跟封源这时才出来，两个人交谈着进了电梯。蒋禾今晚有个同学过生日，她翘掉加班去陪人家喝酒，又给陈静发微信，问晚上回去的时候要不要给她带吃的。

　　陈静回答不要。

　　这时，办公室传来脚步声。陈静一抬眼，傅临远手臂上搭着外套走出来。他嘴里咬着烟，看她一眼，声音低沉："下班。"

　　陈静应了声"好的"，他将车钥匙扔给她："你开。"

　　陈静微愣，随即反应过来，于从好像是去接顾家那位少爷的女友了。陈静接过钥匙，好巧不巧，她配的那辆车今晚被蒋禾开走了，因为蒋禾那辆车最近在维修，公车私用，陈静当然得捂着。她稍微收拾了一下，拎着包跟上他。

　　傅临远掐灭烟，进了电梯。

　　陈静也跟着进去，看一眼手中的钥匙，是他那辆SUV的，陈静心想，他怎么敢让她开？但他既然吩咐了，她也只能照做。

　　下了楼，车子就停在大厦门口。陈静看一眼车的高度，犹豫了下才上车，好在这辆车跟他配给她的那辆车是一个牌子，操控台看起来很熟悉。

　　副驾驶座的车门打开，傅临远坐了进来。

　　陈静一愣，抬眼看他："傅总。"

　　傅临远往后靠，指间夹烟，手搭在车窗上，声音低沉："开去你小区，我再自己开车走。"

　　这是要考验她的车技吗？陈静涩然，去年转正的时候，他就扔了一把车钥匙给她，让她去学车，到现在也有一年半了，她还一直慢吞吞的。也亏得有于从跟李叔在，不过李叔主要还是在傅家干活，偶尔于从没空，李叔才过来帮忙。

　　陈静启动车子，慢慢地把这高高的车开出地下车库。傅临远开着车窗，咬着烟，用手支着脸，神色冷淡，看着车子龟速地走着。

陈静深呼吸，紧张得很，也怕他说她慢，好在夜晚的车子也不多。

不过，她的小区距离傅恒集团大厦不算远，再慢也开到了。陈静松开方向盘，看向他，傅临远指尖夹烟，睨她一眼，评价道："还行。"

陈静解开安全带，说道："那傅总慢走，我会勤加练习的。"

"嗯。"

陈静开了车门下了车，往小区门口走去，风挺大的。这时，突然从一旁跑来四五个男人围住陈静，看起来早有预谋。

陈静拎着包愣在原地，盯着这些男人："你们……"

"啧啧。"不远处的一个女人发出声音，踩着高跟鞋走过来，一头大波浪卷发，身穿长款外套，抱着手臂："你叫陈静？"

陈静对上她的目光："是，你是哪位？"

"不要脸，勾引公司的股东是吧，像你这样的女人我见多了，当人秘书，不过是想要找一个长期饭票，可你居然把主意打到陆臣身上，他只能为我打开那大厦的灯光，你算老几啊！"

陈静一听，竟是陆臣的风流债。她神色冷静，说："我与陆先生没什么关系。"

"陆先生？"那个女人冷笑，"陆先生？这也是你叫的？"她看了一眼那几个男人，他们开始拽陈静的小包。

陈静的心瞬间狠狠地提起来。说话可以，动手她就料不到了。她试图拽回自己的包，可是她一出力气，对方就更用力，而她的手机在包里，压根没办法向外求救。

就在这时，傅临远去而复返，黑色的 SUV 唰地停在不远处，开着大灯。他下了车往这儿走来，率先捏住那个抢陈静包的男人的脖颈。陈静于混乱中看到他，侧脸冷硬，眼眸里带着戾气。

他把那个男人甩开，直接拉过陈静的手臂将她挡在身后，睨向那个女人。

"冯宝珠。"他声音低冷。

冯宝珠看到他，愣了几秒，随即脸色一慌，但下一秒强装镇定，"哟"了一声："傅总啊！"

傅临远神色不变："滚。"

"滚？"冯宝珠故意往前一步，"我冯宝珠怕过谁？看来陈秘书勾搭上的男人不只我们家陆臣，还有你吧。"

被这般侮辱，陈静闭了闭眼，心想暂且忍忍。她拿出手机要报警，然而下一秒，其中有个男人突然打掉她的手机，也打到她的手臂，男人的力气让陈静疼得倒吸一口气。

傅临远唰地转头。下一秒，她被傅临远拉到身后，那些男人的拳头就开始往傅临远脸上招呼。傅临远躲过一个男人的拳头，握住另一个男人的拳头，阻止对方的动作。

惨叫声顿起，场面一片混乱，陈静心惊胆战。

她的手机被好几个人一踩，碎了。她看着傅临远和几个人对峙的样子，心脏狂跳，手臂也被冯宝珠抓住。陈静冷着声音吼道："你疯了吗？你叫冯宝珠是吧，你完蛋了。"

"哟。"冯宝珠伸手就去抓陈静的脸，"我有什么好怕的？"

陈静躲着她的指尖。两个人推搡着，陈静并不想伤人，只是一直在防守，不停地躲着冯宝珠。冯宝珠显然想对她做点什么，就在她要掐住陈静的脸时，被傅临远一脚端中腹部，直接跪倒在地。

傅临远拉住陈静的手臂往后走，拿起手机拨打了于从的电话："来雅致小区。"

陈静回头一看，发现傅临远的脖颈处全是血迹，慌道："你怎么样？受伤了？"

傅临远显然震怒了，神色很差很冷，握着她的手臂，收起手机，把地上她的小包还有破碎的手机捡起来，手机扔进小包里，拉着她往小区里面走："你回去，这里我收拾。"

陈静反手捉住他的手腕，摇头。

傅临远看着她惊慌失措、带着泪水的眼睛，沉吟几秒，道："我跟你上去，这儿留给于从。"

陈静眼里只看到他脖颈上的血迹，点点头，拽着他就往自己所在的单元楼走。有个男人应该伤得不重，惊恐地看了傅临远一眼，随后快速跑过去，扶起一直在咳嗽、指尖发抖的冯宝珠："小姐、小姐——"

进了屋，陈静的魂魄仿佛才回到身体里，她放下小包，跑进房间里去拿医药箱。傅临远轻扫一眼这间两室一厅的小公寓，在沙发上坐下来，拿起手机拨打陆臣的电话。

谁知道，陆臣一直没接。

他脸色阴沉如冰。

陈静提着医药箱出来，蹲在地毯上，从里面拿出双氧水。这瓶双氧水还没开过，把它打开费了点时间。她单膝跪在地上，用粗粗的棉签蘸了药水，直起身子去擦他的伤口。

她想抹开那些血迹，看看伤口怎么样，要不要去医院。

可是血很快就把她的棉签弄脏了，陈静又换了一根，直起身子时，有些不稳，傅临远反射性伸手扶住她的腰，两个人皆是一顿。

此刻的光线与那晚有异曲同工之处，傅临远关掉还在等待接通的手机，在她腰上的手用力，按得她上半身往前倾。

陈静手里捏着棉签抬眼，眼里有几分无措和惊慌。傅临远垂眸，对上她的眼睛，灯光落在她眼里，柔软无比。

"你担心我。"沉默几秒后，傅临远几乎俯视着她开口。她身子这样往前倾，已经形成了一个弧度，他的语气很肯定。

陈静望进他眼里："是的，傅总。"她回答得干脆，但"傅总"二字却昭示了一切。

傅临远指尖微微张开，下一秒再次狠狠地掐住她的腰，让她往自己身上靠。他偏头，距离她很近："只因为我是傅总？"

距离近得陈静不得不将手肘撑在他的肩膀上。她抬眼，在这昏暗光线下看出他的心思——他想要。

陈静的心不受控制地狠狠一跳，张了张嘴："傅临远，你还伤着。"

第一次听她喊傅临远，他觉得新鲜，盯着她看了许久。腰后的手掌的热度源源不断地流进她肌肤里，他说："再喊一遍。"

陈静："傅总。"

变得真快，傅临远眯眼又盯了她几秒，陈静收回视线，看向从他脖颈上滑向胸膛的血迹，用这个姿势艰难地给他擦拭着伤口。她这样很不方便，也挣扎过，可他的掌心就是不动，他一直盯着她。

他要她说出她担心他，以女人的身份关心他，而非下属。

陈静心里发虚，不想被他看出什么，索性直接处理他的伤口，总算用棉签清理完这些血迹，露出一道从肩膀划过锁骨的伤口，像是被小的利器划伤的。陈静轻轻地拉开他沾血的领口，接着伸手去桌上拿双氧水，又重新抽了一根棉签。她很吃力，回头时脖颈勾出弧度，傅临远看一眼她的锁骨，眼神直接又放肆。

陈静感受到他的目光，深吸一口气，暗自祈祷有人来打破这个僵局。这时，傅临远掌心的手机响起，他收回视线，滑开接听键，将手机放到耳边。

来电的是陆臣，在那头直接一连串道歉："抱歉，我千算万算没算到冯宝珠回来了，那个疯女人简直太可怕了，我从没见过如此偏激的人。剩下的事情我会处理的，你跟陈静怎么样？尤其是陈静，是不是吓坏了？"

傅临远睨陈静一眼："吓坏了。"

陆臣更着急："我现在过来。"

"滚。"

话音一落，陆臣反应过来："对对对，现在不能过去，她肯定生我的气了。我这是什么命啊，简直出师不利，啥事都还没干呢！"

傅临远冷眼听着，说："冯宝珠，我处理。"

陆臣一听，顿时心里发毛："你想怎么处理？冯氏这两年正腾飞呢，我上次想把她送去关半个月，费了好大的劲都不行，最后只能把她送到国外，她那个宠女的妈妈恨不得吃了我。"

傅临远没应，直接挂断电话。

陈静因这通电话松一口气，给他完全清理好伤口，消了毒，上了药膏，仔细看着伤口道："傅总，要不要去医院看看？"

"不必。"

陈静点了点头。这时，门那边传来钥匙入孔的声音，接着咔嚓一声，陈静条件反射性地站起来。

"静静宝贝！"蒋禾拎着吃的冲了进来，"你怎么样？我听于从说有人——"她看到沙发上的傅临远时顿时卡住，呆了几秒才道，"傅总。"

傅临远靠着椅背，慢条斯理地扣着刚才解开的领口，"嗯"了一声。蒋禾神色震惊，看向陈静。陈静指了指地上的医药箱，蒋禾低头看一眼，再看向傅临远，见他的领口有血迹，立刻懂了。她用气音问道："受伤了？"

陈静点点头，蒋禾惊讶不已——那伙人居然敢伤傅临远。屋里有这么一个男人在，并且还是上司，蒋禾小心地将吃的放在茶几上，走过去跟陈静站在一起，就如同在公司时，傅临远说话，她们几个人站着听那样。

他毕竟是老板，在哪里都是老板。

空气一时安静。傅临远整理好领口，挽起衬衫袖口，看她们一眼，主要是看陈静。随后他站起身，声音低沉："明天开始，你们上下班结伴同行。"

蒋禾一听，立即道："好好好。"

他人高，这小客厅显然容不下他这尊大佛，站起身压迫感就来了。他睨陈静一眼，手插进裤袋，往门口走去。蒋禾离门口近，快步上前帮他拉开门。男人肩宽腿长，伸出指尖捏了下带血的领口，神色有几分不耐。

蒋禾看他进了电梯，缩回头，砰的一声把门关上，回身看向陈静，一把拉住她的手臂，上上下下地打量着。

陈静笑道："我没事。多亏傅总。"

蒋禾扫视完她全身，松了一口气，整个人放松下来："幸好没事，我真的吓坏了，于从我打电话，让我回来陪你，说有人要欺负你，我连代驾都没叫，直接拦的士回来的。"

陈静揉了揉她的头发："没事，放心吧。"

蒋禾"嗯"了一声："傅总伤到哪里了？我看他衬衫上有血迹。"

陈静微顿，指着肩膀跟锁骨："这里。"

蒋禾"哦"了一声："难怪呢，伤得不重吧？"

陈静摇摇头："还好，我问他要不要去医院，他说不去，想来没什么大事。"

"那就好，不过傅总对付他们应该绰绰有余，我听说他挺能打的。"

陈静安静几秒。她不知道他能不能打，但当时那混乱的场面，那几个男的跟不要命一样往他身上招呼，她只担心他受伤。

这完全就是一场无妄之灾。

蒋禾打开夜宵，陈静把医药箱放回房里，回到沙发前坐下，打开小包，

从里面拿出手机，手机已经碎成两块了，前后分开。蒋禾一看，惊呼一声："那伙人弄的吧？"

陈静"嗯"了一声。

蒋禾咬牙："让他们赔！"

陈静试着把手机拼凑在一起，开机，屏幕已经碎了，好在还能开机，只是画面模糊。陈静进房间翻出一部旧手机，然后开始传输手机里的数据。蒋禾夹了一颗烧烤的肉丸给她，说道："都说了，像陆总那样的人，我们真的要敬而远之，他那个圈子的女朋友，有很多都是身家显赫的。我们遇见这种人，只有挨打的份。"

陈静点了点头，咀嚼着肉丸。数据很快传输成功，陈静松一口气，找了个透明袋子把破碎的机子放进去。

蒋禾看到她的包都脏了，帮她把其他东西倒出来，说道："明天得拿去店里清洗。"

陈静说："好。"

一整个晚上下来，挺疲惫的。她跟蒋禾吃完夜宵，收拾收拾先后去洗澡。陈静先洗，见浴室里那三朵玫瑰花依旧美得洁净，令人不敢轻易触碰。她穿好睡衣回到房里，拿起手机，给于从发消息。

> 陈静：今晚那些人现在怎么样？
>
> 于从：正在处理，你没事吧？
>
> 陈静：没事。
>
> 陈静：傅总身上有伤，你提醒他不要沾水。
>
> 于从：好。早点休息。
>
> 陈静：你也是。

放下手机后，陈静探身拉开抽屉，从里面取出一个手账本。她大学时期喜欢跟同学玩这个，因为能解压。她在手账本上不写什么话，只是会为了好看画一些小人物。

她一路翻到最后，在手账本的最后一页写下一句话。

Fly，愿有一天我能向你航行。

她想往他那艘大船驶去，见一些漂亮的风景，看一看他在顶峰的夜色。

只是陈静没想到，意外之外还有意外。

她合上手账本，躺下。

蒋禾洗完澡进屋，进了被窝，抱住她问道："今晚傅总救你的时候，是不是特别帅？"

陈静没应。

蒋禾嘿嘿一笑："你当时心跳加速了吗？"

陈静只说："我怕他受伤。老板为我受伤，像什么样？"

"你啊，能不能别这么正经，偶尔可以幻想下嘛。"

陈静依然沉默。

蒋禾抱住她软软的腰："你真香。"

"你也是。"陈静笑着回抱她。

两人闹了一会儿，各自睡去。梦里，陈静看见一片血海，筑起的高楼仿佛慢慢要坍塌。

隔天，陈静与蒋禾走出小区大门，看到昨晚的混乱已经归于平静。陈静当时看到门卫已经喊来了人，只是傅临远解决得更快。

陈静收回视线。

两个人搭乘地铁抵达傅恒集团大厦，时间还早，刚到大厦门口，见陆臣已经站在那儿抽烟了。他看到陈静，立即走下台阶，脸上少了过去的吊儿郎当："陈秘书，昨晚实在不好意思，我没想到会伤害到你。"

他满脸倦容。

遇见那样的人确实可怕，陈静道："陆先生，这件事情对我确实造成了一定的影响。我这样的普通人，在京市打拼不容易，只想安安稳稳地过日子。"

她在委婉地拒绝他。

陆臣听得出来，心里骂了一声，说："你哪儿普通，我就没见过你这么好的秘书，专业又厉害，否则傅临远也不会点你当他秘书。"

陈静安静几秒："陆先生过誉了。"

陆臣抓了抓头发，看着她道："你放心，以后这种事情绝对不会发生，我会让你安安稳稳地过日子的。"

陈静微顿，说："陆先生，谢谢。"

陆臣叹口气，往她跟前走一步，盯着她道："我会拿出我的诚意。"

陈静下意识地往后一退。这时，身后停下一辆黑色的轿车，车门打开，傅临远从车里下来。他领口微敞，神色冷漠，瞥了这边一眼，和他们擦肩而过。

陆臣见到他，挑眉喊了一声。

他没应，直接走进去，于从在车里探出头看了几眼。陈静神色冷静，冲陆臣点点头，随后带着蒋禾从他身侧走过去。蒋禾咳一声，看一眼颓废的陆臣，男人长得帅，颓废也挺帅的，可惜是个花花公子。

进了大厦，蒋禾凑近陈静，低声道："第一次见到陆总这样，他向来意气风发的啊。"

陈静没应，微叹一口气，转进电梯里。

方才，上班的人群中已经有不少人看见他们了，估计不到中午，刚才发生的事情就会在整个公司传遍。电梯门打开，陈静走出电梯，往办公桌走去，而此时办公室门开着，她站在办公桌前放下她的小包，静静地站了一会儿，这才走向办公室。

傅临远脱下外套挂好，背影高大。陈静踩着高跟鞋走向那边的咖啡桌，先给他煮咖啡。傅临远垂眸挽着衬衫袖子，神色不变。

办公室很安静，咖啡机的声音响起，咖啡流向杯子里。陈静端过咖啡，看向傅临远，他在办公桌前坐下，随意地翻着桌上的文件。陈静走过去，把咖啡放在他手边，傅临远抬起头睨她一眼。

陈静微顿，轻声问道："傅总伤口还疼吗？"

傅临远靠着桌子，拿过一旁的打火机，点了一根烟放进嘴里，神情散漫，撩眼看她："不疼。"

陈静："那就好。"

这时，门口传来脚步声，陆臣走了进来。陈静冲傅临远点了点头，神色冷静自持，转身出去。陆臣看了她好久，与她擦肩而过后才收回视线，傅临远舌尖抵着烟尾，眼眸微眯，脸色越发冷峻。

陆臣咳了一声："冯宝珠那事情，准备怎么处理？我们商议一下。"

傅临远看他一眼，心情显然不悦。

来到工位，陈静开始处理手头的工作。她本就是金融专业毕业的，处理这些文件要比其他人快很多。

公司的群里果然在议论陆臣追她的事情。陈静被圈了多次，但她没看。

下午的时候，圈子里传出了冯氏爆雷的消息，几家投资公司决定撤回投资，连正在谈的项目也告吹，谈下的银行贷款也被驳回了。冯氏在三四个小时里接连遭遇危机，事态在下午五点抵达高潮。公司群里哗然，整个圈子都觉得这事情诡异，不明白怎么突然之间就这样了。

这样下去，明早冯氏的股价一定暴跌。一些持有冯氏股票的公司恨不得穿越回一两个小时前，可以在收盘之前抛售掉冯氏的股份。

蒋禾知道缘由，震惊地发消息给陈静。

　　蒋禾：是不是傅总跟陆总干的？问题是我们跟冯氏没有任何来往啊，这都能做到？就在短短几个小时内？
　　陈静：有关联。
　　蒋禾：什么？
　　陈静：××公司、××基金、××银行，傅恒集团都有持股。

蒋禾愣了几秒，瞬间明白，这些公司、基金以及银行，傅恒集团都有持股，且比例不小，而这些公司、基金、银行又都是冯氏的股东以及客户，在冯氏持股也不少。傅恒集团间接成为冯氏的投资者。这就是蝴蝶效应啊，傅恒集团扇动一下翅膀，冯氏就得完蛋。

冯氏本身也有隐患，这几年扩张得厉害，只剩表面账本。

陆臣一整天都在傅临远这儿，直到五点多才跟他一起离开，陈静坐在工位上看着他们走出办公室。外面已经翻天覆地，搅弄浑水的傅临远却神色不变，走前看陈静一眼："下班跟蒋禾一起走。"

陈静"嗯"了一声，陆臣看着她，欲言又止，最后什么都没说。这事情必须得处理，处理完了再说。

他们走后，陈静也起身离开，跟蒋禾一起去一家珠宝公司挑选赠送给封源妻子的生日礼物。路上蒋禾还在感叹冯氏的事情："你说，傅总这样做，该不会是因为你吧？"

陈静开着车，安静几秒，道："陆先生这件事情本来就该处理，冯氏管不好女儿，外人就帮她管了。"

蒋禾一听，点头："倒也是，不过这也容易让人误会啊，为了美人摧毁一座城。"

陈静轻轻一笑，不置一词。

这家珠宝公司专门接待陈静跟蒋禾，蒋禾看花了眼，陈静挑了一套限量制作的项链跟耳环，价值比封源送她那个宝石要贵上不止十倍。陈静返回公司，把这套珠宝放进保险柜里，也把那个宝石放进去。她不要这个，傅临远应该也不会发现保险柜里多了东西。

接下来的几天，傅临远很忙，不仅要摧毁人家的城堡，还要收下人家的资产，所以几乎不怎么来傅恒集团大厦。

封源妻子要举办生日宴会，傅恒集团的不少人都收到了邀请卡，陈静也收到了。这场生日宴会实际上是封源人脉的一次汇总。陈静想着那些人跟她没关系，可她挑的礼物总得送出去。

傅临远没给她半点指示，这段时间他实在太忙了。

蒋禾也收到了邀请，兴奋不已，拉上陈静说一起去参加，陈静为了送这礼物，也只能去。她们二人临时决定要去，也没租裙子，只能回家去换自己的裙子。陈静挑了一条黑色的裹胸长裙，蒋禾的裙子是白色的，两个人像姐妹花。

陈静拎着生日礼物，手臂上挎着小包，跟蒋禾一起下了车。封源妻子的生日宴会安排在封源名下的庄园里，夜风寒冷，夜色迷离，陈静提着裙摆跟蒋禾走进宴会现场。

"哇哦，真漂亮。"蒋禾感叹，下一秒，拍拍陈静的手臂，"傅总。"

陈静抬眼，便看到傅临远穿着黑色衬衫跟长裤，站在高脚桌旁，面前站着一名穿红色长裙的女人。那个女人皮肤白皙，腰身纤细，露着一大片后背，胸前更是风光无限。她懒洋洋地跟他说话，偶尔看一眼他杯中的酒。

傅临远神色淡淡，领口微敞，把玩着酒杯，喝酒时睨那女人一眼，那女人拨弄头发，往他跟前站近了一点。

蒋禾"啧"了一声："又一位想追傅总的美女。"

陈静收回视线，看到了封源，就踩着高跟鞋往封源那儿走去。她今晚扎着头发，露出修长的脖颈，这裙子也收了腰，裙摆是不规则的设计，长腿若隐若现。

她笑着把礼物递给封源："封总，这是傅总送给您夫人的生日礼物。"

封源"哎哟"一声，赶忙放下酒杯接过礼物，一看包装就知道价格不菲，抬眼道："谢谢你，陈秘书。"

陈静微微一笑："不客气。"

封源看着陈静漂亮的面容，无比感叹。他也想招这样一个秘书，便笑着问陈静："我最近也缺一个新秘书，陈秘书能帮忙介绍个合适的人吗？"

陈静一顿，笑着摇头。

封源道："可惜了。"

他们的位置正好对着傅临远那边，傅临远一抬眼，便看到陈静纤细的背影。她站得笔直，裙摆滑过她的腿，像在轻抚一般。

傅临远放下酒杯，服务员又给他倒了一杯，他把玩着酒杯。封源让陈静喝好吃好，随后就走到傅临远这边来。陈静转过身子，笑着接过蒋禾递来的酒。封源靠近傅临远："傅总，谢谢你安排的礼物。"

傅临远声音低沉："不客气。"

他前面的女人笑问："生日礼物吗？"

傅临远没应。那女人盯着他下颌，踮脚道："我跟你说个秘密吧。"

傅临远偏头看她几秒，挑了挑眉心。半晌，他微微低头，那女人踮着脚在他耳边轻声地说着话。陈静端着酒跟蒋禾走到窗边，仰头喝酒时正好看到这边的一幕，顿了顿，快速地收回视线。酒入喉咙，有点火辣辣的。

蒋禾"呸呸"几声，盯着这酒道："不是葡萄酒吗？"

陈静嗅了一下："估计是储藏了很久的红酒。"

蒋禾疑惑道："那这酒的后劲是不是挺大的？"

陈静道："不一定吧。"虽然她心里已有预感。一般来说，红酒的储藏时间越长，后劲越大，她见过平日里喝白酒很猛，但喝储藏时间很久的红酒却喝醉的人。

蒋禾："这酒越喝越好喝。"

"这倒是。"陈静又跟蒋禾碰了一下杯。乔惜今晚也来了，她跟封源的妻子有一面之缘，两个人交谈得挺好。蒋禾也过去跟乔惜喝酒，顺便认识认识封源的妻子。陈静今晚有点懒散，没过去。

她喝着酒，看着庄园外的夜色。

财务部的另外一名会计也有点无聊，跑来跟陈静喝。喝着喝着，陈静觉得不能再喝了，再喝又会醉。她看一眼时间，打算打道回府，拎着包出了门，打蒋禾的电话却一直没人接。过了好一会儿，她终于收到了蒋禾的消息。

蒋禾送喝吐的乔惜回家了，让陈静等下跟傅总的车回家。

陈静愣了愣，这条消息是半个小时前发来的，她没看手机。

陈静放下手机，看到于从在不远处。于从也看到她了，把车开过来，说："乔惜吐了，蒋禾送她回去，我送你吧。"

陈静无奈，往后看一眼，想寻找傅临远的身影，犹豫几秒，看向于从："这样，你先送我回去，然后再来接傅总吧，我看他应该没那么快。"

于从应了声，笑着给她拉开后座的车门，陈静坐进去，车里暖和多了。

于从刚关上门，却见傅临远从庄园里出来，他当即就不能走了。风挺大，傅临远走向黑色轿车，嘴里斜斜咬着烟，手挽着袖子，对于从说："去喊陈静出来。"

风吹乱他的领口，那被划伤的疤痕若隐若现。于从一听，笑着指了指车里。傅临远撩起眼眸，隐约看到后座上的人影，眉头微挑，拉开车门，弯腰坐了进去。

车里灯光昏暗。红酒的后劲有点大。她穿着一条裹胸的裙子，靠着车窗正在发呆，发丝凌乱，锁骨精致。

陈静听见开门声，一扭头便对上他狭长的眼眸。后座窄小，她下意识地坐直身子："傅总。"

喊完，她一阵晕，用指尖抵着太阳穴。

傅临远声音低沉，问道："醉了？"

陈静摇头，可眼里带着雾气。她正在思索要不要去坐副驾驶座时，傅临远伸手将原本开着的车窗缓缓关上。

陈静的心直跳，她抬起头，刚想说话，傅临远便低头堵住她的唇瓣。陈静"嗯"了一声，男人的手轻抚她的脖颈。片刻，他向后退了一点，盯着她："这会儿很清醒，对吗？"

陈静唇上带着水光，她张嘴想说话，神情却很迷蒙。傅临远摩擦她的脖颈，不待她开口，再次堵住她的唇。陈静迫不得已仰头，舌尖被男人压制住，她迷迷糊糊地觉得酒劲开始大起来。

陈静就像上次一样晕乎乎的，他握着她脖颈的手如钢铁一般。陈静被吻得眩晕，又一次溢出了声音。

傅临远含着她的唇，手往下，揽住她的腰，将她狠狠地压向自己。陈静下意识伸手攀住他的脖颈。

于从接了个电话，转身回来，刚开门就看到后座的场景，心中狠狠一跳，反射性地退开。

他完全呆住了。

陈静本来没觉得多醉的，但不知为何感觉越吻越晕。她仅靠傅临远的手臂撑着，仰起的脖颈修长白皙，形成了一个漂亮的弧度。她睫毛轻颤，他的手揽住她的细腰。

他往下压，含着她的唇，手臂却如钢铁般扣着她的腰，陈静几乎是在往后仰。

她很美，他吻得很深。

车里极安静，这时，啪嗒一声，拉链绷开的声音传来。陈静一瞬间清醒，唰地睁眼，另一只手下意识地抬起来，挡住了胸前的裙子。

傅临远离开她少许，无视她的无措，往下看。

陈静另一只手从他脖颈上收回，推着他的肩膀，傅临远往后退些，陈静往后靠坐正。

她声音低哑："你闭眼。"

傅临远听罢，问道："我要是不呢？"

陈静被吻得脸颊泛红，眼尾也泛红，眼里水雾浓浓。她伸出手，可摸不到身后的拉链，也不知道后面是什么情况。她想离开，可他挡着，她撩起眼眸，无声地看着他。傅临远唇角轻勾，凑近她，再次吻住她的唇。

在她要咬他之前，他及时离开少许，贴着她的唇，道："转过去，我帮

你看看。"

陈静缩着肩膀，整个人有些紧绷，撩眼看着他狭长的眼眸，无声地转过身。

她后面的情况不会比前面的更好，因为裙子裂开了一大截，几乎露出腰线。她后背的线条很美，腰也美，蝴蝶骨十分吸引人，一片白皙。

傅临远欣赏一会儿，伸出指尖碰了一下她的拉链，翻转看了看。

他确实没碰到什么，可陈静下意识地往前缩腰。她问道："坏了吗？"

傅临远拉起她另外半边的裙子，对比了一下，说话的声音很低沉："坏了。"

这是最坏的结果。陈静的肩膀有些垮，想起小包里有两个胸针，将小包扯出来，一手拉开，取出胸针。

她递给他："帮我上下扣紧。"

傅临远抬眼，接过那两个胸针，打开其中一个，紧一紧她的裙子，低头扣上。

二十六年来，他从没替女人干过这种活儿。

扣好两个胸针后，后背的风光被遮挡住，只有中间那段隐隐约约露出肌肤。脖颈至肩膀那块更是白皙，细碎的发丝落在肩膀上，像是谁的手放在上面似的，此时她背对着他，耳环轻晃。

傅临远伸手一把捏住她的下巴，把她的脸转过来，直接再次堵住她的红唇。

陈静下意识地拢紧裹胸裙。于从关好车门，风挺大，吹乱他的头发，他不敢看车里的情况，车窗虽然都有贴防窥纸，可是离近了就能看得到模模糊糊的影子。

他走到车后，从口袋里拿出打火机跟烟，点了一根抽上，至今不敢相信自己看到的画面。

陈静做了两年多傅临远的秘书，一直都谨记自己的身份，于从从来没见她流露过什么样的情感，也没有勾引老板的意思。于从清楚一个女人想要勾引傅临远时会是什么样的，所以这件事情不会是陈静主动的。

那只能是傅临远主动吻她。

这也是于从不敢置信的地方，这几年，傅临远身边的女人虽不少，但他从来没有主动过，此时却对自己的秘书下手了。

于从抽烟抽得更狠了。这时，封源的妻子提着裙摆从庄园走出来，笑着喊道："于先生。"

于从立即抬眼，收神，站直身子："封太太。"

封源的妻子江曼琳笑着摸摸脖颈上的项链，道："听说这条项链是陈秘书亲自挑选的，我特别喜欢。今晚一直没看到她，听说她刚才上了你的车，我想亲自跟她道谢。"

于从心一跳，下意识地挡住身后的车，说道："封太太，不好意思，陈静已经回家了，这会儿车里只有我老板。"

"你老板啊？傅总？那我也见见吧，我今晚实在是太忙了，也忘记跟他说一声谢谢了。"

于从一听，有几分着急，道："不必不必，他正在休息。封太太，您今天过生日，收什么样的礼物都是应该的，寿星最大。"

"哎呀，于先生太会说话了，可我人都来了，还是跟傅总说一声，也让他转告一下陈秘书，下回有空一起喝下午茶。"江曼琳笑着就要往车门这边走来，于从下意识地跟着一挡，江曼琳抬眼无奈地道："于先生，你干吗呢？我就——"

下一秒，她就从车后座的窗玻璃看到了车里接吻的两个人。傅临远捏着女人的下巴，往下压着吻，女人侧脸白皙，细碎发丝缠着耳环，被吻得仰着脖颈。车里淡淡的橘色灯光有几分昏暗，江曼琳看得脸红心跳。

她唰地收回视线，尴尬地看于从一眼，满脸通红："抱歉啊。"她说完转身就走，于从也尴尬，神色无奈，只说："封太太慢走。"

江曼琳提着裙摆，飞快地往屋里走，脑海里却浮现傅临远接吻时的那张侧脸，他的下颌线条分明，薄唇含着女人的唇，吻得很深。

难怪她那位闺密一来就盯上傅临远，她捂了捂脸。他确实坏，也确实帅。

陈静觉得很晕，他总是吻得她特别晕，令她好像要放弃一切，任由他为所欲为。他松开她，抵着她的唇，看着她被泪水濡湿的紧闭的双眼，声音低沉，带着欲望："记住今晚。"

陈静不睁眼，睫毛颤了颤，他轻哼一声，已然是一副不打算放过她的样子了。他没之前那么好糊弄，让她假装什么都没有发生过。

陈静靠着椅背，一声不吭。

傅临远坐回去，轻扯了扯领口，感到一阵燥热。他取过外套，披在她的肩膀上。

陈静看他一眼。男人神色如常，拿起手机，拨打于从的电话，响了一声就挂断。

不一会儿，于从从车旁走来，弯腰坐进驾驶座。陈静看到于从进来，心一跳，抬起外套，几乎要挡住自己的脸，完全不知要如何面对。

于从哪儿敢往后看？一眼都不敢。他启动车子，车里十分安静。傅临远也往后靠，他身上沾了她的香味，那个吻只能解一时的渴，他轻扯了下领口，锁骨上的伤痕若隐若现。

窗外的风景倒退而过，陈静无声地看着。京市的夜景很美，无论是郊区还是市中心都灯火通明，这就是大城市的魅力。

车子抵达小区，于从拉了手刹，傅临远的声音响起："开到地下车库。"

于从一听，也没询问什么，直接就往地下车库开去，抵达陈静所在的那栋楼的电梯口。傅临远看陈静一眼："穿上外套。"

陈静也看他一眼，他支着下颌，睨着她。陈静也懒得矫情，她的裙子已经四分五裂，就这样去坐电梯，遇上任何人都尴尬。她把他的外套穿上，随后拉开门，拎着包走下去。

她的腿又长又直，傅临远透过车窗看去，陈静踩着高跟鞋进了电梯间。

傅临远收回视线。于从坐得笔直，看着陈静走后，他才缓缓启动车子。后座传来打火机的声音，傅临远点燃一根烟咬住，车窗摇下，烟雾随着风吹出去。

叮的一声，电梯门打开。陈静离开电梯，拿出钥匙开门。蒋禾听见声音，从她的公寓探头出来："静静宝贝，你回来啦。"

陈静看向蒋禾，"嗯"了一声，咔嚓一声打开门走进去。蒋禾裹紧身上的睡衣外套，关上她自己那扇门，跟着陈静进了屋。

陈静没什么力气，直接在沙发上坐下来。蒋禾走过来探她的额头："你该不会也喝醉了吧？"

陈静往后靠，说："有点。"

蒋禾往下一看，见她胸前此时的情况，愣了一下："裙子怎么了？这外套是傅总的？"

陈静身子一僵，扯过那件外套，随意搭在一旁的扶手上。

蒋禾坐下来，拉了拉她的裙子，震惊地道："居然坏了，啥情况啊？你在哪儿弄坏的？该不会是在宴会上吧？"

陈静摇头："不是。"

"那是在哪儿坏的？"蒋禾一想那个场景就觉得惊悚，而且裙子后面明显是别人帮忙用胸针固定住的，肯定有其他人在场。

陈静对上蒋禾的目光，突然不知该怎么回答——在傅临远的车里坏的，而且是接吻的时候坏的。她顿时茫然，感觉好像有什么在改变。

"怎么啦，宝贝？"蒋禾摸摸她的额头，扯过抱枕，取出里面的小毛毯，直接盖在陈静身上。

陈静看着蒋禾，道："如果有一天，你喜欢的人看上你了，你会怎么样？"

蒋禾一听，笑道："那多好啊，这不是如愿以偿了吗？"

陈静顿了顿，道："可是你跟他没有未来啊。"

蒋禾也愣了愣："没有未来？没有未来招惹我干什么，玩玩而已？"

陈静微愣，是这样吗？她拢紧身上的小毛毯，但是这个招惹她的男人，为她打架，给她撑伞。

她呼出一口气。

"你在想什么，我的静静？"蒋禾凑近她，"是不是有什么烦恼？"

陈静回神，对上蒋禾关切的眼睛，又呼一口气，然后抱着蒋禾："就是突然多愁善感而已。"

蒋禾拧眉，知道她不会无缘无故地多愁善感，但每个人都有自己的秘密。陈静不想说，她也得尊重。陈静觉得难以启齿的事，她也不会强迫对方开口。

蒋禾回抱住她，道："哎呀，有什么嘛，人活着就是要先让自己开心，知道吗？"

"嗯。"

蒋禾想了想，坐直身子说道："我今晚还是在你这里蹭床睡吧。"

"好啊。"

蒋禾那张床是房东安置的，陈静这张是住进来后自己重新买的，所以要比蒋禾的舒服。蒋禾大部分时间都跑来蹭她的床睡，两个人也能做个伴。

她们之前也不是没想过两个人合租，但是考虑到或许未来其中一个人会有男朋友，可能不方便，加上有些时候想要一个属于自己的空间，所以还是各自租了一间公寓，就在同一层，这样既有个人空间又离得近，挺好的。

"快去洗澡吧。"蒋禾跑进去给陈静拿了睡衣。陈静接过来，起身问道："乔惜怎么样？"

蒋禾"啧啧"几声："吐得很厉害，胃汁都吐出来了。她今晚喝得挺猛的，就喝那款葡萄酒，以为没事，没想到后劲那么大，我怀疑她明天都上不了班了。"

陈静一听，心疼道："你也不提醒她。"

蒋禾无奈："她跟江曼琳聊得欢啊，后来江曼琳的闺密，就是踮脚跟傅总说话的那个女的……"

陈静呼吸微顿，指尖不由自主地抓着睡衣。

蒋禾继续说道："那个女的想套傅总的消息，就一直跟乔惜聊天，问傅总的喜好，平日的消遣，现在是不是单身，喜欢什么类型的女人，该怎么追才能追到他。"

陈静安静地听着，不置一词。

蒋禾摊手："乔惜哪里知道这个？她支支吾吾，最后说还是得问你才知道，所以……你的微信被乔惜给出去了。"

陈静说："她疯了。"说完就走向洗手间。

蒋禾说道："唉，她喝醉了，没办法。我怕她继续爆料，只能赶快把她送回去，都没来得及跟你说。"

陈静挂好睡衣，一扭头就看到洗手间里圣洁的白玫瑰，又是一愣。几秒后，她收回视线，把门关上，开始洗澡。

脱下裹胸裙后，她觉得舒服多了，皮肤都被勒出了少许的红痕。洗完澡，陈静擦着头发走出去。

蒋禾把傅临远的外套挂好，问："这是傅总的吧？"

陈静"嗯"了一声。

蒋禾瞪大眼睛："那就是说你裙子坏了的时候，他在现场？"

陈静继续擦着头发，身上还带着热气。她就算不闭眼都能想起那画面，也不知该如何回答。

蒋禾看着陈静，道："他看到了？"

陈静无奈，说道："别问了，反正这裙子没掉就是了。"

蒋禾揽过陈静："傅总好眼福。"

陈静不想继续这个话题，推着蒋禾进屋。蒋禾觉得陈静得吹了头发再睡，于是给她拿了吹风机。

陈静吹完头发，两个人一起上床。陈静没有睡着，睁眼盯着天花板，也不知道过了多久才睡过去。

隔天，乔惜果然请假了。

蒋禾一边开车一边给乔惜打电话，说她不该一个劲地喝，弄得好像在讨好江曼琳一样，封源还靠着傅恒集团呢，乔惜不需要当人家太太的"舔狗"。乔惜在电话里被骂得有气无力，只能认了。

陈静坐在副驾驶座，安静地看着风景，抵达傅恒集团大厦时还很早，几个同事结伴去买咖啡。

陈静买了一杯冰美式，喝一口很舒服。抵达顶楼后，她握紧咖啡杯，看一眼办公室，那边门没开，傅临远显然还没来。

陈静略松一口气，放下包跟咖啡，整理了一下手头的文件，把他签署好的拿去给刘特助。

随后，她去收拾了一下办公室，给他煮上咖啡。弄完这些事情已经是九点多，他依旧没来，陈静回到工位坐下。大家这段时间都在关注冯氏的新闻，今日冯氏的股票依旧在跌，估计再过两天得直接停盘。

陈静的微信多了两条申请添加好友的通知，她打开一看，其中一个是江曼琳，备注："陈静，你好，我是封源的妻子。"

陈静不得不通过，另外一个叫方晓，她说她是江曼琳的好友，想跟陈静学习。陈静一下子便想到昨晚那个身穿红色裙子的女人。

陈静本想忽略掉，但江曼琳给她发了微信消息。

　　江曼琳：陈静，谢谢你挑选的项链跟耳环，我特别喜欢，下回我们一起喝下午茶吧。

　　江曼琳：还有件事要拜托你，我有个朋友想认识你，跟你了解点事情，她叫方晓，加你好友了，麻烦你通过一下。

陈静无奈，只能通过。

　　方晓：你好。

　　陈静：您好。

　　方晓：哈哈，不要用尊称，昨晚在宴会上没看到你，挺好奇陈秘书的。

　　陈静：方小姐，我只是个普通秘书。

　　方晓：谦虚了啊，那个，我冒昧地问一下，你们傅总现在是单身吗？

　　陈静：单身。

　　方晓：哈哈，太好了。

　　方晓：那我再问点别的问题吧……

　　陈静跟她说自己要忙工作了，可能回消息不及时，方晓表示没事，接着又发了几条消息过来，都是问傅临远的事。陈静发现这些女人都挺喜欢探听傅临远的喜好的，都想从这方面入手。

　　她得处理一些工作，所以没立即回消息。

　　她喝完手中的咖啡，准备起身时，电梯门突然开了，傅临远从电梯里走出来，身后跟着冯志。傅临远单穿着衬衫跟长裤，领口微敞，那条细小的伤疤若隐若现。

　　陈静一顿。傅临远看她一眼，随后拐进办公室。

　　冯志冲陈静笑着点头，陈静也笑笑，走去茶水间接了杯温水喝，走出来时看到他们在谈话。傅临远靠着桌子，低头点烟，听着冯志报告。

　　陈静安静地回到工位忙手头的事。不一会儿，冯志报告完，离开办公室，陈静桌上的内线电话响起，她接起来。

"进来。"男人低沉的声音透过话筒传出来。

陈静道："好的，傅总。"她放下话筒，起身朝办公室走去。他正咬着烟翻文件，听见脚步声便开口道："咖啡。"

陈静听罢，踩着高跟鞋走向咖啡桌，拿过杯子接了一杯咖啡，放在他的桌子上。

咖啡香飘来。

傅临远很高，靠着桌子，在桌上投下一片深色的光影。陈静放下咖啡就要走，傅临远撩起眼眸看她，声音低沉："过来。"

陈静脚步一顿，往他那儿看去。傅临远把面前的文件往旁边挪了些，道："领带。"

他没系领带，看起来有几分不羁。他从没叫她系过领带，这是第一次。陈静顿了顿，走过去拿起他的领带。他偏头看着文件，陈静用纤细的指尖认真为他系着领带。

傅临远没扣衬衫最上面的纽扣。她犹豫几秒——不扣的话，领带扯不上去。她只能松开领带，拉住他领口，慢慢地扣上。

傅临远撩眼看向她。她今日化了淡妆，眉眼清丽，睫毛微翘，专注地系着领带。

傅临远伸出一只手扶上她的腰，握紧。陈静身子一颤，用力地紧上他的领带。傅临远声音低沉，合上文件："太紧了。"

陈静抿唇，恨不得再扯紧一些。

领带再扯紧一点，上面就是他的喉结，无法忽视的那种。陈静安静地往下再松松，男人的领带也很重要，是门面。她一边松一边下意识往后退，然而身后的手掌如钢铁一般，按得她半分不可动弹，她只能神情专注地给他系好领带。

文件被他随手放在身后的桌上，她身上的香味淡淡地飘来，傅临远垂眸看着她的眉眼："吃早餐没？"

陈静一边理着领带一边应道："吃了。"

他以前从没问过这种问题，一个上司怎么会关心下属吃没吃早餐？他是个极有主见的强势的人，陈静也几乎不问他这种日常的问题。她回答完，他没再问，晨曦落在他们身后。

　　他的目光带着侵略性。陈静被他看得心不住颤抖，好在终于弄好了，她纤细白皙的指尖把他的领子往旁边顺好。她的睫毛颤了一下，抬起眼，看向他狭长的眼眸。

　　"好了，傅总。"她用手掌撑着他的肩膀，轻微往后推了推——她在试探性地看看他肯不肯松开。现在在上班，刘特助以及其他同事随时都有可能进来，陈静一点都不想再被人看见，于从已经是无法避开且无法面对的人了，她不想再多几个。

　　傅临远神色不变，看她几秒，松开了她。

　　陈静后退一步，松了一口气。

　　傅临远端起一旁的咖啡，喝了一口，声音低沉："行程表，发我手机。"

　　"好的。"陈静踩着高跟鞋，转身离开了办公室。回到自己的工位后，她脚步停顿了一下，心怦怦狂跳，深呼吸一口气，拉开椅子坐下。桌上放着她整理好的行程表。陈静将其翻开，举起手机拍了一张，点开他的微信头像发过去。

　　他没立即回。

　　陈静便安静地开始做自己的工作，刘特助用公司内部号问陈静："傅总早上心情如何？"

　　陈静想了想，打出"还可以"三个字。

　　刘特助犹豫了一下，又发来一句："我现在去报告一件齐总最近办的蠢事，他会生气吗？"

　　陈静觉得这个刘特助挺好玩，总是小心翼翼的。她回道："这我不能保证，得看是什么事情。"

　　刘特助在那头叹口气，也没回陈静，过了一会儿，他从办公室里出来，看了陈静一眼，陈静支着脸笑笑。刘特助一脸赴死的表情，拐进傅临远的办公室。

　　办公室的门没关，陈静仰了仰脖颈往里看。刘特助身形清瘦，此时因为害怕，肩膀有点垮。他站在桌前报告，傅临远一边低头点烟，一边听着，侧脸冷硬，看不出神情。

　　刘特助报告完，傅临远没吭声。他拿下烟，在烟灰缸上轻轻地一弹，声音低沉，语气听不出情绪："你让他回来。"

刘特助脸色惊慌，齐总就是因为不敢回来，才让他先来报告的啊。

傅临远撩起眼眸，轻扫刘特助一眼。刘特助一点坚持全没了，立即点了下头，转身出去。陈静咳一声，坐了回去。刘特助走到她桌旁，欲哭无泪："陈秘书，怎么办啊？"

陈静仰头看他几秒，道："没办法，齐总干了什么事啊？"

刘特助看了一眼身后，傅临远不在办公桌后了。他凑近陈静说道："中良的协议控制办砸了。"

陈静一听，这可是大事。此事是多好的机会，齐总居然还能办砸。她立马说道："那真的没办法了。傅总让齐总回来？"

"嗯。"刘特助也很无助，齐特助是他师父，也是他上司，真是一荣俱荣，一损俱损，他在想自己是不是该重新投简历了。

陈静看他这样，也没法安慰——傅临远想让中良脱离 VIE[①] 架构很久了。她只说道："你还是赶快让齐总回来吧。"

刘特助点头，快步离开陈静的工位，回了自己的办公室。陈静看了一眼傅临远的行程表，明天早上他有个峰会，而齐总最快也要明早才能回来，估计见不到傅总了。

她微叹了一口气，把傅临远明早的行程发给刘特助。刘特助给她回了一张"跪地感谢"的表情包。这样的话，齐总明早可以直接赶去峰会现场，能早见到一秒是一秒。陈静放下手机，这时手机中跳出一条新微信消息，旁边显示的是傅临远的头像。

陈静立即点开。

> 傅临远：在世纪大厦订三个房间，你和于从收拾下换洗衣物，
> 今晚住过去。

陈静微愣，看来他今晚就要去世纪大厦。

她回复："好的。"

---

① Variable Interest Entity，即可变利益实体，也称为"协议控制"，指不通过股权控制实际运营公司，而通过签订各种协议的方式实现对实际运营公司的控制及财务的合并。

她给于从发了一条收拾换洗衣物的微信消息。于从回复"好的"，又发了一条消息给她。

　　　　于从：傅总有个好友从国外回来，今晚傅总要在世纪大厦见他，所以才会安排咱们住过去。

　　陈静一顿，回复："好的。"于从也没再回她。

　　中午，陈静跟蒋禾一起去吃饭，她跟蒋禾说下午要回去收拾一点换洗衣物，蒋禾拿着筷子戳着碗里的面条说道："我下班陪你回去收拾吧。"

　　陈静"嗯"了一声，想着住一晚的话应该不用太多东西。

　　吃过午饭，陈静回到顶楼，倒了一杯温水，喝了一大口解解腻，随后收拾了一下就开始午睡。她刚趴下，电梯门就打开了，冯志跟傅临远从电梯里走出来，冯志探头看一眼："陈秘书睡了。"

　　傅临远轻扫她一眼，对冯志说："把窗户关了。"

　　冯志一愣，看到对着陈静的那扇窗户敞开着，冷风正吹进来，他应了声，上前关上窗户。傅临远走进办公室，而那些吹着陈静发丝的风终于停了，冯志也走向办公室，又把事情确认一遍后离开顶层，气氛一时安静。

　　傅临远靠在桌旁，看着文件。办公室斜对面那张办公桌上，陈静还趴着，睡得正熟，冬日的午后暖洋洋的。就在这时，电梯门开了。封源带着江曼琳跟方晓走出来，带来一阵香气，封源笑着喊了声"傅总"。

　　声音打扰到陈静，她迷迷糊糊地抬起头，一眼就对上江曼琳的笑脸。江曼琳俯下身对她笑道："陈秘书，我来找你啦。"

　　江曼琳很漂亮，今日的妆容更精致了。陈静瞬间清醒，坐直身子，拨开脸上的头发，说道："不好意思，封太太，我刚刚在午睡。"

　　"没事没事，陈秘书认识我啊？"

　　陈静点了点头。为了确保不会认错人，她在买礼物之前就已经看过江曼琳的照片了。她说道："封太太那么漂亮，看一眼就记住了。"

　　"陈秘书，你太会说话啦，你们公司的人都会说话。"江曼琳笑道，"我们一起去吃下午茶吧，我叫我老公替你请个假。"

　　陈静微愣，下意识地看向办公室。方晓穿着低腰牛仔裤跟黄色衬衫，外面套个小马甲，正含笑站在傅临远面前跟他说话。

方晓穿得很时尚，这样往他旁边一站，倒是挺配的。

江曼琳笑着拉住陈静的手臂："方晓也来了，我们三个一起去。"

陈静把手臂往后挪了挪，收回视线，笑着看向江曼琳道："封太太，我还在上班呢——"

"我帮你请假！"方晓的声音从办公室那边传来。陈静抬起头，对上方晓那双漂亮的眼睛，她抱着手臂站在门口，笑眯眯的。陈静无奈，正想回绝，男人低沉的声音便传过来："去吧。"

陈静唰地抬起眼。傅临远合上文件，用狭长的眼眸看着她。江曼琳跟方晓挡在陈静面前，她看向他眼眸，定了定神，点头道："好的，傅总。"

江曼琳高兴地握住陈静的手腕，说："我们去你们公司楼下的咖啡厅，那里的蛋糕挺不错的，陈秘书有忌口吗？"

陈静收拾了一下手头的文件，有外人在，她收拾得更整齐些。随后她拿起手机，说道："没忌口，封太太跟方小姐喜欢吃什么可以跟我说，傅恒集团的员工有会员卡。"

"那太好啦。"

陈静起身，被江曼琳挽着，方晓跑回去，踮脚要跟傅临远说话。傅临远垂眸看她，方晓确实有点矮，最多到傅临远的胸膛，方晓不知说了什么，然后跟他挥手。

陈静看一眼便收回目光，跟江曼琳走向电梯，方晓过了一会儿才跟上来。进了电梯，方晓捂脸，扇着脸上的热烫。

江曼琳笑她："没出息，脸红什么？"

方晓红着脸看江曼琳，道："我一靠近他就脸红，控制不住。"

江曼琳："不过你也太矮了，他看你像俯视，下回穿高点的鞋子。"

方晓抬起自己的脚："我已经穿了最高的了。"她看向陈静，"我要是有陈秘书这么高就好了。"

陈静没料到风会扫到她这里，不知如何回答，安静几秒，神色冷静地道："方小姐的身高很标准了。"

江曼琳"啧啧"两声，挽住陈静的手臂："她啊，以前也觉得自己身高标准，不过碰见你们傅总后就觉得自己矮，主要是你们傅总真的高。"

陈静笑笑，没应。方晓也从另一边挽住她的手臂："我们今天好好聊聊。"

大厦楼下这家咖啡厅在这个点也有人，大概是在商务会谈，但人不算多，挺安静的。陈静对这儿熟，给江曼琳跟方晓推荐了这家店的一个下午茶套餐。

江曼琳跟方晓都喜爱吃甜食，一口气点了不少。她们要刷卡的时候，陈静立即拿出会员卡让店里的人刷。

江曼琳"哎呀"一声，收回卡，道："那今天就让陈秘书请了。"

陈静收回会员卡，说道："是傅总请的。"

江曼琳一听，笑着看向方晓，方晓又红了脸。随后，三个人坐到靠窗的位置，陈静没要蛋糕，只要了杯咖啡细抿着。方晓跟江曼琳吃了会儿蛋糕，看向陈静："陈秘书，你说你们傅总是单身，是真的吧？"

陈静动作微顿，看着方晓的眼睛，"嗯"了一声。

方晓松一口气，笑着戳蛋糕："那我追到他的概率大不大？他现在有多少个追求者？他有没有在追哪个女人？"

陈静不知如何回答，只说："方小姐可以试试。"

"啊！"方晓捂着脸，"我头一回追男人啊，紧张！他要是能追我就好了，我肯定不矜持。"

陈静默默听着。江曼琳看着闺密这样痴狂，看向陈静，欲言又止，最后还是觉得在这儿问不方便，所以也就没问。

她们二人实在太能聊了。

方晓一直向陈静询问傅临远的爱好，从什么地方入手好，有没有成功的案例。这些都是他的隐私，陈静自然不好往外说，只能四两拨千斤地岔开话题。

陪她们聊天，比上班累。陈静一个下午都耗在了这里。

下午五点多，夕阳西下。封源那辆车开过来，把她们接走。陈静送走她们后大松一口气，正好蒋禾下班，载陈静回住所去收拾。

陈静用了一个比较小的行李箱，女生哪怕出去住一晚，要用的东西都不少。她收拾完，于从正好给她发消息，让她下去。

蒋禾把陈静送进电梯。陈静提着行李下了楼，出了小区，一眼看到那辆黑色轿车。于从下车，帮她把行李放进后座。继昨晚后，今天是他们第一次见面，于从看陈静几眼，陈静冲他道谢，随后准备坐进副驾驶座。

于从咳一声："后座。"

陈静微顿，拉开后座的门，一眼看到坐在后座的男人。他用手支着脸，低头按着手机，听见动静，撩起眼眸。

陈静坐好，喊道："傅总。"

傅临远："嗯。"声音很低，领带松散着。

于从启动车子，陈静安静地坐着。她握在手上的手机突然响起，嘀嘀几声，是微信通知的声音。这铃声是陈静下午调整的，主要是怕跟她们两个人聊的时候有什么事她没办法及时回，所以铃声有点响，此时车里昏暗安静，陈静的手机一响，尤为清晰。

陈静赶紧滑开屏幕，是方晓发的微信消息。

傅临远轻扫她手机一眼："谁？"

陈静点开微信："方晓。"

"哦？聊什么？"

陈静看到内容，顿了顿，抬起眼看向傅临远。傅临远靠着椅背，神色冷淡，但目光停留在她脸上。陈静说："她问我如何追你。"

于从开着车，听见这话，差点没控制住方向盘，又赶紧稳住。傅临远神色不变，也没回应。

陈静也静静地看着他。这时陈静的手机又响了，她看了一眼，是方晓发来的个人微信的二维码。

　　方晓：陈秘书，帮我把二维码发给你老板，想方设法让他加我。

陈静也懒得开口了，直接把手机往扶手上一放。傅临远垂眸，扫一眼聊天记录，神色依旧不变，收回视线，整理了下领口。

陈静看他没反应，叹了一口气，收回手机，回了方晓一句："我试一试吧。"

总算敷衍过去了。

于从在前排听着，觉得额头的汗都滴下来了。他深呼吸一口气，稳住心神，继续开车。

车子一路抵达世纪大厦。一个年轻的帅哥在大门不远处等着傅临远，傅临远单手插着裤袋，指间夹烟，跟对方上了楼。于从跟陈静提着行李箱进去办入住手续，取房卡。

进了电梯，于从看了陈静一眼，欲言又止。陈静提着行李箱，安静地看着电梯一路往上。下了电梯，两个人各自去放行李箱，傅临远的行李箱由于从去放，陈静只放自己的。她忙完从房间出来，擦了擦手。

于从带着陈静上楼，二十二层是一个复式的桌球室，楼上是 VIP 区。此时一盏橘色灯亮着，照在台球桌上。傅临远跟那名客人在，那人叫宴珣，也是傅临远在美国念书时的同学。

宴珣在打桌球，傅临远则端着酒杯，靠着桌子，一边喝酒一边听着对方说话。二人在讨论协议控制的事情。陈静跟于从站在一旁，安静地看着他们打球。傅临远已经摘掉了领带，领口微敞。灯光落在他的眉眼上，他锁骨上的伤痕还在，刚刚结痂。

陈静扫了一眼，挪开视线。两个帅哥打桌球，很有氛围。傅临远球技很好，宴珣也不差，看他们打球倒不无聊，还能听一些案例。于从也难得耐心地听着。

时间流逝得很快，宴珣接了个电话，说闻家兄弟找他。于从送他下去，桌球室就剩下陈静跟傅临远。陈静看着腕表，想提醒一下傅临远时间不早了。

傅临远站在陈静身侧不远处，放下球杆，看她低着头看腕表。下一秒，陈静被他抱了起来，直接按在了球桌上。她唰地抬眼，手往后撑，傅临远一手扣住她的腰，一手按着她的后脑勺，低头就吻住她的唇，直接把她吻得仰起脖颈。

头顶橘色的光照下来，打在台球桌上，也印了一些昏黄的光在接吻的两个人身上。陈静手臂酸了，收回来，攀着他的脖颈，二人指尖交握。

傅临远捧着她的后脑勺，深吻着，手掌按着她的腰。

两个人之间毫无缝隙，他低头压着她的唇，她的脖颈白皙修长，美得如玉。他一只手撑着台球桌，后退些许，陈静下意识地追过去，贴上他的薄唇，身体一顿。

她睫毛轻颤，身体一动不动。

傅临远抬她下巴："睁眼。"

陈静不想。傅临远静看她几秒，再次吻住她的唇，陈静的身子颤了颤。这次傅临远吻得更深，就在陈静迷迷糊糊时，他又离开少许，她睁开眼，眼里都是水雾以及被吻后的柔软。

傅临远用指腹按着她的唇，道："手机拿出来。"

陈静睫毛带水，眨了眨眼，从外套里拿出手机。在这一刻，她觉得自己像提线木偶。

他偏头看着她的手机："微信。"

陈静打开微信，和方晓的聊天框出现在手机上。

傅临远："二维码。"

不知为何，陈静居然明白他的意思，她点开方晓的二维码。傅临远也拿出手机，扫描了方晓的二维码，添加她为好友，随后把手机扔到一旁。陈静脑袋清醒了，抬眼对上他的目光。

傅临远单手撑着台球桌，看着她，声音低沉："让她加我，看她怎么追。"

陈静的心狠狠一跳。她看着他。

傅临远用另一只手按着她的腰："但要到这种地步，得看她本事。"

陈静握着手机，反射性地要逃走。

他扣着她的腰，把人拉了回来："陈静，你多聪明啊。"

陈静扬起脸，再次对上他狭长的眼眸，他的手如钢铁，陈静安静地看着他，傅临远也安静地看着她。

灯光昏暗，视线纠缠。她很美，发丝细碎，脖颈也漂亮，眼里有水雾时更美。

他垂眸看她："要是真不在乎，你跑什么？"

陈静咬牙切齿，他看透了她。

傅临远："想喝酒吗？"

陈静不答话，傅临远手边没酒，喊了声："于从。"

于从送完客人后回来，第六感让他别上楼，因此留在了楼下。此时听见这一声唤，他走上楼，一眼看到被傅临远扣在怀里的陈静。两个人搂得特别紧，于从看了一眼，便唰地收回视线，头也不敢抬，把一瓶红酒和一个高脚杯放在他们手边，然后迅速从楼梯下去。

陈静光顾着跟傅临远较劲，一时也失了羞耻心。傅临远拎起酒瓶往杯子里倒酒，端起杯子，仰头喝了一口，含着酒堵住她的唇。

陈静仰着脖颈，最后还是让他的舌尖溜进来，酒往她喉咙里涌。

今晚的酒比较甜，跟果汁相似。

傅临远既要给她酒，又要收回，扣着她的腰索取。后来，有酒没酒已不重要，他们一直在接吻。

陈静承认自己拒绝不了他，而他胜券在握，吻得深入，这样喝下去的结果就是陈静醉了。

她晕晕乎乎的，傅临远起身，把她拦腰抱起来，走下楼梯，让于从去拿两个人的手机。

于从应了声，快步走到台球桌，先拿起陈静的，再拿起傅临远的。方晓通过了傅临远的好友申请，并给他发了一连串的消息。当然于从看不到内容，只看到了名字。

消息发过来已经一个小时了，傅临远一直没顾得上回复。

于从叹口气，如果换成是以前，他会觉得每个人都有机会，而现在他显然也懂了些许傅临远的心思。

夜晚，酒店的走廊很安静，他们订的这一层更安静。电梯门打开时几乎没有声音，地面上铺着厚厚的深色系地毯。傅临远抱着陈静来到她房门口。

"开门。"他对她说。

陈静醉是醉，但还有点意识，她摸出外套口袋里的卡，嘀的一声打开门。屋里散发着淡淡的香水味，是她挂起的那些衣服的味道。

傅临远关上门，随后走到床边，将她放到床上。

床很柔软，陈静挣扎着将外套往旁边一扔，身上只穿着白色衬衫跟黑色紧身裙。

傅临远垂眸看她一会儿，弯腰把被子拉过来盖在她身上，谁知道她伸手抓住他的手腕，往腰上放去。

傅临远眉微挑，不动声色地顺着她的动作搂上她的腰。他俯身："醒着？"

陈静侧脸枕着枕头，迷迷糊糊地说道："蒋禾，快睡。"

原来她以为他是蒋禾。因为翻身，她的衬衫下摆滑上去几分。他的掌心下滑几寸，眼眸深沉。

她抓住他的手，嘴里仍嘟囔着："快睡。"

傅临远静看她几秒，这才抽回手，把被子往上拉，盖住她的肩膀。

屋里本来就没开灯，昏暗得很。他掌心仍残留着肌肤的触感，他走到门口，拉开门。

走廊里，于从唰地站直，把两部手机递给他。他接过来，把陈静那一部随手放在她的鞋柜上，接着轻轻带上门。

傅临远进了自己的房间，把手机扔在茶几上，拿出一根烟低头点燃，喉结滑动，眼眸深沉，暗流涌动。

于从目送傅临远进房后，看了一眼陈静的房间门，呼出一口气。老板其实是高傲的，他或许想要，但一定要在她清醒的时候。只是……

于从又叹一口气，进了自己的房间。

陈静一觉睡到大半夜，四点半醒来时，是被身上的衬衫给勒醒的。

她靠坐在床头，抓抓头发，迷迷糊糊地想起昨晚一直在跟他接吻。后来因为葡萄酒没了，喝的是威士忌，她喝多了，就醉了。

她下了床。裙子也不舒服，衬衫也不舒服，她干脆直接脱掉，走进浴室里。

热水冲刷着身子，她脑海里却胡乱地闪着许多画面，他把她抱进来时她还有印象。

后来，她好像还拉住他的手，搭在她的腰上。

再后来……再后来就是梦里的事情了。梦里，她的心怦怦直跳。

她怎么会做这种梦？梦见自己在他手中，毫无抵抗之力，高低起伏全由他。

她洗完澡，穿上睡衣走出去，把衬衫跟裙子放到箱子里，随后躺回床上，却睡不着。她又起身找手机，发现手机在鞋柜上。她靠着床头，检查手机里的消息。

方晓给她发了很多消息。

> 方晓：他加我了。
>
> 方晓：谢谢你，陈秘书。
>
> 方晓：陈秘书，他怎么没回消息，他在忙？

陈静不由自主又想起他晚上说的话，他说的"这种地步"，是到接吻的地步吗？

陈静看了一眼时间，这么晚了也不好回复方晓，何况也不知道该怎么回复，干脆已读不回。

蒋禾也给她发了一条消息。

> 蒋禾：明天峰会加油。

陈静一笑，随后，她看到傅临远的头像。她想起入职第一天的时候，齐特助一边跟她说注意事项，一边询问她一些专业问题的情形。

随后，齐特助带她进傅临远的办公室教她煮咖啡，陈静很细心地学。

突然，她听见齐特助喊傅总，一转头便看到男人走进来。

那天他正犯起床气，神色冷淡，穿着黑色衬衫跟西裤，像一尊雕塑。他靠着办公桌，低头点烟，仿佛没看到他们。

齐特助清楚他早晨偶尔会这样，可当天下午他就要飞黎城，在公司的时间并不多，于是齐特助硬着头皮拉着陈静过去，对傅临远道："傅总，这是陈秘书，这几天你不在公司，先让她熟悉熟悉。她专业能力挺强的。"他又转头对陈静使眼色，"加一下傅总微信，回头傅总有事能直接找到你。"

话音一落，男人抬眼看向陈静。

一束阳光投射下来，落在他的眉眼上，使他的脸一半在明一半在暗。这是陈静第一次近距离接触他，呼吸都要停了。他神色冷淡，拿出手机，点开微信二维码。

陈静被齐特助催促着加了他的微信。他的手指修长，骨节分明，这是他当时留给她最深的印象。

直到下午，也就是上飞机之前，傅临远才通过了她的好友申请。

陈静置顶了和他的对话框。

喜欢可以掩饰，但心跳无法掩饰。陈静看着他的头像，许久才放下手机。她躺在床上，拉高被子，挡着脸睡觉。

后半夜陈静睡得还行。早晨，手机铃声响起，她赶紧起床，快速洗漱，随后换上套装裙，外面搭配米色长款外套。她打开门，正好看到于从从房间里出来。

陈静说道："早。"

于从："早。"

陈静看一眼腕表："你今天起得真早啊。"

于从一笑："我知道你要去现场，得早起送你过去，这是傅总吩咐的。"

陈静一顿，"哦"了一声。两个人安静地走向电梯，下楼开车，直奔峰会现场。

陈静得去看傅临远的名签放在哪个位置，跟主持人确认一下傅临远上台讲话的时间点，然后再次确认傅临远所坐的位置周边的人。

他的座位在最中间，黎城周家的位置也在中间，彼此挨着，另外两个互联网公司高层的位置也在附近。

检查完之后，陈静朝于从走去。于从站在角落里，跟陈静一起看着场馆里其他来提前确认位置的秘书、助理。

这场峰会全程直播，不能有半点疏漏，所有东西都要确认好，位置不合适的要及时调整。

场馆里太大了，冬天凉飕飕的。于从看陈静一眼，她眉眼温柔，却也

坚毅。他说："陈静，傅总难得主动。"

　　陈静呼吸微顿，看向于从。于从看着她，接着道："但也仅有一次。"

　　陈静很安静，明白了他的意思。不管这场意外纠葛走向什么结局，傅临远动心都只有一次，她要不要赌？

第三章　被偏爱的

　　两年前进入傅恒集团时，陈静什么都没想。她仅仅是顺从着内心，想要离他更近一点，所以给傅恒集团投了简历。那个时候蒋禾也想进傅恒集团，陈静和蒋禾的老师跟冯志是朋友，他可以推荐一个学生进冯志的部门。在陈静跟蒋禾之间，老师很犹豫。他认为两个学生都很优秀，谁去都行，可去不成的那个又很可惜。

　　蒋禾的父母早年就离婚了，她跟着奶奶长大，大学那几年一直在打工，想存钱买属于自己的房子。傅恒集团是她所有的选项中最吸引人的那一个。

　　在老师犹豫、蒋禾欲言又止的时候，陈静已经把目标投向了傅临远的秘书室。

　　她跟蒋禾不同，她有退路。她想要朝傅临远走去，只是出于一己之私。蒋禾想去傅恒集团，则是为了一个漂亮的未来。那时陈静也没想到自己的运气那么好，会被他从一大批的应聘者中一眼挑中，甚至连一些烦琐的手续都免了。

　　一个女人喜欢一个男人，若要说完全没有其他渴望，那都是假的。只是陈静极少去想那些。这场意外来得确实突然，于从会跟她说这个，主要是因为他们之间的交情。若是换成另外一个女人，于从估计什么都不会说。

　　场馆里很冷，陈静跟于从回到酒店，一下车就看到酒店大堂会客区里的齐总。他站在傅临远面前，正在解释中良的事情。傅临远穿着黑色衬衫，手臂上搭着外套，神色冷淡地听着。他身后是一大片落地窗，玻璃反射出的身影颀长、高大。

　　于从好奇地问："齐总怎么知道我们在这儿？"

陈静有点心虚——她给的行程表。她安静地站着。傅临远从烟盒里拿出一根烟，放进嘴里，抬眼时看到不远处站着的女人。他看了几秒，把烟点燃，声音低沉："过来。"

这一声打断了齐茂升的话，他一回头，看到是陈秘书，立即冲陈静挤出一个感激的笑容。

陈静的心突然提起来，难道傅总不想让齐总知道他的行程吗？她多少还是有点心虚，但依旧保持着神色冷静，朝傅临远走去，轻声喊道："傅总、齐总。"

齐茂升一笑："陈秘书刚从场馆回来？辛苦了。"

陈静："不辛苦，应该的。"

齐茂升收回视线，继续跟傅临远说话。傅临远的领带垂着，并没有系上，领口微敞。

陈静捏在手里的手机响起。

　　于从：老板的领带，你帮忙系一下？

陈静看到这条消息，一下恍然，于从不愧是傅临远的心腹。她的睫毛动了动，走上前，伸手拉住他的领口。现在她算是有经验了，先给他扣上纽扣。

她的指尖跟身上带着淡淡的香味，那种香只属于她，傅临远垂眸看着她的眉眼。

陈静仔细扣好他的纽扣，再帮他系上领带。巧合的是，昨晚在台球桌上，她解开过他这条领带，现在却又由她系上。

齐茂升喋喋不休地说着，陈静站在傅临远面前系着领带，齐茂升也没看出傅临远看陈静的眼神里暗藏的欲念。就在齐茂升讲起要如何挽救中良的时候，傅临远撩起眼眸，道："下午出发去港城。"

齐茂升微愣，傅临远懒得废话："那边会有人接你。"

齐茂升没太理解其中的含义，傅总这是准备往港城那去？他瞬间站直身子，一早的颓废也没了，应道："好的，傅总，我这就出发。"他转身要走，又朝陈静道，"陈秘书，谢谢你。"

陈静笑道："不客气。"

齐茂升快步离开。傅临远的领带也已经系好了，陈静收回手，看向他："傅总，好了。"

傅临远睨她一眼。

陈静屏住呼吸，他估计知道是她泄露了行程表，毕竟齐总的时间卡得这么好。男人看她几秒，倒没怪她，穿上外套，在茶几上掐灭烟，往大门走去。

陈静急忙跟上。他理着袖子，问道："有没有吃早餐？"

陈静的高跟鞋嗒嗒响，她老实应道："还没，傅总吃了吗？"

他没回答，只说："你跟于从等会儿在场馆吃点。"

"好。"

傅临远弯腰上车，陈静坐进副驾驶座，车子启动，前往峰会现场。这个时候，场馆门口人山人海，停着各种豪车。随着各路大佬下车，长枪短炮一律往他们身上扫，记者们挤在最前面，后面则是看热闹的路人，其中大部分是互联网以及金融行业的从业者，大家都是来看大佬的。

傅临远一下车，尖叫声突起。他一身黑西装，个子高，肩宽腿长，又年轻又帅。二十六岁的首席执行官，简直是那群年轻的女孩子梦想中的男人，连镜头都在傅临远脸上多停留了一会儿。

直到男人高大的身影进了场馆，她们才消停。

陈静没下车，于从将车子开到前面，由场馆的保安引到停车位。陈静跟于从下车，风挺大的，有点冷，她把手插进外套口袋里，跟于从拐到后门。后门挨着一家酒店，里面有个自助餐厅。

陈静跟于从吃完早餐后才回到场馆，预留给他们的位子在大厅后面。陈静选了一个最靠后的位置坐下，于从则另外有事要忙。

峰会已经开始，不一会儿，主持人邀请傅临远上台。傅临远轻扯了一下领口，走上讲台，他戴着耳麦，开始介绍傅恒集团这几年的重点发展方向。他说话总是言简意赅，声音低沉，偶尔用修长的指尖按一下耳麦，讲傅恒集团在医疗和线上咨询板块取得的成绩。

陈静安静而认真地听着。这是属于傅临远的顶峰，她也见到了。

晚上有个饭局，京市的天气很冷，陈静在主办方安排的酒店门口等着

傅临远。他跟宴珣下车，两个人咬着烟走上台阶，傅临远随手把外套放到陈静手里。陈静接过，抱在怀里，跟上他们的脚步。

宴珣看陈静一眼，笑道："你秘书怎么那么漂亮？"

傅临远睨宴珣一眼，没应。他推门进包厢，里面不少人立刻笑着站起身对他打招呼。傅临远的位子已定——主位。陈静把他的外套挂好，服务员给陈静拉开椅子，让她坐在傅临远身旁，又给陈静倒酒，陈静说了声谢谢。

桌上，老板们在谈话，其他人则安静地吃东西，不出声打扰，陈静就是其中之一。

傅临远拿起公筷，顺势给她夹了好些排骨。陈静拿着筷子顿了顿，没抬头，继续吃，遇见有要喝酒的，她就站起身跟人喝，喝完了再坐下。

坐在傅临远另一边的是黎城周氏集团的董事长，他长相儒雅，温和地跟傅临远聊着天。

宴珣也坐在那边，三人聊得很认真。傅临远放在桌上的手机突然嘀嘀响了好几声。

陈静抬眼，看到竟是方晓发来的消息，愣了愣。傅临远放下酒杯，扫了手机一眼，点开微信，没看消息，而是直接点开方晓的头像，删除了她的微信好友。陈静顿了顿，抬眼看向他。傅临远靠回椅子，继续低头听周董事长说话。

陈静收回视线，拿起公勺，舀了一勺鱼子酱。她放在包里的手机不停地振动，不过陈静并没太注意。

今晚大家对酒的兴趣似乎不大，都在聊天。陈静则主要在吃菜，她难得能这么专心地吃菜，不用陪着喝酒。

后来，陆臣也来了，跟几个好友打完招呼，目光就落在了陈静身上。陈静冲他礼貌点头，陆臣端着酒杯，犹豫了一下，凑近来低声喊她："陈静，能不能借一步说话？"

陈静微愣，点头道："好的，陆先生。"

她站起身，拿着酒杯跟陆臣走到窗边。陆臣看着她，微叹口气，道："实在抱歉，不过好在事情已经完美解决了。冯氏为了自保，同意让冯宝珠永远待在国外。以后，她不会再来骚扰你了。"

陈静说道："陆先生也松了一口气吧。"

陆臣笑道："当然，所以，我想明晚请你吃饭，就当给你赔罪。"

"不必了，陆先生，我没什么损失，一切都是傅总帮的忙。"

"我肯定会请傅临远的，但是你肯定也吓坏了，我必须得做点什么才安心。"

陈静安静几秒，陆臣接着道："你一个人来如果害怕，我可以顺便约上蒋禾，你可别因为这件事情就跟我生疏了，就算不愿意点头当我女朋友，当朋友也是可以的啊。"

陈静见他都这么说了，只得道："好，明天再看看，如果我不需要加班的话就可以。"

陆臣眉眼一扬，那丝风流又显于眉间。

他问陈静："你们喜欢吃什么？"

这间包厢很大，落地窗外的风景也很漂亮，陈静跟陆臣面对面端着酒杯站着。她今晚打扮得很漂亮、很惹眼，宴珣抬眼看去，撞了撞傅临远的手臂。

傅临远端起酒杯，抿了一口酒，狭长的眼眸轻扫那边，神色不动。宴珣清楚陆臣的性格，无风不起浪，便问："陆臣最近追的人该不会就是你这位秘书吧？"

傅临远没应，轻轻地转着手中的酒杯，酒液晃动。

陆臣又过去跟傅临远他们谈话，陈静则打电话给酒店，为三个人续了一晚房。虽然现在已经很晚了，但酒店经理很快就给他们续好了房，因为傅恒是酒店的会员。

陈静挂断电话，点开微信，看见方晓给她发了好几条消息。

> 方晓：陈秘书，你们是今天参加峰会吗？
> 方晓：你老板怎么不回消息呀？
> 方晓：陈秘书，你老板是不是把我删了？

陈静不知如何回复，干脆就不回复。蒋禾问她今晚是不是也不回来，陈静回了个"是"。

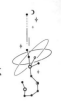

　　深夜，几个男人谈完话，总算要走了，于从接二人回了酒店。陈静怀里抱着傅临远的外套，一进电梯便闻见淡淡的酒味，是从他身上传来的。

　　傅临远揉着眉心，今晚虽然主要是谈话，但是手中有酒，时不时喝上一杯，不知不觉就喝多了。陈静看他几眼，他单手插在裤袋里，领带松开了，陈静想起她这次带的行李箱里有醒酒药。

　　叮的一声，电梯门开。两个人一前一后走出电梯，陈静想给他拿药片，快走几步，手臂突然被他拉住，被拉得转了身。她微愣，抬起眼，傅临远把她推到房门上，将她抵住，两手握着她的腰，低头，声音低冷："今晚跟陆臣聊了什么？"

　　陈静被他困在怀里跟房门之间，动弹不得。走廊寂静无声，灯光微弱而昏暗。这儿像是一个无人的角落，只有他们的身体抵靠在一起。陈静抬眼，在这昏暗光线下看着他的眉眼。

　　他在她的大学时期惊艳了她，而她此时从他眼里看到了自己。陈静想起他昨晚的问话，突然想反问他：要是真不在乎，你问什么？

　　这个男人是真的对她动心了。陈静握住他的手臂，男人手臂的线条分明、有力。陈静踮起脚，在他耳边道："陆先生说，请我吃饭。"

　　傅临远神色不变，垂眸看她。

　　陈静说完，便微微拉开距离，发丝细碎地落在她脸颊处。她的睫毛很长，眼睛很漂亮，无声地看着他，隐隐带了几分挑衅。

　　酒的气味在两个人中间流动，傅临远猛地低头堵住她的唇，手掌收紧，握着她的腰往房门上顶。陈静握着他手臂的手指用力，后脑勺顶着房门，脖颈微仰，形成了一个很漂亮的弧度，傅临远压着她，吻得很深，也吻得很狠。

　　啪嗒一声，外套掉在地上。陈静的手臂顺着他的肩膀，勾上他的脖颈。他紧紧地将她按在门上，埋头吻着，指尖顺着腰线更加用力地按住她的细腰，双手温热滚烫。

　　陈静紧闭双眼，她承认自己爱这个男人，爱他的吻，爱他的一切。时间流逝，她的腰线已从衬衫下摆露出来，男人的手掌也移到了衬衫里，紧按着她的腰。

　　电梯门打开，于从一抬眼看到这场景，立刻把电梯门关上，来回只有几秒，速度快得离奇。

陈静觉得自己又醉了。傅临远抵着她的唇，道："开门。"

陈静迷糊中摸到房卡，嘀的一声，傅临远推开门，按着她进去，随后再次把她抵在墙上吻。陈静觉得晕乎乎的，红润的唇瓣柔软地贴着他的唇。

傅临远后退少许，盯着她看，把她迷醉的样子纳入眼中，掌心紧按着她的腰。陈静没亲到他，睁开眼，对上他带着欲望的眼眸，瞬间清醒少许。

他低下头，咬开她的衣服领口，亲吻了一下她的脖颈。

陈静身子一抖，想躲，傅临远按着她，吻落在她的脸颊上，声音低沉："没准备。下回。"

陈静推着他的手臂，心怦怦直跳，像踩在云端。她低声道："我想找样东西。"

傅临远："什么？"

陈静推他，傅临远眉头微挑，松开了她。陈静站稳，呼了一口气，走向放着行李箱的位置，蹲下去翻找。傅临远抱着手臂，靠在柜子上盯着她。

她觉得热，所以以刚才把外套随意地扔在沙发上了，此时只穿着衬衫跟紧身裙，而衬衫很凌乱，发丝也很凌乱。陈静翻了一下行李箱，找到一个药盒，举起来递给他："醒酒药。"

她维持着这个姿势，仰着脖颈，神情认真："峰会还没结束。"

傅临远看她几秒，突然上前，拿走她手里的药盒，接着俯身弯腰盯着她："所以，不行？"

陈静的心狠狠一跳，安静地蹲在原地，几秒后起身走到桌旁，倒了一杯水，递给他，示意他把药吃了。傅临远直起身子，把玩着药盒，几秒后，拆了一片放进嘴里，拿过她手中的水杯，一饮而尽，喉结分明。

陈静松一口气，看着他："傅总，早点睡。"

傅临远也看着。房间里的光线昏暗极了，她站在那儿，带着几分柔弱，也有当初第一次见面时那冷静自持的感觉。

他看了她好一会儿，随后抬手松开领带，道："你也早点睡。"说完便往房门走去。

陈静站在原地看着他，直到门关上，她才坐到床边发起呆。他有时真的坏，尤其是对一个女人发动攻势的时候。坐了一会儿，陈静拿过杯子，

也去接了一杯水，喝了一大口。以防万一，她也吃了一片醒酒药，随后才拿着睡衣去洗澡。

为期两天的峰会明天就要结束了，陈静不再多想，洗完澡躺下就睡。但这一夜她一直出汗，睡得不安稳，起来几次，半夜迷迷糊糊中发现来月经了，跑进浴室处理，又喝了两杯热水才躺回去。

到了早晨，她的肚子疼痛难耐，又开始痛经了。

清晨，走廊里很安静，于从从房里出来，看了一眼手表，已经到时间了，但陈静还没现身。于从在陈静的房门口等了几分钟，还不见她出来，只能给她打电话，结果她的手机却关机了。

于从正不知所措，这时隔壁的房门也打开了，傅临远手臂上搭着外套，微敞着领口走出来。

于从立即道："傅总，陈秘书的手机关机了。"

傅临远微愣，看向那扇关着的房门。有一瞬间，他眉头微拧。难道她逃了？下一秒，他否定了这个想法，叫于从敲门，于从敲了几下，依旧没反应。

傅临远让于从给酒店经理打电话，酒店经理很快上来了。

傅临远道："开门。"

酒店经理拿着备用门卡，赶紧上前。嘀嘀两声，门打开，傅临远大步走进去，一眼看到在床上侧躺着，指尖抓着枕头的女人。

傅临远神色微变，坐到床边，握着她的肩膀："陈静。"

陈静一夜没睡好，疼痛令她有几分恍惚，窗帘又没有拉开，所以不知道时间。她迷迷糊糊地抬起眼，满头是汗，发丝凌乱。

傅临远握着她肩膀的手一紧。陈静认出了傅临远，用指尖抓了抓他的领口："我疼，你帮我拿热毛巾。"

傅临远偏头一看，床头柜上扔着一条毛巾。他拿起来，进了浴室，看到浴室垃圾桶里的卫生巾包装，收回视线，把毛巾用热水浸湿，转身走出去。

陈静看到他来，伸手要接毛巾。傅临远坐下，手伸进被子里，直接把毛巾贴在她的肚子上面。陈静愣了一秒，下意识地去抓他的手。他垂眸看她："每次都疼？"

陈静还很疼，是那种细细的抽疼。她没想到他居然会知道，在被子下抓着他的手腕，道："偶尔，这个月凉的吃多了。"

傅临远神色不变，抬眼道："于从。"

于从站在鞋柜旁，背对着他们，听见这话，转过身，不敢看陈静，盯着看傅临远。傅临远的声音低沉，道："买药，止痛经的。"

于从点头道："好的。"他快步离开，心想：原来是痛经？女人痛经会这么痛吗？

门关上后，屋里陷入安静。其实早上没昨晚那么疼了，只是陈静一夜没睡，整个人很困倦，腹部那暖暖的热气散开，她又有一点昏昏欲睡。她强撑着精神，抬眼看他："傅总，我今天请个假。"

傅临远声音低沉："嗯。"

陈静由下往上看着他的眉眼，随后慢慢地闭上眼，肚子没昨晚那么疼了，她应该能睡个好觉。

看她睡着了，傅临远抽出手，把毛巾拿进浴室再次打湿，坐回床边，把热腾腾的毛巾再次伸入被子里，撩开她的睡衣，把毛巾按在她腹部。

睡梦中的陈静伸手握住他的手腕，傅临远狭长的眼眸微眯。她可真信任他。

不一会儿，于从回来了。他跑得满头大汗，进来后，把药放在床头柜上，看到傅临远坐在床边，手依旧帮陈静焐着肚子。男人领口微敞，眼眸时不时看向睡梦中的女人。

于从微微一愣，他从没见过傅临远这样，不由得放低声音："傅总，这药？"

傅临远："放着。"

于从想了想，从袋子里拿出顺手买的暖腹贴，撕开了递给傅临远，道："傅总，不如用这个，毛巾会凉的，这个可以一直热着。"

傅临远把毛巾取出来，接过他手中的那个暖腹贴。于从懂事地先离开。傅临远掀开少许被子，仔细把暖腹贴贴在陈静的睡衣上。她穿的是长款的睡衣，但仍显出腰部漂亮的曲线。

傅临远静看几秒，才给她盖上被子。昨晚她应该睡得很不好，床边很乱，傅临远看了眼腕表，起身离开，于从在门口等着他，见他出来，带上

陈静的房门。

傅临远整理着袖子，朝电梯走去，说道："我坐宴珣的车去，你在这儿看着她。"

"好。"于从目送电梯门合上，返回陈静的房门口。

有了暖腹贴，陈静舒服很多，一觉睡到中午十一点，醒来觉得后背都是汗，坐起身时，人还有点迷糊。

感觉到睡衣上贴着什么，她低头一看，是她平时用的那款暖腹贴。陈静没想到这次月经提前了三四天，没做准备。这次用的卫生巾还是塞在化妆包的暗格里以防万一的，也只有这一片。而这暖腹贴……

睡前的画面涌上来，是傅临远给她弄的热毛巾，那这暖腹贴也是他贴的。

陈静心一跳。她拿过手机，发现居然没电了，这个旧手机的待机时间太短了，陈静赶紧给手机充上电，不一会儿，消息提示跳出来。

> 于从：醒了跟我说一声，我给你带饭上来。

是一个小时前发来的消息。

陈静立即回复他："我醒了，你没在峰会现场？"

于从没回复。陈静赶紧下床收拾了一下，房间里面乱得很。今天是峰会最后一天，下午他们就得回去了。她收拾得差不多了，刚换了一身衣服，门就被敲响了。

陈静起身去开门，于从拎着饭站在门口，笑了笑，问："怎么样？好点了没？"

陈静把头发扎起来了，脸蛋清丽。她让开身子，道："好多了，你怎么没去峰会？"

于从把饭放在茶几上，坐下来，看她一眼："你说为什么？傅总让我留下的。"

陈静微顿。她拿了一个一次性杯子给于从倒水，又给自己倒了一杯，走到单人沙发前坐下。于从将筷子递给她，她说了声谢谢。折腾一个晚上，她其实也饿了。

于从带的是炒饭，陈静低头开始吃。

于从看她一眼，两个人都挺安静，其实于从看出陈静对傅总并不是无动于衷，但她对傅总的那种感情好像也不是像黄沫她们的那种感情，但要说具体是什么，他的感知也很模糊。

吃过午饭，陈静的精神更好了些，立刻开始收拾桌面。

于从说道："傅总晚上跟宴珦先生他们有约，闻先生也回来了。我先送你回家，你今天好好休息下。"

陈静笑道："好。"反正她今天请了假。

"你收拾吧。"于从起身离开。

陈静应了声，把房间稍微收拾了一下，随后把洗漱用品以及睡衣塞回行李箱中，提着行李箱出门。谁知一出门便看到傅临远嘴里咬着一根没点燃的烟，手里握着手机，正在接电话。

他刚从电梯里出来，撩眼看向她。陈静脚步一顿。

傅临远静看她几秒。陈静的手握紧了行李箱拉杆，这时，傅临远的领带滑落在地上，陈静下意识地放下行李箱，上前捡起来，抬手递给傅临远。

傅临远没接，他听着电话那头的顾家少爷说话。

陈静的手在半空中抬了几秒，最后索性上前，把领带搭回他脖颈上，傅临远微微低头，方便她动作。陈静拢了拢他的衬衫领口，看见锁骨处的疤痕已经淡化，她静静地扣上纽扣，随后拉过领带。

走廊一时安静，陈静仔细地系着，傅临远垂眸看她："还疼？"

陈静撩眼，摇头道："不疼了。"

两个人的视线纠缠几秒，她的脸色其实有些苍白，毕竟昨晚没睡好，身体又不舒服，头发都只是随意地用夹子夹着，有些凌乱，看着有种说不上来的柔软。

傅临远挂断电话，问道："于从呢？"

"他下去开车了。"

陈静给他系好领带，男人的喉结近在眼前，陈静往后退了一步。

傅临远看着她道："等我。"说完刷卡进了房门，陈静愣了愣，但还是等着。不一会儿，傅临远出来，拿了件外套，陈静以为他还有什么事，静

静等着。

傅临远的手臂上搭着外套，伸手提起她的行李箱，往电梯走去："下楼。"

陈静微愣。她看着他手里的行李箱，跟在他身后进了电梯，傅临远用夹着烟的那只手按了一楼。陈静屏住呼吸。

电梯里很安静，有人给傅临远发微信消息，他点开一看，正是顾呈。

顾呈：晚上喝酒啊，哥。

叮，电梯抵达一楼。傅临远提起她的行李箱走出去，陈静安静地走在他身后，看着他的背影。于从坐在车里看到这一幕，立即开门上前，接过傅临远手中的行李箱，他认出这是陈静的，说道："傅总，我来。"

傅临远松手，于从提着行李箱就往后备箱走去。陈静跟着往前走，看他一眼："傅总，我先走了。"

傅临远拿出打火机，拢着点烟，撩眼看她："好好休息。"

"好。"陈静温柔一应，随后走下台阶，拉开副驾驶座的车门。傅临远将手插进裤袋里，看着她的背影。

于从坐进驾驶座，启动车子。另外一辆车也开过来，是来接傅临远的，他走下台阶，烟雾缭绕，弯腰坐进那辆车的后座。陈静这辆车启动，她通过车窗看到坐在另一辆车的驾驶座上的宴珣，也看到傅临远的侧脸。她收回视线，车子开走。

车里放着音乐，于从看陈静一眼，安静地开着车。陈静有点困，打算回傅恒集团大厦一趟，随后回家休息。于从兀自回想着傅总提着陈静的行李箱出来时的那一幕，他是真的诧异啊。

回了傅恒集团大厦，陈静上楼处理一些工作。刘特助看到陈静回来，一直谢天谢地的，又把手头的文件交给陈静，道："齐总给的，麻烦你看看。"

陈静接过来，放在桌上，道："好。"

刘特助仿佛吃了颗定心丸，就回办公室了。陈静看还有时间，坐下来处理了一下文件。乔惜跟冯志也上来了，看见陈静都很开心。冯志去茶水间泡速溶咖啡。乔惜站在陈静桌前，说道："天哪，这次峰会直播，傅总也太帅了吧。"

陈静翻看着文件，听着笑笑。乔惜看着陈静，突然问道："那个……方晓不是要追傅总吗？现在进程如何？"

陈静的指尖一顿，她说："我也不知道。"

乔惜："她不是加你微信了吗？"

陈静拿起手机晃了晃，道："老手机，信号很差，我经常收不到消息。"

乔惜"哦"了一声，整个人几乎挂在陈静办公桌前的挡板上，说道："你说，傅总会不会答应她啊？我觉得方晓人挺好的。"

陈静喝一口咖啡，看乔惜一眼，道："不知道，我揣摩不了傅总的心思。"

乔惜点了点头，看着陈静，突然说："陈静，你该不会做坏事了吧？"

陈静心一跳："什么？"

"这里。"乔惜伸手撩开陈静的头发，指着陈静的脖颈，道，"这是吻痕吗？"

陈静唰地拿起手机，点开前置摄像头，拨开头发一看，白皙的脖颈上有个红色印子——昨晚他低头在这儿亲了几下。陈静把头发拨回去，按下心跳，说："不是，这是我自己挠的，酒店有蚊子。"

乔惜又"哦"了一声，歪头看了陈静一会儿，道："也是，你又没男朋友。"

陈静笑笑。乔惜又待了一会儿，正好到了下午茶时间，陈静跟乔惜去了一楼的咖啡厅，陪她吃小蛋糕。蒋禾也下来放松放松，看到她们，端着咖啡坐到陈静的身侧，问陈静怎么回来了。陈静低声跟她说自己来月经了。

蒋禾顿时紧张："你是不是又肚子疼了？请假了吗？"

陈静点头，道："我等下就回去。"

"好，晚上我给你带吃的。"

陈静说好。

吃过下午茶，乔惜跟蒋禾还得回去工作，陈静上楼把其他的文件整理了一下，放到傅临远的桌上。项目的情况她都清楚，便按照轻重缓急给他排列好。忙完这些，陈静拎着行李箱打车回到公寓。

她换了鞋，坐到沙发上，有些疲倦，拿过抱枕靠着坐。手机响起，她拿起来一看，是陆臣的消息。

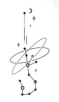

陆臣：陈静，今晚我这边有饭局，可能没办法请你吃饭啦。下回我包个特别大的餐厅请你们吧。

陈静这才想起来还有这事。她回复："陆先生客气了，没事的，你忙吧。"

陆臣：我听于从说，你回去了？
陈静：是的。
陆臣：行。那就趁机放个假。

陈静没再回，她放下手机，继续靠着抱枕发呆。

半个小时后她才起身，把这两天穿的衣服都洗了，随后又收拾行李箱。她从里面拿出一只袋子，里面是痛经药。那个暖腹贴是购买痛经药搭配赠送的，只有一片，已经被她用了。陈静家里还有不少，不过这次已经用不着了。

她拿上睡衣去洗澡，把头发扎起来时，一眼看到脖颈上的吻痕。

她动作微顿，脑海里浮现他偏头吻着她脖颈的画面。陈静有点呼吸不畅，一抬眼，发现花瓶里的三枝白玫瑰已经换成了郁金香，估计是蒋禾给换的。洗完澡，陈静用遮瑕膏遮一遮脖子，弄完才出去。

蒋禾正好回来，提了一袋吃的。陈静熬了排骨粥，舀了两碗出来，配着蒋禾带来的菜吃。

蒋禾擦擦嘴巴，问道："你有没有考虑过去看看医生？"

陈静说："看过，没什么效果，平时注意点就行。"

"不是，我是说看看老中医，调理一下。"

陈静想了想："再说吧，我们家那边是有几个还不错的医生。"

"那你过年的时候回去顺便看看啊。"

"嗯。"

吃完晚饭，蒋禾得回家去开视频会议，她最近跟在冯志身边，学了不少东西。陈静送走她后又坐回沙发上发呆，可能是因为身体累，所以脑袋只想放空。

坐了一会儿，她拿了本书看，落地灯橘色的光线温柔地打在她的头顶。陈静安静地看着书，膝盖上盖着灰色的毛毯，她翻过一页又一页，时间仿佛静止了。这时，手机响起，她一看来电显示——傅临远。

她伸手拿起手机，点了接听。

"傅总。"她开口，声音温柔好听。那边安静几秒，突地传来几个男人的笑声，接着宴珣的声音传来："陈秘书，晚上好啊。"声音里带着几分吊儿郎当的意味。

陈静微愣，喊道："宴先生，晚上好。"

宴珣笑起来，道："我们在喝酒，光喝酒没意思，就找了点乐子，傅临远终于输了，我们就想看看他回复手机消息最多的那个人是谁。没想到是你啊，陈秘书。"

橘色的灯光打在陈静的眉眼上，她的心漏跳一拍，声音温柔："然后呢，宴先生？"

宴珣笑着说："然后？没什么了，哈哈。"

陈静说了声"好的"，准备挂电话，这时，男人低沉的声音传来："在休息？"

陈静愣了愣，才道："是的，傅总。"

傅临远指尖夹着烟，坐在角落里，听她的声音，弹弹烟灰，修长的手指骨节分明。他听完后，道："好好休息。"

陈静："好。"

他挂了电话。

放下手机后，陈静又看了一会儿书，她除了看专业书，更多会看这种随笔以及诗集。屋里暖暖的，令人感觉安逸。

晚上十点半，陈静洗漱好，回房休息。蒋禾今晚估计开会开到挺晚，没有过来蹭床睡。陈静泡了杯红糖水，喝下后坐在床边，拉开床头柜，从里面取出那本手账本，翻到倒数第二页。

那儿有她画的一张素描侧脸，下面写了"fly_10 月"。

是那天他的公开课结束后，她画下的他。

也是她素描画得最好的一次。

她看了一会儿，才合上手账本，放回抽屉，随后打个哈欠，躺下便睡。

这一晚她睡得很安稳。

隔天陈静醒来，精神好多了，在洗漱的时候，手机响起，她拿起来一看。

> 于从：等下我到你小区接你，今天早上不急着去傅恒集团大厦。

陈静只是愣了一秒，便回复"好的"，以前也有这种事情。她洗漱完出来，蒋禾正好打开她家的门进来："好了吗？"

陈静捞过外套，整理了一下头发，说道："你先走吧，于从来接我。"

"啊？可是我们的车都在公司，要不我跟你们的车，让于从把我送到傅恒集团大厦？"蒋禾昨晚熬夜了，今早可以晚去一会儿。

她拎着包靠着门，一脸倦意。陈静涂好口红，想了一下，道："也可以，不过傅总可能也在车上。"

蒋禾嘿嘿一笑，道："没事，我坐副驾驶座，你坐后座。"

她挽着陈静的手出门，下楼。两个人在早餐店吃了早餐，吃完后一出来，就看到小区门口的黑色轿车。

蒋禾挽着陈静快步走过去，弯腰跟于从打招呼："早啊。"

于从握着方向盘，看到蒋禾愣了几秒，随即笑道："早，上车吧。"

蒋禾探头去看车里，没看到傅临远，她微愣，陈静也愣了下。于从看向陈静，道："傅总晚点到，今天李叔去接他。"

蒋禾眉头一挑，看向陈静，眨眨眼——什么情况？于从怎么特意来接她？

陈静也不知是什么情况，她带着蒋禾上了车，扣上安全带，对于从说："先送蒋禾去傅恒集团大厦。"

于从点头。

蒋禾十分好奇，身子往前靠，看着于从："你们要去哪里？现在是上班时间，于从，你别搞事啊。"

于从神色无奈，启动车子，道："带陈静去见一个人。"

蒋禾更好奇了。此时她的手机响起，她拿起来一看，"哎哟"一声，道："要不我跟你们一起去吧，冯经理说今天放我一天假。于从，可以吗？"

她探头看于从，眼里带着试探。于从接触到她的目光，实在无奈，说："可以啊，走吧。"

蒋禾笑着拍了拍陈静。陈静心里带着疑惑，看向于从。

见什么人？不是为了工作吗？

但一想到这人蒋禾也能见，她又放松了一些。她跟蒋禾的想法不同，于从这么早来接她，带她去见人，不会是于从自己的主意，应该是傅临远安排的。

陈静安静地坐着。很快，车子停在了一座四合院的门口。巷子很窄，幸亏于从车技好，才能稳稳当当地开进来。

把车子停好后，于从喊陈静下车，他自己则上前敲门。

有个年轻的姑娘打开门，问道："傅先生预约的，对吗？"

于从点头："是的，你好，这是陈静，也是今天的病人。"

陈静唰地看向于从。于从笑着跟她解释："赵以苓老先生是专门看妇科的医生，傅总约的，你见一见。"

"好了，进来吧。"姑娘把陈静拉进去，陈静提着包，走进去才发现这是一间中药堂。那位姑娘让陈静坐，给陈静倒水，随后冲后屋喊了什么。不一会儿，一名花白头发的老医生走出来，在陈静前面的桌子后坐下，招手道："陈静是吧？过来。"

陈静起身，走上前，顿了顿，坐了下来。

"手伸过来。"

陈静听从老医生的意思，把手放上去。他闭着眼给她把脉，陈静安静地等着。不一会儿，老医生睁开眼，又问了她一些问题，说："痛经的问题，要调理的话需要时间。"他拿起笔在一旁的本子上写着，"你不要害怕药苦，坚持坚持，三个月后会有效果。经期过后再吃。"

陈静："谢谢你，赵医生。"

她取了药要买单，那位姑娘却说："傅先生会付的，你不用给啦。"

陈静顿了顿，点头道："谢谢。"她又谢了赵医生，这才拎着药转身出门。

四合院里有着淡淡的药味，不刺鼻，闻着令人舒服。

黑色轿车停在外面。蒋禾坐在后座，眨了眨眼，看着那四合院门上的几个字，刚才没认真看，现在才发现这是赵以苓老先生的四合院。

她感慨道："傅总对陈静真的很好哇。"

于从坐在驾驶座上，假装没听见这句话。不一会儿，陈静走出来，坐到副驾驶座上，于从启动车子。

蒋禾拿过她手里的药一边翻看，一边说道："这药不多嘛，我以为很多呢，你痛经的问题是该调理调理了，好几次我都担惊受怕。还是傅总雷厉风行，直接就押着你来看医生。"

陈静看着窗外的景色，没应。

车子抵达傅恒集团大厦，蒋禾去开车，她今天休假，回家休息，顺便把陈静的药拿回去。

这个点已经过了上班的高峰期，陈静走进电梯，一路直达顶层。她刚走出电梯就看见傅临远，身侧还跟着冯志。冯志眼下带着黑眼圈，手里拿着文件，傅临远穿着黑色衬衫，抬头看她一眼。陈静跟他对视一秒，声音温柔："傅总，冯经理，早上好。"

"早上好啊，陈秘书。"冯志一脸倦怠，揉了揉脸，昨晚加班到太晚了。

傅临远没应，收回落在她脸上的目光，走进办公室。陈静拎着小包走向办公桌，冯志走了几步，突然"哎"了一声："陈秘书最近在吃药吗？你身上有药味。"

傅临远的脚步也停了，转身看着她。陈静一顿，抬起袖子嗅了嗅，是有点药味。

她看向冯志道："是，早上买了药。"

冯志点头："是哪里不舒服？"

陈静动作一顿，还没回答，傅临远轻扫一眼冯志，神色冷漠。冯志被他眼神一扫，赶紧闭嘴，跟着傅临远走进办公室。

陈静松了一口气，坐到办公桌后面，用指尖翻了翻袖口——一股淡淡的中草药味道，倒不难闻。

冯志在傅临远办公室待了挺久，估计在谈话。陈静整理好文件便开始查看邮箱。刘特助的月审核表发到她这儿了，陈静看了看，给他打了个对号。

乔惜等人在群里聊天。

乔惜：对了，下周傅总是不是过生日啊？

小馨：是呀，乔惜，你不对劲，居然记得老板的生日。

乔惜：你们敢说你们都忘记了吗？老板过生日，不就代表我们有福利了吗？

黄丽：对，这倒是真的。

乔惜：上次陆总还说我们大厦很漂亮，要是能在这儿给老板办生日宴会，我们也可以开心开心，说不定还能放一天假。

小馨：你的算盘打得我在二十一楼都听见了，不过谁去跟老板说啊，老板能答应吗？

乔惜：我想想啊。

乔惜：我觉得让陈静说吧，@陈静，你问问老板对生日有什么想法，能不能在我们大厦里举办？

黄丽：我觉得你们别白费力气了，老板真不一定答应。

乔惜：试试啊，让陈静去说。

去年傅临远在一座庄园里面过生日。后来隔壁大厦的老板过生日，直接就在大厦里举办生日宴会。乔惜她们觉得好玩，今年也想这么搞，于是把这个烫手山芋扔给陈静。乔惜艾特她以后，其他人都跟着艾特，陈静想假装看不到都不行。

乔惜：静静！就看你的了！

耐不住她们的哀求，她回复道："我问问，别抱希望。"

乔惜：好嘞，好陈静。

冯志正好离开办公室，陈静便拿起要给傅临远的文件，起身朝办公室走去。此时阳光正好，倾泻进办公室，傅临远靠着桌子，嘴里咬着烟，正

在翻看文件，眉眼冷峻。

陈静微顿，随后走进去，轻轻地把文件放在他手边。

傅临远听见脚步声，撩眼看她。陈静站在他面前，柔声道："傅总，今年的生日有什么打算？"

傅临远："怎么？"

陈静："一些同事想在大厦里给你过生日。"

傅临远静看她几秒，她今日的脸色好多了，眉眼清丽，温柔如水。他偏头按灭烟头，说道："可以。"

冯志去而复返，拿着文件匆匆往傅临远的办公室走，一眼看到陈秘书正站在傅总面前。他像一脚踏入了一个隐秘空间，但自己却没察觉。

陈静后退一步，喊道："冯经理。"

冯志走上前来，笑着应道："陈秘书。"

傅临远收回在陈静脸上的视线，冯志又上前一步跟他报告腾宇公司最近的动向。傅临远在这家公司是有持股的，且股份不少，而对方的首席执行官持股比例逐渐稀释。为了不丢失控制权，他在内部选出了"十八罗汉"，这十八个人都是他亲手提拔起来的，每个人都持股，他们手中的股份聚集到一起就不少了。这显然是在防着傅临远。

陈静安静地离开了办公室，回到工位，群里消息满天飞。陈静随意扫一眼，便跟乔惜她们说傅总答应办生日宴会了。

群里一下子就炸锅了。尤其是乔惜，她兴奋地发转圈圈的表情包。她道："那我们找行政的姐姐，一起布置起来吧。"

陈静回道："我帮忙看着就行。"

去年傅临远生日，布置庄园时请了设计师，陈静也只是根据傅临远的喜好改了改。乔惜在群里答应，又加了一句："我们弄其他楼层，顶层还是要陈静你负责。"

陈静回复："好。"

今天是经期第二天，陈静的腰有点酸痛，而且她还穿着高跟鞋。她下楼去给行政部送文件，送完上楼就坐下来揉腰，顺便脱掉高跟鞋，让小腿放松放松。冯志从傅临远办公室出来，给陈静递了一个灰色的抱枕。

陈静一愣，抬起眼。冯志笑道："傅总说这个抱枕是你那辆车上的，你拿去用。"

陈静一顿，抬手接过："好。谢谢冯经理。"

冯志摆了摆手，转身离开。陈静看着手中的抱枕，触感柔软，这抱枕并不是她那辆车上的，而是于从拿来放在傅临远休息室里的。那个休息室可谓"麻雀虽小，五脏俱全"，但他没怎么用过。

陈静撩眼看了一眼办公室。男人正在打电话，靠着桌子，指尖慢条斯理地拨弄着桌上的一个摆件。陈静收回视线，把抱枕往后腰塞去，正好托住她的腰，酸痛感一下子就减轻许多。

陈静再次看向电脑屏幕。十一点半左右，她收拾好桌子，准备下楼吃饭。手机响起，她拿起来一看，是于从给她发消息。

> 于从：想吃什么？我顺便给你带。
> 陈静：我去食堂吃就行了。
> 于从：我就在食堂，傅总不下来，我给他带饭，他让我顺便给你带。

陈静微顿，转头看向办公室里的那个男人。他坐在办公桌后面，正在批改文件，眉眼冷峻。陈静收回视线，跟于从说要吃面。

于从说"好"。

陈静确实也懒得动，她脚下偷懒没穿鞋，踩在一块小海绵上面。她之前的午睡枕拿去清洗了，还没拿回来。这两天出差在外，她给忘记了。

不一会儿，电梯门传来叮的一声。于从拎着午饭走过来，先放了一份在陈静的桌上："你的面，还有傅总让我顺便给你打的汤。"

陈静接过来，说道："谢谢。"

于从笑笑，拎着另外一份进了办公室。傅临远解开衬衫袖子，从桌后走出来，眼眸扫一眼外面的工位。陈静在低头拆筷子，额头光洁漂亮，他收回视线，走回茶几，于从把饭放到茶几上并打开。

傅临远拿起筷子，露出手腕上的半截腕表，手臂线条分明。他声音低沉："你也去吃。"

于从应道："好的。"起身离开办公室，向电梯走去。

　　刘特助也去吃午饭了，顶层挺安静，只有陈静跟傅临远隔着不远的距离各自低头吃着饭。陈静跟蒋禾都喜欢吃面食，她嗍着面，掀开盖子，发现饭盒里装的是鲍鱼海参汤。陈静看了几秒，食堂不会做这种汤的，除非有人特意吩咐。

　　她看了那份汤好一会儿才端起来喝。吃完后收拾餐具，一缕发丝垂落，她伸手把发丝勾到耳后，站起身，看见傅临远手臂上挽着外套从办公室里走出来，正在扣着纽扣。

　　陈静看到他，站直身子："傅总。"

　　傅临远声音低沉地"嗯"了一声，撩起眼眸："我下午不在公司，有事打电话。"

　　陈静点头："好的。"

　　此时窗外吹来几许午后的微风，吹得陈静的发丝飘散。傅临远扣着领口的纽扣，放肆地看了她一会儿，随后丢下一句："这几天不用加班，早点休息。"

　　说完，他便往电梯走去。

　　男人背影高大，陈静目送他，直到电梯门关上。她走进他办公室去收拾，他吃完的饭盒叠好放在茶几上。陈静拿起托盘，走出来把她的饭盒一起放在上面，搁在一旁，给食堂打电话让人来收。

　　陈静又开始收拾桌上的文件，空气中有淡淡的烟草味以及他身上的一种木质香味。

　　下午陈静没加班，五点半就回了住所。蒋禾今天难得下厨，做了一桌菜等着陈静。

　　陈静把外套脱下，换了拖鞋，舒服地坐在沙发上。蒋禾给她舀了一碗汤，道："试试看，我的厨艺有没有好一点？"

　　陈静喝一口汤，说道："有。"

　　蒋禾让陈静试其他的菜，陈静都一一试了。蒋禾不爱下厨，偶尔会做菜，所以味道属于能吃但谈不上好吃的那种。

　　蒋禾问道："进步了吗？"

　　陈静点头："嗯。"

　　蒋禾试吃了几口，"呸"了一声："还是那样，没你做的好吃，你就会安慰我。"

陈静笑了笑，夹起土豆丝往嘴里放："慢慢来，再说你也不爱下厨房。"

蒋禾夹了块鱼给陈静："倒也是，偶尔兴起吧，我们公司食堂的饭菜太好吃了，有食堂就足够了。"

这话倒是真的。陈静默默地吃着。吃完后，蒋禾想到陈静经期不好碰水，于是自己去洗碗。陈静就懒洋洋地靠着沙发，用平板电脑整理文档。不一会儿，蒋禾洗完碗出来，把那一袋子调理痛经的药放在桌上，说道："生理期过后，你一定要记得吃，我会提醒你的。"

陈静抬眼，点头："会记得的。"

蒋禾在地毯上坐下，拨弄着袋子里的药，说："陈静，你知道吗？赵老先生已经一年多没给人问诊了。他是妇科方面的神医，去年就退休了，现在主要都是他那个孙女在坐诊，不过她的水平还是不如赵老先生的，傅总这次居然能请动他来帮你调理。"

陈静滑着平板的指尖一顿，看向蒋禾。蒋禾支着下巴，"啧啧"几声："当他的秘书真好。"

陈静顿了顿，说："傅总是挺好的。"

蒋禾嘿嘿一笑，收起那些药："也就你这么说，谁不知道公司上下他最护着你。"

陈静抬脚踢了蒋禾一下。蒋禾笑起来，说："不过我也挺诧异的，傅总居然会答应在自家大厦过生日。"

陈静靠着沙发扶手，继续看着平板，没应。

大家平时都有点怕他，但傅恒集团的工资待遇、福利什么的都很好，傅临远虽气势强盛，但也年轻，公司的员工多少都有点想要接近这位老板。这是一种很矛盾的心思，既怕他又想接近他。

自从傅临远答应办生日宴会，整个集团都活跃起来，行政部跟采购部忙得脚不沾地，甚至还设计了不少游戏环节。食堂的经理也非常配合，蛋糕、小吃、水果都由食堂负责，还安排了两个员工去学调酒，准备在他生日这天大展拳脚。

陈静也忙，顶层这边的布置由她负责，她跟刘特助一起商量。傅临远

偶尔能看到她站在工位前跟刘特助谈话，侧脸漂亮，脖颈白皙。

他拿下烟，在烟灰缸上轻轻弹了弹。他知道她们在准备生日宴会的事，他垂眸，端起咖啡抿一口，顺手把烟掐灭，桌上的日历翻过一页。

此时已经是十一月中旬，京市进入寒冷冬季。

一周很快过去，傅临远的生日是十一月十八日，乔惜等人订了一个天蝎座的牌匾送上来，陈静让那送货的小哥把牌匾放在顶层靠窗的位置。这个牌匾的颜色很深，有种冷峻的感觉。陈静静静站在旁边看了一会儿，觉得这个牌匾的气质很像他。

乔惜她们问陈静要不要给傅总准备礼物，陈静想了想，说都可以。可下属送上司礼物真不知道怎么送，还不如把工作做好，把生日宴会设计好。

十一月十八日这天，傅临远是在傅家先过生日的，下午六点多才抵达傅恒集团大厦。此时夜幕降临，大厦亮起灯光，颜色以金色为主，整个大厦都非常漂亮。

傅临远带着于从走出电梯，一抬眼就看到几个人站在布置好的空位上，带着笑意看来。傅临远一眼便看到其中穿着米色衬衫以及黑色及膝裙的陈静，她穿着细高跟鞋，眉眼漂亮，在人群中极为出挑。

她带着乔惜等人一起说道："傅总，生日快乐。"

傅临远静看她几秒，手插裤袋，点了点头："谢谢。"

"玩得开心。"他声音低沉，带着于从往办公室走去。食堂的小哥给傅临远调了酒，乔惜将酒端给傅临远。傅临远正坐在沙发上，吩咐着于从什么，扫一眼那酒。

乔惜不敢多停留，放下酒就走。出去后，她拍了拍胸口："哎，紧张。"

其他人哈哈一笑。

陈静没敢太放松，她还得管控现场，蒋禾跟冯志已经喝起来了。其他楼层的员工一一上来给傅临远敬酒。傅临远一杯接一杯地喝，面不改色，当然也有些不敢给他敬酒的，就跑来跟陈静碰杯。

陈静靠着桌子，几乎不拒绝其他同事的敬酒。她想着傅临远晚上应该还有局，所以不让他们一直去敬他，拦下了好几个。

蒋禾怕陈静喝太多，赶紧也帮着喝。整个大厦都在狂欢，有人还放了音乐，玩游戏的玩游戏，跳舞的跳舞。陈静在炫目的灯光下眉眼含笑，陪着喝酒。

于从也被拉着喝，他直接用汽水代替了酒水。

就在陈静觉得有点醉的时候，乔惜接了一个电话，眉眼飞扬，凑到陈静的耳边道："你猜谁来了？"

陈静靠着桌子，抬眼看向乔惜："谁？"

乔惜踮起脚凑到她耳边低声道："封总、江曼琳和方晓，他们来送礼物，说礼尚往来。"

陈静神色微顿，下意识地看了一眼办公室里的男人。傅临远已经脱了外套，只穿着黑色衬衫以及长裤，靠着桌子，用手按着酒杯，听着冯志说话。

他侧脸冷峻，领口微敞。陈静收回视线，看向乔惜："他们大概什么时候到？"

"快到了，我下楼接他们吧。"乔惜显然跟江曼琳、方晓的关系特别好，陈静点头道："好。"

"对了，得拿蛋糕。"乔惜说着，抬手喊几个人去拿蛋糕，他们三三两两地往电梯走，不知不觉顶层的人突然少了一半。冯志接了个电话，匆匆从办公室里走出来，离开了顶层。

陈静转身去找蒋禾，没想到蒋禾扑通一声摔在了地上。陈静吓了一跳，赶紧走过去扶起她，她居然这么快就醉了。

陈静用力想拉她起来，于从从茶水间出来，看到这一幕，也上前帮忙，跟陈静一起把蒋禾扶到临时搬上来的沙发上。蒋禾整个人倒在沙发上，衬衫衣摆掀了起来，腰部露出少许，于从在旁边，陈静赶紧把她的衬衫拉下去。

于从的神色有些尴尬，他站起身，犹豫了一下，说："她这样不行，你有醒酒药吗？"

陈静摇头，今晚没准备这个。

于从看了陈静一眼，道："傅总的休息室里有，是你之前买的，你不记得了？"

陈静突然想起傅临远这儿也有个医药箱，她说："我去拿医药箱来。"

"嗯。"

　　陈静走进傅临远办公室，办公室的窗帘被风吹起来，他人不在。陈静也没再寻，直接往休息室走去。那个医药箱因为用得少，被她放在柜子的最上面。

　　她伸手去拿，也就这一瞬间，头突然有些晕。

　　她感觉酒气上来了，眼前有点模糊，身子不由得晃了晃，知道自己有点醉了。她取下那个医药箱，却弄掉了旁边的几个小盒子，差点被砸到。

　　她拎着医药箱走出去，递给于从，随后回到休息室，忍着头晕，踮脚把那几个盒子塞回柜子里。

　　傅临远挽着袖子走进休息室时便看到这一幕，她没开休息室的灯，只有头顶的感应灯亮着，昏黄的灯光打在她身上。因为踮着脚，她腰线绷得很紧，仰着的侧脸漂亮而恬静，脖颈修长、纤细。

　　她塞好了几个盒子，有一个却怎么都放不上去，不得不将脚踮得更高。傅临远走过去，轻松地取走她手里的盒子放好。昏黄光线下突然出现一只戴着腕表的手臂，陈静微顿，下一秒，一只温暖的手用力扶住了她的腰。陈静的心一跳，仰头看着那只手。

　　屋里一时安静。陈静的头晕得很，撑着柜子。傅临远垂眸看着她的后颈，声音低沉："转过来。"

　　陈静忍着眩晕转过身，后背靠着柜门。她显然也醉了，眼里的雾气加深，在昏暗光线下抬起眼。傅临远盯着她："要拿什么？"

　　陈静道："医药箱，醒酒药。"

　　傅临远问："拿到了？"

　　陈静"嗯"了一声，声音很软。她软软地靠着柜门，想着自己也应该吃片醒酒药，她挪了挪身子，可傅临远没松手，按着她的腰。陈静眼眸带水地看着他。

　　两人对视几秒，傅临远突然低头堵住她的唇。陈静"嗯"了一声，后背紧紧抵住柜子。

　　傅临远抬手捏住她的下巴，更深地吻下去，她眉眼柔美，睫毛轻颤。傅临远的长腿抵着她的腿，吻越来越绵长，他一手握着她的腰，不让她动弹半分。

　　陈静没挣扎，而是主动把手攀到他的脖颈上。她的手指纤细白皙，在昏暗光线下极其漂亮，带着淡淡的粉色。傅临远将她往柜子上再抵了几分，舌尖向深处探。陈静细碎的声音溢出来，另一只手也勾上他的脖颈，傅临远的手按着她的腰，两个人贴得更近，唇齿交缠。

他的手掌往上，紧按着她的后背，陈静的手转而捧着他的脸，红唇柔软地贴着他，回应他，傅临远退后少许，眯眼看着她此时情动的样子。

他深深地看着。

陈静没得到回应，睁开眼，望进他带着欲望的眼眸。

傅临远紧扣着她的脖颈，手掌在她的肌肤上摩擦，似乎在把玩，就想看她如何应对。陈静也看着他，她更加用力地踮起脚，傅临远就是不动。

陈静睫毛轻颤，在他耳边道："傅临远，我只愿当个秘书。"

傅临远微微眯起狭长的眼眸，陈静也安静地等着，傅临远看她几秒，再次低头吻住她的唇。陈静觉得晕，高高仰起脖颈。他压着她，吻得越来越深。

休息室里灯光昏暗，人影重叠。陈静身子柔软，傅临远吻着她的唇，声音低沉："当我女友不好吗？"

他想要的是这个。陈静在迷蒙中摇头。

外面，方晓等人来了，正在找傅临远跟陈静。于从站在办公室门口，冷静地说："陈静刚才不舒服，我把她送回去了。傅总在休息室里休息，他说不要打扰他。"

傅临远很喜欢看她这种样子，他的手握着她的腰，昏暗的灯光打下来，陈静的脖颈白皙，她抓着他的手臂，指尖用力，留下了印记。

他俯身吻住她的唇，陈静被吻得不得不仰起头，腰部却被紧紧按住。一切都变得破碎，时间好像倒回了大学时期，她对他一见钟情。她被酒意侵袭，不知南北，不知东西，只剩下迷醉，只剩下他的攻势。

他吻着她的唇，不放过她，按着她，让她无法动弹。

陈静完全无法抵抗，紧抓他的手臂。一切都那么迷糊，她醉成了泥。而一墙之隔，众人听到于从的话，面面相觑。乔惜"唉"了一声，焦急地踱步："静静怎么了？她什么时候走的？"

几个抬着蛋糕的男生也蒙了："傅总在休息，那这蛋糕怎么办？"

　　方晓很失落，往办公室里扫一眼，果然没见到人。她又看向于从，问："傅临远是不是醉了？他头疼吗？"

　　于从的神色依旧冷静："傅总不轻易醉，他只是想休息。"

　　方晓"啊"了一声，今日她穿着低腰的裙子，腰露出来一大截，本就是带着目的来的，谁知道没见到他。

　　她满脸失落。封源却更关心陈静："陈秘书是不是也喝醉了？"

　　于从说道："没醉，但蒋禾醉了，她陪着回去了。加上她今日身体不太舒服，所以就先走了。"

　　于从刚才把蒋禾抱下楼，因为她吃了醒酒药也没用。李叔正好在楼下，他就让李叔把蒋禾送回去。忙完这些，他一上楼就看到方晓等人来了。

　　乔惜无奈地叉腰道："蒋禾今晚是喝得有点猛，我刚才都劝她别喝那么多……"

　　方晓抱着手臂，一直往办公室里看，但于从在，她当然不敢贸然进去。江曼琳挽着封源的手臂，想起那天看到傅临远在车里吻一个女人。那天她过生日，来了很多人，她不确定那个女的是谁。现在想想，那个女人也有可能是傅恒集团的员工。

　　今晚傅临远过生日，那个女人肯定也在，他在休息室休息，是不是那个女人也在？江曼琳看了一眼望眼欲穿的闺密，有点头疼。

　　傅临远这样的男人不是那么容易抓住的，就凭他加了方晓的微信后没多久又把她给删了这点，就说明他完全没看上方晓。也就她这个闺密，还一个劲傻傻地要往他身边靠。

　　江曼琳一直努力去回想那个被他吻着的女人的长相，但她当时只顾着看他，对那个女人真的一点印象都没有了，但那个女人肯定很漂亮，漂亮到傅临远拥着她在车里就吻——他并不是单身。

　　休息室的浴室里，傅临远把陈静抱进浴缸，女人的腿在水中更显白皙。这间浴室挺大的，水声哗啦啦，不一会儿，墙壁跟磨砂玻璃门上就布满了小水珠。

　　三十来分钟后，傅临远抱着人走出来，放在床上。陈静困倦得很，迷迷糊糊，侧过身。他的手臂揽上她的腰，垂眸看她："在这儿睡？"

　　陈静摇头，声音很柔软："衣服。"

傅临远坐起身，整理了下袖口，捡起地上的衣服，轻扫一眼就扔进了垃圾桶。他打开衣柜，从里面取出一件衬衫。陈静也坐了起来，她看了一眼那垃圾桶，接过他递来的衬衫。

她看向他："转过身去。"

傅临远靠着一旁的桌子，抱着手臂，动也没动。

陈静咬牙，下了床，准备去浴室换。男人大手一伸，揽住她的腰，把她拖回来："在这儿换。"

陈静撩眼看他，光线昏暗，只见男人冷峻的脸，陈静索性不管了，穿上那件衬衫，一颗扣子一颗扣子地扣着。

傅临远静静地看着，眼眸中的情绪愈深。今晚，他很克制，就怕伤到她。

穿好后，陈静又打开他的衣柜，从里面取出另外一件衬衫，绑在腰间系紧。她的腰极细，傅临远的喉结动了一下，上前搂着她的腰，声音低沉："现在回去？"

陈静用手撑着柜门，"嗯"了一声，但是听见了外面的人声，又沉默了。

她说："走不了。"

傅临远的眉头微挑，此时她身上的两件衣服都是他的。

他说："坐会儿。"随后松开她，从休息室出去了。

陈静回身躺回床上，她没表面上看起来那么轻松，因为身体多少是有点变化的。他好像很克制，可她还是很疲惫。

办公室的灯被从关掉了，窗帘敞开着，外面的灯光倾泻进来，可办公室里仍旧昏暗。傅临远站在桌旁，低头点了一根烟。

外面正放着音乐，大家方才有些无措，但有乔惜带着，又恢复了玩闹。封源走了，方晓跟江曼琳留了下来。

音乐声很大，傅临远咬着烟走到门边，眼眸一抬，神色有几分不耐。方晓立刻就看到了他，唰地停下舞步，其他人也跟着停下。方晓的裙子在半空中转出一个波浪，她冲着他一笑："傅临远，生日快乐。"

"傅总！"其余人纷纷喊着，神色兴奋，"生日快乐！"

方晓甚至觉得他今晚看起来不太一样，有些懒散，格外吸引人。方晓

挺直腰，露出白皙的皮肤。

可傅临远没看她，只看了一眼于从。于从接触到他的目光，知道他想赶人，这时，乔惜跟冯志推着蛋糕走过来："傅总，切个蛋糕吧？"

傅临远目光移过去，这是生日宴会的最后环节，他走上前，接过冯志递来的刀，抬手一划。

他的衬衫领口微敞，袖子挽起，小臂上隐隐约约露出陈静刚才留下的红色抓痕，从他泛着青筋的手臂往上，没入袖口。他身上还有点不一样的香味。

方晓看到他小臂上的抓痕，愣了愣。

傅临远切完蛋糕，把刀一放，声音低沉："吃完就散。"

乔惜跟冯志没发现他手臂上的抓痕，应了一声，立即给大家分蛋糕。方晓直愣愣地盯着傅临远的手背，他手背上也有抓痕，一看就是女人的指甲抓出来的。她差点没拿稳蛋糕，江曼琳看到她的神色，揽了揽她的肩膀。

乔惜留了三块蛋糕没分，嘴里说道："给陈静跟蒋禾各留一块。"随后把最后一块蛋糕递给傅临远，傅临远没接，于从接了。

傅临远指尖夹着烟，看了一眼那两块蛋糕，又看于从一眼。于从了然，道："把这两块打包起来吧，我等下去看蒋禾跟陈静，顺便送去。"

"好嘞。"乔惜立即找了打包盒把它们打包起来。傅临远回了办公室，抽着烟等着，于从看他们吃完蛋糕，开始赶人。

方晓捧着礼物，看向傅临远，傅临远靠着椅背，指尖夹烟，垂眸按着手机。方晓犹豫了一会儿，还是走进去，把礼物搁在茶几上，笑盈盈地看着傅临远："生日礼物。"

傅临远睨她一眼："拿走。"

方晓神色微僵，江曼琳赶紧进来拉走方晓。方晓迷迷糊糊地被她拉进电梯，电梯门合上，方晓猛地抓住江曼琳的手臂："你看到他手背上的抓痕了吗？"

江曼琳看着闺密的神情，犹豫了一下，说道："其实上次我就在他的车外面看到他抱着一个女人在亲。"

"可他不是单身吗？"方晓有些激动。江曼琳点头："对，所以我以为那不过是一时玩玩。"

方晓一听，冷静下来："那他今晚可能也只是玩玩。"

江曼琳顿时沉默，她想说既然被删了微信就不要再指望了，但又不想打击方晓。可方晓固执得很，哪怕这样都不肯放弃。

没一会儿，顶层的人就走光了。傅临远掐灭烟，起身推开休息室的门，一眼看到陈静趴在床上，正在打盹。她穿的是他的白衬衫，搭在床边的腿露出来一些。

傅临远走过去，垂眸看了她一会儿。随后，他打开衣柜，从里面取出一件黑色的大衣，走回来披在她身上，接着拦腰把她从床上抱起来。

陈静睁开眼，看到男人棱角分明的下巴。她又闭上眼，把脸埋在他大衣的领口。布置得很漂亮的顶层此时只剩下站在办公室外面的于从，他手里拎着两份蛋糕，看到傅临远抱着人出来，便走去专属电梯按了按钮。

外面的灯光比休息室亮，陈静把脸埋着不想动，她知道没其他人了，但即使是于从，她此时也不想面对。进了电梯，于从跟着进来，他也不敢看陈静，尤其是此时在傅临远怀里的陈静，哪怕只是不小心看到她的脚，他也会唰地挪开视线。

陈静真的很漂亮，他多少也能明白傅总的心动。

抵达一楼，于从去开车过来，此时已经很晚了，寒风凛冽，京市的天空带了雾气。

黑色轿车停在大厦门口。高大的男人抱着女人弯腰坐进车里，这一幕被还没走的方晓跟江曼琳看到，她们就在不远处的车里。

方晓神色难看："是他公司的人吧？"

江曼琳握着方向盘："应该是。"

方晓看他把人抱得那么紧，而且女人还披着他的男款大衣，突然对这个女人特别好奇。

她让江曼琳开车，江曼琳无奈地道："我喝酒了，等代驾过来。"

方晓一听，咬牙切齿，只能看着那辆黑色的轿车开走。

斑驳的灯光从车窗外一闪而过，陈静从傅临远的怀里起身。傅临远支着下巴看她，陈静坐稳后，开始扣他那件大衣的扣子——她里面除了衬衫，什么都没穿。

傅临远静看她几秒，凑过去，堵住她的唇。陈静的呼吸微顿。她裹着大衣，仰着脖颈，跟他接吻。

于从握紧方向盘，头都不敢转，甚至希望老板升起隔板。可惜，傅临远没升。

车子抵达陈静家楼下，陈静推开傅临远，眼眸带水地看着他："傅总，我走了。"

傅临远看着她："好。"

陈静穿上高跟鞋走下车，朝楼梯间走去。他的外套对她来说挺大的，幸好她高挑，才能撑得起来。

傅临远靠回椅背，敲了下前座，于从顿了一下，才反应过来还有蛋糕。他立即下车，拎着那两份蛋糕追上去："陈静。"

陈静站在楼梯间回头。于从把蛋糕递给她："傅总给你留的。"

陈静动作微顿，伸手接过来，说道："谢谢。"

出了电梯，陈静走到蒋禾的房门前，掏出钥匙开门。蒋禾房子的格局跟陈静的一样，不过因为她大多数时间都在陈静那边睡，所以这边显得更空旷一些。地上铺了厚厚的地毯，一些书堆在地上，也没有电视跟沙发。

此时蒋禾在床上躺着，陈静忍着头晕走进卧室，给她倒了一杯水。李叔送她回来时她还能走，被扶进门后躺下就睡，头发跟衣服全都没收拾，连被子都没盖好。

陈静坐在床边，把蒋禾的头发解开。她的衬衫跟裤子都睡皱了，陈静拿过一旁的睡裙给她套上，然后才脱下她的衬衫和裤子。蒋禾整个人舒服多了，翻身睡过去。陈静给她盖好被子，起身离开了她的房子。

回到自己家里，陈静累极了，她把蛋糕放进冰箱，坐在沙发上，想趴在扶手上先休息一会儿。但她身上的衣服也不舒服，她趴了一会儿便起身拿了睡衣去浴室洗澡。

脱下衬衫，热水倾泻下来，陈静仰起头。她的腰被男人握出了红印，脖颈更是被他吻出了痕迹，在浴室那会儿，他也没放过她。

陈静的心颤了颤。她清洗着，闭眼时脑海中都是他。

过了好一会儿，陈静穿上睡衣，拉开浴室门，带出一室的热气，飘进了整个屋子。她一边拿毛巾擦着头发，一边给自己倒了一杯牛奶。暖暖的牛奶让肠胃一下子就舒服多了，陈静靠着桌子一边喝一边发呆，过了好一会儿，她才把毛巾挂好，取出吹风机吹头发。

吹完后，她才回床上躺下。

或许是因为累极了，陈静一觉睡到天亮，醒来后在床边坐了一会儿。门口传来响声，陈静下意识地拢了拢睡衣。

蒋禾探头进来，笑盈盈的："静静宝贝，醒了吗？"

陈静点了点头："嗯。"

蒋禾笑着眨眼："昨晚是你帮我换的衣服吧？"

陈静笑道："是。"

蒋禾："有你真好，我昨晚醉醺醺的，好像是于从把我送回来的？"

陈静想了想："好像是吧。"

蒋禾"啧"了一声："欠他一次，不过太可惜了，昨晚我居然没有撑到最后，你们切蛋糕了吗？"

陈静点头。"切了。"她披上一件外套往外走，"不过不是我切的，你醉成那样，加上我昨晚胃不太舒服，就也陪着回来了……但他们给我们留了蛋糕。"

她拉开冰箱，从里面取出蛋糕，面不改色地递给蒋禾，蒋禾"哇"了一声，接过来："太有心了，不过你胃不舒服，现在不能吃。"

陈静"嗯"了一声，转身去倒水，顺便给蒋禾也倒了一杯。

蒋禾拿起叉子吃起来。这蛋糕卖得很贵，蒋禾怎么也要尝尝。她一边吃一边提醒陈静："你等会儿带点胃药去公司。"

陈静喝着温水，点头道："好。"

蒋禾说道："这蛋糕真挺好吃的，下次我去买点给你吃。"

陈静笑起来："好。"

她去浴室洗漱，出来时蒋禾已经吃完了蛋糕，等着陈静一起去上班。陈静去化妆，拿遮瑕膏遮掉了脖颈上的痕迹。

两人出门下楼，蒋禾揉揉额角。陈静问她："头疼？"

蒋禾摇头，放下手："不疼，我昨晚就那么醉了，真的太不应该了，傅总会不会生气啊？"

陈静安静几秒，道："不会吧。"

蒋禾点头："也是，那么多人，有一两个醉了也正常。"

陈静笑了笑。

两个人抵达傅恒集团大厦，昨晚那样狂欢，今早大家多少带着疲倦，但正装一穿，看着都衣冠楚楚的。

叮的一声，陈静走出电梯，刘特助刚从茶水间出来，看到陈静，立即打招呼："早。"

"早。"陈静微微一笑，把小包放在桌上，扫了一眼办公室，傅临远还没来。陈静走进去，今日的天空灰蒙蒙的。她拉开窗帘，接着煮咖啡，淡淡的咖啡香味渐渐充满房间。

陈静身后传来脚步声，她回头一看，傅临远穿着黑色外套、黑色衬衫跟黑色长裤走进来。他看她一眼，随手在茶几上放下手里拎着的袋子："早餐。"

陈静微愣："傅总，我吃过了。"傅临远整理着袖子，走向桌后，没应。

陈静走上前，把咖啡放在他桌上。傅临远扣上袖扣，目光落在她脸上，陈静也看着他："我真的吃过了。"

"嗯。"他应声。

陈静点了点头，踩着高跟鞋转身出去。傅临远端起咖啡，抿了一口，看着她在工位坐下，才收回视线，打开笔记本电脑，垂眸翻开一旁的文件。

陈静靠着那个灰色的抱枕，看着电脑屏幕。大家在群里聊昨晚的生日宴会，今日乔惜无比安静，几乎不怎么发言。

冯志拿着文件上来找傅临远，顺便吃了傅临远给陈静带的那份早餐。他从办公室里出来，多少有点兴奋，扶着陈静的桌边笑道："陈秘书，你知道我刚刚吃了什么吗？"

陈静正在整理傅临远的行程表，闻言抬眼看去，笑问："什么？"

冯志："卓越万代楼下那家超贵的营养早餐，真没想到有生之年我能吃上啊。"

陈静只笑。冯志还在回味："也不知道是谁给傅总送的早餐，他竟然不吃。那我走了，陈秘书。"

冯志摆手，陈静也摆摆手。冯志进电梯下楼，陈静收回视线，处理手中的工作。不一会儿，乔惜上来，给了陈静一份文件。随后她偷偷看了一眼办公室，傅临远在桌后翻着文件，神色冷漠。乔惜猛地收回视线，趴在陈静桌子前："你身体好点了吗？"

陈静翻着乔惜递来的文件，点头道："没事了。"

"你昨晚走得太快了，也不跟我说一声。"

陈静抬起眼："蒋禾醉得突然，没来得及告诉你。"

乔惜点了点头，紧扒着陈静的桌子道："我跟你说，就昨晚，我听方晓说，傅总离开公司的时候，抱着一个女人。"

陈静安静地听着："然后呢？"

"这个女人估计是我们公司的。"

陈静又问："然后呢？"

乔惜看陈静这么淡定，直接道："你知不知道？"

陈静摇了摇头。

乔惜："啊，你身为秘书都不知道啊。"

陈静神色镇定："昨晚，我提前离场了。"

乔惜想了想："也是。"她叹口气，"傅总的事情也不是我们能随便议论的，他就算想找我们公司的某个女同事，好像也没什么不行。不过我今天早上观察了一下，感觉大家都很淡定啊，看来那个女的应该不是我们公司的人吧。"

陈静翻着文件，没应。乔惜又接着道："方晓好像很不甘心，其实我觉得傅总如果有女朋友，方晓还是放弃比较好。"

陈静撩眼看向乔惜："不要随便八卦老板的私生活。"

乔惜一听便说："好吧，我还是离方晓她们远点，我可不想惹怒傅总。我走啦。"

"拜拜。"陈静道。乔惜走之前小心地看了一眼办公室里的傅临远，男人穿着黑色衬衫，领口微敞，眉眼冷峻，明明年纪差不多，可他的气势就是比别人强。

中午，陈静忙完了，伸了个懒腰。傅临远从办公室里出来，看她一眼："去吃饭。"

陈静站起身，一看时间确实到中午了，便说道："好的，傅总。"她拿

起手机，跟上他的脚步。

专属电梯抵达，门打开。傅临远先走进去，陈静再进去。她下意识地走到他身侧往后一点的位置，电梯门合上，陷入安静。

陈静低头按着手机，下一秒，男人单手搂着她的腰，把她带到身前。陈静微愣，傅临远按着她的腰，垂眸看向她的手机："在干吗？"

身后就是他的胸膛，陈静心一跳，举着手机给他看一眼。她在看群里一些很无聊的金融分析。傅临远眉头微挑，掌心紧扣她的腰："垃圾信息没必要看。"

陈静："好的，傅总。"他的手掌温暖，贴着她的腰。

电梯抵达食堂所在的楼层，门马上要打开，陈静从他怀里挣脱出来，傅临远也收回手，手插进裤袋里，跟在她身后走出电梯。

这个时间食堂人挺多的，位置难寻。但傅临远来了，食堂经理自然会主动给他们找位置。

坐下后，陈静去买了面。食堂经理则给傅临远端来了鳗鱼饭。四周都是傅恒集团的员工，陈静低头安静地吃饭，傅临远也吃着。他滑动着手机，顺手给陈静夹了一块鳗鱼。

陈静一顿，夹起那块鳗鱼吃了。

吃过午饭，回到顶层，陈静整理好工位，开始午睡。傅临远咬着烟接电话，靠着桌子，撩眼看着那熟睡的女人，好一会儿才收回视线。

下午冯志他们上来开会。开完会后，几人走出傅临远的办公室，陈静进去帮忙收拾了一下茶几。

五点半左右，蒋禾踩着高跟鞋，风风火火地上楼来找她："走吧，去吃饭。"

陈静收拾好小包跟手机，站起身问道："去哪儿？"

蒋禾凑近她："陆总请客，他在楼下等我们。"

陈静一愣，蒋禾看着她的神情，笑道："他还欠我们一顿饭呢，不记得了？"

她确实忘记了，犹豫着没有说话。蒋禾握住她的手："走吧，只是吃顿饭，没事的。再说了，这一两周他都没再来找你，说不定已经转变心意，喜欢上别的女生了。"

这话有点道理，陈静被蒋禾拉出工位。办公室里，傅临远跟冯志还在谈话。傅临远靠着桌子，手插裤袋，听见外面的动静，他抬头喊住陈静："去哪儿？"

蒋禾拉着陈静本想走，听见傅临远的问话，唰地站住了身子，笑着看向傅临远："陆总欠我们一顿饭，说今天请我们吃。"

傅临远眼眸微深，看向陈静。陈静神色平静，跟他对视几秒。

傅临远眯起眼。冯志没觉得怎样，但蒋禾突然觉得有点冷，她犹豫地看向陈静。陈静神色更为平静，拉了拉蒋禾："走吧。"随后就往电梯走去。

傅临远收回视线，下颌紧绷。冯志却依旧看不出什么，还叹口气道："陆总对陈秘书还不死心啊……"

傅临远偏过头，拿起烟点燃，没应。冯志则继续聊着刚才的话题，傅临远垂眸听着，指尖夹烟，神色微冷。陈静和蒋禾下了楼，一眼看到陆臣的SUV。他往常都是开跑车的，但上次陈静显然不习惯他的跑车，于是他改为开SUV。他笑着冲两人招手，还给陈静打开副驾驶座的门。

蒋禾则笑着拉陈静坐进后座，说道："陆总，我们难得坐你的车，后座就挺好的。"

陆臣一顿，接着笑道："行吧。今天我是你们的司机。"他关上门，蒋禾"嘿嘿"一笑："有你这么帅的司机，我们太幸运啦。"

"你挺会说话的啊，蒋禾。"陆臣绕去驾驶座上车，借着调整内视镜看陈静一眼。陈静微微一笑，说道："陆先生，下午好。"

"下午好，陈静。"陆臣眉眼一扬。这时，陈静的手机响起，她点开一看。

　　傅临远：吃完我去接你。

六个字，言简意赅，表达明确。

陈静没回。估计他也没打算让她回，这完全是在通知，不是在商量。

SUV启动，前往陆臣订好的餐厅。蒋禾跟陆臣一直在聊天，她存着打听陆臣现在的情感状态以及对陈静心思的想法，一直试探着。陆臣有问必答，好几次从内视镜看陈静的眉眼，陈静一直没怎么说话，只看着窗外的

风景。

天色渐渐黑了，霓虹灯闪烁，大城市的夜晚即将到来。

陆臣订的是一家西餐厅，在十楼，环境不错，可以从落地窗看到外面的夜景。蒋禾顿时有种自己是电灯泡的感觉，她拉了拉陈静的手，陈静神色平静，睨她一眼，让她别多想。

蒋禾对她微微一笑。两个人在陆臣对面坐下，陆臣将餐牌递给她们："这家店我来过几次，牛排都不错，还有罗宋汤，你们照自己喜欢的点。"

蒋禾翻着餐牌，跟陈静点了一样的，还选了一款饭后甜点。

等待餐食时，陆臣又一次跟陈静道歉，说他不敢想象要是那晚她出事了，他该怎么办。陈静温和地说道："已经没事了，陆先生，不要再去想这件事情了。"

陆臣看着陈静的眉眼，越看越喜欢，觉得她理性、温柔又漂亮，简直是他梦想中的女性。他说："好，以后不说这个话题了。我们来玩个游戏吧。"

陆臣笑着拿出一张卡片，放在掌心，看着陈静跟蒋禾："你们猜猜卡片会在哪只手里，明天我订一束花送给猜中的人。"

蒋禾顿时兴奋，她坐直身子道："来来来。"

陈静笑而不语，看着陆臣开始藏卡，他的动作很快，像变魔术一样。蒋禾兴致勃勃，说是左手，陆臣看向陈静，陈静只得猜右手。

陆臣摊开手掌，是右手。他笑道："那我送陈静一束花。"

蒋禾冲陈静眨了眨眼，陈静说："陆先生，你作弊了？"

"哪有？"陆臣不承认，蒋禾说那重新来过，陆臣只得答应。这一次蒋禾猜中了，陆臣又笑道："看来不能偏心啊。"

蒋禾哈哈一笑："陆总记得明天给我们各订一束花啊。"

"没问题，愿赌服输。"

餐食上来后，气氛安静下来，三个人开始吃饭。吃得差不多了，趁陆臣去洗手间时，蒋禾凑近陈静，低声道："说真的，陆总还挺有意思的。"

陈静擦了擦唇角，笑了笑。

蒋禾也看得出陆臣在讨好陈静，她心想，如果陆臣不是出了名的花心公子哥，陈静真的可以答应他的追求。只是，这样的公子哥游历花丛，手段肯定不少，这些把戏也绝对不止对陈静施展过，一想到这里，蒋禾顿时就清醒了。

不一会儿，陆臣回来了，提议去酒吧玩会儿。蒋禾点了点头，陈静却说想回去，陆臣的兴致少了一大半，他说："那我先送你回去。"

陈静笑着点头。

陆臣立即看向蒋禾："你跟我去玩会儿，晚点送你回去。"

蒋禾笑道："好啊。"

陆臣结完账，三个人来到楼下，一辆黑色的轿车停在门口，车窗开着。傅临远将手搭在车窗上，指尖夹烟，烟雾缭绕，手背泛着淡淡的青筋。他垂眸看着手机。

于从从车上下来，仿佛一脸诧异，对几人笑道："陆总，陈秘书，蒋禾，好巧啊。"

蒋禾很是诧异："真是好巧。"她看一眼车里俊朗的男人，道："傅总来吃饭啊？"

于从笑道："见个朋友，刚准备走。陈秘书要回去？"他看向陈静，陈静点点头："是的，打算回去。"

"那我顺便送你吧，过两天傅总要出差，他有工作安排给你。"

陈静静静看了一眼车里的男人，"嗯"了一声，提着包往副驾驶座走去。陆臣"啧"了一声，下了台阶，走到车旁盯着傅临远："这么巧？"

傅临远收起手机，撩眼看去："巧。"

陆臣看了一眼坐在副驾驶座的陈静，又看了一眼傅临远："好吧，我本来就是要送她回去的，那就烦请你代劳了。"

傅临远神色不变，狭长的眼眸里闪过一抹冷光。他淡淡地道："走了。"

车窗摇上，陆臣退开一步。于从启动车子，道路两旁的树影投下来，斑驳的灯光在车窗外闪过。车里安静，一路开到小区的地下车库。

陈静回身看他一眼："傅总，我到了。"

傅临远抬眼，"嗯"了一声。陈静收回视线，打开车门走下去。于从的心怦怦直跳，他觉得刚才不该那么安静。

果然，几秒后，车门打开，傅临远也下了车，跟上陈静，从身后抓住她的手臂，走到楼梯间的拐角，直接把人给推了进去。

他覆身而上，把她抵在角落里。光线一下子就暗下来，陈静抬起眼，对上他狭长的眼眸。傅临远握着她的细腰，偏头吻下来，堵住她的唇。陈静微微一退，傅临远往前逼了一步，她迫不得已仰高了脖颈，用指尖轻轻地揪着他的领口。

男人握在她细腰上的手又紧了几分，也吻得深入。许久，他退后少许，用指腹抹着她的唇瓣，盯着她的眼睛："昨晚疼吗？"

疼的，不过只是一开始那会儿，也是她推搡得最厉害的那会儿，后来倒好些。陈静没怎么想这些，抬眼看了他几秒，摇了摇头。

傅临远握紧她的腰，挑眉。他微微俯身，在她耳边道："得亏我耐心。"

陈静揪着他领口的指尖一紧，领口勒着他的脖颈。傅临远退开些，看向她的眉眼，陈静望着他，心跳加快，近乎沦陷。

她把玩着他的领口。楼梯间里很安静，她眉眼清丽，带着少许水雾的眼睛看着他。傅临远握着她腰的手猛地收紧，紧盯着她。

陈静感受到腰上的热度，手臂勾上他的脖颈，踮脚偏头，去吻他的薄唇。傅临远不动，垂眸看着她越来越近，直到她的红唇贴上自己的唇。陈静微微张嘴，吮他一下，谈不上有什么技巧，就是本能。傅临远这才突然含住她的唇，舌尖直接探入。

在这一方角落，男人的下颌线条分明，追着她吻。陈静的后脑勺抵住了墙壁，被吻得眼中水雾更浓。

两人在楼梯间角落里纠缠了一会儿，正好电梯里有人下来，还是一大家子，带着小孩。孩子探头往这里看，大人也跟着好奇地看过来。陈静唰地满脸通红，离开傅临远的薄唇往后面躲。傅临远唇角轻勾，搂紧她，用身子将她完全挡住，只留了点衣摆在外面。

"妈妈，他们在亲亲。"小男孩指着角落里的他们对他妈妈说。稚嫩的声音在楼梯间里回荡，小男孩的妈妈都不好意思了，赶紧拽着小男孩走。

听见那一声"亲亲"，陈静的耳根都红了。她满脸通红的样子全被傅临远纳入了眼底，昨晚她也是这样。听见脚步声渐远，陈静撩眼，微微推搡他："傅总，我上去了。"

傅临远顺着她的力气松开她少许，"嗯"了一声，错开两步，伸手按了电梯按钮。

陈静拎着包走进电梯，傅临远将手插在裤袋里，看着她。直到电梯门完全合上，傅临远才走出楼梯间。于从直接将车开了过来，傅临远弯腰坐进去，车子启动，迅速开走了。

　　陈静回到屋里，换了拖鞋，在沙发上坐下。她的心跳逐渐平缓，脸颊也没那么热了。她拿过平板，点开傅临远的行程表，他后天要去黎城出差，和一个银行行长见面。

　　她正翻着行程表，手机突然响起。她拿起来一看，是肖梅打来了电话。陈静接起来。

　　肖梅："最近那么忙？连个电话都没给我打。"

　　陈静笑着道："不是给你发了消息吗？"

　　"是啊，说你转钱了，然后就再无二话？连打个电话亲自说的时间都没有吗？"

　　陈静无奈道："妈，发了工资第一时间给你打钱还不好啊？"

　　肖梅"哼"了一声："对了，你最近跟周泊伟完全没联系了？"

　　陈静想了一下，道："偶尔会给他的朋友圈点点赞。"

　　"他那事，我也问他妈妈了，她说那个学妹缠着他挺长一段时间，他没拒绝成，就在一起了。"

　　陈静挑眉："是吧，你看。"

　　肖梅听她这语气，立即道："周泊伟一直想分手来着，就是分不掉，这个女生一直缠着他，也挺不好的。你在外面可千万不能这样！什么男人没有啊？"

　　陈静"嗯嗯"两声："知道。"

　　肖梅接着又道："说到底还是周泊伟不够果决，真要分，哪里会分不了……"

　　陈静又"嗯嗯"两声。

　　肖梅自己说累了，又跟陈静讲了点左邻右舍的琐事，她的性格挺直接的，容易得罪人，陈静多少有点担心她。不过她现在有比较好的朋友，比如周泊伟的妈妈。虽然周泊伟出了这件事，但依旧不影响她们两个人交好，陈静这才放心下来。

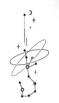

肖梅跟陈静说："泊伟妈妈觉得抱歉，总来找我，我意思意思，就原谅她了。"

陈静笑起来，温柔地说道："嗯，你最好了。"

随后，母女俩又聊了会儿才挂电话。陈静放下手机，揉揉脖颈，起身拿睡衣去洗澡。洗完出来，蒋禾已经回来了，打着哈欠在看电视。

陈静擦着头发问："这么快就回来了？"

蒋禾抱着抱枕，笑着睨她一眼："你不去，没什么意思。他不过是想探听你的事情，我也是想看看他对你到底是怎么想的。"

陈静一边擦头发一边倒水，神色无奈。

蒋禾按着遥控器，道："刚才在酒吧里，不少女生跟他搭讪，他都拒绝了。静静，你说，浪子真能回头吗？"

陈静把水递给蒋禾。蒋禾接过，看着她："不发表下意见？"

陈静擦拭脖颈，取出吹风机，道："我已经拒绝他了。"

蒋禾"啧啧"几声，收回视线，喝着水，道："你拒绝他，一定不是因为他是浪子，而是因为他不是你中意的人。"

陈静插好吹风机，开始吹头发，笑笑，没应。蒋禾看着电视屏幕上的光影，想的却是陈静上次说了一半的那个秘密。

隔天，又是工作日。天气冷得厉害，估计快下雪了。陈静跟蒋禾抵达傅恒集团大厦，陈静放下包就去收拾傅临远的办公室，他还没来。

陈静忙完了，煮上咖啡，时间过了九点半，办公室还是安静的。陈静坐下，开始忙工作，冯志等人上来，把要递交给傅临远的文件给陈静。

冯志有点无聊，站在桌旁跟她唠嗑，聊的是那"十八罗汉"的事情。他敲着桌子，道："腾宇公司的首席执行官这样做，傅总好像也没太生气啊？"

陈静捧着咖啡，道："傅总没打算要他们的控制权。"

冯志点头："我看出来了，可是他这样做，显然是在针对傅总啊，以前还说傅总是他的伯乐，对傅总感恩不已，这就针对起傅总了。"

陈静："他不只针对傅总，他针对所有投资者。"

冯志"啧"了一声："他哪儿来的脸？当初要不是傅总捞他一把，他现在还不知道在哪儿呢。"

陈静笑笑。

冯志："他本事不大，心眼倒是不少。"

显然他很看不起腾宇公司总经理的嘴脸。腾宇是傅临远在美国时投资的第一家公司，那会儿他是天使投资人，后来接任傅恒集团的职务，对腾宇公司的投资就由他个人转为傅恒集团。

傅恒集团的一些股东对这家公司也挺有意见的。

聊着聊着，电梯门打开，傅临远从电梯里走出来。天气冷，他撩眼看过来，眉头带着几分冷戾。陈静接触到他的目光，不知为何耳根微烫，但神色淡定。

傅临远的目光落在她脸上几秒："咖啡。"随后，他扫一眼冯志，道："进来。"

冯志"哎"了一声，拿起刚才给陈静的文件跟上去。陈静也立即走向办公室，给他重新煮咖啡。她端着咖啡站到他身边，傅临远手里拿着文件，听着冯志报告。

陈静放下咖啡准备要走。傅临远睨她一眼，他的衬衫领口微敞，领带垂着，陈静被他看了那一眼，神色微变。傅临远抬手扣上敞开的领口。就剩下领带了，陈静上前，用纤细白皙的指尖系起领带。

傅临远垂眸看她，面前是正在报告的冯志。

陈静神色镇定，仔细地系着。她今日涂着浅色系的唇膏，唇色红润，鼻尖很挺，脖颈白皙，睫毛也很翘，轻轻扇动，还戴了一条金色的小蛮腰项链，贴着她的肌肤。

冯志没注意到两人之间的气氛，还伸手指着文件让傅临远看某一行字。

傅临远收回在陈静脸上的视线，看向文件，淡淡的香水味不断从她身上传来。系好领带后，陈静松开手，往后退一步。

傅临远撩眼看她："买明天飞黎城的机票，两张。"

陈静应道："好的。"

她转身走出办公室，刚走到工位，电梯门一开，陆臣手捧着两束花走进来，笑着递给她："昨晚输给你的。"

陈静微顿："陆先生，这么小的事情没必要记着吧。"

"愿赌服输啊。"陆臣笑着把花直接塞她怀里，"其中一束是蒋禾的，你给她。"

陈静无奈，左右手都是花，她只得先放下。这两束都是红玫瑰，十分艳丽，陆臣确实没有偏心。

陆臣给完花，看她几秒，道："我进去找你们傅总。"说着就往办公室走去。

他送花的一幕，办公室里的二人都看见了，冯志一脸感慨，傅临远靠着桌子，睨了一眼，神色冷漠。

陆臣进门，笑问："在忙？"

冯志笑着回陆臣："是的，陆总，正在忙呢。"

傅临远端起咖啡喝了一口，没搭理陆臣。陆臣直接在沙发上坐下来，冯志看向傅临远，想开口问自己要不要回避一下，等会儿再来。

傅临远放下咖啡，撩眼看向冯志："继续。"冯志"哎"了一声，继续刚才的话题。

傅临远手插裤袋，眼眸扫向在外面整理花的陈静。陆臣靠着沙发，等了一会儿，冯志还没完事，他有点无聊，起身出门，又去找陈静聊天。

但陈静挺忙的，她抬起眼看着陆臣，笑道："陆先生，要不你下午再来？"

陆臣站在桌旁，笑道："不了，我主要是来给你送花的，傅临远最近确实很忙。"

陈静笑笑。陆臣看陈静手头一堆工作，也不好再打扰，敲了敲桌子，让陈静把玫瑰花收好，就先离开了。

他走后，蒋禾才上楼，"哇"的一声抱过那一束玫瑰花："挺久没收到玫瑰花了。"

陈静一边订机票一边笑道："下回我给你订一束。"

"好啊。"蒋禾抱着玫瑰花转身要走，冯志从办公室出来，看到蒋禾，笑着指指她怀里的玫瑰花："怎么？陆总也给你送了？"

蒋禾笑着点头，看到冯志身后的傅临远，喊了声"傅总好"。

傅临远点了一根烟，咬在嘴里，眉宇冷峻。冯志好奇地询问蒋禾："陆总不是在追陈静吗？那你的花是……附带的？"

蒋禾咳了一声，走近冯志，说道："是附带的啊，陆总昨晚跟我们玩一个卡牌游戏，给赢了他的人送花。"

　　冯志一听，道："好手段。"他拉着蒋禾往电梯走去，感叹追女人还得是陆总啊。

　　他们走后，顶层就安静下来，陈静把玫瑰花随意地放在桌旁。傅临远咬着烟走回办公室，打开笔记本电脑，修长的指尖按着键盘——那所谓的卡牌游戏，不过是他玩腻的把戏。

　　半个小时后，电梯门又开了。陈静抬起眼，于从带着一个小哥走出电梯，他们手里捧着不少花，于从手中那束花的颜色搭配得非常漂亮，很是夺目。

　　他笑道："刚才路过花店，傅总让我买的。"他顺手取走那束红色玫瑰，把一整束漂亮的玫瑰花插进陈静桌上的那只花瓶里，说道："办公室有束花在，是会让人感觉心情愉快的。"

　　陈静看一眼那夺目的玫瑰花。不只淡粉色，还有淡黄色的，两种颜色交织在一起。她顿了顿，看着另外一个小哥走进茶水间，放了几束搭配得很漂亮的香槟玫瑰、郁金香和向日葵，冷冰冰的办公室一下子就有了勃勃生机。

　　于从把陆臣送的那束玫瑰花拆开，这儿插一点，那儿摆一点。不一会儿，艳丽的红色玫瑰就被拆得七零八落，完全不复原来的样子。

　　看他忙得很，陈静也起身帮忙。茶水间的花太多了，她进去取了一些出来，敲开刘特助的办公室，往他办公室里送了一点，又给会议室桌上的花瓶里添上了一点玫瑰花，确实要美一些。

　　她擦擦手走出来，给于从跟那个小哥各倒了一杯水。于从接过来，看了眼会议室以及会客区，笑道："还是你想得周到。"

　　陈静笑笑，用指尖拨了下花瓶里剩余的几朵红色玫瑰："傅总很不喜欢红玫瑰吧？"

　　于从一听，立即解释道："不是的，是因为我路过花店，傅总让我顺路买一些花。那家店的四季玫瑰很出名。"

　　陈静仍用指尖拨着红玫瑰，神色很冷静。于从的心狠狠一跳，他猜测陈静也喜欢着傅总，否则不会这样跟他纠缠。

而白玫瑰好似成了于从跟陈静之间的秘密，他一直避免谈到这个。

这时，刘特助走出来，手里拿着一份文件，过来请教陈静。陈静接过来，垂眸看着，于从听着她专业地跟刘特助分析，不由自主地看着她——她的专业成绩好像很好。

看她在忙，于从也不好打扰，就离开了。陈静把文件合上，刘特助说了声谢谢，随后就往傅临远的办公室走去。

陈静坐下，抿了口咖啡，拿起手机，把机票信息发给傅临远。

他没回，办公室门口却传来了脚步声，陈静抬起眼眸，傅临远手臂挽着外套，轻拽着她早上给他系上的领带，声音低沉："下午我不回公司，有事打电话。"

陈静站起身，点头道："好的。"

她盈盈站立，旁边是四季玫瑰花，衬得她人比花娇。傅临远用狭长的眼眸看了她一会儿："过来。"

陈静一顿，扫了一眼刘特助的办公室门，踩着高跟鞋走向他，看着他的领带，问道："是要解……"话没说完，男人伸手握住她的腰往前带。

陈静下意识地抵着他的肩膀，撩起眼。傅临远按紧她的腰，垂眸看她："明早于从去接你。"

陈静跟他视线纠缠，点头道："好。"

"把资料备齐。"他吩咐道。陈静"嗯"了一声，这时，她隐约听见刘特助办公室的门传来响动，便伸手抓住他的手臂，拉开距离。傅临远松了握她腰的力道，陈静后退一步。刘特助果然走出来，手里拿着一份合同，急忙上前："傅总，麻烦签个字。"

傅临远收回在陈静脸上的目光，接过刘特助递来的钢笔，扫了一眼文件，在上面签下名字。

男人签字时也很帅。陈静看他几秒，走回工位，开始准备资料。傅临远把笔跟合同递还给刘特助，轻扫陈静一眼，这才转身走向电梯。

男人进了电梯，电梯门合上。刘特助凑在陈静的桌旁，笑道："傅总这是要回家吃饭吧？"

陈静抬眼："不清楚。"

刘特助嘿嘿一笑："肯定是的，我刚刚在办公室的时候听到傅家来电，让他回去吃饭。"

陈静"哦"了一声。刘特助道："听说老傅总也是个天才，也是一路跳级读完大学的。"

陈静"嗯"了一声。刘特助看了眼时间："到点了，一起去吃饭吧。"

"好。"陈静收拾收拾，跟刘特助一起下楼，在食堂碰见蒋禾跟乔惜，又搭伙在一桌吃饭。

乔惜拿勺子舀着饭，边吃边说："最近方晓跟江曼琳都不怎么找我了。"

蒋禾夹着菜，说道："那不是挺好的，她们显然是别有所图，你还以为她们真心想跟你做朋友啊？"

乔惜虽然不愿意，但却不得不承认，她跟她们不是一个阶层的。

乔惜支着脸，道："那天，傅总抱的那个女人到底是谁啊？"

蒋禾来上班后也听说了这件事情，喝了口咖啡，说道："捕风捉影的事情，我们公司的人都没看到，怎么就她们两个看到了？有证据吗？何况，如果真有，陈静肯定知道的。"

乔惜看向陈静。陈静神色镇定，抿了一口咖啡。

乔惜觉得有道理，便不在这件事情上纠结了。

刘特助在一旁听得津津有味。

下午，傅临远没来公司。其他同事直接把文件交给陈静，陈静一一分好类，放到傅临远的桌上。快下班前，她收拾了一下他的办公室。

手机响起，是他发来的微信消息。

傅临远：带上桌上的黑色钢笔。

陈静起身走到桌旁，从笔筒里拿出那支黑色钢笔，这是他经常用的那支，不过并不是什么大牌子。

陈静将钢笔放进包里，随后把办公室的窗帘拉好，又收拾了一下茶水间的花，才离开顶层。今晚蒋禾加班，陈静自己开车回住所。

这次去黎城出差，一共三天两夜，要见一位行长，还要参加一次商务会谈。陈静这次的行李比较多，资料也带得多，装了一整箱。

忙完后，她去洗澡。洗完澡回到床上刚坐下，肖梅又打来了电话，陈静接起："妈。"

肖梅："准备睡了？"

"嗯，明天出差。"

"去哪里啊？"

"黎城。"

肖梅"哦"了一声，一边喝着牛奶一边说道："我跟你说啊，就周泊伟这件事情，得吸取教训。你在外面绝对不能成为死缠烂打的女生，真的丢脸啊。"

陈静本以为她想说什么呢，一听，笑了，说："知道了，你这一天都在琢磨这件事啊？"

肖梅说道："我没事就瞎琢磨呗，今天周泊伟跟他妈妈打视频电话，一直问你的事情，我怀疑他回头会找你。"

陈静眉头微扬："你的怀疑不合理。"

"不合理？你长什么样，我不知道？"肖梅是美人坯子，陈静继承了她的容貌，她最清楚陈静这长相的杀伤力。从初中到高中，给陈静书包里塞零食、塞情书的男生一大堆。肖梅之前巴不得她跟周泊伟能发展发展，现在却极不希望看到这样的结果。

可陈静是比较有主见的，如果她真的看上周泊伟，肖梅估计也阻止不了，所以她这会儿又担心起这件事："真没哪个妈妈会像我一样操心了。"

陈静知道肖梅担心什么，说道："不会的。"

肖梅："最好是这样。"

母女俩聊了一会儿，挂了电话，陈静放好手机，拉过被子躺下。肖梅的担心完全多余，周泊伟跟傅临远没法比。

隔天一早，陈静起来洗漱，于从发来消息，说车已经在楼下了。

蒋禾还没起床，陈静再三检查了包里的东西，穿上大衣，提着行李箱下楼。

于从站在车旁，看到她来，立即上前帮忙提行李箱。

陈静说声谢谢，弯腰坐进副驾驶座，后座没人。她收回视线，于从上车，握着方向盘，道："傅总昨晚在傅家休息，早上是李叔直接送他去机场。"

陈静"嗯"了一声。于从启动车子。

这个点还很早，整座城市刚刚苏醒。抵达机场，坐早航班的人倒是不少，李叔还没走，他笑着上前，想提过陈静的行李箱。

陈静立即将行李箱拿好，说道："李叔，我自己来，傅总呢？"

"在休息室，他昨晚没睡好。"

陈静一顿，脑中一下子就浮现他那冷戾的神色。她点了点头，去托运行李、办手续，随后拎着包前往 VIP 休息室。她推门进去，一眼便看到靠坐在长条沙发上闭目养神的男人。

陈静走过去，安静地坐在他身侧。她带了笔记本电脑，拉开电脑包的拉链检查了一下，动作很轻。

但傅临远还是睁眼了，用狭长的眼眸看一眼身侧的女人。今日她穿着驼色大衣，内搭是衬衫跟裙子，脚上穿着丝袜以及高跟鞋。他很少见她穿日常的衣服，上班时，她基本都穿正装，要么就穿礼服裙。

傅临远静看她几秒。

陈静拉好拉链，一抬眼就对上他狭长的眼眸，呼吸微顿，问道："傅总，要喝杯咖啡吗？"

傅临远摇头。他神色倦怠，伸手扣住她的脖颈，低头去吻她。

陈静一惊："傅临远。"

这一声令他顿了下，他眉头一挑，吮了下她的颈间肌肤便抬眼看她："喊我做什么？"

陈静盯着他的眼眸："监控。"

傅临远声音低沉："别在意。"他又低头吻了吻她。

登机之前，陈静去洗手间看脖颈，男人在她领口处留下了点痕迹。她打开小包，取出遮瑕膏，轻轻遮上。她几分钟后出来时，看到傅临远正靠着栏杆等她。他接过她的电脑包，与她一同往登机口走去。

陈静走在他身侧，看了一眼电脑包，上面还挂着一个蒋禾给她挂上的小熊饰品。这是他第二次替她拿东西——第一次是行李箱。

二人前后脚进了头等舱，位置挨在一起，傅临远靠窗，陈静在中间。飞机平稳飞行着，傅临远叫陈静把与黎城业务相关的文件拿出来，陈静照做。他的神色没刚才那么倦怠了，翻着文件，专注地看着。

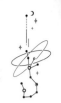

陈静看着他的侧脸。人人都说他是天才，但他也很努力。傅恒集团在他手里市值翻倍，成为企业巨头，并不是偶然现象。

这也是她当初想要当他秘书的原因——她想离他近一点，看看他在顶峰的样子。

陈静的神色温柔了一些，她看了他一会儿，收回视线，打开平板看之后商务会谈的内容。看着看着有点困，这时，空姐过来询问她想喝什么。陈静说自己要一杯咖啡，随后看向身侧的男人。

空姐弯腰侧过身子，去问傅临远："傅先生，想喝什么？"

难得见到这么帅气的男人，空姐多看了几眼。傅临远合上文件，往后一靠，声音低沉："咖啡。"

"好的。"

傅临远余光轻扫，捕捉到陈静的视线，陈静镇定地收回视线。傅临远靠着椅背，就那么看着她。等空姐走后，他问："看什么？"

声音低沉，就在身侧。

陈静无奈，就看那么几秒也被他抓个正着。她侧过头，对上他的眼眸："傅总要休息会儿吗？"

傅临远眼眸微眯，没应，放肆地看着她的唇。

陈静下意识地想抿唇："傅总，我睡会儿。"

她收回视线往后靠，顺势打开小毛毯盖在身上，闭眼就睡，不一会儿就睡着了。

空姐送来咖啡，傅临远收回视线，端起来抿一口。他继续翻着文件，头等舱很安静。

不一会儿，傅临远起身去洗手间，轻微将领口解开了些。

陈静睡得很熟。身上的小毛毯滑落下去。傅临远弯腰拎起来，给她重新盖好。她侧着脸睡的，脖颈上他刚才留下的吮痕若隐若现。

他伸手撩开她的发丝看了一眼，才理了理袖子，坐进座位，继续看起文件。

陈静这一觉睡得挺久的，醒来时飞机已经准备下降。傅临远将文件递给她，陈静接过来放到包里，收好小毛毯。飞机噔的一声落到地面，开始滑行。

黎城天色很好，外面阳光灿烂。

飞机停下，陈静起身。傅临远将外套挽在手臂上，顺手拎走她的电脑包。陈静顿了顿，跟在他身后，出了机舱就去取行李。

分公司的负责人古总已经带着司机在机场外面候着了，看到他们，立即上前，帮着提行李箱。这时，另外一辆车停下。宴珣戴着墨镜从车里下来。傅临远偏头看陈静一眼，声音低沉，道："你先回酒店吃个午饭，然后去休息。"

陈静点头："好的，傅总。"

傅临远走向那辆黑色轿车，弯腰坐进去。宴珣笑着冲陈静敬个礼："美丽的秘书，晚点见。"

陈静微微一笑，走向古总那辆黑色轿车。

上车后，古总跟陈静交谈了几句。陈静去年就跟古总见过一面，他笑着跟陈静说留了一辆车给她，询问她现在会不会开车。陈静说会的。

车子从黑色轿车身侧开过。陈静订的酒店在市中心，很快就到了。古总的司机帮着把行李箱送上楼，她订了相邻的两间房。

古总把车钥匙留给陈静。陈静送他出门："辛苦了。"

"陈秘书，你好好休息。"古总指着楼下说道，"楼下有餐厅。"

"好。"陈静微微一笑，目送他进了电梯才关上房门。她在飞机上睡过了，可还是感觉有点困。

她叫了份餐食吃，接着就换了睡衣休息，没忘记设置个闹钟。睡得迷迷糊糊的时候，手机响起，她拿过来看一眼来电显示，声音低软："傅总。"

傅临远听见她这声音，沉默几秒，随即说道："我很快回来，你把资料准备一下。"

陈静："好。"

那头挂了电话，陈静放下手机，看了眼时间，四点刚过。她起身抓了抓头发，又去浴室稍微洗漱了一下，出来后换上衬衫跟裙子。房间里暖和，她没穿大衣，走到沙发前坐下，取出电脑跟资料。

不一会儿，手机响起，她打开一看。

傅临远：开门。

陈静起身拉开门，外面走廊湿冷，傅临远手臂上挽着外套。他撩眼看她："刚睡醒？"

"是的，傅总。"

傅临远往里走，陈静让开了身子，关上门。傅临远随手把外套搭在沙发背上，在沙发上坐下，陈静便知道他要看资料。她给他倒了一杯温水，放在他手边，随后在他身侧坐下。

傅临远修长的手指翻起资料。去年傅恒集团在黎城拍下一栋烂尾楼和一个超大商超，占地面积极大，傅临远打算用它来建一所私人医院。赵行长表示有兴趣，想要看看这个项目。他们这次主要就是来谈这件事情的，周氏集团可能也会来搭个顺风车，这都要看谈的结果。

商务会谈的时间是明天早上。

资料很多，傅临远一样样地翻过去。陈静坐在他身侧，多少有点紧张，怕自己遗漏了什么。

傅临远端起水杯抿了一口，看出陈静把资料准备得很周全。他滑开一旁的平板，看了一眼她做的表格。

陈静很安静，她放在一旁的手机却响起来，此时是下午五点半了，夕阳西下。陈静拿过手机点开，原来是蒋禾想趁着吃晚饭玩一把游戏，缺个人。

她给陈静发语音道："静静宝贝，有空吗？陪我玩一把吧，我刚勾搭了个小哥。"

陈静立即关掉语音消息，下意识地看向身侧的男人。

傅临远偏头看她。陈静顿时有种蒋禾要完蛋的感觉。她看着傅临远道："现在已经是下班时间了。"

傅恒集团是五点半下班。

傅临远整理了一下袖子，突地凑近她，吻住她的唇。陈静猝不及防，身子下意识地往沙发背上靠。傅临远按住她的腰，压着她吻，唇舌交缠，陈静的手机却一直在响。

傅临远的指尖解着她的扣子。

手机铃声令人烦躁，他离开少许。陈静眼里带水，看着他。她伸手摸到手机，低头去看。

就在她想给蒋禾发消息时，蒋禾直接打来视频。傅临远眉头微挑，拿开她的手机，把她逼到沙发扶手处，低头再次吻下去，吻得很深。

陈静微仰头，手臂勾着他的脖颈。

手机还在响。傅临远不耐烦了，拿过陈静的手机靠到沙发背。陈静吓了一跳，想去抢手机，傅临远已经点开微信，编辑好文字——只有一个"打"字。

蒋禾发来一个问号。

傅临远一只手搂着陈静的腰，另一只手点开陈静手机上仅有的一个游戏 App。陈静这才反应过来，他要替她打这一局游戏。

她微愣，看向他冷峻的眉眼。他还会玩这个？

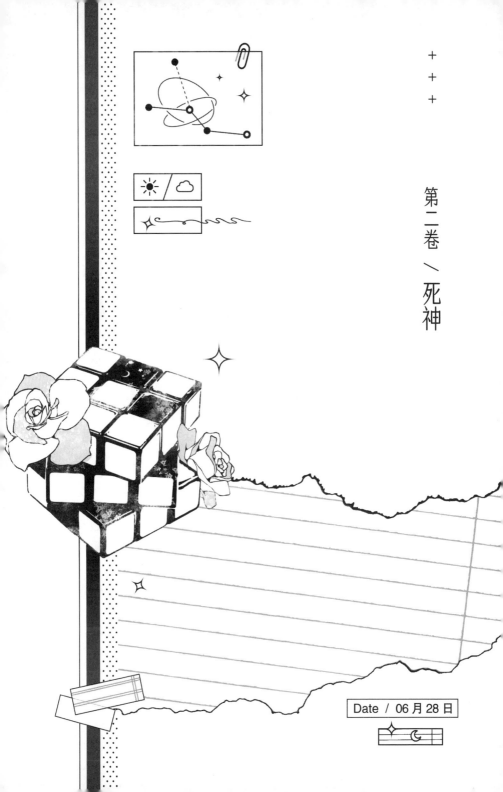

第二卷 ＼ 死神

Date / 06 月 28 日

第四章 醒不来的梦

　　陈静玩游戏都是为了陪蒋禾解压，自己玩得不多。登录游戏后，主页上面显示出的战绩却还不错。

　　傅临远偏头看陈静一眼，陈静靠着沙发背，腰被他握着，轻轻眨了一下眼。

　　傅临远看回屏幕。蒋禾那边以为玩游戏的人是陈静，开了游戏内的语音："静静宝贝，感谢救场。"

　　接着她组队，房间里瞬间多了两个人，她介绍道："静静宝贝，这是御城小哥哥。御城，这是我闺密。"

　　御城开了麦，声音清朗："你好，静静。"

　　操控着人物的傅临远一声不吭，直接屏蔽了语音。陈静抬眼，道："你这样怎么打，傅总？"

　　这是一支队伍，屏蔽掉别人，难道他要一个人单打独斗？

　　傅临远神色不动，只顾着操控游戏人物，蒋禾等人一跳，他跟着跳。

　　他对于游戏人物的操控以及所有敌人的动态有着极强的敏锐度，一捡到枪就收割了几个人头。陈静看着手机屏幕，心跟着狠狠一跳。

　　蒋禾、御城和另外一位不怎么说话的男队友很是诧异，蒋禾直接在语音里面问："我家宝贝现在怎么这么厉害啦？"

　　可惜她的声音被屏蔽了，陈静听不到。

　　傅临远捡到八倍镜后行动更是快速，敌人一个接一个倒，御城小哥哥血量骤降，发出了求救声，陈静握着他的手臂拽了拽，让他去救人。傅临远操控着人物直接从对方的身上踩过去，陈静简直不敢置信。

"傅临远。"她喊。这一声让傅临远轻扫她一眼。

她不知道她此时多美，解开的纽扣没完全扣上，脖颈一片雪白，或许是游戏让她放松，她身上少了平时作为秘书时的那种干练，脚尖抵着茶几，脚踝以及小腿都很漂亮。她正往他身上靠，只为了能看见屏幕。

看来，她私下跟蒋禾没少玩。

陈静推了一下他的手臂。傅临远收回视线，看向屏幕。

蒋禾对于陈静居然对御城见死不救这件事情感到极其震惊，但又不敢当着御城的面问陈静。她只能安慰御城，说："我闺密可能是没看到你，所以才见死不救的。"

御城暗自吐槽：人头拿了那么多，还看不到我吗？

这一场，另外一名队友也死了，傅临远带着蒋禾拿了冠军。陈静一看游戏结束了，便伸手想拿回自己的手机。

傅临远放下手臂，搭着扶手，垂眸看她。陈静不知道蒋禾此时是什么心情，她反正是很不好意思，给蒋禾发消息："晚点聊，有工作。"

不等蒋禾回复，陈静关掉微信。

她撩眼看向傅临远，他靠着椅背，领口微敞，如果刚才他玩游戏时杀戮果决的样子被投射在大屏幕上，不知道得让多少女生尖叫。她张了张嘴，还是问道："傅总，别的游戏会吗？"

傅临远声音低沉："什么游戏？"

"《英雄联盟》……"陈静玩过这个游戏。

傅临远语气随意："玩过。"

陈静安静地看着他，原来这个男人也不是时时刻刻都高高在上的，她甚至能想象高中或者大学时期，他与几个好友坐在一起玩游戏的画面，那个场景应该很不一般。傅临远看她出神，握住她的腰，把她带到自己腿上。

陈静回神，下意识地撑着他的肩膀。她穿着裙子，这样裙子便往上缩。

不知不觉间，夕阳沉入地平线以下，天空变成了浅紫色，傅临远按着她的脖颈，堵住她的唇。陈静的头发垂落下来，他用另一只手按住她的腰，舌尖深入，压着她的舌尖。

黑夜漫入房间，陈静无力地搂着他。

她一直没开口，只在最后细细地说了句"不要"。她累极了，傅临远将她拦腰抱起，走进洗手间。

热水声哗啦啦地响着。过了好一会儿，门打开，热气散了出来，傅临远抱着她走到床边，将她放下，陈静一沾床，就拉上了被子。

傅临远扣着衬衫纽扣，身上带着水汽，垂眸看她："饿吗？"

陈静睁眼，看他几秒："我睡会儿。"

说完，她翻个身，侧睡过去。

傅临远看着她的睡颜，解开腕表，时间是七点半。他干脆也上床躺下，将手伸进被子里，搂着她的腰。

陈静察觉到男人的手臂，下意识地抓住他的手臂拉开些。

傅临远用力搂紧。

陈静呼吸时，腹部跟着起伏，她被他抱着。

她睁开眼，听见自己心跳在加速——身后这个男人，是她喜欢了很多年的。她均匀地呼吸着，慢慢地闭上眼睛。

窗外渐黑，夜幕降临，傅临远也睡着了。他极少跟别人一起睡，此时抱着她，竟就这样睡过去。

两人睡了一个半小时，直到屋里突然有手机铃声响起。陈静睁开眼，放在她腰上的手臂离开。接着，男人起身，陈静看着飘窗的窗台。

傅临远走到茶几旁，弯腰拿起手机，接起电话。

他靠着沙发扶手，眉宇冷峻，那头是宴珣，问他是不是忘记了晚上的约。

啪的一声，他点燃一根烟，声音低沉喑哑："没忘。"

"没忘"二字在寂静的屋里很是清晰，陈静听着他的声音，坐起身，还是有点倦怠，头发披散下来。她呆呆坐着，眼眸落在前方那高大的身影上。宴珣似乎还有很多话要说，傅临远指间夹烟，偶尔拿到唇边咬住，安静听着。

陈静呆坐了一会儿，这才起身。她身上没穿衣物，拽了下被子，可被子是冬被，颇为厚重。陈静索性直接往衣柜走去，打开衣柜，取出上衣跟裤子，随后站在衣柜旁开始穿。

傅临远听见动静，嘴里咬烟，偏头看去，一眼看到她站在衣柜前穿上贴身衣物的模样。这会儿更能看出她的身材，傅临远静静地放肆地看着，

看她扣上纽扣，把头发拨到肩膀后。

宴珣总算挂电话了，傅临远把手机随意地扔到茶几上。他起身走到柜子旁，抱着手臂。

光线一暗，视线变得不清晰，陈静一抬眼便看到他。她指尖一顿，扣上最后一颗扣子。

傅临远靠着柜子看着她："去吃饭。"

陈静把衬衫扎进腰里，点了点头："傅总，等我一会儿。"

她拿过梳子，把头发梳起来扎好，露出白皙的脖颈，随后拿起耳环偏头戴上，眉眼清丽。

傅临远就这么静静地看着她，眸色很深。陈静戴好耳环，顺便涂了点唇膏——晚上她不打算化全妆了。弄好后，她取下大衣抱在手上，抬脚往外走。

傅临远突地伸手握住她的腰往前带，在昏暗的光线下看着她的眉眼。陈静撩眼看他："怎么了？"

傅临远静看着她，不吭声。陈静看到他领口敞着，纽扣还有好几个没扣，她抬起手，拉了拉他的领口，仔细地给他扣上。

傅临远喉结微动，就这么看着她。他知道她胸口有吻痕，也知道她身上必定全是他留下的痕迹，哪儿都不能幸免。

他微微眯眼："想吃什么？"

陈静松开他的领口："都行。"她后退一步，傅临远松开她，转身拿起桌上的手机，捞过外套。陈静取走放在柜子上的车钥匙。

两个人一同出门，下了楼。

傅临远拿过陈静手里的钥匙，走去驾驶座。陈静穿上外套，顿了顿，上前拉开副驾驶侧的车门，弯腰坐进去。傅临远把他的外套递给陈静，陈静抱着，看他启动车子。她很少见他开车，上次也就看他开过 SUV。

陈静轻声问道："傅总，要不要我开？"

傅临远单手转着方向盘，睨她一眼，收回视线："黎城的路你熟？"

陈静不再开口，她这小白连京市的路都开不稳，何况黎城这边的。黑色轿车开出去，他戴着腕表，露出半截手臂，偶尔停车时，手臂会半搭着车窗。

黎城的路况没有比京市好多少，也有些塞车。傅临远把车开到一家餐厅门口，两个人下车进门。他已经订好座位，他们刚坐下，菜便上桌了。

陈静饿了，拿起筷子开始吃。傅临远接了个电话，也慢条斯理地吃起来。

结账时，服务员还拿了一束玫瑰花给傅临远，说是店里的情侣活动。傅临远眉头微挑，拿过那花，偏头递给陈静。

陈静深呼吸一口气，接下。服务员笑道："傅先生，你女朋友真漂亮。"

傅临远唇角轻勾，"嗯"了一声。他指尖拿烟，带着陈静走向电梯，显然是要上楼。陈静看了一眼那服务员的表情，轻声地道："我是他秘书。"

那服务员一听，神色诧异。

陈静收回视线，跟上傅临远的脚步。她慢傅临远一步，傅临远进了电梯，手插裤袋，看她。陈静安静地站在他身侧，傅临远握住她的腰。

陈静撩眼，傅临远狭长的眼眸紧盯着她的眼眸，二人视线纠缠。

直到电梯抵达八楼，叮的一声。

傅临远收回视线，顺势松开她，走出去。陈静也跟着走出去，一眼就清楚这儿是俱乐部，看样子今晚有应酬。

门一推开，里面除了宴珣，还有周氏的少爷周扬以及那位原本计划明天见面的赵行长。

赵行长上前跟傅临远握手："傅总，久仰大名。"

傅临远伸手，道："久仰。"

赵行长略胖，哈哈一笑："我等不了明天，今晚先跟你见个面，咱们彼此熟悉下。"

傅临远声音低沉："谢谢。"

他们站着聊天，赵行长边比画边侃侃而谈，聊着自己未来对这个项目的规划。傅临远接过宴珣递来的烟，低头点燃。

烟雾飘出，他神色懒散地听着。宴珣给傅临远递烟后，看向陈静，笑道："陈秘书，又见面了。"

陈静温柔地回道："你好，宴先生。"

周氏那位少爷起身走来，咬着烟听着他们说话，双眼含笑，一看就是个风流少爷。

他的视线扫向陈静，眼里带了几分惊艳。

宴珣凑过去，跟他低声道："傅临远的秘书是不是很漂亮？"

周扬含笑道："嗯。"

傅临远撩起眼，轻扫一眼那两个目光落在陈静身上的男人，指间把玩着烟，神色不变，脱下外套递给陈静。

陈静接过来，走到旁边把外套挂好。等她再走过来时，四个男人已经坐在自动麻将桌旁，正一边抽烟一边聊天，看着麻将滚动。

宴珣笑着让服务员倒酒。陈静接过一杯，放在傅临远手边。

傅临远偏头看她一眼，想到她刚才无力的样子，他扯过椅子："坐着。"

他低头弹弹烟灰。

"好的，傅总。"陈静坐在他身侧，挺直腰看着他码牌。男人指尖修长，捏着牌很好看。

陈静没玩过麻将，好像在黎城这边比较流行打麻将。

不一会儿，赵行长的女伴来了，坐在他身侧，穿着极短的裙子，柔媚得很。她左看看右看看，扫到傅临远，眼睛微微一亮。其实宴珣也很帅，但他是那种风流的帅，不像傅临远一种不显山不露水的魅力。而周家那位少爷看着太年轻了。

陈静都能感觉那位女伴的眼眸已经看着他的锁骨了。她还是安静地仔细看他的牌，看他怎么打。

几轮下来，陈静也懂了少许，觉得麻将牌还挺有意思的。

傅临远的手机响起，他站起身去接，走时睨陈静一眼，暗示她替他打一盘。

陈静懂了，起身坐到他的位子上。宴珣跟周扬一看她上桌，眼睛微亮，赵行长那位女伴却撇撇嘴，这儿就她们两个女的，一下子就比较起来了，可穿着简简单单的衬衫、长裤的陈静秒杀了精心打扮、穿着裙子的她，她当然不服了。看着这两个年轻的男人对陈静的态度，她更不服。

陈静完全没有感受到对面赵行长那位女伴的心思，专心码牌。她看得出傅临远今晚打牌打得游刃有余，输赢都是计算好的。陈静自知自己的水平肯定不行，于是就随心所欲，输了也不怕。

宴珣看她冷静地打着牌，却把把都输，不禁笑了，觉得她有点可爱。

陈静也想赢一把，她多少担心赵行长以为她故意输，实际上她这牌技压根不需要怀疑，赵行长看她可怜，还给她送了一个杠上花。

陈静却错过了这个机会。其他人见状全笑了。

笑声引来傅临远，他挂断电话，垂眸看一眼陈静的牌，又轻扫一眼桌面，伸手按住她的手背，声音带了几分笑意："牌送到面前都丢了？"

陈静听出他的笑意，顿了顿，认真一看，才发现自己错过了赵行长喂的牌，顿觉懊恼。

傅临远拉开她的手腕，取了另外一张牌扔出去。他离她很近，陈静的心猛地一跳，灯光昏暗，她看着他修长的指尖扔牌的样子。

对面的宴珣本来是在笑的，突然看到这一幕，眉头一挑。傅临远直起身子，手插裤袋，嘴里叼烟，让陈静继续打。陈静看他没有接手的意思，只能继续打。

这几个人都是人精，她好像一只小白鼠。

这把陈静输得最多，其他三个人都有所获。看着那个失去的杠上花，陈静很心疼。

她网络游戏玩得还行，但牌类一直不在行，无论是之前的斗地主还是这个南方麻将，她都不擅长。

新一轮牌发到手，陈静冷静地码着，看着桌面的牌。

她的样子透露出她的认真，橘色光线下，皮肤白得宛如瓷玉。码牌时，手指和手腕纤细白皙。

她打牌的模样赏心悦目。傅临远站在她身后，指间夹烟，狭长的眼眸看着她码牌。

他的牌技摆在那里，总输显得刻意，但换陈静来就顺理成章。他轻轻弹了弹烟灰，端起酒喝一口，酒液滑入喉咙，喉结上隐隐有一个红印，是陈静情动时咬的。

陈静觉得这局能赢，毕竟这个牌看着挺可以的。她抿紧唇，越发认真，紧紧地盯着其他人打的牌，以防错过任何一个"碰"的机会。

傅临远见状，唇角勾了勾，俯身在她耳边道："不用碰。"

陈静捏牌的手一顿，正想问他为什么，傅临远已经直起了身子，徒留耳边淡淡的热气。陈静的心怦怦直跳，她抬眼看了看桌面，才把拿牌的手

往回收，放弃碰这张三条。

但也因为这样，陈静有点慌了，不知该如何打。

傅临远在一旁掐灭烟，俯身拨开她无所适从的指尖，给她重新码了牌。陈静安静地看着，他的领口散发着淡淡的香味和烟草味，她看了看他冷峻的眉眼、侧脸以及修长的脖颈。

陈静收回目光，冷静而认真地看着牌，摒除其他的念头。

他每一次俯身，在对面的宴珣都看到了，笑得意味深长。

一圈牌打下来，陈静总算赢了两局，全靠他们三个放水以及傅临远的点拨。每一次赢，陈静推牌时眼睛都亮着，于是让他们更愿意放她水，让她开心开心。

今晚最大的赢家是赵行长。结束后，陈静去洗手间。

宴珣起身，掫着酒看向陈静的背影，站在傅临远的身侧，眉头微扬："身边有这么一个秘书，任何男人恐怕都会心动吧？"

傅临远抽着烟，睨宴珣一眼，没应。宴珣眯眼看他："你别装，我看到了，你有次收手时直接按着她的腰……"

傅临远声音低沉："错手而已。"

宴珣似信非信。除了打牌时，傅临远看起来都不太好接近，跟秘书之间也极有距离感。何况他这个人向来是被撩、被追的那个，要说对谁主动，宴珣倒是没见过。或许是他想岔了。

不知不觉，陈静也喝了几杯酒，不晕，不过人有点飘飘然。她踩着高跟鞋走进洗手间，正好遇上赵行长带来的女伴。她从隔间里出来，拨着头发，看到陈静，目光冷冷一扫。

陈静没当回事，走到洗手台洗手，那位女伴自觉无趣，转身出去。

陈静洗了手，撑着洗手台发呆。好一会儿她才出去，一眼就看到傅临远靠着墙在抽烟。

傅临远撩眼，看到陈静。陈静顿了顿，往一旁的衣架走去，取下自己的外套穿上，随后取下傅临远那件外套，抱在怀里，转身看他。

傅临远偏头，在一旁掐灭烟，站直身子，跟赵行长握手告别。

赵行长笑着道："明天见。"

"明天见。"

电梯门打开，宴珣送赵行长他们下楼，周氏少爷周扬也早就走了。

傅临远走向陈静，手突然握住她的腰，接着偏头吻住她的唇，陈静"嗯"了一下，微微仰头。两个人都喝了酒，唇舌交缠，陈静的脖颈很美，男人吻了一会儿，松开她，低声问道："晚上还能吗？"

陈静睁眼看他眼眸，心颤了颤，摇了摇头——今天很累了。

傅临远挑眉，揽着她的腰往电梯走去。陈静扫了一眼这包厢。

他声音低沉："没监控。"

陈静收回视线，两个人进了电梯，抵达一楼，从大堂走出。宴珣站在大堂门口抽着烟，看着他们出来。请的代驾也站在一旁。

傅临远将车钥匙递给代驾，代驾去把车开来。

宴珣的代驾到得比较早，已经把车开来了。宴珣笑道："明天我飞海城，咱们下次见面估计就是过年了。"

傅临远："嗯。"

宴珣来自黎城宴家，书香世家，祖辈都是教授。宴珣掐灭烟，冲陈静微笑："再见，陈秘书。"

陈静道："慢走，宴先生。"

宴珣上前跟傅临远笑着又不知说了什么，这才走向车子，弯腰上车。他的车一走，黑色的轿车也开过来了。陈静跟傅临远也上了车，傅临远没穿外套，衬衫领口微敞，他喝了不少酒，但神色如常。

灯光打进车里，陈静的耳环细细闪着光。他看着她。

车子抵达酒店，傅临远收好车钥匙，按开电梯。陈静轻轻打了个哈欠，抱着他的外套走进去，电梯上行。黎城这边的夜晚阴冷，酒店的走廊更冷，陈静走了两步，回身把外套递给他。

"傅总，晚安。"她的声音很轻。傅临远拿出房卡，伸手接过外套，声音低沉："晚安。"

陈静看他几秒，转身取出房卡，刷开房门走了进去。咔的一声，门轻轻关上。傅临远抬手轻扯领口，眉梢冷峻，走向自己的房间，刷卡进去。

走廊陷入安静。

房间里，陈静在鞋柜旁换了拖鞋，取下耳环，走向衣柜，脱下大衣，拿了睡衣去洗澡。她早上跟下午睡多了，此时完全没睡意。洗完澡后，她

擦着头发走向沙发，目光在沙发上扫一眼，脑海里浮现出下午的画面，耳根微烫。

她坐下，收拾好桌上的文件，才拿起手机回床上靠着。下午玩完游戏，蒋禾给她发了不少微信消息，她还没看。

她点开查看。

蒋禾：静静宝贝，你今天怎么操作那么猛？一点都不像你之前的打法。

蒋禾：哎，小哥哥死都不信你是女生，他说你肯定是个男生。

蒋禾：你忙完回我消息哈。

陈静想了几秒，回复她。

陈静：今天手气好，敏锐度高。

陈静：那位小哥哥没生你的气吧？当时我确实没看到他。

面无表情地撒完谎后，陈静揉揉耳朵。蒋禾还没睡，立即回了消息。

蒋禾：没呢，他还怜惜我有这么一个凶残的闺密。

蒋禾：哈哈哈，笑死了。

蒋禾：估计把你想象成凶神恶煞的妹子了。

陈静：没生你的气就好。

蒋禾：话说，你后天回来吧？

陈静：嗯。

蒋禾：那边距离关口近，你能不能顺便帮我买点东西？

陈静：可以，我本来也打算去逛逛。

蒋禾：哇，爱你，我发图片给你。

陈静：嗯。

保存好蒋禾发来的图片，陈静放好手机，躺下酝酿睡意，再睡不着都要睡，否则明天起不来。她在床上翻来覆去，或许是因为身体疲惫，大概半个小时后就沉沉睡去。

隔天一早，陈静是被闹钟吵醒的。她起来后洗漱刷牙，化好妆，穿上衬衫、裙子以及大衣，随后把资料放进包里，拉开门走出去，在傅临远房门口屈指敲了敲门。

一分钟后，门打开，高大的男人站在里面，领口微敞，眉宇冷峻，目光落在她脸上。

他屋里的窗帘没拉开，走廊也昏暗。二人对视几秒。

傅临远伸出手臂，单手揽着她的腰，把她带了进去，直接按在墙上吻住她。陈静仰着脖颈，两人唇舌交缠，吻了一会儿。

陈静缩着肩膀，推他手臂，抬手给他扣领口的纽扣。

傅临远退后少许，声音低哑："早餐想吃什么？"

陈静垂眸仔细地扣着，声音温软："楼下有个餐厅，应该有早餐。"

傅临远看着她："好。"

扣好纽扣，傅临远松开她，取了领带自己系上。陈静拎着包静静地等着，傅临远取过外套，拿起手机和车钥匙，轻轻搂着她的腰出了门。

楼下那家餐厅有中西式早餐。两个人面对面坐着吃，陈静点了杯冰咖啡，傅临远没点喝的。吃早餐的人多，周围时不时有人看向他们。俊男美女到哪儿都是焦点。

吃完早餐，傅临远开车，带着她前往银行，直接进了 VIP 会客室。

他和赵行长昨晚已经简单谈过了，今天要谈得更深入一些，资料都放在桌上，赵行长拿起一份跟他身边的经理商讨。

傅恒集团这几年发展得很迅猛。实力摆在这里，很多银行、公司都很愿意跟傅恒集团合作。两个人相谈甚欢，约了一起吃午饭。在银行附近的餐厅吃完午饭，傅临远带着陈静前往傅恒集团的分公司。

傅临远很少来这里，由古总全权负责。

他在办公室里坐下。古总一边汇报自己的工作情况，一边伸手从他秘书的手里拿过文件递给傅临远签字。

陈静提前给傅临远准备好了钢笔。傅临远翻着文件，垂眸看完，放下文件，伸手去拿钢笔。茶几很滑，他的指尖刚碰到钢笔，钢笔便往旁边一

滚，掉在地上，发出清脆的响声，笔尖竟断了。陈静微愣，立即拿出备用的钢笔给他。

傅临远垂眸看了几秒地上的钢笔，神色不变，抬眼接过陈静递来的另外一支，在文件上签下名字。

陈静捡起那支钢笔。她知道这钢笔他用了挺久的。

傅临远合上签好的文件推给古总，古总接过，笑问："傅总晚上有空吗？一起吃个饭吧。"

傅临远合上钢笔，随手递给陈静，撩眼说道："改天再约吧。"

陈静接过他递来的那支钢笔，跟断掉的那支一起放进包里。

古总点了点头表示理解，他知道在黎城要约傅临远的人太多了。

此次傅临远来，时间比较紧，古总想抓紧时间带傅临远去研发室看看。傅临远站起身，解开袖口，看一眼陈静："你今天还有别的安排？"

陈静对上他眼眸，点了点头——刚才在车里，蒋禾发来的语音被他听见了。

傅临远垂眸看她："去哪儿？"

陈静顿了顿，道："关口。"

傅临远"嗯"了一声，手插进裤袋，走出办公室，古总跟上，一起前往研发室。陈静也赶紧跟上。这边分公司也挺大的，就在金融中心的一栋大厦里。傅临远高大的身影进入研发室，不少员工都看着他，议论纷纷。

"傅总。"

"傅临远！咱们的老板。"

"真年轻啊。"

"还很帅啊，看那身材，腰以下全是腿。"

"比明星还好看。"

"我当初面试傅恒集团就是为了他，想着能见他一面我就心满意足啦。"

"我也是冲着他来的。"

有人举起手机偷拍。傅临远站在一台机器前，垂眸听着古总汇报，手插裤袋，那样子确实很帅。陈静站在一旁看着。

下午三点，从分公司出来，陈静看了一眼腕表，对傅临远道："傅总，我打的去关口，您先回去还是……"

傅临远打开车门，弯腰坐进去，声音低沉："我送你去。"

陈静一愣，这儿距离关口很近，大概相隔两个路口。

她看他点了根烟，只得弯腰拉开副驾驶座的门坐进去。傅临远转动着方向盘，袖子挽起，露出手腕跟腕表。

此时金融中心人来人往，车也挺多的。抵达关口，陈静一看到入口便对傅临远说："傅总，我在这儿下。"

傅临远却没让她下车，而是直接开到了停车场。陈静愣了愣。

她下了车，傅临远也从车里下来，关上车门，手插裤袋走向她，另一只手揽着她的腰："走吧。"

陈静心一跳，看向他："您也买东西吗，傅总？"

傅临远垂眸睨她一眼："不行？"

陈静："行。"

陈静当他秘书两年多，从没见过他亲自去买过什么。西装以及腕表等都是店铺定期送上门的，也有些品牌换季时会提前安排人来给他定制西装。至于一些人情礼物，往往是一个电话先打过去，随后由陈静过去挑选。他时间紧，根本没时间去逛店铺买东西。不过，也可能只是陈静没见过他购物的样子。

二人走进购物大厦，人不算多，附近还有一个关口，估计大多数人去那边了，那边轻奢的品牌比较多。

地面光洁得可以映出人影，陈静要去的店铺就在前面。他有电话来，松开她的腰，走到一旁去接。刚才在车里他已经将领带取下来，此时西装外套里面的黑色衬衫领口微敞，多了几分随意。

陈静回头看他。男人手插裤袋，跟手机那边的人说话，看着远处，侧脸冷峻。陈静看了几秒，没打扰他通话，自顾自朝那家店铺走去。

她打开蒋禾发来的图片，蒋禾听说某个牌子的小包在打折，但只有关口这家店才有这个活动，让她帮忙看看，如果打折就买，不打折就不买。蒋禾虽然省钱，但偶尔也会买个包奖励自己，否则省钱的路上太枯燥了。

陈静一进店，柜姐就上前询问有没有看中的款。陈静直接拿图片给她看："请问这款有现货吗？"

柜姐看了一眼，点头："有的，稍等。"

她往一边走去，陈静站在原地，随意地看了一眼柜子上的包。柜子里还有些丝巾，陈静在想肖梅戴这些丝巾的样子，考虑给她购置一条。不一会儿，柜姐回来，把那个包放在桌上给陈静看。

　　陈静询问道："打折吗？"

　　柜姐看着陈静，笑道："打折。"

　　陈静问了折扣，但不是蒋禾所说的那个折扣，显然蒋禾得到的是假消息。陈静靠着桌子，给蒋禾发消息，询问这个折扣是否可以。

　　蒋禾顿时就犹豫了，这超出了她的预算。

　　傅临远挂断电话，回身轻扫，便看到她在店铺里的柜前站着的样子，收起手机走向店铺。柜姐正百无聊赖地等着陈静做决定，一抬眼看到傅临远，眼睛微亮，本想去打招呼，但面前还挡着一个犹豫不决的客户，只能眼睁睁地看着她的同事过去。

　　傅临远神色淡淡，没搭理那柜姐，直接走到陈静这边，声音低沉："看好了？"

　　陈静放下手机，撩眼看向他，说道："等会儿，蒋禾还在做决定。傅总，你打完电话了？"她声音好听，温柔询问。傅临远"嗯"了一声。

　　柜姐一眼认出这男人手腕上腕表的价值，心想：有这样一个男人在，居然还犹豫那么久。她多了点耐心，静等着陈静做决定。

　　陈静又发消息问了蒋禾，蒋禾回复道："买！"

　　她实在是关注这个包很久了，看到终于有折扣了，才拜托陈静去买。蒋禾总觉得如果不买，就是白费劲一场，何况快放年假了，这个包多少可以充个门面，要是这次不买，下次不知道等到什么时候才有折扣。

　　陈静抬起眼，对柜姐道："要这个。"

　　"好的。"柜姐笑着应了声，去拿盒子包装。趁着她包装的时候，陈静询问了下丝巾的价格，虽然确实挺贵的，但还有两个月就过年了，买给肖梅当新年礼物挺好的，就顺便买下了这条丝巾。

　　陈静把卡递出去。柜姐抬手接过，去刷卡。

　　傅临远看陈静选了一条颜色较深的丝巾，猜出她要送人，毕竟她自己从不戴丝巾。柜姐把卡拿回来，陈静接过收好。

　　两个东西包好了，傅临远帮她提着，对柜姐说："前面那两个包也一起打包。"

　　柜姐顺着他视线一看，那两个包都是最新款。她眼睛一亮，立即微笑道："好的。"

　　陈静本要走，听见傅临远要买包，便停下来，静静地看着柜姐肉眼可见地开心打包。

　　不一会儿就包好了，傅临远接过礼盒。陈静看他手里提的东西太多，伸手道："傅总，我提另外两个礼盒吧。"

　　傅临远睨她一眼，没应，轻揽着她的腰往外走。

　　他不让她拿，那就算了，陈静也不强求，因为她还有其他要买的。往后一路逛着，她走得慢，想仔细逛逛，也怕傅临远有需要买的。

　　她今天穿着套装裙，头发扎起来，露出白皙脖颈。玻璃上映出的她的身影很美。很多迎面走过来的人先看一眼傅临远，然后看她，也想看看这么帅的男人身边的女人长什么样。

　　好几个女生朝她投来羡慕的神情。陈静微顿，偏头看一眼身侧的男人，只看到他冷硬的下巴。傅临远察觉到她的视线，垂眸看来。

　　陈静心一跳，故作镇定地收回视线。耳朵上戴着的耳钉就暴露在傅临远的视线里，她今天戴的耳钉小巧，但设计大气，耳垂泛着淡淡的粉色。

　　傅临远眼眸微深。下一家要去的店就在眼前，陈静脚尖一转，走进去，傅临远跟着进去，柜姐出来招呼陈静。陈静站在柜子旁试香水，傅临远站在一旁，手插裤袋，垂眸看她试。

　　她先把香水喷在手腕，然后喷在耳朵。

　　陈静对香水的味道并不是特别敏感，以前都是蒋禾陪她去买的，这次她除了给自己挑，还想给蒋禾选。她闻了闻，有点拿不定主意，旁边的柜姐笑着道："不如让你先生帮你选一下。"

　　陈静心一跳，手腕被傅临远抓住。傅临远把她的手举起来，放在鼻尖轻嗅了下，陈静撩眼看向他的眉眼。他还挺认真。

　　傅临远撩眼，声音很低："过来。"

　　陈静知道他想闻闻耳边的香水味道，静看他几秒，侧过身子，微微踮脚。傅临远低头，嗅了嗅她耳边。这画面令店里的不少人往这儿看来。陈

静直起身子，认真地看着他。

傅临远也看着她道："两样都不错，耳边这个更好，'Stay Together'。"

他念出这个香水的英文名。他说英文的声音也很好听，低沉有磁性。陈静说了声"好"，跟柜姐说要这个。

这款香水的中文名叫"厮守"。

柜姐把香水包好，陈静递卡给她，拎起袋子。柜姐刷完卡，将卡还给陈静。

傅临远看向柜姐，指了一下桌上刚才陈静试的几款："各包一瓶。"

柜姐一愣，眼睛一亮："好的。"

他买东西的样子，随意、散漫、直接。看他接过购物袋，陈静这才往外走。

隔壁就是另外一家香水品牌。这家香水是蒋禾要的，陈静还是稍微试了一下，给蒋禾发语音描述前、中、后调。蒋禾回复说就要这款，很干脆，陈静立即买单。

傅临远这次没买，陈静看他拎着那么多东西，神色不变，很有耐心。出了这家店，陈静询问："傅总还有需要买的吗？"

傅临远看了一眼腕表："没有。"

陈静眉眼轻扬，声音温柔："那我们回去吧？"

傅临远"嗯"了一声，轻扣着她的腰往停车场走去。天色渐暗，傅临远把东西都放到后座，打开驾驶座车门询问她："想吃什么？"

风很大，吹乱陈静的发丝，她拨开头发，看着他俊朗的眉眼："在酒店楼下餐厅吃吧。"

黎城这天气是真冷，傅临远唇角轻勾："好。"

两个人弯腰坐进车里，感觉暖和多了。傅临远挽起袖子，启动车子，戴着腕表的手臂线条分明。

陈静看着窗外夜景，这时手机响起。

　　蒋禾：买了吗？

　　陈静：买了。

　　蒋禾：好，辛苦啦。

一来一回间，车子抵达酒店。陈静把下午买的东西跟文件等先拿上楼，随后跟傅临远前往餐厅吃饭。

傅临远堆积了不少工作，翻看着手机邮件，偶尔喝一口咖啡。吃完饭，两个人一起上楼，陈静有点困倦，但明天还有一场商务会谈，需要准备一些资料，她打起精神。

出了电梯，傅临远先回房。

陈静刷卡进门，把今天的资料先收起来，然后把明天要用的资料拿出来整理好。商务会谈的时间有长有短，所以资料一定要准备齐全。她顺便看了一眼明天的机票，但愿明天能顺利。整理得差不多了，她才想起来傅临远今天买的东西都在她这里。她随意扎好头发，拎起那几个袋子去敲傅临远的房门。

过了一分钟，门才打开，带出一丝热气。陈静一抬眼，看到傅临远穿着黑色长袖跟长裤，正在用毛巾擦着头发，有水珠顺着他冷硬的下颌线滑落，面色带了几分刚洗完澡的倦怠。陈静安静了一秒，随后说道："傅总，你今天买的……"

傅临远看着她，她回来后还没洗澡，衬衫领口敞开了一点，头发松散，一张脸白皙清丽，抬眼全是柔美。

傅临远伸手揽住她的腰，直接将她抱进了房间。

砰的一声，门关上。

陈静被抵在门上，仰头道："你今天买的东西。"

"给你的。"他说完便吻住她的唇。陈静还来不及消化他的话，就被含住了唇。她手中的购物袋眼看着要掉，傅临远接过，随手搁在鞋柜上，随后再次按住她的腰，低头深吻着。

陈静感到一阵天旋地转，手臂下意识地勾着他的脖颈。裙子下的长腿白皙，傅临远的掌心贴着她的肌肤。他房间的格局跟她的一样，但不知为何，他的看起来就是比她那边要冷寂一些，大概是因为窗帘没拉开。

陈静偏头，傅临远吻着她的耳朵，咬着，手紧掐着她的腰。

陈静的耳根和脸颊微微泛红，眼眸水雾浓浓，用指尖抓着他的手臂。

昏暗的房间里，时间悄悄流逝，陈静勾紧他的脖颈，跌在他怀里。傅临远吻着她的唇，抱着她前往浴室。

往下滑落的水珠已经蒸发了，又有新的流下来。

从浴室里出来，傅临远把她直接放在自己的床上，伸手搂着她的腰，垂眸看她。

陈静的脖颈还红着，她累极了，在昏暗光线下对上他的眼睛。

傅临远低头吻住她的唇。陈静仰着脖颈，又与他吻了一会儿。在这一刻，不知为何，两个人之间弥漫着一种极为温柔的氛围，温柔到陈静的心颤了颤。

她勾着他的脖颈，直起身子。傅临远眉头微挑，按着她的腰，笑着再次把她吻住。

这一次时间极久。久到陈静累极，躺下就不想动。傅临远俯身闻了闻她耳后，那款香水的香味还在。陈静迷迷糊糊地躺着，这时，门口柜子上的手机响起。陈静睁开眼，用手拨开他的手臂："我的手机。"

傅临远抽出手，起身。他现在只穿着黑色长裤，上衣脱了，露出腹肌。他拿过陈静的手机，轻扫一眼，又是蒋禾。

他返回床边，将手机递给陈静。

陈静接过来，没立即接通，坐起身子扫了一眼，看到她的衣服又被他折腾得不像样了。傅临远垂眸，手掌扶着她的脖颈："在这儿睡。"

陈静摇摇头。

傅临远眯眼看她，几秒后，回身打开衣柜，取出一件黑色上衣套上，随后拿着一件大衣回来，包在她身上。他神色冷淡地睨她一眼，抱起她走出门，顺便拎上了送她的礼物。

他刷卡进了她的房门。陈静累极了，一沾自己那张床就觉得特别困，声音温软地对傅临远道："晚安。"

傅临远垂眸看她睡颜，看了一会儿才准备离开，又突然看到茶几上的资料，顺势坐下来翻开，重新检阅一遍。

他不经意地抽出她的平板，开着个游戏，竟是《网上麻将》，另外还有一个小网页，他点开一看——麻将攻略。

他眉头微挑，唇角勾起，笑了一声。没想到她私下竟研究这个。

傅临远放下平板，合上桌上的资料，起身准备离开。手握上门把前，床那边传来哽的一声，在一片寂静中显得格外清晰。

傅临远松开门把，往床那边走去，一看，是陈静的手机被她不小心弄到地上，而她全然没感觉，侧着脸，手臂伸到被子外，零散的头发遮住了眉眼，睡得极熟。

　　傅临远捡起她的手机，屏幕一亮，锁屏是一张她和父母的全家福。她站在中间，穿着校服，扎着高高的马尾，眉眼清丽，歪倒在她父亲的肩膀上，笑容灿烂，眼里带着星光。

　　他看了几秒，屏幕灭了，他撩眼看向她，几秒后，起身把手机搁在床头柜上。

　　陈静正好翻了个身，傅临远将手伸进被子里，躺上床，从身后搂着她的腰。陈静睡得迷迷糊糊，又翻身回来，以为是梦里，手臂缠上他脖颈，将头埋进他颈窝，均匀地呼吸着。

　　傅临远的手臂收紧。她的腰几乎一手可握，温暖跟柔软侵袭上来。他抬手关掉了床头灯。

　　啪的一声，房间陷入黑暗，黎城的夜也进入睡梦中。

　　陈静经常跟蒋禾一起睡，闺密俩睡在一起，很温暖。不过她们睡着睡着基本都会变成背靠背。今晚陈静在睡梦中似乎窝在一个怀抱里，很暖和，而且那搂着她的手臂总能轻易地环住她。她勾着对方的脖颈，脸靠着他的胸膛，轻轻地呼吸着，发丝散乱。

　　傅临远用手臂枕着头，拢了拢她的腰，是熟睡中的一种自然动作。

　　陈静睡觉喜欢翻身，她一个姿势睡久了会觉得累，便翻了个身，身后又贴来一个温暖的身体，大手再次搂上她的腰。陈静的手也下意识地搭上去，不知不觉间，指尖与他交缠，扣在一起。

　　这一夜，陈静睡得很熟，意外地香甜。她是设置了闹钟的，早晨闹钟一响，放在腰上的那只大手就拿过她的手机，直接关掉闹钟，随后再次搂上她的腰。

　　陈静睡得迷迷糊糊的，但她对闹钟向来有种听到就睁眼的反射性反应。闹钟被关掉后，陈静就睁开眼，视线聚焦在床头柜上。

　　她觉得身后温暖，而她的手搭在一只大手上，与之紧扣。

　　她回想了一下，昨晚在睡梦中隐隐约约觉得额头会轻蹭到男人冷硬的

下巴，偶尔睁眼也看到了那张俊脸。陈静的心咚咚咚地跳着，一下、两下、三下。她从床上起身，头发披散下去，撑着身子坐了一会儿，才扭过身子去看。

他枕着手臂睡着，鼻子很挺，下颌冷硬。陈静看了他几秒，这是她的房间，他昨晚在她这儿睡的。他睡着的样子比平时看起来好接近一点，陈静看着看着，转过身子，往他那边再靠近了一点。

傅临远，她在心里喊了声。又看了几秒，陈静就打算起床了。这时，傅临远睁开眼，眼眸狭长。他抬眼便看到她早晨起床后带着红晕的脸颊以及白得发光的肌肤，眉眼清丽，也有几分迷茫。

陈静的心一跳，此时他的眼眸中带了几分倦懒，离得近，眼里倒映出她长发披散的样子。

陈静张嘴："傅总，早上好。"

"早上好。"他声音喑哑。

陈静说完就想起身，傅临远却抬手扣住她的脖颈，将她扣了回来。陈静没反应过来就被他按下去，唇瓣被他吻住。

他细细地吻着她，不是那种深吻，而是含着她的唇瓣辗转地缠吻。

陈静没忍住，开始回应他，舌尖被他压住。有些许发丝飘在他的掌心里，她昨晚窝在被窝里穿上的吊带滑落下来，风光无限。

他细细地吻着她的脖颈，慢慢往下，直到手机铃声再次响起。

陈静一般会将闹钟设置成十分钟后再响一次，并且换成比较热闹的音乐。铃声挺吵的，傅临远眉心微拧，退开了些。陈静睁开眼，睫毛轻颤，他声音低沉："你设的什么闹钟？"

陈静看他几秒，不知为何有点想笑。她直起身子，拿过手机，关掉闹钟。傅临远的眉心依旧拧着，一脸倦怠地看着她，那点缱绻氛围散了一些。

陈静丢开手机，看他神情，也不知为何，她突然低头轻吻了下他的薄唇，随后便转身下床。

傅临远微愣，看着那抹白色拐进浴室里。他坐起身，靠着床头，轻抓了下头发，随后，眉头一挑，轻笑了声。

关上浴室门，陈静站在洗手台边，心跳加快。她看了一眼镜子里的自己，呆站几秒，随后才打开水龙头，把脸埋下去，清洗脸颊。

水挺凉的，陈静也清醒许多。她看着镜子，晶莹的水珠慢慢地从她的脸颊上滑落，她脸色素净，情绪冷静下来，刚睡醒的迷茫感也没了。

十来分钟后，陈静拉开浴室门，走向衣柜，顺便扭头一扫。

床上已经空荡荡的了，只剩下还算整齐的被子被推至床尾。

她收回视线，拉开衣柜，取出衣服穿上，随后扎起头发，露出白皙纤细的脖颈。今天她化了个比较淡的妆容，弄好后，她从镜子里看到衬衫领口处隐隐透出一个红印，解开衬衫，一眼看出那是吻痕。她拿起遮瑕膏遮了遮，扣好衬衫扣子，穿上大衣。

她把茶几上的资料、平板等放进包里，又把行李箱收拾好，竖起来，推到门边。

她提起包，拉开门。隔壁房门恰好也打开了，傅临远扣着袖扣走出来，眉眼一抬。

四目相对，两人不约而同地想到早上陈静匆匆落下的那个亲吻。傅临远神色不变，看着她，陈静眨了下眼睛，说："傅总，早。"

他唇角轻勾："早。"

二人走向电梯，傅临远伸手按按键，陈静站在他身侧，电梯门打开，傅临远走进去，陈静也跟着走进去。

两个人去楼下的餐厅吃早餐。吃完后，一起前往停车场。

嘀嘀两声，车门解锁。陈静打开副驾驶座的门，拿着公文包要坐进去时，看到他垂落的领带，顿了顿，又直起身子，伸手拽了拽他的领口。

傅临远一顿，用手撑着车门，垂眸看她。陈静仔细地给他系上领带，他领口已经扣上了，可能是嫌领带太紧，所以一直没系。

她手指纤细，翻转着领带，腰部靠着车门。傅临远伸手，握住她的腰。

陈静身子一紧，匆匆撩眼，对上他眼眸一秒，视线又落回领带上。

傅临远盯着她红润的唇瓣，又看向她的鼻尖以及那双很漂亮的眉眼，她的神色真冷静，一点都没有早上吻他时的那种小女人姿态。系好后，陈静抬眼，对上他的眼眸："傅总，好了。"

傅临远"嗯"了一声，松了握着她腰的手。陈静坐进副驾驶座，拉过安全带扣上。傅临远关上车门，绕去驾驶座，弯腰坐进来。

他理了理袖口，启动车子，一路开到商务会谈的现场。他一下车，对

方公司的首席执行官就迎上来，看到傅临远亲自开车，有些诧异："傅总，您怎么自己开车？"

傅临远抬手松了一下领带，扣上外套纽扣，声音低沉："练练。"

首席执行官林总笑起来，看一眼陈静："陈秘书还不会开车吗？"

陈静微微一笑："林总，是的。"

林总朝陈静竖拇指："让你老板开车，你还是头一个吧。"

陈静笑笑，没搭话。

林总笑着调侃："傅总车开得如何？车技好不好？"

陈静点头："很好。"

傅临远睨她一眼，唇角轻勾，收回视线。一行人进了大厦，上楼进了会客室，纷纷落座。

林总也带了秘书，双方面对面坐着。陈静坐在傅临远身侧，把资料摆在桌上。

随后便进入主题，双方谈话时有各自的话术，陈静只负责记录。谈好后，陈静打开小包，从里面取出备用的那支钢笔，递给傅临远。傅临远伸手接过，拔开笔帽才发现不是那支常用的，他顿了顿，才在合同上签上名字。随后，他把笔帽盖好，将钢笔递还给陈静。陈静接过来，又放回包里。

会谈结束，陈静拿出手机看了一眼，时间刚好够赶去机场。跟林总告别后，陈静和傅临远就立马回酒店拿行李箱。

古总也来跟傅临远汇报工作，同时听傅临远吩咐。两个人谈了会儿，古总才去后面的车里坐着。司机把傅临远的行李箱先放到后备箱，陈静的行李一直由她自己推着，司机一时给忘记了。陈静推着行李箱，行李箱上还搭着傅临远买的那三个礼盒袋，她下了台阶，把礼物递给傅临远。

傅临远手插裤袋，解着领带，睨她手中礼物一眼。

陈静声音温柔："这两个包以及这些香水，都不在我消费能力范围内。"她的意思是这东西拿回去后，她跟蒋禾住得近，蒋禾肯定会看见，她没法解释。

傅临远明白。风很大，吹乱他的衬衫领口，男人神色冷峻，静看她几秒，取走她手里的行李箱，道："不好解释，那就一人一个。"

陈静微顿，也懂了他的意思——她把两个新款包跟蒋禾分了，说是他顺手买的就行，也很合理。陈静看着他放好行李箱，关上后备箱盖。

傅临远打开驾驶座的车门，手撑着车顶看她。陈静顿了顿，弯腰拉开副驾驶座的车门，坐进去，把三个购物袋放在自己腿上。

车子启动，车里安静，陈静看着前面的车况。

傅临远单手握着方向盘，声音冷淡："别胡思乱想，陈静。拿着。"

陈静安静几秒："好的，傅总。"

拿着就拿着吧，管他呢，收自己喜欢的男人送的礼物，未来也是一种回忆。

抵达机场，傅临远把车钥匙还给古总，古总的司机帮忙推着行李箱，一起去办手续。古总借着这个时间一直在跟傅临远谈话。陈静提着小包、踩着高跟鞋站在他们身边，在人来人往的机场里，她高挑的身影很吸引人。

她低头按着手机。蒋禾询问她什么时候抵达，她迫不及待要看到她的包包了。

> 陈静：下午三点半抵达。
> 蒋禾：那我还要等两个小时。
> 陈静：一天都等了，还差那两个小时吗？
> 蒋禾：你是会说话的。
> 蒋禾：黎城很冷吧，你有没有顺便买衣服啊？
> 陈静：没有，哪有时间逛？
> 蒋禾：你昨晚没出去逛逛吗？

陈静指尖一顿，好一会儿才回复蒋禾"没有，忙着准备资料"。蒋禾感叹她也太认真了，真是个好员工。

她回消息回得认真，机场的人挺多，三三两两从她身侧走过，她完全没发现。突然有人拉着行李箱匆匆地跑过来，眼见就要撞到她了，傅临远伸手一揽，把她揽到身边。古总说话说到一半，看到这一幕卡壳了，呆了几秒。

傅临远收回在陈静腰上的手臂，古总眨了下眼睛，这才继续说下面的话。

　　傅临远将手插进裤袋，又看了陈静一眼。陈静被他揽住后回头看了看，身后一群人拖着行李箱跟赶集一样，急匆匆的，她收回视线，把手机收起来。

　　古总偷瞄他们几眼，见他们神色自然，便将刚才那点错愕压了下去——想多了吧，傅总只是顺手而已。

　　陈静跟着傅临远一起登机，两个人进了安检口。傅临远把领带解下来，递给陈静，陈静将领带卷好放进包里，他轻扯领口，轻松轻松。

　　陈静订的还是头等舱，这会儿赶上吃午饭，空姐给他们一人上了一份。

　　陈静吃完有点困，而傅临远则看起文件，他把袖口挽起来，露出手臂。陈静看了看他冷峻的侧脸、眉眼，随后侧过脸睡过去。

　　又是一觉睡到京市。陈静睡得迷迷糊糊的，起身拎起包，跟上傅临远。前面有个人走出去了又退回来，挤了一下陈静。陈静往旁边靠去，傅临远的神色一下子就冷下来，把陈静拉到右手边，睨了那人一眼，那人急忙道歉。

　　傅临远微眯眼睛，抓着陈静的手牵她出去，陈静的手臂被撞得有点疼，但也不想跟人起冲突，便快走两步，跟上他的脚步，回过神来才发现他牵着她的手。

　　陈静眼前一阵眩晕。傅临远把她拉到一边，握住她的手臂，问道："疼不疼？"

　　他松开了她的手。陈静掌心还残留他的温度，她抬起眼，冷静地回答："不疼。"

　　傅临远又按了按她的手臂。陈静忍着，其实没一开始那么疼了。她拨开他的手，看向他眼眸："傅总，真的不疼了。"

　　傅临远听罢，松开手，看她几秒，"走吧。"

　　陈静"嗯"了一声，跟上他的脚步。

　　二人取了行李箱，于从站在车旁候着。熟悉的黑色轿车、熟悉的人以及熟悉的城市，让陈静顿时有了点归属感。于从先把傅临远的行李箱放进后备箱，然后接过陈静的，陈静说了声"谢谢"。

　　于从一笑。

　　陈静没坐后座，直接坐进了副驾驶座，扣好安全带。于从上了驾驶座，看到她坐在旁边，一愣，但还是神色镇定地启动车子。

后座上，傅临远靠着椅背，揉揉眉心，眼眸轻扫一眼副驾驶座，说："先送陈静回去。"

于从应了声："好的。"

车子启动，前往雅致小区。京市的天气也冷，但阳光充足，车子抵达雅致小区时，正好三点半。陈静侧头看了一眼傅临远，傅临远也睁眼看着她。

陈静声音温和："傅总，我到了。"

傅临远"嗯"了一声，看着她的眉眼，道："今天好好休息。把钢笔给于从。"

陈静一愣，随即反应过来他说的是断了的那支，说道："好。"

陈静下了车，于从已经取出行李箱，推给她。陈静接过，随后打开小包，从里面取出包好的那支钢笔，递给于从。于从接过去一看，神色微变。

陈静看他神情，问道："怎么了？"

于从抬眼看向陈静，立即笑道："没什么，这钢笔我拿去修吧，你不必担心。"

陈静看了一眼那钢笔："好。"

她收回视线，提上行李箱走向楼梯间，身影高挑，走得不急不慢。

出了电梯，陈静推着行李箱进屋。不在的这两天，蒋禾也没忘了给陈静的房间开窗通风，沙发套也换了浅黄色的，多了几分温馨。

陈静取出换下的衣服，拿着去阳台手洗。京市的阳光照在阳台上，陈静站在阳光下，仔细洗完这几套衣服，随后烘了烘，晾上。

忙完后，陈静关上阳台门，回到客厅，将行李箱再收拾收拾，取出那三个购物袋时，她静了一秒。她把它们和那些香水放在茶几上，这才发现她试过的味道他都买了。以她的预算只能选一样，可他大手一挥全买下了。

她当时一共试了七种味道，买了"Stay Together"，剩下的六瓶香水此时就摆在她面前，其中有一瓶是她擦在手腕上，他说也不错的那瓶。粉色的瓶子很好看，陈静看了几秒，起身把给肖梅买的丝巾、"Stay Together"香水和行李箱一起拿回房间。她挂好衣服，拿出护肤品，将行李箱稍微清理一下，合上收好。

随后，她回到客厅倒了杯水，坐到沙发上，取过抱枕，一边喝水一边

滑开平板，脑海里却浮现出那支断了的钢笔。

她支着脸，抿着温水。那款钢笔不像他现在会买的，看上去有一定的年头，用得又久，像是他学生时代的东西。

咔嚓一声，门开的声音打断陈静的思绪，她抬起眼。蒋禾哼着歌走进来，关上门，换好鞋，看向陈静："静静宝贝，我回来啦。"

陈静眉眼一弯："欢迎回家。"

蒋禾放下小包，坐到沙发上先抱了抱陈静："出差辛苦，给我买东西更辛苦。"

陈静回抱她："不辛苦，快去看看。"

"好。"蒋禾松开陈静，弯腰拿起茶几上的盒子，直接放在腿上打开，取出那只手提包，是黑色的经典款。蒋禾站起身，拎在手里比画一下："怎么样？"

陈静抬头看着，点点头："好看，特别适合你。"

"我瞄它很久了。"蒋禾说道。她进卧室里对着镜子又看了一会儿才出来，随后拿起茶几上陈静给她买的香水，打开看了看，也试了试。

她把手递给陈静："好闻吗？"

陈静嗅嗅，点了点头。蒋禾笑着合上盖子，这才发现茶几旁边还有三个购物袋。她盘腿坐在地毯上，问陈静："你呢？你买了什么？看起来买得挺多啊。"

陈静一顿，放下抱枕，取过那三个购物袋，推到蒋禾跟前，道："你选一个包吧，还有香水。"

蒋禾一愣，拿出袋子里面的盒子，打开后，看到里面躺着的包，顿觉震惊，抬眼看向陈静："你买的？你发财了？"

陈静摇头："傅总买的。"

蒋禾握着那包，呆愣几秒："他买的？"

陈静"嗯"了一声。

蒋禾安静几秒，大声感叹："他……他……他也太好了吧！"她举着那包看了看，"这包好贵，价格是我那个包的好几倍。他出手好大方啊……"

陈静安静着没应。

蒋禾顺便拆了另外一个包，这两个包都是最新款，只是款式不一样，但都价格不菲。两个包的风格都偏柔美，是陈静平时会用的那种。蒋禾一时倒看不出来这些，她放下包后，打开另一个购物袋，取出里面的香水，说："这也是傅总买的？都是你喜欢的牌子。"

陈静的心一跳，这才反应过来，当时傅临远在另外一家店并没有买任何东西，因为那个牌子是蒋禾喜欢的。

蒋禾看完礼物，又支着脸看向陈静。

陈静神色镇定："你先选，剩下的给我。"

"你选。"蒋禾摇头。

陈静扫向那两个包，随手点了一个，蒋禾笑着取走另外一个："那我拿走这个啦，另外，香水我看了一下，感觉都不适合我，我就不要了，拿到这么好的包已经是惊喜啦。"她低头翻看包，询问陈静，"晚饭吃什么？要不要出去吃？"

陈静收回看着香水的视线，说："叫外卖吧。"

"好，我叫。"蒋禾拿出手机，起身坐到陈静的身侧跟陈静一起点餐，陈静想吃清淡点的，点了一份面。蒋禾也是。

不一会儿，外卖到了，蒋禾去拿。陈静收拾好茶几上的香水以及包，将它们搁在沙发柜上。蒋禾拎着外卖进来，放在茶几上，两个人低头开始吃。吃到一半，蒋禾突然去了厨房，陈静喝着水问道："怎么了？"

啪的一声，蒋禾开了燃气，鼓捣了一会儿，擦擦手走出来，说道："给你煎药啊。"

陈静一愣，蒋禾看她一眼："是不是又忘记了？你上周就忘记吃啦。"

陈静夹起面，"嗯"了一声。

蒋禾坐到地毯上："记得喝。"

"好。"

中药很苦，陈静喝完一碗后，眼眶都湿润了，取了一块牛奶糖塞进嘴里，这才舒服些。蒋禾笑着拎起那两个包，说道："坚持喝才有效果，我先把包放回家里，洗个澡，咱们今晚一起睡。"

"好。"

蒋禾走后，陈静也收拾了一下客厅，清洗好喝药的碗跟煎药的砂锅。弄完后，她起身去拿睡衣洗澡。陈静擦拭头发时，蒋禾回来了，穿着件长

款外套进门，说道："冷死了，走廊好冷啊。"

陈静给她倒水。这时门铃响起，蒋禾转身问道："谁？"

外面的人说："外卖。"

蒋禾一愣，看向陈静："你叫外卖了？"

陈静摇头："没有，我们不是刚吃过吗？"

"是啊，那怎么会有外卖？"蒋禾一脸疑惑地往回走，"谁订的？"

她开了门。门外的小哥把外卖递给她，蒋禾接过来，看了一眼外卖单，外卖单上看不出是什么，她把外卖放在茶几上打开，是两份燕窝。

蒋禾愣了愣，陈静也有点惊讶。这时，她的手机响起，她拿起来一看。

> 于从：燕窝收到了吗？

陈静愣了几秒，蒋禾凑过来一看："于从怎么会给你订东西？"

陈静知道这不是于从订的，对蒋禾道："今天下飞机的时候，于从说晚上订个吃的给我们，但我给忘记了。"

蒋禾"哇"了一声："那么好。"她坐回茶几，拉着陈静坐下来，叫陈静也吃。陈静低头拿起勺子，一口一口地吃着。

燕窝还是热的。陈静跟蒋禾之前也会买一些燕窝回来炖，但这两份显然分量要足很多。

这个东西不占肚子，蒋禾吃完收拾茶几，陈静则进浴室里刷牙。浴室里的花瓶空了，她忘记买新花。洗漱完，她擦擦脸离开浴室，回了卧室。

蒋禾有个电话，在客厅接。

陈静拉开被子靠着床头，这时手机又响了，她看了一眼。

> 傅临远：今天签的合同，最后一页拍照片给我。

这么晚，他还在工作？陈静回了句"好"。

她下了床，走出去，取出合同放在餐桌上，摊开翻到最后一页，打开餐桌上方的灯，拍了一张发送过去。

陈静合上合同，放回公文包里，回了房间。蒋禾过了一会儿也进来了，上了床，缩着抱住她："冷死啦。"

陈静笑了笑，躺下跟蒋禾靠在一起。

蒋禾说："你浴室里没花了，我明天再订几束，白玫瑰怎么样？上次看着挺好看的。"

陈静看着天花板："都行。"

这一夜，陈静在梦里看见白玫瑰铺在地上，一支钢笔躺在上面。陈静睡得不安稳，翻了个身，跟蒋禾背对背睡着。

隔天，蒋禾拎上了新买的黑色小包，开车跟陈静去傅恒集团大厦。走进大厦，陈静跟蒋禾各买了一杯咖啡。

抵达顶层，陈静走出电梯，扫了一眼办公室，傅临远还没来。陈静将合同等资料拿进他办公室，放在办公桌上。她不在时，每天都由保洁阿姨擦拭他的桌面。

她把文件放好，随后拉开窗帘，让外面的阳光倾泻进来，深色的办公室一下子就带了一丝暖意。门口传来脚步声，陈静回头一看，傅临远挽着袖子走进来，撩眼看她。她整个人站在阳光下，窈窕、美丽。

傅临远眸色微深，看她几秒，才走向桌后。陈静给他煮好咖啡，端着杯子走过去，放在他手边。傅临远单手扣着衬衫纽扣，指尖滑着笔记本电脑。陈静提醒他十点跟腾宇公司的老总有约，傅临远"嗯"了一声。空气中飘着淡淡的香水味，却不是她刚买的那款。

傅临远撩眼："擦了什么香水？"

陈静本来是准备往外走的，她停下脚步，回过头，对上他的眼眸，回应道："Underclothes。"

衬衣。

傅临远眉头微挑，想到她穿他衬衫的样子。

刘特助拿着文件准备进办公室，陈静声音温柔："傅总，我出去了。"

傅临远看着她："好。"

陈静往外走，跟刚进来的刘特助擦肩而过。刘特助精神饱满，笑着看她："陈秘书，早上好。"

"早上好。"陈静微微一笑，踩着高跟鞋走向工位。刘特助上前，将文

件递给傅临远："傅总。"

傅临远接过文件翻开。

陈静在工位坐下，此时早上买的冰咖啡冰块都化了，她端起来喝了一口，冰凉入喉。

她挪动鼠标，打开邮箱查看邮件。

最近傅恒集团要收购一家专门研究无人驾驶的公司，这家公司从成立到出售只用了五年的时间，是由五个年轻人创立的，一共融资两次。资本看他们做不出成绩，不耐烦了，开始寻找新买家。傅恒集团是第一个提出想购买的。冯总最近一直在对这家公司做尽调和评估。

从数据上来看，这家公司的评估价值越来越低。去年那一次无人驾驶世界赛，这家公司还爆出了丑闻，利用无人机拿下了第二名。消息被爆出来后，世界赛取消了他们的成绩，并禁止这家公司参加未来三年的比赛。

在这当口收购，风险挺大，可能血本无归。冯志头都疼了，在小群吐槽了这家公司几句。

其他人也出来聊天，小群一下子就热闹起来，手机嘀嘀嘀地响着。他们不敢质疑傅临远，只疯狂吐槽那家公司。冯志还艾特了陈静。陈静无奈，发了个问号。

> 冯志：陈秘书有建议吗？
> 陈静：冯经理不如看看他们四年前的比赛？
> 冯志：那么久远。
> 冯志：好吧，我去看看。

陈静关掉聊天框，看了一眼办公室里正在打电话的高大男人。他做的很多事情都是正确的。

九点五十分，腾宇公司的首席执行官吴总来了，直接进了傅临远的办公室。他步伐匆匆，看样子是来解释那"十八罗汉"的事情。冯志也上来了，"啧啧"几声："看来他还是个念旧情的人。"

陈静笑笑，没应。冯志拿着文件进去给傅临远，没逗留一会儿就出来了。他敲敲陈静的桌子，道："进去泡茶，傅总空不出手。"

陈静一顿，放下手里的活起身，说："好的。"

陈静绕出办公桌，走向办公室。他们坐在沙发上，傅临远把玩着烟，修长的指尖捏了捏，手臂靠着扶手，神色不变。吴总坐在对面，一直在说话，茶几上空荡荡的，傅临远显然懒得动手泡茶。

他不生气，不代表他觉得没问题。

陈静走进去，去柜子那里取了一盒茶叶，拎着走回去，在中间的沙发上坐下，伸手按开水壶开关，水咕嘟嘟响着。

陈静先给茶杯过了一遍热水。水雾缭绕，她夹起一杯，先放到吴总的手边。吴总说得口干舌燥，立即伸手端起来，说道："谢谢。"

陈静又在傅临远手边放了一杯，傅临远转着烟在烟灰缸上轻点了点，手里还翻着一份文件。吴总放下杯子，继续说着。陈静给吴总添茶水，他又一杯下去。傅临远那杯还没动，指尖烟雾缭绕，手背青筋泛起，那文件一页页翻过。

陈静给他换了杯茶。淡淡的香水味飘来，夹在茶水之间，极其好闻。

吴总喝完这一杯，忽地从水雾中看到陈静的眉眼，清丽如出水芙蓉。他顿了顿，突然问道："陈秘书有男朋友吗？"

陈静拎小茶壶的指尖一顿。傅临远从文件中抬起头，身子往后靠，长腿交叠，眼眸落在陈静的眉眼处几秒。

陈静看向吴总，微微一笑，想回答。低沉的声音从旁边传来："她有。"

陈静心一跳，转头看去。傅临远挪开在她脸上的视线，撩起眼眸看向吴总。吴总一阵激灵，立即道歉。他明明是来跟傅临远说明情况的，怎么能一时被美色迷眼。他看了一眼腕表，转移话题："傅总，要不我们一起吃个午饭？最近我们公司投资了个中式餐厅，味道不错，去试试？"

傅临远把文件扔在茶几上，理着袖子道："没空。吴总话要是说完了，就先走吧。"

吴总神色微变，心想看来还得多来几趟才行。他站起身，道："那傅总，我先走了，过几天再来。"说完便转身走出去。

陈静看着吴总的背影，放下手中的夹具，看了一眼身侧的男人。傅临远垂眸理着袖子，神色冷漠。其实她感觉得出他并不是很在意吴总的道歉，而吴总越道歉就越显得心虚，这也是傅临远连饭都不愿意跟他吃的原因。

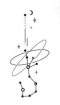

　　陈静收回视线，清洗茶盘。傅临远抬眼看着她的侧脸以及认真的神情，今日她的妆容也很淡，眼尾画了眼线，眼影的颜色也很素净，但皮肤白皙，眼睛漂亮。难怪他们一个个看了她都走不动路，连来道歉的都忘了正事。他扣好袖扣，声音低沉："中午出去吃饭。"

　　陈静清理完，盖好盖子，抬眼点头："好的。"

　　他下午还要去一趟京市大学。

　　傅临远起身走回办公桌后，陈静把茶盒放到茶几下面的抽屉里，随后起身离开办公室。

　　她回到工位，收拾了一下，就见傅临远手臂上挽着外套，领口微敞，从里头走出来。陈静拎上小包，跟上他的脚步，于从在楼下等他们。

　　陈静弯腰坐进副驾驶座。

　　于从看了她一眼。傅临远也看了一眼坐在副驾驶座的女人，支着脸把玩着手里的手机。

　　车子启动，往中心区开去。陈静滑动着平板，整理傅临远的行程表。

　　风景从车窗外划过，黑色轿车停在一栋大厦楼下。陈静抬眼一扫，认出楼上是一家最近比较有名的西餐厅。这个名字她太熟悉了，蒋禾总提起，还说这家餐厅一天只接待十桌客人。

　　于从笑道："这店不好预约，我打了几通电话才约到。"

　　陈静收起平板，看一眼于从："我们三个吃？"

　　于从笑笑，没应，只停好车。陈静提着公文包跟小包从车里下来，傅临远也下了车，穿上外套，领口微敞，轻揽着她的腰往他那儿带，还顺手提过她手里的公文包。

　　陈静微顿，听见身后汽车开走的声音，才明白于从不跟他们一起吃。这顿饭只有她跟傅临远吃，还选在这样一个环境。

　　服务员引着他们进电梯。电梯门合上，电梯里安静。陈静呼出一口气，抬眼看他，傅临远也神色淡淡地低头看她，彼此视线对上，她的腰被他搂得更紧。

　　陈静抬手，给他理理领口。男人紧盯着她，他领口的纽扣没扣好，陈静细细扣好，眼前就是他的喉结、下巴。就在陈静扣得差不多时，砰的一声，电梯突然黑下来，接着咔嚓一声，顿时往下滑了几寸。

整个电梯陷入黑暗，陈静的呼吸一下子变得急促，下意识地抓紧傅临远的领口，而搂着她的那只大手也紧了几分，他的声音在她头顶响起："不要慌。"

可电梯又往下降了一点。陈静低声喊了句："傅临远。"

男人把她的头按在肩膀上，抱着她靠到墙壁上，声音低沉："你拿手机给于从发消息。"

他声音冷静，陈静心里也安定了些，她立即掏出手机点开，先看有没有信号。如今信号覆盖广，这样的大厦更不可能没有信号。陈静看到有信号，稍微冷静下来，给于从发消息。傅临远点开手机的电灯筒照向电梯按键，拨开紧急呼叫器，灯是亮着的，他按下去。

陈静发完消息，才回过神——她趴在他怀里，呼吸间都是他身上淡淡的烟草味。

傅临远修长的指尖在手机上点着，联系了几个人，随后抬起眼，陈静正仰头看他。

在这微弱的光线下，彼此视线对上。陈静的睫毛颤了颤。傅临远紧盯着她："饿不饿？"

陈静摇头，问："你呢？"

她从不问他这种问题，这是第一次。傅临远唇角微勾，喉结滑动了一下，用鼻尖抵着她："有点。"

陈静的心怦怦直跳。他凑过来，亲亲她的唇瓣，陈静抬起下巴，张开嘴。四处昏暗，电梯随时都有可能再往下降落。

可在这儿，她感觉到这空间只属于他们两个人。她踮起脚，与他接吻。

傅临远手扣着她的腰，吻得深。她闭上眼，睫毛轻颤，傅临远离开少许，偏头吻上她的脖颈。亲了一会儿，他才离开，抵着她的额头，用狭长的眼眸看着她的神情："放松点。"

陈静"嗯"了一声，用两只手勾着他的脖颈，看着他的眉眼。

这儿太安静了，她看着看着，突然很想问一些问题："傅临远，你今年多大了？"

傅临远用手掌按着她的腰，垂眸道："你觉得我多大？"

陈静声音温柔："也就比我大一岁。"

傅临远神色不变，眼底含了几分笑意："然后？"

陈静继续道："可你毕业比我早多了。"

如果按一般情况，他最多比她早毕业一年，此时还不知道在哪家公司摸爬滚打。傅临远听她说着，贴着她腰的掌心滚烫。如此感慨的也不只她一个人，只是她感慨起来，格外不一样，少了秘书的干练，有几分可爱。

陈静看着他冷峻的眉眼，昏暗的光线下，他的轮廓似乎变深了，多了几分神秘，脖颈的线条很好看。

陈静踮起脚，咬住他的喉结。傅临远的眼眸陡然一深，抬手按住她的后脑勺，没让她离开。陈静微顿，牙齿磨着他的喉结，男人喉结滑动，声音低沉："陈静，你别惹我。"

陈静心想，惹又怎么样？

傅临远握着她腰的手掌紧得像是要把她掐断。陈静又亲了亲他的喉结。傅临远抬手解开领口，眼眸里的情绪浮浮沉沉。

陈静亲了一会儿，抬起眼。傅临远低头，光线昏暗，他的眸色很深，突然就掐住她的腰往上带，再次堵住她的唇。他吻得极其深，陈静被他压制，肩膀缩着，手臂缠着他的脖颈。

离开时，她睫毛轻颤，眼眸带水，静静看着他。

傅临远的喉结上有块红印，靠着墙壁睨她，神色带着隐约的欲念。她的视线与他纠缠。

只有她的手机亮着，在这块地方晕染出点光圈。陈静的心思都在他身上，现在倒不是很怕了，只是下意识地紧了紧搂着他的手臂。

傅临远也揽紧她的腰，把她按在怀里。陈静靠过去，轻声问道："我们在几楼？"

"三楼与四楼之间。"

"那不算高。"她安慰自己，也安慰他。傅临远眉头微挑，道："会有人来的。"

陈静"嗯"了一声。她相信他。

她呼吸时，闻到他领口的烟草味，也看到那块红印，他一直没让她离开他的怀抱，这样她眼里就只能看到他，恐惧就变淡了。

电梯也没再往下滑，似乎卡在某一个点。陈静闭上眼，不让自己多想。

她突然又有些问题想问："傅临远，你此生有什么愿望吗？"

傅临远垂眸看她，女人柔软地靠在他怀中，他喉结微动，声音低沉："没有。"

陈静睁眼看他，傅临远神色不变。她想了想，道："也是，你还能有什么愿望，你站在别人的终点。"

傅临远眉头一扬，眼里染了笑意，低头亲亲她鼻尖："嗯。"

他居然"嗯"，陈静一时无语。

这时，电梯门传来声音，有人来了，闹哄哄的，接着有工具碰上电梯缝隙的声音。外面的人开始撬门。

陈静手机亮起，她拿起来查看。

　　　于从：你们在里面还好吗？

陈静按着键盘，回复："还好。"

傅临远垂眸看到她回复了于从，按着她的腰，道："站好。"

陈静下意识地站好，她知道，傅临远是担心等会儿电梯会下降。

于从给她又发了消息。

　　　于从：那就好，已经开始撬门了，等会儿。

陈静回复："嗯。"接下来的时间，陈静站在傅临远跟前，腰被他搂着，看着电梯门。有人用东西卡住门，倾泻了点光进来。陈静的心突然咚咚直跳，她看了一眼傅临远。

傅临远也看着那扇门，神色冷静。陈静看了他几秒，低头打开小包，取出一小瓶遮瑕膏，挤出一点，凑过去，踮起脚，搽上他的喉结。

她指尖一碰到傅临远的皮肤，傅临远的手臂就收紧，他垂眸看她。

陈静声音镇定："遮一下。"

傅临远没吭声，任由她抹。陈静抹完后，擦擦指头，把遮瑕膏放进包里，傅临远扫到她领口下的吮痕，眉头微挑，没有提醒她。

电梯门厚重，往旁边开的时候，外面的人使了很大的劲，也用了很长

的时间。门咯吱咯吱地响着，等外面的光线全部倾泻进来，于从、冯志还有大厦的工作人员都正趴在地上往下看。门一开，他们立即就七嘴八舌地喊了起来。

"傅总。"

"傅先生。"

"来，傅总，你搭我的手臂——"大厦的经理把整条手臂都伸进来，一副恨不得替傅临远跳下来的样子。冯志也紧张得很，一直看着他们。

他们主要关注的都是傅临远，陈静只是附带的。陈静转身，正想让傅临远先出去，傅临远却直接两手握住她的腰，把她往上举，声音低沉，神色冷静："冯志，拉她。"

陈静心一颤。那大厦的经理和冯志都愣了几秒，接着，大厦经理立即伸出双手抓住陈静的一条手臂，冯志也伸出手抓住了她的另一条手臂，两个人左右使力，把陈静拉了出去。

于从赶紧扶住陈静，见她站稳了，又上前跟冯志一左一右去扶傅临远。傅临远扒住地面，从里面爬了出来。

现场所有人顿时松了一口气。大厦的经理直接半蹲下去给傅临远擦了擦鞋，又拍了拍他的裤子。

很多人上前，把他簇拥在中间。陈静站在走廊上，静静地看着那高大冷峻的男人。傅临远被簇拥着，眉头微拧，一抬眼就看到她无声无息地站在那儿，身上有几分刚脱离危险的脆弱与柔美。

他静看几秒，说道："过来。"

陈静回神，簇拥着他的那些人也望过来，这才发现被冷落的陈秘书。陈静往他那儿走去，短短几步路，她眼里都是他。

于从把公文包递给她，陈静接过，傅临远扣下领口的纽扣，睨她一眼："去吃饭。"

陈静："好的。傅总。"她神色平静。

傅临远转身往外走，陈静跟上他的脚步，大厦的经理也急忙跟上，走在他身侧，解释着电梯故障的原因。大厦里光线明亮，除了那部电梯，其他的电梯都能正常运作。

只有那部电梯出事，真是很巧。

傅临远听得不耐烦。他回过头，想叫陈静去处理，眼眸扫到她白皙的皮肤，顿了顿，随后视线扫向于从。

　　于从立即上前，傅临远声音低沉："你留下。"

　　"好的。"于从点头，又提醒道，"外面有媒体，傅总跟陈秘书走地下车库吧，车子停在车库里。"

　　于从把车钥匙给陈静。陈静接过来，傅临远推开消防通道的门走进去，陈静也跟上，冯志和他带来的小助理跟在他们身后。

　　楼梯间内脚步声顿起。于从拦住了要跟上的大厦经理，说道："傅总下午还有事，你有什么事情直接跟我说。"

　　大厦经理一脸愁相："于先生啊，真的非常抱歉，这个电梯昨天就应该维修了，是下面的人偷懒，打算推到明后天再修，结果这么一两天的时间就出事了……"

　　于从没什么表情，错了就是错了，这是人命关天的事情。

　　消防通道里，冯志紧跟在傅临远、陈静身后，看着一直安静走着路的陈静，心里有点不好意思。刚才所有人都把目光落在傅临远身上，以他为重，冯志平时跟陈静关系不错，但那个时候确实顾不上她，傅总才是最重要的，他希望陈静能理解。

　　陈静安静地跟在傅临远身侧，傅临远的手机响起，估计是傅家得到消息了来询问。他轻扯着领口，声音很低，一一回复。

　　几人走到负一楼。于从的车就停在靠近楼梯口的位置，陈静走上前，先给傅临远开了后座的车门，傅临远撩眼看她，想拿她手里的车钥匙。

　　陈静没给，冯志跟他的小助理也跟过来了。傅临远静看陈静一秒，弯腰坐了进去，往后一靠，仍接着电话。陈静关上车门，绕去驾驶座上了车。

　　冯志跟他的小助理站在旁边，目送黑色轿车启动。于从这辆车陈静之前就开过一次，她稳稳地把车开上地面。大厦门口有保安在维持秩序，记者已经抵达，看样子是在等着拍摄。

　　陈静看了一眼大厦门口，收回视线，转着方向盘，开上大路。

　　身后，傅临远挂断电话，将手机随手放在扶手上，声音低沉，问道："想吃什么？"

　　陈静安静开着车："去京大食堂吃。"他下午要去见京大的校长，去那

里吃正好。

傅临远听罢，"嗯"了一声。

陈静很熟悉京市的路，去京大这条路尤其熟。很快，车子就开进了京大的停车场。里面车子挺多，陈静兜了一圈，找到一个停车位，可是位置有点刁钻，让她有些犹豫。

傅临远摇下车窗，发现她的窘境。他说："下车。"

陈静握着方向盘几秒，随后松开，推门下车。傅临远从后座出来，斜斜地咬着烟，睨她一眼，弯腰坐进驾驶座。

砰的一声，门关上。

傅临远握上方向盘，袖子挽起来少许，露出腕表，往后倒车，轻松地停好。他下车，顺便把公文包和小包拿出来，陈静绕去副驾驶座，把高跟鞋换上。

傅临远低头看了一眼："包里装了鞋？"

陈静把那双开车时穿的船鞋拿起来，打开公文包放进去，点头道："嗯，偶尔要开车，得备着。"

傅临远拿下嘴里的烟，用手指夹着，"嗯"了一声。他收回思绪以及视线，朝京大的食堂走去。陈静拎着小包和公文包跟上，他们都毕业于京大，对这里都不陌生。

傅临远穿着黑色衬衫和长裤站在食堂入口处，眉眼冷峻，轻轻掐灭了烟。

陈静看着他，有点挪不开视线，不知道他读大学的时候，会不会也站在这儿掐灭烟，或许他那时还不抽烟，毕竟那会儿他还年少。

傅临远抬眼看她。陈静镇定地回神，安静地在树旁站着。树上的积雪落了一地，有些就落在她的脚下，她穿着职业套装，一条长裤，衬衫塞在裤腰里，腰很细，眉眼清丽，仿佛可以看到她大学时期的模样。

傅临远静看她几秒，问："读大学时，有很多人追你？"

听见这个问题，陈静微顿，看着他的眼眸道："嗯。"

傅临远眸色微深："是吗？"

他走向台阶，陈静也跟上，轻声询问："傅总，想吃什么？"

傅临远没应，走上楼梯，手机响起，不少人都发消息来问他今天的电梯事件。他一边垂眸回复，一边上了三楼。

食堂三楼是可以做小炒的，价格偏贵。此时里面还有不少学生在吃饭，傅临远走进去的那一刻，整层食堂像按住了暂停键，接着好多学生张大嘴巴。

"傅临远！"

傅临远选了一个位子坐下，陈静走到他对面坐下，两个人对这儿的菜也很熟悉，各点了一份。陈静擦拭筷子的时候，有几个女学生正要离开，其中一个犹豫着，拿着手机，好像想加傅临远的微信。

那个女学生穿着百褶裙跟衬衫，一瞬间让陈静想到了唐萌。她抬眸看一眼，傅临远回复着手机消息，眉眼冷峻。

那女生没有唐萌的胆量，还是跟她的朋友离开了。

吃完饭，陈静联系秦校长，秦校长说早就在办公室等着他们了。陈静跟傅临远下了楼，走过满地的粉色花瓣，前往校长的办公室。

推门而入前，傅临远突然伸手握住陈静的手腕。陈静心一跳，抬起眼，傅临远翻转她手腕，看了一眼，她从电梯里被拉上来的时候，袖子上蹭了点灰。

傅临远声音低沉："你回去换件衣服。顺便休息下，晚点过来。"

陈静看着他的眉眼，顿了顿："好。"

他握着她手腕的手紧了几分，轻轻将她往他面前一拽。陈静心一跳，往前一步，傅临远静看她几秒："还怕吗？"

陈静一顿，反应过来是在说电梯的事，摇了摇头。

傅临远"嗯"了一声，松开她，推门而入。

陈静在原地站了几秒才转身下台阶，朝停车场走去。她看了一眼袖子，是有点脏。

今天跟秦校长见面，晚上有可能会一起吃饭。她给于从发消息，问他要不要来开车。

于从：傅总的车不止一辆，晚上我开另外一辆去接你们。

陈静：好，辛苦了。

于从：不辛苦，你好好休息。

她回到公寓，上楼换衣服，蒋禾正好给她打来视频电话。陈静扣上纽扣，接通视频。蒋禾在那头询问道："你没事吧？我听说你们被困在电梯里的事情了！"

陈静重新扎起头发，看了一眼镜头道："没事，这不是好好的吗？"

蒋禾："真是吓死我了，我的天，那大厦每天多少人要上下楼，听说里面的人今天都打算走楼梯下班了。"

陈静"嗯"了一声："明天 W 公司的股价估计会跌。"

"那肯定得跌啊，今天被困住的是傅总跟你，要是别人，消息早被封锁了。幸好你没事，你这是回家换衣服去了？衣服弄破了？"

陈静温和地道："袖口脏了，傅总让我回来换。"

蒋禾"哦"了一声："听说电梯撬开后，傅总让你先上来啊？"

陈静一顿，看向镜子："嗯。"

"傅总太好了。"蒋禾感慨道。谁都知道在那种情况下，电梯随时可能会下降，他却让陈静出去。

陈静轻声道："是。"

这个男人身处顶峰，风光无限，却也值得她追随。

换好衣服后，陈静也没休息，直接开车又回了京市大学，不过傅临远已经陪着校长出去了。京市大学要建新的教学楼，傅临远出资，校长要带他去定好的地点看看。

陈静走进校长办公室，坐在沙发上打开平板处理工作。副校长推门进来，看到陈静，笑着道："陈静。"

陈静抬眼，放下平板："李副校长。"

"晚上老秦说在学校对面的酒店订间包厢，一起吃个饭，你跟我过去看看环境跟菜单？"

陈静站起身道："好的。"

她跟着李副校长出去，酒店就在学校对面，很近，他们直接步行过去。李副校长去年才升上来，原来是主任，与陈静也挺熟悉的，边走边询问陈静在傅恒集团工作习惯不习惯等问题。陈静一一回答。

他们进了酒店，看好包厢，仔细定好菜单。下午五点半左右，傅临远跟秦校长就一起过来了，他身材颀长，偶尔扶一下秦校长。秦校长今年五十五岁，还有五年就要退休了，腿脚不是很好。陈静也是第一次看到傅临远跟秦校长相处时的样子。

秦校长在主座坐下，傅临远坐在他身侧，李副校长和另外几位教授也前后脚进来坐下，陈静坐在傅临远的左手边。这时，身侧突然传来一道男声："陈静。"

是周泊伟。

陈静一愣，周泊伟坐在她身侧。他看向陈静，入眼便是她白皙的皮肤以及那双漂亮的眼睛，笑道："不记得我了？"

陈静笑道："记得。"一段时间没见，周泊伟像是成熟了些。

周泊伟拿过毛巾擦手，说道："我妈最近总跟肖阿姨去跳广场舞，昨天还发了视频给我。"

陈静听着微微一笑："她一直都挺喜欢跳舞的。"

"阿姨跳得很好呢。"周泊伟说道。

傅临远跟秦校长聊着天，微微抬眼就看到坐在陈静身侧的男人。他神色不变，只在周泊伟脸上扫了一下。

菜上桌，几个教授都爱喝白酒，劝着秦校长喝，秦校长也拉着傅临远喝。傅临远端起酒杯，陪着喝。也有人跟陈静说话，是她的导师，两个人隔着周泊伟在谈。陈静轻抿了点酒，偏头听着导师说话。

傅临远一边听着秦校长说话，一边随意地拿起筷子夹了一只鸡腿往陈静的碗里放，结果不小心碰到了一双筷子，原来周泊伟也给陈静夹了一筷子鱿鱼。

两双筷子在空中一碰，傅临远撩起眼，周泊伟也探头看他："傅先生。"

傅临远神色冷漠，把鸡腿放进陈静的碗里，收回视线。

周泊伟神色讪讪。过了会儿，他起身来到傅临远身侧，举杯说道："傅先生，多谢你照顾陈静。我干了。"他一口喝完杯中的酒。

傅临远把玩着酒杯，轻睇陈静一眼。陈静顿了顿，也不知道周泊伟突然这样敬酒是想干什么。是因为双方的母亲玩得好，所以也把她跟他的关系拉近了吗？

陈静收回视线，神色冷静，打算回头发消息跟周泊伟说一声，这样说话太突兀了。周泊伟敬完酒就坐了回来，跟陈静聊着他母亲的事情。他也

是单亲家庭的孩子，父亲很早就去世了，他跟他母亲相依为命。

陈静听着，只点头，极少应话。

饭后，大家都隐隐有些醉。陈静去上洗手间，她喝酒不多，挺清醒的，只是白皙的皮肤上微微泛着粉色。她擦擦手走出来，正遇见周泊伟。周泊伟看到她，一时挪不开视线。

陈静对他点点头，随后从他身侧走过。周泊伟走向洗手间，陈静拐过拐角，便看到靠着墙壁把玩烟的傅临远。他领口微敞，喉结凸起，手臂上搭着外套。他将外套抖开，披在她的肩膀上。

他语调没有起伏，声音低冷："轮得到他开口？"

确实轮不到，周泊伟一开口，令不少人误会。他跟傅临远没法比，陈静看着傅临远。

他给她披好外套，偏头在一旁掐灭烟，这儿是吸烟区，通往阳台。两人离得近，陈静闻到他身上的烟草味以及淡淡的酒味，他喉结上的遮瑕膏掉了一些，露出点红印，是一块细小的咬痕。

傅临远撩眼看她。陈静微微移开视线。她眉眼清丽，发丝有些许凌乱，散落少许，站得笔直。傅临远的视线在她脸上、脖颈、领口扫过，暧昧气氛陡升。

这时，那边传来了秦校长和周泊伟等人的声音，是秦校长来找傅临远了。陈静往后退一步，取下他披在自己肩上的外套，搭在手臂上。

傅临远睨她一眼。秦校长看到他们，喊道："傅临远。"

傅临远转身往外走，陈静抱着他的外套跟在他身侧走过去，他们的身后是长长的走廊。

周泊伟洗了个脸，清醒很多，不知为何，视线一直落在陈静手臂上搭着的外套上。

秦校长脚步虚晃，傅临远伸出一只手扶住了秦校长的手肘，秦校长笑着摇头："老了，喝两杯就不行了。"

李副校长笑道："不止两杯，你今晚高兴。"

"是高兴啊。"秦校长看向身侧的傅临远，一边下楼一边说道，"别人都说，我们京大出天才，我高兴啊。"

秦校长喝多了就唠叨，从酒店出来，一路说到走进京大。

夜晚的京大也很漂亮，樱花花瓣在半空中摇曳、飘落，其他树木也十分高大，在地面上投下树影。

路灯亮着，虽说现在是冬天，景色却一点都不萧条，寒风仿佛吹不到京大。

周泊伟想跟陈静说话，但陈静的导师走在她身边。陈静轻扶着她的导师，看到导师已有了些许的白发。

教书育人，本就不是那么容易的事。

导师轻声问陈静："你跟周泊伟……"

陈静轻声回复："没关系。"

导师看着周泊伟望来的视线，明白两人之间只怕是落花无意，流水有情。走在前面的秦校长不知问了傅临远什么，傅临远一手插在裤袋里，低沉的声音迎风飘来："在美国。"

"美国"二字落进陈静的耳朵里，她抬起眼，视线落在那颀长的背影上，定定地看了几秒，风吹来，似真似幻。

陈静的导师在学校有宿舍，有时太忙了，就直接住在学校里。陈静把导师送回宿舍楼。

秦校长跟李副校长今晚也不打算回去，傅临远去送他们。陈静从导师宿舍里出来，月牙挂在半空，有些模糊。

陈静站在篮球场边，看着天空。不一会儿，身后传来脚步声。

陈静转身，傅临远走过来，单手插在裤袋里。夜晚仿佛把他的身影拉长了，黑色衬衫领口微敞，风一吹便轻扬。

他看到站在篮球场边的女人，朝她走过去。

陈静刚才给于从发了消息，让他过来接人。她声音温柔："傅总，于从已经在路上了。"

"嗯。"他轻扯领口，眼眸轻扫过她的嘴唇，她吃完饭没涂口红，有种纯天然的美。他用指尖捏住她的下巴，在这月色下含着她的唇。

陈静顿一秒，仰起头。风徐徐吹来，男人的身影投在地上，跟她的身影交缠，他低着头，狠狠地吻住她。

黑色轿车开过来。于从不敢把车灯开得太大，往他们跟前一停。

傅临远按着她的腰，将她推到车上，低头继续与她唇舌交缠。陈静抵

着车门，傅临远的手紧扣着她的腰。

车灯暗下来，于从坐在车里，没有出声，也不敢看。他见过傅总吻陈静，每一个动作都霸道。

寒风凛冽，过了许久，傅临远才打开车门，按着她进了车里，低头继续吻着。陈静心一颤，他终于肯离开，松开了她的下巴，关上车门，从另一边上车。

外面虽冷，他却带着热气进来，道："开车。"

于从立即启动车子。陈静的心脏怦怦直跳，她望着窗外的风景，京市大学的每一处她都很熟悉，能在这个爱上他的地方与他接一次吻，也挺值得的。

傅临远往后靠，视线落在她的侧脸上。不一会儿，他将隔板升起，陈静被他抱到腿上，她撑着他的肩膀，垂眸看他，傅临远抬眼，再次堵住她的唇。

陈静低下头，吻上他的喉结。傅临远紧扣着她的腰。

过了好一会儿，车子停在雅致小区的地下车库。陈静拢着他的外套从车里下来，往电梯走去。傅临远提着她的公文包以及小包，手握着她的腰，一路上楼。

走廊里挺冷的，陈静刷卡进门。傅临远顺手把东西搁在鞋柜上，握着她的腰转身，陈静抬起眼，房间里只有沙发旁边的一盏台灯亮着。灯影斜斜地投在地面上，两个人视线纠缠。

傅临远用指尖轻解开领口，随后俯身吻住她的唇。随着手掌用力，陈静挨得他更近了，白皙的手臂攀上他的脖颈。

光影打在地上，轻轻晃动，起起伏伏。陈静抓着他的手臂，在上面留下了指痕。最后，陈静哭了。

他吮走她的泪水，把她抱到浴室，浴室里的花瓶空空的，蒋禾说要买的白玫瑰还没买。水声哗啦啦地响着，傅临远取下大毛巾包在她身上，穿着长裤把她抱出浴室，放在床上。

陈静躺到床上，傅临远拨弄着她的发丝。

陈静声音无力："毛巾，头发。"

傅临远捞过一旁的大毛巾，坐在床边。陈静从床上起身，刚才在浴室没擦干头发，此时还是湿润的，她去拽毛巾。傅临远看她几秒："转过身。"

陈静此时还有点迷糊，指尖都有些抖，傅临远把毛巾兜到她头上，开始给她擦头发。

他没给任何女人擦过头发，手法霸道而有力。

陈静："你慢点。"

傅临远眉头微挑，依言慢了一些。这时，陈静放在外面的手机响起。这个点来电的人不是肖梅就是蒋禾。

陈静浑身一僵，问："傅临远，你反锁门了吗？"

身后的男人声音低沉："锁了。"

陈静放下心，否则蒋禾直接就进来了。

傅临远轻扫一眼她的房间，她房间装潢的颜色偏暖，床头柜也是浅色的，衣架上挂着睡衣，其中一套不像是她的，倒像是蒋禾的。地板上铺着榻榻米，没什么空位，上面散落着几个小熊玩偶，颜色偏深。

他收回视线，给陈静擦完头发。陈静昏昏欲睡，扯过床上的一条睡裙，套在身上。傅临远不动声色地看着她，她直接趴在床上，蹭着被子。她每次都这样，不想动，累极了，也懒得理他。

她声音温柔："晚安。"

傅临远看向她的侧脸，她睫毛很长，睡着时看上去比平时要温柔不少，他把手伸进被子轻抚她的腰，声音低沉："晚安。"

陈静蹭蹭被子。自己住的地方，味道就是香，在酒店她从不这样。

不一会儿，陈静就睡着了，傅临远端详她一阵，给她盖好被子后起身。他把毛巾顺手搭在浴室里，再走出来，捞起衬衫穿上，遮住了她在他身上留下的指印。

女人住的地方与他那里不太一样，地方小，但全是很精致且偏浅色的家具。他扣好衬衫扣子，拿起手机，点燃一根烟，拉开门走出去。

这栋公寓一层四套房。傅临远关上门，走廊湿冷，他夹着一根烟，走到电梯前顺势掐灭，才进了电梯。抵达负一楼，他走出去，拉开车门坐进去。

夜深了，又刚与她痴缠完，傅临远带了几分倦懒，轻挽起袖子。于从安静地启动车子，也没敢往后看。

傅临远这次连手背上都多了她的抓痕。

黑色轿车开到地面。

楼上，蒋禾坐在窗台上，抓抓头发，呼一口气，爬进房间里睡觉。今晚她也喝了酒，跟冯志一起喝的。

一觉到天亮，陈静睁开眼，脑海里却浮现出昨晚自己那浑身发抖的样子，她把脸埋在被子里，深呼吸一口气才起床。

阳光已经斜射下来，将窗帘照得隐隐发亮。陈静走出房间，倒了一杯温水，靠在桌旁喝着。

她的视线落在沙发上——新换的沙发套不能用了。她喝完水，走过去，把沙发套取下来，随后走出去，推开阳台门，把沙发套放进洗衣机去洗。

她从房间里拿了一套新的沙发套换上，弄完才去洗漱，出来之后换了衣服，忙完这些才拿起手机。昨晚蒋禾发来了消息。

她点开看。蒋禾发的是语音消息："在吗宝贝？你回来了吗？你家门怎么开不了？"

"是不是睡了啊？可能是睡了……都没见开灯。"

"晚安啦，静静。"

听蒋禾的声音，她好像也喝了酒。这时门被敲响，陈静拉开门，一束白色玫瑰花出现在眼前。蒋禾从花后面探出头，笑眯眯地道："早上好，给你买花啦。"

陈静看了一眼那束白玫瑰，收回视线，道："谢谢。"

蒋禾走进来，往浴室而去，把花放进花瓶里。陈静关上门，蒋禾洗了洗手走出来，扯过纸巾擦拭手指："玫瑰花是冯经理买的，说给你赔罪，他昨晚请我吃饭了。"

陈静反应过来，问："赔什么罪？"

蒋禾看向陈静，看她的神情就知道她压根不计较昨天那件事，冯经理确实多虑了。

蒋禾笑笑："没什么，反正这花是他买的。"

陈静"嗯"了一声，也没再问，她给蒋禾倒杯水，蒋禾接过来喝，看她换了沙发套，这个颜色蒋禾也喜欢。她舒服地抱起抱枕，说道："你昨晚几点睡的？"

陈静微顿，道："不记得了，怎么了？"

蒋禾还没扎头发，有点宿醉的样子，她抓抓头发，说道："我昨晚好像走错门了，走到楼上那间公寓了……"

陈静靠着桌子，端着杯子听她讲。蒋禾眨眨眼，说："然后，我听到女人的声音，那声音好好听啊——我在想这个女的长什么样啊，我们楼上的邻居？"

陈静指尖一顿，强作镇定。她记不起昨晚楼上有没有声音，就算有，她也是听不见的。

这个公寓什么都挺好的，除了隔音。陈静抿着水，指尖微微泛红。蒋禾醉后总容易忘事，所以她也记不清什么。聊了一会儿，陈静进卧室里扎头发，蒋禾也挤进来一起扎，还说："下回我找机会看看楼上那位女邻居的样子，肯定是绝世美人。"

陈静没应。

两个人忙完就出了小区，在小区外面吃了早餐。陈静开车带蒋禾去公司。两个人各买了一杯咖啡，正好碰上乔惜。乔惜也买了咖啡，拉着陈静，叫陈静去她那儿拿份文件。

陈静端着咖啡跟她到了工位，此时办公室还挺安静，乔惜的上司还没来。乔惜把文件递给她，拉着她聊了会儿，说自己最近都没跟方晓她们一起玩了。两个世界的人，根本玩不到一起。

方晓好像跟江曼琳闹翻了，两个人最近在朋友圈时不时地互相挤对，闹得挺凶的。

陈静最近没看朋友圈，并不知道这件事情。乔惜看着陈静道："我还是相信方晓说的，傅总肯定有女朋友了。"

陈静问道："你为什么那么好奇？"

乔惜叹口气："唉，就是感觉这件事像一团谜一样，我太八卦了。"她也知道自己的毛病，为了这个事情，她被警告过一次。不过她跟陈静说的话，陈静从来不对外说，也不会在背后说她，所以她才找陈静说。

陈静神色淡淡地说："别害了自己。"

乔惜道："好。"又重重地点头，表示知道了。

陈静拿着文件上顶层，傅临远还没来，办公室暗着。陈静拉开窗帘，

收拾了一下茶几，煮好咖啡。随后她去茶水间收拾之前坏掉的那些花，花无百日红，养一段时间就枯萎了，再美的花都一样。

她收拾完洗手才出来。这时，电梯门叮的一声开了。傅临远从电梯里走出来，身后跟着冯志，他撩眼看来。

陈静脚步一顿，隔得远远地道："傅总，冯经理，早上好。"她头发扎着，脖颈纤细，皮肤白皙。

冯经理见她神色如常，心情也放松了，笑着道："早上好啊，陈秘书。"

陈静笑笑，傅临远的视线从她脸上扫过，随后走向办公室，冯志立即跟上。陈静走回工位，坐下整理文件。

冯志不一会儿就离开了。陈静手头事情多，一时没抬头。

电梯门再开时，于从从电梯里出来，走进办公室，站在桌前向傅临远道："傅总。"

傅临远从一旁拿了一份资料，推到于从跟前，声音低沉："把配给陈静那辆车转到她名下。"

于从微愣，随后接过资料："好的。"

今日 W 集团的股价应声下跌，那栋大厦十楼以上公司的员工都没去上班，实在是怕。那些公司也在向 W 集团要说法。傅恒集团被多方关注，公关部的电话响个不停，全是探听消息的媒体记者打来的。两家集团都实力雄厚，真要计较，肯定少不了一场风暴。

傅恒的内部群在聊这件事。陈静这边也格外忙，不知不觉，元旦就要到了。元旦过后就是年终晚会，策划书已经递交给她了。

陈静找出策划书，手中的咖啡正好喝完，她扔了一次性杯子，起身，准备去倒一杯温水。

于从正好从办公室走出来。两人迎面对上，陈静冲于从点点头。

于从手里捏着资料，微微一顿，问道："今天忙吗？"

陈静很少听到于从问这些，有点诧异，答道："还行，在忙年终晚会的事情。"

于从点头，说了声"好"，随后，又看了陈静几秒，才说："我走了。"

"慢走。"陈静说完，端着杯子走进茶水间。于从则走向电梯，不一会儿，电梯门合上。陈静倒了杯温水走出来，一眼便看到正坐在办公桌后面批改文件的傅临远，他领口微敞，神色专注。

陈静走回工位，放下杯子，又忙了一会儿，才起身拿着那份策划书走进傅临远办公室里。这几天京市天气都很好，阳光倾泻进来，陈静把策划书放在傅临远桌上："傅总，这是年终晚会的策划书。"

她的声音始终温柔。傅临远放下笔，取过那份策划书，翻了两页，站起身，走向沙发，靠在沙发椅背上，随意地问道："说说看，你有什么想法？"

陈静想了一下，去年的年终晚会，她全程参与，主要是传递他的意思。今年看策划案，跟去年差不多，这样比较保守。

陈静走到他身侧，把想法一一跟他说了。大意就是要请明星的话，不如从品牌代言人中选，傅恒集团的代言人都是超一线艺人，哪怕出场十分钟，也足够让大家沸腾。

傅临远没应，翻着策划书，袖口处隐隐有几条抓痕。陈静看到他手臂上的抓痕，神色镇定。傅临远合上策划书，抬眼看她，视线在空中一对，陈静仍然镇定。

傅临远把策划书递给她："今年不请明星。"

看来，他厌烦请明星这件事。陈静接过策划书，道："我跟活动策划说一声。"

"你全程监督。"他声音低沉，看着她道。

"好的，傅总。"她转身出去，走之前看到他轻拽了一下领口，喉结上还有她留下的红印。她抿抿唇，出了办公室，在工位坐下。他没给任何指示，只是把重磅环节剔除了，活动策划那边估计得愁起来。

陈静联系活动策划，跟她说了这件事情，那边果然意外，说："去年请明星的效果不是很好吗？救命，这样的话，整份策划书都得重做吧？"

陈静对照着看了下这几年傅恒集团年终晚会的策划案，似乎都是差不多的路子，是从老傅总在的时候延续下来的。

手机嘀嘀响起，她点开一看。

于从：陈秘书，中午老傅总会到公司。

于从：老傅总喜欢毛尖，你准备一下。

于从：还有件事，你那儿有遮瑕膏吗？

傅临远的父亲创立了傅恒集团，但他退得早，傅临远从美国归来后他就卸任了，只挂了个董事长的名，早就不管傅恒集团的事情。陈静在职两年多，只在一次年终晚会上见过他一面。他看着温和一些，没傅临远那般冷峻。

陈静看到第三条消息时，心陡然一跳，她回复于从："有的。"

她没再多话，从包里取出遮瑕膏，往办公室走去。傅临远靠着桌子，正在接电话，手里还拿着笔在文件上签名，侧脸冷峻。

陈静上前，没打扰他，挤出遮瑕膏，给他遮盖手背上的抓痕。

傅临远撩起眼眸看向她。陈静有几分不敢直视他，这痕迹有点像她故意留下的。傅临远放下钢笔，正了正身子。

陈静抹着他的手背，好在遮瑕膏管用，一抹就遮住了抓痕。遮完手背，陈静转向他的喉结。傅临远看着她的眉眼，抬手解开领口，陈静挤出遮瑕膏，指尖碰到他的喉结。

傅临远的眸色微深，握住她的腰捏了捏。陈静算发现了，不能动他这里。

电话那头的声音听着很像是老傅总，陈静跟在傅临远身边，经常听见这个声音，所以哪怕没怎么见过他本人，也能听得出来。

抹完后，陈静仔细给他扣上纽扣，撩起眼，跟他对视几秒，拨开他的手。

傅临远松开她，将手插回裤袋，听着那头的父亲说话。陈静转而走向一旁的柜子，取出里面的毛尖。

阳光倾泻进来，落在她的身上，更显得她的皮肤白得发光，睫毛很长。

傅临远看着她。

她把毛尖放在茶几上，收拾收拾茶几，整理得整洁一点。随后，起身离开办公室。

不一会儿，电梯门打开，傅中衡从电梯里出来，身后跟着于从。陈静站起身，喊了一声董事长。傅中衡点点头，直接就进了办公室。于从冲陈静一笑，陈静也微微一笑，然后才坐下。

中午，陈静跟蒋禾约好一起吃饭，她拿上手机，路过办公室时抬眼一扫。老傅总坐在沙发上跟傅临远说着话。傅临远在俯身泡茶，水雾缭绕，男人用骨节分明的手拿着夹具，给老傅总送茶水过去。

他泡茶时有几分优雅。陈静收回视线，朝电梯走去，下楼跟蒋禾吃饭。乔惜凑过来跟她们一起吃。她一边挖着土豆泥，一边问她们元旦要去哪里玩。

蒋禾兴致不高，她昨晚没睡好，还在打瞌睡。陈静只惦记着年终晚会，也没什么兴致。乔惜说她要找个地方参加跨年倒数，问陈静跟蒋禾去不去。

蒋禾摆手："别搞我，让我去喝酒还差不多。"

"倒数完再喝啊。"

蒋禾："再说吧。"

"我听静静的。"乔惜看向陈静。

陈静喝着咖啡，摇头："我也再说吧。"

乔惜"啊"了一声："你们怎么跟老人家一样？"

蒋禾跟陈静对视一眼，笑了，老人家就老人家吧。

蒋禾看陈静喝了那么多咖啡，提醒道："你最近在吃药，咖啡还是少喝点吧。"

陈静："习惯了。"

乔惜又问陈静在喝什么药，蒋禾赶紧一推乔惜，叫她别八卦。

吃完饭，陈静回到顶层，傅临远跟老傅总已经走了，办公室的茶几上只剩下少许的热气。陈静进去收拾了茶几，又整理一下办公桌面。

随后，她才回到工位午休。

接下来的两天，傅临远都没来。元旦假期也到了，一共三天。下班后，陈静跟蒋禾回了公寓，手机突然响起。

是乔惜邀她参加跨年倒数的活动。

陈静假装没看见。蒋禾也收到不少消息，可如果没什么事，她们两个

人打算守着电视度过今晚。这时，陈静的手机又响起来。

于从：你收拾一下，下来，我在地下车库。

陈静一愣，打字询问："傅总找我？"

于从回了一个"嗯"。

陈静打算问是公事还是私事，她今晚想陪着蒋禾，还没等她发出去，蒋禾举着手机，看向陈静："要不要去喝酒？冯经理又请客。"

投资部经常聚餐，冯志经常带她们去喝酒，实在不好拒绝，蒋禾自己平时也挺喜欢去喝酒放松的。

陈静摇头，说："你去吧，我也有点事。"

蒋禾一听，问道："什么事？"

陈静笑笑，没应。蒋禾却再次记起陈静喜欢的那个男人。她曾问蒋禾，如果那个男人看上她，该怎么办。

蒋禾知道这是陈静的秘密，只点了点头，起身抱抱陈静："那我去啦，你晚点可以打我电话。"

"好的。"

蒋禾回她的公寓换衣服。

她一走，陈静的手机又响起，是于从给她发消息，让她顺便拿上那家研究无人驾驶的华辉公司的文件。

陈静答应。

随后，她起身把比较凌乱的头发夹好，拿上文件以及小包下楼。

于从见她下来了，给她打开后座的车门，陈静弯腰坐进去。

于从绕去驾驶座，启动车子。陈静翻着文件，问道："傅总现在要用？"

于从转动方向盘："嗯。"

明天是新的一年，京市今晚到处都有举办倒数活动的广场，不少人出来玩，附近的公园人挤人。

陈静看到这情况，心想幸好没答应跟乔惜一起去跨年倒数，她想去的公园就是附近这两个。

霓虹灯的灯光从陈静的眉眼处闪过，于从从车内后视镜不经意看她一眼，陡然想起当初对她说"傅总难得主动"。

于从握紧了方向盘，收回视线。

车子抵达星月大厦地下车库。

陈静跟着于从下了车，一路上了顶层。顶层是傅临远的产业之一，电梯门打开，陈静走出去，电梯门又关上，于从没跟着出来。

陈静来过这里两次，并不陌生，傅临远偶尔会在这里办公，不过她以往都是白天来，这是第一次晚上来。

此时这儿没人，靠近落地窗的地方有张办公桌以及沙发。办公桌上摆着一台笔记本电脑。

陈静走过去，把文件放在上面。

她一抬眼，就能看到对面的傅恒集团大厦，以及有名的星座大厦。

晚上，星座大厦的灯光很漂亮，今天是一年最后一天，大厦的灯要比以往更绚烂一些，极吸引人。

陈静站直身子，看着那座大厦。

电梯门打开，傅临远挂断电话，一抬眼便看到了她站在那儿出神。他脱下外套，轻扯开衬衫领口，走过去，从身后抱住她："等会儿。"

她的后背抵着他的胸膛，陈静的心一跳，问道："等什么？"

傅临远轻吻她的头顶，没应。他的手臂紧扣着她的腰，就这么安静地抱着她，半靠着桌子，撩起眼眸，喉结轻微被她发尾扫过。

星座大厦外面亮起绚丽的方格状灯光，方格的颜色变化，接着，齐刷刷地往下落，像俄罗斯方块游戏，不断消灭，直到最后，剩余的方块突然变为覆盖整个大厦的绚烂灯光。

"陈静"二字隐在其中，闪闪发光，颜色变幻。

然后，"新年快乐"四个字出现在"陈静"二字下面，整幅画面定格。陈静的心怦怦直跳。

随着那幅画面翻转消失，新的文字出现在上面——

10、9、8、7、6、5、4、3、2、1，新年快乐。

陈静仿佛能在这儿听见那些正在倒数的人欢呼的声音。

傅临远低沉的声音在她头顶响起："新年快乐。"

陈静转身，踮脚亲吻他的薄唇："新年快乐。"

第五章　终于有始无终

　　傅临远抬起手，扣住她的后脑勺，低头深吻她。外面灯光炫彩，星座大厦上的字幕变幻，落地窗里的地面上印着窗外的月光。新的一年到来，昭示着新的开始。

　　光线打在他们身上，女人腰身纤细，因被吻而仰起脖颈，男人低头，轻而易举地就吻住她。舌尖交缠，陈静情动，傅临远搂着她的腰，吮着她的唇。他领口微敞，那天她在他的喉结处留下的吻痕若隐若现。

　　无人机飞过窗外，从顶层看去，外面的世界十分空旷。往下俯视，天地间仿佛只有他们两个人。

　　砰的一声，一朵巨大的烟花在半空中炸开，然后缓缓往两边散开。陈静抽身少许，眼眸里带着水雾，傅临远垂眸看她，用指腹抹去她唇上的水迹。

　　深夜的新年烟花，五颜六色，璀璨无比。这一夜仿佛回到陆臣生日那晚。

　　陈静握着他的手臂："傅临远。"

　　傅临远神色不动，盯着她，挑眉等着。陈静笑了笑，五官清丽。她踮起脚，又吻了吻他的薄唇，就在傅临远按她腰的手紧了紧的时候，身后又一朵巨大的烟花在半空中散开。

　　绚丽的光投射到陈静的脸上，陈静扭头去看。那是朵巨大的玫瑰图案的烟花，绚丽无比。她拉着傅临远的手腕走到落地窗前去看。

　　这一刻，她像个小女孩，追逐着远方的花朵。

　　她仰头看着，不得不说，顶层真适合看烟花。每一朵烟花都像在她的

头顶，仿佛触手可及。傅临远看着她仰起的侧脸，搂着她的腰往回带，陈静靠在他的身上。

这时，烟花变幻，变成 6 和 28 两个数字。接着，一个图案在半空中炸开，显然是精心设计过的，是个比较柔和的图案，像她盘起头发的样子。

陈静一愣，反应过来，6 月 28 日是她的生日。身后的傅临远没有吭声，陈静看了一会儿，回头看他，傅临远神色淡淡，声音低沉："还有。"

陈静静静地看他几秒，随后收回视线，再次看向夜空。

无数樱花形状的烟花噼里啪啦地在半空中炸开，天空亮极，美得可以让无数人尖叫，仿佛是京大那一排排樱花树飘落的花瓣。

陈静的心颤了颤，那是她最初爱上他的地方。每一年，她都会在京大看到这些樱花落满地。这一夜，关于陈静的一切，都隐藏在烟花里。

这一场烟花燃放了一个多小时，烧掉的钱是天文数字，让整个京市的人观赏到一场举世无双的烟花秀。

陈静的手机响起，很多消息，其中还有肖梅的。傅临远的手机也嘀嘀响个不停，他捞过来看了一眼，满不在乎地删掉一些。他撩起眼眸，陈静也从手机中抬起眼，蒋禾喝醉了，冯志给她发了消息，询问她晚上能不能照顾蒋禾。

陈静看到傅临远的手机屏幕上有傅家来电。

傅临远按住她的后脑勺，亲吻她的眉心："让于从送你回去。"

陈静点头。

这个深夜，他黑色衬衫的领口微敞，眉眼俊逸，一如当初。

傅临远回身拿起她的小包，随手拎着，揽着她的腰走向电梯。两个人走进电梯，陈静的手机还在响，冯志说把蒋禾送家门口了，在门口等着她。

陈静回复"好的"。

傅临远垂眸，低头又亲了亲她的头顶。他其实极少这样，大多时候都是直奔主题。

他的手机响了，他拿出来随意看一眼，陈静抬眼，看他侧脸几秒。在他收起手机时，陈静也收回视线。

走出电梯，于从将车停在大厦门口，看到他们下来，立即给陈静拉开后座的车门。陈静看了于从一眼，他顿了顿，改而拉开副驾驶座的车门。

陈静弯腰坐进去。

傅临远俯身给她扣上安全带，与她对视几秒，声音低沉："晚安。"

"晚安，傅总。"

傅临远离开，于从关上门，小包落回陈静的手里，被她放在腿上。

黑色轿车启动。傅临远低头点燃一根烟，烟雾飘散，领口也被风吹动。他咬着烟走向停在一旁的 SUV，开车回傅家。

今夜这个点还有不少人勾肩搭背地在路上行走着，唱着歌，聊着天，一起踏过大城市的马路。陈静看着他们，仿佛看到了自己，她也在这个大城市，努力走过这里的每一条路。

黑色轿车开远了。身后，最后一束烟花落下。绚丽了一个晚上的天空归于平静。

车子抵达公寓的地下车库，陈静解开安全带，于从握着方向盘看着她，说道："新年快乐。"

陈静抬眼，微微一笑："新年快乐。"

她推门而出，于从突然喊："等一下。"

陈静回过身，于从解开安全带，反手不知在车后座拿了什么，从车头绕过来，把手中的东西递给陈静："傅总给你的。"

陈静微愣，这儿离楼梯间很近，里面的光线投射出来。她接过来一看，是车辆过户的资料。

这辆车是傅临远配给陈静的，到陈静手里的时候是全新的，她并没有开过多少次。

陈静抬眼，看向于从："为什么？"

于从顿了一下，说："傅总想送你一辆车，怕你不要，干脆把它过户给你。"

陈静安静地看着于从，神色冷静，没应。

于从对上她的眼眸，只说："你收着吧，早点休息。"说完，他便绕过车头，坐进驾驶座，朝她挥了挥手。陈静也抬起手朝他挥了挥，随后，她拿着资料、拎着小包转身走进楼梯间。

叮的一声，电梯门打开，冯志扶着蒋禾，看到她回来了，立即"嗳"了一声："陈秘书，你来了。"

　　陈静走过去，一边拿钥匙开门，一边看着他扶着的蒋禾。蒋禾眼角带泪，陈静陡然想起蒋禾的父母就是在元旦这天离婚的。她指尖一顿，开门进去，放好东西，从冯志手里接过蒋禾，把她扶到沙发上。

　　这儿是女人的住所，冯志一个大男人都不敢多待，立即摆摆手："陈秘书，辛苦你了，她今晚似乎心情不太好，一直喝，才醉得那么快。你帮忙照顾一下她，我先走了。"

　　陈静拉过空调被，盖在蒋禾身上，起身把冯志送出门，说道："冯经理慢走。"

　　冯志"哎"了一声，往电梯走去。陈静关上门，砰的一声，屋里回归寂静。陈静走到沙发旁看了看蒋禾，又不经意看了一眼窗外，天空再不复刚才的绚烂。

　　蒋禾想吐，陈静立即把垃圾桶拿给她。蒋禾抱着垃圾桶吐出来。

　　陈静拍了拍她的肩膀，去给她倒水，喂她喝了，又找出醒酒药，本想喂她吃，可看她昏睡的样子，陈静又停住了。昏睡着总比清醒强。

　　她起身给蒋禾换了睡衣，哄着她进了房间，给她盖好被子。忙完后，陈静拆开头发，才记起来得给肖梅回个电话。她坐到沙发上，给肖梅打电话。

　　那边很快就接起来。肖梅开口就"炮轰"她："过新年呢，连个电话都不打给我。"

　　陈静抱着抱枕："妈，我刚忙完。"

　　"忙什么？没放假？"

　　陈静声音温柔："一些琐碎的事情。新年快乐，妈妈，身体健康。"

　　肖梅听见这后面的话，也不生气了，说："新年快乐，宝贝女儿，岁岁平安。"

　　陈静笑了笑，肖梅说："过年放假别在街上逗留，早点回家。"

　　"好的。"

　　已经很晚了，肖梅也困了，陈静跟她聊了几句，就让她去睡。肖梅"嗯嗯"几声，挂了电话。陈静抬起眼，正好看到茶几上放着的那辆车的资料。她看了好一会儿，点开微信，点进肖梅的聊天框，编辑文字："妈，如果一个男人在一段没有结果的关系中突然送车，是什么意思……"

她编辑完，却没有发送，停顿了一会儿，又把这句话删除了。她关掉手机屏幕，起身去拿睡衣洗澡。踏入浴室，陈静一眼看到那束白玫瑰。她神色冷静，打开花洒，热水倾泻而下。

陈静在花洒下仰着头，任由热水冲着脸。水雾缭绕，她眼前浮现出烟花绽放后冷寂的天空。

有时，她很相信自己的第六感。

隔天，蒋禾为宿醉感到痛苦，洗完澡就趴在茶几上一动不动，玩着手机。陈静煮了粥放在茶几上。蒋禾"哎"一声，抬起眼："陆总是不是又来追你了？"

陈静一顿："怎么了？"

蒋禾唰地把手机屏幕举到陈静眼前，上面是乔惜拍的照片——星座大厦上的"陈静"两个字闪闪发光，下面还有"新年快乐"这四个字。

陈静看了几秒，神色镇定，低头喝粥："我没看到。"

蒋禾把手机拿回去，一边说一边编辑文字："难道是同名同姓的人？"

如果陆臣想给陈静看的话，那他必然约陈静出去。蒋禾下意识地看了一眼陈静，昨晚她醉糊涂了，不知道陈静什么时候回来的，她去见那个她喜欢的男人了吗？

手机再次响起，蒋禾一低头，看到了烟花的照片。蒋禾呆了呆，这得多大手笔，她看向陈静，问："静静，你的生日是6月28日吧？"

陈静知道，估计又有谁拍到了烟花。她抬眼，点头："是。"

蒋禾神色微变，想了想："那有可能就是陆总。"

陈静问道："怎么了？"

蒋禾把手机递给陈静，让她看乔惜发来的消息和图片，陈静的神色依旧镇定，说："巧合。"

蒋禾把手机拿回去，看了一眼陈静的手机："陆总没给你发消息？"

陈静摇头："没有。"

蒋禾看她几秒，不知为何，她觉得陈静今天格外冷静。她想，如果这是那个男人给陈静放的烟花，陈静想守住这个秘密倒也正常。不知道陈静的那个他是什么样的人，她虽好奇，但也知道，如果这个人是个合适的人，陈静不会瞒着。

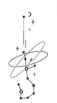

她没再问，反而在微信里让乔惜不要大惊小怪。

因为元旦当天的狂欢太耗精神，接下来的两天，陈静跟蒋禾都没怎么出门，偶尔出门也就是两个人一起去买菜，回来后由陈静做饭。

假期后回去上班时，有人用烟花以及星座大厦向陈静告白的事情已经传得沸沸扬扬，大家议论纷纷，最后锁定了一个嫌疑人物——陆臣。毕竟，这种事他又没少干。

陈静跟蒋禾走进大厦，相熟的几个人朝陈静投来目光。陈静握着咖啡，神色冷静，进了电梯。大家私下都说，陈静不愧是跟在傅临远身边的人，太镇定了。

今天九点半有个早会。

到了点，电梯门打开，傅临远挽着袖子走出来。他接过冯志递来的文件，垂眸翻着，直接朝会议室走去，路过陈静时，把一份文件递给陈静，叫她送给楼下的财务部。陈静的视线落在他眉眼处几秒，点了点头，接过文件。

随后，她把文件送去财务部。再上来时，他们还在开会，陈静给傅临远泡了一杯咖啡送进去，傅临远撩眼看她，接过来。

陈静走出来后，刘特助也拿着文件匆匆出来，"哇"了一声，对陈静道："我才发现，原来傅总也会写代码啊。他在美国时修了计算机专业，特别厉害。"

陈静微顿，看向会议室里翻着文件的男人，又迅速收回视线。

大约十点半，会议结束。一行人走出来。傅临远用指尖在陈静桌上敲了敲，说："这两天我不在公司，有事打电话。"

陈静抬眼，点头，把手中一份文件递给他，傅临远接过文件就往电梯走去，冯志跟上。

陈静端起咖啡喝了一口。活动策划今天找陈静商量年终晚会的事，她愁得头发都快白了，一直给陈静丢方案，陈静仔细筛选。

活动策划突然道："不如我们弄个内部走秀吧？"

不等陈静回答，她已经把方案扔进公司大群里，加了一句："往年都是看别人大放光彩，今年咱们内部的人来大放光彩，大家都有参与感。"

群里的所有人一下子都活跃起来，纷纷赞同，陈静看大家都愿意参与，也觉得这个方案比较新颖。

她看了活动策划的方案后，调整了一下，这场秀，男女都可以参加。傅恒集团也有不少青年才俊，还可以看看能不能内部消化消化。

陈静把方案发到傅临远的邮箱。当晚，他邮件回复说可以。

得到他的肯定，活动策划也活络起来，干劲十足，满集团找人报名。陈静则负责去看场地、订场地。时至年关，本来是不好订的，好在不少公司很早之前就联系傅恒集团，说要给傅恒集团留场地。有一个场地陈静还挺喜欢的，去了几次，最后决定订下来。

她跟那位活动策划一起去签好合同，终于松了一口气，那个妹子立即拉着陈静去逛街，想放松一下。她拉着陈静进了一家挺高级的钢笔店铺，老板站在桌后，正在修理一支钢笔。

陈静随意看了看，准备走时，看到了一支熟悉的钢笔，是傅临远之前常用的那支。

老板戴着白色手套，仔细地拧着上面的部件。

陈静没想到会这么巧地在这儿看见这支钢笔。她刚收回视线，就被活动策划拉出了店铺。

那妹子说："这店里的钢笔一看就不便宜，原来钢笔也可以修啊。"

陈静说："可以。"

很多东西都可以修，只要有心。

接下来的小半个月，傅临远极少到公司，时至年关，他除了陪家人，似乎也更忙了。陈静都是在微信上跟他联系。

年终晚会的日子即将到来。有一天，活动策划在群里发消息："今年有神秘礼品，你们拿到的人一定要请吃饭！说好了啊！"

大家纷纷询问是什么礼品，活动策划却安静了，没再说什么。乔惜被挑起了好奇心，都快琢磨疯了。陈静忙着布置场地等事情，完全没关注。

年终晚会那一天，陈静也很忙，在后台盯妆容，看节目表。

晚会开始，主持人上场，陈静穿着长款大衣，站在舞台的边缘，一眼看到台下坐着的傅临远。他刚来，穿着黑色衬衫、西装外套、长裤，指尖夹烟，旁边坐着的陆臣正在跟他说话。

傅临远垂眸，眉目冷峻，把玩着桌上的酒杯，他西装革履，很是帅气。

陈静看了他几秒，突然想起于从的话——他的主动，仅有一次。

当他不主动了，便是现在这样。陈静收回视线，算一算，元旦过后，两个人都没怎么见面。哪怕见，也是匆匆一眼。

那辆车，似乎只是随意为之。

"陈秘书。"活动策划焦急地从后台走过来，一把抓住陈静的手，"怎么办？走秀的人少了一个。"

陈静回望过去，问道："怎么回事？"

妹子欲哭无泪，说："财务部的小蓝今天吃错东西，得了肠胃炎，现在去了医院，今晚没法走秀了。人少一个，不吉利啊。"

陈静扶住她："你别急，还有时间，想想办法，找个人顶上。"

活动策划愁得直皱眉："叫谁啊？其他人都是不想参加才不参加的，此时都落座了，怎么顶上？"

陈静想了想，准备去拿手机。

这时，活动策划看到她的眉眼，突然一把握住她的手："要不，秘书姐姐，你顶上吧，你那么漂亮，压轴也没问题。"

陈静微愣，拨开她的手打算拒绝。候场的蒋禾、乔惜等人提着裙子撩开幕布，齐齐盯着她："你来你来你来——"

场上的这些人拥着她，不等陈静开口，直接拉着她就往后台走。

蒋禾接过秀服，说："没有人比你更熟悉流程了，你辛苦这半个月，也亮亮大家的眼睛，你那么美，不要埋没了这张脸。"

乔惜在一旁点头，帮着去解陈静的衣服："就是！这个时候没有更好的人选了，你最合适——"

陈静急忙按住乔惜的手，说她可以自己来。半个月来大家都很努力，天寒地冻地穿着秀服排练，陈静也不忍心拒绝，接下了这活。

这一件秀服是红色的，露出一边肩膀，身后是长长的裙摆。好在陈静的身高跟小蓝差不多，这才能穿上。

等她穿好，上一个节目也结束了，陈静把头发盘起来，露出肩膀、锁骨，拿着时刻表看着。其他人陆陆续续地上场，音乐声响起，全场欢呼。

女生们穿的秀服不同于以往的日常制服，也不是普通的礼服，设计感十足。

台下沸腾，气氛热火朝天。

走秀的男生们跟在女生后面上台，也穿着有设计的秀服，一个个仿佛瞬间高了几厘米。

气氛燃起来，最后一个出场的才是陈静，她前面是个男生。

陈静理了理裙摆，深呼一口气，她是来完成这场秀的。男生下台后，陈静提着裙子走上去，灯光啪的一下全落在她的身上，全场瞬间安静几秒。

陈静穿着红色秀服，站在光圈里，踩着高跟鞋往外走。她肩膀纤细，脖颈修长，锁骨仿佛能盛水，白皙的长腿偶尔从长裙里露出来。她眉眼清丽，却能压住这个颜色，让它成为自己的附属。

她走到舞台中央，轻提着裙摆，微微按着胸口，半鞠躬。总裁的位置就在正前面。老傅总跟傅临远说着话，傅临远一撩眼便看到了她，灯光夺目，他离得最近，看清了她所有的美丽。

身后有尖叫声，女声男声都有。

陆臣直直地看着陈静，握住傅临远的椅子扶手，凑过去道："陈静今晚要逼疯我。"

傅临远没吭声，那抹红色很快就转过身，拖着裙摆走入黑暗中，消失不见。

陆臣又凑过去，问道："傅临远，陈静真的太漂亮了，是吧？"

傅临远咬着烟，收回视线，没有回答陆臣的问题。

他听着父亲的声音，将烟放在烟灰缸上，轻轻弹了弹，那张清丽的脸像朵红玫瑰，惊艳了所有人。

从舞台上下来，台下的欢呼声还在。陈静跟上台的主持人擦肩而过，裙子还是有点大，往下滑落了少许。她提着裙子走进化妆间，来不及换衣服了，下面就是抽奖环节。陈静拿上礼品单，蒋禾拿了她的大衣过来，她穿好后就去核对奖品。

奖品都堆在礼品间里，活动策划推开门，陈静走进去一一核对，这儿原来就是个仓库，所以光线不是特别好。

今年的奖品颇为多样化，陈静对到最后，看到多出的两个信封，拿起来问道："这是？"

活动策划的神情有些兴奋，她说："超级大奖，到时让高层他们抽。"

乔惜特别感兴趣，她这次参加走秀，主要也是为了这个奖项，只有走秀的人能抽这两个奖品。

陈静点点头，把信封放了回去。既然是神秘大奖，她就不看了。

抽奖环节是最令人激动的，所以被放在了最后，而今年的奖品也多到超乎想象，比去年足足多了两倍，所以又预留了不少时间用来开奖。

对完奖品，陈静离开仓库，外面的主持人已经准备开始了。蒋禾跟乔惜穿着秀服回到座位。陈静走不了，拢着外套站在幕布前，管控着一切。红色裙子的裙摆垂落在地，距离她比较近的一些人都下意识地看向她。

今晚她真的惊艳，陆臣也看得目不转睛。

傅临远接了个电话，放下手机，看到陆臣拿手机在拍陈静。他看了几秒，收回视线。

陈静察觉到陆臣在拍她，站直身子，微微侧过头，余光扫过傅临远，神色冷静地看回舞台上。

主持人将手伸进抽奖箱，台下人疯狂尖叫。第一个奖品就是十万块现金。

一上来就那么大，台下的人更疯了，其他奖品还有电脑、平板、冰箱、几万块的包包、游戏设备等。

气氛烘托到了顶点，大家都想知道会不会有更大的奖品，不知不觉间，奖品只剩下两份。

主持人拿着单子道："剩下最后两份，而我们有一队表演者还空着手，那就是今晚的模特们，对不对？"

"对！"提起这个，大家又想起刚才那朵红玫瑰，平日里那些看着普通的同事今晚摇身一变，都那么漂亮。

模特的人数很多，奖品却只剩下两份了。主持人说道："来，让我们请模特们上场。"

蒋禾跟乔惜等人唰地从椅子上起来，拎着裙子往台上走，陈静只得也脱下外套，提裙跟在她们身后。男女两队模特上了舞台，再一次点亮了大家的眼睛。

陈静的位置在后面，从前排看去，只能隐隐看到她红色的裙子以及白皙的肩膀。距离陈静较近的那些同事都举着手机拍她跟蒋禾。

主持人拿着礼品单，说道："最后两个奖品都装在信封里，抽到了才开奖。"

台下的人又说好。主持人一笑，拎着那个抽奖箱往前递，活动策划立即接过来。主持人说道："这两个奖就由傅总开吧。"

抽奖箱被放在了傅临远跟前。傅临远撩起眼眸，看了眼舞台上那一长排的人，红色裙摆若隐若现，他伸出手，随意地从里面取出了两张写着名字的纸，放在那两个信封上面。

一旁知晓奖品的活动策划小妹呼吸都要停了，她接过其中一个信封跟纸，递给主持人。

主持人拿过去，打开，念了冯志部门的一个男生的名字，奖品是一辆十来万的车。

大家跟着尖叫——车子啊，虽然只有十来万，但也够多了。

不过前有十万的现金，大家也没特别惊讶。

活动策划拿过另外一个信封跟纸时心都在颤抖，她将这两样东西递给主持人，主持人接过来。在万众瞩目中，慢慢打开信封。

随后，他神色变得诧异，没立即念，而是举起了信纸。

奖品：皇庭雅园，房子一套。

得奖人是陈静。

全场哗然。

"真的假的？真是房子吗？"

"皇庭雅园，新开的那个楼盘！"

其他人齐刷刷地回头，陈静站在最后面，她一愣，对上所有人的目光。主持人笑着上前，把她从人群中拉出来，说道："终极大奖，陈秘书有什么获奖感言吗？"

陈静提着裙摆，被拉到了前方。她接过主持人递来的话筒，看了一眼台下其他人，最后轻描淡写地扫过傅临远，声音温柔："多谢傅恒集团，多谢傅总。这奖就算只是个模型，也令人开心。"

她的声音穿透过话筒，很温柔，很好听。那些诧异的员工听到她这样

说，都笑了。

主持人微微一笑："傅总不会那么小气的，拿个模型糊弄你。"他笑着把信封递给陈静，里面还有房子的钥匙，陈静看着这个礼物，指尖微顿，随后才接过："谢谢。"

主持人回身，笑着道："好啦，今晚的所有奖品都已经送完啦，大家开心吗？"

众人说着开心，陈静走回队伍，在蒋禾跟乔惜震惊的目光中跟着她们走下舞台。乔惜拿过信封以及里面的钥匙，呆若木鸡："真的是房子啊，陈静你运气太好了，我蹭蹭……"

蒋禾挽着陈静的手臂，看着她："你不开心？"

陈静抬眼，对上蒋禾的眼眸，笑着摇头："挺开心的。"

蒋禾搂着她道："多好啊，得一套房子，还是雅园的，那里贵得要死，傅总这次真是大出血啊。"

听见傅总二字，陈静没吭声。年会现场，大庭广众之下，得到这个奖品，她连拒绝都不能。

乔惜摸够了终极大奖，自告奋勇地帮陈静塞进小包里，说："羡慕，太羡慕了，陈静，你的运气真的太好啦。"

陈静笑笑，没应。

年终晚会即将结束，活动策划来找她，看到陈静时，眼里闪过一丝复杂的情绪，随后拉着陈静去处理晚会结束的事情。陈静没注意她的目光，穿着那大红色的裙子，开始让大家收拾。

同事们开始陆续离场。陈静跟活动策划、后勤人员是最后一批走的，乔惜去下一场了，跟一些人约着去喝酒。

蒋禾没去，在外头等着陈静。陈静换好衣服，拎着小包走出来，风挺大的，吹乱她的发丝。蒋禾挽住她的手臂笑道："这段时间辛苦啦。"

陈静笑笑。两个人一起往外走，蒋禾的车停在停车位，而不远处站着傅临远跟陆臣。傅临远的手插在裤袋里，外套搭在手臂上，深夜，他黑色衬衫领口仍敞着，听着陆臣说话。

这半个多月，陆臣出国去考核了一个他想投资的新项目，今天是来询问傅临远能不能下手的。听见脚步声，陆臣率先看来，一下子就看到了陈静，眼睛一亮："陈秘书。"

傅临远也偏头看来，狭长的眼眸在深夜中宛如深潭，神色冷峻。

陈静跟蒋禾停下脚步。陈静笑笑，回道："陆先生，新年快乐。"

"新年快乐！"陆臣倒是很想朝陈静这边走来，但是还没跟傅临远问清楚，于是只能挥挥手，"下回请你吃饭。"

陈静："谢谢。"

蒋禾笑道："顺便请我啊。"

"好。"陆臣点头。

陈静对上傅临远的眼眸，说："傅总，我们走了。晚安。"

傅临远点头："嗯，晚安。"

蒋禾也说了声"傅总拜拜"，然后跟陈静一块往车子走去。陈静钻进蒋禾那辆小车，今晚她头发上喷了发胶，不太舒服，干脆抬手解下夹子，柔顺的发丝披散下来。

车子启动，从傅临远他们身侧开过。陆臣探头看着车里的陈静，笑得灿烂。傅临远淡淡地看了一眼就收回了视线。

车子上了大路。蒋禾握着方向盘看了陈静一眼，道："没想到，你比我先实现在京市有房的梦想。"

陈静用手支着车窗，风乱吹在脸上。她说："这不是我的梦想。"

蒋禾一听，说："也是。"她有些感慨地继续说道："你说这世界上的事情是不是都是这样？越是想要的越得不到，越是不想要的，反而越能轻而易举得到。"

陈静微顿，看着窗外夜景道："或许吧。"

越是想要的越得不到，她似乎没有赌赢。

回了住所，隔天休假，陈静跟蒋禾直接睡到日上三竿。公司大群里，行政同事分享了年终晚会的视频。摄影师很专业，拍得都特别好看，有些视频会直接交给宣传部，放到官网上去。这次走秀的不少人互加了微信，算是脱单的开始。

公司内部论坛上，陈静的照片被置顶了，不少人点赞。

也有不少人添加陈静的微信，都是同事，陈静便都一一通过。蒋禾看着她的手机屏幕，笑道："完蛋，开年回来，你估计天天被约，也不知道我

们陆总能不能从中杀出一条血路。"

陈静笑笑，推开蒋禾探过来的头。

肖梅也发来消息问她什么时候放假，说在家等她。陈静回复说快了。

休息一天后，第二天就得上班。这天清早，陈静抵达顶层后先去傅临远办公室煮咖啡，然后拉开窗帘。离开办公室前，她看了一眼傅临远的办公桌。

他还没来。

这半个月，他都不怎么来，陈静也习惯了，她收回视线，回到工位拿上文件下楼，去找乔惜。乔惜昨天还出去逛街了，今天累得换了一双好走路的小白鞋。她接过文件，问陈静买回家的车票没有，陈静买了。

乔惜"啊"了一声，说自己还没买，好难买，叫陈静帮忙看看。

陈静应声。随后，她离开乔惜的办公室，路过茶水间时，她低头按着手机，突然听到里面的人提到她的名字。

陈静脚步微顿，望向茶水间。活动策划跟小蓝背对着她，正在说话。

活动策划说道："我跟你说，我发现吧，傅总对陈静是真好啊。"

小蓝也听说了房子的事情，懊恼道："可不是，如果我那天没有不舒服，这房子轮不到陈秘书吧。"

"那可不一定，我告诉你，这房子是临时改的，而且是走完秀后，傅总临时改的，你说巧不巧？"

小蓝一顿："是有点巧。你是想说，其实这房子本来就有指向性的，一开始就内定给陈秘书了吗？"

"我可没这么说，但我觉得差不多。你信不信，如果陈静没有临时替你的位置，估计这个奖就送给后勤人员了，陈静不就是后勤人员。"

小蓝赞同："是呀。"

活动策划："我都说了，傅总对陈静很好，好到真的让人妒忌了啊。"

小蓝又道："确实太好了，我之前听说，傅总好像还帮陈静教训过一个渣男。"

听到这儿，陈静安静了一会儿，收回视线，走向电梯。走进去后，她按了顶层的按键，电梯门缓缓合上。她神色冷静。

所以，那套房子，无论以什么形式，都会到她的手上，就像那辆车一样。

叮的一声，电梯门打开。陈静回到工位坐下，端起冰凉的咖啡喝一口。这时，电梯门又开了，傅临远身穿白色衬衫、黑色外套走出电梯，身后跟着于从。

陈静放下咖啡，抬眼看去。傅临远看她一眼，走向办公室。

陈静神色很镇定，于从落后傅临远几步，走到陈静的桌前，放下一只文件袋："你的。"

陈静按着那文件袋："房产证？"

于从一顿，笑笑，说道："是的，恭喜得奖。"

陈静沉默几秒："谢谢。"

于从看了她几秒，点点头，然后进了办公室，还顺手带上了门。傅临远站在办公桌后，挽着袖子，不知吩咐了他什么。从外面往里看，男人依旧帅气，神色冷峻。他点了一根烟，垂眸用指尖点着桌上的文件，推给于从。

陈静收回视线，拿起那个文件袋，拉开抽屉，放了进去。

她没打开看。

他们只在办公室待了一会儿，傅临远穿上外套，带着于从又离开了。陈静安静地坐在工位上处理着工作。

接下来的几天，年终工作收尾，公司也通知了放假时间。放假这天，陈静与蒋禾两个人在咖啡厅午休。乔惜突然推门进来，气喘吁吁地拉开椅子坐下，拉着陈静的手臂道："静静，想求你帮个忙。"

陈静问道："什么事？"

乔惜眼睛亮晶晶的，她说："大年二十四晚上有一场大提琴演奏会，演奏者是顾家小姐顾琼，承办方是咱们傅恒集团，陈静，你能不能问傅总要两张票？"

陈静微愣，看着乔惜："顾琼？"

乔惜点头："是啊，之前那个粉钻，我怀疑傅总是买来送给顾琼小姐的，因为她住在费城。这次她回来，傅恒集团就替她办了这场演奏会。"

蒋禾撑着脸听着。陈静看着乔惜的面容许久，仿佛再次听见了那首歌。

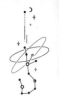

沉默带笑玫瑰，带刺回礼，只信任防卫……

怎么冷酷却仍然美丽，得不到的从来矜贵……

白玫瑰，原来她回国了。

"能不能？"乔惜拉拉陈静的手，陈静回神，看着乔惜，道："恐怕不能帮你，这是傅总的私事。"

乔惜"啊"了一声，说："我闺密很喜欢大提琴，我想带她去看。"

陈静轻轻抽回手。蒋禾说："你在网上买票就行啊，想请人家去看，又要省钱……"

乔惜的脸微微涨红，她有点尴尬——她确实是这样打算的。

蒋禾端起咖啡，拉着陈静的手："别管她，时间到了，咱们回去吧。"

陈静跟蒋禾进了电梯，陈静看着上行的数字，挺安静的。蒋禾喝着咖啡，电梯抵达她的楼层后，她先下了。

陈静坐到顶层走出去，因为快放假了，整层办公室都打扫得挺干净，会客区也摆上了一些干果。陈静回到自己的工位坐下，扫了一眼没人的办公室，收回视线，把手头的事情处理掉。

公司的小群里，乔惜发了一个链接，让大家帮她抢票。陈静一眼看到上面的字。

大提琴演奏会

演奏者：顾琼。

下班后，她回到住所。肖梅又打电话过来，最近她几乎一天打一个电话，那种盼女归家的心情陈静能感觉到。她说："妈，还有一天，明天上完班就好了。"

"简直度日如年。"肖梅说道。陈静笑着走到阳台收衣服，扯下衣架上的枕套以及被套，说："你去跳跳广场舞，或者跟人聊聊天、下下棋，看看电视，两天很快就过去了。"

"我现在哪里做得了这些，跳个舞人家就问'你女儿回来了吗'，又勾起我的想念。"

今日没阳光，京市的天灰蒙蒙的。陈静看着窗外林立的房子和精剪过的绿植，不远处还有几栋大厦，都是办公楼。隔得这么远，陈静也能看到傅恒集团的广告牌，她静静地看着。

电话那头，肖梅说道："别人啊，哪比得上我女儿。养你养到这么大了，终于能跟妈妈聊聊心事、说说话了，却又要在那么远的地方工作，一年见一次。哎呀，大城市困住了我的女儿。"

陈静收回视线，抱着枕套，顿了顿，说："妈，大城市的生活也就那样。我回去陪你吧。"

肖梅觉得她在开玩笑，却还是说："好啊，快回来。"

陈静微笑："好，等着。"回到客厅，她挂了电话，看着这房子，念头疯长。

隔天是年前最后一天上班。大家都有些倦怠，蒋禾打算十点再去公司，陈静却早起搭地铁去上班。

抵达傅恒集团大厦，她坐在电脑前，写下一封辞职信。

下午，快下班前，乔惜打内线电话找她，说年终晚会的所有费用需要陈静去核对。陈静起身下楼去处理。

核对完，陈静上楼，出了电梯，看到办公室里有人。傅临远正翻着手中的文件，一旁的笔记本电脑开着，他偶尔滑动触摸板，转过去看屏幕。

黑色衬衫微敞，喉结显眼。陈静收回视线，回到工位，拿起一份文件，随后把辞职信放在上面，走到办公室敲门。

傅临远说："进来。"

陈静走进去，把手里的东西放在他面前，傅临远合上手中的文件，一抬眼便看到那封辞职信。

彼此对视，陈静声音温柔："我过够了大城市的生活，我回去嫁人，你娶妻生子。"

傅临远神色不变，收回视线，抬笔，批了她的辞职信。

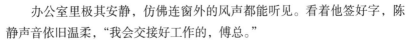

办公室里极其安静，仿佛连窗外的风声都能听见。看着他签好字，陈静声音依旧温柔，"我会交接好工作的，傅总。"

"好。"傅临远回复。

陈静看他几秒，转身离开，回到工位。她早上写辞职信时也写好了交接事宜。

她一开始接任秘书职位时，齐特助就给她拿了一份资料。这份资料里有傅临远工作中的一些习惯以及一些他不喜欢的事。

她刚任职时，这份资料被她翻了个遍。

他爱喝的咖啡、茶叶，他一般抵达公司的时间，跟他报告工作时需要注意些什么，他的生日、他的爱好……

当他秘书一段时间后，她又发现他睡不好时脾气也不太好，也知道了他常穿的西装牌子和他喜欢的咖啡温度。她也需要学会系领带，因为偶尔忙起来时，她得搭把手。

她把这些信息一一记录下来，并打印成文件，夹在这份资料中。

陈静把东西整理好，摆在桌上。与其他部门沟通的细节她则都记在了记事本里。

接下来就是文件分类，她给每一份文件都贴上了便笺纸，上面写着送来的时间。还有几份是傅临远签好名，开年回来需要及时处理的。

公司内部系统的密码、傅临远办公室的密码，顶层电梯的密码，她都做了加密处理，放在了电脑里。

忙完了这些，已经过了下班的时间，蒋禾得知她还要加班，就先走了。陈静拎起小包和装着其他物品的小箱子，站起身，踩着高跟鞋离开工位。

走之前，她往办公室里看了一眼。傅临远咬着烟在接电话，他看着电脑屏幕，滑动着触摸板，神色冷峻。

陈静就没跟他告别，直接走向电梯。

纤细高挑的身影走过，在办公室门外若隐若现。傅临远的余光看到桌上的辞职信，他将手中的钢笔随意地扔在桌上，拿起另外一部手机，拨打于从的电话。

几秒后，于从接起。傅临远吩咐道："送她回去。"

于从在那头一听，立即就明白他在说谁，道："好的，傅总。"

挂断电话，傅临远这部手机那头的人询问道："谁呀？"

傅临远没应，继续刚才的话题，对方也就没再问，接着聊原来的事情。

明天就放假了，陈静估计过完年后大家才会知道自己辞职一事。她抵达一楼，看到傅恒集团的标志。

她心中又浮现出大四那年来傅恒集团应聘时，她走在队伍末尾，一眼看到他坐在主位上的那种惊喜。他中间出去了一趟，再推门而入时，她站直了身子，一直看着他，满眼都是他。

陈静收回视线，走出大厦。

黑色的轿车缓缓开到大厦门口，于从从车里下来，一眼看到她手里抱着的小箱子。这个箱子是给从傅恒集团离职的人用的，用来装一些私人用品，虽然没有标志，但于从能一眼看出来。

于从神色微变，但又觉得这确实是会发生的事情。

陈静看他的神情，语气淡淡地道："我只是想回老家陪我妈妈而已。"

于从回过神。他绕过车头，打开副驾驶座的车门："那就让我送你回去吧，这也是傅总吩咐的。"

听见后面半句话，陈静顿了顿，还是说："谢谢啊。"

她神色很平静，弯腰坐进去，于从帮她关上车门，绕去驾驶座，启动车子。陈静腿上放着箱子，看着窗外景色，眉眼清丽。树影从她脸上掠过，于从紧握着方向盘，一时也无话。

等红绿灯时，他看了一眼陈静，陈静拿着手机在按，像在回复消息。他知道，傅总不会开口让她走的，肯定是她自己提的辞职。她很了解傅总，甚至可以说，她轻而易举地就猜到了傅总的心思。

傅总送车送房，或许并不是要她走，但结果都一样。

因他目光一直看着她，陈静也抬起眼，看向于从："不必这样看我，我真的只是想回老家而已。我爸去世后，我妈就一个人了，我在京市有我想做的事情，现在事情做得差不多了，我就回去陪她，好好尽孝。"

于从一顿，几秒后，他道："抱歉，我多想了。"

陈静笑笑。于从收回视线，启动车子，几秒后，他开口："对不起。"

对不起什么，陈静没问，于从也没说，就这样一笔带过。

车子抵达雅致小区地下车库，陈静抱着箱子，拎着小包下车，说道："于从，再见。"

于从看着她："再见。"

陈静收回视线，后座的一个座位上放着一个购物袋。购物袋上印着陈

/254

静去过的那家钢笔店的名字，看来于从取回了那支修好的钢笔。

一切都来得刚刚好。

陈静上楼，开门进屋。蒋禾给她发微信消息，询问她回来没，陈静没打算现在告诉蒋禾她辞职的事情，想等过完年再说。

她不想影响蒋禾的心情。她把箱子放进柜子里，稍微收拾了一下。

随后，她回复蒋禾说回来了，蒋禾在购物中心买东西，都是买给她奶奶的。她问陈静要不要买点菜，今晚在家做饭。

陈静说可以。她先去看了看冰箱里的东西，打算今晚都拿出来煮了。之前想着要放假，她已经消耗了一些，还剩些牛肉以及金针菇。

陈静全拿出来，给蒋禾发消息，让她买些火锅的配菜，今晚干脆做火锅好了。

蒋禾回了个"好"，还顺便买了啤酒。不一会儿，她回来了，换了家居服坐在地毯上倒啤酒。陈静坐在她对面，把切好的雪花牛肉放进锅里烫，雾气缭绕。

陈静跟蒋禾碰杯，她们明天就要分别回老家，蒋禾的出发时间比陈静早。她喝着啤酒，道："我们明年见。"

陈静微微一笑："好。"

她夹起菜放到蒋禾的碗里，蒋禾一边吃着一边玩手机，"啧啧"几声："乔惜买到演奏会的票了，还是 VIP 票，她运气不错啊。"

陈静的手机也响着。公司群里都是乔惜欢天喜地的消息，她还感谢帮她抢票的各位同事，说开年回来请吃饭。她今年拿了不少年终奖。

群里有人问乔惜，这位顾琼看起来好年轻啊，怎么就那么厉害了。

　　乔惜：是啊，才二十四岁，她已经开过上百场独奏会了。她
　　拿过很多奖，人长得还漂亮，给你们看照片。

她在群里发了一张照片。蒋禾看了一眼，挑眉道："还真不错啊，有种初恋的感觉。"

她举着手机给陈静看，水雾缭绕中，陈静再次看到顾琼的照片。她穿着白色的泡泡袖长裙站在花海中，手里拿着一大束小雏菊背在身后，看着

镜头，眉眼弯弯。

陈静"嗯"了一声："是挺美的。"

蒋禾收回手机，接着说道："也不知道乔惜是不是真喜欢大提琴，这玩意没点艺术细胞能听懂？"

陈静没应，拿起长筷子，又下了雪花牛肉。这个牛肉口感很软，也很好吃。

晚上喝多了啤酒，两个人时不时得去洗手间，而且都有些晕，蒋禾抱着陈静发呆，说："我现在就剩下奶奶一个亲人了，我很担心她的身体，打算给她买份保险。"

陈静说："应该的，我也给我妈买了。"

蒋禾晕晕的，问陈静："你的故事讲到一半啊，那个看上你的男人，你们怎么样了啊？"

大概是因为明天要各自回家了，蒋禾还是忍不住想问问。陈静手里还捏着啤酒，她说："各自安好。"

蒋禾一顿："所以，相忘于江湖？"

陈静笑笑："差不多吧。"

一个能忘，一个还得努力。她继续喝着啤酒，蒋禾打了个酒嗝，抱着她，蹭着她肩膀。她拿过遥控器，打开电视，调到音乐频道。上次听到一半的歌突然放了起来。

> 说不上爱别说谎，就一点喜欢。
> 说不上恨别纠缠，别装作感叹。
> 就当作我太麻烦，不停让自己受伤。
> 我告诉我自己，感情就是这样。
> 怎么一不小心太疯狂，
> 别后悔，就算错过，
> 在以后，你少不免想起我……

蒋禾哼着歌，陈静安静地听着，将啤酒捏在手里，慢慢地喝着。

就一点点喜欢，还不足以说爱，所以说散就散。她豪赌一场，输个

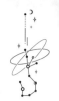

彻底。

隔天一早，天灰蒙蒙的，还没完全亮。蒋禾带着醉意起床，拖了一个大行李箱。陈静送她去机场，蒋禾的家乡挺远，飞机落地后，还要坐一个多小时的车才能到镇上，所以她飞机票都买早班的，怕奶奶等太久。

老人家不适合熬夜，早点到比较好，这张票蒋禾也是蹲了好久才蹲到的。

送走蒋禾，陈静回了住所，开始收拾自己的行李。她带走了一些比较重要的东西，一些不太重要的就打包塞进箱子里，打算等蒋禾回来上班时让她帮忙寄回家。

东西挺多的，有些陈静直接扔了，家具之类不好挪动的，以及她感觉蒋禾会喜欢的，她都留着给蒋禾。肖梅知道她今天要回来，一直打电话，跟她确定时间。

陈静笑着道："等等吧，我没买到白天的票，是晚上八点的，回到家挺晚了，你可以先睡。"

"我怎么睡，我肯定等你啊，要吃什么？"

陈静："糯米糍粑。"

"大半夜吃这个，不行，不好消化，我给你熬点粥，青菜粥怎么样？再煎个荷包蛋，你以前就很喜欢的。"

"好。"挂了电话，陈静又开始收拾，她进了浴室，一眼看到白玫瑰，盛开得很漂亮。陈静连花瓶一起拿到楼下送给门卫叔叔。叔叔"哎呀"一声，笑道："谢谢啊。第一次收到这么漂亮的花。"

陈静微微一笑，回了房子里。家里有一件男款的西装外套，陈静把它挂好，放在衣柜里。她给于从发消息，让他过完年跟蒋禾过来拿。

　　　　于从：好。

下午六点半。陈静提着一只行李箱，背着一个很大的拎包，穿着毛衣和牛仔裤出发。她的头发披散在肩膀上，眉毛漂亮得很。

她推着行李箱下楼。门卫叔叔看她的打扮，问道："回家啊？"

陈静笑道："是，叔叔新年快乐。"

"新年快乐，注意安全啊。"

"好的。"

网约车过来接她。到了高铁站，陈静在大厅里吃了个晚饭，接着排队，静静等待检票。

天色已黑，高铁站人来人往，陈静拖着行李箱走进车厢，嘀嘀几声，她的手机响起来。她点开一看——上个月和这个月的工资到账了，还有一笔年终奖。

这个月没有全勤，但工资是给足的。年终奖则是一年薪资的总和，而且是按照开年后提薪的薪资给的，给得爽快，钱也很多。

陈静坐到座椅上，看了眼银行账户里的钱。傅恒集团的待遇向来很好，他也一直给她很不错的薪资。陈静关掉屏幕。高铁慢慢启动。

晚上八点整。个人独奏暂时结束，顾琼穿着白色裙子、黑色鞋子，肩膀上披着披肩，快步跑出了后门，看到停在门口的黑色轿车，打开车门坐进去。

傅临远腿上摆着笔记本电脑，专注地看着屏幕，仍处理着手头的工作。顾琼坐稳，说道："我难得独奏，你怎么不进来听？"

傅临远看着屏幕，一只手支着下颌，没应，而是随意地问道："还有多久？"

顾琼撇嘴："还有一场跟我老师的合奏。"

他"嗯"了一声，再无话。顾琼看着五年未见的男人，竟觉得有点陌生。

高铁行驶得很快。夜晚，窗外的风景跟白天不一样，时而昏暗，时而灯火通明。

行至半路，高铁经过一个正在举办活动的旅游小镇。小镇上，一条古风街道挤满了人，有不少人穿着汉服闲逛着，手里拿着把扇子摇曳。

高铁疾驰而过，美丽的景色只来得及让人看一眼就匆匆而过。车厢里挺安静，大家都在看手机或看平板，也有人小声地打着电话。

陈静靠着椅背，发着呆。

这时，一个人从前方走过来，准备往洗手间而去。突然，他看向那座位上的清丽女人："陈静。"

陈静抬眼，对上周泊伟那张脸。周泊伟脸上有藏不住的欣喜，他走上前，在陈静的座位前站着："你也是今天回去？"

陈静神色温和："是的。你今年有假期？"

周泊伟点头："是啊，去年太忙了，没回去，今年怎么也得回去，我跟导师请了假。"

陈静听罢点点头。想起他上次说了不合时宜的话之后，她也忘记给他发消息，说那样并不合适。

她陷入沉默。

正好洗手间的门也开了，有人走出来，周泊伟急着上洗手间，便赶忙进去。出来后还在陈静的座位前逗留了一会儿，聊了两位母亲的事情，但因陈静身侧还有一个妹子盖着帽子在睡觉，周泊伟就不敢多聊，回了自己的座位。

他走后，陈静身侧的妹子把帽子拉开点，抓抓头发，说道："这个男的好聒噪。"

陈静听着，觉得这倒是。刚才她示意几次，周泊伟才反应过来她身侧有女生在睡觉。她轻声对那妹子道："不好意思。"

妹子把帽子又搭在脸上，说道："没事没事。"就又睡了过去。

高铁一路行驶，有人上有人下，陈静身侧这位妹子也在晚上十点多的时候下车了。她下了车后暂时就没人来，陈静来不及退掉的三人微信群响起声音。

陈静点开，乔惜在群里丢了一条视频。视频里，一个穿着白色裙子的女生披着披肩钻进一辆熟悉的黑色轿车里，车门关上。

视频很短，暂停在那辆黑色轿车的车牌号上。

　　乔惜：看到没？

　　蒋禾：这位是顾琼？

　　乔惜：对头。

　　蒋禾：啧啧，大新闻啊。

乔惜：我偷拍的，我都说了，傅总今年拍下的粉钻肯定是送给费城这位顾家大小姐的。

　　乔惜：说不定他们过完年就宣布婚讯了。

　　蒋禾：你挺会联想啊。

　　乔惜：嘿嘿。

　　陈静看完视频，短短几秒的视频里，那一袭白色裙子确实像圣洁的白玫瑰。陈静想关掉手机，蒋禾又在群里问陈静是不是快到了。

　　陈静回复说自己正准备下车。

　　广播已经在播报陈静要下车的那个站名，陈静收拾好东西，取过行李箱，等高铁一停，便拉着行李箱走出去。她出了站台，周泊伟就拉着行李箱追上来："陈静。一起走。"

　　陈静微顿，没想到他会跟上来。她说："我叫了车。"

　　她的意思是自己叫了车，而他肯定也叫了，各走各的更好。周泊伟却立即笑道："我还没叫车呢，那就蹭你的车吧。"

　　陈静不再开口。

　　两个人一同出了大厅，陈静叫的车已经等在那儿，周泊伟帮陈静把行李箱放好，也塞上他的，随后拉开车门让陈静坐。陈静坐进去，周泊伟上了副驾驶座。司机启动车子，往镇口开去。

　　陈静的家乡隶属于某个三线城市，有不少旅游景点，但因地方不大，所以其他行业都不怎么发展得起来，唯独旅游业还可以。

　　陈静父亲在镇上买了房子。镇上的房子都不高，抬眼就能看见天空，跟京市完全不一样。车子穿过牌坊，距离陈静家就很近了，陈静跟周泊伟下车，各自拿了行李箱。

　　陈静叫的这车是要直接扫对方的码，在原有的价格上再加点钱的，否则不会这么晚出车。

　　算下来要多付一倍的价格。周泊伟见状，说道："又是这样，老家这风气能不能改改？"

　　陈静没应，拉着行李箱往家走。肖梅给她打来电话，说已经下楼在等她了。

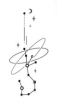

牌坊门口有家花店，门还开着，里面有个穿着白色T恤跟牛仔裤的男人跟周泊伟打招呼。

周泊伟一顿，喊道："哥，你怎么这么晚还开着门呢？"

男人说道："知道你今晚回来，留着门等你。"

周泊伟一笑，跟陈静说这是他堂哥周晨伟。陈静转头看去，礼貌地跟对方点了点头。周泊伟跟周晨伟说："这是肖阿姨的女儿，陈静。"

花店的光透出来，加上牌坊的路灯，照得陈静漂亮的眉眼很是清晰，周晨伟也礼貌地点点头，接过周泊伟的行李箱，陈静则走向那栋小楼。

周晨伟关花店的门时，下意识地回头看了一眼那抹高挑纤细的身影。

小楼下，肖梅抱着手臂靠着墙盯着她看。陈静笑着松开行李箱，上前抱住肖梅："妈，我回来了。"

肖梅伸出一只手抱着她，另一只手顺顺她柔顺的头发，随后提过她的行李箱，拉着她的手："回家回家。"

陈静跟在肖梅身后，拎着挎包走上楼梯。肖梅走了几步，回头看她："你怎么跟他一起回来？"

陈静说道："高铁上碰见了。"

肖梅翻个白眼："我说什么来着？"

陈静笑笑："你想说什么啊？"

肖梅拉着她进门，关上门后，她进厨房端粥出来，放在桌上。陈静去洗手，随后坐下，肖梅端出煎蛋以及糯米糍粑放在桌上。陈静眉眼一弯，筷子就要去碰那糯米糍粑，肖梅打开她的手："这个留着明天吃，你吃粥。"

陈静说："你干脆明天再做。"这样她也就不用惦记着还吃不着。

"给你点惊喜。"肖梅坐在她对面，在白炽灯下看着自家女儿，"记住，不能跟周泊伟来往，他追你，你也不要接受。"

陈静抬眼："妈，他也没表示要追我。"

"你等着看吧。"肖梅一脸看透一切的样子。

陈静无奈，还是专心喝粥。肖梅熬的青菜粥跟外面卖的不一样，味道特别香，肉末也特别软。她在京市点了无数家外卖，没有一家能吃到一样的味道，她特别想念。

陈静一口气吃了两碗。肖梅还质疑地问道："这么好吃？"

陈静点头。肖梅说："那我以后天天做。"

陈静："妈，你饶了我。"

肖梅笑起来，她的头发掺着些许白发，是陈静父亲去世的时候长出来的，这几年无论怎么拔都会长，后来索性就不拔了。她起身给陈静拿睡衣，推她去洗澡。

陈静吃得太饱，揉揉肚子走进洗手间，不一会儿，她穿着旧睡衣，擦着头发出来，肖梅坐在沙发上给她煮红糖水，抬眼问道："今天该到生理期了吧？肚子疼不疼？我拿了止痛药。"

她把止痛药放在茶几上。

陈静微顿，看着那止痛药，好一会儿才回过神，道："妈，我现在来月经，肚子不疼了。"

吃了赵医生的药，从上个月开始，来月经的时候她除了腰酸，基本没有任何痛楚了。

肖梅一愣，不敢置信："真的不疼了？完全不疼吗？"

陈静点头。肖梅眉眼一弯："老天开眼，肯定是你爸爸在天保佑你啊。"

陈静顿了顿，擦着头发，心想不是，是因为有人请了赵医生给自己调理。

肖梅把那盒止痛药扔进抽屉里，端过红糖水，问道："这个呢？喝一点吗？"

陈静笑笑，接过那杯子："喝。"

她慢慢地喝着红糖水，肖梅插了吹风机给她吹头发，此时已经半夜两点多，母女俩却还有很多话要说。在吹风机的呼呼声中，二人有一搭没一搭地说着话。

这么晚睡，肖梅隔天仍精神抖擞地起来，出去买菜。陈静却觉得很困，迷迷糊糊地听见门铃响才起身，披着件外套，走去开门。

门外是周晨伟。陈静昨晚看不太清楚，隐约只觉得他有些熟悉。她拢拢外套，周晨伟把手里的小雏菊、康乃馨等扎在一起的花束递给她，道："是阿姨早上订的。"

陈静想起来肖梅昨晚把一束枯萎的向日葵给扔了，说今天要订新花。她点头，接过那束花："谢谢。"

"不客气。"周晨伟看着她道，"那我先走了。"

"慢走，周先生。"陈静说完就关上门，她习惯喊别人为先生，在京市这是礼貌。周晨伟看着关上的门，微微一愣，无奈地笑笑，走下楼梯。

陈静回屋，把花整理了一下，放进花瓶里，随后拿起手机，想拍个照片，却看到周泊伟发来的微信消息和一个红包。

陈静点开聊天框。

　　周泊伟：昨晚的车费。

陈静没收，只回他："我叫的车。"

周泊伟："也让我分担点。"

陈静没回，周泊伟又发来一条："既然这样，那我过几天请你吃饭。"

陈静回："不必。"

她放下手机，周泊伟还给她发了消息，她没再点开，只是让屏幕亮着。她整理着花，一低头却看到了傅临远的头像。

他就在联系人列表的最上面。安静、沉默。

她从入职那天起，就把他设置为微信置顶联系人了。

她关掉屏幕。

肖梅正好回来了，手里提着鸭还有一条鱼，说："周泊伟妈妈太热情，还送了一条鱼给我们，我明天还她鹅肝。"

陈静接过肖梅手里的菜。肖梅举着那条鱼说道："看吧，这就来了。"

陈静无奈："妈，你真是……"

肖梅走进厨房，说道："我现在就不爱你跟他好，之前是我眼瞎。"

陈静："我不会跟他好的。"

肖梅放下菜，说道："就是，你在傅恒集团那样的公司上班，见到的肯定都是精英，比他强的肯定多，我谅你也不会那么没眼光。我听说你上司就很优秀，对吗？"

陈静靠着厨房门，微顿，轻轻"嗯"了一声。

"看吧。"肖梅看过傅恒集团的资料，也看过傅临远的照片，那是一张在峰会上拍的照片，他靠着桌子听人说话，眉眼冷峻，不显山不露水的。

陈静离开厨房门，继续整理那些花儿。今天是大年二十五，很快春节就要到了。

到了大年三十，各地都在喜气洋洋过年。

海城的海边别墅亮着灯，长辈们在客厅打起麻将，偶尔传来顾老爷子耍赖的声音，顾呈在放烟花，顾琼则抱着手臂，穿着一袭长裙站在那儿看着。几个小屁孩把烟花埋在沙子里点燃，砰的一声，沙子溅起。有个小女孩被吓哭了，哇哇叫。顾琼走过去，抱着那女孩哄了会儿，擦掉她的泪水，看着她的眼眸，顿了顿，又起身看向站在栏杆边上的傅临远。他把手插在裤袋里，嘴里咬着烟。顾琼松开女孩，往傅临远那儿走去，来到他身侧，跟着他一起看着波光粼粼的海面以及那一束束仙女棒烟花。

砰的一声，顾琼被吓到了，往他那儿躲去。傅临远不动，只轻轻地搭着她的肩膀，道："怕就进屋。"

顾琼回头看他，他咬着烟，领口微敞，睨她一眼。顾琼说："我长大了，怕都是假怕。"

傅临远神色淡淡，松开她的肩膀。顾琼看着他道："还记得你第一次想跳级的时候，傅伯伯不同意，你们大吵一架的事情吗？"

傅临远将手插进裤袋，取下烟在烟灰缸上轻轻弹了弹："嗯。"

顾琼笑道："那会儿你想来海边，你说再吵下去伤父子感情。我就跟来了，买了好多仙女棒烟花，放了一个晚上。"

她那会儿把仙女棒烟花插得整个沙滩都是，还挥舞着仙女棒烟花在沙滩上疯跑，而傅临远只看着她。

顾琼靠着他的手臂，道："时间过得很快。新年快乐，傅临远。"

"新年快乐。"男人声音低沉地回道。顾呈走过来，递了两根仙女棒烟花给顾琼。顾琼站直身子，拎着烟花靠着栏杆看他。仙女棒烟花哧哧地响着、燃烧着。

傅临远咬着烟，偏头看她一眼。手机在这时响起。他拿出来，随意点开。陆臣发了一张图片给他，是陈静刚发的朋友圈截图。

她披着一头长发站在树下，头顶有灯，手里拎着灯笼，挽着她母亲的手臂。她穿着米色系的蓬松毛衣，在灯光下眉眼轻柔，睫毛很长。

　　陆臣：她家乡在哪儿？我要去找她。

　　傅临远看了一眼图片，没回陆臣的问题，把手机放到一旁的桌上。顾琼再一次靠上他的手臂，玩着仙女棒烟花。

　　他修长的指尖轻转着烟。

　　大年三十这晚，镇上有花灯。陈静跟肖梅吃完年夜饭，拎着花灯下楼凑热闹。人比较多，这花灯年年看，图个气氛，陈静跟肖梅并没有走到街上去，就在楼下看。

　　有几个高中生拎着花灯摆了一个笑脸的图案，又拉其他人摆成一只小猫的图案。

　　远处烟花绽放，星光点点。陈静觉得岁月静好，说："妈，你还记得我以前养的小猫吗？"

　　肖梅围着围巾，说道："当然记得，你把那只狸花猫当成宝，睡觉还要跟它一起睡，给它洗澡被抓得手臂上全是抓痕。我想带你去打疫苗，你还说它很干净，不怕的。可惜京市那房子没办法养猫，你就把猫留给你奶奶带，过年回来，狸花猫变成了一张猫皮。"

　　陈静听着，觉得想哭。当时那悲伤的情绪她还记得，她找了很久，在两个木板的中间看到被风干的狸花猫皮时，忍不住哭了出来。

　　"你哭得好凶，我跟你爸怎么哄你都不行，给你重新买猫也不要，你说谁也代替不了它，真轴。"

　　陈静听到这儿，眉眼一弯，往肖梅身上靠去："就是轴，喜欢就是喜欢，谁也代替不了。"

　　"你啊，以后在婚姻中可不能这样，感情可以说无可替代，但婚姻只要两个人合适就好。"肖梅揽住陈静的肩膀。陈静回来这几天，肖梅那些有适龄儿子的邻居都热情起来，时不时地上门坐坐，在菜市场见到肖梅，直接拉着她一起买菜、闲聊，平日哪有这么热情？

　　翻过年，陈静就二十六岁了，到了适婚的年纪。肖梅看陈静带回来的东西很多，还有些是快递回来的，跟往年不太一样，才发现陈静说的回来陪她，似乎不是说说而已。

可肖梅也知道，在大城市工作过之后，再回家乡发展其实很难。尤其是年轻人，宁可在大城市赚钱、在大城市花，也不会轻易回家乡。除非她经历了什么，要么是工作问题，要么是感情问题。

她希望陈静遇到的是工作问题，因为工作问题好解决。在老家随便做点什么，然后嫁个不错的男生，还能陪着自己，挺好的。

母女俩在楼下看了一会儿花灯，随后便上楼打算看春晚。刚打开电视机，郑丽就带着周泊伟来了。她比往常还要热情，提着一大袋开心果。肖梅跟陈静对视一眼，起身道："来就来，带什么东西？开心果我刚买，还没开封呢。"

"多的就多着，放着又不会坏，陈静看电视的时候捧一把放手里，多好。"郑丽直接撕开那袋开心果，抓了一把就往陈静手里放。

陈静赶紧接过，拿椰汁给郑丽和周泊伟。周泊伟今日穿着棕色外套，头发显然打理过，笑着接过椰汁。郑丽笑着看了一眼陈静跟周泊伟，肖梅暗自撇嘴，坐在陈静身侧挡住她。郑丽说一起看春晚，周泊伟坐在单人沙发上，时不时跟陈静说话，还邀请陈静去游湖。

陈静说时间不合适，想婉拒掉。周泊伟又重新定下时间，并问陈静什么时候回京市，陈静说二月，周泊伟一听，这时间也太长了，他没办法等。

他问陈静："傅恒集团能放这么久的假吗？"

陈静说："我请年假。"

这一晚，看到春晚快结束，郑丽跟周泊伟才走。下了楼梯之后，郑丽看了一眼连人都约不出来的儿子，气得走快了几步，周泊伟急忙忙跟上。屋里，门一关，肖梅松一口气，打了个哈欠，推着陈静去睡觉。陈静洗漱完坐在床头，开着床头灯，回复蒋禾的消息，在京市没事干的时候她都在看手机，现在回家陪肖梅，加上人情往来，她忙起来一整天都没看手机。

镇上的生活就是这样，远离尘嚣。蒋禾拍了她跟奶奶的照片给陈静看。

陈静夸奶奶精神。蒋禾哈哈笑，说奶奶听了得笑醒。

陈静点进朋友圈，她往常很少看朋友圈，今晚大家都在发新年祝福，以及关于年夜饭、烟花、鞭炮的照片。

去年，她在大年三十那晚斟酌好久，给傅临远发了句"新年快乐"，本以为他不会回。没想到零点时，男人回了她一句"新年快乐"。

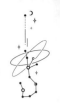

　　她那会儿挺高兴的，还点进他的朋友圈，看看他有没有发什么。可惜他什么都没发。今年，他依旧什么都没发。

　　陈静看完朋友圈，给陆臣还有蒋禾点了赞。

　　正月初一到初三，陈静跟肖梅除了去极个别亲戚家里，都没怎么出门。她们能走动的亲戚太少了，所以过年时都挺空闲的。周泊伟锲而不舍地又约陈静出去，陈静依旧找了借口拒绝，周泊伟那边总算消停两天。

　　初六这天有个花市，肖梅拉着陈静一起去。母女俩走马观花地看着那些花，有个摊主给肖梅推荐白玫瑰，肖梅推开："大过年的，要什么白玫瑰，我要红的。"

　　摊主"哦"了一声，重新给肖梅拿红玫瑰。陈静看了一眼那白玫瑰，也许是这些白玫瑰并没有那么漂亮的缘故，颜色也不纯粹，所以销量没有那么好。肖梅接过红玫瑰，陈静给钱，肖梅还多问了一句："过年就得喜气洋洋的，你进的什么货啊，不怕卖不掉吗？"

　　摊主摊手道："前几天便宜收的，本以为能卖点出去，谁知道大家都说晦气。"

　　肖梅笑起来："亏了吧。"她拉走陈静，说道："这人不会做生意。"

　　陈静低声道："妈，说话要给别人留点面子，你买了就买了，还问这些干吗？"

　　肖梅说道："知道啦。"

　　随后，母女俩去看插花。陈静看到花市附近有个油菜花的花场，她走过去探头看了看，突然看到油菜花花场旁边的一条小河。河水清浅，记忆突然就浮了上来。

　　这时，一道男声在她身后响起："我十七岁那年，有个女生掉进了这条河里。"

　　陈静微顿，回头一看，来人是周晨伟，他手心沾着泥巴，像是刚搬完花的样子。陈静认出他，说道："你好。"

　　"你好。"他笑着回了句。陈静收回视线看着那条河，知道他嘴里说的那个女生应该就是她。

　　周晨伟看了几秒她的侧脸后，也看向那条河，说道："我当时就住在那栋楼的楼上，听见呼叫声就从楼上下来。"

陈静微愣，看向周晨伟："你那时也在？"

她今天没有上妆，但也非常好看。周晨伟看着她，说道："在啊，等我赶到时，那个女生已经被她父亲抱起来了。据说女生穿着白色裙子，场面并不好看，我就没再往前走。"

陈静沉默着。她落水后极其害怕，鼻腔里灌满了水，身子一直往下沉，窒息令她痛苦。她爸爸把她抱起来时，肖梅一直在骂他，问他怎么没看着女儿。

整个世界昏天黑地，后来很长一段时间内，陈静都是害怕水、害怕河的，甚至连游泳都不敢学。她那会儿就想着，如果她爸爸来迟一步，她大概就没了。原来，那时也有其他人想伸出援手。

"你们来买花？"周晨伟看着她轻声问道。陈静回神，对上他的视线，点点头："是，我妈在那边看插花。"

周晨伟笑道："正好，我也在插花，你要过来看看吗？"

陈静点点头，想着正好去找肖梅。周晨伟带着她往插花广场那边走去，那边比花市还热闹，很多人都在插花，男女老少都有。肖梅在一旁给老邻居指导，大家在围着他们议论。

周晨伟那瓶花已经插得差不多了，他拿起剪刀，修剪着几朵花。陈静看肖梅那边人多，就没过去。她抬头扫了一眼，发现周晨伟的花显然要比其他人的好看、有水平一些。陈静又看了看其他人的，这时周晨伟取出来那束花，扎好，突然递到陈静跟前。

陈静愣愣地看着他手里的花。

周晨伟笑道："今天扎的第一束花，给你吧。"

陈静顿了顿，旁边几个人都看着她，她打算拒绝，周晨伟却直接把花放她怀里，道："我还要继续插花，还没忙完。"

花很漂亮，不接就会掉在地上。陈静迟疑几秒，还是接了。

肖梅正好过来，看到她手里的花，又看了一眼周晨伟。周晨伟笑着道："肖姨，我这儿有满天星，你拿点回去装饰。"说着，他转身抓了一把扎好的满天星递给肖梅，肖梅也不客气，道："谢谢了，晨伟，代我向你妈妈说声新年快乐。"

"好的。"

肖梅接过来后，陈静挽住她的手，肖梅拿过她手里那束花，道："挺好看的。"

母女俩离开花市，走出挺远。肖梅看女儿一眼，道："周晨伟人挺好的，他父亲当年也是车祸去世了。"

陈静微愣。肖梅接着道："他因为想陪着他妈妈，就没出去工作，大学毕业后就回到镇上开了花店。他挺孝顺的，而且人比较实在，比周泊伟强多了。"

陈静安静地听着，想着周晨伟带笑的神态。她突然觉得，自己之前做得太不好了。她拢紧肖梅的手臂："妈，我以后也陪着你。"

初八，开工日。陈静一早就收到蒋禾的语音电话，蒋禾有些崩溃："你辞职了？你怎么没跟我说？你为什么突然辞职啊——呜呜呜。"

陈静坐在房间里，低声道："我也是临时决定的。"

"临时决定，傅总就肯批？陈静，你别骗人了。"

陈静安静下来。蒋禾后知后觉地问道："你喜欢的男人是不是傅总？"

陈静一时无话。

"是他吧？你当初把老师的推荐机会留给我，投了秘书的岗位，我记起来，你通过面试后，还特意请我出去吃饭，你那会儿的开心根本藏不住！"蒋禾接着道，"还有，陆总生日那天，你被傅总抱出来，他那会儿是不是吻了你？"

陈静挪开手机，依旧安静。

蒋禾哭着道："我就是不愿意往那方面想，你那么好，他又为什么要放你走啊？你们最后到底发生了什么，他怎么肯批啊？"

陈静指尖微紧，掐着手机，道："蒋禾，成年人的感情，有时一念之间，有时跨越山河。而我跟他，就是山河之间。"

蒋禾抽泣着，擦着泪水，明白了陈静的意思。说白了，这场感情来得稀里糊涂，而他完全没有爱上陈静。

她早就说过，那样的男人不好拿捏，哪怕他宠过一个女人，护过一个女人，也不能说他爱这个女人，因为做这些对他来说轻而易举。

蒋禾还在哭。陈静轻声安慰，蒋禾好一会儿才擦擦泪水，道："好了，我知道了，我会坚强的，等我干不动了，我也回老家好了。"

陈静说："那也行啊。"

蒋禾咬牙切齿地说："你瞒着我，你欠我。"

陈静："嗯，我欠着你。"

蒋禾安静一会儿，道："世上男人千千万，不行咱就换。"

陈静笑了："嗯。"

蒋禾说要挂电话了，她是偷偷出来的，得回公司了。

蒋禾挂断电话，看着傅恒集团大厦，擦干泪水走进去。她刚才虽然那样说，却也知道谁遇见傅临远这样的人，估计都得撕心裂肺一场。

她想起那套将近四千万元人民币的皇庭雅园的房子。能在京市用"皇庭"二字，就能让人明白这房子得多贵。地段好，又是大平层，看来这房子一开始就不是真奖品，而是傅总送给陈静的。

此时，其他人也因为陈静的离职惊讶着，在群里聊得热火朝天。乔惜这个超级八卦的人到处去问原因，人事那边拿到了陈静的辞职信，辞职信上的离职理由特别简单——回家陪母亲。

乔惜得知理由后说："但这也有点赶啦，居然不等到月底就走啊。"

人事说道："或许陈静的妈妈身体不好，她得回去照顾吧。她是单亲家庭的孩子啊。"

乔惜顿了顿："好像也是哦，之前陈静加班，她妈妈都要打电话过来问她什么时候下班，她在京市工作，她妈妈肯定很想她。"

人事点头："那就是咯。"

乔惜"啊"了一声："可陈静现在在京市不是有房子吗？她可以带她妈妈来这边住啊，她那房子好值钱的。"

人事沉默几秒："你觉得陈静是那种爱钱的人吗？一般给父母养老，还是在老家好啊，这边生活成本多高？那套房子光是物业费就能压死打工人，我要是陈静，就把这房子卖了折现，这辈子当小富婆。"

乔惜想了想："倒也是哦。"

陈静离职后，刘特助接下了陈静的工作，有点手忙脚乱的，但倒也在渐渐适应。

于从走进傅临远办公室，来到桌前。傅临远挽起衬衫袖子，神色冷峻，撩眼看见刘特助在陈静的座位上坐下，只道："让他换个工位。"

于从应声，迟疑几秒，往前递了一个文件袋，说道："陈秘书什么都没带走，车的过户资料和房产证全在这儿。"

傅临远端起水喝了一口，看着那文件袋："给她寄过去。"

于从微顿，低声道："我们不知道她的详细地址。"

傅临远放下杯子，指尖搭在杯子边缘，沉默几秒："先放保险箱里。"

"好。"于从听着，走向保险箱，蹲下，输入密码。叮的一声，保险箱门开了，他准备放文件袋时，看到里面的珠宝盒。

他取出来。

傅临远撩眼看去，也看到了那个珠宝盒。那是封源回送给陈静的珠宝，她也没带走。

于从指尖一顿，下意识地看傅临远的神情。陈静走得太利落了，对傅临远堪称极其无情。

傅临远的目光扫向于从。于从接触到他的目光，反射性地收回视线，把文件袋小心翼翼地放进去。

傅临远看着保险箱门关上，收回视线，伸手打开笔记本电脑，垂眸滑着触摸屏。

于从起身走到他跟前，犹豫了一下，问道："傅总，唐斯回国了，顾琼小姐似乎又找他去了，我们需要管管吗？"

傅临远仍看着笔记本电脑，声音低沉："不用。"

于从听罢，下意识地想起陆总请陈静吃饭那会儿，明明还有一个蒋禾，但傅总非要亲自去接她。二人那会儿在车里的气氛，他至今难忘。

外头，刘特助坐在椅子上，怀里还抱着傅临远之前给陈静的那个抱枕。傅临远的目光轻轻地从刘特助身上扫过，于从立即走出去，敲了敲桌子。刘特助一脸茫然："怎么啦？"

于从说："收拾一下，暂时先用另外一张桌子，你跟我过来。"

刘特助一顿，"哦"了一声，放下怀里的抱枕，走向旁边空着的一张桌子。于从帮忙收拾了一下："新来的秘书也坐在这边，一切用品，行政部会为你们采购，陈静那张桌子，你们暂时别动。"

说完，于从看了刘特助一眼，刘特助想起刚才抱的那个抱枕带着陈静经常用的那款香水味，耳根一下子就红了。他一个大男人抱着女人经常抱的抱枕，确实有些奇怪。

他乖乖地坐在新的座位上，于从回到陈静那张桌子，拿上那些合同文件放到刘特助的桌上，其他的都没动。

于从在处理这件事情的时候，眼眸看着陈静坐的那个座位，脑海里仿佛能浮现出陈静坐在这儿的样子。其实他也能理解傅总不让其他人坐她位置的原因——他不想让别人破坏她曾用过的一切。

忙完刘特助的事，冯志正好上来，看到于从，笑着道："陈秘书不在，你得辛苦几天了。"对于傅临远的这个心腹，冯志等人是很尊敬的。

于从无奈一笑，微微耸肩："应该的。"

冯志笑着拐进傅临远的办公室，年前没处理好的华辉公司的事，这会儿终于有结果了。

傅临远接过资料，靠着桌子听冯志说道："这几年华辉公司不知发生了什么，研发停滞不前，连比赛时都再没拿出以前的实力，恐怕要收购后才会知道是什么情况。华辉的创始人满嘴敷衍，像是真想搞垮公司。不过我去看了他们四年前的比赛视频，确实很厉害。"

傅临远神色冷漠，翻着文件没应。

冯志微微感叹："还是陈秘书让我去看四年前的视频的。"

傅临远指尖微顿，撩起眼。这时，人事探头进来，对傅临远说："傅总，秘书的面试，您要下来看看吗？"

冯志听见人事这样问，想着这是给傅临远招秘书，他肯定得亲自去看看的。

傅临远却翻着资料说："你们决定就行。"

人事一愣："好的。"接着便转身下楼。

于从在帮刘特助搬桌子，听见这句话，看向傅临远，觉得他对新秘书似乎没那么上心。

下午六点左右，于从开车抵达里太购物中心，将车子停在一间咖啡厅旁边。咖啡厅的落地窗里，顾琼身穿一袭白色裙子、黑色大衣，头发披散着，撑着脸跟一个男人说话。那人就是唐斯，顾琼的大提琴老师的儿子。

于从握着方向盘，看了一眼落地窗里的顾琼。

顾琼笑靥如花，很快察觉到车窗外的轿车，便跟唐斯告别，拎起小包

起身，裙摆在半空中划出一条线。她推门而出，于从给她开了后座车门。顾琼弯腰坐进去，于从回到驾驶座。

顾琼看了一眼后座，问道："他人呢？"

"傅总在公司。"于从启动车子，说道。

顾琼靠着椅背，将小包放在一旁，"哦"了一声，看着于从转动着方向盘。

以前，傅临远都是自己开车的。现在，他请人了。

这个于从，好像很早之前就跟在他身边，带着一种严肃的缄默。顾琼又问："他怎么没来接我？"

于从回道："傅总在公司有点忙，开年回来有股东大会。"

顾琼拨弄了下头发："是吗？"她摇下车窗，跟穿着有些花哨的唐斯挥手说再见。唐斯的头发略长，他微微一笑，也向她挥手。

于从倒车出去，看了一眼唐斯，开走车子。天色渐黑，购物中心附近的车也多。霓虹灯闪烁，一路开到傅恒集团大厦。大厦门口，傅临远嘴里咬着烟，手插裤袋，送两位股东出来，股东的车停在大厦门口。风很大，吹乱傅临远的领口，他眉眼冷峻，有几分漫不经心。

顾琼在车里看到他，打开车门，拎着包朝他走去。

他的目光轻扫而来。旁边的股东笑问："是顾家小姐？"

傅临远收回视线，"嗯"了一声，拿下烟，示意刘特助给股东开车门，刘特助赶忙上前，乖乖开门。

股东笑着看向顾琼，说道："顾小姐越来越漂亮了，演出也很精彩。"

顾琼不认识对方，但既然对方认识她，那也不好得罪，她笑笑，带了几分敷衍。股东也点点头，弯腰钻进车里，关上门。

两位股东的车子一前一后开走。

顾琼上前一步，来到傅临远跟前。傅临远指间夹烟，吩咐了刘特助一些工作，顾琼于暗淡的光线中看着他，依旧觉得他陌生。

初八过后，不少地方都开工了，但陈静老家还有很多年轻人没返程，因为附近的镇子在初九、初十都有新年活动。肖梅又多了一样爱好——插花，花市结束后，她还去周晨伟的店里帮忙插花。今天，周晨伟送花来她们家，顺便指导肖梅。

　　陈静觉得插花很漂亮，但兴趣却不是很大。肖梅喊她帮忙，她却只是披着件外套，闲闲地靠着柜子，看着他们摆弄花。

　　肖梅无奈地对周晨伟说："她啊，最近有点懒。"

　　周晨伟听罢，笑笑，说道："难得放假，休息一下嘛。"

　　肖梅听着，多看了周晨伟几眼。陈静站直身子去倒水喝，顺便给周晨伟倒了一杯。

　　她在家穿着休闲，周晨伟接过杯子，不经意地看她一眼。阳光落在她眉眼上，很漂亮。

　　下午忙完，晚上隔壁镇有舞狮，周晨伟邀请陈静一起去，陈静还没开口，肖梅就回答道："我跟你们一起去吧，我本来也想让陈静今晚出去走走，在家懒得哟。"

　　陈静看一眼自家母亲，神情无奈。周晨伟笑着说："那就一起吧，人多也好有个照应。"

　　陈静对上周晨伟的眼睛。周晨伟常笑，有一双笑眼，比起周泊伟，她倒是不反感周晨伟。

　　她温和说道："嗯。"

　　晚上吃完饭，周晨伟就来她们家楼下等着，陈静挽着肖梅的手下来。周晨伟说他妈妈的脚不太方便，所以在家看电视，没出来。肖梅叹口气，道："你妈妈这脚一定要好好养啊。"

　　周晨伟笑道："嗯，我会照顾好她的。"

　　周晨伟的母亲去年从楼梯上摔下来，脚摔断了。人年纪大了，时不时这里不舒服那里不舒服的，没那么容易好。

　　三个人到了隔壁镇子，舞狮已经开始了，人特别多。陈静挽紧肖梅的手，周晨伟在她们身侧，时不时地挡走一些人。舞狮和游灯都很精彩，小孩拉着手放鞭炮，偶尔会摔一些小的摔炮到陈静的脚下，陈静笑着拉着肖梅躲开。

　　肖梅骂着这群坏孩子。她们只能退到一旁的台阶上，周晨伟挡开其他人。这时，郑丽正好带着周泊伟走到这边，周泊伟看到这一幕，脸色变了变，当场就喊："陈静。"

三个人齐齐看过去。周泊伟想起最近周晨伟常出入陈静家，语气顿时变得恶毒："原来传言都是真的，陈静你才回来多久，就勾搭上我堂哥，是打算在这里找个靠山？就跟你在傅恒集团的时候一样？"

附近的人都下意识地看向陈静，肖梅气得就要冲过去："你说什么？你嘴巴给我放干净点。"

"泊伟，你别乱说。"周晨伟挡在陈静面前说道，"大家一起出来看看舞狮有什么？"

周泊伟"呵呵"几声，不说话了，抱着手臂，他刚才一开口就占据了道德高地。肖梅气得直发抖，陈静拉着肖梅，冷冷地看着周泊伟，说："你在京市大学，迷惑小学妹，又把她抛弃了，这事情怎么算？"

周泊伟脸色微变。肖梅想起来这事情，立即声势浩大地指着他道："对，对，还有这件事情呢，我们可是亲眼看到的——"

四周的目光往这儿扫来，这里仿佛成了舞台中心。周泊伟气得就要冲过来，郑丽拉住他，周晨伟也赶紧拽住他的手臂，说："你干什么？我警告你，别再乱说话了。"

周晨伟拽着他直接下了台阶，郑丽有几分愧疚，看了肖梅好一会儿，欲言又止，随后转身跟着他们离开。

他们走后，肖梅看到那些目光，狠狠地扫过去："看什么看，有什么好看的？"

那些目光散了些，人也纷纷散开，但还是有几丝好奇的目光。肖梅拽住陈静的手臂，陈静神色平静，眉眼温柔，挽着肖梅的手，声音温和："别听周泊伟乱说。妈，我清清白白的。"

肖梅的眼眶一下子就红了，嘴里诅咒着周泊伟。陈静带她走下台阶，往另外一条巷子走去。舞狮还在继续，身后也依旧热闹繁华，陈静低声哄着肖梅。肖梅说："我当然相信自己的女儿。"

陈静一笑："那不就得了。"

晚上，临睡前，周晨伟在她们家门外敲门。肖梅去开门，陈静没出去，在房间里看美股。

周晨伟在门外道歉，说会好好教训周泊伟。他们堂兄弟关系一直不错，不然他也不会等着周泊伟回来。肖梅看周晨伟对那些流言蜚语不太在意的样子，多少觉得周晨伟还行，但仅限于还行，实在是因为周泊伟太恶心。

肖梅没那么热情，说完直接关了门。周晨伟在门口站了一会儿，叹了口气，下了楼。

接下来几天，周泊伟回京市了，那些流言蜚语慢慢地也就淡了。不过来陈静家的邻居阿姨少了些。周晨伟则不管那些流言蜚语，还是会来耐心指导肖梅插花，不过更多时候肖梅还是直接去他店里，很少让他来家里。

京市，夜晚的清吧。吧台边，两个俊朗的男人吸引了不少女生的目光。傅临远把玩着酒杯，长腿抵着墙面，靠着高脚桌，闻敛坐在他旁边，把玩着手机，领口微敞。

傅临远轻扯领带，点燃一根烟，咬在嘴里，晃着酒杯。

两人闲聊着天。于从走过来，拿了一份文件递给傅临远。闻敛见状，笑着抿酒："还真忙啊。"

傅临远打开文件袋，取出里面的资料，正欲翻开，却听到身后不远处的卡座里，有个喝高的男人正在高谈阔论："有些女人啊，真是人不可貌相，长得温柔贤淑，却上勾搭上司，下勾搭我堂哥。我约她的时候，就竖起高高的贞节牌坊，一个劲地拒绝。真不要脸。"

"谁啊？"有人好奇地问道。周泊伟停顿了下，笑着道："谁？当然是傅恒集团的总裁秘书，你们认识吗？"

傅恒集团的总裁秘书。这九个字令傅临远指尖微顿，随后默不作声地翻开那资料，并看了一眼于从。

于从明白他的意思。他认出了那个人是周泊伟，说话的语气简直称得上油腻。

于从点点头，转身出去。

闻敛也听见了，笑看傅临远一眼："陈静怎么了？"

傅临远没应，把资料放回文件袋里，在烟灰缸上轻轻弹了弹烟灰。闻敛看了一眼那还在叽叽叽地说着的男人，笑着叼起烟，站起身，说他去接夏言，先走了。

傅临远"嗯"了一声，慢条斯理地喝着酒。几秒后，他放下酒杯，拿起文件袋走出去。风挺大的，傅临远迈着长腿往巷子里走去，不一会儿便

来到周泊伟的跟前。

周泊伟被于从堵在墙角，感觉到面前有阴影，他唰地抬眼，对上傅临远的脸。傅临远神色冷漠，嘴里咬烟，眼眸阴冷，淡淡地看着周泊伟。

周泊伟突然发起抖，傅临远拎起他的领口，将他抵在墙上，居高临下地俯视他。

周泊伟对上傅临远的眼眸，害怕得不知所措。傅临远声音低沉："你再造谣她一次试试。"

周泊伟拼命摇头："不会了，不会了——"

傅临远松开手，在他肩膀上擦擦手，随后挽着袖子，拎着那份文件，走出巷子。

于从冷笑着去开车。

风挺大，傅临远抽完那根烟，站在路边，眉宇俊朗，拢着火又点了一根烟。几秒后，他从口袋里拿出手机，拨打了一个电话。

过了一会儿，那边接了起来。陈静的声音带了几分睡意，温柔地说："傅总。"

陡然再听她的声音，傅临远的指尖一顿，几秒后才开口："有什么困难吗？"

陈静在那边坐起身，听见这话，清醒些，说道："没有。"

傅临远指间夹烟，撩眼看着不远处，他喉结滑动："没有就行。"

陈静安静几秒，礼貌地回道："谢谢傅总关心。"

风大，傅临远领口敞开，陈静困极了，说道："傅总没什么事的话，那我先挂了，晚安。"

傅临远低沉地"嗯"了一声。他话音刚落，那边便挂了电话，连那点余温也跟着一起带走。

傅临远抬眸，嘴里咬着烟，手插裤袋，看着不远处的星座大厦。几秒后，他收回视线，弯腰坐进黑色轿车。他往后一靠，轻扯领口，一旁的手机屏幕暗下来，陈静的名字也隐去。

车里安静，于从握着方向盘。听周泊伟刚才的话，陈静在家乡似乎过得不太顺利。

车外霓虹灯闪烁，树影从车窗上扫过。于从想到陈静那张脸，与她共处时她显露出的聪明、冷静等特质，她确实值得让人呵护，傅总向来护着她，无论有没有那段关系，有了那段关系，只是让傅总对她再上心一点。

应该只是一点。只是现在，似乎不止一点。于从有些明白傅总的想法——爱不爱不说，走不走不说，可陈静至少要好好的。

于从抬眼，看向车内后视镜，张嘴道："傅总。"

话刚开口，傅临远就拿过一旁的资料，吩咐道："了解一下陈静在周镇的生活。"

于从一听，应道："好的。"

这也是他正想问的问题——需不需要去了解一下陈静现在的生活，以及周泊伟嘴里说的那个人是不是给陈静造成了困扰。

周镇。

挂断电话后，陈静握着手机看了一眼，屏幕上有"傅总"二字，旁边显示着通话时间。陈静不知他为何突然打电话过来，还问自己有什么困难。他是听到了什么消息，还是心血来潮？

后者不太可能，他这个人不会这样。陈静思考几秒，突然想到周泊伟那张脸。周泊伟在京大读研究生，傅恒集团自去年起就开始往京大投钱建新校区，傅临远在京大也有公开课，两人有可能遇见，是周泊伟说了什么或做了什么吗？

陈静的指尖缩紧了几分。事实上，她过得很好，也希望傅远临知道她没有什么不好的。

陈静将手机放在床头柜上，缩进被子里，翻身扯过抱枕抱在怀里。深夜，他那低沉的声音仿佛就在耳边。

陈静眨了眨眼，拢了被子，盖住下巴，并打开了蓝牙耳机，听着轻柔的歌曲，慢慢沉入睡眠。隔天一早，外面的声音有点吵，陈静从床上起来，披着头发，穿上外套，打开门问道："妈，怎么了？"

在搬工作台的两个人往她这边看来。肖梅"哎呀"一声："吵到你了？你在网上订的工作台到了，正好晨伟在楼下，就帮我搬上来。"

陈静也看到周晨伟了，周晨伟笑着道："顺手的事。"

"谢谢。"陈静声音温柔，带着清晨起来的倦懒。周晨伟笑道："客气什么，就是没想到声音会那么大，吵到你了。"

"没事，我本来就是要醒的。"

"你再睡会儿，工作台很快就好。"肖梅拢拢她的外套让她进去，陈静打了个哈欠，说道："嗯，我换套衣服。"

穿着睡衣不方便，陈静回了房，带上门。周晨伟已经把工作台放好了，按着台面试了试，肖梅看着他，觉得他挺踏实的。这样的人挺好，没那么多花花肠子，是个适合结婚的对象。

陈静换完衣服去浴室洗漱，擦擦脸再走出来，人清醒了很多。周晨伟正在帮肖梅把那些插花工具摆到桌上。陈静倒了一杯水，然后坐到桌旁吃早餐。

周晨伟忙完擦擦手，看向陈静。陈静咬了一口油条，喝着粥。肖梅给周晨伟倒了杯水，递给他时一眼就看到他的目光，忍不住打量着周晨伟。

周晨伟接过水杯，说了声谢谢，也收回视线。他喝了一口水后说道："对了。"

他放下水杯，走出去，不一会儿，抱着一个挺大的箱子回来，放在茶几上。肖梅问道："这是什么？"

周晨伟说道："在网上买的水果，听说挺好吃的。阿姨，陈静，你们尝一尝。"

肖梅走过去，看了一眼，说道："买这些做什么？这边什么都有，还到网上去买，运费都可以买几斤水果了。"

周晨伟无奈一笑，说道："听说不错，就买来试试，好像挺甜的。"

陈静知道那是某地的特产，网上疯传，说特别甜。她看肖梅一眼，想让肖梅拒绝，肖梅有几分犹豫，但想了想，还是开口："你拿回去……"

"肖姨，主要吧，我还想跟陈静道个歉。"

肖梅一顿，陈静也看向周晨伟。

周晨伟看着她说道："我堂弟那事，很抱歉，这么些天，也没正式道个歉。他自小性子就有些拧巴，总想不通事情，其实很容易吃亏。他这次确实做得非常不对。"

肖梅翻个白眼："不对？说真的，要是能告，我现在就告他去。"

"别别别，肖姨，你消消气，他这人就这样。"周晨伟担心肖梅再生气，立即开口道。

肖梅冷哼。陈静出声："你把水果拿回去吧。"

周晨伟有点急："就放这儿吧，肖姨到我店里插花的时候，顺手给我带两个就行，我妈不能吃这个，她胃不好，所以我就没买。好了，我等会儿还有事，先走了。"他说完就急急地往门口走去，肖梅没拦住，就听见门关上的声音。她无奈，看向陈静。

陈静继续喝着粥，说道："咱们回头送他点什么回礼。"

她能理解他的心理。肖梅也没那么坚定了，毕竟周晨伟确实挺好的，这段时间，他很少来家里，要不是今天搬工作台，他都不会上来。

只是那周泊伟，真的提起就硌硬。

没过两天，她们就听说郑丽在家里哭，因为周泊伟在京市出事了。他喝醉了酒，惹到不该惹的人，被打得肋骨都断了几根，还被匿名举报作风有问题，学校正在调查，如果是真的，那他可能会被退学。

肖梅出去打探消息，回来了跟陈静说起，忍不住鼓掌叫好。陈静正在看股票，腿上摆着笔记本电脑，听到这事，微微一顿。

她看着屏幕。

肖梅冷哼："真是苍天有眼，报应啊。"

清早的傅恒集团大厦，傅临远手臂上搭着外套，揉着眉心，走出电梯，一抬眼，脚步微顿。

陈静工位前有个身影，盘发，身穿职业套装。一秒后，傅临远认出不是她，收回视线，走向办公室，那身影也转了过来，是新来的秘书，姚桃。

姚桃陡然看到傅临远，不由得愣住了，她以往只在杂志和电视上见过他的照片或他的身影，今天是第一次见到真人。他太帅了，人又高，气势也盛。

她的心怦怦直跳，站直身子，手忙脚乱地喊道："傅总，早……早上好。"

傅临远没应，进了办公室，挂好外套，轻扯领口。冯志拿着文件上来，看到姚桃，笑眯眯地打招呼："新来的秘书吧？你好，我是冯志。"

"你好，冯经理。"

冯志笑道："我找傅总，你先忙着，熟悉一下，跟刘特助好好学，还有，记得加陈静的微信，不懂的就问她。"

"好的。"人事已经跟姚桃说了前秘书的名字。

冯志看姚桃几眼，不得不感慨人事会选人，真是个漂亮的姑娘。他拐进办公室，汇报关于华辉公司的事情。

冯志说着话，傅临远翻着创始人的资料。冯志说着说着，这才发现傅临远领带没系，垂落着，等会儿有个行长要过来，他想起之前见过陈静给傅临远系领带，于是向外招手，把姚桃叫来。讲真的，帅哥美女看着就是养眼。

姚桃进来，有点局促。冯志笑道："傅总的领带，你帮忙系一下，他等下要见客人。"

这话一出，姚桃有些呆。她培训时负责人讲了这个，她向傅临远走去。

傅临远抬眼，用狭长的眼眸轻扫姚桃一眼。那双眼眸里满是冷漠，直接把姚桃钉在了原地。傅临远抬手，用修长的指尖扣好纽扣，并系上领带。他翻着资料，头都没抬，只道："出去。"

冯志见状，神情讪讪，押错宝了。他赶紧对着有些蒙的姚桃摆摆手，姚桃的脸色有几分白，立即离开了。

冯志也不敢再多事。不一会儿，傅临远签好名，冯志拿着文件走出去。刘特助站在姚桃的桌旁，两个人正在交接，冯志不好意思地敲敲桌子，姚桃抬眼，冯志笑道："傅总有时心情不太好，你别紧张。"

姚桃的声音要脆一些，她说："不会。"实际上她有点怕了。

刘特助正好要下楼，就跟冯志一起。冯志进了电梯，看着下降的数字，脑海里浮现出有些荒谬的想法——或许，只有陈秘书可以给傅总系领带。

他顿了顿，赶快甩开这个念头。

可现在回想起来，陈秘书给傅总系领带那会儿，傅总会时不时地看着陈秘书的眉眼。

他疯了，想什么啊？

下电梯时，冯志走得飞快。刘特助看着冯志就差拔腿跑起来的样子，真是一头雾水。

刘特助跟冯志走后，顶层安静下来。

姚桃记着刘特助的话，得给傅总泡咖啡，她犹豫几秒，看向办公室。傅临远站在窗边打电话，姚桃看一眼他身后不远处的咖啡机，站起身，小心地走进去，来到咖啡机旁，低头开始操作。她没有陈静那么细致，发出了些许的响声。

傅临远微微拧眉。等电话讲得差不多了，他一边挂断电话一边往办公桌走去，说："以后没事别进来。"

姚桃身子一僵，望着手中忙到一半的事，放也不是，不放也不是。

傅临远在椅子上坐下，拔开钢笔笔帽，批改文件。他没再说什么，但姚桃已经不敢继续泡咖啡了，放下杯子，擦拭桌面，匆匆地离开。

傅临远撩眼看向咖啡机，仿佛能隐约看见站在那里的纤细身影。他眼眸微眯，几秒后收回视线。

中午送走行长后，傅临远扯掉领带，随手搭在衣架上，接着挽起袖子，走出办公室。他轻扫一眼陈静那张空的办公桌，随后往电梯走去。姚桃看他出来，站起身，张了张嘴，想喊他，可对方已经走到电梯了。

她看了一眼手机。刘特助叫她别急着下楼吃饭，偶尔傅总会让她一起去吃。

姚桃想，这也没叫我啊！

今日食堂的人尤其多。蒋禾懒得跟其他人坐一起，一个人端着面坐在四人桌，挑着里面的青菜吃，格外地怀念陈静在的时候。

没了陈静，她仿佛没了主心骨，像游魂一样。

这时，她眼前一暗，抬眼望去，竟是于从。于从含笑拿着托盘坐下，蒋禾想到陈静，冷酷地看着于从，又抬眼去找傅临远的身影，却没有看到。

她收回视线，有些冲地问道："坐这儿干吗？"

于从往她跟前放了一盅冰糖燕窝："聊聊。"

蒋禾看到这燕窝，顿时心生警惕。

于从猜出她应该是知道了些什么，毕竟她跟陈静是闺密。他笑笑，低头吃饭，也不急着开口。蒋禾看着于从的眉眼就有点生气，可气也没用，她低头吃自己的面。

于从随意地问道："陈静跟你联系过吧？她最近怎么样？"

蒋禾吃着面，说道："她很好。过着田园风的老家生活，还认识了个天天给她送花的花店老板。"

这都是蒋禾编的，她有一次跟陈静打视频电话，当时陈静跟肖梅在花店里挑花，她看到那个老板是个男的，还很斯文地跟陈静介绍，于是就直接拿来编话了。殊不知，她误打误撞，编对了。

于从一愣，问道："那个老板是不是周泊伟的堂哥？"

"是啊。"蒋禾其实并不知道，但还是应了下来。她应完后才反应过来，什么周泊伟的堂哥？

她看向于从，于从神色沉静，继续吃饭。

午休期间，于从上楼，看到新办公桌上有了女性的包，就猜到新秘书来上班了。他收回视线，见傅临远坐在椅子后，正在批改文件。

于从走到桌前，斟酌了几秒，看到了傅临远杯子里的清水。好像陈静走后，傅总就很少喝咖啡了，他以前还会自己动手煮，如今也不这么做了。

于从记得陈静煮的咖啡，味道苦涩，不同于其他人煮的，但正是傅总想要的味道。

他顿了顿，收回视线，说道："傅总，我打听了一下，情况可能跟我们听到的有些出入。陈静应该正在被周泊伟的堂哥追求。"

钢笔的尖头突然一顿。

于从继续说："估计那个周泊伟对陈静求而不得，就造谣、颠倒是非，想损害陈静的名声。"

陈静那性子根本不可能会主动勾搭任何人。另外，以她的长相，到哪儿都是被追求的那个。

傅临远签上最后一笔，合上文件推到一边，点燃一根烟，沉声说："继续盯着他。"

于从点头："好的。"

为什么学校的调查没有结果？因为傅临远没让学校给出结果，他就是要让周泊伟头上悬着一把刀，让他动弹不得，惶恐害怕，慢慢经受折磨。

于从离开时，正好在门口遇到吃完饭回来的姚桃。姚桃知道于从是傅临远的心腹，很多事情找他就对了，于是拦住他问道："咖啡……该怎么煮？"

于从看到姚桃漂亮的脸，顿了顿，说："我不知道该怎么跟你说，每个人煮出来的味道都不一样，你跟……陈静取取经吧。"

姚桃想起，她接受培训的时候，负责人也很多次提到陈静。负责人说要想知道傅总的意思，问陈静就对了。

别的部门的人希望她赶快上手，成为下一个陈静，这样她们跟她对接也简单点。可她完全摸不清傅总的心思。

于从绕过她离开。

办公室里很安静，傅临远又批改了几份文件，把钢笔往桌上一放，身子往后靠，看着盘旋上升的烟雾，突然心生烦躁。

他扯了下领口，喉结动了下。刘特助拿着文件走进去，傅临远轻抬眼，那一刻刘特助仿佛看到他眼里的冷意，手不由得僵了僵。他心想，傅总今天没睡好吗？

他下意识地转头想去寻找陈静，结果只看到姚桃的脸，他一顿，反应过来，陈静走了。以前傅总烦躁的时候，他不敢来，都是把文件给陈静，让她送进来的。可是现在没有人能救他了。

他只能硬着头皮把文件放在桌上："傅总，冯经理让我把腾宇公司的尽调给你。我先出去了。"

傅临远没应，刘特助飞快地跑出去。傅临远把烟咬在嘴里，轻扯领口，偏头滑动电脑的触摸板，神色冷漠。

那点烦躁倒是压住了。

下午两点半，电梯门一开，身着一袭白裙的顾琼走出电梯，姚桃立即站起身，顾琼随意一看，就看到姚桃那张漂亮的脸和窈窕的身材。

顾琼眼眸微眯，紧盯着对方。姚桃不知道她是谁，只问道："找傅总吗？"

顾琼站定："是的，找他，我怎么没见过你？"

顾琼对傅临远现如今的一切都觉得陌生，她回来后还是第一次来他这座大厦，刚才在楼下，她还听到别人说什么"陈秘书在的时候真好，现在换个新秘书不习惯啊"。

于是，顾琼故意这样问，想知道面前的人是不是那个陈秘书。姚桃说：

"我是新来的秘书，我姓姚。"

"哦，是吗？"顾琼说道，"那你应该是不懂规矩吧，上班穿这么短的裙子？"

顾琼是瞎说的。姚桃的脸却一下涨红，说："公司很多人都这样穿。"

顾琼听着，翻了个白眼，冷哼一声，转身直接往傅临远的办公室走去，一眼便看到他垂眸翻阅文件的样子。顾琼安静几秒，走进去，把手中的袋子放到他桌上，然后又取出了里面的盒子，打开，取出钢笔递到他跟前。

傅临远撩眼，目光落在那钢笔上。看了几秒，他收回视线，慢条斯理地理理袖子，顾琼把钢笔往前推，说道："哎，这支钢笔不是修好了吗？继续用吧。"

傅临远端起水杯喝口水，只说："你收起来。"

顾琼一听，问道："干吗，以后不用了？"

傅临远抬眼看她几秒。男人狭长的眼眸里情绪并不多，甚至有几分冷淡。顾琼撇嘴，把钢笔收回盒里，说道："这支钢笔算很耐用了，用了那么多年，现在才坏，你没扔掉算好了。"

傅临远没应，陈静捡起钢笔时清丽的侧脸却在他脑海中一闪而过。旧物品总会产生新记忆。

"晚上一起庆祝我老师的生日，别忘了。"顾琼一边说一边在他办公室看了一圈。于从上来接走顾琼，傅临远则跟高层开视频会议。

姚桃在外面，想进来给他煮咖啡又不敢，只能在工位上看着公司群里的消息和陈静之前做的笔记。

下午六点，傅临远穿上外套，拿着手机下了楼。姚桃等他走后才下班。

黑色轿车抵达傅恒集团大厦，傅临远拉开车门，弯腰坐进车里。于从启动车子，送傅临远回傅家，陪旅游回来的傅中衡夫妇吃饭。

夜色已深，傅临远才从傅家出来，他穿着黑色西装、黑色衬衫以及长裤，领口微敞。

傅临远与唐子儒有儿分交情，唐子儒去世的大人是傅临远的初中老师。今晚，唐子儒过生日，唐斯替唐子儒办了个小派对。傅临远进门时，顾琼正被唐斯拉着跳双人舞，两个人在舞池中，引起大家的阵阵欢呼和掌声。

傅临远只扫了一眼，便面无表情地走向唐子儒，与他握手："老师，生日快乐。"

唐子儒放下酒杯，笑着与他握手："临远，好久不见了。"

上次在顾琼的演奏会上，两人都没来得及见一面。傅临远点点头，接过于从递来的礼物，递给唐子儒。唐子儒让他身侧的人接过，随后带着傅临远往吧台走去，一边说："今年你师母的忌日，我就不出国了，在这儿陪她。"

傅临远"嗯"了一声。两个人聊着，他接过酒杯，饮了一口。他一手插在裤袋里，侧脸冷峻，个子高，一下子就被不少女人看到，目光纷纷往他身上扫。

顾琼跳着舞，也看到了他。他喝酒时喉结滑动，狭长的眼眸带着几分散漫。

顾琼看了好一会儿。不一会儿，不少人来向唐子儒敬酒，还有个外国美女拉着他要带他去跳舞。傅临远轻扯领口，走到长廊上去抽烟。

夜色很好，傅临远把玩着烟，随意看着手机邮件。顾琼踩着高跟鞋走到他面前，她今晚穿着适合跳舞的露背礼服裙，傅临远靠着墙看向她。

如果要接吻，他得低头才能吻到她。顾琼这样想着，踮起脚去亲他的唇角。傅临远正在点烟，察觉到她的动作，偏头躲开。顾琼动作一顿。

啪的一声，火苗跳起来。傅临远撩眼，对上她的眼眸。

二人对视几秒，顾琼眼眶含泪。他没低头，也没吻她，只看着她，嗓音低沉平静："顾琼，我们都变了。"

HONGMEIGUI

半截白菜　著

红玫瑰

一下一

中信出版集团 | 北京

NOTE.

第三卷　愚人

Volume Ⅲ
The Fool — 287

目录

第四卷　力量

Volume IV
Strength ── 349

Fu Linyuan
&
Chen Jing

傅 临 远 ＆ 陈 静

Seulement vous.

9月3日

期待您的见证。

那晚，
她坐上他车机的后座，
挡上他脸的邪一刻，
情动蔓延，满天星，
那才是开始。♡

千水谣

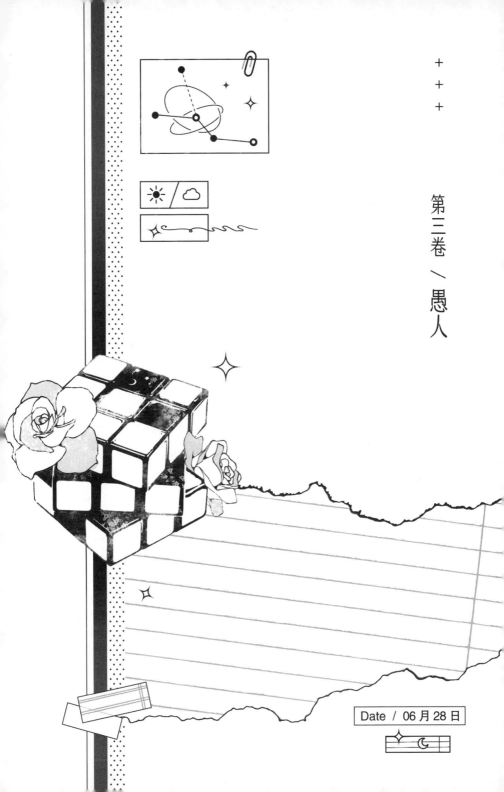

第三巻 ＼ 愚人

Date ／ 06 月 28 日

第六章　仅有的悸动

这一夜，顾琼提着裙摆扬长而去，唐斯追出去，开车把她带走了。

傅临远陪唐子儒切完蛋糕，便也准备离开。走前，唐子儒醉意浓浓，拉着他道："临远，顾琼跟唐斯都还是孩子，搞艺术的人总是很天真。"

傅临远扶着他不作声，招来管家把他送上楼。那名金发美女放下酒杯，顺着旋转楼梯跟上去。

黑色轿车开过来，傅临远解开些许领口，弯腰坐了进去。于从启动车子，握着方向盘开出别墅区，车里安静，霓虹灯光划过车窗。刚才，他也看到了顾琼跟唐斯离开，顾琼穿着一袭白裙坐进唐斯的吉普车。他离得远，看不太清顾琼的神情，只能看到唐斯在车里偏头跟她说话，显然是在安慰她。

周镇。

肖梅买菜回来，说看到郑丽在周晨伟的店里，仿佛一夜白头，极其憔悴。她一边择菜一边评价道："不好好教育孩子就是这样的下场，我有时觉得郑丽对周泊伟太溺爱了，说人家姑娘纠缠周泊伟，一点都不提周泊伟的错，要不是他释放信号，人家姑娘能上当吗？真是不会教孩子。全是别人家姑娘的错呗。这下好了，儿子出事了吧。"

陈静在客厅，听着肖梅的话，说道："妈，这种话你在家里说说就好了，去了外面或者碰上郑阿姨，可千万不要说。"

肖梅："不说怎么骂醒她？"

陈静看着电脑屏幕，抽空回她："你要说也等以后再说，现在郑阿姨情

绪不好。"

肖梅安静了。她很生气，但也记得自己刚回周镇住时郑丽热情的态度，也是郑丽让她慢慢走出失去丈夫的痛苦。所以说，人不是非黑即白的，也很难完全去否定一个人。

现在她觉得解气，但不能对郑丽落井下石。周泊伟出事了，郑丽就这么一个儿子，万一有什么想不开的就不好了。

她说："不说周泊伟了，晦气。"

陈静听肖梅总算消停下来，也专心地看着电脑屏幕。傅临远已经招到了新秘书，对方刚刚加了她微信，说自己叫姚桃，头像是颗蜜桃，是应届毕业生，虽不是京大的，但也是名校毕业的。

对方给她发了一个可爱的表情包，接着发："陈静姐，你好。"

不知不觉当姐了，陈静回复："你好，姚桃。"

那边安静几秒，接着连续给陈静发来好几张在制作咖啡的照片，还有一条文字消息：陈静姐，我的步骤对吗？

姚桃还贴心地给每张图处理了一下，添加了说明文字。陈静一一点开看，步骤并没有错，她回复对方："没错。"

姚桃又发过来文字："可是我感觉味道不太对，刘特助试了一下，也说好像不是你煮的那个味道。"

陈静微顿，回复："味道可以慢慢调。"

姚桃又发来两条信息："我老是把握不好手冲咖啡的度，都不知道磨坏了多少咖啡豆。"

"啊，哭了，陈静姐。"

她发来了一个表情包。陈静不知如何回复她。姚桃刚开始工作，有许多的烦恼也是正常的，她曾经也这样，倒是能理解。过了一会儿，姚桃又发了个视频过来，是她制作第二杯咖啡的小视频，拍得不是很清晰。陈静看她好像漏了个步骤，就发消息提醒了她。

姚桃回复："没有漏步骤啊。"

陈静沉默几秒。她实在不希望姚桃因为一杯咖啡一直找她。她起身，走到刚购买的咖啡机旁，靠着桌子，询问姚桃现在是否方便视频，以及傅总在不在。

姚桃回复："方便，傅总还没来公司，估计早上不会来了吧。"

此时已经上午十点了。

姚桃福至心灵："陈静姐是不是要打视频电话教我？"

陈静没有回她，直接给她拨了视频电话过去。姚桃那边很快就接起来，陈静看到了姚桃的长相，很漂亮，是那种很精致的美丽。姚桃也想看看陈静的长相，刚举起手机，陈静已经把手机放在了桌上的手机架上，镜头对着桌子。

陈静抬手取下咖啡盒，声音温柔："我一般给傅总做手冲咖啡，在不忙的情况下，也会用咖啡机，如果你实在不会冲泡手冲咖啡，就先用咖啡机，我示范一次，你认真看。"

"好的。"

陈静挪出磨豆机，拿出勺子，将咖啡豆放进磨豆机里，每个步骤都一一跟姚桃解释。她动作偏慢，就是为了让姚桃看清楚。她之前是留了写着步骤的笔记的，但姚桃显然没弄懂。阳光透进来，落在她戴着腕表的手腕上，她的皮肤白皙如玉，制作咖啡的样子像一幅风景画。

姚桃看得很认真，仔细记着陈静的步骤。

到最后一步，陈静在出液口放上杯子，调试时，她随意地扫向镜头，便看到一抹高大的身影挽着袖子朝会议室走去，身侧跟着冯志。走了几步，他转过身看向姚桃的手机屏幕。

傅临远狭长的眼眸扫来，姚桃吓得直接站直了身子。刘特助赶忙上前，问姚桃要腾宇公司的那份文件，姚桃手忙脚乱地在桌上翻着，一时也忘了关掉视频。

视频里，陈静没有露脸，她的手离开镜头，只用杯子挡着镜头。傅临远轻扫一眼手机屏幕，便移开视线，接过刘特助递来的文件，垂眸翻着。今天他穿着黑色衬衫跟西装外套、长裤，领口的扣子没扣上，眉宇冷峻。

陈静透过镜头远远看他几秒，保持着安静。陡然再见他，陈静很平静，看了几秒，倒了杯水靠在桌旁喝。

那头，傅临远将看完的文件扔给刘特助，带着人进了会议室。姚桃这才舒了一口气，惊恐地发现视频还没关，又不敢立即挂断。她拿过手机，悄声道："陈静姐。"

陈静回身，放下水杯说道："最后一个步骤其实也很简单，你先自己操作一下，不会再问我。"

"好的。"姚桃在那边点头。

陈静伸手关掉视频。有人敲门，肖梅擦擦手走出去开门，周晨伟的声音传来："肖姨，早上好。"

"早，进来吧。"

陈静听见了声音，但没回头，她这咖啡还差最后一步。周晨伟抱着两束花走进来，一眼看到陈静在制作咖啡。她很专注，阳光透进来，洒在桌子上，她半个身子在阴影里，眉眼温柔。

周晨伟一时没挪开视线，问："在制作咖啡吗？"

陈静抬眼，说道："是的。"她偏过头，看到周晨伟怀里抱着的两束花。周晨伟回过神，道："这两束花是早上多包的，拿过来给肖姨插花用。"说着，他就把花放到工作台上。

肖梅说道："这多浪费啊，又多包了？"

"是的，有时客人收到了嫌不好看，重新订也是有的，我懒得拆开重弄，就会再包一束新的。"他整理着工作台，笑着说道。肖梅还要看看厨房的菜，便说："晨伟啊，随便坐，我还在炒菜。陈静，你招呼招呼。"她说完就进厨房去了。

"没事，阿姨你忙。"周晨伟弄好那些花，就往陈静这儿走来。他看着陈静往杯子里放冰，又倒上咖啡，有模有样。陈静知道他在看，顺手把这一杯给他，眉眼温柔，笑道："试试？"

周晨伟笑着接过咖啡，说："好，我试一试，以前在学校里喝的都是速溶的。"

他喝了一口，陈静则端起温水喝着。

咖啡很苦涩，不像他记忆中速溶咖啡的味道，他不太习惯，或许是在周镇待久了，才会觉得咖啡苦。他没开口说，只是咽下一口后又喝了一口，尝试去接受。陈静察觉到了，问："是不是很苦？不习惯？"

周晨伟一顿，摇头道："还可以。"

陈静平时在咖啡厅喝的也是这种偏苦的，只比这个口味稍微缓和一些。她好这个味道。

她说：“太苦的话，我给你加点椰奶？”

“不用不用。”周晨伟放下杯子笑道。这时，肖梅端着菜出来，叫周晨伟一起吃。周晨伟这才想起来正事，说：“对了，我今天来是想跟你们说一声，我婶子担心周泊伟，想去京市。我不放心她，打算陪她去一趟。”

肖梅一听，手在围裙上擦了擦：“哦，去吧。”

周晨伟笑笑，看了一眼陈静，然后端起陈静泡咖啡用的一次性纸杯。他说：“我店里有人帮忙看着，肖姨如果要拿花，直接去拿就好。”

肖梅说道：“我休息几天也没什么，也不是每天都要插花，你好好陪着郑丽吧，她也怪不容易的。”

“好的。”周晨伟看向陈静，“那我走了。”

陈静：“慢走。”

肖梅把他送到门口，然后关上了门。母女俩回到桌旁坐下。肖梅给陈静夹菜，说：“周晨伟挺好的，周泊伟在京市读书时，周晨伟除了照顾自己的母亲，也经常照顾郑丽，郑丽有什么事也会找他商量。”

会议结束，傅临远等人从会议室里出来，刘特助鲜少跟着傅临远开这么高强度的会议，有点受不住。

傅临远走进办公室，看到桌上新送过来的文件，拿起来翻着，喊姚桃进来。

姚桃立即起身走到他面前。傅临远拿过钢笔，在上面签名。

这时，刘特助从洗手间回来，以为傅临远跟冯志下楼了，往办公室一拐，顺便问道：“姚桃，你刚刚是不是在跟陈静视频？”

姚桃脸色微变。傅临远指尖一顿，撩眼问道：“视频？跟谁？”

刘特助此时才看到傅临远在，神色变了变，又看姚桃脸色不好，立即往前一步道：“跟陈秘书。”

傅临远回想起刚才看到姚桃把手机放在桌上，屏幕上并没有人，只有一只杯子。

他低头继续签名，声音低沉，随意问道：“为什么视频？”

姚桃以为傅总要骂她，谁知道他却问这个。姚桃不敢跟他说咖啡的事，只说道：“有些文件不太懂，想请陈静姐指导我一下。”

傅临远没应，钢笔在纸面划过，名字成形："你喊她陈静姐？"

姚桃一愣，看着傅临远冷峻的眉眼，轻轻地"嗯"了一声。

傅临远合上钢笔，把文件递给姚桃，看她："她没比你大多少。"

姚桃感觉到男人的轻视，心里有点发寒，点了点头，随即赶紧拿起文件想送到楼下。刘特助也不敢多待，赶紧跟出去，跟着姚桃进了电梯。姚桃深呼吸一口气，眨了眨眼睛："陈静姐不是比我大点吗？"

刘特助顿了顿，道："那也不能喊姐啊，女人很在乎这个，她就大你几岁，你又不是小妹妹。"

姚桃默默点头。

姚桃跟刘特助走后，顶层安静下来。傅临远靠着桌子，脑海里浮现出那只杯子，若是仔细回想，杯子表面隐约反射出个人影。傅临远偏头拿过一根烟，低头点燃。烟雾升起，他捏着烟看向窗外。

下午五点，傅临远捞过外套穿上，挽起袖子下楼。于从将黑色轿车开来，傅临远弯腰上了车。

黑色轿车启动，往中心人民医院开去。他的手机嘀嘀响起，顾琼发了一条语音消息过来，立刻又撤了回去，傅临远扫一眼，并没有关注。

车子抵达中心人民医院，傅临远推门下车，走上台阶。此时，从楼梯上走下来一人，他穿着白色 T 恤、蓝色牛仔裤，握着手机，与傅临远擦肩而过。

那一刻，傅临远微微侧头，周晨伟也停下了脚步。

在人来人往的医院门口，两人都看到了对方。傅临远的目光只在周晨伟脸上停留两秒便收了回去，走向电梯。人群中，男人气势强盛，不可忽略，从任何人身边走过，都会让人下意识地看向他。周晨伟在原地站了几秒，想着那男人的长相，觉得一看就不是普通人。他走下台阶，去隔壁的便利店买吃的。

电梯上行，抵达住院部，傅临远走出电梯，往唐子儒的病房走去。这几天他喝多了酒，胃出血，被送到医院来了。

病房里只有唐斯陪着，唐斯抬眼，说："顾琼刚走。"

傅临远没应，走到唐子儒的病床边："老师怎么样？"

唐子儒睁开眼叹了口气，有气无力地摆手道："好多了，以后不能喝酒了，伤身。"

傅临远听着，没应，抬眼看了看，说道："换个病房。"

"不用，这儿烟火气重，人来人往的，吵闹却舒服。"唐子儒说道。他有时需要高山流水，有时又羡慕人间烟火。

傅临远听罢，没再开口。

唐斯在对面看着傅临远，顾琼说傅临远变了，变得陌生，可他却觉得傅临远没变，一直都是这样。当年在美国读书时，唐斯在一个私人派对上见过傅临远一次，他坐在沙发上，手臂搭着沙发扶手，一边喝酒一边与他的同学聊天，看着冷漠，透着几分散漫。

一群女人主动上前撩他，他连眼皮都没抬，轻慢的态度更加引起她们的征服欲。他越是不显山不露水，就越神秘，留出了太多的想象空间。

唐斯暗自"啧"了一声。

看完唐子儒，傅临远就离开了，从头到尾都没给唐斯一个眼神。走出病房后，他挽着袖子往电梯走去。

手机再次响起。还是顾琼发来的语音消息，发过来后又撤回，电话打了又挂断。傅临远直接拨了个电话过去，那头顿了几秒，接起来，却安静地不说话。

傅临远声音低沉："我让于从去接你。"

顾琼沉默几秒："好。"

傅临远挂断电话，回了傅家。于从去接顾琼。

傅中衡在教傅临远的母亲章欣彤玩游戏。听见他回来，章欣彤问道："吃饭没？"

"吃了。"傅临远直接上楼，换下身上的外套，白天袖口上不小心沾到了墨水。换好后，他下楼，扫一眼在客厅笑着玩游戏的父母。

他拿着车钥匙出了门。天色已黑，黑色 SUV 开到里太购物中心，傅临远将车停好，走向咖啡厅。顾琼咬着吸管看他走进来，坐直身子，盯着他看。

傅临远在她面前坐下。顾琼推了一杯咖啡给他，说："于从刚才点的。"

傅临远扫一眼咖啡，撩眼看她。顾琼被他一看，有几分紧张，握紧杯

子，看着他道：“我很早就想跟你聊聊了。那天你说我们都变了，我过后也想了想，似乎真的是这样。从五年前我一意孤行要出国的时候，我们就变了，对吗？”

傅临远端起咖啡喝了一口，喉结滑动。他沉声说：“顾琼，我说过，你出国是为了学习，不是为了跟唐斯混。”

顾琼咬唇，捂着脸说：“是啊，我堕落了。”

傅临远没出声，只是看着顾琼。顾琼的眼眶红着，握紧杯子凑近傅临远：“我们不能回到年少那会儿吗？那时我只要跟着你就很快乐，我也不知道我为什么会变成这样，总是忍不住想跟唐斯一起玩。”顾琼咬咬唇，“或许是因为你太高不可攀了。你明明……明明是可以尽情玩乐的样子，可是偏偏没有这样做。”

这时，于从正好来给傅临远送另外一部手机。他把手机放在桌上，听见这话，想起傅总跟陈静在一起时的样子，脑海中闪过一句话——他的尽情玩乐不是和你。

于从看顾琼一眼，悄声离开。

傅临远拿起手机，静静看着顾琼，几秒后道：“顾琼，你该静下心来，好好思考这一路走来何至于此。”

顾琼的泪水终于掉了下来，她想起在费城颓废的生活，她就像一朵破败的玫瑰，虽仍是白色的，却失去了光洁。她分不清自己喜不喜欢唐斯，但她想得到傅临远。傅临远把纸巾推到她跟前，说：“我信守承诺，但不代表我很有耐心。我们或许可以换种方式相处。”

顾琼唰地抬头看着他，傅临远神色不变，眼神冷淡。

顾琼摇头。那些岁月像流水一样从她眼前流过，而他毫不留恋。那些年少时光，那少许的心动，就这么扎在沙子里被海水淹没，最后回归了平静。

她从来就知道傅临远注重承诺，但他想撕碎承诺也是极其简单的。顾琼摇头：“不要——”

傅临远端起咖啡看着她。顾琼瞬间明白，从她回国后与唐斯又一次纠缠上时，她就已经亲手撕碎了傅临远的耐心。

她抽噎着，傅临远只给她递了纸巾。顾琼拿过纸巾擦拭泪水，眼眶很红，下意识地想回到让她觉得安全的地方："我想去看看老师。"

傅临远点头："我送你去。"

顾琼站起身，捞过小包。傅临远走向柜台付账。

他递出卡，侧脸冷峻，在光线下却很吸引人，顾琼看了他好一会儿。傅临远接过卡，转身往外走，顾琼急忙拎着包跟上，两个人走出咖啡厅，傅临远去开车。

顾琼看着这辆黑色 SUV，仿佛又回到过去一般，从前他总开着车来接她跟顾呈。

顾琼犹豫了一下，坐进了副驾驶座。傅临远轻扫她一眼，收回视线，支着下颌，神色冷淡。

顾琼扣好安全带。傅临远将车往人民医院开去。

夜访住院部需要登记，签完名后，两个人上楼。顾琼低声说道："老师太爱喝酒了，他那个女朋友也很喜欢喝酒，老是拉着老师喝……我希望他们分手。"傅临远听着，没应。

顾琼看着住院部，又问："老师为什么要住这里？太吵了。"

傅临远将手插进裤袋，带着顾琼往前走，恰好遇到拿着热水壶的周晨伟。双方面对面走过，周晨伟的视线扫向傅临远，傅临远无视了他，直接走过去，不经意地一抬眼，却看到病房里的周泊伟。傅临远轻扫了一眼病房号。

两人走到唐子儒的病房。他今晚的状态比白天更差一些，昏昏欲睡。顾琼看到唐斯，本来建起的心理防线又被击垮，想走过去跟他说说话。傅临远看了一下唐子儒的情况，便打算离开。

顾琼犹犹豫豫。傅临远轻扫她一眼，当没看见，偏头嘱咐陪护照顾好唐子儒。

陪护点了点头，耳根微红。

顾琼看到陪护的样子，又咬牙切齿起来。傅临远很快就离开了，顾琼没跟着他，她看着唐斯，觉得只有在他面前才感觉放松。

夜晚，住院部走廊安静。傅临远看了一眼腕表，往电梯走去。

这时，周泊伟那间病房里突然走出来一个人，是周晨伟。周晨伟看着他喊道："傅先生？"

傅临远停下脚步，撩眼看去。周晨伟确认自己没猜错，他说："我弟弟的事情，我很抱歉。希望你大人有大量，给他个痛快。"

傅临远神色冷漠，静看周晨伟几秒，没说什么，直接往电梯走去。郑丽洗完手出来，听见声音，问道："晨伟，谁啊？"

周晨伟赶紧回去，说道："没事。"

周泊伟说他得罪了傅恒集团的总裁，比起他身上的伤，现在更重要也更让他痛苦的是学校那边的事。

周晨伟认为周泊伟能留在京大的可能性极小，还不如吃个处分，退学了事。

傅恒集团的总裁显然对周泊伟有气，周晨伟叹了口气，关上病房门。

傅临远下了楼，走到露天停车场，打开车门，弯腰坐进去。周泊伟是那个男人的弟弟，而于从说陈静应该正被周泊伟的堂哥追求着。

傅临远抬手，轻扯领口。他摇下车窗，手肘搭上去，拿过打火机，啪地打开，点燃一根烟。

不一会儿，车子开出去，回到卓越万代。傅临远洗了澡，穿着睡衣出来，擦拭着头发，站在吧台前倒了一杯酒，修长的手指滑开手机，点击陈静的微信头像。

他喝着酒，看着她的头像，直到深夜，才回房间休息。

隔天，于从来接傅临远，黑色轿车停在大厦门口，傅临远手臂上搭着外套，眉宇间可见烦躁。他下了车，冯志本想上前打招呼，一看老板好像没睡好，立刻退避三舍。

傅临远走出电梯，姚桃立即站起身喊道："傅总早。"

傅临远应也没应，长腿迈进办公室，挂好外套，解开领口，靠着办公桌拿起文件翻开。

他侧脸冷硬，眉宇间带着戾气，显然心情不好。阳光透进来，他高大的身形在地板上落下一片阴影。

大家都看出他没睡好，刘特助跟财务总监把文件递给姚桃，让她拿进去。姚桃也犹豫着，幸好冯志上来了，她立即上前将文件递给他。

冯志接过文件，愣了几秒："你们怎么一个个都那么胆小啊？"

刘特助咳了一声，心想：你刚才在楼下不是直接就躲吗？现在躲不过了就来嘲讽我们。

姚桃神色里带着几分恳求之意。冯志抖了抖文件，说道："看在你长得漂亮的分儿上，这次算了。"

姚桃脸一红。冯志拿着文件进了办公室，把文件放在桌上。傅临远没抬眼，冯志站在他跟前，犹豫了一下，开口道："华辉公司的创始人想见您一面。"

傅临远"嗯"了一声，翻看着文件。

冯志说："他很快就到。我记得陈静之前拿来一些华辉创始人的采访资料，很多年前的，但我不记得她放在哪里了。"说着，他就拿出手机拨打陈静的电话。嘟嘟几声后，陈静就接了起来。她刚刚睡醒，问："冯经理，有事吗？"

声音温软。

傅临远翻文件的手停了。冯志笑道："有的，你之前不是说有华辉创始人的采访资料吗？你放哪里了？"

陈静安静几秒，想了一下，回道："好像放傅总那里了，你问问傅总。"

冯志看向傅临远。傅临远看着冯志的手机屏幕，上面显示"陈静"二字，他问："放哪儿了？"

陈静陡然听到他声音，愣了几秒，回道："就在你左手边的抽屉里。"

傅临远听着她的声音，回了句："好。"他顿了顿，补了一句，"你再睡会儿。"

冯志微愣，才反应过来陈静好像没起床，更令他惊讶的是傅总发现了。陈静挂断了电话，冯志收起手机，下意识地看向傅临远。傅临远走到办公桌后，拉开抽屉，从里面取出一份资料。

冯志站在桌前，看着专心看资料的傅总，又觉得不太对劲了。

挂断电话，陈静握着手机，几秒后才把它放在床头柜上。她是打算再补会儿觉，昨晚看股票看到很晚。最近股市动荡，一不小心就爆仓①，她得盯紧点。

---

① 当投资者的保证金账户中的资金不足以维持其持有的证券时，券商会强制卖出部分或全部证券以满足最低的保证金要求。

她拉高被子翻了个身，闭上眼睛，过了几秒，还是放了音乐助眠。就这样，她一觉睡到十点出头，直到肖梅敲门，喊她去流动市集。陈静迷迷糊糊地起身，抓抓头发走出去。

肖梅端着早餐出来："昨晚是不是又在看股票？"

陈静"嗯"了一声，钻进洗手间里。肖梅走到门边道："你对于工作，有什么想法？"

陈静边刷牙边说道："我想开间小客栈。"

肖梅一听："好啊，就是投资会不会有点大？"

陈静说道："先去考察考察。"

"也行。"肖梅揉揉脖颈，最近她的颈椎有点不太舒服，她提醒陈静，"今天赶市集，穿深色的衣服。"

陈静点头："好的。"

洗漱完出来，陈静先吃早餐，然后进屋去换衣服。她选了深色的裤子、一件长袖上衣跟薄外套，并戴上一顶帽子，遮住了半张脸。

肖梅也穿着深色的衣服，母女俩挽着手就出门了，结果一下楼就听说流动市集今年换到隔壁镇开，还蛮远的。陈静回来后还没顾得上买车，母女俩直接乘网约车过去，价格有点贵。

在车里，肖梅说："咱们镇上要是能开个大点的超市，就不用老去赶市集了。"

陈静按着手机，"嗯"了一声。

不过她们镇上没有什么热门景点，地段也有点偏。有人开过小超市，没什么生意就关了，街上都是一些小便利店，所以流动市集就诞生了，举办了好多年，算是一个习俗了。

母女俩这一天逛得挺累的，地面又湿，鞋子都脏了，好在她们都穿着深色系的衣服，不太显脏。陈静跟肖梅回到镇上，在一家小面馆对付了一下。

小面馆的装潢挺有感觉的，今天下雨，房檐下还在滴水。陈静看了一眼肖梅提了满手的袋子，拍了张照片，发朋友圈，配文：

　　流动市集，走走停停。

下面瞬间出现了几条回复。

蒋禾：得，这生活挺爽的。

乔惜：感觉像回归了田园生活。

刘特助：是不是没有大的商超，才需要赶这样的集市？我们老家也是。

陆臣：静静等我，我还在巴黎，等我回来。

几个人看到陆臣的回复都笑了。陆臣还得继续调查他看中的那个项目，否则傅临远不投资，所以只好又赶去了国外。不过陈静每一次发朋友圈，他都会及时评论，好像就住在朋友圈一样。

大概也是因为生活慢下来了，陈静偶尔会发朋友圈记录生活。

她提起肖梅手里的袋子，母女俩踩着雨水回家。

回到家，肖梅给陈静煮了杯红糖姜水。陈静喝完了就去洗澡，出来后，肖梅正坐在沙发上整理今天买的东西。流动市集有个好处，就是有些东西会打折，对肖梅这种爱省钱的人来说最合适不过，这次连蚝油都买了六瓶。

陈静擦着头发，肖梅说道："把头发擦干啊。"

陈静："好。"

肖梅看了一眼手机，道："周泊伟好像还半死不活的，据说得罪了傅恒集团……"

话音一落，陈静微愣，肖梅也停下话头，抬起眼："那不是你原来的公司吗？"

陈静靠着咖啡桌，"嗯"了一声，问道："他得罪了傅恒集团的什么人？"

"总裁。"肖梅应完，问道，"总裁就是你老板？"

陈静顿了顿，有些失神，周泊伟得罪他什么了？她问："谁说的？"

"郑丽。"

"说原因了吗？"

肖梅摇头："没说，估计是很严重的事，否则怎么会被人这样教训？"

陈静倒了杯水喝着，半湿的头发搭在肩膀上。周泊伟肯定做了什么不该做的事，她继续喝水，没再去想。

喝完水，她拿着纸笔，坐在茶几旁边，打算画画客栈的样子。

周泊伟一时好不了，郑丽没法立即回来，周晨伟倒是说过两天要回镇上，毕竟他还有个腿脚不方便的母亲。

这天，陈静跟肖梅下楼买菜，就见有人盘下了对面一连八个铺面，说准备做大的商超。

肖梅一愣，"呀"了一声："真的要开啊？"她拉着陈静过去凑热闹。人们议论纷纷的。

"是啊，听说要开，这一出手就是八个铺面。在这儿开，必亏吧？"

"也不一定，说不定能做起来呢，也不知道是哪位大老板投资的。"

"听说挺神秘的。"

肖梅凑上前想问东问西。陈静把她拉出来，说："我们先买菜。"

肖梅点头，母女俩挽着手去菜市场。肖梅说："要是开的话，以后都懒得去流动市集了，这大商超肯定什么都有。"

陈静"嗯"了一声。肖梅又道："不过，这地儿做不了生意，就怕跟之前那个小超市一样亏了。"

陈静没应，买菜重要。肖梅今天想做麻辣小龙虾，要早点去才能买到新鲜的。

京市，傅恒集团大厦。

华辉公司的创始人钟龙来了，坐在沙发上，年纪轻轻，却留着一脸络腮胡。傅临远翻着华辉公司的尽调情况，冯志则一直在说场面话，偶尔也问钟龙一些问题。

钟龙只看向傅临远，问："你能救华辉吗？"

傅临远漫不经心地翻着文件，说："看你愿不愿意自断双臂。"

钟龙脸色微僵，他的双臂——一个是他老婆，一个是他的兄弟们。就是因为他们想赚快钱，所以华辉公司这些年净卖概念，没有出成品，如今债台高筑，没有人肯再投资了。

他曾经的一腔热血已经成为一盘凉透的狗血。

钟龙看着傅临远："如果是你老婆这么做，你怎么办？"傅临远指尖一顿，撩眼对上钟龙的视线，往后靠靠，轻扯领口，没说话。

钟龙用表情示意"你看文件"，傅临远垂眸看向文件："现在是你在向我求救。"

钟龙脸色又僵了，保持着安静。

冯志立即给钟龙提出一种解决的办法："就不能有一个人离开公司吗？"

钟龙摇头，说："我老婆爱权力，也享受有权力的滋味。"

冯志顿时不知道该说什么，做生意不该谈感情的，钟龙走到今天就是太看重感情了。他相信傅总绝对不会做这种亏本的买卖。

这一谈没结果。冯志送钟龙下楼，回来时在一楼碰见于从，看到于从手里拿着文件，他探头看了一眼，念了标题中的两个字："周镇？"

于从把文件翻过去："看什么呢？"

冯志跟着于从一起进了电梯，问道："周镇好像是个县城吧？咱们在那里有投资吗？"

于从看他一眼，没应。冯志想了想，说："除了小客栈跟饮食，其他都容易亏。"

正好到投资部的楼层，冯志一边想着一边走出去。于从上楼，看到姚桃站在办公室门口，探头犹豫着要不要进去。

姚桃看到他，立即拦住他，指指茶几："我要不要去收拾？"

于从点头："要啊。"

"可傅总让我没事别进去。"姚桃说道。

于从安静几秒道："那你等下班再去吧，我送完这个文件，傅总也得回家了。"

"好的。"姚桃回了工位。

于从走进去，把关于投资周镇那家大商超的文件放在傅临远桌上。傅临远正在打电话，垂眸看了一眼，伸手拿起来。

这次投资没有经过任何评估与尽调，只因为陈静的一条朋友圈。他拿过钢笔，在下面签上名字，合上文件，递给于从。

傅临远捞过外套，搭在手臂上，于从下楼开车。直到傅临远走进电梯，姚桃才敢去收拾他的办公室。

傅临远回到傅家，把外套递给保姆。章欣彤端着菜从厨房出来，放下

筷子，说："你爸跟朋友出去了，今晚就咱们母子吃。"

傅临远给章欣彤舀了一碗汤，放在她手边——她习惯一边吃饭一边喝汤，随后，才挽着袖子坐下来。

章欣彤捧起碗喝一口汤，看他一眼："最近我跟你爸出去，经常看到小琼跟唐斯，他们一直都在一起？"

傅临远喝口汤，喉结滑动，只说："在国内，他们不会发生什么。"

章欣彤放下碗，叹口气，道："说是这样说，当初小琼让你和她订下婚约，你当成了一个郑重的承诺，可她并没有把这个承诺当回事啊。"

傅临远用公筷给章欣彤夹菜，说："你别操心。"

章欣彤看着他："我不操心才怪，难不成你就守着这个承诺？她心里喜欢唐斯，又想要你，这样能行吗？"

傅临远往后一靠，理了理袖子，看着章欣彤，说："我也没多干净。"

章欣彤微愣。没等她再问什么，保姆走进来，说刚才接到一个电话，顾琼跟唐斯因打架被带到了派出所。傅临远的神色冷下来。章欣彤连饭都吃不下了，立即放下筷子："过去看看。"

傅临远将袖子放下，起身接过保姆递来的外套，说道："我去就行。"

章欣彤也赶紧拿了外套，摇头道："不行，小琼是我从小看着长大的，我虽然生气，可也放心不下。"

傅临远不再说什么，拿了车钥匙，带着母亲出门。

黑色 SUV 启动，往中心区的派出所开去。夜色降临，树影摇曳着，黑色 SUV 在派出所门口停下。傅临远给母亲打开车门。

章欣彤下了车，裹紧外套，走进派出所，一眼就看到顾琼穿着白色裙子，抱着手臂，神情茫然地站在门口等着他们。灯光打在她的脸上，显得人有几分脆弱，虽已是初春，但天气还很寒凉，她的那条裙子很轻薄，但的确挺美的。

章欣彤脚步微顿。这孩子此时倒是有几分以前的样子，漂亮、圣洁。她有很久没像这样了。

傅临远撩眼看着顾琼，带着母亲走上台阶。

顾琼倒是没哭，静静看他一眼，又看向章欣彤："伯母。"

"你这个孩子啊。"章欣彤看出她无声的脆弱，忍不住开口。顾琼眼眶一红，上前抱住了章欣彤。

傅临远直接走进派出所，在办案区看到被铐着手铐、蹲在地上的唐斯。他神色冷了冷，抬起眼，对上民警的视线，与之握手，了解情况。

原来他们在酒吧跟人发生了冲突。在众目睽睽之下，唐斯拿着啤酒瓶砸了人，先动的手。顾琼看唐斯被人围住了，也拿了啤酒瓶去救他，但她并没有伤到人。

民警意思是顾琼检讨就行，可以不拘留，但唐斯不行，得拘留。对方去了医院验伤，结果还没出来，之后可能要起诉。

顾琼松开章欣彤，跑到傅临远身侧，道："老师在医院里，唐斯……唐斯不能出事。"

傅临远偏头，冷眼睨她。顾琼顿时低下头。

傅临远开口："他的事，老师自会处理。你要留下，也可以。"

顾琼一听，猛地抬眼，摇头。章欣彤赶紧上前，揽住顾琼的肩膀："小琼，先跟伯母回去，你穿得太少了。"

感受到章欣彤怀抱的温暖，顾琼眼眶又红了，她点点头，看了一眼唐斯，唐斯靠着椅子，摆手让她走。他没什么好怕的。

傅临远签好名。章欣彤带着顾琼就走。

回到傅家，傅中衡回来了，也听说了情况。他叉着腰看着顾琼，道："孩子啊，你妈妈去世不是你堕落的理由。唐斯性子顽劣，子儒不会管孩子，可你不一样，你是顾家人，顾家是在乎教养的。"

这些年傅中衡都没开过这样的口，这是第一次。顾琼站在原地，咬着唇点了点头。

"去吃饭吧。"傅中衡不爱说教，点两句就算了。桌子上添了一双碗筷，保姆热了刚才吃到一半的饭菜，端上桌。傅临远吃完饭就上楼处理工作，章欣彤陪着顾琼。

顾琼洗完澡出来，章欣彤看着她姣好的容颜，微微叹口气，道："小琼，你那么优秀，小小年纪就拿了不少奖，人生本应该很精彩的。"

顾琼靠在章欣彤的怀里点头。她发现长大后，她跟章欣彤的关系也变差了。她很久没来傅家跟章欣彤说心里话了。章欣彤拍了拍她的肩膀。

这一夜很长，顾琼在客房里久久未能入眠，快清晨的时候才睡了两个

小时。早晨，于从开车到了傅家。

傅临远打开门，从房间里出来，一边走一边挽着衬衫袖子。这时隔壁的房门也打开了，顾琼披着件长外套走出来："傅临远。"

傅临远撩眼，顾琼看着他的眉眼："你今天能陪我一天吗？"她强调道，"就一天。"

傅临远看了一眼腕表，声音低沉："开完会，我让于从来接你。"

"好。"顾琼点头。傅临远手臂上挽着外套，系着领带一路下楼。顾琼在背后看着他，他真的变得陌生了很多，她其实早该承认了。

上午十一点，傅临远开完会，穿上外套下楼。黑色轿车已经停在大厦门口，于从给他开了车门，傅临远弯腰坐进去。于从说："顾琼小姐在游乐园等你。"

傅临远理着袖口的手一顿，"嗯"了一声。

于从启动车子。对于顾琼会选择去游乐园这种地方，于从一点也不意外，她的性子似乎就是这样，天真、没定性，而傅总一看就不是会去这种地方的人。

车子抵达游乐园门口，顾琼穿着米黄色的裙子，戴着一顶圆帽，手里拿着冰激凌等着他。

这个游乐园有一定的年头了，从前年开始生意就不太好，因此看起来有些萧条。

傅临远推开车门下车，顺便把领带取下来，解开领口。他抬眼，轻扫一圈这游乐园。

顾琼笑着走近："是不是有点怀念了？"

傅临远去购票，沉声道："没有。"

顾琼听罢，一撇嘴。

买了票，二人走进去。游乐园里人很少，不复以前的热闹。那些机器都陈旧了。

傅临远手插着裤袋，冷眼看着。顾琼指着摩天轮道："那会儿我们三个人趁着工作人员不注意，钻进一个刚下来人的座舱，顾呈掰了半天才锁上锁，记得吗？"

傅临远没应，只看着摩天轮。

顾琼手中的冰激凌要化了，她赶紧吃了几口："我现在发现，我出国这五年的记忆变得很模糊，但是年少时的事却记得很清晰。"

　　傅临远神色淡淡。他西装革履，与这儿格格不入，一点都不像来玩的，反而像是来看项目的。顾琼跟着他走了一会儿，发现了这个问题，她再看看自己，时间好像一直在把他向前推，而她还在原地。

　　吃完冰激凌，顾琼想吃面。游乐园里有一家卖面的摊位。

　　傅临远去给她买，面条入碗，雾气缭绕。傅临远伸手端过，凝神看一眼那面，跟傅恒集团食堂平时做的有几分相似。他回身，把碗放在顾琼的桌上。顾琼拿起筷子，低头开吃。

　　傅临远没吃，靠着桌子抽烟，顾琼要吃辣椒，叫傅临远给她把辣椒瓶拿过来。傅临远从另一张桌子上拿来一瓶，挪到她的手边。顾琼眉眼一弯，舀了辣椒放进碗里。

　　面汤的热气飘起来，傅临远垂眸看她几秒，随后收回视线，看向不远处的摩天轮，说："顾琼，我有话跟你说。"

　　顾琼咬断面条："我也是。"

　　彼此却都安静地没继续开口。

　　顾琼继续吃她的面，吃完一碗还想吃第二碗，傅临远回身去给她又取一碗，手插着裤袋站在桌前等着。

　　他想，陈静也喜欢吃面。

　　顾琼说："这次不放辣椒了，太辣了。"

　　傅临远没应，他的耐心算很足了。顾琼吃完面，就让于从来接，她想去海边，傅临远耐着性子陪着。

　　于从搞不懂顾家小姐是什么意思，不过隐约觉得她似乎在找什么。

　　车子抵达海边别墅，顾琼去屋子里换上拖鞋，跑到沙滩上。

　　傅临远把外套随意地扔在沙发上，挽起袖子，点燃一根烟站在阳台上看着。顾琼在沙滩上玩着，其间傅临远接了两个电话。于从又拿来几份文件给他签名，顺便看了眼还在沙滩上玩着的顾琼，又看一眼傅临远。

　　傅总今天耐心很足。

　　傅临远签完名，合上文件，夜幕渐渐降临，顾琼好像也玩累了。她气喘吁吁地走进院子，脚上全是沙子。帽子被她反扣在手臂上，她站在院子

/ 306

中间，仰头看着傅临远。

傅临远咬着烟，烟雾缭绕。院子里的灯光是橘色的，私人沙滩非常安全、干净。风吹乱傅临远的领口，他眉宇冷峻，轮廓分明。

顾琼看着看着，开口说道："傅临远，当年陪你跳级，我感觉很辛苦，也很值得。"

傅临远眸色微深。

顾琼接着道："后来，你十六岁就上了大学。再后来我让你和我订下婚约，你也答应了。我一直在想，要不是因为有这个承诺，我在国外那五年，你根本就不会理我。"

傅临远没应。顾琼呼出一口气，抬头道："也幸好有这个承诺，我现在才能站在这里。"

风挺大的，傅临远在烟灰缸里弹了弹烟灰，手指骨节分明。他垂眸，顾琼赶在他开口之前说道："我相信你少时肯定对我动过心，但现在没有了，喜欢一个人不会是你这样的。你看我的时候，我不觉得有任何男女之间的感情。其实你读大学的时候，我有一次故意穿着吊带裙去找你。学校里好多人都看着我，你却没什么反应，我那个时候就挺生气的，觉得你不如唐斯。你为什么不能像他那样为我吃醋、生气，甚至对我放肆点呢？"

傅临远咬着烟听着。

"后来我觉得跟唐斯在一起更快乐，有时我真觉得我很喜欢他。所以，我要跟他一起出国。现在想想，他好像也不是良人。"顾琼叹口气。

傅临远声音低沉："你知道就好。"

顾琼抬眼："你也不是，你不爱我。"

傅临远挑眉，算默认了。

顾琼被气笑了，踢着地上的沙子。她仰头问道："我爸爸的股份，你拿到了吗？"

话音刚落，她的手机屏幕一亮。

她点开一看，自己已成为华耀公司的新股东。经过那么多年，她终于能进华耀，跟那个女人斗一场了。

她抬眼看着傅临远："谢谢你，临远哥。"她真心实意地感激他。

第七章　流失于指缝

　　这一夜，顾琼如释重负，她打电话叫来顾呈还有几个好友，在别墅里开小派对。

　　傅临远没有留下，他今天已经耽误了很多工作。

　　黑色轿车行驶在路上，傅临远坐在后座，翻着文件。于从从车内后视镜看他一眼，随即收回视线，看着前方的路况。这些时日下来，他也看明白了——傅总跟顾琼的婚约，告吹了。

　　青梅竹马不一定都能修成正果。

　　他想到陈静，又抬眼看向内视镜。傅临远将手肘搭在扶手上，翻过新的一页，神色看不出什么。于从收回视线，心想傅总的心思难猜，但那家显然会亏钱的商超也说明了什么。

　　黑色轿车回到傅恒集团大厦，冯志等人在办公室等着傅临远。傅临远上楼，脱下外套搭在椅背上，随后坐下，冯志立即拿着文件给他。

　　最近国外一些公司对股市发起几次做空①，这次目标直逼傅恒集团。以防万一，傅恒集团去年的财务报表、一些压着的收购以及合作都要重新理一理。这样的危机傅恒集团经历过一次，就在傅临远刚上任那一年，对方没啃下傅恒集团，估计不甘心。

　　傅临远要收购华辉公司，市场上对傅临远个人能力的评价也出现了别的声音，于是那几个机构又蠢蠢欲动。

---

①　金融资产的一种操作模式，与做多相对。做空指先借入标的资产，然后卖出获得现金，过一段时间之后，再支出现金买入标的资产归还。

冯志难得生气，一直骂着脏话。傅临远靠着椅背，点燃一根烟，偶尔在烟灰缸上弹一弹。

他指间夹烟，翻着文件，听着冯志汇报。冯志一连说太多脏字的时候，他就撩眼看对方一眼，冯志咳一声，立马收敛。

姚桃还没下班，她今晚是第一次加班，探头看他们讨论得热闹，也不敢去打扰。冯志出来上洗手间，顺便提醒姚桃给大家端几杯咖啡。

姚桃练了挺久，总算有机会展示了。她轻轻踩着高跟鞋进去，好在傅临远翻着文件，也没注意到她。姚桃走到咖啡桌边，开始操作。冯志上完洗手间回来，坐到沙发上，开始新一轮的讨论。他们说的东西姚桃读书的时候都学过，可是她没有实战经验，更没陈静分析事态的逻辑性，简直听得一头雾水，只得专注地煮着咖啡。不一会儿，她准备好四杯咖啡，用托盘端过去。傅临远翻着文件，烟灰缸放在手旁，指尖烟雾缭绕，眉眼冷峻，声音低沉地说着话。

灯光很亮，姚桃小心地把咖啡放在他手边。离得近了，她可以闻见男人身上隐隐约约的烟草味。姚桃放好咖啡后立即拿着托盘离开，耳根有点烫。心想不说别的，傅总是真的帅。

咖啡浓郁的香味飘来，傅临远随手端过，喝了一口。下一秒，他一顿，望着手中的咖啡，喊道："姚桃。"

姚桃在外面，挺紧张的。听见声音，她立即走到办公室门口，望进去。

傅临远用指尖推开咖啡："跟谁学的？"

姚桃更紧张了："陈……陈静啊。"

傅临远看向那杯咖啡。哪怕是一比一复制步骤的，也差了点味道。

他收回视线，没再吭声。姚桃看他这样，呆了呆，对上冯志视线，冯志摆手让她走，她立即悄悄退出去。

冯志又抿了口咖啡，很苦。

将近晚上十点半，冯志等人才离开办公室，姚桃今晚也跟着加班到这么晚。

冯志揉着脖颈走到姚桃的工位，下意识地问道："姚桃啊，你对做空的事有什么看法？"

姚桃正站着收拾东西，听见这话，一脸茫然地抬眼："啊？"

冯志看到她这表情，瞬间反应过来，她竟然一头雾水。他顿了顿，想着也对，毕竟是刚来的。

他说："没事没事，我走了，你也早点回吧。"

"好的。"

冯志走前，看了一眼陈静的工位，说真的，他还是不太习惯。

他走后，姚桃静等傅临远从办公室里出来，见他理着袖子，手臂上搭着外套走进电梯，她才敢离开。

电梯下行，一路抵达一楼。

傅临远轻扯着领口走出电梯，走了没几步，蒋禾也从另外一部电梯走出来。自从陈静辞职后，蒋禾见到傅临远的次数少之又少，猝不及防看到他，她脚步一顿，匆匆喊了声："傅总。"

傅临远轻扫她一眼："嗯。"

蒋禾想到他就是陈静喜欢的那个男人，不由得开始脑补他们二人在陆臣生日宴会上的隐秘画面，嗖地收回视线。她匆匆往前走了几步，想起来之前说过晚上要给陈静打电话。

这念头一起，她拿起手机就拨打了陈静的号码。不一会儿，那头接起来。

蒋禾立即点开免提："静静宝贝。"陈静笑着道："蒋禾。"

蒋禾下意识地用余光去瞟身后不远处的男人，然后迅速收回，笑道："我想你啦，我刚下班。你在干吗呢？"

"看电视。"陈静的声音温柔，带着几分倦懒，从话筒里传出来。蒋禾觉得她的声音太好听了，突然想起一件事情："对了，我想买些东西给你寄去，你给个地址。"

陈静靠着沙发扶手，懒洋洋地道："不用买了，家里什么都有。"

"你不给的话，那就把花店老板周晨伟的电话给我吧，他在京市，我让他给你带回去。"蒋禾说道。

陈静无奈："不要麻烦别人，等会儿我给你地址。"

蒋禾走到大厦门口。

黑色轿车还没来，傅临远站在台阶上，低头点烟。风挺大的，吹乱男人的领口。

　　蒋禾故意将下台阶的脚步放得慢了些，笑着道："这就对了，不过我觉得周晨伟肯定很愿意替我效劳。"她略有些浮夸地聊着天，直到钻进台阶下的白色网约车里。傅临远撩眼，视线轻扫过那白色轿车。

　　白色网约车走后没一会儿，黑色轿车缓缓停下。傅临远偏头掐灭烟，走下台阶，弯腰坐进去，解开少许衬衫领口。

　　于从坐回驾驶座，启动车子。他握着方向盘说道："唐先生已经安排了律师，与被打伤的那家人协商。"

　　后座的人没应声。于从看了一眼车内后视镜，傅临远将手臂搭在扶手上，翻着文件。窗外仿佛有流光划过，他领口微敞，神色冷漠。

　　于从收回视线，这时，身后传来低沉的声音："医院那边如何？"

　　于从顿了顿，想了下，傅临远应该最清楚唐子儒的情况，那么他问的就是周泊伟了。于从看着前方的路况说道："周泊伟的精神状态好了很多，不过还没出院，他母亲陪着他。至于那个叫周晨伟的堂哥，听说他与周泊伟商讨过，让周泊伟主动向校方承认自己的错误，争取从宽处理，周泊伟不答应，死犟着。周晨伟说不通，打算回周镇了。"

　　不得不说，周晨伟比周泊伟能屈能伸多了，也会做人，大概是因为猜出了唐子儒和傅临远的关系，这几天都会去唐子儒那儿做陪、聊天，还给唐子儒带了他亲手熬的汤。

　　于从评价道："周晨伟挺会做人的。"

　　傅临远抬眉。于从一顿，这才反应过来那个人在追求陈静。他抬眼看向车内后视镜。傅临远合上文件，往后一靠，狠狠扯了下领口，狭长的眼眸轻扫一眼车内后视镜。

　　于从嗖地收回视线，闭了嘴。

　　大概，即使不再拥有一个女人，男人还是会对这个女人有几分占有欲。

　　陈静跟蒋禾打电话，从客厅打到了房里，她打开笔记本电脑，点开股票走势图。蒋禾也到家了，她一边开门一边说："静静，没你在，我真的好孤独。"

　　她进的是陈静那间房。她自己那间房已经退掉了，陈静这间房几乎没变，走时是什么样，现在还是什么样。因为完全没改动，蒋禾才觉得孤独，所以她现在经常加班，还很积极地参加公司的聚餐。

陈静听着，安静几秒，说："蒋禾，我一直都在。"

蒋禾一听，笑了："嗯。"

她踢掉高跟鞋，关上门，走到沙发边倒下去，抓过抱枕抱着，接着坐直身子："对了，陈静，傅恒集团可能会有些麻烦。"

"怎么了？"

蒋禾说："我只是听说的，好像有外国的公司要做空傅恒集团，正在下猛药。"

陈静微愣。傅恒集团这两年是扩张得挺厉害的，但不至于被人盯上。所有的项目都是傅临远能把握的，极少出现风险。但最近，他们开发的一款搜索引擎确实被一款"种草"App冲击到了。这款App一开始只是个分享物品的平台，谁也没想到最后竟变成了分享各类知识与常识的综合平台，在线人数多，随便发个帖子，问个问题，立马就有人在下面评论回复，甚至能得到相关专家的回答。于是傅恒集团的搜索引擎就被分走了不少流量。但要说完全碾压，那还有段距离。

蒋禾接着道："今晚冯志他们几个人跟傅总开会谈了这件事情。你说万一……"

陈静声音镇定："不会的。"

蒋禾安静几秒，问道："你那么相信他？"

陈静淡淡地道："我相信他，但这无关情爱。"

蒋禾笑着趴在沙发扶手上，问："他何德何能？"

陈静无奈地听着。她用笔记本电脑登入一个网站，进入金融版块，反问蒋禾："你们都很担心吗？"

蒋禾顿了顿，拨弄着沙发旁那盏灯的流苏，说："那倒不会。在我们来之前，傅总上任那一年，傅恒集团就经历过这样的事。"

陈静也笑笑，与蒋禾又聊了会儿才挂电话。挂断之前，蒋禾让她记得发地址。陈静复制了地址，发到蒋禾的微信里。

随后她放下手机，开始浏览网站里的帖子，关于傅恒集团的讨论果然不少，都是在讨论傅恒集团最近对华辉公司的动作。华辉公司的债务现在是天文数字，傅恒集团在这个时候接手，很多人都在质疑傅临远的眼光。

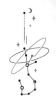

如果出了什么问题，哪怕外国公司的做空没成功，公司股东也会对傅临远施压。

　　陈静关掉网站。手机还停留在微信聊天页面，她已经取消了对傅临远的置顶，但因为最近很少用微信跟人聊天，与他的聊天框仍在肉眼可见的范围内。

　　这时，手机跳出来两条微信消息。

　　　　周晨伟：我明天下午回周镇，你有没有什么要买的，我帮你带回去？
　　　　周晨伟：肖阿姨是不是快过生日了，你要不要给她买点什么？

陈静没想到周晨伟记得她妈妈的生日。

　　　　陈静：不用了，我已经在网上买好了，谢谢你。
　　　　周晨伟：那行。
　　　　周晨伟：你早点睡。
　　　　陈静：好。

　　回复完，陈静也站起身，伸了个懒腰，回到床上。她躺下盖好被子，打了个哈欠。睡着前，她心想她还是希望他一直站在顶峰，他适合那里。

　　隔天，陈静九点半吃完早餐时，对面那个商超开始装修了。肖梅端着水果从厨房出来，听见装修的声音，道："这个商超也挺有意思，每天早上九点半开工，晚上六点就收工，好像跟着你作息来的。"

　　陈静叉了一片苹果吃，听着道："妈，怎么是跟着我的作息？"

　　肖梅在沙发上坐下，说道："你每天睡到九点，他们难道不是跟着你的作息？"

　　留在周镇的年轻人不算多，基本都有工作，或者开店做个小生意，大多起早贪黑，早上六七点就出门。在这种小地方，哪有什么"早九晚六"，只有陈静这种刚从大城市回来的人是这样的作息。陈静已经养成了习惯，哪怕不上班，也是这个点起床，偶尔也会赖床，但如果没熬夜，一般都会赶紧起来。

陈静听着，简直无奈。肖梅也太会乱代入了，只不过是巧合而已。

吃完早餐，陈静换了身衣服，跟肖梅出门去考察开客栈的地方。陈静这几年在外工作，每年也就过年回来一次，对老家谈不上熟悉，而肖梅一直待在这儿，消息听进听出，也知道一些好地方。

周镇附近有很多古城。古城连着江，还有很多网红店，旅游业已成规模，客栈也很多。陈静当然不是想开着玩，肯定是要盈利的。她们去看了很多家客栈的情况，陈静比较倾向于做一家不在闹市区的客栈，但也不能距离旅游景点太远。

所以，她看上了一排油菜花田前的房子。附近正好也有人开了一家客栈。

陈静跟肖梅去打听，对方挺热情的，说附近的住户都愿意把地租出去，如果能多租一些更好，可以引水来做游泳池之类的。

陈静觉得可以，但投资太大了。她们看了几栋房子，随后便一起回了家。

天色已黑。周晨伟已经回来了，提着几个礼盒站在楼下，笑着等她们。

肖梅让周晨伟上楼坐坐，母女俩走在前面，周晨伟拎着礼盒走在后面，肖梅懒得问周泊伟的事情，只问郑丽在京市过得习不习惯。周晨伟回答说她在饮食上不太习惯，而且经常搞不懂交通路线，其他方面倒是还行，所以，他就在医院附近租了个房子。

肖梅点头，开了门："她没出去过，当然不习惯，京市一天一个样。"

进屋后，肖梅让周晨伟随便坐。陈静倒了杯水给周晨伟，放在他手边。周晨伟看着陈静清丽的眉眼，周镇的水土养人，陈静更好看了。

肖梅问周晨伟，周泊伟为什么会被打，为什么会得罪人。

陈静抱着抱枕坐在一旁，对这个话题有点兴趣，撩眼看去。周晨伟感觉到陈静看来，心怦怦直跳。他看着肖梅说："他没说原因，好像也是因为学校的事情。"

肖梅"哦"了一声，心想肯定是什么肮脏事，才不敢说。这个答案也在陈静的意料之中。

周晨伟看陈静按着手机，挺专注的，放下杯子问道："陈静，你打算开客栈？"

陈静抬眼点头，眉眼温柔："是。"

周晨伟："你看中哪里了？"

陈静想了想，跟他说了。周晨伟说："我原先也想开，一直腾不出手，我还做了不少调查，资料都在我那里，我明天给你拿来。"

陈静一顿，笑道："你不开了吗？"

"不了，我没时间啊。"周晨伟看着她的笑容，心跳加速，或许是因为这几天去了京市没见到她，回来看着她，感觉越发不一样了。他不等陈静拒绝就说道："我明天给你拿来。这么晚了，我还得去店里看看，就先不打扰了。"

周晨伟起身，肖梅看他要走，立即拿起那几只礼盒跟出去，塞回给周晨伟。

周晨伟推搡几下，最后抽出一个袋子塞给肖梅，说这个一定要收下，是给陈静的。

肖梅推辞不过，拎着那个购物袋回到家里，从里面取出一个磨豆机，放到陈静的桌前："这不是做咖啡的吗？"

陈静看一眼，说："是。"

肖梅："周晨伟买给你备用的吧，他人还挺好的。"

陈静没吭声。她抱着抱枕，打算在网上买些礼物回赠给周晨伟。她拿起手机，一眼被购物软件里宣传的"超甜的水果"吸引，立即下单一箱，随后又看了其他的。陈静对于给男生买礼物没什么头绪，喊来肖梅。

肖梅道："不如给他妈妈换个轮椅吧？"但又想了想，觉得轮椅太贵重了，好像不太合适。母女俩商量了一会儿，最后买了一个全智能的扫地机器人当回礼。

隔天下午，陈静正在周镇的旅游局官网上浏览信息时，手机突然响起，她一看来电显示，竟是于从打来的。她顿了顿，接起来，声音平静："于从。"

"陈静，下午好。"于从笑道，"我来周镇办事，想找你商量一件事。"

陈静有些讶异，但极快就不去深想，只问道："什么事？"

"我在你家楼下，你下来？"

陈静听着，有几分恍惚，于从这大都市的人跑到小镇来，让她挺意外的。她起身，推开窗户往下看，果真见到于从穿着一身黑，站在车旁。这辆新车在周镇显得格外惹眼，已经有不少人看过来了，要是再稍微打听一下，都会知道于从是来找她的。

陈静思考几秒，扎起头发，换身衣服，推门走出去。

肖梅看她出来，问她要不要吃水果冰。陈静一边穿鞋一边说："我出去一会儿，回来再吃。"

"别跑远啊。"肖梅以为陈静又要去看客栈，嘱咐了一句，又问道，"晚上在家吃饭吧？"

陈静应声说是。

肖梅就不管她了。

陈静拉开门走出去，拐弯下楼。她穿着米色的外套，修身的浅色系长裤。春日的阳光有几分暖意，她出现时，那眉眼漂亮得连于从也有些挪不开目光。他很快回神，站直身子。

陈静抱着手臂跟他说："你把车往那边挪一挪，跟别人的车停一起。"

停在这儿太惹人注意了。

于从笑笑，点头说"好的"，随后钻进车里，把车开到那边的几辆车旁边，手里拿着一个文件袋走回来。

陈静轻扫他一眼，默不作声地走向一家小小的奶茶店。这家奶茶店的门面不大，里面桌椅放得还多，所以感觉更逼仄，好在外面还有露天的座位。陈静坐下，于从拿着文件袋坐在她对面。

陈静翻着桌面上的菜单，问他喝什么。

于从："都可以。"

陈静直接点了两杯柠檬茶，然后抬起眼。于从把文件袋放在桌上，说："傅总在这儿开了个商超，就在你家对面。"

陈静眯了下眼睛，接过服务员端来的柠檬茶喝着。于从的神色也很平静，没说傅临远为什么会突然在这儿开个商超，他把文件往前推了推，陈静轻扫一眼那文件袋。

于从知道她在想什么，亲自取出里面的资料放在陈静面前。那是一份

关于客栈的企划书。他说：“你应该很早就看过这份企划书了吧？傅总一直想投资旅游业，这次这份企划书重新被启动，送到你这儿来，他就是希望能以投资人的身份支持你做这个行业。”

陈静扫向那企划书。于从看着陈静，道：“你那么优秀，当傅总的秘书其实屈才了，或许可以试着成就一番事业。”

陈静抬眼，看着于从。于从神色温和，这些话都是真心实意说的。

其实从某种角度看，陈静与傅临远是一类人，深情也罢，爱恨也罢，都可以藏于表面之下。于从也是抓住了这点，才开这个口。

有几个学生嬉闹着进了奶茶店。陈静听着身后学生的声音，握着柠檬茶没动。于从怕接不住她的眼神，拿过一旁的柠檬茶喝了一口。那难以形容的味道令他下意识地看了一眼手中的杯子。

陈静见状，问道：“很难喝？”

于从顿了顿，没说什么，但心里确实是这样想的。

陈静笑了，又喝了一大口，道：“普通的生活就是这样，奶茶里面没有奶也没有茶，只有奶精跟茶粉。这些店一年几千家地开，遍地开花，也能大卖特卖。”

于从咳了一声，总觉得这话别有深意。

陈静说完这话，又喝了几口。她总是这样，在哪儿都很美，无论是在高楼大厦里，还是在这拥挤的奶茶店里，她都能闲适地融入不同的环境，也会产生新的见地与想法。

看她喝得那么自在，于从又挪过柠檬茶，尝试喝了一口，但还是没觉得好喝，满嘴都是冰碴，索性不喝了。

他跟陈静说她可以考虑一下，给自己一个机会，也给傅恒集团一个机会。

这时，肖梅推开窗户往外看。陈静远远看到母亲的身影，知道可以吃饭了，拿过柠檬茶说道：“我该回去吃饭了，以后你来周镇再请你吃饭。”

于从点头：“下次我请你。”

他看向陈静，陈静却没看他，走出遮阳伞，往家走去。几秒后，她停下脚步，对于从说：“明晚，让傅临远给我打电话。”

于从头一次听到她喊傅总的全名，愣了下，随即应了声“好的”。陈静便往家里走，一边喝柠檬茶，一边慢吞吞地走上楼梯。

陈静进门，肖梅端着菜出来，看她一眼："谁来找你？"

陈静把柠檬茶放在鞋柜上，换了鞋，关上门，说："以前公司的同事。"

"哦，来这儿干吗？"肖梅擦了擦手，取下围裙搭在椅背上，顺势坐下问道。

陈静也在桌旁坐下，拿起筷子夹排骨，说道："来这儿看项目。"

"那么大个集团，还能看上咱们这小地方啊？"肖梅想了想，"不过也有可能，市中心的小区房据说都是大集团开发的。"

陈静笑笑，"嗯"了一声。她吃着饭，突然问肖梅："妈，你跟爸爸以前对我有什么期盼吗？"

肖梅咀嚼着饭菜："当然有了，希望你考个好大学，选个热门专业，毕业后找份好工作。"她看陈静一眼，"这些期盼，你都实现了。"

陈静一听，笑了："那现在呢？"

"现在啊，希望你嫁个好人。"肖梅想了想说道。

陈静摆摆手："不说这个，我现在失业中。"

肖梅："什么失业，你不是要开客栈了吗？那些邻居的话你都不要听，都是些什么人。"

陈静回来后没有再回京市，二月了都还在家里，那些邻居就开始乱传，说陈静肯定是在京市混不下去了才回来的，否则这么一个高才生回来干吗？流言传得那叫一个难听，有人甚至借贬低陈静来显摆自己的女儿、儿子，说孩子们都要攒钱在大城市买公寓、买车了，或是找了个富二代对象，天天开豪车、背名牌包什么的，就差炫耀到陈静面前了。

肖梅听着真的好生气，那些人就差把"混得不好"四个字钉在陈静的脸上了。她看着陈静道："我现在对你真没什么期盼，就希望你健健康康的。你爸以前偶尔也会幻想女儿以后变得很牛，能罩着他。"肖梅说起丈夫，思念之情就上来了。陈静的爸爸是个乐观的人，偶尔太累了，回来会开玩笑，说他现在富养着女儿，以后女儿也会富养着他。陈静想起父亲，心里也是一暖。

人活一口气，树活一张皮，她也听到了外面的流言蜚语，却始终淡定。母女俩继续吃饭，肖梅想到了什么，又开始唠叨陈静不要喝那么多冰的，

现在好不容易月经时肚子不疼了，别又给整回去了。

她问陈静："还能抓到那位神医的药吗？"

陈静一顿，放下筷子，拿过纸巾擦擦唇，笑道："抓到了能干吗？现在没事就不吃了，是药三分毒，这是你说的。"

肖梅："就想着再巩固一下。"

第二天，周晨伟来陈静家里，给她带了他之前调查的资料。他说："前几年我也想开客栈，但又觉得还是应该把钱存起来，我妈妈身体不好，我需要多准备些钱以防万一。"

肖梅给周晨伟倒了杯水，说："你是个好孩子。"

周晨伟一笑。陈静翻着那些资料，挺详细的。她合上资料，打算再去现场看看。周晨伟见状，说道："我陪你去吧，还可以把我知道的情况都告诉你。"

他现在不想开客栈了，但是可以帮一帮陈静。陈静一顿，问："你今天不忙吗？"

"不忙，一天的时间还是有的。"周晨伟一笑。

"那麻烦你了，中午请你吃饭。"陈静微微一笑。她拿过外套穿上，把头发扎起来，拎上小包。周晨伟回店里去拿车钥匙，他有辆银色的小车。陈静走下楼梯，正好看到对面还在装修的商超，她看了几秒，周晨伟恰好把车开来。

陈静收回视线，拉开副驾驶座的门坐进去。

周晨伟启动车子，商超还没开，但已经得到很多的关注，路过的人都会看它几眼。周晨伟掉转车头，往另一个镇开去，前往陈静跟肖梅看中的那片有油菜花的地。

这儿环境是真的很好，空气新鲜。周晨伟跟陈静介绍说："租呢，其实最好是一口气租几块地，因为如果关系没搞好，另外的户主看你生意好，妒忌了，偶尔会捣乱。有些还能沟通，但要是碰上心不好的人也挺麻烦的，那就很容易影响生意。"

周晨伟之前也是因为这点才搁置了计划。他没那么多钱，只能租一小块地方。

钱投进去了，房子建好了，要是碰见这种事情，那就只剩下吃亏了。

面对那种人，最好的办法是用钱摆平。

陈静的资金当然也不足以一口气租这么多块地，只能一点一点地租。有些事说起来很容易，但真的面对了才知道挺难的。

两个人走了一圈，也去咨询了那家客栈，听了老板的说法。他挺孤独的，这儿只有他的一家客栈，形不成规模，只能依靠不停地降价吸引游客前来。

从客栈出来，陈静跟周晨伟又到处走了走。周晨伟对这儿比肖梅熟悉多了，加上是年轻人，懂得更多，陈静安静听着他说。碰见一个卖冰糖葫芦的，周晨伟买了一串给陈静，说："这个糖特别脆，一点都不粘牙。"

风吹乱了陈静的刘海，陈静拨开，迎着风跟阳光笑着接过："我尝尝。"

周晨伟看着她被阳光照亮的眉眼，心再次怦怦跳。二人去吃了午饭，又去别的客栈走了一圈，看了看人流量。天色将晚，两个人才回到周镇，肖梅做好了饭，留周晨伟吃饭。周晨伟说要回去给他妈妈做饭。肖梅一听，立即装了两个饭盒的菜给他，还装了一保温壶的汤，说："这么晚再做饭，什么时候能吃上呢？"

周晨伟有几分感动，说了好几声"谢谢"才离开。

晚上八点半，卓越万代。

桌上的笔记本电脑亮着，旁边堆着几份文件。傅临远起身来到吧台，给自己倒了杯酒。酒液坠入高脚杯，光线打在杯底。傅临远拿起手机，走到落地窗前，他今日穿着黑色衬衫，袖子挽起来，露出半截手腕。

他把玩着手机，随后，拨通陈静的电话。音乐铃声响起，不一会儿，那头接起。

陈静刚洗完澡，擦着头发，轻声喊道："傅总，晚上好。"

傅临远声音低沉："晚上好。"落地窗外面是夜景，隐约可听见她那边擦头发的细碎声音。

陈静在床边坐下，睡衣领口微微滑落。两人都安静几秒。

傅临远抬手解开了点领口："企划书收到了？"

陈静靠着床头，应道："嗯。"

陈静擦好头发，把毛巾搭在椅背上，开口道："傅临远，我相信你不会

拿傅恒集团开玩笑。"

傅临远，她又这样喊他。傅临远"嗯"了一声："不会。"

"好。"陈静的声音透过话筒，温柔又坚定，"你我之间将开始一段利益关系，无关上司下级，也无关过去的荒唐。仅仅只是利益关系，从此也只有利益关系。"

傅临远眉头微挑，望着远处的景色，安静几秒，道："当然。"

"晚安，傅总。"

"晚安。"

电话挂断后，傅临远突然感觉心脏处传来一股无名的刺痛，他拧了下眉心，顺手把手机扔在一旁的吧台上，解着另一只手腕处的袖扣。

他深呼吸了一下，刺痛有几分缓解，随之而来的则是涌起的烦躁，他走到吧台，端起酒饮了一口。

陈静靠着床头，握着手机，看着上面还亮着的名字，发了一会儿呆。过了好一会儿，她才坐直身子，神色恢复冷静。

她关掉手机屏幕，把手机放在床头柜上，起身坐到电脑前，挪动鼠标，打开股票走势图。

手机这时又响起，陈静指尖一顿，转头看去，来电的人是蒋禾。她放松下来，伸手拿起手机接起电话。

"晚上好，静静宝贝。"

陈静笑道："晚上好。"

"那么客套干吗？"蒋禾笑道，坐在沙发上翻着手里的资料，"静静，公司最近启动了之前的旅游项目，我看到项目文件，地点是周镇，是不是你家？"

陈静微愣，几秒后点头："是。"

"不单如此，傅恒集团下一个投资的对象就是你，对吗？"蒋禾是投资部的，跟着冯志，公司有什么项目，她一下子就知道了。

陈静听着，笑了笑："是，于从刚找上我。"

蒋禾安静几秒，接着大喊了一声，完全没办法保持镇定了。她说："你终于要做回你专业内的工作了！"

以前，蒋禾也幻想陈静以后会成为投资部的经理，抑或是经营属于自己的事业，成为傅恒集团的合伙人。但她转头就当了傅临远的秘书，虽然当傅临远的秘书也很好，就算离职了去别的公司，也有很多工作可以做，但终归还是不一样的。

陈静笑问："你怎么确定我会答应？"

蒋禾又安静下来，说："静静，我知道傅总给了你车跟房，你没要。这是因为你喜欢他，你对他的感情是纯粹的，而他对你大概就是一次狩猎，或许有几分心动，但更多的只是成年男女的需求。他给你车跟房符合他的身份，你没要也符合你的想法。你明明很早就喜欢他了，但你们对感情其实是两个想法。你觉得收了东西就侮辱了你对他的喜欢，那种纯粹的暗恋。何况你那么优秀，这些东西，你都可以靠自己得到。但与傅恒集团合作，你就会有另外一种身份，你一定是想好了才会答应的。你学了那么多年金融，需要能施展的地方，你最熟悉傅恒集团，你清楚它可以给你提供什么样的平台，或许今天是周镇，明天就是西镇，都是你可以施展拳脚的地方。至于傅总，其实他最清楚你的能力，前两天启动这个项目时，冯志也第一时间想到了你，傅总很冷静理智地选择了你。"

陈静听着，笑了笑，没应。

蒋禾说："我说得对吗？"

陈静温柔一笑："对。"

离开不是恨，没有恨，只是失落，只是没赌赢。她还有那么长的路要走，这只是一段刻骨铭心的小插曲，时间终会让一切变得明朗清晰。

她终究是要往前走的。傅临远不是傻子，开商超看似会亏钱，但他的目的是启动旅游业的项目。为这边引流，开商超、客栈只是第一步，而陈静现在也只想做好客栈。

隔天，周晨伟来陈静家里，问她要不要再去看看那个客栈。陈静说今天暂时不去。她给他做了一杯手冲咖啡，加了椰奶，味道甜多了。

陈静靠在桌旁看着周晨伟，问他还有没有做客栈的想法。周晨伟喝了一口咖啡，觉得味道比之前的好多了，抬眼笑道："我可以投资一点，你愿意让我投吗？"

陈静的头发披散在肩上，有几分慵懒。她笑："好。"

　　有周晨伟的帮忙，陈静会更有信心一些。他在这儿已经生活了很多年，比她更了解情况。

　　陈静告诉他，可能会有公司对他们进行投资。

　　周晨伟微愣，看着漂亮的陈静，突然想起她是从京市回来的，还在傅恒集团上过班，有这样的人脉很正常。他笑道："那很好，这样吧，我的股就当暗股，你我另拟合同。"

　　陈静一听，笑道："好。"这样她明面上持有的股份就比较多，挺好。

　　事情敲定下来后，冯志就跟陈静联系了。乔惜等人得知这件事情，又活络起来，纷纷表示欢迎陈静以另一个身份与她们再次联系。

　　陈静与冯志互通消息几天后，就准备签合作协议了，时间定在周五。

　　肖梅不知道陈静最近在忙什么，只知道她忙，晚上经常催促她早点睡。周四晚上，陈静还是忙到十二点多才洗漱睡觉。

　　这一夜有点热，她总醒，隔天早上她起不来，赖着床。肖梅进来叫她，嘴里叨叨："今天不是有很重要的事情吗，还睡？"

　　陈静无奈，只得爬起来去洗漱，吃过早饭，冯志发消息说车快到了，陈静这才进房里换衣服。回周镇后，她的那些职业套装都包起来了。陈静套上薄款毛衣，穿上修身长裤，头发扎成低马尾，把一些资料放进包里提着。

　　随后，她跟肖梅说了一声，穿上鞋子出门。她走下楼梯，阳光正好斜斜地打进来，她从阴影里走出来。黑色轿车开过来，缓缓停下，车窗摇下后，一张棱角分明的俊脸露了出来。傅临远偏头，略微抬眼，就看到了陈静。

　　她抬手遮了下阳光，也看过来。一瞬间，四目相对，恍若隔世。

　　他也来了。陈静有几分诧异，但想想也正常。后面还有辆车，冯志从车里下来，笑着招手："陈静。"

　　听到这声音，陈静移开视线，往后看去，冯志拉开副驾驶侧的车门，示意她坐进去。陈静微微一笑，放下手臂，先朝黑色轿车的副驾驶侧走去，走近了，温和地喊了声傅总。

　　傅临远声音很低："嗯。"

　　于从已经摇下车窗，陈静收回视线，弯腰，刘海垂落一些。

她对于从说道："往前开一点吧，前面那栋房子，我在三楼租了一间办公室。"

她抬手往那边指去，奶茶店也在那栋楼，于从抬眼望去，点点头。陈静站直，车窗缓缓摇上，她从车旁走过，往冯志那辆车走去，身影印进车窗里，仿佛跟傅临远擦身而过似的。车后座上，傅临远侧脸冷硬，只微微抬眼，车窗外女人的光影一闪而过。

冯志热情地扶着车门，陈静笑着说了声谢谢，弯腰坐进去。冯志去开车，于从没立即启动车子，等冯志那辆车开到前面，他才跟上。陈静指挥着冯志把车停在空停车位上，于从开着的那辆黑色轿车也缓缓停下。两辆车都很新，在这儿显得格格不入。

陈静关上车门下车，在前面带路。冯志跟在陈静的身侧，笑着询问她一些问题，陈静一一回答。傅临远跟于从走在后面。傅临远人高，气势强，走进这种矮小的楼梯，立即就使得楼梯有几分逼仄。

冯志说："这里太窄了，你以后都在这儿办公？"

陈静听罢，笑道："不是，这只是临时办公地点，我回头会挪到客栈，直接在那里运营。"

"那还差不多。"

抵达三楼，陈静来到房间门口，低头从包里拿出钥匙，这儿的走廊都很窄。阳光透过窗户照进来，陈静柔软的发丝浸润在阳光里，带了点棕色。

傅临远狭长的眼眸落在她的发丝上，她染了发，不再是之前的纯黑色。

陈静拿出钥匙，插入锁孔，推开门，敞亮的办公室一下子就把楼梯跟走廊的逼仄给扫走了，冯志走进去看了几眼，道："这里面倒是不错，光线好啊。"

这地方是老房子改造的，窗户是一整排的，阳光从窗户投射进来，办公桌跟沙发等都是简约现代风，让冯志感觉舒服多了。

等会儿要展示PPT，陈静放下资料，开了灯，走过去把窗帘全拉起来。傅临远已经拿过她的资料，靠着桌子翻起来了。他神色认真，陈静脚步一顿，走过去，挪过一旁的笔记本电脑，弯腰打开PPT，里面是她调研的数据以及对未来的规划图。她打开墙壁上的投影，接着拿遥控器调整起来。

冯志看着陈静这一套熟悉的动作以及认真正式的姿态，心想不愧是从

傅恒集团出来的秘书，不愧是陈静，她是认真要做事的。

PPT 中的数据清晰地呈现在幕布上，周市几个热门旅游景点的人流量以及门票销售情况详细到每半个小时的数据。几个重要的公休假以及周市的几个特色节日的人流量变化则被拿出来做重点分析。这两年，来周镇过节也成为大家来旅游的主要原因，在这里能看到周市的特色节日风俗。高峰期的总人流量甚至能达到 150 万人次。最著名的旅游景点和普通景点的出票次数、购物情况，热门的网红店的销售数据，周静都统计得很详细。

冯志"啧"了一声："这么个小小的地方，居然能有那么大的人流量，这就是块大蛋糕啊。"

他两年前也对周市做过调查，那会儿人流量没达到这么多，这涨势是从去年下半年开始的。

陈静说道："因为短视频的宣传。"冯志点点头。

互联网基本每三个月就会迎来一个新趋势，宣传作用不可小觑，总有新花样。好在傅临远的眼光一直都很毒辣，每次都能嗅到风向。接下来，陈静展示了各大客栈的数据，搜集这些数据需要一定的算法，不是谁都能做到的，但陈静做到了。她从多个纬度综合计算出一个区域中生意最好和最差的客栈，中和得到一个平均值，分析出其中有很大的利润空间。市中心的客栈可以与各大景点、旅游团合作，而偏远一点的客栈就需要有独特的卖点，陈静一一将这些卖点总结出来。

冯志看完，感叹陈静的 PPT 实在是细致，连他这个对周市极其陌生的人都能一下子对周市的旅游业发展趋势有了一个明确的了解。

"村镇的政府办事情况如何？"低沉的声音在一旁响起，陈静转头看去，对上他的眼眸。

他总能一下子切中要害。

陈静神色冷静道："情况不明朗。"

冯志一听："这个挺麻烦。"

陈静收回视线，继续按着遥控器，只说："我会处理好的。"

她今日没化妆，素颜，睫毛很长。傅临远静静看她几秒，撩眼看向冯志，冯志明白他这是在暗示让傅恒集团出面处理。

陈静继续展示着后面的各项数据，不用走出这个房间，傅临远跟冯志透过陈静给的数据，就已经对周市非常熟悉了。这让冯志觉得投资周镇的商超也不算亏，说不定有盈利的机会，而且为了符合当地人的消费习惯、消费水平，商超的模式也改了。

这时，门口传来脚步声，周晨伟手里拎着三杯咖啡走进来，他一踏进来，三个人都纷纷看去。傅临远与周晨伟的视线在空中一对，周晨伟立即笑道："傅先生。"

他往陈静身边走，说："刚才肖阿姨跟我说有客人来，问要不要买点水送过来。我想了想，他们可能习惯喝咖啡，就用你的咖啡机冲了三杯。"

陈静有几分惊喜，笑道："谢谢你。"

"客气什么。"周晨伟笑道。陈静接过一杯，下意识地先递给傅临远，傅临远垂眸扫过她手中的咖啡。陈静抬眼看他，男人接过她手中的咖啡，随手便搁在一旁。冯志则兴高采烈地接过，说："真有点渴了。"然后开始牛饮。

陈静接过最后一杯，喝了一口。味道挺苦的，周晨伟可能是担心太苦，还加了点糖，不是陈静想要的味道，不过她还是很感激。来者是客，刚才她看他们进入状态了，急忙打开 PPT 开始讲，一时没注意，招呼不到位。

周晨伟看到幕布上的内容，愣了愣，仔细看了看，又看向陈静，夸道："原来你做了那么多调查啊，太厉害了。"

陈静笑笑。冯志放下杯子，笑着想说话，却看到了自家老板的样子。傅临远将手插在裤袋里，眼眸微抬，神色如常地看着陈静与周晨伟，看不出情绪。但冯志不知为何感觉到了点不一样的气氛。他看向腕表，转而道："快中午了，陈静，要不我们去吃饭吧？我们难得来一趟周镇，你怎么也得请客啊。"

陈静放下咖啡杯，笑道："好，当然。"

周晨伟还要回去照顾他妈妈，何况他也没什么理由跟着去，便说："那我送送你们。"

四个人下楼，外面天色有点变了，刚才还阳光灿烂，此时已乌云遮日。楼梯窄，傅临远走在最后面。周晨伟走在陈静身侧，虽然周晨伟也很高，但他的气势没那么强盛，身材也比傅临远稍微清瘦一些。他还跟陈静闲聊起花店的事。

冯志不知为何总想咽口水。好在四人很快抵达一楼。周晨伟离开前，还特意跟傅临远打了招呼。傅临远神色冷漠，没应。

周镇没有像样的饭店，得开车去别的地方吃，陈静把地址发给于从，然后钻进冯志的车。傅临远也弯腰上了黑色轿车，于从启动车子，一路开往陈静给的地址。

于从刚才在楼下看到周晨伟上去，没拦住。他们一行人下来的时候，他下意识地看向傅临远。男人一步步地从楼梯上下来，脸从阴影处移动到明亮处，轻扫了陈静与周晨伟一眼。落在周晨伟身上的眼神冷戾而轻慢，如果周晨伟看见，肯定接不住那个眼神。

于从不由得握紧了方向盘，看着前方乌云遍布的天空。可此时后座的男人极其安静，只是摇下车窗，将手臂搭在扶手上，点了一根烟把玩着。

那家饭店的规模还可以，停下车子，几个人进了饭店。陈静要了一间包厢，傅临远下车时就掐灭了烟，随手把银色打火机放进裤袋里。

四个人进了包厢。陈静做东，她把菜单递给冯志和于从，先让他们点。二人点完后，她又把菜单递给傅临远。

傅临远偏头看她："你点。"

陈静"嗯"了一声，拿回菜单，用笔在上面勾勒。

她勾好菜单，给了服务员，服务员去打单，回来顺手将单子放在傅临远与陈静之间。

大概是因为跟在他身边那么久，熟知他的喜好，她点的菜都是符合他口味的。傅临远看见了，静静看她几秒。随后，将单子放到自己这边。

陈静在与冯志说话，冯志问她客栈准备装修成什么风格，陈静大概说了说自己的想法。冯志说他很期待。

不一会儿，菜上了桌，大家肚子都饿了，就没再多话，开始吃饭。冯志喜欢红烧排骨，夹了好几块。陈静抬起筷子，想夹块鱼，转盘却连着两次都转走了。

陈静无奈，只得落筷夹别的。她刚把菜夹到碗里，转盘又转了，这时，一只修长的手按住了转盘。冯志抬起筷子正想夹排骨，转盘却不动了，他抬起头看到傅临远按着转盘，嗖地收回筷子。陈静抬头，顺手夹走了眼前的鱼。转盘这才再次转起来。冯志默默伸出筷子去夹他的红烧排骨。

吃完饭，陈静去买单，再出来时，见外面下起了雨，雨势虽然不大，但很密，陈静便在饭店旁边的店里买了两把雨伞，将一把递给于从。冯志跟于从勾肩搭背地先走了，并对陈静道："你跟傅总一起撑。"

陈静手中的雨伞被傅临远拿走，他撑开黑色雨伞，垂眸沉声道："走。"

陈静抬眼，与他视线对上几秒，点点头，神色平静，跟着他的步伐走下台阶。

傅临远单手握着雨伞，两个人走着，陈静没有刻意地放慢步子，但他们步伐就是有差别，距离也是这样产生的。雨滴答滴答地落在伞面上，陈静的心情极为平静。

伞下，隐隐约约有他身上的烟草味，也有她身上的香水味。

她换了香水，不再是他熟悉的那款。

短短的一段路，他们走得挺慢的。雨势逐渐大起来。好在于从、冯志已经到车里，启动了车子。

冯志那辆车离得近，先开了过来。两个人都停下脚步，陈静随手拉开后座的车门，抬眼示意傅临远先坐。雨雾蒙蒙，傅临远垂眸看着她的眉眼，雨水将他们笼罩其中，他看着她，许久才敛回眉眼，将雨伞递给她，弯腰坐进车里。

陈静接过雨伞，准备关上门，却扫到傅临远湿透的肩膀，甚至有雨水溅到了他领口上，在喉结处留下水珠。

陈静微愣，她合上门，走到副驾驶侧，人先坐进去再收伞。就这么一会儿，车子里也溅到了点水珠，她砰的一声关上门。

冯志启动车子，陈静把雨伞放在脚边，看了一眼雾蒙蒙的车内后视镜，傅临远抬手扯开领口，那儿也湿了。陈静取过一盒纸巾往后递："傅总，擦擦吧。"

傅临远撩起眼眸，四目相对。他接过那盒纸巾，修长的手指骨节分明。他扯出纸巾，随意地擦拭着手指上的水珠。

陈静坐直身子，看向窗外。这雨说下就下，一点准备的余地都不给人留，伴随而来的还有些许湿气。当然这点湿气倒不会对身体有什么影响，只是让人有点不舒服。

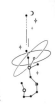

冯志开着车，偶尔也看向后座。他跟于从都看见傅总撑伞只顾着陈静，雨伞都是朝陈静倾斜的，他一边的肩膀都湿透了。深色西装一被淋湿就很明显。

往常肯定是下属给领导撑伞，被淋湿的肯定也是下属，哪怕是女下属也不会例外。虽说傅总向来护着陈秘书，可这也太奇怪了。

陈静看着路况，问冯志："你们住在哪儿？要不先送傅总回酒店换一下衣服？"

冯志一听才反应过来，点头道："酒店在市中心。"

"先送她回去。"傅临远的声音在后座响起，冯志说了声好，仍旧往周镇开去。

陈静也就不再开口了。她靠着椅背，听着雨落在车窗、车顶的声音，一下雨，周镇就雾蒙蒙的，像是一座陷落了的城市。

"陈静。"车里再响起他的声音。

"傅总。"陈静回头，对上他的视线，傅临远看着她，道："把调研结果发我邮箱。"

陈静点头："好的。"随后，她收回视线，坐正身子。

轿车一路开到陈静办公的那栋小楼外面，周晨伟拿着把雨伞站在楼下，看到他们回来，立即撑着伞往这边走。陈静本来想拿上脚下的雨伞，车门却已经被周晨伟打开了，他笑着道："准备上楼来着，正巧看到你们的车回来了。"

陈静笑笑："那挺巧。"她顺势下了车，站到了周晨伟的伞里。周晨伟还跟冯志点点头，又看了一眼后座的傅临远，却只看到男人冷硬的下巴。周晨伟想了想，还是没贸然打招呼，默默关上门。

陈静转身，周晨伟撑着伞，带着她走进屋檐下。他拿下伞，抖了抖雨水。陈静站在一旁笑着听他说什么。傅临远冷漠地透过车窗看着这一幕。

他用指尖慢条斯理地解着袖扣，几秒后收回视线，下颌线紧绷。一丝疼痛再次袭上他的心口。他微微拧眉，开口道："开车。"

冯志应了声，立即启动车子。轿车开入雨幕里，溅起一地的水。陈静跟周晨伟上楼回办公室。于从开车跟着傅临远的那辆车一同离开。

进了办公室，周晨伟帮陈静收拾了一下资料。陈静坐到电脑前，滑动鼠标，重新整理了一下 PPT 和调研的文档，然后发送到傅临远的邮箱里。

忙完后，她揉揉脖颈，往椅子上一靠。周晨伟已经帮她收好了资料，陈静说："谢谢。"

周晨伟笑道："不用客气，这是我应该做的。"

陈静笑笑，说："咱们回头得招点人。"

周晨伟点头："从哪儿招？"

陈静先上当地网站去看一些招聘信息，发现整个周市的招聘信息少得可怜，实际上却有很多从业者，这些人都是从哪里招来的？她思考得认真，周晨伟不好打扰她，放好资料就离开了。

陈静先看招聘信息，浏览了几个网站，对招聘情况也有了些了解。她又看了看其他客栈的风格，客栈的风格她其实定下来了，资料刚才都一并打包发给了傅临远。

他应当没办法留在这儿太久，毕竟还有做空的事要处理，所以陈静做事也不拖泥带水。她工作时，外面淅沥沥的声音传来，有点像催眠曲。

陈静整理完一份文件后伸了个懒腰，看着身后的雨窗发了一会儿呆，随后打了个哈欠，趴在桌上，准备眯一会儿。

周镇融在雨幕里，这栋小楼也是。陈静睡得很沉、很香。

两个半小时后，傅临远带着于从回来了，一眼便看到趴在桌上熟睡的陈静，这画面有几分熟悉。傅临远走过去，伸手拿起她桌上的一份客栈装潢设计稿，设计稿的下面是一个手账本。

傅临远并没有注意到手账本，他翻看着设计稿。这份稿子是陈静请一位设计师画的，风格简约，以白色为主，每间房间的风格一致，设计得又都不一样，是如今最流行的方案。每个房间还都配备了个性茶座和投影。

傅临远翻看完，视线轻扫向睡着的女人，这样的睡姿令陈静的头发有些凌乱。于从在门口看到这一幕，愣了愣。这时，傅临远的手机响起。他放下设计稿，拿出手机，走到窗边去接。陈静被吵醒了，坐直身子，一抬眼看到于从。

于从冲她一笑。陈静愣了几秒，偏头看去，就看到那颀长的背影站在窗边接电话。他声音很低，"嗯"了一声。

陈静才反应过来自己睡过头了。她收回视线，看到了手边的手账本，

/ 330

心不由得一跳。

手账本上的锁还锁着，她立即将它放进抽屉里。昨晚她换了里面的一张书签，后来改 PPT，一堆资料堆在上面，她就忘记把它拿回家了。冯志这时拿着协议也走进来，他睡了一觉，精神好多了。

他说："陈静，来，签协议，晚上傅总要回京市了。"

陈静一听，立即点头："好的。"她拿上资料、文件以及笔走向茶几，冯志也在她对面坐下，把合作协议递给陈静："看看，不过你已经很熟悉了。哈哈。"

陈静笑笑，接过协议翻开，仔细地看着。

他们二人签完字，就该傅临远签字了。傅临远挂了电话，走回来，拿过桌上的钢笔，拨开笔帽，俯身在上面签下名字。签完后，他放下笔，撩眼看陈静："好好做。"

陈静对上他的视线，那一刻她想，他虽然不是她的良人，但他是个好老板、好上司。

陈静点点头，看着他："好。"

她的声音很轻，带着对自己的肯定以及些许温柔。傅临远的眸色深了几分，在这一刻涌起捏着她的下巴吻她的念头。

这念头滋长，令他拧了眉心。他直起身子，轻扯领口。

于从上前提醒傅临远晚上还有几个人要见，傅临远"嗯"了一声，带着于从离开这间办公室，而冯志留下来跟陈静继续对细节。

陈静认真地跟冯志聊着，晚上，傅临远跟于从就不过来了，陈静请冯志去吃饭。之后跟她对接的人都是冯志，傅临远实际上就是来签个名而已。

送走冯志，陈静揉揉脖颈，回了家。肖梅看她那么累，给她倒了杯水："今天忙坏了？"

陈静抱住肖梅："是有点累。"

肖梅笑着回抱她，觉得女儿在身边就是好，想抱就能抱。她说："赶快去洗澡，然后早点睡，明天是不是还有的忙？"

"嗯。"陈静松开肖梅去洗澡。洗完澡出来，她擦干头发，回到床边坐下，拿起手机，继续跟冯志聊着工作。聊完后，她退出微信，看到一条新闻——华耀公司的李董被罢免，大提琴演奏家顾琼接任董事长一职，成了年轻漂亮的顾董。

陈静微愣，点开那条采访视频。顾琼站在镜头前，穿着一身香奈儿套装，拎着包，眉眼漂亮。她笑着对镜头道："我会好好加油的，我想为了特别在乎的人而变成更好的人。"

记者们有几分哗然，纷纷问道："是谁呀？能披露吗？"

顾琼笑盈盈地答道："不能。"

她舍了大提琴家的身份，投身商界，眉眼还是女孩样子，却要端起干练的姿态。陈静没见过她本人，但在幻想里，她应是不食人间烟火的白玫瑰。她特别在乎的人，除了他，没别的人。

陈静关上这条视频。这时，门外突然传来肖梅的尖叫声，陈静唰地放下手机，起身一把拉开门，就看到肖梅摔在地上。她刚洗完澡从浴室出来，整个人摔倒在门口，陈静被吓到了，急忙上前想将肖梅扶起来。肖梅却动弹不得，疼得脸色苍白，说："我摔到骨头了。"

陈静咬咬牙，说："我知道。"她强迫自己冷静下来，"妈，你先缓缓，看看能不能起来。你抓住我手臂，借着我的力气。"

肖梅握着她的手臂，挣扎着起身，可是她一条腿使不上力气。陈静眼眶都红了，使了很大的力气才把肖梅扶到沙发上。陈静站直身子，有点不知所措，她进屋拿上手机，披上外套，又去肖梅的房里拿干净衣服，帮她换下湿透的衣服。

肖梅一直想站起来，但是动不了，有点慌了，说："陈静，你去借周晨伟妈妈的拐杖。"

陈静连声答应，给肖梅穿好衣服，然后一边拨打 120 一边下楼，在楼下遇见周晨伟。周晨伟看到她眼里的泪水，愣了几秒："怎么了？"

陈静深呼吸一口气，说了妈妈的情况。她努力冷静，她也必须冷静。

周晨伟脸色微变，他说："我去把阿姨扶下来，我们自己开车去医院，120 不知要等到什么时候。"

陈静一愣。"好，谢谢。"她说道，"你把车钥匙给我，我去开车。"

周晨伟递了车钥匙给她，陈静接过来，去开他那辆银色的轿车。她把车子开到门口，周晨伟已经扶着肖梅下来了。陈静立即打开车门，帮忙把肖梅扶进车里。

　　夜晚，周市一家酒店的包厢，饭局正在进行。傅临远身侧都是周市的一些企业家，酒过三巡，傅临远偏头听着其中一个人说话，把玩着酒杯，眉宇间带了几分懒散，脸色冷峻。

　　于从走到傅临远身侧，低声道："傅总，咱们差不多该回京市了。"

　　傅临远声音低沉："嗯。"

　　于从直起身子，这时，手机响起，他点开一看，神色微变，看了一眼傅临远，想了想，还是低声说道："陈静的妈妈摔倒了，她们现在正在往医院赶。"

　　傅临远把玩酒杯的手一顿，脑海里浮现出陈静的脸。他放下酒杯，对于从道："改一下后续行程。"

　　于从一听，静了几秒，突然道："傅总，您有没有发现，这些日子里您做的很多事情，都是为了陈静？"

　　那一刻，酒杯里的液体停止了晃动。

　　陈静离开后，他先是教训了周泊伟，后来投资商超，再到周镇签合同，攒今晚这个企业家饭局，现在，因为陈静母亲摔倒要改行程。

　　周镇这种级别的投资，傅临远可以连面都不用露，而攒这个饭局，完全是为了陈静后续开展工作时能有人稍微照拂。至于最后这件事，需要他改变计划吗？

　　于从发现饭桌上处处都有商谈的声音，只有傅临远安静着。于从站在他身后也安静着。

　　如果不是因为爱，此时他们就该按原定计划离开周镇。

　　漫长的等待后，傅临远端起酒杯喝了一口酒，喉结滑动。他抬手轻解衬衫领口，松开些透透气，随后说："改。"

　　于从点头："好的。"他转身去安排。

　　旁边一名周市某集团的总裁笑着跟傅临远碰了下杯，说道："傅总这是改行程了？那咱们晚点再去隔壁的俱乐部聚聚？"

　　傅临远与他碰杯："不了。还有事。"

　　对方听罢，也不强求。夜不算深，饭局结束时刚下过雨，地面湿润。傅临远手臂上搭着西装外套，出门点了一根烟，与众人商谈着走到门口。

等其他人先上车离开后，于从才将黑色轿车开来。傅临远偏头掐灭烟，这才走向车子，弯腰坐了进去。

于从绕回驾驶座，启动车子。车里安静，傅临远闭目养神了一会儿，随后睁眼拿起手机，点开陈静的微信头像，垂眸看着。

这个点医院里还是人来人往的，尤其是急诊，人多得很。陈静跟周晨伟扶着肖梅走进去，肖梅的右脚使不上力气，见了医生后，医生开单，让她先去拍片。陈静接过单子去排队付款，这时整个人才完全冷静下来。

陈静拿着单子去 CT 室，远远就看到周晨伟站在一旁陪着肖梅。肖梅坐在椅子上，长长的走廊里人很多，陈静的目光只落在周晨伟身上。此刻她万分感激，要是没有他，她今晚肯定手忙脚乱的。她走过去，询问周晨伟："这么晚了，你要不要先回去？"

他家里还有母亲，陈静不想继续麻烦他。周晨伟笑道："我已经给她打了电话，让她先睡了。"

陈静一听，只能说："谢谢，太麻烦你了。"

"这有什么，邻居之间应该相互帮助啊。"周晨伟让陈静把单子给他看看，陈静递过去。肖梅拉拉陈静的手，陈静坐下来陪着她，问她疼不疼，肖梅点点头，又对周晨伟说："晨伟，等阿姨好了，给你们做一顿好吃的。"

周晨伟笑道："好啊。"

肖梅看着周晨伟的笑容，既感激又欣喜，周晨伟是个靠谱的人。

拍完了片，显示肖梅骨折了，得做手术，晚上先吃药、输液，第二天才能做手术，医生建议先去办住院。陈静听罢，立即去办理。

不一会儿，肖梅就住进了一个四人间。她换了病号服，躺在床上，陈静与周晨伟这才松一口气。两个人站在床边，陪着肖梅说话。护士在一旁给肖梅输液。

黑色轿车停在医院门口，傅临远下了车，风很大，吹乱他的领口，他走上台阶，于从跟他身后。傅临远挽起袖子，直接往住院部而去，来到陈静母亲所在的那间 406 号病房门口。

病房里，靠着门的那张病床上，周晨伟正在说什么，陈静笑得眉眼弯弯，抱着手臂掩了下唇。病床上，肖梅也笑盈盈的，场面在灯光下有几分温馨。

傅临远脚步一顿，手插进裤袋，看着眼前的画面。

病房里与门外像是两个世界。其他床的人没拉拉帘，看到了傅临远，那男人个子高，眉眼俊朗，气场强势，一下子就吸引了他们的注意力。

于从陪傅临远站着，犹豫地想着傅总是否会离开。

这时，傅临远推开半掩的门，走了进去："陈静。"

陈静抬起眼，看到突然出现在病房的高大男人，愣了几秒："傅总，你怎么来了？"

肖梅也跟着抬头看去。那是一个肖梅无法用言语形容的男人，俊朗、帅气，眉宇冷峻，眼眸狭长。最重要的是，他身上的气势令人完全无法忽略。

傅临远看了一眼于从。于从提着一个折叠轮椅，傅临远接过去，搭在床尾。他看着陈静，道："听说你妈妈摔倒了要做手术，这个应该用得着。"

陈静看一眼那轮椅，又看向他："傅总还没回京市吗？"

"改了行程。"傅临远言简意赅，他看向肖梅，冲肖梅点点头。肖梅也立即点点头，听到傅总二字，她猜到了这男人是女儿的原上司，也是女儿现在的投资人。傅临远又提过于从递来的夜宵，顺手放在床尾的桌板上。

他看着陈静："吃点。"

陈静对上他的眼眸，说："傅总，谢谢。"

傅临远点点头，说："我先走了。"

陈静说了声"好"。

傅临远又看向肖梅："您好好休息。"

肖梅笑着"哎"了一声。傅临远理着袖子，转身出门。陈静顿了顿，还是跟上去送人，她用眼神询问于从傅总怎么还没回京市。于从看懂了，但只摇头笑了笑，什么都没说。

陈静看了一眼前面高大的身影，走上前。傅临远听见她的脚步声，偏过头，四目相对，陈静呼吸微顿，静静地看他几秒，随后给他按开了电梯的下行键："傅总，慢走。"

傅临远就这么深深地看着她，将她清丽的眉眼纳入眼里。

陈静晚上哭过，她发现他看着自己，下意识眨了眨眼睛。傅临远问："今晚很害怕吗？"陈静回道："还好。"因为有周晨伟陪着。

傅临远看了一眼站在病房外看着他和陈静的周晨伟，一股烦躁涌上心口，他眯了眯眼，收回视线。

正好电梯来了，傅临远跟于从走进电梯里。陈静站在电梯外，眉眼温柔地目送他。

傅临远将手插在裤袋里，也看着她，突然挡住了要关上的门，把陈静拉进电梯。

陈静愣了一秒，抬起眼。

傅临远声音低沉："你哭过，对吗？"

陈静摇了摇头，往后退了一步，道："有点慌而已，傅总。"

她后退的动作，傅临远看得很清楚。

曾经，她触手可及。如今，却仿若隔着千山万水。

这时，电梯抵达一楼，发出叮的一声。陈静往旁边让开，看着傅临远："傅总注意安全。"

傅临远偏头看着她："有事打电话。"

陈静微微一笑，"嗯"了一声。傅临远从她身侧走过，空气中飘散着他的烟草味以及她的香水味，糅合在一起后又慢慢分开。

陈静按了电梯的关门键，看着他高大的背影渐渐消失。他仍是那样，光是背影就足够吸引人。陈静冷静地收回视线，电梯门也合上了。

夜深了，大堂里没什么人。傅临远走到医院门口，抬手扯了一下领口，撩眼看着不远处的建筑。

他原以为这不过是一场成年人之间的狩猎，现在的发展是他没有料到的。

于从没立即去开车，而是站在他身侧。在他的印象中，傅总基本不主动，无论是宴会还是其他场合，都是女人主动撩他，他若有点兴致，偶尔也会回应下对方，但依然冷淡；若是没有兴致，便是一副懒得敷衍的样子。即使如此，依旧让不少女人追捧。她们就喜欢他这样。

可他对陈静主动，这就很不同了。于从原以为陈静赌输了，如今的情况却又峰回路转。爱与不爱，是两个样子啊。

电梯里只有陈静，她安静地站着，用手摸了摸傅临远刚才抓过的位置，仍是滚烫的。他今晚的眼神让她产生了一种错觉，觉得他对她好像不是无

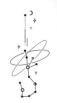

动于衷的。

但陈静想到当他秘书这两年，他对她一直很关照，总是护着她，似乎跟今晚也没什么区别。

说起来，她已经算幸运，能有一小段与喜欢的人在一起的时光，又得到过他的维护，这一生也无憾。

叮的一声，电梯抵达四楼。陈静走进病房，看到周晨伟坐在床边，正在给肖梅开饭盒，里面是排骨粥，肖梅笑着接过。看到母亲的笑容，陈静心里顿觉安定。

周晨伟抬眼，笑道："傅先生走了？"

陈静点头。她看到桌板上还有一份粥，打开饭盒推给周晨伟："你也吃点吧。"

周晨伟摆手："你吃吧，今天下雨，晚上冷，喝点粥暖暖身子正好，傅先生挺贴心的。"

陈静笑笑，说道："傅总人一直挺好。"

她去找护士要了一个一次性的碗，回来分了半碗出来给周晨伟。周晨伟见状，看着她，眼里有柔光。

陈静端着饭盒，坐到床边陪着肖梅一块吃。

肖梅感叹陈静的这位前老板兼现投资人真的不同凡响，长得也太帅了。她问："傅先生肯定受很多女人喜欢吧？"

陈静喝着粥，笑着点头："是。"

"他长成那样，能力又出众，也不知道哪位大集团的千金能入他的眼。"肖梅说道。

陈静拿纸巾擦了擦肖梅手上沾到的粥，脑海里浮现出顾琼那张漂亮得倾城的脸。就是她那样的人吧。

周晨伟在一旁喝着粥，听肖梅夸傅临远，时不时看陈静一眼，见她神色很平静，逐渐放下心来。

肖梅夸着夸着，想起周晨伟，立即道："晨伟，今晚真的太感谢你了，你这么好的孩子，以后不知道要成为谁家的女婿。"

周晨伟一听，笑道："肖阿姨，你别打趣我。"

肖梅笑起来。她没了早先的慌张，只是做个小手术而已，她不怕。刚摔倒起不来那会儿，肖梅是真的慌了，怕自己会瘫痪，怕自己没法继续陪着陈静，怕自己等不到陈静结婚，怕自己成为陈静的拖累。

冯志也收到了消息，说明天下午会来看肖梅。

夜晚，陈静在医院陪床。周晨伟得回去看他母亲，说了早上会带早餐来。陈静叫他顺便拿她的电脑过来，她还有一堆工作要做。

周晨伟应下："好的，我明早给你拿来，还需要拿什么吗？"

陈静摇头："你好好休息。"

周晨伟一笑："好。"

他走后，陈静陪着肖梅，母女俩挤着睡了一个晚上。隔天一早，周晨伟还没到，肖梅的主刀医生已经来了。陈静扎好头发站在一旁，听医生说术前注意事项，细细记下。

手术安排在九点。陈静洗完脸，擦着脸上的水珠，想着周晨伟是不是有事所以没来，打算下楼先买点早餐。刚出门，周晨伟就拎着她的电脑跟早餐急匆匆地走过来。

陈静看见他，顿时有几分安心："是不是家里有事？有事的话，你不用总过来的。"

周晨伟说道："没事，就是早上起晚了。"

陈静笑了笑，"嗯"了一声，接过他手里的笔记本电脑。二人一同进了病房。

吃完早餐也差不多九点了，护士进来让肖梅换衣服，然后叫家属推着她出去。肖梅进了手术室，医生也换好衣服带着麻醉师走进去，陈静与周晨伟站在走廊里，看着手术室门口亮起的灯。

她的心跳得很快，总想起父亲从车祸现场送到医院，进入急救室的那一幕。京市的医院人来人往，吵闹得可怕，她无比慌乱，背着书包追着担架车，看着父亲全是血的脸和血肉模糊的手脚。她除了喊爸爸，只剩下流泪。到了手术室门口，她扶住了脸色苍白、快要晕倒的肖梅，焦急地看着父亲进入急救室。

陈静的指尖轻扭到一起。这时手机响起，她拿起来一看，是傅临远打来的电话。

陈静接起来，先开口："傅总。"

　　傅临远听着她的声音，道："你发给我的客栈数据，数值错了。你重算一遍。"

　　陈静不再回想父亲被送入医院的场景，强迫自己冷静，道："好的，我现在算。"

　　"别挂电话，算完了直接告诉我。"

　　"好。"陈静起身去病房里拿笔记本电脑，回到走廊坐下。周晨伟看到她这样，问："还要工作吗？"

　　电话那头，傅临远也听见了这道声音。他神色冷漠，点燃了一根烟。

　　陈静对周晨伟道："我先算一下数据看看。"

　　周晨伟只得"嗯"一声，站在一旁陪着她。

　　陈静开始核算。她其实算过很多遍了，不知道为何会算错，但她不允许自己犯这样的错误。她认真地算着，电脑键盘噼里啪啦地响着。

　　时间缓慢地过去。陈静终于拿起手机，一眼看到上面的时间，已经过了一个半小时了，电话还没断，她顿了顿，说道："傅总，数值没错。"

　　傅临远在那头"嗯"了一声，状似随意地问："手术结束了吗？"

　　陈静抬起眼，啪，手术室门上的灯变绿了。她眉眼一扬，唰地站起身，说："结束了。"

　　"好。"

　　他说完，陈静就挂了电话，往门口走去。手术室的门打开，肖梅被推出来，笑着握住陈静的手。

　　陈静整个人放松下来。周晨伟也松了一口气，帮着将肖梅推回病房。陈静抬眼，跟周晨伟对视一眼，彼此眼中都带着放松了几分的笑意。

　　周晨伟发现陈静忘了拿上电脑，他回过身，将电脑从椅子上拿起来，说："你忘记这个了。"

　　陈静一看，是忘记了。她看了一眼笔记本电脑屏幕上的数字，不知为何，脑海里闪过傅临远刚才的所作所为。进了病房，护士过来嘱咐一些注意事项，手术很成功，肖梅还得住院一个星期，观察没问题了才能出院。

　　陈静的整颗心落回原地。肖梅握着她的手，说："我刚刚想起你爸爸。"

　　陈静看着她道："我也是。"

　　肖梅笑起来，母女俩紧握着手。

这时，陈静的手机又响起来，她接起电话，对方说自己是送外卖的，叫她出来拿。陈静不知道是谁叫的外卖。她下楼来到大堂门口，一个外卖小哥将一束花递给陈静。

陈静微愣："这是谁叫的？"

外卖小哥说："你看外卖单啊，我哪知道？"

陈静看了一眼外卖单，上面却什么都没写。这花的花语是"祝愿康复"，应该是送给肖梅的。

陈静抱着花回到病房，周晨伟看到之后愣了几秒："你买的？"

陈静说："我还以为是你买的呢。"她把花放到床头柜上。肖梅笑道："会不会是傅先生买的？"

陈静微愣，会是这样吗？这时，于从给她发了一条微信消息。

于从：我们准备离开了，收到花了吗？

真是他。

陈静：收到了，替我谢谢傅总，也谢谢你。

于从：好。

放下手机，陈静看了一眼那束花，周晨伟顺着她视线看过去，询问道："是傅先生买的吗？"

陈静收回视线，对上周晨伟的视线，点了点头："是。"

肖梅"哎呀"一声，伸手摸了摸那花："傅先生有心了。"

陈静笑笑。肖梅还不能进食，只能喝水。陈静端来水，用吸管给肖梅喝。周晨伟说："我整理一下这束花。"

肖梅说道："那边好像有个花瓶。"

周晨伟含笑走过去，拿走那个花瓶去清洗。

陈静拿纸巾擦擦肖梅的唇角。肖梅看着陈静的眉眼，说："晨伟老实，长得也不错，你怎么想？"

陈静整理了一下肖梅的头发，说："妈，你先养身体，别想其他的。"

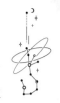

"我本来不想这些事，但是昨晚他进门把我扶起来的时候，我就想起了你爸。这些年我有时太累了，就觉得这个家里没有一个男人不行，像上次客厅里的灯泡坏了，我换了半天都没换好，还是晨伟来帮忙换的。"

陈静沉默着，突然庆幸自己选择回来，这样母亲就有她陪着，以后换灯泡这种小事她也能做。但不可否认，周晨伟也给她们提供了一些切实的帮助和情绪价值。

肖梅拉着陈静道："你如果觉得他可以，那就再观察观察。如果完全无意，那就算了，早点把人往外推。"

陈静看向肖梅的眼睛，点点头。肖梅又笑道："估计推都推不走，你不在家的时候，我有次买了袋米，提不动，也是晨伟帮忙提的。"

陈静低声道："对不起，妈。"

"道什么歉？"肖梅翻个白眼，"你在大城市是我的骄傲，回来也是我的好女儿。"

陈静眼眶微红，"嗯"了一声。

这时，周晨伟回来了，进门时看出陈静眼眶有点红，不由得多看了几眼，随后走到床头柜前，扯了纸巾递给她。陈静看他一眼，笑着接过。周晨伟笑笑，整理好那束花，放进花瓶里。

肖梅扫陈静一眼，陈静不回应。

中午，吃过午饭没多久，冯志就来了，并带来一名陪护。陈静微愣，冯志笑道："傅总让请的，阿姨住一个星期院，你总不能不睡觉吧，也不能总麻烦周先生。"他暗暗看了一眼周晨伟，又道，"价格谈好了，你付哈。"

陈静是打算请个陪护的，毕竟不能一直麻烦周晨伟，他可以在这儿待一会儿，但待不了那么多天。她也还有工作，偶尔需要出门。有个人陪着肖梅，她安心点，只是没想到傅临远的动作比她还快。

陈静说道："好。冯经理，麻烦你了。"

"你跟她聊聊吧。"冯志把那名陪护喊来，是个年轻的姑娘，叫小芒。陈静带着那姑娘到一旁去聊。

周晨伟看着她们，也清楚自己没办法一直跑来医院，这样挺好。

他朝冯志笑笑。冯志也笑笑，上前问肖梅身体怎么样了。冯志身材比较圆润，看着就和气。

341 /

肖梅觉得这些大城市来的人就是不一样，做事进退有度、考虑周到。她说："冯先生，感谢你。"

　　"客气啦，阿姨，最近陈静可能会比较忙，傅总也是考虑到这点才这么安排的。"

　　"你们傅总真是个好老板啊。"

　　冯志一听，想起傅总那张冷峻的脸，咳了一声，违背良心道："是，我们老板很好的。"

　　小芒虽年轻，但很专业，肖梅只需要陪护一个星期的时间，短期的价格比长期的要贵点，但陈静觉得小芒提出的价格也算合理，够专业就行。小芒就住在市中心，过来也方便，陈静与她聊了会儿，发现她的性格也很好，是个开朗的姑娘。

　　陈静先包了一个红包给她，小芒也没推辞，收下了。

　　有了小芒，周晨伟下午就回了花店，其实他妈妈昨晚感冒了，早上周晨伟是先给她买了药才去医院的，所以就晚了些。

　　陈静觉得很不好意思，跟他说晚上在家陪阿姨就行，这儿有她跟小芒。

　　周晨伟说："那我晚上来接你回去洗个澡。"

　　陈静笑笑，本想答应，冯志却道："我们谈完工作，我送她回去就行。"

　　周晨伟一顿，点头道："好。"随后就先走了。

　　陈静怕打扰其他人休息，跟冯志下楼去了外面的一家咖啡厅谈工作。明天她得去租下那片地，已经约好了村里的人。冯志说设计稿得尽快做出来，租赁合同一签，就得赶紧动工，装修公司也得及时到位。

　　陈静说都已经安排好了。

　　冯志笑道："等你们开工，我就回京市了。"

　　陈静点头："好。"

　　谈完正事，陈静请冯志吃饭，然后回了病房。肖梅可以吃一些流食了，陈静让小芒也去吃个饭再回来，小芒便走了，等她回来已经是晚上八点。这段时间里，冯志跟肖梅一通家长里短地聊天。

　　看小芒回来了，冯志才送陈静回周镇。

　　陈静回到家里，没了医院的喧嚣以及消毒水的味道，令人感到舒服。陈静先把地板拖了一下，尤其是肖梅摔倒的那块地方。厨房还有一些没清

理的碗筷，陈静都一一洗了，随后才去洗澡。

京市，卓越万代。

傅临远把外套挂在衣架上，拿了睡衣去洗澡。十几分钟后，他走出浴室，水珠顺着发丝往下滑落。

他站在桌旁点了一根烟，看到扔在茶几上的手机，拿起来点开微信，又点击陈静的头像。

他指间夹烟，沉默几秒，骨节分明的手指在手机屏幕上敲击着。台灯投下来，形成一片阴影。

陈静洗完澡出来，擦着头发，咖啡桌上的手机响起嘀嘀两声。陈静走过去靠着桌子，拿起手机，屏幕上提示有一条傅临远发来的微信消息。

这么晚了，傅总还有事？陈静点开微信。

> 傅临远：在医院还是在家里？

他很少发这样日常的消息，陈静微愣，回复道："傅总，我在家里。"

> 傅临远：刚洗澡？
> 陈静：是的。
> 傅临远：陪护怎么样？
> 陈静：挺好的。
> 傅临远：明天租地的时候，如果有酒局，就让冯志去。
> 陈静：好。

她一边回复一边冲咖啡，打算一会儿把咖啡带去医院，小芒也喜欢喝。她制作着咖啡，手机就放在一旁，傅临远也没再发消息来。陈静多冲了一杯加椰奶的咖啡，打包好。

她提着咖啡出门，准备去周晨伟的花店，没想到一下楼，一辆银色的轿车就开过来。周晨伟摇下车窗，说："我送你过去吧。"

陈静微愣，问道："阿姨怎么样？"

周晨伟笑道："有点咳嗽，刚睡着。"

陈静点点头，把椰奶咖啡递给他，说道："我自己过去就行，叫个车也容易。"

周晨伟顿时眼睛一亮，接过来，说："我都出来了，就送你去吧，送到了我就回来。"

陈静抬眼看着他。他面带笑意。陈静看他几秒，微微一笑："好吧。"

随后，她弯腰上车。银色轿车启动。

卓越万代。

傅临远面前摆放着笔记本电脑，指尖把玩着手机，犹豫着再发点什么。冯志给他打电话报告工作，傅临远收回思绪，询问："陈静呢？"

冯志一顿："她在家，要叫她一起开会吗？"

傅临远咬着烟，领口敞着，喉结明显，又问："她不用去医院？"

冯志安静几秒，说："刚刚我从商超二楼看见周晨伟送她去医院了。"

傅临远陷入沉默。

夜晚，去市中心的路挺安静的。陈静一边喝着咖啡一边跟周晨伟聊着天。这时，周晨伟的手机响起，他停好车接起电话，那头是他的母亲，突然发烧，烧得迷迷糊糊，打电话在喊他。

周晨伟一愣，陈静看着他。

"妈，我现在回去。"他放下手机，看向陈静，"陈静，要不这样，我给你叫个车，你先去医院。"

陈静当然不能走。她问："阿姨怎么了？"

"我妈突然发起高烧，她下午就有点低烧，我以为吃了药就能好了。"

陈静想了想，道："现在是流感高发季节，我跟你回去看看吧。"

周晨伟借着车里的光看着她，她眉眼温柔，他点点头，道："好，那晚点我再送你去医院。"

陈静笑笑："嗯。"

周晨伟掉转车头，开回周镇。这次他开得很快。陈静安静地坐着，能

理解他现在的心情。他是单亲家庭的孩子，跟母亲相依为命，那种心急如焚的感觉她昨晚也体会到了。

昨晚，周晨伟陪着她跟肖梅，所以现在她也得跟着他一起去看看。

银色轿车唰地停在一栋楼下，就在陈静家那栋楼的后面，周晨伟家也在三楼。周镇的房子差不多都是一个样子，都有些年代感。周晨伟家所在的这栋楼的楼梯要比陈静家的暗一些，因为被前面的房子挡住了光线。

周晨伟推门而入。陈静走进去，两家的格局一样，只是他们家的摆设更简洁，有点冷清感。周晨伟进卧室里去看他母亲，陈静倒了杯水，拿了桌上的药站在门口，没有立刻进去，主要是怕不方便。

周晨伟扶起他母亲，瞬间慌了，说："陈静。"

陈静听到声音，推开门一看，他母亲头发花白，很瘦，闭着眼，陈静也有点慌："我们直接去医院吧，别吃药了。"

周晨伟对上陈静的视线，点点头，把他母亲抱起来。

外面有点风，怕吹着老人，陈静拿起床尾的外套，帮他母亲披上。两个人下楼，陈静帮着关上门，他母亲烧得迷糊，突然紧紧抓住陈静的手，周晨伟喊道："妈！妈！"

他母亲半睁开眼，看着陈静，手仍抓得很紧。

陈静安抚着拍了拍她的手，到了楼下，这次换陈静开车，周晨伟陪他母亲坐在后座。

陈静启动车子。刚才他母亲抓着她时，那手极其滚烫。陈静的心不由得高高提起。

车子往肖梅所在的那家市中心的医院开去。昨晚周晨伟陪着陈静给她母亲挂号、看医生，今晚换成陈静陪着他和他母亲。老人发烧到这么高的温度很危险，医生让先拍片，最后一看，说："肺炎，得住院。"

周晨伟一听，愣住了。陈静看他呆住，喊了一声他的名字。

周晨伟回过神，看陈静一眼，陈静说："听医生的。"

"好。"周晨伟点点头，去办手续，陈静则去病房看着周晨伟的母亲。他母亲林秀丽年纪跟肖梅差不多，但看起来更苍老。陈静给她拉拉被子，林秀丽睁开眼睛，偏头咳嗽，陈静赶紧扶着她。

她又抓着陈静的手，声音浑浊："听晨伟说最近都在忙你的事？你叫陈静，对吧？"

陈静一愣，点头道："对，阿姨。"

林秀丽躺回床上看着她，道："你当初落水，是我给你披上的衣服，我记得。"

陈静又愣住了。她记得当时自己迷迷糊糊的，确实有一个年轻的女人过来，拿了件白色的外套披在她身上，遮挡住了别人的目光。她握紧林秀丽的手："阿姨，谢谢你。"

林秀丽咳了好几声，抓紧她的手："你跟晨伟有缘分。"

陈静笑了笑，点头承认："是的，我们有缘分。"

林秀丽咳得眼里带水光，看着她，眼神也柔和了些。陈静给她盖好被子，不一会儿，周晨伟带着医生进来了。医生拿着片子道："看片子挺严重的，你们怎么不早点带她来？"

周晨伟愧疚地低下头。

陈静道："医生，麻烦你了。"

医生点点头："先治疗吧，肺炎这病可大可小。"

陈静也挺担心的，在病房里又待了一会儿。周晨伟很愧疚，说他一直以为是低烧，吃了药就好，没想到……

陈静看他这样也挺难受的，给他倒了一杯水。

咖啡都留在了车里，忘记拿上来了。

周晨伟接过水，看着她道："谢谢。"

陈静："阿姨会好的。"

"嗯。"

周晨伟让陈静先回去看肖梅，肖梅等了那么久，肯定担心了。陈静答应了，不过还是又陪了周晨伟一会儿才往肖梅那边去。一进门，肖梅就睁开眼："你这个孩子，怎么去了那么久？"

陈静走过去，说了林秀丽的情况。

肖梅一愣，道："估计是这几天顾着我们的事，晨伟才疏忽了啊。"

陈静点头："嗯。"

肖梅说："秀丽人挺好的。"

陈静想了想，他们母子都挺好的。她坐下来陪着肖梅，肖梅看着她，

说："怎么了？"

陈静道："妈，我落水那年，不是有人给我披了件外套吗？你知道那是谁的外套吗？"

肖梅："那衣服我保存得好好的，但我不知道是谁的。"

陈静说："是林秀丽的。"

肖梅一听，有些激动："就是她啊？没想到啊，静静，你跟晨伟是真有缘分。"

陈静笑着"嗯"了一声。

肖梅说："那你要多过去走走，看看有没有需要帮忙的。"

"好。"

京市。谈完了工作，冯志快速下线。傅临远取下烟在烟灰缸上弹了弹，扫一眼手机，闻敛刚给他发了微信消息："出来喝酒。"

他掐灭烟，站起身，回房换下睡衣，扣着衬衫纽扣走出来。他还是穿黑色衬衫、黑色长裤，戴上腕表，挽起袖口，捞过外套，拿了车钥匙出门，开的是跑车。

抵达清吧后，他走上楼，闻敛坐在高脚桌前把玩着酒杯，傅临远将钥匙放在桌上，坐下来，长腿抵着地面。桌上已经有一杯威士忌，他端起来喝了一口。

闻敛靠着桌看他："之前不是传你跟顾琼要结婚吗？"

傅临远轻扯开领口，晃着酒杯，神色冷漠："不结了。"

闻敛眉头一挑："那跟陈静呢？"

傅临远撩眼，对上闻敛戏谑的眼神。闻敛笑着指向窗外的星座大厦，道："元旦那晚，星座大厦上面的字，是你写的代码吧？你第一次用这种方式取悦女人吧？"

傅临远含着酒液往下咽。没有否认，那就是承认了。闻敛"啧啧"几声，说道："真不可思议，你要是不爱她，我把军辉公司送你。"

傅临远点烟，也没有否认。

闻敛见状："那就是喜欢了。"

傅临远"嗯"了一声，算是承认了。

闻敛"哟"了一声："那你还等什么？"

傅临远含着冰块咀嚼着，又喝一口酒，声音低沉，道："等什么？她不爱我。"

闻敛挑眉，什么情况？

傅临远夹着冰块往杯子里放，抬手又倒了一杯威士忌。他侧脸冷硬，简单地说了两个人曾经的纠缠。他是猎人，她是猎物，但猎物并不想成为他的正式女友，两人只有那一段似是而非的情感纠缠。

闻敛听着，眯起了眼："她什么都没要？"

"嗯。"

闻敛一挑眉："那她只图你身体？"

傅临远听罢，扯唇道："应该吧。"

傅临远用指尖捏着酒杯，想起她在自己怀里的样子，那时的她任何时候眼里都有他，他指尖冰凉，心中有几分刺痛感。

她若是也是玩玩而已，那么车子、房子都收了又如何？从那句"你娶妻生子"也能看出，她显然知道她走后，他身边会有新的人出现。

傅临远放下酒杯，站起身，抄过桌上的车钥匙转身下楼。他让于从去傅恒集团大厦拿上房产证、车证，一路开车前往周镇。黑色轿车抵达周镇时天还没亮，路灯斜斜地照在地面上。

陈静与小芒换了班，回家拿几样东西。

天色灰蒙蒙的，她扎着头发走下楼梯，路灯的光芒打在她脸上。她一抬眼便看到路灯下站着的男人，傅临远指尖夹着烟向她走来，陈静定定地看着他，傅临远将手中的东西递给她。

陈静认出那是房产证跟车证，她拧眉，抬眼，对上他狭长的眼眸，道："傅总。"

傅临远紧盯着她的眉眼，沉声道："房子跟车，你都不要。我，你要不要？"

那一刻，陈静意识到什么，眼眶一红，泪水滑落。她看着他冷峻的眉眼："傅临远，晚了。你，我也不要了。"

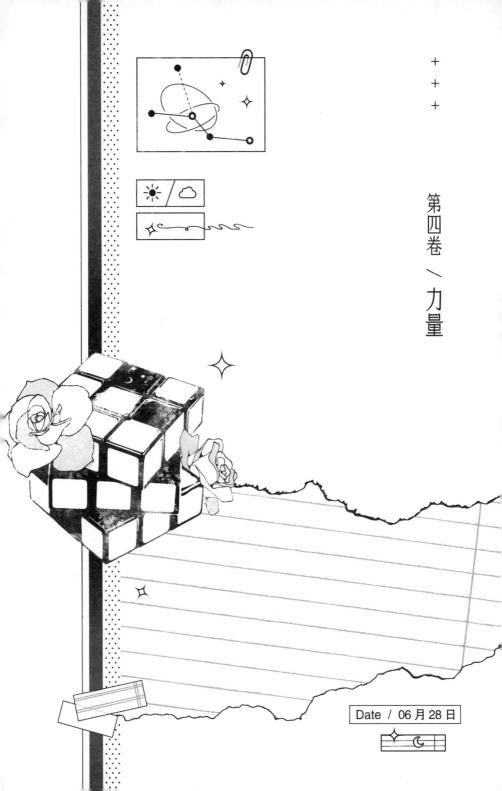

第四卷 ╲ 力量

第八章　偏渴望你懂

　　这是傅临远第一次见到她落泪，对他来说冲击力是很大的。这意味着闻敛的话是对的，也意味着那段情感纠缠里，她心里是有他的。

　　"陈静。"他上前一步，单手捧着她的脸，用指腹擦拭她的泪水。陈静抬起眼，看着他，被泪水清洗过的眼睛美得惊人。在他问她要不要他的时候，她的情绪便决堤了。或许是因为喜欢他太久了，那份喜欢与他送她房子和车子带来的委屈积压在一起；也或许是因为他终于明白，那段纠缠不过是出于她的本心，无关任何物质。她像是一个身处黑暗中，终于见光的人。

　　两个人视线纠缠。傅临远用指腹摩擦着她的唇角，看着她的眉眼，几秒后，他低头去寻她的唇。陈静偏头躲开了些，与傅临远躲顾琼的吻时的动作有几分相似。

　　傅临远停顿几秒，用指尖抬着她的下巴，将她的脸转过来些，鼻尖相触，他再次堵住她的唇。陈静抬手搭在他的肩膀上，仰头，指尖收紧，抓紧他的衬衫，与他唇齿交缠，一头刚扎好的头发散开，头绳掉到了地上。

　　路灯的光芒打在她带着些许棕色的发尾上。陈静踮起脚。傅临远扣着她的脖颈，就差把她揉入怀里。许久，他离开少许，她气息不匀，眼里带着水润，静静看着他，神色恢复了冷静。

　　傅临远扣着她的指尖一紧。他艰涩地问："你真的不要我了？"

　　陈静没有摇头，也没有点头，只安静地看着他。几秒后，她踮起脚，亲了亲他的薄唇，便推开他。

　　陈静叫的那辆网约车缓缓开来，停在不远处。陈静提着肖梅的换洗衣

服，走到那辆网约车旁，拉开车门坐了进去。网约车掉转车头。于从转头，看着陈静坐在后座上，侧脸冷静，车子就这么开远了。

他回头看向老板。傅临远站在原地，用指腹揉着唇角，几秒后，他弯腰捡起陈静掉落的头绳，走回车旁，拉开车门坐了进去。

他将房产证、车证扔在一旁的座位上，把玩着手中的头绳，拿了一根烟放进嘴里，没有点燃，松松地咬着。

于从看向车内后视镜，车里很安静。他感觉今晚衔接上了陈静让傅总在辞职信上签字的那天，那天他们只是无声地分开，现在才真正地做了告别。

陈静的那句"傅临远，晚了"，意味着她在周镇有了新的牵挂，她想留在这儿好好地生活，与大城市和傅总都不再有什么牵扯。

傅临远是聪明人，他来见陈静时是带着几分试探的，想知道她是否还如之前那般喜欢他。

但很显然，她不喜欢他了。疼痛漫上心头，傅临远闭上了眼。

网约车开得不快，行驶在周市的大路上，陈静靠着椅背，看着窗外的景色。周市有几栋漂亮的大厦，就跟京市一样。只是那几栋大厦分布得零散，看起来很孤傲。

陈静想，傅临远突然出现在她眼前，像他那样的人，若没有几分真心，是不会做这么冲动的事的。他这么冲动，是因为有几分喜欢她，对吗？

陈静想着，又眼眶带泪。可喜欢又能怎么样，她想在周镇过新生活，而他也该实现诺言，迎娶顾琼。就算不娶顾琼，他也该娶其他人。就跟她说的一样，她回来嫁人，而他娶妻生子。

陈静用手背擦拭泪水，神色逐渐恢复了平静。

就像于从想的那样，深情也罢，爱恨也罢，都可以藏于表面之下，表面之上若无其事。傅临远当然也能做到。很快，网约车抵达了医院，陈静在软件上付完款，又单独扫码给了司机一点小费，然后提着袋子下车。

住院部的走廊并不安静，有人因疼痛哀叫着，也有人在痛苦地咳嗽。陈静推开病房门，肖梅一下子就醒了，睁开眼，陈静走过去，问道："睡不好？"

肖梅掩嘴，指着隔壁道："一个晚上都在咳嗽。"

陈静给肖梅倒了杯水喂她喝，然后帮她倒掉导尿袋里的尿液。小芒洗了脸从卫生间出来，看到她回来了，喊了一声"陈静姐"。

陈静应了声，进洗手间去洗手，洗完了出来陪着肖梅坐着，握着她的手。肖梅摸摸她的手，有点昏昏欲睡，道："你去看看晨伟那边有什么能帮忙的地方。"

陈静点头，想抬手扎头发，却发现头绳不见了。她从包里翻到一根很细的头绳，随意扎好头发，接着便下了三楼，远远就听到林秀丽的咳嗽声。她走进林秀丽的病房，看到周晨伟正在给林秀丽降温。

消炎药也都输上了。周晨伟一个晚上熬下来，脸色有些苍白，满眼都是担心。见陈静进来，他挤出笑容："你没睡会儿？"

陈静问道："阿姨怎么样？"

周晨伟摇头："一直高烧不退，护士说主治医生一早会来看诊。"

陈静摸了下林秀丽的手，滚烫到吓人。看着林秀丽烧得昏昏欲睡的模样，陈静的心也提了起来，她看了周晨伟几眼，随后下楼去食堂给他买了份早餐。

周晨伟道："我吃不下。"

陈静把早餐放在床头柜，道："多少吃点，有了力气才能照顾好阿姨。"

周晨伟安静几秒，点点头，听陈静的话，走过去，拉开椅子坐下吃。陈静打湿毛巾，给林秀丽擦脸和脖颈。林秀丽的皮肤滚烫，红得不正常，她时不时使劲地咳嗽，喉咙里好像有很多痰卡在里面。

她肺部的 CT 影像白花花的一片，看得人心惊。

陈静看了一眼窗外，希望天快亮。

七点多，主治医生来了，看到林秀丽这样，立即安排换药。护士听罢，匆匆地出去，主治医生对周晨伟说："如果再不行，得进重症监护室。"

周晨伟听见这句话，脸色大变。他紧紧抓着他母亲的手，若不是男儿有泪不轻弹，此时他的眼眶都该湿了，他努力克制着自己。那一刻，陈静看到了一个绝望的人，她站在一旁，不知该如何开口安慰他，只能静静陪着他。

八点多，冯志给陈静打电话。陈静回过神，记起今天要去谈那块地，

对周晨伟说道："今天我要去租地。"

周晨伟回些神，看着她道："去吧。"

陈静："你有事就打我电话，或者去找小芒，她可以搭把手。"

"好，没事的。"周晨伟点头。陈静又看了一眼林秀丽，转身出去。她回了肖梅的病房，肖梅已经睡着了，发出低低的呼噜声。看她睡得那么香，陈静动作都小心许多，她对小芒说："帮我好好看着她，辛苦了，回头给你加红包。"

小芒笑着"嗯"了一声。

陈静拎起笔记本电脑以及一些资料下楼，冯志的车已经停在了医院门口，陈静拉开车门坐进去。冯志笑道："早。"

陈静也笑着回道："早。"

车子启动，往村委会开去。约好的几个人也一早等在办公室，因为之前看场地、通电话的时候，陈静与他们商谈过，都知道今天就要拍板了，几位业主还有些要求要跟陈静说。

陈静也预料到了，她点点头，他们的要求她基本上都能接受。

冯志看她都已经谈妥了，顿时觉得自己好像有点多余，不过他也暗自松了一口气——陈静如果是他下属，说不定过不了多久他就地位不保了。

等他们签完合同，冯志在合同上盖上傅恒集团的公章，这事就算尘埃落定了。村镇负责人说中午要请他们吃饭。冯志的手机却突然响起，他走出去接。过了一会儿，他眼带几分喜色进来，低声跟陈静说他老婆要生了，他得回去，正好事情也谈完了，什么都不耽误。

陈静一听，顿时替他开心："那你快回京市吧。"

冯志笑道："我老婆现在在黎城，我得赶去黎城。"

陈静点头："这儿也有去黎城的高铁，随买随走。"

冯志"嗯"了一声，看了一眼桌上的资料袋，把资料袋推到陈静手里，道："我听于从说，傅总昨晚也抵达了周市。我现在回黎城的话，就没时间去跟他汇报了，他就住在博盛酒店，你帮我拿去吧，麻烦了。"

陈静微愣，可看冯志一直焦急地看手表，她也只得点点头："好。"

冯志昨天就搬到商超附近去住了，也比较方便处理商超的工作，所以这会儿得先赶回周镇去拿行李。

陈静拿着资料袋，与村镇负责人聊了一会儿，随后打车前往博盛酒店。周市的酒店也就一两家还不错，博盛酒店算一家，是五星级酒店。

陈静在大堂给于从打电话，让他下来拿资料。于从说："你联系傅总，我正在外面办事。"

陈静一听，说："好的。"她挂断电话，改而给傅临远打电话，不一会儿，那头接起来，陈静说明了来意，傅临远似乎刚睡醒，声音有几分低哑："你上来。"

陈静停顿一秒，说了声"好"。她按开电梯，走进去。电梯往二十二楼升去，这层只有两间房，地板也很整洁，陈静来到2201号房门口。

她按了门铃。几秒后，门从里面打开，傅临远穿着还没扣好的衬衫以及长裤，发梢带水，撩眼看着她。陈静站在门口，将资料袋递给他，道："冯经理的老婆生了，他赶去黎城了。"

资料袋递出去好几秒，傅临远都没有伸手，而是抬手扣着纽扣，道："进来。"

陈静在原地站了几秒才走进去，但没关房门。傅临远发梢的水顺着他的脸部轮廓滑落至脖颈，沾湿领口。他在沙发上坐下，桌上摆着一台正亮着光的笔记本电脑。

陈静站在茶几前，与以前当秘书那会儿一样，把文件跟资料拿出来，一一放在他手边。

傅临远接过翻开，垂眸看着。

陈静站直身子，安静地等待着。她弯腰的时候，他闻到了她身上的新香水味。

傅临远翻着合同，一页一页看过去。房间里安静，二人神色如常，掩饰的能力都超乎寻常人。

这时，陈静的手机响起，傅临远翻合同的指尖一顿。他撩起眼，陈静从包里拿出手机，看一眼，接起来。那头是村镇负责人池盛，说要请陈静吃饭。

陈静看了一眼腕表，说道："好的，我这就过去，不用派车来接，你说的地方我知道。"

"好的，等会儿见。"

挂断电话，她看向傅临远，傅临远合上文件，问道："村镇的人？"

陈静点头，看了一眼腕表，道："傅总，我先走了。"

傅临远看着她，点点头。

陈静转身往外走，顺手关上门，随后搭乘电梯下楼。好在这个点叫网约车很容易，陈静乘网约车前往那家酒楼，位置就在博盛酒店附近。村镇负责人池盛带来的人中，只有两名女性文员。

陈静知道他们爱喝酒，今天肯定躲不过去了，她一进包厢就被他们招呼过去。

陈静面带微笑，坐在女文员的身侧，其中一个业主黑黝黝的，笑着站起身，端着酒就来到陈静的身侧跟她碰杯。陈静看一眼，发现杯中的酒是白酒。她笑着与对方碰了下杯，道："钟先生，我不太会喝，海涵。"

钟先生一笑："哎呀，没事，你看着来。"

陈静笑笑，仰头喝掉小杯里的酒。在京市当傅临远秘书那两年，酒桌上了不少，但她很少会被人这样围着喝酒，哪怕是喝醉了，也会有于从、冯志或者李叔他们送她回去，所以她从来不用担心自己会醉。

但她还没摸清这些人的深浅，挺担心自己会喝醉的，打算等会儿给周晨伟发条消息叫他来。这时，池盛突然站起身，急忙迎出去道："傅先生，久仰久仰。"

陈静一愣，抬头看去。傅临远穿着一身西装走进来，人很高，与池盛握了手，侧脸冷峻，声音低沉："久仰。"

钟先生往旁边挪了个位子，池盛赶紧给傅临远拉开椅子，傅临远在陈静身侧坐下。池盛赶走钟先生，在傅临远左手边坐下，笑着说："傅先生很少来周市这样的城市吧？你觉得我们周市怎么样？"

女文员给傅临远倒酒，傅临远用骨节分明的手指握住酒杯，说道："挺好的，地美，人也美。"

池盛哈哈笑起来，有几分骄傲地道："那还真是，我们这儿的女生都长得好看。"

傅临远听着，没应，只举杯放在薄唇边喝着。陈静坐在一旁，看他一来就喝酒，拿起公筷给他夹了些菜。傅临远看着她夹公筷的手腕，轻扫她一眼。

陈静心知他是来帮她的。他嘱咐过她，有酒局让冯志来。但太不巧了，冯志临时有事。

此时多一个自己人，陈静也安心些，所以钟先生再给她倒酒时，她也就没那么紧张了，拿起酒杯与钟先生碰杯。钟先生笑夸陈静不愧是大城市来的，豪爽。

陈静笑笑，大城市的酒局都讲究体面，基本不会往女生杯子里使劲灌酒。但这话她当然不会说，只斟酌着跟对方喝酒。

池盛这个人话很多，一直在说周市如何如何好，说周市发展虽然慢，但这儿历史悠久，有许多景区。傅临远握着酒杯淡淡地听着，他出门时系好了领带，又因喝酒觉得热，就用指尖轻扯开了。

对面的另一名女文员看到他这样，忍不住多看了几眼，怎么有人长这么帅，随意散漫又带着几分神秘，像明星一样。

陈静跟他们聊天、喝酒，吃了不少菜，也喝了挺多白酒，不过还算清醒。那两名文员斟酌一会儿，起身端酒过来，要与傅临远碰杯。她们的声音都挺妩媚的，陈静夹着菜，听到她们的声音，筷子顿了顿。

傅临远扫了眼站在身侧的女文员，视线移开，轻扫一眼身侧的女人，陈静在夹菜吃，耳朵上戴着珍珠耳钉。傅临远看她几秒，抬起酒杯与那文员碰了碰，随后一饮而尽，喉结滑动。

女文员看他漫不经心地喝着，脸微红，想喝第二杯。她笑道："傅先生，我再敬你一杯。"

傅临远撩眼，看对方一眼，眼中没什么情绪。

对方微愣，几秒后讪讪地拿着酒杯离开。池盛见状，立即把另一个女文员赶走："别惹事。"

傅临远放下酒杯，对陈静道："倒酒。"

陈静放下筷子，端起一旁的酒壶，往他酒杯里倒，但没倒满。她看他一眼："傅总，少喝点。"

傅临远眯眼看她，没应。

酒过三巡，桌上的菜也吃得差不多了，桌上不少人都醉了。时间也差不多了，该散局了。池盛擦擦手，起身送陈静与傅临远。傅临远喝了不少，

但面不改色。他扯掉领带，随手递给陈静。

陈静一愣。傅临远也一愣，偏头看她。

四目相对，陈静安静地接过他的领带，傅临远看她接过去，一股无名的情绪涌上心口，扯了下领口往外走。

池盛跟在他身侧对他说话，顺便帮着拉开酒店门。陈静跟在另一侧走出去。

外头风大。于从已经把黑色的宾利停在了酒店门口，池盛一看，眼睛发亮——他得奋斗多少年才能买得起这辆车啊！

于从打开车门。池盛亲自把傅临远送上后座，弯腰说："傅先生，咱们可以留个联系方式吗？"

傅临远："你联系陈静。"

池盛瞬间明白傅临远是要他多照顾陈静，这样以后才有机会合作。他点点头，说："好的。"

于从示意陈静坐进副驾驶座。陈静拉开车门坐进去，扣好安全带。

池盛站在车子旁，陈静抬眼笑了笑，与他简单聊了两句，随后摇上车窗。于从回到驾驶座，启动车子，驶离酒店。周市的夜晚灯火通明，只是除了极个别的高楼，其他的都是两三层的楼房，一眼能望天，有种寂静温柔的感觉。

陈静联系小芒，问了问肖梅的情况。

小芒说今天能扶她下地去洗手间了。

陈静听着，挺高兴的，看来她的身体状况有改善了。

于从问陈静："你回家吗？"

陈静看他开的这条路是回周镇的，就问他是不是要回周镇。于从点头，说："回商超一趟，冯经理落了份资料在那里。"

陈静道："那好，我也回家一趟。"她想回去洗个澡，毕竟现在一身酒味。

车子开进周镇，停在陈静家楼下。陈静解开安全带，对于从说了谢谢，又看向傅临远，说了声谢谢。

傅临远朝她伸手。陈静顿了顿，反应过来，从包里拿出领带递给他。傅临远握住领带一扯，陈静一时没放开手，身子往前倾了点。

傅临远凑近她，盯着她的眼眸："醉了吗？"

陈静松开领带，看他几秒，往后退，冷静地道："没醉。"

陈静推开车门走出去，手里拎着笔记本电脑以及小包，穿着长款薄外套走进楼梯。后座的车窗摇下，傅临远偏头看着她的背影，指尖握着领带轻缠了一下。

于从连呼吸都不敢太大声，他知道傅临远没醉，刚才问陈静醉没醉，有关心她的意思，也有忍不住想试探的意思。醉与不醉，其实完全取决于人心。陈静若是对他有意，就算清醒也会装醉；若是不想给他半点机会，她哪怕烂醉如泥也会坚持说自己没醉。看来傅总与陈秘书是真成过去了。

于从抬起眼，看向车内后视镜，傅临远拿着烟盒，叼了一根烟，用缠着领带的手拿着打火机点燃，橘色的光瞬间便亮了。

他撩起狭长的眼眸，扫了一眼三楼。

于从想，其实按傅总的性格，应该不会再多纠缠吧？毕竟他要什么女人没有。于从收回视线，等了会儿，后座的男人才开口："开车。"

于从应声，启动车子，往对面的商超开去。

走到三楼，陈静开门进屋。其实她有点醉了，白酒的后劲逐渐上来。这两天，她都是匆匆回来匆匆走。这个家里少了肖梅，逐渐变得不像家。

陈静在沙发上坐下，缓了缓酒劲。过了一会儿，她起身去倒了一杯水。因为没人在家，水都是凉的，陈静插上电，重新烧水。她靠着桌子，揉着额头，想起那次在陆臣生日宴上喝醉的一幕，竟像是很久很久以前的事了。

水沸腾了，陈静拿杯子过去，接了热水，与原先杯中的凉水混合。

陈静端起杯子，一口一口地喝着。不一会儿，整个人舒服多了，她打了个酒嗝，拿了衣服去浴室洗澡。洗完澡出来，客厅的手机响起。陈静擦着头发，拿起手机一看，来电人是周晨伟。她站在茶几旁接起来，"喂"了一声。

周晨伟说道："你没喝酒吧？"

陈静道："喝了点。"

周晨伟："我才想起来，村镇那群人很喜欢喝酒。"

陈静笑笑："是，他们都挺喜欢喝酒的。"

"你怎么样？"

"没事，没醉，我打算回医院。对了，阿姨怎么样了？"

"她退烧了，不用去重症监护室了。"

陈静松了一口气："那就好。"

"你是不是在家？"

陈静点头："嗯，准备去医院陪我妈。"

"正好，我回来拿换洗的衣服，你等我几分钟，我去接你，一起走。"

陈静说"好"。挂了电话，她用小罐子装了些牛奶，又收拾了一点日用品，拿了个大包装着。肖梅之前买的花都枯萎了，她把它们都打包扔进垃圾桶里，提着垃圾袋下楼，走到路边垃圾桶扔了。

她把头发扎起来，露出光洁的脖颈。对面的商超二楼开着灯，傅临远手插着裤袋站在窗子后面，看见她，偏头对于从道："送她回医院。"

于从应了声，准备转身，却看到一辆银色的轿车开到陈静跟前。

周晨伟下车，接过陈静手里的东西，放到后座，两个人边说着话边上车。于从脚步一停，看向傅临远。

傅临远下颌冷硬，默不作声地看着楼下的二人，神色极其冷漠。

于从一声不吭。银色轿车启动，开出周镇。

陈静洗了澡，身上基本没酒味了，但还是有点晕。她靠着椅背，周晨伟开着车，说下次跟村镇的人吃饭时，他还是一起去比较好。

陈静说："今天傅总正好还没走，他来一起吃的。"

周晨伟一听，看了一眼陈静："傅先生人真的太好了。"

陈静支着脸，点头："是啊，很好。"再想想那两年当他秘书的日子，他对她确实很好，虽然睡不好的时候有脾气，但从来没对她发过火。冯志等人都被他冷脸对过，而对她仅有的那一次语气不善，就是她给他办公室摆红玫瑰时，他说了一句"我不喜欢"。

陈静看着窗外夜景，估计他对新秘书也会是这样的。姚桃之前还给她发了微信消息，问傅总喜欢什么植物，陈静还没回复她。她拿起手机，点开微信，想了想才回复："傅总好像不太喜欢红玫瑰，你不要往他办公室里放红玫瑰。"

姚桃：啊？我放了！

姚桃：救命，白天我陪蒋禾去花店订给客户的花，看到红玫瑰很漂亮，就买了。最近傅总不是总不在公司嘛，我觉得摆着好看，让他回来也舒服些。

姚桃：他居然不喜欢啊，我明早去拿掉。

陈静看着姚桃噼里啪啦打来一长段话，不由得笑了。蒋禾最近跟姚桃似乎玩得很好。时间好像真的过得挺快的，一眨眼，已经是新一年的四月底了。

抵达医院，陈静准备把东西拿回病房，谁知道小芒带着陈静去了另外一层楼。"刚才院长来医院，说有一间单人房空出来了，就让阿姨住到那边去了。我听说是冯先生让留意的，四人间住着不方便。"小芒看向陈静，"你跟冯先生该不会有什么纠葛吧？冯先生结婚了哦。"

陈静一听，愣了几秒。她是打算给肖梅换间单人房的，因为四人间里的一位阿姨老咳嗽，最近流感高发，陈静怕肖梅被传染，跟林秀丽阿姨一样发烧，所以准备今晚跟护士说一声，让护士帮忙留意。陈静对上小芒那劝她回头的眼神，说："我跟冯经理只是合作伙伴。"

小芒说道："那就好，我看了冯经理的朋友圈，他老婆刚生完孩子呢。"

陈静被小芒拉进 602 号单人间。楼层稍微高了一点就安静许多，肖梅正拿着遥控器在调电视频道，她看到陈静回来，问道："今天顺利吗？"

陈静把笔记本电脑以及一些衣服放在沙发上，取出奶粉，递给小芒去冲泡。她回道："顺利，合同已经签了。"

肖梅："那就好。"

单人间舒服很多，有折叠床、沙发、一张桌子和两把折叠椅，洗手间还有一扇窗户。

陈静坐在肖梅身侧，肖梅拉着陈静的手，道："你得跟冯先生说声谢谢，是他让护士留意有没有空着的单人房的。"

陈静说道："知道。"

她拿起手机，给冯志发微信消息，恭喜他当爸爸了，顺便给冯志孩子发个红包。冯志发了一串"哈哈哈"过来。

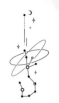

冯志：谢谢！红包我就收下啦。

陈静：那必须得收。

陈静：谢谢你帮忙留意这间单人房。

冯志：客气。

冯志：是傅总的意思。

冯志：隔壁那位老阿姨一直咳嗽，容易传染，最近不少老人家得肺炎，肖阿姨还是小心点好。

冯志：傅总有先见之明。

陈静安静几秒，回道："是。"

小芒端了牛奶出来，陈静接过来，把吸管插进去，准备喂肖梅喝。肖梅自己端过去，道："我自己来。"

陈静一笑，坐回椅子，拿起手机点开与傅临远的微信聊天框，发了一句："傅总，谢谢。"

那头的傅临远没立即回，十来分钟后才回复："谢什么？"

陈静回复："单人间的事。"

那头的男人仿佛才明了。

傅临远：环境如何？

陈静基本没跟他聊过工作以外的事，有点不适应，她看了看这儿的大体环境，然后编辑回复。

陈静：很好，很安静。

傅临远：安静就行。

他说话总是很简洁，所有意思都在这几个字里。陈静没再回复他，放下手机，起身去拿洗脸盆跟毛巾，给肖梅擦拭身体。忙完后，陈静去食堂买了几份粥，回来给周晨伟跟林秀丽送了两份过去。

林秀丽的手臂上插满了针头，还在输液，虽然已经退烧了，但精神不是特别好。

医生给她开了地塞米松①，看到陈静进来，林秀丽抬眼笑了笑。陈静早晨见她时，她还昏迷着，此时看到她清醒了，陈静放下心来，把粥递给周晨伟。

周晨伟接过粥，说道："谢谢，我本来打算去买的，没想到你先买了。"

林秀丽也笑道："陈静，谢谢。"

陈静微笑："不用那么客气。你们吃吧，我先回去了。"

林秀丽点点头，周晨伟放下粥，送她出去，问道："肖阿姨是不是换病房了？"

陈静点头。

周晨伟道："换了就好。"

陈静冲他笑笑，指着楼梯道："我上去啦。"

"嗯。"周晨伟温柔地点点头。

电梯门合上，陈静上了楼。进门后，肖梅拉着陈静询问林秀丽的情况，陈静都一一说了，肖梅当下放心，说一切都会慢慢变好的。

陈静觉得也是。她拿出笔记本电脑，坐在沙发上开始工作。有几个从黎城回来的女生投了简历给她，说过腻了大城市的生活，想回到家乡养老。陈静一看她们，都是二十五六岁的年纪，瞬间想到了自己。她现在好像也是回来养老的，顿时觉得她们几个挺有意思，给她们回邮件，打算明天见一面。

小芒下班回去休息了，今晚陈静陪夜。

翌日凌晨，傅临远返回京市，路上仅睡了几个小时，睡眠不足令他神色冷漠。他走出电梯往办公室走去，齐茂升跟在他身侧。

二人走进办公室，姚桃抱着一大束红玫瑰往外走，正好与傅临远面对面碰上。

傅临远睨一眼那束红玫瑰。姚桃对上他那张冷峻的脸，有点畏缩地将红玫瑰往身后藏，小声道："昨天下班前买的，想给您装饰下办公室，但陈静说您不喜欢红玫瑰，我就打算撤了。"

---

① Dexamethasone，简称 DXMS，具有抗炎症作用。

听见这话，傅临远停住脚步，视线落在那束玫瑰花上，想起曾经他因陆臣送来的红玫瑰而不爽，对陈静说了重话。

他沉默几秒，收回视线，扣着袖口，走到桌旁，道："留着吧。"

姚桃一听，抬起头。齐茂升看她那副茫然的样子，赶紧招手让她把红玫瑰放回原处。看习惯了麻利冷静的陈静，再看姚桃呆呆的样子，齐茂升有点无法忍受。

姚桃反应过来，立即回身，把红玫瑰放回咖啡桌上。齐茂升开始与傅临远沟通应对做空的事情，傅临远靠着桌子，手插裤袋听着。

这时，傅中衡带着李叔来了。傅中衡站在门口，人没进来就先开口："这几天你在忙什么？周市那样的小投资，你竟然一连去了两次，现在外头那几个公司虎视眈眈，你还有闲心去管那些微不足道的小事？你今天必须给我个解释。"

见老傅总气势汹汹，谁都不敢开口，全安静了下来。

傅临远抬眼，对上傅中衡的眼睛，才意识到自己竟在陈静身上花费了那么多时间。

傅临远把手从口袋里拿出来，拿过烟盒，倒了一根烟出来，漫不经心地咬着："我是为了一个人去的，没什么好解释的。"

办公室里鸦雀无声。齐特助想，谁？傅总为谁去的？

傅中衡要冷静得多，他听见这话，立即用眼神示意其他人出去。齐茂升有眼力见，示意姚桃跟上自己，他冲李叔一笑，三个人很快离开了。傅中衡反手关了门，傅临远叼着烟，两个人坐到沙发上。

傅临远打开热水壶，拿着夹具把茶具取出来，放在茶盘里，又低头把茶盒打开。手背上泛着淡淡的青筋，手指骨节分明。

傅中衡看着他的动作，问："那个人是谁？"

傅临远咬着烟，烟雾缭绕，他神色冷峻，道："以后再跟你们说。"

傅中衡安静几秒，道："你妈上次说，你身边出现了一个新女人，是不是她？"

傅临远慢条斯理地泡着茶，道："嗯。"

傅中衡有点不可思议地看着儿子。

傅临远从小都不用人管着，读书、生活都有自己的规划。唯独在他说要跳级的时候，傅中衡没有点头，因为他自己吃过跳级的苦。在十五六岁这个发育的年纪，跳级念大学，面对那些十九岁、二十岁的同学，可能会被孤立。傅中衡从初一跳到初三时，因为个子还没长起来，矮别人一截，那些同学看他跳级，学习成绩好，觉得他格格不入，跟他玩不到一起，还给他起过"小矮子"的外号。他顶着天才的身份，过得并不惬意。

但傅临远坚决要跳级，他学的东西已经超过同龄孩子了。

而顾琼为了傅临远也跳级了，就为了与他体验一样的感受，在精神上陪伴他。傅中衡虽然觉得顾琼的行为毫无意义，但他知道，对尚在青春迷茫时期的傅临远来说，顾琼的行为本身就是一种支持。

他曾坚信，这俩孩子最后能走到一起。但过去五年显然成了隔阂，令他们越走越远。傅临远并不是那种主动的人，准确地说，他的理智高于一切，基本不会冲动做事。

所以，傅中衡此时很诧异，他看着傅临远："回头带她回家给我们看看吧。"

傅临远给他夹茶具的动作一顿，语气淡淡："好。"

傅中衡接过茶杯，看儿子这副样子，不知道他是没什么信心，还是另有变故。傅中衡不由得更加好奇那个女生是谁，是个什么样的人。

隔天，肖梅的情况更好一些，林秀丽的烧也全退了，只是还会咳嗽。陈静便开着周晨伟的车去面试那三位女生。

这三名女生，一名想做运营，一名想做财务，还有一名想做店长。她们全是从黎城回来的，一个个长相标致，陈静非常满意。

见到陈静，她们说本来以为来的会是个大姐姐，没想到陈静竟与她们年龄相仿。

想做运营的那个妹子叫木杉，听说项目是傅恒集团投资的，瞬间眼睛一亮，请求一定要招她。她还说，她有同学去考京大就是为了傅临远。

陈静一听，笑了笑。

木杉问："大老板会来咱们周市吗？"

陈静一边在电脑上输入她们的资料，一边回道："这只是个小投资，傅总不一定会来，但冯经理会来。"

"冯经理？冯志？"木杉竟然知道冯志。

陈静抬眼："你知道的挺多的。"

木杉嘿嘿一笑，道："我同学要进傅恒集团，做过准备，她去应试傅临远的秘书，没成功。听说，当时那位傅总进房间，直接点了一名很漂亮的女生做秘书。"

陈静微愣。木杉接着笑道："我同学还说，当时那个女生一直看着傅临远，好像喜欢他。"

陈静垂眸看向电脑屏幕，没接话。

她又问了问另外两个女生朱愉和李艺佳的情况。

陈静询问到薪资问题，得知她们在黎城的薪资都挺高，如今对薪资的期望则降低了些，主要是想回来过轻松的日子。

陈静在她们提出的期望薪资上加了一些，又添了些福利，这些福利基本都是大城市的公司才有的。

李艺佳笑道："太好了，那社保呢？"

陈静温柔一笑："我这儿都给你们缴纳的。"

"太棒了，陈总。"李艺佳最关心这一点，她的社保还挂在黎城，如果能迁回来就太好了。陈静先跟李艺佳说明，这儿的社保要贵一点，李艺佳说没关系。

木杉要求不高，她想做运营，就是希望能长住客栈，她觉得这个环境会让她每天都很舒服。朱愉想做店长是因为她想亲自调酒。

陈静觉得这些都是小要求，能招到她们三个，是她的幸运。她们也刚回老家没多久，所以客栈装修这些日子，陈静就让她们先休息，去玩一玩。

面试完，陈静就联系了装修公司那边，工人已经在丈量面积了。陈静赶过去监工，跟负责人聊了聊。

然后，她去市场买了菜，回家做了两家份的晚饭。

她把饭菜提去医院，送到周晨伟那儿，林秀丽很是感激，拉着陈静的手不停道谢，陈静说："邻居之间相互帮忙是应该的。"

林秀丽点点头说道："你是个好姑娘。"

陈静笑笑，抽回手。周晨伟陪着她走出病房，陈静把车钥匙还给他，周晨伟询问应聘情况，陈静跟他说了那三个女生的情况。

周晨伟一听，有些高兴："太好了，那你跟她们能有话聊。"

他有时也挺担心陈静会在周镇过得不适应，毕竟她是从大城市回来的，穿衣打扮跟这儿的女生多少是有点区别的。

陈静点头："是啊，感觉是意外的惊喜。"

周晨伟说："有了她们帮忙，客栈肯定会做得很好的。"

陈静"嗯"了一声，走进电梯。周晨伟看着她，直到电梯门合上。

陈静回到病房，陪着肖梅吃晚饭，小芒有些惊喜："陈静姐，你炒的小菜好好吃哦。"

陈静笑道："好吃你就多吃点。"

"得嘞，那我再吃一碗。"

今晚，还是小芒回去休息，陈静守夜，单人房里安静许多。陈静开着笔记本电脑开始工作，拍了些工人丈量现场的照片，整理成邮件，发到冯志邮箱里。

京市，卓越万代。

傅临远洗完澡，坐在沙发上拿毛巾擦拭头发、脖颈，仍有水珠顺着肌肤往下滚落，滑过喉结。

他端起一旁的酒喝了一口，拿起手机，点开与陈静的微信聊天框。

病房里，肖梅睡着了，发出细微的呼噜声。陈静从洗手间出来，小心地坐在沙发上，面前摆着笔记本电脑。手机亮起来，她拿起来看，发现傅临远简单发了两个字来。

> 傅临远：睡了？

很随意地一问。傅临远从前不会发这样的消息，他向来有话就说，且直奔工作主题。但他最近似乎变了。

陈静握着手机，安静几秒，编辑文字："傅总，晚上好。"

傅临远看着"傅总"二字，觉得极为刺眼。二十七年来，他第一次被一个女人这么牵动着心绪。仅仅是一个称呼而已，却令他如此不爽。他清

楚，陈静这是公私分明。但越分明，便越刺眼。

　　大约一分钟后，男人再发来消息。

　　傅临远："陈静，你非得这么回？"

　　陈静回复道："傅总有什么工作上的事想说吗？"

　　那头安静了，没再回复她。陈静轻轻放下手机，专注地看着电脑屏幕，忙了一会儿，手机再次响起。这次，是陈静与蒋禾、乔惜三个人的群的消息。这个群陈静之前想退，但蒋禾不让她退，说留个念想。

　　蒋禾看到她还在群里，会有种她还在傅恒集团的感觉，便比较安心。

　　陈静不告而别后，蒋禾哭了，陈静始终对她有愧疚，所以也就没退群。夜不算深，群里的消息突然多起来，陈静点开一看。

　　　乔惜：你们知道今天发生了什么吗？

　　　蒋禾：什么？

　　　乔惜：最近想做空咱们公司的不是虎视眈眈的吗？但傅总老不在公司，老傅总今天来公司发火来着，说："你还有闲心去管那些小投资？"

　　　乔惜：傅总说，他是为了一个人去的。

　　　乔惜：他！是！为！了！一！个！人！去！的！

　　　乔惜：你们细品这句话，细品！

　　　乔惜：肯定是因为一个女人吧！现在全公司的人都在议论这件事情，我们都想知道那个女人是谁。可我看了下顾琼的行程，她现在在京市啊，不在周市！

　　　蒋禾：……

　　　乔惜：陈静，你知道吗？傅总是不是去周市看项目，跟某个女人好上了？

　　陈静看了几秒，没回复。蒋禾单独发来消息。

　　　蒋禾：周市那个项目，投资金额确实不足以让傅总出面，往常他对这种金额的项目看都不看，批一下就是了。

　　蒋禾：静静，你曾是他的秘书，应该是最清楚的。

陈静沉默着，没立即回复。

　　蒋禾：他是因为你而去的。
　　蒋禾：他去找你了吗？

　　陈静还没想好该回复什么，蒋禾就直接打了个语音电话过来，让她措手不及。陈静怕吵到肖梅，戴上耳机，接通了语音电话。

　　蒋禾安静几秒才出声："静静宝贝，傅总是不是去找你了？"

　　陈静想起那天晚上的事，道："他来了，但不一定是来找我的。"

　　蒋禾："你打算自欺欺人？他还去见了谁？"

　　陈静道："我怎么知道？周市不算小。"

　　蒋禾又安静几秒，随后笑道："要不要打个赌？傅总对你上心了。静静，我之前就说过，你这么好，但凡得到过，都不会轻易放手的。你知道吗？你走后，傅总外出或者出差都不会带上姚桃，只带于从。"

　　陈静不知该说什么，事情好像不是这样，但又好像是这样。

　　蒋禾就像一场戏的围观者，看到这里，要开始拍手叫好了！总算不负她的好闺密的暗恋，那个该死的男人对她上心了，为此做了那么多不符合常理的事。蒋禾笑得有些得意。

　　陈静听见她笑，神情无奈："蒋禾。"

　　"哎！我在。"蒋禾在那边笑着道，"好啦，不聊这个话题了，公司的人传来传去，猜不到你的，压根没往你身上想。"

　　陈静"嗯"了一声，问蒋禾最近过得怎么样，蒋禾说冯志不在，她很忙，下个月还要去参加冯志孩子的满月酒，又问陈静过得如何。

　　陈静说自己在这边也很顺利。她没跟蒋禾说肖梅住院的事，怕蒋禾担心。

　　两个人聊了会儿就挂了电话，她取下耳机，继续手头的工作。

　　隔天，陈静刚睡醒就接到了一个电话，是个外卖。陈静随手洗了把脸，

披散着头发下楼，一名外卖小哥一手提着一个水果篮，一手抱着一束红玫瑰，看到她下来，直接把它们塞到她怀里。

陈静还有些迷糊，接过后才问："小哥，这是谁买的？"

"有卡片，你自己看，我走了。"那小哥骑上车直接走了，带过一丝清晨的凉气，陈静拢了拢外套领口。

红玫瑰极衬她的气色。她扫了一眼，转身上楼。肖梅还没醒，陈静把水果篮放在桌子上，放下那束红玫瑰，拿起里面的卡片。

傅。

这时她的手机响起，她拿起来一看，他发了消息过来。

傅临远：你猜不到我会送红玫瑰给下属吧？

他这话，没有点破，但意思明确。

陈静安静几秒，走到一旁的垃圾桶边，把红玫瑰往里面一扔，随后，对着红玫瑰拍了张照片，发过去，给他看这束红玫瑰的下场。

傅临远没回。陈静转身回到床边，肖梅醒了，一眼看到那水果篮，打个哈欠，问："谁送的水果篮啊？"

陈静转头看了一眼，水果不是花，不好处理，她回头，声音平静："傅总送的。"

肖梅一听，笑道："傅先生太有心了。"

陈静笑笑，没应，扶着肖梅下床去洗手间。医生已经说了，肖梅这一两天如果没什么事就可以出院了，回家好好护理就行，定期回来复查。所以，陈静今天打算跟小芒把肖梅带回家，再雇用小芒一段时间，因为就算回家了，肖梅也还是需要人看护的。小芒倒很乐意。

八点多，周晨伟带了早餐来，林秀丽也是今天出院，其实她应该多住几天，但她怕多花钱，又觉得身体没多大问题了，所以坚持要跟肖梅同一天出院。

陈静一边吃早餐一边跟周晨伟商量着，下午两家人都办了出院。

林秀丽戴着口罩，见到肖梅，上前帮忙扶着肖梅，笑着问："你没事了吧？"

肖梅笑着握着她的手臂，道："没事了，反倒是你，好点了吗？"

林秀丽咳了一声，说道："没多大的事，回去养养就好。"

陈静与周晨伟给两位母亲打开车门，送她们上车。关上车门后，两人对视一眼，笑了笑，分别坐进驾驶座跟副驾驶座。车子启动，往周镇开去。

终于要回家了。

京市。

傅临远从早到晚都在开会，这两天就要应对试图做空傅恒集团的公司，所有资料都已经准备齐全。华辉公司的创始人已经自断双臂，把最新的研发成果给了傅恒集团，时机一到就要对外公布。

这几天，傅临远都很忙，留在办公室的时间也变多了。

陈静母亲出院的事，他知道了。这天下午，冯志赶回傅恒集团，与齐茂升来傅临远的办公室开会。冯志去黎城看他老婆时也没闲着，与周氏集团签订了一单大合作，这项合作曝出来，那些做空的公司得哭。这也是傅临远准备的最后一着。

这事谈完后，齐茂升先走，留冯志报告工作。傅临远靠着桌子，偏头掐灭烟，声音低沉，对冯志道："去喊陈……"

"静"字还没出口，傅临远指尖一停，冯志也一呆。

沉默了好几秒，傅临远才缓慢地掐灭了烟，再开口道："叫姚桃进来。"

冯志看着傅总冷峻的侧脸，心想，傅总还没习惯身边换人了。他再想想公司最近的传言，觉得自己距离真相越来越近了。

他说："好的。"

冯志往外探头，喊了姚桃一声。姚桃听见，"哎"了一声，立即踩着高跟鞋走进来。傅临远抬起眼，把桌上的文件递给姚桃："送去财务室。"

姚桃点点头，上前拿走文件，快步离开办公室往电梯走去。她的身材很窈窕，人也漂亮，看上去赏心悦目，但跟陈静始终是不太一样的。冯志这么想着，收回视线，向傅临远报告完工作，便也离开了办公室。

傅临远抬起眼，看向陈静从前的工位。如今，她的工位还跟走之前一

样。她走后，变的不只是习惯，还有别的。

他回到桌后坐下，挪过笔记本电脑，修长的指尖在触摸板上滑动，眼眸专注地盯着屏幕。于从走进办公室，站在桌前擦擦汗，看着专注忙碌的男人，斟酌了一下，终究还是往前走了一步，说道："傅总，陈静的项目，周晨伟投了暗股。"

傅临远指尖一顿，撩起眼，神色冷漠。

于从深呼一口气，道："现在，周镇的人在传那家客栈以后会成为夫妻店，由他们二人共同经营。"

过了许久，傅临远抬起手，用修长的手指握住了屏幕，往下使劲一按。他站起身，拿过一旁的烟跟打火机，咬着烟，低头点燃。

啪，橘色火光亮起。

于从下意识地走过去关上了办公室的门——这可能是因为他想守住傅总的自尊。傅临远顺手拿起桌上的手机，走到窗边，站在那儿看着不远处的星座大厦。

他点开陈静的号码拨打过去，把手机举起来，放在耳边。

不一会儿，那头接起电话，陈静的声音传来："傅总，下午好。"

傅临远听着她的声音，安静几秒，声音低沉，开口道："陈静，你想逼疯我。"不等她开口，傅临远继续说，"你要是敢跟周晨伟结婚，那就别怪我。"

陈静愣了几秒，随即道："傅临远，请你冷静。"

他用指尖弹了弹烟灰，冷冷地道："我冷静不了。"

陈静安静几秒。随后，嘟嘟嘟——她挂断了电话。

放下手机后，陈静呆坐着。傅临远那冷冷的声音又一次在耳边响起，她端起一旁的水杯喝了口水，心知肯定是出了什么事他才会这样。

她自己不怕，怕的是傅临远对周晨伟做什么。就在这时，手机响起，她立即拿起来一看。冯志发了微信消息过来。

> 冯志：陈静，傅总不允许多一个股东。
> 冯志：周先生投了暗股，你没说，这件事情很严重。

原来是因为这个。陈静陡然想起这两天有人说客栈是夫妻店，周镇这个小地方就是这样，谁与谁走得近一些，就容易产生流言，陈静觉得清者自清，懒得去解释。

是不是傅临远那边也听到了这种流言？陈静沉默几秒，给冯志回复："冯经理，我就明说了，傅恒集团没有跟投之前，我与周晨伟已经决定了要合作，算起来，傅恒集团是后进来的，凡事都讲究个先来后到，是不是？"

冯志看到这条消息，瞬间不知如何回复。

冯志：等傅总忙完，回头再聊。

陈静回复了一个"好"字，松了一口气，放下手机，端起一旁的水杯又喝了口水。她跟在傅临远身边两年多，知道他生气时是什么样子，刚才打那通电话时，他是生气的，甚至有点失控。

陈静看着电脑屏幕，思绪游离。

傅临远知道暗股的事情，陈静也跟周晨伟说了一声。周晨伟表示明白，说镇上乱传的话她可别当真，他会阻断这些声音的。他看着陈静，似乎还想说点什么，陈静抬眼笑问："怎么了？"

周晨伟看着她的笑容，也笑了笑，摇了摇头，说："没事。"

他欲言又止，觉得自己现在不该说这个，所以，他打算过段时间再告白。

陈静心头只惦记着这件事，听周晨伟说没事，她终于不再在意。她笑笑，拿出单子给周晨伟，请他去帮忙采购。周晨伟接过单子，笑道："好的，这就去。"

陈静想等傅临远忙完接下来几天，再与他谈这件事情，等着等着，就看到黎城周氏与傅恒集团一起在搜索引擎上面做了一个链接，共享流量以及资源，业内瞬间哗然。

傅恒集团对外披露了今年第一季度的报表以及华辉公司的收购价值。华辉公司的核心技术加上傅恒集团现有的技术，秒杀了现今其他公司无人驾驶的所有成果，这次收购，属于双赢。

那两天，铺天盖地都是傅恒集团的消息。傅恒集团的股价飙升，入手

即赚。

多家媒体在傅恒集团外蹲守傅临远，他去黎城参加峰会时也被围了个水泄不通。记者们想采访他，长枪短炮对着他的脸。傅临远神色冷漠，穿一身黑色西装，长腿直接穿过那些记者，走进了峰会现场。

他没有回应一句，冷得吓人，仿佛对于赢这一场势在必得，也懒得对外说些什么。进了峰会现场，傅临远仍是镜头的焦点。

他偏头与周氏董事长说话，下颌冷硬，手搭在椅子扶手上，有几分漫不经心。

陈静在网上观看峰会的视频，恍然有种他根本不会生气的错觉，那天的他并不像他，傅临远何时何地都是冷静的。想到这儿，陈静放松了些，对即将到来的谈话也没那么紧张了。

傅临远上台分享傅恒集团正在研发的云计算系统，他戴着黑色耳麦，穿着黑色衬衫以及长裤，手里拿着一个遥控器站上舞台，说话时声音低沉。谈到编程，傅临远看向镜头，说道："我在美国时修过编程，随手学学。后来，我为一个女人写代码控制灯光，还放了一场绚丽的烟花，算是学有所用。"

全场哗然，大家都笑了。桃色绯闻在任何时候都是焦点，但大家并不当真。

傅临远继续讲话，陈静看着他的眉眼，明白了那晚的方格状灯光都是他用代码操控的。她安静地关闭了视频，冷静地忙着手头的事情。天气逐渐暖和一些，此时的陈静单穿着一件 T 恤跟牛仔裤。就在这时，手机响起，她拿起来一看，是于从的消息。

> 于从：在办公室？
> 陈静：嗯。
> 于从：下来。

陈静知道他们抵达周镇了，拿起一些资料跟文件放进包里，随后起身下楼。她走到楼梯口，便看到黑色轿车停在那儿。车窗并没有摇下来，黑漆漆的。陈静走上前，拉开副驾驶侧的车门坐进去，看了一眼于从。

于从冲她点点头，她看向后座。傅临远睁开眼，用狭长的眼眸盯着她，陈静神色冷静，说道："傅总。"

傅临远用指尖轻理着袖子，没应。

于从对陈静道："先去客栈看看。"陈静坐正身子，说："好。"

黑色轿车启动，后座很安静，偶尔传来他翻文件的声音。陈静看着前面的路况，心想他如此冷静，今天这件事情会好谈一些。

天空阴沉沉的，没什么阳光，通往客栈的那条路也挺安静的。下车后，陈静率先走上小路，傅临远走在她身后。她的头发扎起来了，露出白皙的脖颈。傅临远看着她，就在这时，她的一只脚差点踩到一旁挖开的洞里，他下意识地伸出手，但陈静很快就稳住了身子。

他收回了手，放进裤袋里。两个人来到客栈门口，地基打好了，客栈的雏形初步显现。这一整片都被陈静租下来了，傅临远轻扫一眼这地方，脑海里浮现出夫妻店的传言。他沉声道："他的股份，我要了。"

陈静转头，看向傅临远。傅临远也看着她，一脸不容置疑。

那点股份对傅恒集团来说算不了什么。被买走股份的人或许会高兴，因为这一转手就赚了不少。但傅临远真的有必要这样做吗？

陈静手里的资料不好拿，她改将资料抱在怀里，抬眼看着傅临远："傅总，没提前跟你说周晨伟投了暗股，是我不对。他投的并不多，只有我的四分之一，如今客栈还没有开始运营，未来是什么模样，都是个未知数，傅恒集团没必要再多出钱买走他的股份。"

她是理性的，冷静地分析着这件事情，这是个特别普通的项目，况且，傅恒集团不至于容不下这么一个小股东。

偶尔有风吹乱她的刘海，清丽的眉眼被发丝缠绕。傅临远手插裤袋看了她几秒，道："你认为，我的出发点只是股份？"

他人高，陈静需要仰起头才能与他对视，风带着发丝拂过她的唇瓣，她与他视线纠缠。

男人眼里的情绪很明显，就如那次在公寓里看着她时一样，甚至比那次还要明显。

陈静抿唇："傅临远，我以为我已经说得很清楚了。"

傅临远看着她的眉眼："我也说得很清楚。"

陈静眯眼，感觉到他带来的压力。傅临远见她如此，往她面前走一步，居高临下地垂眸："你非要为了他与我这样吗？"

陈静语气淡淡的："是你太过分。"

傅临远的下颌绷紧了几分，使得他的轮廓更加冷硬。两人谁也不让谁，安静地僵持着。

从周晨伟出现的那一刻起，傅临远便对自己的情绪有所察觉，只是他向来理智，并不把这种情绪太当回事。他以为只要拥有过，多少都会有点占有欲。

直到今天，周晨伟成了傅临远的眼中钉，他欲除之而后快。傅临远不再冷静隐忍，至于他答应下的那些条件，也不打算再遵守。

陈静明显感觉到他的情绪。她跟在他身边两年多，哪怕如今已经离开，也会反射性地关注他的一举一动。陈静抬眼，漂亮的眼眸直直地看着他："我可以跟他谈谈，但是你也别指望你做什么事情都能顺顺利利的。"她说完，瞥他一眼，转身便走。

傅临远站在原地，下颌紧绷。他拿出烟，低头点燃，看着前方那纤细的背影，哪怕到这个时候，他都会多看她脚下一会儿，怕她又如刚才那样差点踩空。

他想：傅临远，你完了。

于从打开车门，陈静看都没看，直接走过去。于从讪讪地关上车门，感觉得出他们两个人都动怒了，陈静还是冷静的，可她气势锋利不少，傅总更不用说，看脸色就知道他在发火。

这么多年来，有谁能让傅总这样动怒，失去冷静与理智？只有陈静一人。

陈静不想坐车，于从不能强求，但也不能完全不管，否则傅总的刀就落他身上了，他拿出手机想给陈静叫辆网约车。

这时，一辆银色的轿车开过来，停在陈静的身侧，于从认出那是周晨伟的轿车。车窗摇下，周晨伟不知说了什么，陈静弯腰听了，便上了车。银色轿车开走，于从放下手机，一抬眼，傅临远也走来了，于从立即给他打开后座车门。

他嘴里叼着烟，轻扫一眼那开走的银色轿车，神色冷漠，弯腰坐进后座。

　　于从关上车门，走到驾驶侧坐进去，启动黑色轿车。他想，处理完做空的事，傅总的时间就多了，恐怕接下来留在周镇的时间会比较长，反正老傅总已经知道了，这也可以算是给傅总放个假。这几年傅总基本没休息，都在工作，这次为了陈静倒是能放松一下。

　　银色轿车开往周镇，后备箱里放了不少周晨伟刚采购的东西，哐当哐当地响着。陈静看着车窗外的风景，周市的路要么两边都是田，要么两边都是杨柳，显得又窄又长。此时车子就开在杨柳中间，杨柳叶迎风晃动。陈静想着傅临远，她此时能明显感觉到他就如当初逼她承认她也对他心动那般，带着强硬的攻势。

　　陈静收回视线，从包里拿出一块糖，放进嘴里咀嚼着。周晨伟看了她几眼，发现她在发呆，也不打扰她，安静地把车开到办公室的楼下。

　　看着熟悉的环境，陈静回过神来，看向周晨伟，说："你跟我一起上去吧？我有事跟你说。"

　　周晨伟笑着点头："好，顺便也给你看看采购单，有些东西没买到。"

　　陈静"嗯"了一声，率先推门下车。

　　对面那家商超已经在准备营业了，黑色的轿车开到商超门口停下，陈静余光扫到，收回视线，走上楼梯。周晨伟停好车，跟在陈静身后。黑色轿车的车门打开，傅临远指间夹着烟，走上商超旁边的楼梯。

　　有女生从楼上下来，与他擦肩而过时，看他一眼便红了脸。男人把烟放在嘴里，按着手机，进了二楼的办公室。

　　陈静也走进了办公室，她把资料和文件放在桌上，去倒了两杯水，一杯给周晨伟，一杯自己喝。

　　周晨伟放下采购单，端起杯子喝了一口。

　　陈静看着他，对于接下来的谈话有点愧疚，她走到桌后，说："你坐下吧，我有话跟你说。"

　　周晨伟拉开椅子，将杯子和采购单放在桌上。

　　陈静拿过采购单看了眼，随手夹在本子里，然后看向周晨伟，说："是这样的，之前你投钱进来做暗股，后来傅恒集团加入，我没有跟他们说，现在他们知道了。"

周晨伟点头："然后呢？"

看着他一无所知的表情，陈静顿了顿，呼出一口气道："傅临远挺看重这次投资的，虽然这个项目并不大，但他有自己的想法，不喜欢太多人参与这个项目。他现在想买你的股份，价格肯定比你一开始投的要高。"

相当于靠这个股份，周晨伟就可以赚到一大笔钱，没有任何风险。

周晨伟听罢，愣了几秒。他看一眼小黑板上的客栈雏形，再看向陈静，说："我不卖，可以吗？"

"并不是钱的问题，而是……"

周晨伟看着眼前漂亮的陈静，又道："从以前开始，开客栈就是我的梦想，如今有机会借你的手实现，我很珍惜。"

陈静听着，深有感触。钱可以买到很多东西，但买不到人的情绪。

陈静点头："可以，那我跟傅恒集团说。"

周晨伟一听，笑道："谢谢。"

看到他的笑容，陈静心里更加坚定。这无关任何情感，只是对梦想的一种尊重。周晨伟还要给他妈妈做饭，起身先走了，陈静在办公室里坐了一会儿，拿起手机，给傅临远发消息："傅总，晚上我请你吃饭。"

就算知道他心思，但该谈还是要谈的。几秒后，傅临远回复："好。"

陈静想了下，问道："傅总，有什么想吃的？"

傅临远：你朋友圈发过的那家面馆。

陈静一愣，她点开朋友圈，往下滑动，开年过后，因为要开客栈，太忙了，她就没怎么再发朋友圈，很快就翻到赶集后在面馆吃晚餐的那条。她没想到傅临远会看到，他向来不看朋友圈的。

这家面馆就在后面的巷子里。陈静犹豫了一下，给他发消息："傅总，不换个地方吗？"

傅临远：就这儿。

陈静想了想，同意了。吃什么都可以，主要还是谈事情。

陈静给肖梅打电话，说晚上不回去吃饭，她留了些面条跟肉，叫小芒做给她吃。小芒虽然不太会做饭，但简单地煮个面还是没问题的。肖梅正在家看电视，回了个"好的"，又说周晨伟送来了一碗炸鱼，很香，晚上可以配着面吃，还要给陈静留点。

陈静笑着说"好"。周晨伟的厨艺也挺好的，并不比她的差。

下午六点多，陈静收拾收拾就打算出门，结果外面下起了雨，陈静只得回去拿雨伞。她给傅临远发了那家面馆的地址，还说从她这里走过去就行，问需不需要去接他。

傅临远回复不用。

陈静心想，他若是在商超二楼办公，去面馆也很近，就没再多话，下了楼。天色全暗下来，雨水滴答，陈静撑着伞走向那家面馆。

巷子里的路灯已经亮起来了，面馆门口支起了遮雨棚。

陈静走进巷子，看到穿着黑色衬衫、长裤的傅临远，袖子挽着，露出线条分明的手臂。雨水顺着遮雨棚往下滴落，他就坐在遮雨棚下的桌子旁，在他身后，整条巷子幽深，只有这家面馆开着。

他手上戴着黑色腕表，长腿随意地分开，冷峻、帅气、高贵。

陈静顿了顿，在原地站了几秒才往前走。她走进遮雨棚，收了雨伞，风大，吹得她的头发有些许凌乱。

傅临远撩起眼眸，于雨夜中看着她。陈静放好雨伞，抬手擦了擦溅到脸上的雨水，往他那桌走去，坐下问他："你想吃什么面？"

傅临远放下手中把玩着的手机，说："你点。"

陈静"嗯"了一声，回身招手："老板娘，来两碗牛肉面。"

"好的。"站在灶台后正在切牛肉的老板娘应了声，探头看了一眼陈静跟前的男人，心想：长得也太俊了吧，穿着一身黑，但就是好看。

陈静转过身子，雨水噼里啪啦地冲刷着小巷地面。陈静一时不知说什么，傅临远的领口紧扣着，放在桌上的手骨节分明，手背青筋微微凸起，他看着她。

陈静想着下午两个人那剑拔弩张的气氛，打算先吃面再谈事，便没急着开口。

不一会儿，牛肉面上桌，陈静拿起筷子，抽出纸巾擦拭后递给傅临远。

傅临远也在擦拭筷子，擦完后也递给了陈静。

两个人的动作一顿。

傅临远狭长的眼眸如墨一般，看着她手里的筷子。

陈静愣怔几秒，将筷子放回碗里，说："这家店的牛肉面很正宗，傅总试试。"

傅临远收回自己那双筷子，"嗯"了一声，低头开始吃面。他咀嚼时下颌的肌肉紧绷着，很好看。

陈静安静地吃着面，想着这顿饭也太简单了，一碗面才多少钱？

这种小店就是吃一个原汁原味，味道也不是在京市能吃到的。在这样的雨夜，在遮雨棚里吃一碗暖和的面条，正是独属于周镇这个小地方的惬意。

吃得差不多了，老板娘端来了两杯茶，放在他们的手边，说正好泡了茶，请他们喝点。

陈静笑道："谢谢李姐。"

李姐笑着擦擦手，扫一眼傅临远，又笑看陈静，用眼神表示：这个人比周晨伟好呀！

陈静一阵无语。

李姐收走碗筷，陈静回身看向傅临远。傅临远挽起袖子，撩眼看她，四目相对。

陈静坐直身子，道："周晨伟不打算卖股份，这是他的梦想。傅恒集团投资前，我与他已经达成了合作，客栈的许多资料都是他一点一点准备好的，所以，他不卖。傅总，不要强人所难。"

陈静本来想说的是不要欺人太甚，但此时双方在协商，不适合剑拔弩张，于是她改了词。

傅临远眼眸微眯，懒散地翻转手机，道："你约他，我跟他谈。"

陈静抿唇，道："他都说了，他不卖。"

傅临远唰地抬眼，看着她眉眼，表情冷了几分。陈静不甘示弱，与他对峙。她能理解周晨伟的梦想，同时她也明白，傅临远是投资者，他不讲梦想。他要什么，从来都是誓不罢休且轻而易举的，让周晨伟卖出股份估计也不会是问题。

可陈静认为，现在的主要原因在于她，如果不是她，傅临远哪用得着这么大动干戈地买别人这点股份？所以，她不能退缩，也不能让傅临远得逞。

除去那段关系，算起来两人也陪伴彼此两年多，陈静进退有度、办事可靠、聪明、体贴、冷静自持，很少流露个人情绪。傅临远自然没了解也没见过她的另外一面，此时，她直起身子，眼神坚定地面对他，仿佛在死死地护着她身后的那个周晨伟。

傅临远第一次觉得自己要疯了。

他下颌紧绷，过了许久才开口，声音很低，带着隐忍："陈静。"

"傅总，不要欺人太甚。"陈静抢在他前面开口。傅临远撩起眼，陈静看着他道："梦想不是钱能比拟的……傅总，也给大家一个机会。"

她后半句话的语气软和一点。傅临远抬眼，神色不变，眸色依旧很冷。

陈静看他这样，也有点生气了，她觉得谈不下去，起身想走，傅临远却一把握住她的手腕，把她往前拽。

陈静的手唰地撑在桌上，身子弯下去，与他离得极近。她看到他眼眸里翻涌的情绪，傅临远看着她漂亮的眉眼，隐约有一些画面浮上来。

他沉声道："想我妥协，明天陪我。"

陈静脸色微变，冷冷地看他。傅临远见状，继续道："想什么呢？我只是想逛逛你出生、长大的这个地方。"

陈静咬着的牙松开。她声音冷静："好。"

陈静回到家里，肖梅她们也刚吃完饭。小芒刚洗完澡，最近几天小芒都在家里住，看她回来，笑着问道："陈静姐吃晚饭了吗？"

陈静说："吃了，小芒，你去休息吧，我帮我妈洗澡。"

"好的。"小芒上班也有固定时间，陈静回来就可以换班了。她回房间玩游戏，她年轻，还喜欢这些。

陈静走过去扶起肖梅，肖梅问道："你请傅先生吃什么了？"

肖梅知道傅先生又来了镇上，陈静要请他吃饭。她对傅先生印象很好，觉得他虽长得冷峻不好接近，但对陈静照顾有加。果篮是他送的，花也是他送的，病房是他换的，小芒是他找的，陈静的项目也是他投的，据说街

对面的商超也是他开的。

这样一个男人，在肖梅这儿的形象颇佳。陈静把肖梅扶进浴室，让她坐下，说："他想吃面，我带他去李姐那儿吃的。"

"吃面？就吃个面吗？"肖梅神色诧异，"陈静，这太敷衍了。"

陈静语气淡淡："他吃惯了山珍海味，偶尔吃吃这些也正常。"

肖梅一听，觉得有点道理，周市的不少美食都很好吃。她说："等我好些了，傅先生要是还在周镇，我做顿饭给他吃的。"

陈静一愣，看着肖梅，道："妈，不必。"

肖梅看着陈静认真的神情，想了想，觉得自己的提议似乎有点唐突，于是也作罢了。她心思浅，想回报别人，除了有一点厨艺，似乎别的也不在行。算了，让陈静自己去交际吧，那样一个大人物也看不上她做的这些家常菜。

陈静帮肖梅洗了澡，然后为她擦好身子。肖梅对现在自己不能行动的情况还是有点烦躁，说："明天我自己试着擦洗吧！"

陈静说："妈，你别折腾了。"

扶着肖梅回房间休息后，陈静才解开了头发进浴室里洗澡。浴室的窗户是向着后面的巷子开的，陈静洗澡时看到窗户，想起刚刚她撑着伞离开，他也离开，撑着把黑伞走在她身后，指间夹烟。烟雾飘散出来，与雨雾融合，巷子里回荡着他们二人的脚步声。

短短几步路，陈静听得见自己的心跳声，直到她拐上楼梯，心跳才平缓下来。

热水冲刷在她脸上，陈静抹掉脸上的水珠，浸湿的头发披在肩膀上，她睁开眼，取下大毛巾披在身上，神色间扫去那丝迷茫，恢复了些许冷静。

洗漱完，陈静从浴室里出来，客厅静悄悄的，她小声地走回房里擦拭头发，顺手打开平板，随意地翻看对周镇的一些景点的介绍。

隔天一早，吃完早餐，陈静下楼，黑色轿车已经停在门口，傅临远坐在驾驶座上，单手握着方向盘，一手拿着手机在回复消息。陈静在楼梯口便看见他，他亲自开车的时候屈指可数，今日他仍穿着黑衬衫、黑长裤，外加了件比较休闲的外套。

"陈静。"周晨伟的声音传来，陈静停下脚步抬眼看去。他手里拎着一条鱼走到她跟前，问道："要出门？"

陈静今天的穿着也十分休闲，一件紧身上衣、一件外套以及修身的长裤，挎着一只包，头发扎成比较成熟的丸子头。陈静对上周晨伟的眼眸，微微一笑："嗯，阿姨怎么样？"

"没事了，我早上去市场买了鱼，肖阿姨昨天说想吃红烧鱼，你要出门的话，我中午做好了给她送来。"周晨伟其实已经看到一旁的黑色轿车和打开的车门，傅临远下了车，靠着车门点了一根烟。

周晨伟猜测，陈静是因为股份的事情，要跟傅临远谈一谈。

他对肖梅很上心，陈静挺感激的，她说："没事，中午我妈跟小芒随便吃点就行，你多照顾阿姨，跑来跑去的太累了。"

"这有什么，咱们离得那么近。行了，你去忙吧，我先上去看看肖阿姨。"周晨伟说着，回头看了傅临远一眼，点了点头，算打个招呼，接着拎着那条鱼就往楼梯走去。

傅临远抬起没什么情绪的狭长眼眸，在空中与周晨伟的视线对上。

他神色冷漠，看不出深浅，自有种高高在上的感觉，并没回应周晨伟的点头示意。

周晨伟倒不觉得有什么，他收回视线，对陈静道："有事记得给我打电话。"

陈静笑笑，说："没事的。"

周晨伟上了楼梯，陈静收回视线，往黑色轿车走去，她走向副驾驶侧，打开车门。傅临远看着楼梯，周晨伟去陈静家，来去自如。

他脸色微冷，掐灭了烟，弯腰坐进车里，陈静已经扣好了安全带。

傅临远往后靠了点，车窗摇上，他单手握着方向盘，启动车子，轻乜了陈静一眼。

陈静打开手机看着攻略，询问："傅总想去哪儿走走？"

黑色轿车启动，傅临远一手搭着车窗，一手转着方向盘，没应。陈静又问了一句，他还是没应。

陈静抬起眼，就见车子往周市的方向开去。

陈静看回傅临远，他侧脸冷硬，握着方向盘的手指骨节分明，一脸生人勿近的表情。陈静顿了顿，心想他应该有想去的地方，也就懒得开口了。

她看着窗外的风景。今天是阴天，天气不算好。如果去江边的话，不知道会不会冷，可黑色轿车最终还是停在了江边的停车位。

下了车后，风一吹，陈静哆嗦了下，她穿的外套挺薄的。她走到傅临远身侧，说道："傅总，这个天气江边风大，船也不开。不过还是挺适合拍照的，我小时候就经常跟我爸妈来这儿玩。"

她是在认真地做导游，傅临远听罢，偏头看她。

风吹乱了她的刘海，她今日仍是素颜，皮肤很白。她温柔地说着话，没了昨天的犀利，整个人柔和很多。

傅临远的神色没一开始那么冷漠了："你几岁去京市的？"

陈静靠着栏杆，面向他，想了想："小学三年级，我妈想跟我爸一起，不想分开，所以我跟我妈就搬到京市去了。"

傅临远将手插进裤袋，看着她的眉眼，问："在京市住哪儿？"

陈静说了京市的一片旧大院，如今还在，不过环境比较乱，管理不好。傅临远知道这个地方，他想象她小学时穿梭在大院外的巷子里的样子。傅临远生平第一次想了解一个人的过去，而陈静说到那个大院，就想到她父亲还在的时候。

她想着想着，抬眼看到他冷峻的眉眼，问："傅总以前在海城生活？"

傅临远声音低沉："嗯。"

陈静"哦"了一声，心想，据说傅家原先是在海城。风挺大的，陈静回身看向对面的塔，说："那是许愿塔，小时候我经常去那里许愿。"

那时，她被父亲背着，一步步走上台阶，看着高高的许愿塔。陈静家一年去许一次愿望，有一年她自己去，许下毕业后能去傅恒集团上班的愿望。傅临远顺着她的视线看着江对面的高塔，随后收回视线，又看向跟前的女人。

她盈盈站立，没了一身职业套装，仿佛连身段都柔软许多。她在周镇时很少穿高跟鞋，看着更平易近人一些。

又一阵风吹来，她瑟缩了一下。

傅临远轻扫一眼，脱下外套搭在她肩膀上。陈静一愣，下意识地伸手要拿掉，傅临远一只手插在裤袋里，一只手按住她的肩膀，不让她拿掉那外套。

陈静一顿。他就站在她身后，外套上带着他身上的温度，散发着淡淡的烟草味以及几缕檀香味。

这时，有几个小孩抱着花往这边走来，其中还有一个卖冰糖葫芦的。

小孩跑到这儿问道："买花吗？"

傅临远垂眸，看了一眼小孩怀里的花。他抽出一束红玫瑰，拿出手机扫码付款。小孩乖巧地举着印刷着二维码的纸，陈静回身，看着他认真付款的眉眼。

陈静贪恋地多看几眼。傅临远付完款，把花放在她的手里："不许再扔了。"

陈静握住那束红玫瑰，想起那束被她扔进垃圾桶的红玫瑰。她故意挑衅："扔了又怎么样？"

傅临远撩起眼，看她几秒："那我再买。"

陈静不想跟他多话，尤其是这种话题。她往前走，傅临远手插着裤袋走在她身侧。陈静询问："傅总还想去哪些地方？"

"你安排。"他说。

陈静便带着他离开江边，去古楼附近走走。不过今天古楼的人很多，虽然不是旅游旺季，但依旧人山人海。古楼历史悠久，巷子里都是时光留下的斑驳痕迹，可大街上都是穿着现代衣服的旅客，有种光怪陆离的感觉。

这种地方，傅临远估计不太习惯。她看他一眼，傅临远走在她身侧，有时树枝会垂到他头顶上，他便偏头躲开。

迎面而来的人中，总有一些人会不经意地看向他。中午，陈静带他去一家很有特色的肠粉店吃午饭，结果要排长队也就算了，还下起了雨。傅临远又把外套遮在她的头顶，把她拉到身侧，他身子那边便是雨棚的边缘。

陈静说道："抱歉，忘记带伞了。"

傅临远站在雨棚下，指间夹烟，看着外面撑伞走过的人。两个人被困在这狭小的地方，他把烟放进嘴里，烟雾缭绕，陈静看他几秒，傅临远也偏头看她。

四目对上，陈静挪开视线，傅临远却没挪开，她的头发被风吹乱了，

包包斜挎在手臂上，手里捏着取餐号。

青瓦下，她眉眼秀丽。傅临远眸色微深，想吻她的欲望特别强烈。

这时，里面的老板叫到号了。陈静眉眼舒开，反射性地拽着他的手臂往里面走，傅临远漫不经心地跟着她走进去，里面只有一个两人的位置，陈静立即坐下。傅临远用长腿勾开一把椅子，也坐了下来。

等得太久了，陈静现在都饿了，不用在外面看雨了，这里简直是天堂。陈静拿着笔在菜单上勾画，询问傅临远："傅总想吃什么？牛肉肠粉如何？"

傅临远在烟灰缸上掐灭烟，道："都行。"

陈静给他点了牛肉肠粉和一碗牛丸汤，给自己点了加鸡蛋和肉的肠粉。身后闹哄哄的，这店里的桌子好像比较矮，傅临远的长腿更分开些，抬手扯了扯领口。

不一会儿，他们的两份肠粉就上桌了。

陈静吃起来，傅临远也握着筷子吃起来。吃完出去，雨正好停了，陈静松了一口气，两人走在湿漉漉的巷子里，又是另一种感觉。她的手机响起来，是肖梅发来的消息，她点开一看，肖梅发了一张图片过来，是一盘卖相非常好的红烧鱼。

肖梅发来语音消息："晨伟手艺非常好。"

陈静听完，没回复。

傅临远垂眸轻扫一眼她的手机屏幕，也听到肖梅的话，神色冷了冷。两个人拐出巷子口，便往江边的停车场而去。

陈静坐进车里，问："傅总还想去哪儿？"

傅临远启动车子，睨她一眼："回周镇。"

陈静说："好。"

周镇还有什么可去的景点？陈静想了想，她太熟悉这地方了，好像反而找不出能去的。车子开到陈静家附近，下车后，正好遇见几个婶婶从巷子里端着手工活儿出来，她们聊着天，看到陈静，笑着走过来："陈静最近在忙工作啊？客栈什么时候开业啊？"

陈静一顿，微微一笑，这几个阿姨都是肖梅的朋友，她回道："客栈还没建好呢。"

"哎呀，陈静是从大城市回来的，就是不一样，想做什么就做什么。我之前听你妈妈说你要开客栈，我还想说这多麻烦、多折腾啊，没想到你说开就开。"这位婶婶有点羡慕地说。另一个婶子说："你别小看陈静啊，陈静可是高才生呢，京市大学毕业的，以后开了这客栈呀，就是老板娘了。"

"周晨伟人也不错，夫妻俩……"

陈静听到这话，打断："婶婶！不要乱说。"

那位婶婶一听，笑道："哎呀，说早了说早了，陈静你去忙吧——"

傅临远站在台阶上接电话，听到身后她们的谈话，神色不变，只有眸色深冷。陈静送走那几个婶婶后，回身去看傅临远，见他在打电话就没打扰。等傅临远放下手机，她才往他那儿走去。她张嘴想问，傅总还想去哪儿？

傅临远偏头看她几秒，道："我后悔了。"

陈静微愣。傅临远看她这副积极想陪他游玩的表情，又想起他昨晚的要求和她答应的目的，漫不经心地道："让他跟我谈。他手里的股份，我都要了。"

陈静愣了几秒才反应过来，他说的后悔是指什么。

她对上他那双冷峻的眼眸，少许怒火在她心口蹿着，她盯着他，道："傅总，那不如你把我的股份也买了，我重新来过，傅恒集团这尊大佛，我供不起。"

傅临远下颌一紧，冷冷地盯着陈静。

彼此对视几秒，陈静转身便走。傅临远突然抬手扣住她的手腕，把她带了回来，他低头，陈静仰头，四目相对，视线纠缠。

傅临远就这样低头看着她。陈静眼神坚定，还带了几分怒火。傅临远手背青筋泛起，与她对视几秒。

陈静揪着他衬衫的手紧了紧，她坚决不妥协。傅临远看着她许久。

陈静说："把我的股份也……"

"陈静。"他打断她，喉头一动，仿佛咽下一口血，声音冷得惊人，"我妥协。"

那一瞬，风声好像都停了。陈静看到他眼神冷戾。她突然意识到，她与他此时处在两个思考层面。她在乎的是他随意的反悔，而他似乎是在意另一个男人。

陈静抬着漂亮的眼眸，天空的灰色落了几缕在她眼里，她看他的眉眼、轮廓、薄唇，傅临远也看着她，手指紧了几分，问："满意了？"

陈静安静几秒，突然说："我想吃雪糕，你要吗？"

傅临远眉头微挑，松开她："在哪里买？"

陈静抬手整理头发，往后面那家小卖部走去，这家小卖部承载了她的不少回忆。小学一、二年级的时候，她放学了总趴在这小卖部的冰柜前拿着一块钱买雪糕。

小卖部还是那个时候的样子，这么多年没有变过。那位眼熟的中年伯伯已五十来岁了，拿着把扇子坐在那儿，看着短视频。陈静上前拉开冰柜，拿了一只雪糕出来。

她准备付钱，身后传来脚步声，傅临远举着手机，对着付款码一扫。他人高，衬得小卖部很矮小，也投了阴影在陈静身上，袖子挽起来，露出线条分明的手臂。

他收回手，陈静忙转过身，傅临远垂眸看她一眼。

刚才陈静兴冲冲地想吃雪糕，真的买了以后，站在他身边这么吃，又感到似乎有些太随意了。

她以往在他面前从不这样，任何时候都很守礼，哪怕吃个蛋糕也是。

她觉得自己有点冲动了，一开始气他说话不算话，后来又意识到他的反悔完全有可能是出于个人感情，她的心情有点乱了。

修长的手拿走她手里的雪糕，陈静微愣，抬起眼。傅临远垂眸撕开包装纸，一圈一圈，撕完了递给她，狭长的眼眸看来。

陈静看他几秒，伸手接过，咬了一口雪糕，冰冰凉凉的。她冷静一些，说："傅总，海城有这样的小卖部吗？"

傅临远将手插进裤袋里，淡淡地扫她一眼："有，没这么破。"

陈静看他一眼："也是，海城是大都市。"

傅临远收回视线，垂眸看向她，陈静又咬了一口。她吃雪糕时斯斯文文的，咬一口含在嘴里，慢慢咀嚼着。

傅临远想，气归气，恨归恨，看到她这样一面，却也值得。

陈静本想跟他说声谢谢，又一想到他刚才的怒火以及冷意，便不再提。今天还没过完，陈静突然想起今晚镇上有木偶戏，便伸手拽了下他的袖子，说："傅总，我带你去看木偶戏。"说完就走下台阶。

傅临远看了一眼被她轻拽一下又松开的袖口，跟着她走下台阶。黑色的轿车就停在陈静家附近的停车位。顺着贯穿周镇的大路往里走，再一拐弯就是周镇的祠堂。

傅临远看着偶尔咬一口雪糕的她专心带路的模样，想着自己已经点头妥协，她却还认真地带着他逛。这令他的心情好了很多。

二人拐个弯往祠堂而去，远远地就听见了唱戏的声音。祠堂外搭了一个小舞台，木偶师都躲在帘后唱着戏，木偶在前，通过一个小窗口进行表演。看戏的人不算多——几个老人，一些跑来跑去的孩子，以及一两个年轻人。大部分人都坐在椅子上玩手机。

陈静停下脚步站在最后面，看了傅临远一眼，傅临远也停下，手插着裤袋，看着那木偶戏。木偶师很厉害，操控着木偶翻转、跳跃、抬手，后退，配合着唱腔，栩栩如生。

有小孩看得津津有味。

陈静问："傅总知道这唱的是什么吗？"

傅临远偏头看她，神色冷漠，安静几秒："《西游记》。"

陈静笑了一下。也是，这戏段挺明显的。她收回视线，继续吃着雪糕，也快吃完了。傅临远看她几秒，也转头认真看着木偶戏。祠堂旁还有个荷花池，池里的水很浑浊，已不见几片荷花，有小鸭子在上面游着，一派悠闲。

吃完雪糕，有些化了的奶液流到陈静的手背上，她用干净的手去包里拿纸巾。纸巾是一整包的，拿出来后，一只修长的手伸过来，接过那一包纸巾。

傅临远抽出一张纸巾，抓住她的手腕。陈静一顿，下意识地想抽回手。傅临远握紧，她动弹不得，他擦掉她手背上沾着的雪糕，连眼睛都没抬。

天色灰蒙蒙的，风吹乱他的衬衫领口。陈静抬眼，傅临远挡住了风口，

也背着光，这使得他轮廓更加分明。

不知过了几分钟，陈静抽回手，手腕滚烫。

傅临远把纸巾捏成团，随手扔进荷花池旁的垃圾桶里。陈静呆站在原地，过了一会儿才说："以前这个荷花池是没有护栏的，老一辈的人不让我们在池边玩，因为有水鬼。"

傅临远看过去，听罢，轻嗤一声。

陈静扭头看他说："还真有那么一回事的。"

傅临远收回视线，对上她的眼眸，示意她往下说。陈静说，以前她的一个小伙伴有一天在这池塘边玩耍，因为池边有青苔，她好奇地蹲下来摸了摸，没一会儿，就有东西突然伸出手抓住她的腿往下拽，那只手白花花的，像骨头一样。

幸好祠堂里有位爷爷在喝茶，他放下茶杯，飞快地从祠堂跑出来，在小伙伴快沉没的时候一把抓住她的手，用力把她拽了上来。那位爷爷挺高的，为了救她，直接踩到池里去。后来，这儿才加了护栏。

傅临远看她："你亲眼见到的？"

陈静摇头。

傅临远说："只是踩到青苔，滑下去了而已。"

陈静想，得，骗不了他。

这时，她的手机响起。她拿出来一看，来电的是肖梅。她接起来，肖梅在电话里问："晚上回来吃吗？"

陈静看向傅临远。傅临远手插裤袋，站在她面前，神色淡淡。陈静想了想，说："不回去了，妈，我晚上吃完再回去。"

"好的，你要不要买点特产给傅先生？"肖梅在电话里又问道。

陈静说："我等会儿问问他。"

肖梅说："好。"又想了下，补充道："对了，隔壁镇的小溪边开了一家溪边餐厅，你要不要带傅先生去那边吃？"

陈静正愁晚上吃什么呢，一听便说："好。"

"行，挂了啊。"说完，肖梅挂了电话。

陈静放下手机，看了一眼腕表，然后抬眼看傅临远："我妈介绍了家餐厅，我带你去试试？"

傅临远已经隐约听到她们的对话，"嗯"了一声。

随后，他们往回走，回到商超附近去开车。上了车，车子掉转车头，陈静指路，傅临远握着方向盘，一踩油门开出去。

陈静安静地坐了几秒，看了一眼男人冷峻的侧脸，还是问道："傅总什么时候回京市？"

傅临远支着下颌，偏头看她一眼："看情况。"

陈静听着，觉得要买特产的话，还是等他要走的时候再买，她清楚肖梅是想感谢傅临远。

"不必买什么特产。"傅临远收回视线说道，也打断她的思绪。陈静一顿，"哦"了一声。

黑色轿车往隔壁镇开去，两个镇子的距离很近，隔壁镇距离市中心更近一些，而且也有些小工厂，比周镇要繁华一些。

车子开到溪边，天色渐黑，街上亮起了灯。餐厅的环境确实不错，桌子、椅子都是新的，但整个餐厅都是露天的，看着像小作坊。陈静心想：总带傅临远来这种餐厅吃饭，不太好吧。

她转头想问傅临远要不要换个地方，话没说出口，服务员端着菜走过来，傅临远握着她的肩膀，把她往旁边一带。服务员手里端的是滚烫的鱼汤。

陈静抬头看傅临远："傅总，要换个地方吃吗？"

"就这儿。"他说。陈静心想：那就在这儿吃吧。

服务员过来迎他们，正好有靠溪边的位置。陈静坐下，傅临远在她对面坐下，这儿的椅子好像都不高，傅临远的长腿又无处安放，微微分开。他抬手扯了下领口。陈静拿起菜单点了菜，放下菜单后她才发现，在这儿吃饭的大多是男女一桌，像情侣餐厅。

隔壁那桌的女生的视线很不经意地往傅临远脸上扫，陈静也默默看他几秒。溪水潺潺流动，她偏头去看他，灯光倒映在水面，有点美。

傅临远放下手机，撩起眼，正好看到她的侧脸。他静看几秒。

这时，于从走进餐厅，将手里提着的一只礼品袋放在傅临远手边，陈静回头看到于从，愣了愣。于从冲她微微一笑，点了点头便离开了。

傅临远把礼品袋拿到左手边放着。陈静看了一眼那礼品袋，没太在意。

服务员很快就上菜了，意外地好吃，是特别地道的周市的味道，一点都不像虚有其表的网红餐厅。陈静想：难怪生意这么好，是有点道理的。

吃完饭，餐盘都被收走了，桌上只留了装着饮料的杯子，陈静喝着玉米汁，傅临远那杯是咖啡。他拎起那只礼品袋放在陈静跟前，袋子上印着一个顶级奢侈品牌的标识。

陈静下意识地用力咬着吸管。

傅临远看着她："我这次来周市，更多是因为你。"

陈静本就有所预感，可等他真说出来的时候，却有点不真实的感觉。她捏紧杯子，在交错的光源下看着对面的男人。

傅临远静看她几秒："陈静，我荒唐一世，却为你心动甚至失控，虽然没预料到，但也在情理之中，你考虑考虑我。"

陈静整个人钉在原地，愣愣地坐着，不知如何回应。

傅临远看她这般反应，轻拽了下领口，问道："你还会为我心动吗？"

陈静脑海中却闪过一片白玫瑰，她下意识地摇头。傅临远脸色冷了几分。

成年人的感情，有时一念之间，有时跨越山河。傅临远想到出现在陈静身边的周晨伟，就怕他是陈静此刻的一念之间。

咖啡苦涩，傅临远咽了一口，放下咖啡杯，紧盯着陈静。

一时安静，陈静表面冷静，实则心慌意乱，看了一眼腕表，说："傅总，我得回去了。"

她起身，傅临远也起身。陈静离开桌子，没带走那只礼品袋。傅临远扫一眼，换成是别的东西，她不要，他也就懒得带走了。可这礼品袋里的礼物是刻有她名字的专属奢侈品，傅临远还是顺手拎起来了。

陈静走在前面，他跟在她身后，距离并不远。有人从陈静身侧走过，要撞到她时，傅临远伸手挡住，陈静路过前台，慌乱得差点忘记买单，回身想买单时，傅临远站在前台，已经拿出手机扫码。

陈静见状，打算继续往外走，手腕却被他握住，人被轻拽了回来。

傅临远没看她，付完款，拎走那袋子，睨她一眼，握着她的手腕走出餐厅。

陈静轻轻转了转手腕，他松了手，似乎是察觉到她可能会直接走，直接打开了车门。

陈静看他几秒，告诉自己得冷静，随后，神色淡淡地弯腰坐进了副驾驶座。傅临远把那只礼品袋放到她怀里："刻着你名字，扔了不好。"

他说完，走向驾驶座，坐进去，启动车子。

陈静低头看了一眼礼品袋，却没兴趣打开。可刻着她名字的话，确实不适合扔掉。

她看着窗外的风景，没有人能告诉她，她喜欢多年的男人对她动心了，她该怎么办。可傅临远若是还想继续之前那种关系，她一点都不想答应他。

然而不继续，又会变成什么样？

说起来，白玫瑰如今在哪里？她回来了，为何他们没有结婚？还是说，她也只是傅临远一时的消遣？

黑色轿车抵达陈静家楼下，她拎起手里的袋子往中间的扶手上一放，抬眼看着傅临远："傅总，这种奢侈品，刻了名字也能改的。"意思是她不会收这个礼物。

傅临远单手握着方向盘，偏头看她。陈静接不住他的目光，收回视线，转身想下车，手却突然被他抓住。

傅临远抓着她的手背，陈静回头，看到男人用骨节分明的手牢牢地拉着她的手，眼眸里带着隐忍，开口道："陈静，再考虑考虑。"

她的手纤细白皙，被他拉着，路灯的少许灯光投进来，投在他们纠缠的手上，有几分美丽。陈静的心不受控制地跳起来，她与他对视几秒，抽回了手，推门而出。

傅临远的手落回扶手上，手背青筋泛起，手指骨节分明。

他的掌心里有她的余温。

陈静回到家里，肖梅已经洗完澡了，正坐在沙发上看电视。她今晚自己洗了澡，小芒就在一旁帮忙而已，她有时挺要强的。

小芒有点感冒，正在吃药，陈静让她赶快去休息。小芒应了声，就回房间休息了。

陈静坐到肖梅身边，肖梅问她今天陪傅先生陪得怎么样。

陈静顿了顿，笑道："挺好。"她不再多讲，看了一眼时间，肖梅也该休息了，她扶起肖梅往房间走去。肖梅的房里放着一个轮椅，是傅临远买

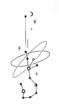

的。陈静看了一眼轮椅，收回视线，给肖梅盖好被子才走出去。

关上门后，她靠着门板，发了一会儿呆，才去拿了睡衣洗澡。

她站在花洒下，任由热水淋湿全身，一颗心上上下下，慌乱中又带了几分不安。可能是因为她赌不起了，赌过一次已经足够。

虽然她没有落过泪，也能很平静地处理那些事情，但是像针扎一样的细密痛楚还是有的。

这令她不相信傅临远，不相信他会有真心。

她曾想回到周镇，过普通简单的生活，渐渐地忘掉京市的一切，慢慢地在家乡生活、工作，甚至在未来结婚生子，顺其自然地走一条让自己心里平静的道路。

这一夜，陈静睡得并不安稳。但隔天还有工作，所以她还是一早就起来了。天气并不算好，天空依旧灰蒙蒙的，客栈那边需要订一批材料，装修公司给陈静打电话，让她过去挑选。

陈静换好衣服，吃过早餐就下楼。周晨伟昨天也买了一些要送到客栈的材料，他给陈静打电话说到楼下了，陈静一下楼就看到他。

两个人开车前往客栈，周晨伟没有问陈静暗股的事情，他已经做好准备，如果傅恒集团确实要买他的股份，为了不影响陈静，他就卖了吧！他知道陈静没办法决定太多事情。

两个人下车后，周晨伟搬材料，陈静也帮忙拿了一点，两个人走进去，又叫施工人员出来帮忙搬。

装修公司的负责人擦擦汗，跟陈静道："很快就可以通水电了，通完水电就贴砖。"

陈静笑道："辛苦了。"

"不辛苦，不辛苦。"跟傅恒集团合作，工资给得也多，装修公司铆足了劲儿，没日没夜、加班加点地干，速度比给别人装的时候快多了。

陈静戴着帽子进去看了看，周晨伟在外面跟负责人沟通。中午大家一起吃了个饭，随后，陈静跟周晨伟回了周镇的办公室。陈静跟周晨伟说股份暂时保住了，周晨伟已经做好卖的打算，一听有些诧异："陈静，辛苦你了。对了，我今天过生日，晚上想弄个烧烤会，叫几个朋友聚聚。"

陈静一听，看向周晨伟，笑道："生日快乐啊。"

周晨伟笑笑，说："谢谢，我去买烧烤材料，你记得跟小芒说。"

陈静点头说好。

周晨伟转身下楼，走到楼梯口，停顿了一下。其实，他昨天看到了陈静买雪糕，傅先生给陈静撕雪糕包装的那一幕。他们虽然没有任何亲密的动作，可那一刻他的心一直猛烈地跳着，不知为何，跳得很快，有几分慌乱。

周晨伟在楼梯口停了几秒，随后快步下楼。

他往市场走去，正好看到傅临远站在商超的楼梯口咬着烟接电话。这位傅先生跟这儿格格不入，但又似乎是一个令人仰望的人物。

周晨伟走过去，笑着喊道："傅先生。"

傅临远撩起眼眸，周晨伟穿着白T恤和牛仔裤，笑容清朗。傅临远下颌紧了几分，神色冷漠，没打算搭理他。于从正好拿着文件走过来，周晨伟又跟于从打招呼，随后说："晚上我要办个烧烤会，傅先生跟于先生有时间可以来凑凑热闹。"他顿了顿，继而说道，"陈静也会来。"

傅临远看着周晨伟，一声不吭。于从下意识地看了一眼自家老板，随后笑道："好啊，晚上看看，有空就去。"

周晨伟笑着说"好的"。然后，继续往菜市场那边走去。

于从安静几秒，看向傅临远："傅总。"

傅临远拿下烟，用指尖弹了弹，没任何表示。但于从知道，现在为了陈静，傅总做什么都不稀奇。

夜晚，周晨伟在花店后面的空地举办烧烤会，来的人不算多，就他的几个好友，小芒也来了，顺便把肖梅带下楼来了。

周镇这么小，来来去去就那么几个人。

陈静在办公室忙到五点多才下楼，走向花店后面的空地，周晨伟已经在烧烤架旁边忙活起来了，小芒在一边帮周晨伟。肖梅坐在椅子上，林秀丽也下来走动走动。

肖梅说："楼下的空气就是好，在屋里都要闷死了。"

陈静给她倒了杯饮料，说道："不能多喝。"

肖梅看她一眼，说道："知道啦。"

陈静笑起来，她要去帮忙，小芒跟周晨伟却赶她走，林秀丽一把把陈

静拉过去，说："坐着就好，周晨伟烧烤的技术还行。"

这时，于从手里拎着一打啤酒以及一些饮料、零食往这边走来，陈静看见他，愣了几秒。于从微微一笑，把手里的东西放在中间的大桌子上，对现场的所有人道："傅先生请大家的。"

小芒一听，拍手说道："哎呀，谢谢傅先生。"

其他几个男生道："就是商超的那位傅先生对吗？傅恒集团的。"

于从点头。那几个男生笑道："哇，那就谢谢傅先生了。"

肖梅拽着陈静的手，道："傅先生也太好了吧。"

周晨伟忙得两手油，他抬眼问于从："傅先生没来吗？"

于从笑道："傅先生还在工作。"他轻扫陈静一眼，陈静顿了顿，冷静地冲他点头。于从放下东西要走，被小芒拉住，说："一起吃吧。"

于从笑笑，这才坐下。

林秀丽对这个傅先生有几分好奇，探头向陈静跟肖梅询问。肖梅说傅先生是陈静的前老板，现在是客栈的投资人，对面的商超就是他开的，他最近在周镇休假。肖梅觉得这样的大人物来周镇肯定是来放松的，工作倒是其次。

肖梅对傅临远的印象特别好，跟林秀丽不住地夸着他。陈静坐在一旁听着，没吭声。

不一会儿，那几个男生见烤得差不多了，纷纷把烤串端上桌。陈静喝着饮料，不一会儿，就看到巷子那边有个人影走过，个子很高，穿着黑色衬衫跟长裤，指间夹烟。

他往李姐的面馆走去，于从也看到了，笑着跟陈静说："傅总还没吃晚饭，去吃点面。"

陈静"嗯"了一声。

"哎，那走过去的是不是傅先生啊？"肖梅也看到了，立即把刚端上桌的烧烤推给陈静，"你送一份给傅先生吧，他送了啤酒、饮料跟零食过来，自己也没吃到。"

陈静看了肖梅一眼，端起托盘，说："好。"

李姐的面馆距离这里太近了，就隔着一条巷子，这边热热闹闹，他那边却有点冷清。

陈静往巷子里走去，不一会儿就走到巷口。傅临远刚坐下，陈静与他四目相对，顿了顿，走过去，把烧烤放在他桌上，说道："谢谢你的啤酒跟饮料。"

　　傅临远端起桌上的茶喝了一口，随后撩眼看着陈静，说："你要安全感，对吗？我会给你。"

　　陈静心里一震。

他放下杯子，拉住陈静的手："给我点时间。"

巷子里十分安静，身后不远处的热闹渐渐虚无，陈静低头看到他骨节分明的手，也看到自己的指尖被他拉着。她抬眼，轻微地往后挪，收回手，按下心里的情绪。

李姐端着面走出来。

陈静看着傅临远道："傅总，你慢慢吃。"她把烧烤往前推了些，傅临远把那只被她挣脱掉的手收回去搭在大腿上，看着她。陈静与他对视几秒，转身便往回走。

李姐放好面，有些好奇地看了看傅临远，又看了看陈静离去的背影。傅临远收回视线，取了筷子擦拭，声音低沉："谢谢。"

李姐说了一声"不客气"。但她莫名其妙地感觉到这话中有让她不要待在这里的意思，便擦了擦手，回身进了店里。

今晚风挺大的，陈静穿过巷子，走到巷口，看着空地上的热闹，小芒跑前跑后地帮忙端烧烤，周晨伟站在烧烤架后，不停地往烤串上刷着油。两位母亲聊得热火朝天，几个男生在猜拳，其中还有在周晨伟店里帮忙的小哥。

这些年轻人留在周镇，大多是图安逸，懒得出去拼搏，就如同陈静刚招的那三个女生一样。本来今晚陈静想喊她们过来的，但她们三个人结伴去古城那边玩了。

于从也喝着饮料，时不时地跟其中一个男生说上几句话。眼前的场景热闹且真实。

陈静在原地站了会儿，平复了下被扰乱的心神。

女人有时真容易陷入语言的陷阱，何况那是她喜欢多年的男人，她更难以抵抗，刚才差点就要忽略之前的问题。她静静站了一会儿，才恢复平稳的心情，朝烧烤架附近的众人走去，香味飘来，令人口水直流。

于从抬眼看陈静一眼。陈静冲他点了点头，随后在肖梅的身侧坐下。

肖梅把桌上的烧烤推给陈静："刚烤好的，你最喜欢吃的。"陈静笑着拿起来，放进嘴里。

肖梅问道："傅先生吃了吗？"

陈静喝了一口可乐，点头。

肖梅说道："那就好。"

桌上热闹，大家聊着天，说着话。周晨伟一个人烤不过来，另一个男生去帮忙，陈静也帮忙收拾下桌子。过了一会儿，巷子里有个高大的人影走过来，是傅临远拿着托盘往这儿走来。

肖梅眼尖，先看到了人："傅先生。"

傅临远黑色衬衫的领口被风吹乱，他挽起袖子，露出手臂以及腕表。他走到桌旁，于从接过他手里的托盘。

他一来，桌上瞬间安静了几分。

傅临远看到肖梅，问道："您身体好点了吗？"他的声音实在好听，像电视台主持人的声音。

肖梅微愣，没想到傅先生会主动问她的身体情况。她笑道："好多了，多谢傅先生关心。傅先生吃完了吗？要不要坐下来再吃点？"

"不用了，已经吃饱了。"傅临远回着话，视线轻扫向陈静，陈静正想开手里拿着的一罐啤酒，却一时没掰开。

傅临远伸手，在众目睽睽之下拿走那罐啤酒，单手给她打开了，又放回陈静面前的桌上。

陈静安静几秒。傅临远收回手，对肖梅道："你们吃好，我先走了。"

肖梅从刚才他给陈静开啤酒罐的动作中回过神，笑着道："傅先生，慢走啊。"

傅临远点点头便转身离开，背影高大。他一边走，一边拿出手机，似接了个电话，就这么消失在众人的视线中。几个人还看着他离去的方向，

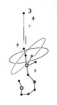

没有回过神，周晨伟拿着刷子站在烧烤架后，看着桌子这边。林秀丽则看向陈静，陈静神色冷静，端起啤酒喝了一口。

小芒回过神，"哇"了一声，搭着陈静的肩膀道："傅先生好细心啊。"

肖梅立即道："傅先生看着家庭教养很好，是来自书香世家吗？"

于从在对面笑笑，接话道："算是吧，傅先生的妈妈早年是科研人员，这几年刚刚退休，爸爸创立了傅恒集团，爷爷辈的几位老人早年是军人。"

现场听着的人不免惊叹，小芒更是激动地捧着脸。

有个男生问："傅先生好像十六岁就上大学了？"

于从点头，说："是的，就是陈静毕业的京市大学。算起来，陈静还是傅总的学妹。"

几个人看向陈静，接着又夸陈静厉害，能考上那么好的学校。

肖梅笑着顺顺陈静的头发，说："她啊，完全是凭自己考进去的，我跟她爸没操心。"

林秀丽笑道："陈静真的太优秀了，听说京大是个很好的学校。"

陈静神色如常，握着啤酒罐喝着，在肖梅的带领下，话题渐渐转移，没有人再关注刚才傅临远给陈静开啤酒罐的事了。

周晨伟拿着烤串过来，在桌旁站着，一边吃一边跟那几个男生聊天，过了一会儿才回去继续烧烤。

林秀丽看着陈静，给陈静拿了一串鸡腿肉，陈静笑着说谢谢。

又过了一会儿，小芒去蛋糕店拿回陈静叫她中午去订的蛋糕。一群人围着周晨伟，让他许愿。周晨伟笑着闭眼，站在陈静的对面，许了好长的愿望，随后吹蜡烛，和大家一起吃蛋糕。

蛋糕吃完，肖梅困了，陈静扶着她，小芒推来轮椅。

肖梅坐上轮椅，被推回楼梯，陈静跟小芒一左一右地扶着她上楼。

到了家，陈静帮肖梅洗了澡，擦好头发，扶着她进房间。肖梅在床边坐下，牵住陈静的手，本想问今天的事，但看着女儿自然的神情，她又觉得或许在大城市里生活的人都比较绅士，帮忙开个啤酒罐而已，举手之劳。在公共场合，男人稍微照顾下女人也是正常的。所以她想了想，还是没多问，只拍了拍陈静的手："早点睡啊。"

"好的，妈。"陈静给她盖好被子就离开了房间。她关上门后，突然很想喝咖啡，于是走到咖啡桌旁边，开始制作。

小芒洗完澡出来，擦着头发，看到陈静煮咖啡，便说也想喝一杯。陈静笑着答应。

小芒看着陈静煮咖啡的样子，心想：这一刻，陈静姐给人的感觉又不同了。

咖啡很快煮好了，一人一杯。小芒回了房间，估计又去玩游戏了。陈静喝了几口，拿了睡衣去洗澡。洗完澡，她端着咖啡进房间。她还有些工作没忙完，想抛售掉手上的股票，收一些现金，因为她的钱都投进客栈了，手里没留什么钱。

她忙到很晚，不知不觉间头发都干了。

她关上电脑，上床后倒头就睡，这一夜睡得不算安稳。第二天早上她迷迷糊糊醒来时，手机屏幕上出现两条微信消息，她点开一看。

傅临远：我回京市一趟。
傅临远：有想买的东西吗？

这样的消息日常到陈静不知该如何回复，想了想，她回复："傅总，注意安全。"

时间还很早，他是一个小时前发来消息的，也就是说更早的时候他就出发回京市了，此时正在路上。果然，那边没有回复。

陈静放下手机，翻了个身，抓了抱枕，打算睡个回笼觉。

大约九点半，陈静才起床，进浴室去洗漱，洗漱完回房换衣服。手机在这时响起嘀嘀两声，她拿起来一看，蒋禾发来了一张截图。

蒋禾：静静宝贝，你看，傅总的朋友圈有了变化。

陈静点开那张截图，看到傅临远朋友圈封面的头像下面，多了一行字——

Seulement vous.

是法语"只有你"的意思。

原先他的朋友圈封面上什么介绍都没有写，突然之间出现了这句话，就像在对谁告白一般。

> 蒋禾：你知道吗？现在公司上下都疯了似的在猜是谁，乔惜已经猜到你身上了。
> 蒋禾：因为大家都知道傅总这段时间在周镇。
> 蒋禾：不只公司内部，圈子里的很多人也特别惊讶，你应该知道，好多人很关心傅总的情感状态。
> 蒋禾：上次峰会上他说的那个让他写代码的女人，就是你吧，静静？他指的应该是星座大厦那一次。这行字指的也是你，对吗？

傅临远这个人是什么情况，圈子里的大家都很清楚。他几乎不怎么张扬自己的事情，却正是因为不显山、不露水，十分神秘，所以大家对他更加感兴趣，尤其对他的情感生活感兴趣。喜欢他的女人太多了，上到大牌的负责人，下至某些公司的管理层，比如黄沫，都恨不得自己能成为他的唯一。

但这些年，他身边的女人多如繁星，却全都宛如泡沫，传出点声音后又没了下文。从来没有哪一个女人能得到一点名分。

所以，此时这句话才让大家沸腾起来。所有人都在好奇，他这句话是对谁说的。

顾琼看到这句话后几乎愣住，穿着高定在办公室里走来走去，甚至抓住堂弟顾呈的袖子："你知道傅临远说的是谁吗？"

顾呈拉开堂姐的手，靠着沙发，吊儿郎当地道："我哪儿知道？临远哥向来不谈自己的事情，何况是感情。"

顾琼眼眶一红，咬着唇。虽谈不上不甘，但似乎又有点不甘。她曾幻想过，等她站到一定的高度，或许会与傅临远有新的机会，有时，得不到的东西真的会让人念念不忘。

她想知道哪个女人能让傅临远这样直接对外表示爱意。到底是谁有这样的能力？

　　陈静看完蒋禾发的微信消息，点进了傅临远的朋友圈，注视着他头像下的这句话，也想起了他昨晚说的话。这时，门外传来肖梅的声音，说是林秀丽来家里了。陈静放下手机出去招呼客人，因为肖梅的脚还不能动弹。

　　林秀丽进了门，接过肖梅手里的抹布，帮忙擦了下桌上的水渍，刚才肖梅不小心碰倒了杯子。陈静见状，接过抹布，笑道："林阿姨，我来吧。"

　　林秀丽笑道："没事。"

　　陈静擦干净桌面，起身给林秀丽倒了杯水。今天小芒休假，出去玩了。林秀丽接过杯子，说："谢谢。你今天不用去客栈？"

　　陈静笑道："下午去，给小芒放半天假。"

　　林秀丽点点头，说："没事，你要忙可以去忙，我陪你妈吧！实不相瞒，我之前腿脚不好，挺孤独的，这次住院跟你妈认识后，觉得多了一个可以说话的人。"

　　陈静看到一旁放着的拐杖，意识到林秀丽是拄着拐杖上来的。她便说："林阿姨，以后你上楼之前跟我说一声，我去接你。"

　　林秀丽一听，笑道："没事，这几步路我能走。"

　　陈静笑笑，进厨房看看有没有菜。看着她进了厨房，林秀丽拉着肖梅悄声说："陈静真是个好女孩，将来谁娶到她，真是有福气了。"

　　肖梅笑着掩嘴："她啊，还行吧。"

　　肖梅从不谦虚，陈静就是好，就是优秀，别人夸她什么，肖梅都照单全收。林秀丽说道："周泊伟确实不是人，郑丽回来后想来我家，我都没让她来。瞧瞧周泊伟做了些什么事？他啊，就是教养不好，郑丽太宠他了。"

　　"我也是这么想的。"

　　两个人有共同话题，就聊得忘了时间，差不多到吃午饭的时间，林秀丽才离开。陈静做好午饭端到客厅，放在桌上，扶着肖梅去吃饭。吃完饭，陈静洗完碗，陪着肖梅坐在沙发上，肖梅看电视，她则捧着平板看客栈的设计图。

　　看着看着，不小心就点进了京市大学的论坛，陈静从大学时期就把这

个网站放在浏览器网站的首页上，平时很容易误点开。

她一进去，就看到论坛的第一条帖子说傅临远来讲课了。

陈静一愣，想起他上半年好像是在京市大学有一节课。原来他匆匆回京市是去上课了。

她点进那条帖子，有同学正在里面直播，镜头对着讲台。她坐的那个位子正好是陈静当年坐的位置，视角就像是陈静当年的视角，闹哄哄的教室也如过去那般。

不一会儿，傅临远拿着本书，穿着白色衬衫跟长裤走上讲台。他摊开书，抬起眼。

台下顿时安静，直播的女生轻轻惊呼一声，也安静下来。陈静有点恍惚，定定地看着讲台上的男人。

傅临远挽起袖子，拿起粉笔，回身在黑板上开始写字。他声音低沉，开门见山："1998 年，在港城金融保卫战中，特区政府……"

台下的同学们坐直身子，专注地听着。他讲着讲着，有同学举手提问，傅临远放下粉笔，手撑着桌子，让他起来说。

那位同学问："是不是有部电影与这个案例有关？"

傅临远想了一下，道："是。"

那位同学旁边的女同学也笑着举手："那我问一下老师，你现在有女朋友吗？"

全场哗然，大家都心想她怎么那么大胆。

傅临远的指尖有粉笔末，他撑着桌子，撩眼淡淡地看着那名女同学。就在大家觉得他不会回答的时候，他把粉笔扔进一旁的粉笔筒，说道："在追。"

教室瞬间沸腾了，惊呼声几乎要掀翻屋顶。拿着手机直播的女同学的手抖了一下，手机掉了，屏幕一黑。

陈静看着屏幕，没有动。

男人不经意的话都令人浮想联翩。这时，门铃响起，陈静放下手机，起身去开门。外面的快递小哥往陈静手里放了一叠盒子，陈静微愣，肖梅起身，探头看来："什么东西？"

陈静也想问同样的问题，但她一眼看到包装盒上有京市的某奢侈品店铺的标识，顿了顿，什么都没说。

她关上门后，把三个盒子放在饭桌上，拿起粘在其中一个盒子上的卡片。

傅。

除了他，没别的人。肖梅拄着拐杖走过来："这是什么？"

陈静没拆，回道："是京市寄来的东西，没什么用的，我先拿回房里了。"

肖梅"哦"了一声，觉得自己好像看到盒子上有某个名牌的标识。可她看着女儿走进房间的背影，什么都没说。

上完课，傅临远与秦校长等人吃饭。秦校长知道陈静离职回老家生活了，却没看到傅临远身侧带着人。既然陈静走了，傅恒集团应该为他新招了秘书，可傅临远却没将新秘书带来。

秦校长靠着扶手，低声问道："你最近在追哪个女孩啊？"

傅临远的手搭着扶手，听罢，他回道："陈静。"

秦校长瞬间蒙了，看向傅临远。

傅临远神色淡淡的，端起酒杯喝酒。秦校长一把年纪了，看傅临远如同看着爱徒，也有一种老父亲的关怀。他愣怔几秒，道："陈静好啊，很优秀。不过，顾琼——"他看到傅临远的神情，话在嘴里转了个弯，"你们五年没见，我就猜到你们不会有结果的。"

傅临远喝着酒，"嗯"了一声。

夜晚，傅临远回了卓越万代，解开扣子进浴室洗澡，出来时带着一身水汽。他打开电脑，又拿起手机点开与陈静的微信聊天框，给她发消息："睡了？"

消息发送过去后，那头并没回复。他正准备放下手机，这时手机响起，他看了一眼，随意点开，将听筒举到耳边。于从的声音传来："傅总……老钟说，陈静和周晨伟要结婚了。"

傅临远的指尖点击触摸板，关掉了刚打开的邮箱，电脑屏幕一暗。男

人下颌紧着，狭长的眉眼印在屏幕上，冷戾无比。

他对陈静说的"给我点时间"这句话仿佛是笑话。大平层里寂静无声，过了许久，傅临远拿起桌上的烟盒，倒出一根烟，却没点燃，只是捏着把玩。

屋里的光线有些昏暗，水珠从他的脖颈滑落，没入胸膛。他的脑海里反复地回放着一些画面：周晨伟出入她家，她坐上周晨伟的车，她在周晨伟面前笑意嫣然。

无风不起浪，那"夫妻店"的传言不会是空穴来风，她也从来没否认过。

她哭着说晚了，也坚定地说不要他。面对他的告白，她神色冷静地摇头表示不会再对他心动。那曾经站在他面前，给他系领带的眉眼清丽的女人，已经离开了他。

掐断指尖的烟，傅临远感觉无法呼吸，抬手扯开黑色睡衣的领口。

电话还没挂，那边的于从安静地等着这边的男人开口，做些决定。

但傅临远许久都没开口，于从只能等着，他靠在车旁，心想：早知道不跟着傅总一起回来了。他留在周镇，或许能了解到一些情况。

可他们从一开始就不知道陈静与周晨伟到底发展到哪一步了，只能看出陈静跟周晨伟的关系确实很好，那些传言也从没消散过。

"傅总，要不我回周镇去了解下情况？"于从想了想，开口问道。

傅临远安静几秒，拿过一旁的打火机，把掐断的烟咬在嘴边，低头点燃，冷静地沉声道："不必。"

于从又安静下来，有点不理解傅总为何会拒绝。

傅临远拿下烟，又用修长的手指捏着把玩，说："就这样吧。"随后挂了电话。

他往后一靠，喉结在黑暗中很明显，橘色的光在指尖跳跃，他闭上了眼——他不敢去了解。他自嘲地想，呵，傅临远，你跟头栽大了。

他生平第一次觉得如此无力。

下午，陈静去了一趟客栈，在那里遇见周晨伟。他在帮忙通水电，戴着一顶头盔。陈静走到他身边，他才看到她，然后站起身，拿了一顶头盔给陈静。

陈静接过来戴上，装修公司的负责人凑过来给陈静看手中的规划图。陈静一边看一边跟对方沟通。

沟通完出来，天色已黑，周晨伟拍了拍身上的灰尘，拿着车钥匙说："走吧，回家吃饭。"

陈静笑笑，应了声。

车子往周镇开去，抵达后，周晨伟接到林秀丽的电话，说她在陈静家，和肖梅在做饭。

陈静与周晨伟对视一眼，随后快步上楼，一进门就看到门口堆放着不少食材，都是林秀丽买的。

厨房里，两位母亲在说话，陈静快步走到门口，就看到肖梅被林秀丽扶着，正在炒菜。

林秀丽挂着拐杖扶着肖梅，两人都笑着。周晨伟挤过来一看，也松了一口气，他看向陈静，陈静微微一笑，有几分无奈。她走过去，接过肖梅手里的活儿。

肖梅"哎呀"一声，说："我难得能做饭，跟秀丽边聊边干着，两个人还顶不过你一个人吗？"

林秀丽也笑着对陈静道："你出去吧，我跟你妈一人做一道菜，很快就能做好。"转而又对周晨伟喊道："晨伟，你进来端汤。"

周晨伟应声走进去，也让陈静出去。

陈静被赶出厨房，才注意到放在地上的礼品大多是大红色的，她把它们放在桌子上。

她担心肖梅，所以一直在厨房门口徘徊，周晨伟看了陈静一眼，端着汤出来，说："你就安心休息吧，阿姨跟我妈可以的。"

陈静笑了笑，说："伯母怎么买了那么多礼物过来？"

周晨伟笑道："商超不是试营业搞活动吗？我妈就多买了点，她最近很有活力，时不时地就想买点什么。"

陈静说道："等会儿你拿回去吧。"

"家里多的是呢。"周晨伟把汤端上桌。不一会儿，肖梅与林秀丽就合

力做出了一桌丰盛的晚饭。

吃饭时，肖梅还跟林秀丽喝了点酒，周晨伟也喝了一点，陈静没喝。

吃完饭，周晨伟被林秀丽赶去洗碗。陈静跟进去要帮忙，又被林秀丽拉出来。

陈静还是觉得不好意思，就又进去，帮着给锅碗冲水。林秀丽在外面跟肖梅聊天、看电视、嗑瓜子。洗好碗后，陈静跟周晨伟走出来，周晨伟拿了纸巾给陈静，陈静擦干手，两个人在沙发上坐下，与两位母亲聊着天。

肖梅脸上带着笑意。她还是需要朋友的。肖梅的性格挺直接的，偶尔会得罪人，跟邻居的关系都不近不远的，交心的朋友很少。现在她的朋友多了一个林秀丽，陈静看着母亲的笑容，心里暖融融的。这一晚，周晨伟与他妈妈在陈静家里待到挺晚才离开。

陈静跟着他们下楼，将礼品塞回周晨伟的手里。

周晨伟无奈，说："从医院回来后都没好好谢谢你，陈静，在医院的时候，你给了我很大的鼓励。"

陈静笑笑，抱着手臂摇头："邻居之间相互帮忙而已。"

林秀丽在路灯下看了看陈静，又看一看儿子。陈静安静着，并没有说话。周晨伟欲言又止，最后说道："你快上去吧，楼下凉。"

陈静笑道："好。阿姨，你们慢走啊。"

林秀丽笑了笑，周晨伟扶着林秀丽离开，拐过拐角。林秀丽看了一眼没胆子的儿子，又想起那商超的老板，那高大的男人，收回视线，跟儿子上了楼梯。

陈静回了屋里。肖梅擦着脸和头发，从浴室挪出来。陈静上前扶她，肖梅说道："没事，喝了点酒而已。小芒明早才回来？"

陈静"嗯"了一声，给肖梅擦着头发，说她已经把礼品退给周晨伟了。肖梅有点昏昏欲睡的，抓着陈静的手，道："静静，晨伟人不错，你如果……没有别的想法，咱们考虑一下他吧。"

陈静一愣，看着母亲的眼睛，说："妈，以后的事情以后再说，现在最重要的是你的脚。"

"好，知道了。"肖梅也不再多话。陈静扶她进屋休息，接着出来稍微收拾了一下屋子，这一忙就到了晚上十二点多。

她洗完澡再进屋，已是半夜一点。她拿起手机一看，竟有一条微信消息。

傅临远：睡了？

三个小时前发的，这个时候再回也不太好，何况，他应该也没什么事。于是，陈静把手机放回床头柜上，侧过身子闭上眼，躺了会儿，她睁开眼，又拿过手机，点开微信，看着他发的这条消息。接着，她点进他的朋友圈。

Seulement vous。

陈静看了会儿，才又把手机放回床头柜上。她拉高被子，心烦意乱地睡去。

第二天，小芒回来上班。陈静一早去菜市场买菜，挎着篮子走进菜市场，在一个熟悉的摊位上选了土豆跟玉米，打算中午熬汤，顺便拿了一把香菜。拿去给阿姨称的时候，阿姨笑着摆手："一点香菜而已，送你吃了。对了，你妈妈的脚什么时候能好？可别耽误了好事。"

陈静一愣："她还要去复查，一个月后应该能好得差不多。"陈静说完又问，"什么好事？"

阿姨笑着看她："害羞了？"

陈静张嘴还想问，那边有买菜的人叫阿姨，阿姨摆摆手就走过去，陈静在原地站了几秒，只得离开。她去别的摊位时，阿姨们对她都很好，脸上带着笑，倒是没有人再说什么奇怪的话。

她想了想，觉得可能是说客栈开业的事，也就没再多想，回了家。

吃过午饭，陈静回办公室工作，路过便利店时，那个中年大叔给陈静递了一瓶小牛奶，说："客栈开业记得请我啊。还有，结婚也记得请我啊。"

陈静没接牛奶，只说："会的，会请的，结婚没那么快。"

"哈哈，行。"那叔叔坐回去，脸上带笑。陈静走上楼梯，进了办公室，刚坐下，冯志就说要开个视频会议。

陈静应了声，打开电脑，点开摄像头。

　　屏幕上，除了她和冯志的头像，还有一个头像，是傅临远。陈静一愣，冯志的脸露了出来。不一会儿，傅临远也在摄像头前坐下，没看摄像头，领口微敞，喉结明显。

　　她听见姚桃走进办公室，往他桌上放文件，姚桃的声音极其好听，喊了声"傅总"。

　　傅临远拿过钢笔，翻开文件，在上面大笔一挥签好名，随后把那份文件递给姚桃，低沉的声音传来："不要在办公室里吃零食。"

　　姚桃惊了下，立即道："好的好的。"她有几分慌乱，接过文件转身便走。

　　冯志哈哈一笑，说："姚桃也是的，小女生心性。傅总不要那么严厉。"

　　傅临远没应。冯志讪讪的，傅临远这才看向摄像头，他个子高，俯视着镜头。他看到陈静认真地看着屏幕的方向，但没看摄像头，估计在看些别的。

　　他眸色微深，有些狠戾地看了她几秒。随后，他挪开视线，说道："冯志，开始。"

　　冯志立即喊了声陈静，陈静抬起眼，"嗯"了一声，下意识地看了一眼傅临远，脑海里隐约浮现出他刚才与姚桃说话时的语气与声音。

　　看来时间会逐渐冲淡一切。她神色冷静，给冯志报告客栈装修的最新进展，又商量运营的事。

　　冯志说："你回头做份运营策划书递交上来。"

　　陈静说好。

　　全场就她跟冯志在谈，傅临远极少出声。

　　陈静的声音通过笔记本电脑的听筒传来，温柔且好听。傅临远离开摄像头几秒，喉结动了动，端过水杯喝了一口温水，撩眼看向她原先的工位。这时，冯志问："陈静，你困了？"

　　傅临远扫向摄像头，陈静掩嘴打着哈欠，抬眼看过来，摇头："还好，昨晚睡得太晚了。"

　　"昨晚干吗去了？"傅临远的声音冷得像带着冰碴。

　　陈静微愣，她确认那是他的声音。她看向他的摄像头，仍只看到他的衬衫领口和喉结，陈静抿唇，回道："昨晚家里来客人了，招待客人。"

傅临远："是吗？"

冯志听出傅总的语气不对，他想，傅总在干吗？是生气还是怎么了？顿时不敢开口了。

陈静回道："是啊。"

傅临远没应。陈静又打了个哈欠，扯过纸巾擦擦泪水，冯志觉得这气氛有些诡异，想了想，说："陈静，这样，明天你把策划书……"

"后天。"傅临远开口。

冯志顿时哽住。不等他开口，傅临远的声音再次响起："没睡好就再去补个觉。散会。"

冯志呆了几秒，随后，跟随着傅临远的说法说："对，陈静你午睡会儿吧，你以前在公司都会午睡的。睡起来再慢慢写策划书，不急，后天交也行。"

陈静喝了一口咖啡，说道："好。"她又下意识地看向傅临远，可傅临远抬手关掉了摄像头。

陈静只得看向冯志，冯志摆手，笑眯眯地让她去午睡，心想，一不小心没察觉到傅总在关心陈静，惹他生气了。

陈静点点头，也关掉了摄像头，退出视频会议。

她打了个哈欠，又喝了一口咖啡，翻看着桌上的资料。她硬是熬着没午睡，一直工作到下午四点半才起身下楼，关上办公室的门，随后走回家。一上到三楼，就见门口站着好几个阿姨，正在跟肖梅说话。

肖梅的神色讪讪，不算开心，那几个阿姨看到陈静回来，七嘴八舌地笑着问："陈静回来了啊，今天忙不忙？"

陈静微微一笑，一一回复，然后走过去扶着肖梅。

那几个阿姨说："陈静回来了，肖梅你休息吧，我们回去了。"

"慢走。"肖梅的语气不太好，陈静一下子就听出来了。那些阿姨走后，陈静扶着肖梅进屋，关上门。母女俩在玄关口站着，陈静开口想问怎么回事，肖梅一把拉过她的手："她们说，你答应周晨伟的求婚了？"

陈静愣怔："什么？"

肖梅看到陈静的表情，脸色就变得极为难看："这小地方，什么东西都乱传。我一定要知道是谁在背后嚼舌根。"

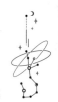

"妈，到底怎么回事？"

"我哪儿知道？现在全镇的人都说你答应了周晨伟的求婚，不久后就要结婚。陈静，消息传得这么厉害，你半点后路都没有了。"

陈静安静了，想起今天在菜市场以及便利店遭遇的事。之前他们只是在她背后传夫妻店的事，其实都明白她与周晨伟的关系还不一定是真的。可如今他们直接在她面前说起来了，说她接受了周晨伟的求婚，未来她要是不嫁，那就是她有很大的问题。

陈静脸色微沉，拿起手机给周晨伟打电话。

周晨伟接起来，不等陈静开口，就先说道："我在调查到底是谁传的，你先冷静下来。"

陈静紧握着手机，说："从菜市场的萧阿姨查起。"她在市场摆摊，消息灵通，得到的肯定是第一手信息。

陈静有些生气，但此时必须先把这件事情解决了。

周晨伟说："好。"

陈静挂断电话，扶着肖梅走进客厅，说："妈，把事情解决了再说。你先别生气，一定有解决的办法。"

肖梅的脸色仍然难看："苏语去年天天上周晨伟的花店，都没人传她的流言，怎么到了你这儿就传成这样？这一切都怪周泊伟，要不是他在大庭广众之下那样说你，谁敢这样传？"

这就是蝴蝶效应，周泊伟对外撕开了一个口子，不管是不是所有人都相信，陈静的名声都已经受影响了，现在只要某个人再来吹一下风，野火燎原，所有的事情就都变成真的了。在这种小地方，永远别指望他们能停下这张嘴。

陈静坐下来，抱住肖梅。

深夜，傅临远手臂上搭着外套，走进清吧。闻敛坐在吧台边笑着看他。傅临远也坐上高脚椅，挪过一旁的一杯小酒，仰头一口喝干。

闻敛笑着喝了一口酒，说："我听说，陈静要结婚了？"

傅临远修长的指尖捏着酒杯，领口微敞，他撩起眼，对上闻敛的眼眸，低声道："嗯。"

"你怎么想？"

傅临远沉默了，只用指尖在桌上敲了敲，让人再上了一杯酒，他端起来喝一口，才说："准备点礼物。"

闻敛一听，挑起眉头。

这两天，陈静也在查谁是流言源头，查得累了，有时就想干脆不管了。她躺在床上，下意识地点开手机，又下意识地点开傅临远的朋友圈。

那句话仍在。

陈静看了几秒，把手机放在枕头下，翻身睡去。睡梦中，她梦到了一片花海，她与周晨伟穿着结婚礼服站在中间，四周全是宾客。她轻扫一圈那些人的面孔，随后，一抬眼便看到傅临远手插着裤袋，站在不远处。他的身侧是于从，于从手里捧着一个礼物——一顶写着"新婚快乐"的皇冠。

陈静安静地看了几秒，笑着说了声谢谢。

接着，顾琼穿着雪白的裙子，上前挽住傅临远的手臂，笑着朝她挥手。

陈静安静几秒，也抬起手臂，机械地挥了挥。

一片岁月静好，她得到了祝福。

她从睡梦中惊醒，坐起身，抓了抓头发，呼出一口气，望向窗外的夜景。

被子从胸膛滑落，傅临远坐起身，手肘搭在膝盖上，睡衣敞开，腹肌明显。他沉默几秒，伸手端起床头柜上的杯子，喝了一口水。

几秒后，他站起身，走向落地窗，把杯子放在桌上。他捞过手机，靠着桌子，拨打了于从的电话。

于从接起来："傅总。"

傅临远看着窗外景色，声音低沉："她婚礼的时间定下来没？"

于从顿了顿，才说："没有，但陈静应该快领证了。最近镇子上的人都上门去祝福她，她这两天很少出门，老钟想见一下她都没机会。"

傅临远听着，只说："好。"

次日天一亮，陈静就醒了，这两天她睡觉浅。她一走出房门，就看到

小芒扶着肖梅要下楼。陈静立即拦住："妈，你下楼做什么？"

"我下楼去听一听他们的祝福。"肖梅语带讥讽。

陈静拉住肖梅，让她冷静。肖梅说她觉得这事绝对不可能是无缘无故传起来的，肯定是有人在故意散播流言。陈静也愿意这样相信，可这个时候需要冷静才能处理好事情，肖梅这样反而会给人留下话柄。肖梅用手抓着桌子，道："因为咱们家没男人，所以他们才敢这样欺负我们。"

陈静紧紧拉着肖梅的手。

怕肖梅出什么事，陈静这几天都没怎么出门，在家里陪着她。

晚上吃完饭，肖梅的手机突然响起来，她一看消息，立即拄着拐杖起身。

小芒见状，赶紧扶着她。

陈静听到砰的一声，唰地从厨房里跑出来。一看她们不在了，立即擦擦手追了出去。

到了一楼，陈静十分震惊地看到肖梅正跟林秀丽扭打在一起，互相拉扯着。周围还有其他人在围观，小芒哭着拉着肖梅，也有一个阿姨拉着林秀丽。

陈静呆了几秒，上前去拉肖梅："妈，怎么回事——"

"怎么回事？就是她散播的谣言，就是她！周晨伟不敢向你告白，他这个好妈妈就助他一把，说你已经答应他的求婚，想逼你认命——我肖梅的女儿有什么好认命的？她的路长着呢，她想嫁给谁就嫁给谁，你们毁不掉她——"肖梅越说越气，最气的是她还把林秀丽当作自己的朋友。她拽着林秀丽的衣服，林秀丽咬牙切齿，却不说什么，只推搡着肖梅。

陈静看着林秀丽的神色变了又变，只想把肖梅扶住，怕肖梅摔倒。而林秀丽身后竟然还站着郑丽，她和周晨伟店里的一个男生把陈静狠狠地往外一推。

陈静往后跟跄几步。一只大手从后面扶住她的腰，陈静紧绷着身子，抬起眼，对上了傅临远狭长的眼眸。他轻扫一眼混乱的场面，随后垂眸看向陈静，不轻不重地道："就凭他，也配跟你谈婚论嫁？"

这话一出，众人都安静了。

陈静猝不及防地看到他，愣了几秒，下意识地伸手摸了下傅临远的脸。

傅临远眼眸微眯，手掌下意识地用力，搂紧她的腰。

所有人都看向这边，看到他们两个人在对视，看到他们的姿势。傅临远一身黑色衬衫跟长裤，个子又高气势又强，身后停着一辆黑色的宾利。在周镇这种小地方，他是无法忽视的存在。

此时，他的手掌同从前一样，按着陈静的腰。普通的关系哪会这样？

陈静放下手，神色镇定，无视那些人此时的神情。

她往前走了几步，于从已经上前把肖梅扶过来，陈静扶住肖梅的手臂。这时周晨伟从停下的银色轿车里冲了过来，拉着林秀丽往后退。

在月光下，他的眼睛里带着愧疚，难过地看着陈静。陈静看着眼前这些人，有她熟悉的，也有她不熟悉的。平日里，大家见面都带着笑，街坊邻里之间也经常互相帮忙。人情有时就是把双刃剑，有时他们真的很好，有时却也会刀刃相向。

在这种小地方，陈静会为他们的热情而感到暖心，但也会为他们的嘴碎而生气，要想安静地过自己的日子，基本上不可能。要么练就厚脸皮，要么就无视，实在无视不了就加入他们。

陈静在心里冷笑了一声，镇定地扫过每一张脸，说："我辞职回周镇，是为了回来陪我妈妈，在这儿创业是因为喜欢周镇，它是我的家乡。周晨伟是我回周镇后结交的第一个朋友，我很感谢他一直以来的帮助。我跟他之间，从没有超过朋友之间的关系，没有所谓求婚。你们可以问周晨伟，他向我求婚了吗？"

所有人都下意识地看向周晨伟。周晨伟往前站了站，摇了摇头，众人看着周晨伟的神情也变了变。随即他们又收回目光看向陈静，陈静继而说道："你们再怎么八卦我，只要不是我所愿意的，就不会如你们所愿。我也奉劝各位，为子女留点口德。我是周镇人，我爱这个地方，但我也懒得搭理你们的这些八卦。"

"林阿姨。"陈静点名林秀丽，其他人又看向林秀丽，而林秀丽看着陈静。陈静用坚毅的目光看过去："你以为你害了我，实际上害的是你的儿子，你将他所有的尊严都碾碎在这里。"

林秀丽脸色微变，伸手去拽周晨伟的手。周晨伟咬着牙，一声不吭，

哪怕到了这个时候，他也护着林秀丽，挡在林秀丽的面前。

陈静再看向其他人，道："我无论在哪里，都是清清白白的，你们如何造谣都不会影响我半分。但是如果你们伤害到我母亲，我也不会饶过你们。你们好自为之！"

说到这儿，众人脸色全变了。陈静说完，拍了拍肖梅的袖子，说道："妈，我们回家。"

肖梅眼眶含泪，却笑着点头，小芒快步上前，扶住肖梅的另一条手臂。三个人往楼梯走去，走到一半，肖梅停下脚步，陈静也跟着她止步。肖梅回头，陈静也回过头，看到站在台阶下，手插在裤袋里的傅临远。他高大俊朗，颇有气场，撩眼看向陈静。

肖梅笑着道："傅先生，有空到家里坐坐。"

傅临远将视线移向肖梅，礼貌地说："好，我这两天会上门拜访。"

"欢迎。"肖梅一笑。

陈静捏紧了肖梅的手臂。肖梅轻扫她一眼，转身继续走向楼梯，陈静抿唇又看他一眼，这才转身走上楼梯，三个人的身影渐渐消失在楼梯口。

傅临远带着于从轻扫一眼其他人，眼中是压根就不把他们放在眼里的蔑视，转身回到车里。于从上车启动车子，不一会儿，黑色轿车就开走了。

那句"就凭他，也配跟你谈婚论嫁"却在那些人的脑海里回响着，好些人看向周晨伟，心想，陈静身边要是有傅先生这样的男人，看不上周晨伟也正常。

周晨伟在周镇向来人缘很好，其实不少人都希望将女儿嫁给他，他会赚钱，人开朗，会做饭，而且很孝顺。可人比人得死，货比货得扔，加上林秀丽这一出，周晨伟在这些人心里的印象分直线下降。

林秀丽这才意识到把没有的事情说成有的，会让周晨伟显得多掉价。她给周晨伟带来了很大的伤害，那是她那么疼爱的儿子啊！

上楼的时候，小芒就一直探头看着陈静，进了屋里，肖梅打发小芒去休息。小芒知道她们母女有话要谈，她再好奇，也听话地回了房间。客厅里就剩下肖梅跟陈静，陈静低头检查肖梅的手臂、身上、腿上，看她有没有受伤。

肖梅说道："没事，小芒一直护着我，后来那位于先生也来帮忙了。"

陈静抬起头，肖梅果然直直盯着她。母女对视几秒，肖梅问："你跟傅先生是什么关系？你辞职是因为他吗？"

陈静在心里叹口气，终究是没逃过。她直起身子，道："妈，我大四那年你不是问过我，怎么想到去做秘书的吗？"

肖梅"嗯"了一声。

陈静说："是因为他。"

肖梅愣了几秒："你喜欢傅先生？"

陈静点头，接着道："但我当他秘书时并没有什么多余的想法，只是想离他更近一点，好好工作，能帮得到他而已。他真的很优秀，我在他身边也学到了很多东西。他明明被人说成是天才，实际上却比任何人都努力，他值得我喜欢。"

肖梅想到傅临远的所作所为，也能明白女儿的心思，又道："那你为什么离职？"

陈静看着肖梅说："主要是想回来陪你，另外也是有点累了。我容易有贪念，想得到更多，可他好像有个需要娶的女人……"

她不敢跟肖梅说那段荒唐的感情纠缠，肖梅不会理解的，只会生气，所以她还是隐瞒下来了。

"那他现在是什么意思？"肖梅想着刚才陈静当着那么多人的面伸手摸了他的脸，而男人的神色虽有些意外，却将她搂得更紧。他这样也不像是有想娶的女人啊？陈静起身进屋，把傅临远送来的奢侈品拎了出来，放在茶几上。

她看向肖梅道："他送的，他说他想追我。"

肖梅一听："可他不是有个需要娶的女人吗？"

陈静摇头："我也不知道。"

"这事情你必须问清楚。"肖梅神色严肃，陈静点点头，母女间的气氛变得松快很多，陈静把奢侈品又拿回房里。

肖梅则在回想那高大的男人的一切，要是有这样的女婿……一个晚上下来，她也很疲惫了。洗完澡，陈静陪着她进房，她觉得自己刚才的举动太冲动了，处理得并不好。陈静刚才的一番话倒是点醒了她，生活是自己

在过的，可以生气，可以抗争，但没必要太把其他人的话当回事。尤其是林秀丽这种人的话，压根不值得。

她现在就希望脚能快点好起来，当时要是一个不慎，再伤到了，辛苦的还是陈静。

肖梅叹口气，在床上翻来覆去，想来想去。她怎么会沦落到跟那种人拉扯起来呢？太丢人了……渐渐地，她拧眉睡着了。

陈静离开肖梅的房间，小心关上门，随后才拿了睡衣去洗澡。洗完澡后，她回了房间，坐在床边一点一点地擦着头发，动作缓慢。

这时，手机响起，她拿起来看了一眼，是傅临远的消息。

傅临远：下来。

陈静捏着毛巾起身，推开窗户往下看。傅临远手插裤袋站在楼下，指间夹着根烟，神色散漫。他毫不避讳地撩起眼往上看。

陈静接触到他的视线，唰地松开了窗户，又擦了擦头发，随后把毛巾搭在椅背上，打开衣柜，从里面取出一条柔软的裙子，犹豫了几秒才换上，又取出一件薄外套穿上。

她的发尾还有点湿，披在肩膀上，

她拿起手机，打开房门，客厅安静，小芒房间的门缝中透露出光线，看来她还在玩游戏。陈静蹑手蹑脚地走出门，反掩上门时，心咚咚跳了几下。她站在门外，安静几秒，这才转身走下楼。

楼下的灯光昏暗，傅临远静静看着她。陈静站在楼梯口，也静静看他几秒，随后才走下去，兀自往祠堂的方向走去。

傅临远挑眉看她几秒，长腿一迈，跟上她，声音低沉，语气淡淡，道："偷情？"

陈静听见这话，转头扫他一眼。傅临远把玩着烟，也看着她。

陈静抿抿唇，没出声，走到祠堂前的路口，又拐过弯沿着商超后面那条靠着溪流的路往祠堂走。

这个点，路上几乎没人，空气也好，陈静走到栏杆前，望着溪流。傅临远走到她身侧，也看着溪流，溪面波光粼粼，有柳枝垂到溪面上，蜻蜓点水一般，令水纹波动。

陈静看了一会儿，转头看向傅临远。

傅临远慢条斯理地掐灭烟，也靠着栏杆侧过身，垂眸看她几秒，手指突然伸过来扣着她的后脑勺，没用力，只微微地扶着她的后脑勺往上抬。

陈静迫不得已地抬起眼。二人视线交缠。

傅临远掌心微微用力，陈静手握着栏杆，上半身往前倾了些。傅临远用指腹摩擦她的唇角："幸好你不是真要结婚。"

陈静抿唇，注视着他冷峻的眉眼，说："你不是要娶白玫瑰吗？"

傅临远听罢，垂眸问道："白玫瑰？"

"顾琼。"

傅临远眼眸微眯，安静几秒，似乎一下就串起来了所有的事。他反问："于从说的？"

陈静轻轻地"嗯"了一声。

傅临远望着她的眼眸："我没有要娶她。我此刻的心思都在你这里。"

陈静的心一跳。

微风吹来，吹乱了柳枝，也吹乱陈静的发丝。陈静紧握着栏杆，指尖泛白，傅临远看她几秒，扣紧她的脖颈，偏头吻住她的唇。风扬起她的头发。

陈静仰着头，被他吻着，傅临远的手掌往下，搂着她的腰往他怀里带。陈静下意识地抓住他的手臂，指尖纤细，男人下颌线棱角分明，含着她的唇。

陈静握着他手臂的手指收紧，像是要留下痕迹。风突然从侧面吹来，陈静的头发飞扬着，远远看去很美。傅临远退后少许，陈静仍仰着头，嘴唇红润，漂亮的眼眸定定地看着他。

傅临远用指腹紧扣着她的下巴，低头看着她，眼眸依旧深邃，看不出情绪。

陈静抬手摸了摸他的侧脸。傅临远反射性地紧握着她的腰。陈静还是觉得有点不真实，她感觉自己像在飞蛾扑火，可她很清楚她想要的是更稳定的未来。

第一次，她可以清醒着抽身离开。那第二次呢？她觉得自己再失去他

一次的话，连骨头都得断裂。跟在他身边两年多，她最清楚他对感情的轻慢，或者应该说，是对那些围在他身边的女人的轻慢。

所以她才会如此在意他朋友圈封面那句"Seulement vous"。

他说得没错，她缺安全感，缺拥有这个人的安全感。

傅临远眼眸微眯，声音低哑："在想什么？"

陈静回神，定定看着他的眼眸，道："没有，我该回去了。我妈偶尔会起夜，我怕她摔。"

傅临远掌心用力，搂紧了她的腰，说了声："好。"他想问问她是否愿意与他重来一次，可看到她眼眸里的迷茫，傅临远心知她还缺乏安全感。而且，她能否对他再次心动还是个未知数。

他偏头想再吻她一次。

陈静推开他的肩膀，盯着他。傅临远的动作停住，静静看她几秒。陈静手臂用力，他顺势松开她。陈静拨弄被风吹乱的头发，走下台阶。傅临远理着袖子，挽起来，长腿一迈，跟在她身侧往回走。

四周寂静无声，陈静走在路灯下，人影斜斜地投在地面上。

傅临远走在她身后，手插着裤袋，看着她飘逸的头发，这么看的话，又看不太出来那发尾的棕色了。

因为太过安静，陈静回身向他走几步，问他："傅总，你怕不怕？"

傅临远唇角轻扯："怕，你能回来给我吻吗？"

陈静听罢，转过身，有几分懒得搭理他的意思。傅临远眼里染了几分笑意，慢条斯理地走在她身后。

陈静听着他的脚步声，安心地一路走回自家楼下。她看一眼傅临远："傅总，晚安。"

"晚安。"

陈静又看他几秒，随后走上楼梯，不一会儿就消失在楼梯口。

傅临远在原地站了几秒，才转身往商超门口停着的黑色轿车走去。于从给他打开车门，傅临远没立即上车，垂眸看了于从一眼："白玫瑰，顾琼，是你说的？"

于从一愣，抬起眼，陡然想起那次飞到费城后他对陈静说的话。那会儿，陈静的神色很冷静，看不出深浅。难道说，这是陈静的心结？

于从脸色微变，点点头："傅总，我当初只是陈述事实。"

傅临远抬手理了下领口，居高临下地问："我说过顾琼是白玫瑰吗？"

于从的心狠狠一跳，摇了摇头。

傅临远神色冷漠，弯腰坐进车里："自己领罚。"

"是。"于从应声，关上车门。绕去驾驶座时，他想着，求而不得，非要娶她，生生世世试探着，这才是白玫瑰。可顾琼显然不是。

车子启动，离开周镇，往市中心而去。路灯斜投进车里，傅临远闭目养神，道："在周镇租个房子，离她不要太远。"

于从道："好的。"

陈静小心地关上门，看了一眼肖梅的房间，门紧闭着，她略松一口气，进了自己的房间。她换上睡衣，坐在床边，发了会儿呆，才拉开被子躺下。

今天她太累了，很快便睡过去。次日一早，她起来后把策划书修改了一下，发给冯志。随后，她去浴室洗漱，小芒看到她，笑眯眯的，眼神中的含义有点丰富。

陈静没搭理她，洗漱完换好了衣服，今天她有很多事情要办。肖梅拉着陈静的手道："你去菜市场买菜，多买点。"

陈静对上肖梅的视线："怎么了？"

肖梅："万一有客人来呢？"

陈静一听，大概猜到她嘴里的客人是谁，说："也不能买太多。"

肖梅笑道："行。"

陈静进厨房做了早饭，吃饭时，问肖梅昨晚睡得好不好。

肖梅点头，说："还可以。"

陈静心里松一口气。她吃过早餐就出门了，没有立即去菜市场，而是去了商超。今日老钟要在商超开个会，一回身，看到陈静进来，老钟笑喊："陈小姐，今天商超有打折活动。"

这位老钟，陈静在傅恒集团时见过一面。他是冯志招的人，后来好像被派去黎城分公司了，两人并不熟悉。

陈静冲他微微一笑，自去里面买礼品。

老钟时刻关注着她，看到她两只手都拿不下了，立即让人推着推车过

去接。工作人员搞不懂顶头上司怎么那么讨好陈静，撇撇嘴推着推车过去，陈静说了声谢谢，把手上所有的东西放到推车里，然后又多挑选了几样，才推着推车走到收银台。

老钟亲自给陈静收银，他看了一眼推车里的东西，道："陈小姐，这么多东西，你拿不动吧？等会儿我叫人帮你送过去。"

陈静本想说不用，可想到她确实提不动买的东西，便说："好，谢谢。"

老钟还暗暗给陈静打了折，陈静算着不太对，看向老钟，老钟笑道："陈小姐难得来商超一次，我就把几个折扣一起给你用了。下回可就没这么好的事了。"

陈静顿了顿，说："谢谢，你们不亏本就行。"

"放心吧，我们的供应链很成熟。"老钟说道。他挥手招来一个工作人员，两人帮陈静提起东西。陈静的两只手也满满的，穿过马路回家。

老钟他们把东西放在玄关口，陈静给他们一人拿了一瓶水，老钟笑着接过，带着工作人员下楼回去。

肖梅看到陈静买的这些东西，知道她是要给几个关系好的阿姨送去。昨晚她们在现场帮忙，有些阿姨也被误伤了。忙完这些，陈静才去菜市场买菜，顺便给萧阿姨等几个相熟的卖菜阿姨带了礼物。

陈静来到萧阿姨的菜摊，萧阿姨一转身看到她，陈静微微一笑，正想说话，萧阿姨的脸上也立即浮现出笑容，完全是一副无事发生的样子，笑着问道："陈静今天买土豆吗？有新来的土豆。"

陈静一顿，笑道："好，来点。"

"那我给你拿。"萧阿姨转身给陈静拿土豆，陈静又挑了些别的菜，一起称了。给完钱，陈静把礼物放在菜摊上，说："萧阿姨，天天吃你的香菜没给钱，怪不好意思的，这两天我去了商超买了些礼物，给你也带一份。"

她没提昨晚的事。

萧阿姨看见那礼物，愣了几秒，随后笑了笑，拿起来说道："行，那我收下了啊。最近忙，都没时间去商超，听说那儿有很多新鲜东西。"

陈静笑道："是的，等我妈脚好了，你们一起去逛逛。"

"好啊。"萧阿姨答应得爽快。

陈静看她收下礼物，松了一口气，与她告别后，便往下一个摊位走去。

萧阿姨拿着那礼物，看着她的背影，心想，陈静确实跟这镇上的一些女孩有区别。难怪周晨伟会喜欢她，就是林秀丽没那个命。

买完菜，陈静回家把排骨腌上。冯志看完了策划书，觉得没什么问题，叫陈静把策划书打印出来给傅临远签字。

打印机在办公室里，陈静擦擦手，提着笔记本电脑下楼，往办公室那栋楼走去。

她走上楼梯，刚拐上三楼，就看到一个高大的身影背对着楼梯口，正在打电话。他肩宽腿长，光是背影就很吸引人。陈静脚步微顿，随后，放轻了脚步，不想打扰他通话。她往办公室走去，傅临远看见她，长腿一迈，跟上她的脚步。

她的头发染了色，也挺好看的。阳光打进来，她发尾的棕色就明显了一些。

咔嚓一声，陈静开了门，又去拉开窗帘，光线一下子倾泻进来。傅临远随手拉开一把椅子，靠在桌子旁继续听着那头的人说话。

陈静打印好策划书，夹在文件夹里，走过来把策划书递给他。傅临远用空着的手接过来，随后对那头的人说他得挂电话了。那头的人是陆臣，听说傅临远在陈静的办公室，说要跟陈静通话，没想到傅临远挂得更快了。

陈静并没有听到陆臣的声音。

傅临远翻开策划书，认真看着。陈静走到茶几那边倒了杯温水，端过来，放在桌子上。这时，门口传来脚步声，陈静抬眼看去。

来人是周晨伟。他明显没睡好，看样子有几分颓废，他看到办公室里的傅临远，愣了几秒。陈静往他那边走去，周晨伟看向陈静，眼里带着浓厚的愧疚感："对不起，事到如今，我也不知道该说什么，陈静，我只想对你好。"

陈静微顿。身后看策划书的傅临远又翻过一页。

陈静说道："没事，都过去了。"

周晨伟犹豫了一下，道："关于暗股的事情，我想跟你聊聊，你现在不方便的话，等你忙完咱们再聊。"

陈静点头，刚想答应，身后传来一道低沉的声音："现在聊。"

这话一出，空气停滞，寂静几秒。

陈静回头看傅临远，傅临远撩起眼眸，手插进裤袋，也看她几秒。陈静刮他一眼，收回视线，看着周晨伟，想说没事，下回再聊。

周晨伟却抬起眼看向她。"好，现在聊吧。"他说，"傅先生在，也好做个见证。"

他都这么说了，陈静觉得也行，她从办公桌抽屉里拿出之前的协议，走到沙发边，周晨伟也走过去。

傅临远轻扫一眼陈静，她刚才瞪他了？他眯起眼，视线又扫了一下周晨伟，这才低头继续看策划书。

二人坐下后，陈静倒了杯水放到周晨伟手边，周晨伟立即道："谢谢。"

陈静坐下，翻开协议，看着周晨伟道："你怎么想？"

周晨伟看着她清丽的眉眼，暗叹一口气，说道："我想退掉股份，你原价退给我就行。如果你现金吃紧，以后再退也没事，先放你这儿周转。"

陈静说道："那倒不用。我有一些现金，我可以以加利息的方式把股份退给你，你的股份我自己要了。"她没有傅恒集团那么有钱，不能翻倍买股，但她可以用别的方式高价买。

周晨伟下意识地看向靠着桌子的傅临远，见他没什么反应，周晨伟收回视线，说："不行，我不能要你的利息，你按一开始的金额退给我就行。我们合作的时间太短了，就当创业没成功，我能把钱拿回来就行。"

他句句都在替陈静着想，傅临远听得烦躁，抬手狠狠扯了下领口，下颌紧了几分。他端起一旁的水杯喝了一口温水，含着狠咽下去，又轻扫一眼周晨伟，出声讥讽："有钱不赚？"

陈静看向傅临远，男人神色冷漠。

陈静收回视线，看向周晨伟，说："多少收点利息，也好让我安心。"

周晨伟听她这么说，想了一下，说："好吧。"他这才悲哀地发现，她给利息也是在与他划清界限，他怎么一开始没察觉呢？

陈静笑了笑，说道："好，那等我把协议重新拟一下，咱们再正式交接，三天内我把钱汇到你的账户里。"

"谢谢。快中午了，我先回去做饭。"周晨伟提醒自己放松一些，他与陈静以后还是邻居，虽然回归之前和谐关系的可能性很小，但未来那么长，总有机会弥补对她的伤害。他起身，陈静也起身，说："好的，你回去吧。"

周晨伟又深深看了她一眼，这才转身往门口走去。陈静亲自送他出去。

傅临远头也没抬，还在翻着策划书，可他在这儿哪怕不言不语，也是个无法忽视的存在，周晨伟不明白大家明明年纪相仿，为何这个人却能有这么强的气势。此时他也清楚陈静与这个男人之间必定有除了上下级以外的关系。因为陈静回周镇后，他这个大城市的人竟然也跟来了。

不只他，那位姓于的司机、商超的钟总和投资部经理冯总，都不是普通人。

他这才发现，陈静回周镇后，这里的变化是如此之大，商超竟然都开起来了，或许未来这里还会有新的改变，而这些是他在这儿生活这么多年都做不到的事。

周晨伟走到楼梯口，回头看陈静。陈静笑盈盈地站在那儿，眉眼清丽，漂亮娴静。

周晨伟也冲她笑笑，低头走下楼梯。

看他走后，陈静回了办公室，收拾了茶几上的一次性水杯，擦拭干净桌面上的水渍，把协议收回办公桌的抽屉里。

傅临远拿过她放在一旁的黑色钢笔，拔开笔帽，在策划书上签好名字，随后扔在办公桌上，拿起另外一份设计图看。

陈静知道他在了解客栈。他这个人向来认真，习惯对所有项目都了如指掌。

陈静把策划书合上放好，打印了一份最新的泳池设计图，拿到傅临远的手边，解释说她把泳池改成了这种款式的。传统的方形泳池已经不吃香了，最好能新添一些时下年轻人喜欢的设计。

傅临远看完手中的设计图，又顺手拿起泳池的新设计图看。陈静在一旁整理其他文件，傅临远翻完泳池的设计图，抬眼看她，几秒后，他把设计图放在桌上，蹲下身子，认真系起她松开的鞋带。

他突如其来的动作令陈静惊了下，低头反射性地撑着桌子。入目便是男人的发旋，以及宽大的肩膀与背，她的心咚咚直跳。

傅临远声音低沉，问道："给了他利息，你的钱还够花吗？"

回到周镇后，她都穿方便走路的鞋子，今日穿的是白色的鞋子。

白色的鞋子不耐脏，多少有点灰尘在上面，陈静下意识地往后挪了极小一步，回道："够花，傅总不用担心。"

鞋带已经系好了，听见她这话，傅临远撑着膝盖站起身，挽着有些松散的袖子，看她的眉眼。陈静的神色很平静，转过身整理桌上的文件，徒留仍在加快的心跳。

她翻过手腕，看了一眼腕表，快中午了。她把文件叠放在一起，才转头看他。

傅临远撩眼，和她对视几秒。陈静询问："傅总在哪里吃午饭？"

"和老钟一起在商超吃。"

陈静点点头，走到窗边，将敞开的窗户关上，但没拉上窗帘。傅临远的手机响起，他接起来，陈静听到那头是老钟的声音。他手插在裤袋里往外走。

陈静松了一口气，拿上手机也往外走。傅临远走了几步又折回来，从兜里摸出一张卡放在桌上。

陈静一愣，神色变得有些冷淡。

傅临远看到她的神情，放下手机，说："留这张卡，是为了避免你资金短缺。用得着就用，用不着回头让于从送回傅恒集团。"

他说得认真，陈静也看出他神情认真。

她拿起那张卡，递给他，说："傅总，真不用，如果需要，我会跟傅恒集团申请的。"

傅临远垂眸看了一眼那张卡，又看了一眼捏着卡的她。两人近在咫尺，他抬起眼，看着她的眼眸："你何时可以光明正大地用我的钱？"

陈静愣住没应。他瞪她，眼神中有几分恼火。

他接过那张卡，想了想，随意扔到一旁的桌子上，道："拿给于从。"说完转身便往外走。

陈静扫一眼那张卡，那显然是他自己的卡，而不是傅恒集团的资产。陈静取过那张卡，拿个信封装着，真的打算交给于从。

她到楼下时，傅临远已经弯腰坐进了轿车里。老钟走过来，弯腰坐进副驾驶座，转头跟傅临远谈着什么。于从在车子不远处打电话，陈静走过去，把信封递给于从。于从顺手接过，陈静冲他点了点头便往家里走。

于从挂断电话，把里面的东西倒出来一看，是傅总的那张副卡。

他看向陈静的背影，又看向了黑色轿车的车尾，想：傅总的骄傲啊，唉。

陈静走上楼梯，回到家里，小芒正在厨房帮忙择菜。陈静挽起袖子，重新扎好头发，钻进厨房去熬汤、蒸排骨。小芒擦擦手，看陈静条理清晰、不慌不忙地做饭，是一种享受，小芒说道："陈静姐，你做饭好厉害啊。"

陈静笑道："我不厉害，我妈才厉害。"

小芒说道："陈静姐，你什么时候学会做饭的？"

"大学时期。"

"哦哦，真厉害，你上次做的蒜香排骨我好喜欢。"

陈静笑道："下回再给你做。"

"好嘞。"

这时，肖梅拄着拐杖在客厅走来走去，她已经逐渐康复了，过不了多久，她复查完就可以丢开拐杖跟轮椅了。

陈静端着汤走出来，看到肖梅这般努力，道："妈，你也别急于求成。"

"医生不是让我多锻炼嘛，我肯定得试试啊。"肖梅走过来帮着摆筷子，问陈静，"周晨伟今天到你办公室了？"

陈静一边舀汤，一边应道："嗯，他来退股。"

"退吧。"肖梅直截了当地道，"周晨伟挺好，可惜有那样一个妈。"

小芒在一旁点头，她也觉得晨伟哥很好，可这次事情出来后，她也吓了一跳，原来在周镇毁人的名声是这么容易的一件事。其实，周市那边也差不多，一点事情就能传得乱七八糟的，尤其是上次她妈妈生病去医院，查出有子宫肌瘤，别人就说她妈妈得了什么不干净的病。

陈静扶着肖梅坐下，拿走她手里的拐杖，说道："吃饭吧。"

小芒也跟着坐下，三个人开始吃饭。

肖梅问陈静："今天有没有多买点菜？"

陈静舀着饭吃，说道："嗯，多买了点。"

"那就好。"

陈静却想，他来不来还不一定。

　　吃完饭，小芒去洗碗，陈静陪着肖梅坐了一会儿，下午就赶去了客栈。客栈的地砖贴得差不多了，接下来就是装家具了。陈静已经联系了周市的一家家具公司，全部从网上下单，到时会送货上门。

　　下午她回周镇，并没看到傅临远的车，倒是看到于从从对面的一栋楼里走出来，身侧跟着楼房的户主。那栋楼建了一年多，刚装修好，正在出租。

　　晚上，陈静没出门，在房间里看图片、看家具，偶尔跟冯志沟通。冯志还在加班，骂骂咧咧的，不知在说谁，后来又让人拿一份文件上楼。陈静看他忙，就断了线，进了美股市场，去看她仓里的期货。

　　有两家银行最近有点问题，以防万一，陈静先把它们的股票抛了。

　　蒋禾得知她抛了股票，也跟着她抛，发来消息说："静静宝贝，我听你的。"

　　陈静笑笑，突然蛮想蒋禾的。

　　蒋禾最近也忙，冯志分了很多工作给她，估计她要升职了。陈静与她聊了会儿便去洗澡，然后便睡了。

　　第二天，陈静九点半左右醒来，打着哈欠走出卧室，肖梅跟小芒已经吃完早餐，小芒正在教肖梅玩游戏。

　　门铃响了，陈静走过去打开门。

　　门外，高大的男人穿着黑色衬衫、长裤以及西装外套，没打领带，但领口紧扣，一手拎着礼盒，一手插在裤袋里，撩眼看着她。

　　陈静呆愣几秒。

　　肖梅问道："陈静，谁啊？"

　　"哎，傅先生！"小芒好奇地起身往外一看，惊叫出声。傅临远收回在陈静脸上的视线，抬眼看去："肖阿姨，打扰了。"

　　肖梅被小芒扶着走过来，看到那气势不凡的男人，立即笑道："傅先生，我还在念叨着你什么时候过来呢。"

　　"抱歉，这两天有点事情要处理。"他的声音低沉好听。

　　"快进来坐，小芒，你倒杯水来。"肖梅笑着说道，小芒"哎"了一声，走去一边倒茶。傅临远长腿一迈，走进来，目光轻扫过陈静。陈静恢复冷静，伸手把身后的门关上。她刚睡醒，眉眼间带了几分睡意，头发有几分凌乱，还穿着长款的修身睡衣，身上带了些许屋里的香水味。

两人擦肩而过时，淡淡的香水味飘来，他神色不变地走进去。这是套三室两厅的房子，客厅跟餐厅是连在一起的。

陈静家可以说是没有阳台，只有一排老式的联排窗户。窗户边摆着一张桌子，上面摆放着几束花。电视挂在墙上，旁边放着咖啡桌，木质沙发上铺了沙发垫跟沙发套，显得格外温馨。这儿的房子都是一个格局，傅临远三两下便将房子一眼看透。

"傅先生，坐。"肖梅笑着招呼。

傅临远顺手将礼盒放在茶几上，说了声谢谢，随后在单人沙发上坐下。小芒给他倒了杯水，他伸手接过，道了声谢。

陈静说："傅总你先坐。"说完便往房间里走去。门一关上，房里有几分昏暗，陈静在黑暗中站了一会儿，一墙之隔就是沙发，他就坐在那儿。他来得突然，令她措手不及。站了几秒，陈静脱掉睡衣，打开衣柜，指尖在衣柜里滑动了一下，选了一条简单大方、比较修身的深色裙子。随后，她扎起头发，露出白皙纤细的脖颈。

陈静拉开门走出去，听到肖梅在感谢傅临远那两年照顾陈静，说陈静要不是因为自己身体不好，也不会那么快回周镇。

傅临远声音低沉，道："她很优秀。"

陈静走进浴室的脚步微顿，随后她关上浴室门，刷牙洗脸。擦干脸上的水珠后，陈静才走出来，她走到柜子旁，取出一盒茶叶。

她走到沙发中间坐下，煮开水，泡茶。肖梅笑着跟傅临远说："试试我们这里的大红袍。"

"好。"他坐在单人沙发上，手肘搭着扶手，肖梅坐在长条沙发上，距离他不远。他话不多，可肖梅话多，肖梅倒是很想问他一些别的事，可这个男人看着就不是容易问出来什么消息的人，除非他自己愿意吐露。

于是，肖梅也不知说什么，只能跟他聊一些家庭琐事："傅先生是京市人吧？"

"海城。"傅临远道。

肖梅"哦"了一声，笑道："海城也是个大城市。"

傅临远："还行。"

　　水雾缭绕，陈静夹了杯茶放到他面前，小芒被肖梅打发出去买菜了，傅临远戴着腕表的手伸过来端那杯茶。

　　噼里啪啦——

　　窗户那边的窗帘突然往下落，一大片窗帘掉了下来。屋里的三个人都愣了几秒，肖梅"哎呀"一声，想起身却起不来，喊了陈静一声。陈静放下夹具，起身绕过茶几走向那扇窗户，拉起窗帘往上看。

　　"陈静，窗帘坏了吗？"肖梅问。

　　陈静看了眼说道："不是坏了，是掉了。"

　　"怎么回事？前天刚挂上去的。"肖梅急了，"这多难看啊，掉也没全掉，就掉了一半，这可怎么办？"

　　陈静发现装修的时候工人没扣好上面的扣子，好在扣子都没坏。她举着手比画了下，身高不够，想起一旁有个梯子，打算实在不行就全拆下来。

　　她放开窗帘，拉走放着花瓶的桌子，说："妈，我拿梯子弄一下。"

　　肖梅："实在不行你就全取下来。"

　　"好。"

　　肖梅说完，看向傅临远，说："抱歉，我来泡茶吧。"

　　傅临远看了一眼那刚打开梯子的女人，起身将外套随意搭在沙发扶手上，解着袖扣走过去，拉起掉落的窗帘，长腿一迈踩上了梯子。

　　他只需要踩一个坎就能够到了，抬手将一个扣子扣上。

　　陈静一顿，肖梅也愣怔住。

　　傅临远扣完一个后，垂眸看陈静："另一片窗帘。"

　　陈静回过神："傅总，我来吧。"

　　"另一片窗帘。"男人的语气不容置疑，陈静顿了顿，弯腰拉起地上的一大片窗帘，用了点力气举给他。傅临远伸手接过，靠着梯子，一个一个将扣子扣上。陈静单手握着梯子，仰头看着他，他扣窗帘时跟看文件时一样专注，眉宇冷峻。他看着不像干这种事的人，可就是很认真，扣到一半他有些热，抬手解开领口纽扣，看上去多了几分随性。

　　肖梅安静地看着，主要是看陈静。陈静看着傅临远，眼里藏不住光。小芒提着菜进来，看到这一幕也愣住了，她看着那站在梯子上的高大男人，完全无法想象他竟在帮忙装窗帘。

汗水顺着傅临远的脸颊滑下。他走下梯子，手掌沾了些许的灰尘，挽起袖子，擦眼时带了几分痒性，说："你把桌子挪回来。"

"好。"陈静转身把桌子挪回窗边。

傅临远走进浴室，打开水龙头，慢条斯理地洗着手，这儿有陈静身上的那种淡淡的沐浴液香味。

陈静挪好桌子后，抽了张纸巾走向浴室，这时她脑中有个念头一闪，想提醒傅临远，但来不及了。傅临远关水龙头时，水噗的一下全喷到了他脸上。时间仿佛静止一般，陈静站在他身后。

傅临远安静几秒，水珠顺着他的脸颊滑落。他指着那水龙头问道："什么情况？"

陈静没忍住，眉眼一弯，差点笑出声。她把水龙头全关了，伸手取下大毛巾，抬手擦他的脸颊："对不起，傅总，那个按钮是坏的。"

毛巾从他脸上蹭过，她眼里带着笑意，忍笑的模样落入傅临远的眼里。陈静踮脚给他擦拭头发、脸颊、下颌，以及肩膀。她擦得认真，傅临远却只看着她眼里的笑意以及藏不住的唇角，微微眯眼，突然伸手握住她的腰。

陈静动作一顿，抬起眼。

傅临远轻声问道："很好笑？"

陈静抿唇，把笑意忍回去，他此时脖颈全是水，发丝也湿透了。陈静抿唇摇头，继续擦着他的头发、肩膀，心里想着得打电话叫于从送衣服来。傅临远却垂眸盯着她的眉眼，握着她腰的手指骨节分明。

他的脸颊以及脖颈好擦，毛巾盖上去就把水吸干了，头发虽还湿润，但不会再往下滴水，麻烦的是肩膀以及上半截胸膛，黑色衬衫沾了水，贴在他身上，男人纹理分明的肌肉从衬衫里透出来。

陈静没敢再往下擦，抬头看向他眼眸，说："我叫于从给你送件衬衫过来。"

还有水珠滑过他的喉结往下滴落，傅临远低头看了一眼领口湿透的地方，说："于从跟老钟去市中心了。你拿吹风机过来，只是湿了一点而已，吹干就行。"

陈静心想也行，握住他的手腕，把他的手拉离她的腰，转身要去拿吹风机。肖梅声音从外面传来："陈静，傅先生洗完手了吗？"

肖梅也担心那个水龙头。陈静把毛巾搭在洗手盆上，回道："妈，水龙头又失控了，你们等下，傅总得吹一下头发。"

肖梅被小芒扶着，没有走到浴室门口。她站着的那个角度只能看到门以及一点点浴室里的情况，她立即问道："傅先生，你还好吗？"

"很好，肖阿姨，让您担心了。"傅临远说。陈静取出了吹风机，傅临远伸出手握住门框，把半掩的门彻底关上。

小芒有些好奇，探头想看，被肖梅给拉了回来，两个人只看到傅临远有力的手臂伸出来，随意地关上门，袖子半挽起来，露出腕表。

肖梅想着陈静还在里面，心一跳。

陈静插上吹风机，风呼呼地响着，她回身，傅临远解开衬衫的上半部分扣子，靠着墙，人往下低了点，拿过毛巾再擦几下头发。陈静目不斜视地开始吹他的领口、肩膀。好在刚才水不算很大，且一下子就被她关住了，他的衣服确实不是很湿。

衬衫与肌肤分离，凝成的水珠就往下滑落。吹风机的风是热的，吹得他皱起了眉头。

傅临远撩起眼眸，看她几秒，手又重新搂住她的腰。陈静吹得认真，因他这动作停顿几秒。彼此视线对上，傅临远开口："能调成冷风吗？"

陈静回神，看到他被热风吹得拧起的眉，立即说道："抱歉，我们平时都用热风……"

她有几分心虚。他的衬衫扣子虽没有全解开，但腹肌还是若隐若现，陈静把目光往上抬着，主要吹他的肩膀，认真到失神，也因此一时忘记挪开吹风机。傅临远又偏了偏头，让她吹肩膀，眼眸睨着她，看着她近在咫尺的眉眼。

这个姿势维持好一会儿，终于吹完了肩膀。傅临远接过吹风机，自己吹起领口以及胸膛，陈静退后一步，把毛巾挂好。

傅临远放下吹风机，递给她。陈静接过，卷好电线，挂在墙上。傅临远站直身子，扣上纽扣，伸手想去打开水龙头，反应过来后指尖一顿。

陈静看到这一幕，不知为何，挺想笑的。她忍着笑意伸手给他开水龙头，她知道怎么打开不会喷水，傅临远修长的手伸到水龙头下方，水滑过他骨节分明的手指。

傅临远从镜子里看陈静一眼，陈静抿着唇与他对视一秒，说："傅总，我先出去，你关的时候摁下就行。"

陈静说完，转身想出去。

傅临远突然伸手扣着她的脖颈，偏过头，与她的距离极近，声音很低："陈静，你总是惹我。"

陈静听着，静看他眉眼几秒："你想多了。"

傅临远眉头一挑。陈静拉开他的手，转身出去。她知道，他不会在她家里乱来，因为刚才有无数的机会，但他没有做什么，他的教养摆在这里。出去后，小芒就站在咖啡桌旁扶着肖梅说话，两个人距离浴室非常近。

陈静一走出去，她们就看过来。肖梅看她神色自然，松一口气："傅先生怎么样？"

"衣服吹干了，妈，我去做饭。"

她没吃早餐，这会儿也快到十一点了。肖梅看了眼时间，道："好，去吧，小芒，你帮下陈静。"

"来了，陈静姐。"

进了厨房，小芒凑在陈静身侧，问道："傅先生会留下来吃饭吗？"

陈静一边处理着鸡肉一边道："不管他吃不吃，我们都得吃。"

小芒一听："也是哦。"

浴室门打开，傅临远走出来，他的袖子也有点湿，不太舒服，于是直接挽起来了。他把衬衫纽扣全扣好了，衣冠楚楚，矜贵得很。

肖梅在沙发上坐着，重新泡茶，笑道："傅先生，辛苦你了，再喝一杯茶吧？"

傅临远抬眼，说道："叨扰。"

随后，他走到单人沙发坐下，手机正好响起，他拿起来看了一眼，说了声抱歉，起身走到窗户边接起来。窗帘扣好了，桌上的花散发着淡淡的清香，傅临远看了一眼这些花，又抬眼看向窗外，却从这个角度看到周晨伟的花店。他眼眸微眯，那头，冯志一直在报告，傅临远偶尔"嗯"一声，有时给建议，有时直接下达命令。

肖梅坐在沙发上，换了杯茶水，又看向那窗边的高大男人。他说的话她听不懂，但肖梅能感觉得到，这个男人在工作中肯定也不是特别好相

处的。

　　肖梅收回视线，安静地等了会儿。傅临远总算挂断电话转过身，肖梅抬眼笑道："傅先生中午在家里吃饭吧？"

　　傅临远看向厨房，厨房门没关，陈静偶尔会打开冰箱取东西。他回神，看向肖梅，说："好，打扰了。"

　　"傅先生不必客气。"

　　小芒去了客厅一趟，回来就跟陈静说傅先生要留下来吃饭。陈静指尖一顿，应了声好。她快速处理着手头的菜，小芒一直在帮忙，很快，四菜一汤就做好了。小芒帮着端出去，陈静提醒她："汤太烫了，我自己来。"

　　小芒在外应了声。

　　陈静盛好了汤，准备伸手端起来时，一个高大的人影走进来。傅临远顺手帮她把汤端起来，陈静愣了一秒，看向他。

　　傅临远看她几秒："洗个手出来。"

　　他不愿意她干这些活。以后……若是有以后，他一滴水都不让她沾。他转身走出去。

　　陈静在原地呆站几秒，随后才取下围裙，洗了洗手，把头发整理下，转身走出去。小芒已经惊呆了，站在一旁看着傅先生把汤放在桌上。

　　肖梅挂着拐杖站起身，不得不重新审视傅临远。这样的男人，不知道他的家庭是什么样的，父母关系如何？

　　小芒扶过肖梅，肖梅笑道："傅先生坐吧，不必客气。"

　　傅临远说了声谢谢，拉开陈静跟前的椅子。

　　陈静顿了顿，坐下。另外三个人也各占据一边坐下。

　　吃饭时，肖梅时不时地跟傅临远聊天，拉家常。傅临远应着，身上的气势没平日里那么强。

　　陈静做饭的手艺好。傅临远尝了一口，下意识地看她一眼。

　　陈静也看他一眼，问道："好吃吗？"

　　傅临远："不错。"

　　陈静笑笑，安静地吃着饭。

　　小芒坐在陈静对面，看着他们对视，心跳都加速了，突然觉得陈静姐好适合跟傅先生在一起啊！

吃过饭，小芒抢着去洗碗，傅临远喝完茶，看了一眼腕表，起身告辞。肖梅起身要送，陈静扶着她走到门口。肖梅提着礼盒要递还给傅临远。

傅临远没有推搡，接过来却又顺手放在鞋柜上，抬手按住，说道："一点小礼物，就不必推来推去了。肖阿姨，您休息。"

他松开那礼盒。肖梅一笑，也就不强求推给他了。

傅临远说："我先走了。"目光轻扫过陈静，正好手中电话响起。

肖梅说："傅先生下次有空再来坐坐。"

"好。"他点点头，跟陈静对视几秒。陈静说："傅总，慢走。"

他"嗯"了一声，从陈静脸上收回视线，长腿一迈，边接着电话边下楼。

陈静跟肖梅在门口站了几秒后，陈静才把门关上，肖梅看了一眼那礼盒，又看向陈静，抬手顺顺陈静的头发。

陈静笑道："妈，怎么了？"

肖梅摇头，觉得面对傅先生这样的人，自己身为一个母亲竟不知如何建议女儿。陈静明显喜欢傅先生，而傅先生也是不好拿捏的男人。

她想了想，说："不要让自己受伤。"

陈静听罢，点头："好。"

肖梅是真心觉得傅先生好，他似乎没那么高高在上。

傅临远走后，肖梅得午睡。陈静扶着母亲进房里休息，而她自己收拾了一下，换了一身衣服便去了客栈。装修公司的老板正好在，家具公司弄错了一张床的尺寸，放不进房里，陈静打电话给家具公司让来换掉，对方却硬说订单上就是这个尺寸。

陈静赶回办公室，打开电脑，跟对方的客服对了半天，总算对好尺寸。对方客服一直道歉，说会补偿陈静。

陈静被对方弄得筋疲力尽，说："麻烦你们以后一定要对好单子，不然我就换公司了。"

"不好意思不好意思，下次绝对不会出现这种情况，您需要买灯饰吗？我们这里送您几盏灯。"

陈静说道："好。"

随后，她又回了客栈，与装修公司的老板沟通，让他们帮忙把床拆了。

装修公司的老板笑着点头答应，说以后随叫随到。

陈静愣了几秒，说："谢谢。"

装修公司的老板说："不必客气，以后会有更多合作的机会。"

陈静这一整天都在客栈忙着，她给那三个女生打电话，让她们下周就来上班。没了周晨伟的帮忙，陈静要忙一些，所以只能让她们先上班，回头还得给店里再招个店长。

三个女生都应下了。

隔天一早，陈静就收到了于从的消息，说让她准备一下，晚上陪傅总参加周市的企业家商会。

陈静在接受傅临远投资的那一刻起就知道，这个客栈不会是随随便便投资的，傅临远在周市还会有别的投资与发展。

陈静应下，心想这不单是为傅恒集团，也是为她。

只是她许久没有参加正式的宴会，感觉有点遥远与陌生。下午三点，于从送来了一条定制的鱼尾裙。小芒捧着那裙子，"哇"了一声，说："好好看。"

裙子不是很隆重的那种，但很修身，是裹胸裙。陈静把裙子挂好，上妆，扎头发——之前她不去妆发工作室做造型，都是自己化妆的。

不一会儿，陈静就化了个淡妆出来。镜子里的女人别有一番美丽，与平时素颜的样子又不太一样，小芒在一旁看得目不转睛。换成她，是化不成这么漂亮的。

陈静穿上裙子，肩膀的皮肤很白，脖颈纤细。她选了一条项链戴上，穿上高跟鞋，一切就弄好了。

小芒满眼星星，陈静拿起小包，跟小芒说了一声，让她照顾好肖梅，随后便出门了。下楼梯时，陈静提着裙摆，一步步地走到楼梯口。

不一会儿，黑色轿车开来，车窗摇下。傅临远从文件中抬眼，眼眸便定住了。

于从下了车，给陈静打开副驾驶侧的车门，陈静捏着小包，弯腰坐进去，回头看向傅临远："傅总。"

傅临远合上文件，打开后座车门，沉声道："坐到这里来。"

陈静一顿。于从也是一愣，反应过来：对啊，怎么没给陈静开后座的车门？

他立即拉开后座的车门，示意陈静坐过去。

陈静安静几秒，转过身子，直接拉着安全带扣上。

傅临远支着下颌，看她几秒，指尖挥了挥。于从得到指示，关上车门，绕去驾驶座。他心想：算起来，敢违背傅总的，好像也就陈静一个。

黑色轿车启动，陈静安静地坐着。傅临远收回视线，低头继续翻着文件。车里安静，只有文件翻动的声音。

很快，黑色轿车抵达商会现场。今晚是个自助餐晚宴，在周市的一家私人酒庄里，别看周市是三线城市，这里有着不少隐形富豪。

下了车，傅临远手臂上挽着外套，轻扯着领带，陈静站到他身边。

商会会长张成迎了出来，笑着喊道："傅先生，这边请。"

傅临远点头，带着陈静跟着张成往里走。

他神色冷漠，气势凌厉，一进大厅就有很多人往这儿看来。张成邀请傅临远到大厅一边聚，傅临远带着陈静过去。老钟也来了，笑着跟陈静打招呼。

陈静笑笑，两人站着聊着天，聊着聊着，自然在一起吃东西，偶尔才跟其他人交谈。

傅临远身侧始终跟着张成，他端着酒，漫不经心地低头听着，然后长腿一迈，走到落地窗边。老钟拿了些吃的，他要去洗手间，顺手把这些吃的递给陈静，叫陈静拿去给傅临远。

陈静应下。她端着小托盘，走向落地窗。傅临远旁边有张桌子，他握着手机正在打电话。

陈静走近，喊了一声"傅总"。

傅临远偏头看到她。四目相对，傅临远语气淡淡，回的却是电话里的人，说了声"是"。

随后。他挪开手机，按开免提。那头，傅中衡的声音传来："陈秘书。"

三个字出来后，又有一道女声传来，是傅临远的母亲章欣彤。

章欣彤的声音好听得很。她轻言细语地说："叫什么陈秘书？陈静，晚上好啊。"

陈静顿了顿，看着通话页面，轻声道："你们好，老傅总，章女士。"

章欣彤笑道："嗯，你叫我伯母更好。"

陈静的指尖紧了几分，撩眼看向傅临远。

傅临远握着手机，半靠着桌子看向她。

陈静神色冷静，对着电话说道："伯母好。"

"好呀！你的声音真好听。"章欣彤上嘴就夸。

陈静微顿，想回答您的声音也很好听，然后结束对话。谁知，章欣彤紧接着便问："周市的天气怎么样？"手中的托盘被傅临远端走，放在一旁的桌上。陈静看向他，可他显然不打算回答章欣彤这个问题。

他拿起一块寿司，放进嘴里。他领口微敞，外套不知去向，吃东西时下颌分明。

陈静收回视线，礼貌地回答章欣彤："天气不算好，偶尔还会有雨。"

"都快六月啦，难怪别人都说周市是江南天气。"章欣彤笑着道。

陈静回了声："嗯。"

章欣彤接着又道："我早年去过周市一次，去了古城楼，人多，不过那儿的美食很不错，以前能渡江，去许愿塔……"

陈静挺喜欢章欣彤的声音。她说话时轻声细语的，有种安抚人心的感觉。陈静站着，听着章欣彤的声音从电话那头传来。傅临远的母亲早年是科研人员，陈静偶尔会听乔惜八卦，说老傅总被妻子吃得死死的，不过陈静看不出来。老傅总虽不如傅临远那般冷峻，但也不算是好相处的人。

一手创办了傅恒集团的人，手段肯定不会是温和的，所以大家对章欣彤都挺好奇的，偶尔也猜测她会不会是个气场十足的女人。但显然，她并不是那样的人，她甚至出乎意料地温柔、平和。

陈静回着话道："是有个许愿塔。"

"是吧，你也会去许愿吗？"章欣彤笑着问。

陈静用余光扫一眼身侧的男人，傅临远拿着筷子拨开一块寿司上的鱼子，下颌线棱角分明。陈静收回视线，回着章欣彤的话，道："会的，去的话都会许愿。"

章欣彤喜欢陈静说话的语气，听着就舒服，能感觉得到陈静是个进退有度的女孩。她笑着邀约："下回我去周市，咱们一起再去塔上。"

陈静说："好的，欢迎。"

一双筷子夹着一块寿司放到陈静的唇边，陈静反射性地张嘴，咬住了那块寿司，随后反应过来，撩眼看去。傅临远有些散漫地靠着桌子，偏头又夹了另外一块寿司，放进嘴里，陈静盯着他那双筷子——先是入了她的口，后又入他的。

陈静咀嚼着寿司，默默地收回视线，看着窗外。她抬手抹了下唇角。

章欣彤笑着道："那我们说定了。陈静，你有小名吗？"

陈静顿了顿，道："伯母喊我陈静就好。"

"好，下次叫静静。"

那边老傅总唠叨了句什么，章欣彤立即笑着说道："行了，你们还在宴会上，就不打扰你们了。"

陈静回道："好的，伯母早点休息。"

章欣彤应了声好，随后便挂断电话，傅临远把手机随手放在桌子上，陈静这才发现，他刚刚一直举着手机给她与章欣彤谈话，她轻扫他一眼。

这时，张成带着两个人走过来，笑着举着酒杯："傅先生、陈小姐，我们敬你们。"

陈静接过服务员托盘上的酒杯，偏头看去，脸上带了笑容。傅临远放下筷子，站直身子，端起酒杯，淡淡地与他们碰杯，张成问："傅先生对今晚准备的菜式还满意吗？"

傅临远道："挺好。"

"那就好，陈小姐呢？看你没怎么吃啊。"张成笑着看向陈静，陈静声音温柔地道："吃挺多了，张先生在忙的时候，我就在吃。"

张成觉得她的说法有趣，笑了起来："陈小姐是个妙人。"

陈静脸上带了点笑意，抿着杯中酒。傅临远的指尖在桌上轻轻地敲着，视线落在她眉眼处，看着她清丽的容颜。张成看到桌上托盘里的食物吃完了，于是让服务员端走那个托盘。

等服务员整理完后，他端着酒给傅临远介绍商会副会长以及隔壁福市的会长，老钟也凑过来，陈静站在一旁，听着他们谈话。

她时不时地被敬酒。喝下去几杯后，她耳根微微泛红，不过好在不是烈酒，也没有掺杂其他酒。

他们要谈话，酒只是媒介。这些人与村镇的那些负责人不一样，所以

陈静也就显得放松些。后来又来了些人与傅临远谈话。陈静去上洗手间，出来后远远地看着人群中的他。他领口敞着，眉眼冷峻，偶尔点点头，轻晃着酒杯，有几分漫不经心，又不可忽视。

陈静看了一会儿，收回视线，正好注意到一些女生，她们也正在看傅临远。屋里有点闷，陈静走向门口去透透气，天气阴凉，陈静站在门边，轻晃着酒杯。

这时，一件外套搭在她肩膀上。陈静微愣，侧脸看去。傅临远用手掌按着她的肩膀，睨她一眼："等几分钟，回去了。"

陈静偏头与他的视线对上，"嗯"了一声。傅临远松开她，往老钟那边走去，老钟正在签署一份协议。

陈静收回视线，闻到他外套领口带着的淡淡檀香味。

夜晚容易起风。她等了一会儿，傅临远才走回来，张成直接出来送他们。陈静抓下他的外套，随手抱在怀里，张成一路送他们到门口，站在车旁，又跟傅临远谈了会儿话。

张成帮着开了后座车门，傅临远弯腰上车。老钟也钻进副驾驶座。

张成还拉着车门，陈静停顿几秒，随后，弯腰坐进后座。

车门关上，老钟往后递来一份协议，傅临远接过来翻开看。外面挺冷的，车里也开了空调，陈静看到那是份捐款协议。

车子启动。陈静看了几秒就收回视线，看向窗外的景色。

老钟与于从聊着天，后座一片安静。傅临远看完协议，随手递给老钟，然后偏头看向陈静。她这裙子布料柔顺，肩膀跟手臂露出来，她还看着窗外，似在想事情。

傅临远看她几秒，要收回视线时，看到她皮肤上泛起小粒。

他把隔板放下来，关上空调，随后，突然伸手搂住她的腰，把她给抱了起来。

陈静愣了几秒，回过神时，人已经坐在他腿上，她惊了下，手臂撑着他的肩膀。傅临远抬眼："冷怎么不说？外套也不穿。"

外套直接滑落下来。陈静抿唇，推他肩膀。傅临远一手按着她的腰，两个人视线交缠，陈静也没那么冷了。

她抬手，不经意地碰了碰他下颌。

傅临远眼眸微眯，不动声色地看着她。她若是不爱他，几次三番做出这种行为又算什么？

"傅临远。"她开口。傅临远喉结滑动，"嗯"了一声。

陈静看着他俊朗的眉眼，哪怕此时后座光线昏暗，也可以看出他五官的优越，陈静问他："你是认真的吗？"

傅临远："你指的是什么？"

陈静不说话。傅临远用另一只手握上她的手臂，摩挲着，她的手臂还很凉。傅临远说道："对你很认真。"

陈静安静着。她觉得挺冷的，周市的夜晚是真的阴冷。现在后座的空调关了，他这样摩挲几下，她逐渐暖和了起来。她刚才牙齿都有些轻颤，这件礼服一点都不保暖。

隔板升起的那一刻，老钟跟于从皆愣了一秒，于从甚至都没握紧方向盘。老钟跟于从对视一眼，心想好在是好车，升起来隔板，什么都听不见了。

陈静不只觉得手冷，肩膀和腿也冷，坐在他腿上好一会儿，才觉得皮肤恢复了正常温度。刚才宴会厅里的冷气也跟不要钱一样，一个劲地往外吹。傅临远将手搭到她腿上，问她："还冷吗？"

陈静："好点了。"

这时，车子正好停在陈静家门口，陈静转头看了窗外一眼，要从他腿上下来。傅临远手掌用力，按住她的腰，陈静顿了顿，转头看他，傅临远直起身子，偏头吻住她的脖颈。

陈静用手猛地抓他的肩膀。傅临远吮了她的皮肤一下，说："晚安。"

陈静的心颤了颤："晚安。"

傅临远打开一旁的车门，陈静从他腿上下来，于从拿了件外套递给陈静让她披上，陈静没接，提着裙摆就往楼梯口走去。他们三个目送她进了楼梯口，这才将车开走。

陈静上了三楼。站在家门口，拿出钥匙开门，黑暗中，她的心跳很快。

这个男人不经意间的撩拨最可怕。她抬眼，神色恢复冷静，咔嚓一声，推门而入。

夜深了，肖梅已经睡了，小芒也是。

　　陈静轻手轻脚地回了房间，换下这身裙子，换上睡衣。确实有点冷，她洗了个热水澡，整个人才舒服些。她倒了杯温水回房，在床边坐了一会儿，拿出手机。

　　蒋禾刚下班，给她发了一条消息。

　　　　蒋禾：华辉公司似乎又要出事了。

　　陈静一愣，这不是傅临远刚收购的那家公司吗？那公司的创始人钟龙自断双臂加入了傅恒集团。傅临远也因为收购华辉公司而受到外界的质疑。

　　这场风波刚刚平息，怎么又要出事了？

　　陈静问蒋禾：怎么说？

　　　　蒋禾：具体情况不太清楚，刚刚冯总已经启程去华辉公司总部了。

　　　　蒋禾：不过，傅总肯定能处理的。

　　陈静想，也是。

　　隔天，陈静在客栈时接到傅临远的电话，她接起来，那头的男人沉声说："我回京市一趟，有事你联系我。"

　　陈静听着，应道："好。"

　　傅临远听着她的声音，想诱她再多说点话，但时间挺紧张的，他便不再开口，挂断电话，搭乘闻家的私人飞机赶回京市。

　　陈静放下手机，暗自许愿，希望他能一切顺利。

　　木杉、朱愉和李艺佳今天也来了。陈静带着她们三个人在客栈走了一圈，聊了聊彼此的想法和一些建议。中午陈静请她们吃饭，然后就让她们回家准备，明天正式到办公室上班。

　　家具厂送来了新的床以及灯饰，入口摆得满满当当的。装修公司的人来帮忙，陈静清点了一下，签好单子，家具厂的人刚走，突然就下起了雨。这五月的雨总是来得匆匆，陈静急忙放下单子，跑出去把几盏小灯拎进屋里，一旁还有几把椅子。装修公司的人也赶过来将木质床搬进去。

这一来一回，陈静身上不可避免地被淋湿了。装修公司的监工拉陈静一把，说："我们来就行，陈小姐你快擦擦。"

陈静手里还拎着两盏灯，她擦了擦脸，把灯放在地上，好在灯外面有薄膜袋。水顺着薄膜袋往下滴落，陈静扯过纸巾擦着脸。她今日穿的是黑色的上衣，衣服湿了，贴着肌肤。她扯过一旁的外套穿上，神色无奈。

虽然搬得很快，但还是有两把带扶手的椅子湿了，根本不防水。陈静摸了下，椅面上全是水迹。她抬起头，刚准备说什么，突然打个喷嚏。

监工说："先用吹风机吹干，看看明天出不出太阳，出了太阳的话，晒晒还能用。"

陈静擦了擦椅子，说道："实在不行就不要了，重新订吧，好在这椅子是家具厂赠送的。"

监工看了眼外面的天色，道："这天气总是变得这样突然。"

周市的天气要到六月份才算完全稳定，三至五月基本上动不动就下雨。陈静笑笑，说道；"没办法。"

"是啊，没办法。"监工看陈静不生气，也松了一口气。

陈静的衣服湿了，也不好再在客栈待着，她打了车回家换衣服。肖梅看到她这样，吓到了，叫她赶快去洗澡。

陈静说："好。"她拿了衣服去洗澡，洗完澡，看小芒不在，问了肖梅一声。

肖梅说小芒的妈妈生病了，小芒赶回周市去看她。陈静愣了愣，小芒的妈妈身子一直不太好，小芒学护理就是为了她妈妈。

陈静擦着头发，进厨房煮粥。今晚懒得做饭，母女俩吃点简单的就好。

谁知到了晚上，陈静却发起了烧。她迷迷糊糊地睡着，觉得浑身沉沉的，起身走出来，拿了体温枪测试了一下，38 摄氏度。

陈静叹了口气，拿了退烧药，就着温水喝下去。肖梅在睡觉，陈静很小心地没有打扰她，吃完了回房间，打算焐一焐，出出汗。

就这样，夜里陈静一会儿冷一会儿热，生生挨到了早上，烧好像退了一些。

她起身，一出去肖梅就发现不对劲，手往她脸上一探，脸色微变。

陈静立即握住她的手："妈，有点烧而已，没事，我吃了药。"

肖梅："是不是昨天淋雨了？这几天天气变化大，你出门要多穿点啊。"

"知道，我弄点吃的。"

"我去。"肖梅拄着拐杖起身，从冰箱里拿出包子蒸。陈静有点累，烧了热水，给自己跟肖梅各泡了一杯牛奶。她站在桌旁，随意点开平板，就看到某论坛里说华辉公司的创始人钟龙的老婆拿着技术跟情人跑了，把技术交给了一家外资公司。

那是华辉公司最值钱的核心技术。傅恒集团收购华辉公司主要也是为了这项技术。现在好了，就算傅恒集团能顺利拿回这份技术，也不知道对方会复制多少资料留着。

论坛里有人说傅恒是冤大头，也有人说傅临远太信任钟龙了，才导致了这样的结局。还有人说钟龙也挺惨的，他之前不想让他老婆不开心，所以一直听他老婆的话。谁知道，她却暗地里和别人勾搭在一起。

陈静喝完牛奶，又吃了包子，看完了这些消息。商场如战场，什么事都可能发生，陈静也只能希望他一切顺利。她吃完早餐，人还是很累，于是吃了药又回去睡。睡前，她跟肖梅说中午的时候喊她一下，她起来做午饭。肖梅让她赶快去睡觉。

家里没菜了，肖梅想了想，还是拄着拐杖下楼，去对面的商超买菜，市场太远了，她去不了。她结账时不太会用手机支付，老钟正好在，就帮她操作了，他看一眼对面的楼，问："今天您怎么一个人来啊？"

肖梅说："陈静生病了。"

老钟一听，神色一顿，问："吃药没？"

肖梅没什么心思跟他谈，拎着菜说："吃了。"肖梅出了商超往家里走去，老钟派了位工作人员帮忙扶一下肖梅，肖梅说了声谢谢。

陈静这一发烧就是一整天，反反复复，到了晚上总算好点。好在家里的药备得齐，陈静怕传染给肖梅，到客厅都戴着口罩。

晚上吃完饭，肖梅让她今晚别洗澡了，陈静应了，坐了会儿，觉得累，于是回房去休息。她挺担心肖梅的，小芒还没回来。她身体又难受起来，感觉自己又发烧了，拿着体温枪一测，又回到 38 摄氏度。

陈静想着，不能让肖梅知道。她昏昏沉沉的，就这么睡了过去。肖梅晚上十一点多进房里看她，发现她又烧起来便慌了，拄着拐杖走出陈静的房间，想着干脆拿手机打120好了。

这时，门铃声响起，肖梅拄着拐杖走过去，一把拉开门，看到了门口站着的高大男人，不禁一愣。

傅临远轻扯领带，看了一眼肖梅："肖阿姨，晚上好，她怎么样？"

肖梅不知为何，看到他竟松一口气，说："还烧着，不知怎么回事，晚饭的时候好好的，睡下就突然烧起来。"

傅临远用指尖扯着领带，没扯下来，干脆直接解开扣子，长腿一迈走进客厅，带了几分强势。肖梅关上门，傅临远将外套搭在扶手上，往陈静的房间走去，却在门口停下，回身看肖梅："肖阿姨，我可以进去看看她吗？"

肖梅一顿，迎上男人的视线，男人的神色虽看不出什么，但他显然拒绝她说不。肖梅想着陈静今晚睡觉是穿着家居服的，点点头："进去吧，我也看看她。"

傅临远："谢谢。"说完，他拧开门把手推门而入，肖梅也拄着拐杖跟上去。

傅临远走到陈静的床边，她半张脸都埋在枕头里，红通通一片，被子盖到下巴，傅临远挽起袖子，将手搭在她滚烫的额头上，下颌紧了几分。

他直起身子，想了想，说道："我带她去医院。"话刚说完，一只手抬起来握住了他的手腕，傅临远垂眸，先看向她那只手，再看向她的眉眼，陈静睁眼看着他。

这一刻，两个人都没说话，都想起了那一次在公司的经历。当时陈静趴在桌上睡觉，他与陆臣来到她工位前，陆臣逗弄陈静的头发，陈静在睡梦中本是想拉开陆臣的手，却不经意牵住他的指尖。那时正是午后，阳光灿烂。

或许是因为生病，陈静竟生出一种命中注定的念头——命中注定她会喜欢上这个男人，命中注定她会为他乱了思绪。

她握紧他的手腕，往下拽了拽。她几乎没了力气，声音很轻，说："我不去医院。我感觉好多了。"

她想握紧他的手腕，手却还是往下滑。就在她的手要掉回床上时，傅

临远反手抓住她的手。他俯身摸摸她的额头，道："得去，你没有退烧。"

陈静看着他近在咫尺的眉眼，恍惚觉得有点像在梦里，但思绪却很清晰，她摇了摇头。傅临远安静几秒，想到那次他在肖梅做手术时给她打电话，听到她声音里的颤抖。

他低声道："我陪着你。"

陈静看着他，没回应。傅临远直起身子，说道："肖阿姨，麻烦您给她拿一件长点的外套。"

"好。"肖梅拄着拐杖进来，拿下衣架上的薄款长外套递给傅临远。傅临远接过来，陈静自知躲不过，也不再挣扎。傅临远拉开她的被子，把外套裹在她身上，拦腰把她抱起来，陈静的手臂搂着他的脖颈。

傅临远低头看她一眼。

陈静安静几秒，把脸埋在他胸膛。傅临远收回视线，长腿一迈就往外走。肖梅急忙跟上，来到门边，傅临远侧过身子，看向肖梅："您腿脚不方便，在家休息吧。"

肖梅顿了顿，知道自己没法跟着去，只能握紧拐杖，点头道："傅先生，麻烦你了。"

傅临远点点头，看了一眼怀里昏昏欲睡的女人，走下楼梯。楼梯很窄，他大步下楼。楼下风大，走出楼梯口时风吹过来，傅临远收紧手臂，拢住外套。陈静已经睡着了，秀眉微拧，显然很难受。

老钟看到傅临远抱着人下来，立即打开车门，傅临远抱着陈静弯腰坐进车里，车门关上，老钟赶去驾驶座开车。

车子启动，后座安静，陈静睡着了，手臂偶尔会搂紧他。傅临远垂眸看她几秒，随后，低头在她眉心落下一吻。她的眉心滚烫。

很快，黑色轿车抵达医院。这个点，急诊仍旧人满为患，近期感冒发烧的人比往常多一些，老钟进去挂号。

因为医院吵闹，陈静醒了，意识到傅临远抱着她坐在走廊的长条椅子上，灯光打在他冷峻的眉眼上。他在看手机，冯志时不时地给他发语音。

在这喧闹的环境里，陈静安静地看着他，傅临远垂眼望向怀里的人，陈静不知为何突然下意识地闭上眼。傅临远看她几秒，随后抬眼，看到老钟带着护士过来了。

老钟说："没有床位，输液都得这样坐着。"

傅临远沉声道："那就在这儿输。"

老钟"哎"了一声，护士上前挂好吊瓶，接着握住陈静露在外面的手，拍了拍她的手背。陈静瑟缩了一下，终究还是睁眼对上傅临远的眼眸。

傅临远抬手挡住她的目光，道："输液。"他没让她看扎针的地方。

"嗯。"陈静应了声，她握紧拳头让护士方便找血管，随后挪开脸往一旁看。傅临远所坐的这个位置在比较偏的角落，旁边就是安全通道。她扭着脖颈，傅临远则低头看她，都没说话。

针扎进皮肤，陈静的心跳在加速。傅临远神色不变，把她抱起来些。陈静单手搂着他的脖颈，坐在他腿上，脸直接埋在他脖颈处。

护士扎好针，下意识地看了一眼这俊朗的男人以及他怀里的女人，有几分羡慕，这男人也太好了。

她说："时间到了喊我。"

傅临远没应，老钟笑着应道："好的，辛苦了。"

护士走前又看了一眼傅临远，男人的眉眼冷峻得很，疏离感十足。他拢了拢陈静身上的外套，一手拉着她的手，免得衣服蹭到针头。他嗓音低沉："睡会儿。"

陈静没应，她累，贪恋着他身上的檀香味。

老钟看了他们两人一眼，他可不敢在这儿当电灯泡，便离开这儿，下楼去抽烟。

冰凉的液体流进陈静的身体，比吃药效果要好一些，烧逐渐往下退。陈静昏昏欲睡，听到他在按手机。冯志时不时地打电话过来，报告华辉公司那边目前的情况——比想象中还要糟糕一些。

陈静搂紧了他的脖颈几分。大概是因为生病，她很贪恋他，不想去思考别的，甚至懒得开口问他为什么回来，处理华辉公司的事不是更重要吗？

她思绪飘散，逐渐睡着了。冯志又给傅临远打电话，傅临远看了一眼怀里睡着的女人，让他改成发微信消息。

冯志虽不解，但还是听话地改成发微信消息，不过发的是语音。

傅临远让老钟拿来蓝牙耳机，塞进耳朵里，点开语音一条条听着。老

钟站在一旁，看他这样抱着陈静，一抱就是半个多小时，稳如泰山。老钟觉得要是换成自己，不仅力气没有这么大，而且不能这样一直坚持，傅总的体力是真好，年轻人啊。

终于，输完了液，护士拔针。陈静迷迷糊糊地抬眼，按住护士递来的棉签，护士拿着体温枪测了下陈静的额头，37.6摄氏度。

"回家记得吃药，不要洗澡，不要吹风。"护士嘱咐完之后看向老钟，"你跟我来拿药吧。"

老钟"哎"了一声，跟上去。

陈静这才发现这条走廊里有这么多人都在输液，夜晚，大家都昏昏欲睡，并没多少人关注他们。傅临远整理好她身上的外套，陈静近距离看他一眼，傅临远撩眼。二人对视两秒，陈静要从他的大腿上下来，傅临远轻按了下她的腰，不等她开口，再次拦腰把她抱起。

是公主抱。陈静下意识地用手搂着他的脖颈，傅临远转身往安全出口走去。电梯要等太久，等的人也多，他们就在二楼，走楼梯下去更方便。

这会儿陈静清醒了，能完全感觉到自己被他抱在怀里。他下颌线冷硬，感应灯偶尔亮起，打在他眉眼上。

陈静看了会儿，把脸埋进他胸膛，任由他抱着。走到门口，老钟把车开来，傅临远抱着她弯腰坐进车里，陈静这才发现她没穿鞋子，此时脚是光着的，走都走不了。

大概是因为累，陈静在车里又睡着了，于是抵达周镇后，还是傅临远抱着她下车并上楼。

肖梅没睡，听见门铃响，一把拉开门，看到陈静睡着的模样，她伸手一探，感觉她的额头没那么烫了，提着的心瞬间放下来。她感激地说道："傅先生，谢谢。"

傅临远点点头，把陈静抱回房里，陈静睡得熟，脸无意识地埋进被窝里。肖梅拄着拐杖站在床尾，傅临远给陈静盖好被子，直起身子，整理下袖子，解开领带，抬眼说道："肖阿姨，您先去睡，我陪她一会儿。"

肖梅犹疑几秒，她这两天也累，但还是有几分不放心，说："我在客厅坐着，你喝茶吗？"

"喝。"

肖梅松了一口气，转身去泡茶。傅临远单手拉过一旁的椅子，坐在她床边，取过她的笔记本电脑，输入密码解锁后，直接坐在椅子上办公。他让人调取了那家外资公司的所有资料，准备起诉那家公司、钟龙的老婆以及她的情人。

钟龙的老婆犯了行业大忌，下一步就是吃牢饭。

肖梅送茶进来时，傅临远正专注地工作着。

肖梅愣了一秒。她从没见过一个男人能如此认真冷静地处理好这么多事情。她放下茶杯，看了一眼被守着的女儿，默默地退出去。

她整理了一下沙发，就在沙发上靠着坐下，想着多少能帮点忙。

房间里，键盘声响起，傅临远专注地看着屏幕。陈静睡得很熟，头发披散在枕头上。

深夜，她出了一身汗，大汗淋漓，两只手从被窝里伸出来，搭在被子上。过了一会儿，她又把被子往下扯了一些。她的动静引起了傅临远的注意，他挪开笔记本电脑，俯身将她身上的被子拉起来，陈静握住他的手腕，往下拽："不要，热。"

傅临远动作一顿，用手蹭了下她的脖颈，全是汗。他看着她拧着的眉眼："我帮你擦擦。"

陈静觉得不舒服，迷糊中"嗯"了一声。傅临远挽起袖子，走出房门，肖梅已经在沙发上盖着空调被睡着了，她也熬不住了。

傅临远把客厅的灯调整成只有壁灯开着，随后在浴室找到一只洗脸盆。他伸手要去开水龙头时顿了顿，转而拿下花洒，调成热水，接了半盆。

傅临远随手扯了一条毛巾，走出浴室，进了房里。

他关上房门，将水盆放在椅子上，将毛巾浸湿，随后拧干。他掰过她的肩膀，轻轻擦拭她的脖颈、脸颊，而出汗的远不止这两个地方。傅临远再次拧干毛巾，陈静睁眼对上他的眼眸，傅临远直接将手伸进被子里，毛巾贴上她腰腹。

陈静下意识地抓住他的手腕。傅临远停顿几秒，随后强势擦拭。

陈静耳根泛红，看他好一会儿，手渐渐松了。她闭上眼。傅临远神色不变，擦拭完后，推她的肩膀一下。陈静翻个身，他继续擦，几秒后，低头在她肩膀上落下一吻："好好睡一觉。"

陈静的心颤了颤。随后，她感受到他的手离开了她的后背，听见他拧毛巾的声音以及往外走的脚步声。陈静看着半关的窗户，一时竟清醒了些，没了那些黏腻的汗水，舒服很多。她闭眼想再睡会儿，又听见他回来的脚步声。

傅临远的袖子被弄湿了，他挽起来，挪过笔记本电脑，准备再工作，这时手机振动起来。他拿过手机看了一眼，又看了一眼床上睡熟的女人，站起身去接，客厅里还有肖梅，所以他就靠在卧室门边压低声音接起来。那头是傅中衡，在电话里质疑他："发生那么大的事情，你竟然还回周镇，怎么跟股东们交代？"

傅临远扯下领口，微抬下巴，语气冷静："她就是我的大事。"

傅中衡在那头一愣，安静几秒，语气没一开始那么严厉了："行吧，她好点没有？"

"嗯。"

"钟龙呢？"

"处理中。"

傅中衡倒是信任傅临远的手段，他想了想，股东那边傅临远肯定也能处理，不过还是得先替他兜着。傅中衡又问了些问题，陈静则睁开了眼，翻了个身，于昏暗光线中看着那站在门边的男人，也听到他那句"她就是我的大事"。

陈静的手枕在脸颊边，下意识地捏了下枕套。她一直没闭眼，看着门边那高大的身影，也不知道聊了多久，傅临远挂断电话，指尖轻捏下眉心，往这边走来。

陈静猛地闭眼。

傅临远看向床上的陈静，她侧躺着，枕着手臂，头发凌乱地披散着，睡颜温柔。他单手拉过椅子，坐下后俯身将她身上的被子再往上拉，他领口微敞，逼近时能闻到他身上的檀香味。

陈静没动，只有放在被子上的手下意识地用了点力。灯光昏暗，傅临远并没注意到她的反应，他直起身子，挪过一旁的笔记本电脑，摆在腿上。

他垂眸继续工作。房间里只有一盏床头灯亮着，灯光晕开了，照亮了床头柜这一方小天地。陈静再睁眼，看到他认真地看着屏幕。

她撩眼看了眼床头柜上的时钟，凌晨两点半。

陈静收回视线看向他，他抬手端过一旁的茶杯。杯里的茶早凉了，他喝了一口，放回去，微抬起狭长的眼眸。陈静心一跳，闭眼，翻了个身，拉掉了一半的被子，露出了白皙的后腰。

傅临远的目光下移，扫到她的腰身，某些画面浮现在脑海里。

深夜，思绪容易泛滥，傅临远看了几秒，把笔记本电脑挪到一旁，随后俯身撑在床边，替她将被子扯起来。

陈静用余光看到那挽起袖子、戴着腕表的手给她拉高了被子。

黑夜，一点动静就容易放大，触感也是。

随后，她听见他起身往外走的声音。

傅临远走出房间，进了浴室，向她家的水龙头伸出手，犹豫几秒，往旁边按下。幸好这次对了，水哗啦啦地往下流，他低头清洗了下脸，水珠顺着下巴滑落。

他在洗手台边站了一会儿，平复一下思绪与欲望。

不知过了多久，陈静听见他回来的脚步声，她安心了，迷迷糊糊地再次睡着，这一次睡了两个多小时。陈静翻了个身，睁眼看到他还在工作，修长的指尖触着触摸板，领口微敞，脖颈跟喉结在昏暗光线下极为好看。

陈静看向桌上的时钟，五点，距离天亮只剩下一个多小时。她突然伸出手握住他的手腕，傅临远一顿，抬眼看去，陈静闭着眼拽了拽他的手腕。傅临远先看向她的眉眼，又看向她握着他的手，她拽了几下，傅临远沉默几秒。

陈静把脸埋进枕头里，也没看他，就是拉拽着他的手不放开。

傅临远把笔记本电脑挪到床头柜上，顺势将电脑屏幕按下。他反手拉着她的手，掀开被子，把她的手塞回被窝里。陈静想睁眼。傅临远躺了下来，扣着她的腰，直接把她往怀里抱："睡觉。"

陈静一顿，随即放松，枕在他手臂上睡着了。

傅临远也困了，他的手搭在她后脑勺上，垂眸看她一会儿，逐渐也睡着了。其间，陈静嫌热，翻个身，枕着傅临远的手臂。他在睡梦中直接揽着她的腰往回拉，把她按向他怀里。陈静睁眼几秒，看了一眼他在自己腰

上的手臂。

她在他怀里又睡过去。

早晨八点多，傅临远翻身，抬手挡在额头上。陈静动了动，他手臂一揽。陈静趴在他肩膀上，头发披散在他的胸膛，睡得很熟。怀里的女人很是柔软，傅临远拿起体温枪，往下探了探她额头。嘀，36.9摄氏度。

陈静往他脖颈处蹭了蹭。傅临远随手放下体温枪。他没睡好，抬手搭着额头，又闭眼补了会儿觉。

肖梅已经醒来，拄着拐杖进浴室洗漱，再出来时看到房门关着。她打算去蒸点包子，这时门口传来门铃声，肖梅过去开门。

老钟提着早餐站在门口，看到肖梅笑道："早上好，肖阿姨。"

"你好，钟先生。"肖梅一时还有些迷糊，不知商超的经理来干什么。

老钟笑着把早餐放在鞋柜上说："顺路买了些早餐，陈小姐不舒服，喝点粥吧。"

"谢谢啊，不过不用了，我这儿有包……"肖梅的话没说完，老钟笑着转身就走，她拎着早餐的手悬在半空中。几秒后，她才反应过来，这早餐应该不只是给陈静的，还有给傅先生的。

肖梅把门关上，把早餐拎着放到茶几上。

屋里，手机响起，睡着的两个人被吵醒，傅临远伸手去拿手机，拿过来看一眼便接了。来电是傅恒集团的法务部工作人员，对方轻轻喊了声"傅总"，傅临远"嗯"了一声，有几分漫不经心，陈静在他怀里抬起头。

傅临远撩眼看过去，视线对上，陈静头发披散着，迷迷糊糊地看到他狭长如墨的眼眸，或许是吃药令她还混沌着。

傅临远看到她这迷糊的样子，突然按住她的后脑勺，含住她的唇。

陈静呆愣住。傅临远吮着她的唇瓣，陈静逐渐清醒，耳根泛红，手往他胸膛上推。

法务部在那边与傅临远核对，陈静感觉对方随时会问他，她离得近，听得清，手掌用力推他。法务部终于询问道："傅总，那就这样？我将资料整理好递交上去。"

傅临远松开陈静，"嗯"了一声，随后扫了一眼陈静。陈静在他身侧呆坐几秒，接着瞪他一眼。

傅临远眉一挑——她又瞪他。

陈静打个哈欠道："我好困，我要继续睡。"

她说完就侧身躺下，拉高被子。傅临远却不能再躺，坐起身偏头看她几秒，随后给她拉好被子道："睡会儿起来吃早餐，然后吃药。"

陈静没应，假装自己睡着了。

傅临远下了床，就这一会儿的工夫，他的手机又响起来，他拿起来看一眼，接着走出去，肖梅在厨房热豆浆。

浴室里有新牙刷跟毛巾，摆在洗手台上。傅临远洗漱完出来，挽起袖子，接起电话。电话那头是钟龙，一直在道歉。肖梅已经端好早餐出来，她看到傅临远，说："傅先生，来吃早餐。"

傅临远点头，一边接着电话一边喝豆浆。

肖梅看他谈得认真，拄着拐杖倒了杯温水进房间去看陈静，陈静这次真又睡着了，手臂从床边垂下去。

肖梅放下杯子，给她拉好被子，拨开她的头发摸了摸额头，见体温总算回归正常，松了一口气。她又看了陈静一会儿，这才离开房间。傅临远已经吃完早餐，捞起沙发上的外套随意地穿上，领带也拎在手里，还在讲电话。

他抬眼看向肖梅："陈静已经退烧，我就先回京市。您有事直接找商超的老钟。"

他拿过桌上的笔以及小本，写上老钟的电话，随后搁在茶几上，肖梅看了一眼茶几上的纸条，说："好的。"

经过昨晚，她也懒得再说什么感谢的话了。傅先生的目的很明显，陈静也喜欢他，肖梅对他也很满意，她当然希望女儿能得偿所愿，嫁给一个疼她的男人。送走傅临远，肖梅又去看陈静，她还在睡。

楼下，黑色轿车早早在等待。傅临远弯腰坐进车里，老钟启动车子，往市中心的机场开去。

上午十点半，陈静醒来，早晨的迷糊也一扫而光，她坐起身，喊了一声"妈"。

肖梅走进房间，母女俩对视一眼，肖梅松一口气："醒啦？"

陈静点点头，整个人舒服多了，加上睡饱了，不再头重脚轻。她笑着

拉住肖梅的手："嗯，醒了。"

她往外看去。

肖梅说："傅先生回京市了。"

陈静一顿，"嗯"了一声，他应该回京市。肖梅顺顺她湿润的头发，说道："我去给你热点牛奶和包子，吃点东西垫垫肚子，然后再吃药。"

"好。"

肖梅拄着拐杖出去，陈静在床边坐了一会儿，空气中还有他身上的檀香味。她目光一转，看到床头柜上的笔记本电脑，愣了一秒，反应过来他昨晚用的是她的电脑。陈静吓了一跳，伸手拿过电脑，打开屏幕输入密码后，点进屏幕左下角的一个博客链接。

这个博客里有他的照片，是她大学时期拍的，也有手账本的照片。

查明这个博客并没有被浏览过，她松了一口气，他并没有看到她的私人博客。陈静关掉博客后，随意扫一眼屏幕，他用过她的电脑，但没留下什么痕迹。她电脑里的一些软件他平时也在用，所以用她的电脑也很熟练。

至于他知道她笔记本电脑的密码，陈静也并不惊讶，他向来过目不忘。之前出差时他也用过她的电脑。她输入密码时他就在她身侧，轻扫一眼就记下了。

发烧两天后，陈静今天算是"满血复活"，吃完早餐就去了办公室，正好见到那三个女员工。陈静给她们都置办了办公桌，这两天她不在，客栈的进度都是朱愉在跟进，有她们三个在，陈静放心多了。

她又休养了两天，同时也关注着京市的情况，傅恒集团直接起诉了那家外资公司、钟龙的老婆以及她的情人。钟龙的老婆找上傅恒集团，说这套雷达系统是她研发出来的，她并不想卖给傅恒集团。钟龙私下给她写过一份协议，说她是这套系统的持有者，有权选择卖与不卖、要卖给谁。

傅恒集团完全没料到钟龙私下竟然签下这么一份协议。收购时，傅恒集团出了高价，就是为了这套系统，现在却有这样一份协议阻挡着，而持有者拿了钱，却拿出这份协议来。

傅恒集团的起诉此时又增加了难度。钟龙确实是个蠢货，还是个恋爱脑，他说他以为拿了钱，这份协议已经没用了。

事情曝光后，傅恒集团的股东直逼傅临远的办公室，而此时，最新一届全国无人驾驶比赛即将开始，那套系统背着官司用不了，令业内哗然。

傅恒集团连上三次热搜，同时股票也在下跌。

陈静的客栈即将开业，这天早上，她正在看股票，顺手点开微信看到姚桃最新发的朋友圈。

> 姚桃：求而不得，不如不曾见过他，拜拜啦。

附在文字下方的则是一张辞职信的图片。

陈静微愣。下一秒，蒋禾又发了消息过来。

> 蒋禾：姚桃是被辞退的。
>
> 陈静：为什么？
>
> 蒋禾：她好像喜欢上傅总了，傅总知道后，直接辞退了她。
>
> 蒋禾：傅总这次回来，要处理的事情很多，脾气很不好。姚桃那天午睡，在睡梦中喊了他的名字，被傅总跟刘特助听见，傅总就直接把她给辞退了。
>
> 蒋禾：可现在是用人时期。冯志去了港城，辅助齐总处理事情。于从最近都没那么悠闲，天天跑华辉公司。刘特助一个人当两个人用，连我这两天都出去端茶倒水……
>
> 蒋禾：静静，我怀念你在的时候，公司从没这么混乱过。

蒋禾一口气发了太多消息，陈静看完也有些愣。她回复蒋禾："他最近是不是很忙？"

蒋禾一下子就知道陈静说的是谁。

> 蒋禾：当然了。
>
> 蒋禾：现在又少了个秘书，再招也来不及啦。
>
> 蒋禾：静静，你们之间现在怎么样了？

蒋禾一直没问她，就是想等个结果，而且她猜到傅总经常去周镇肯定

是去找陈静。可最近出了这样的事情，她也不知道二人的进展。

陈静安静几秒，回她："我还在考虑。"

蒋禾明白陈静肯定是觉得不安。

> 蒋禾：那你慢慢来啊，不过，你要不要来帮傅总一下？我感觉他需要你。
>
> 蒋禾：我不是站在他那边啊，我只是觉得如果有你在，事情或许不会这么乱。

陈静握着手机出神，几秒后，回复说："我想想。"

这一天，陈静与木杉她们确定好客栈在六月中旬开业，并且请了摄影团队过来。正好七八月份客栈就可以搞暑期活动。

陈静知道冯志最近忙，她把进度整理成文件发到他的邮箱，并没有直接联系他。

晚上，陈静洗完澡，洗脸时，看到水龙头便想起那个人被水喷了一脸的模样。她看着看着，眉眼弯弯，笑了一下，随后走出浴室。小芒喊了声"陈静姐"。

小芒在陪肖梅玩游戏，肖梅复查后可以不用拐杖了，但习惯了小芒的陪伴，她们就多留她一段时间。

正好最近小芒也想待在周镇，陈静不知道具体原因，但肖梅好像知道。陈静应了小芒一声，随后进房间拿起手机，购买了去京市的高铁票——她去看看就好。

她收拾了两件衣服，东西带得特别少，就用了一个小号的行李箱。陈静走出去靠着墙，跟肖梅说她想去京市一趟。

肖梅握着手机一愣，几秒后，点点头道："去吧，早点回来。"

陈静微微一笑，上前抱了抱肖梅。

晚上十一点半，陈静走出高铁站，蒋禾开着车来接她。两人远远对视几眼，陈静发现蒋禾剪短了头发。蒋禾朝她冲过来，一把抱住她："啊，我的静静。"

陈静抬手回抱住蒋禾。蒋禾紧紧抱着她，眼眶都红了，陈静不在，她孤单得很。她跟姚桃做朋友，也一起住过，可总觉得少了点什么。原来，同事只是同事，只有陈静才是闺密。

"走，我买了小龙虾，还熬了粥，你肯定无法想象，我现在特别会煮粥。"蒋禾拎起陈静的行李箱，笑着道。

陈静说："那我得尝尝。"

蒋禾开的还是那辆小轿车，可爱又好开。陈静上了车，车上还摆着陈静跟蒋禾大学时一起捏的不倒翁，它们憨憨地看着陈静。

陈静笑着伸手弹了弹。

蒋禾笑道："它们还是那么可爱，对不对？"

陈静："对。"她觉得好像什么都没变。

回了公寓，她看到熟悉的格局和熟悉的沙发，蒋禾保留着她在时的模样。陈静在沙发上坐下，那几年的记忆涌上来。

蒋禾进厨房去忙活，不一会儿，端着小龙虾和粥走出来，放在茶几上。她戴上手套，说："我给你剥虾，你先喝粥。"

陈静一笑，端起粥喝着，蒋禾剥好虾往她碗里放，两个人说着话，时光仿佛又回到从前。蒋禾吮着手指，看陈静一眼："你跟傅总说了吗？"

陈静摇头，吃着虾，说："还没说。"

蒋禾歪头看她几秒，笑道："正好明天是无人驾驶比赛的开幕式，咱们去看看吧。"

"好。"

他总会想出办法解决的，陈静也想去现场看看他怎么解决。吃完夜宵，陈静洗漱完跟蒋禾躺在床上。两个人又一次一起睡，蒋禾直接抱着陈静的腰，说道："太想你了。"

陈静笑笑："我也是。"她用手顺了顺蒋禾的短发。

隔天早上十点，无人驾驶汽车比赛的开幕式在京市的郊区举行。蒋禾来这里其实也有工作的原因，刘特助给她订了这边的酒店，二人先去酒店整理了一番。

会场入场处人山人海，记者很多，都在等傅临远。当然也不只等他，还等着其他参加比赛的公司的领导，甚至有人希望等到钟龙，逮住他来个采访。

　　傅恒集团是主办方之一，今年本有望拿下冠军，去冲击世界赛的。现在，一切扑朔迷离。

　　观众大多已入场，傅临远的轿车却迟迟没来。陈静跟蒋禾从酒店出来后往入场处走去。

　　这时，黑色轿车缓缓停下。后座车门打开，傅临远弯腰从车里下来，俊朗的身影一下子就吸引了那些记者，他们一拥而上，往这儿跑来。

　　陈静跟蒋禾猝不及防地就看到了他。

　　傅临远眼眸随意一扫，直接就落在人群中的她身上，他眸色一深，仿若在做一场梦。

　　陈静对上他的视线，隔着那么多人静静地看他。傅临远那边有那些蜂拥而来的记者，她身后也有不少人。

　　风很大，吹乱他的衬衫领口，他的领带还没系上。

　　他眉眼冷峻，看着她好一会儿，忽然开口："过来。"

　　众人有些疑惑，不知道他在喊谁。

　　陈静一顿，在人群中站了几秒，接着走出来，站到他跟前。

　　傅临远垂眸看着她："你怎么来了？"

　　陈静没应，抬起手，指尖覆上他的纽扣。

　　傅临远一顿。陈静接着拉过他垂放的领带两端，专注地给他系着。她眉眼一如往日，清丽漂亮。傅临远看着她的眉眼，抬手握住她的腰，五指收紧。

　　陈静一顿，撩眼看他。傅临远神色不变，眸色却很深，像是要把她的眉眼刻入骨髓里。

　　陈静把他的领结往上推，推到男人喉结下方，傅临远声音低哑，道："等我。"

　　陈静："好。"

　　大风吹乱了他们的衣服，记者们逼近，李叔以及保安挡住他们，但那些镜头还是往他们这儿打来，咔嚓咔嚓地拍着照。

　　傅临远用身体挡着她，又看了她好一会儿，这才抬眼看向跟来的刘特助，让他照顾好陈静。随后，傅临远松开她，大步地往里走。

　　刘特助跟蒋禾飞快地往陈静这儿走来，刘特助热泪盈眶："陈秘书！"

蒋禾挽住陈静的手臂。

陈静笑笑，对上刘特助感激的视线。刘特助心情激动，但这里人多眼杂，他让二人赶紧进去。蒋禾应了声，拉着陈静快步地往会场里面走去。看见她们进去了，李叔这才松手，拿起手机，笑着给章欣彤报喜。

她们进了门，记者们被挡在了外面。

陈静被蒋禾拉着来到傅恒集团的位置，傅临远在前方被不少人围着。钟龙也在，一脸络腮胡，看着一点都不像年轻人。开幕式正式开始，傅恒集团的研发总监上台，握着话筒说在这次的无人驾驶比赛中，傅恒集团采用的是 WN 公司的雷达系统，系统暂不成熟，所以这次比赛，傅恒集团重在参与。

全场哗然。

WN 公司是国内一家老牌汽车公司，前段时间挺高调的，没想到傅恒集团已经与这家公司达成了合作。那就是说，华辉公司并不是傅恒集团的唯一选择，看来钟龙的老婆也威胁不到傅恒集团。那些等着看好戏的外资公司这才反应过来，傅恒集团这几年一直在与国内公司合作，闷声干大事。之前听说 WN 公司的雷达系统还只是个雏形，没想到在短短几个月时间内却可以投入使用了。那些看好戏的人，脸色都不是特别好看。

蒋禾"哇"了一声，说："傅总真的太帅了。我都不知道傅恒集团居然会跟 WN 公司合作啊。"

刘特助嘿嘿一笑，说："傅总总是能扭转乾坤的。"

陈静一听，心里也放松了。她笑笑，心里明白这次合作估计是钟龙牵的线，因为 WN 公司如今的总裁是钟龙的高中同学。不过 WN 公司并不是一家很适合合作的公司，因为它是一个家族企业，傅临远肯定有别的手段，才能让对方借出系统。

开幕式蛮长的，傅临远身侧站着闻氏家族的现任董事长，他正在跟傅临远说话。傅临远微微偏头听着，对于身后的喧闹，面色不改，稳如泰山。

接下来就是比赛。因为傅恒用了 WN 公司的系统，所以很多人开始押宝其他公司。赛场上极其热闹，车迷们挥舞着旗帜。

刘特助得去帮忙。他给陈静拿了很多吃的，再见到陈静，那种激动的心情掩盖了对她与傅总关系的好奇心。刘特助是陈静带过的新同事，陈静

/ 458

算他半个师父，何况傅临远还让他照顾陈静，他便对她更上心了。

陈静看他那么忙，叫他不用管她。刘特助又给她拿了些吃的，这才去忙。

陈静跟蒋禾站了一会儿，接到肖梅的电话，说木杉找她。陈静一看，才发现木杉打来了那么多电话。她担心客栈有什么事，于是便回酒店用电脑查看情况。

比赛一直持续到日落时分。傅临远婉拒了闻氏董事长的邀约，看了一眼腕表，往傅恒集团的位置走去，却没在那儿看到她。他脚步一顿，偏头问道："她人呢？"

刘特助忙了一天，一头的汗，他呆站在原地，回忆着道："下午还看到她在啊。"

傅临远抬手摸了下领带，刘特助在一旁猛然想起什么，提醒道："会不会在酒店……今日我给蒋禾订了房间，她有工作。"

傅临远听见，长腿一迈，就往酒店走去。

他手臂上挽着外套，上了楼。这一层楼都被傅恒集团包下了，住的都是傅恒集团的员工。傅临远来到蒋禾的房门口，房门半掩着，里面透出光来。傅临远站了几秒，屈指一敲。

陈静的声音传来："谁？"

听到她的声音，傅临远没有客气，直接伸手一推。陈静正拿着手机往外走，就看到门开了。她抬眼，对上他的视线。

傅临远风尘仆仆，领带松散着。

二人对视几秒，陈静轻声问道："忙完了？"

傅临远"嗯"了一声，伸出手揽住她的腰，往外带："去吃饭。"

陈静"哎"了一声，拿过一旁的小包，被他带着走出去。她说："客栈要开业了，我明天就得回去。"

傅临远："我跟你一起回去。"

陈静一顿，已经被他带进了电梯。陈静仰头，用手攀着他的肩膀，想问他在这儿的事情是否处理完了，是否真的可以跟着她回去。

还没等她开口，傅临远单手按着她的腰，看着她的眼睛道："我这一生谈不上痴情，谈不上专一，但遇到你之后，这颗心不再有别人。"

他突如其来的告白令陈静微愣。

"你呢？还爱我吗？"他看着她的眉眼，轻声问道。

陈静抿着唇，静看他几秒，藏住声音里的颤抖："我试着去爱。"

傅临远一听，勾唇一笑，掌心用力："也行。"

第十章　玫瑰的红

看着他的微笑，陈静的耳根都烫了。她极少见到他这样笑，攀着他的肩膀盯着他看。

傅临远的喉结动了下，也偏头看着她，从她今早出现在他面前开始，他就知道她不是无动于衷的。对他来说，既已确定她的心意，那就应当快速下手。

叮，电梯抵达顶层。

陈静回头一看，发现这是一间宽敞的套房。两个厨师正站在开放式的厨房里准备晚餐，傅临远单手搂着她的腰走过去，随手将外套扔在沙发椅背上。

两位厨师看到他们，停下手头的工作，礼貌地打招呼："傅先生，陈小姐，晚上好。"

陈静笑着回一句："晚上好。"她看向傅临远，看来这男人早有准备。

傅临远轻扯着领带，手机有来电，他拿起来接通，另一只手还搭在她的腰上。

来电的是宴珣，谈一些工作上的事。他原先与那家傅临远起诉的外资公司有合作，对他们的手段最清楚。他叫傅临远防着对方把系统改头换面，申请专利。傅临远"嗯"了一声，听着宴珣说话，视线落在陈静脸上。陈静看他的领带松松垮垮，干脆抬手把它解开。

傅临远手臂用力，把她往怀里带，陈静一边解着领带，一边示意他别太用力。傅临远半靠着桌子，没理会她的示意。陈静抬眼看他一眼，接着扯着他的领带往下拉。

傅临远眉头微挑，低头就堵住她的唇。陈静本是挑衅他，没想到被他吻住了。

她仰头去回应他，两个人唇齿交缠，也不在乎在场的两位厨师，甚至没有在意手机里一直说话的宴珣。傅临远放下手机，抱着她的腰，低头狠狠地、深深地吻着。

情感像洪水般涌来，傅临远心中这几个月来积压的情绪全在此刻爆发，不同于在她家楼下那近乎绝望的分手吻，也不同于在溪边拿不定她内心想法的试探，此时的陈静实实在在属于他。原来确定关系是这么美妙的事情。

陈静被吻到踮起脚，两位厨师关了火，对视一眼，悄然离开。

电梯门合上，傅临远的手从她修身款白色 T 恤的腰间滑入，逐渐往上。她捧着他的脸，垂眸看着他，傅临远吻上她的脖颈，逐渐向下。

陈静的发丝滑落，有几缕垂到桌面上。他直起身子，再吻住她的唇，轻解着纽扣。

宴珣还在说着话，逐渐觉得不对。他在心里骂了一声，手忙脚乱地想挂掉电话。

没想到傅临远先挂断了电话。

嘟嘟嘟的声音传来，宴珣呆坐几秒，狠狠地抓了一下头发，心想：傅临远！你跟谁在一起啊？那么失控？

一整片落地窗上映着外面的山峰，空旷无比，没有京市中心区的繁华，却有种寂静的美好。傅临远把陈静抱起来，往房里而去。他用手撑着床，低头吻着她，陈静仰着脖颈与他接吻，渐渐溃不成军。

不知过了多久，窗外有无人机飞过，傅临远抬手将窗帘拉上，随后揽过她，吻着她的唇低声道："饿吗？"

陈静摸着他的脸，"嗯"了一声。傅临远只得结束，拦腰把她抱起，往浴室而去。

再出来，已经是晚上九点半了，陈静真的饿了。她扣好衬衫的纽扣，站在开放式厨房的料理台边上，喝着水，盯着灶台上的东西。

傅临远掀开锅盖看了一眼，陈静的声音都哑了，她说："热一热就能吃吧？"

傅临远："能。"他低头在智能键上按了按。这一套厨具是内镶式的，

傅临远热了汤，又看一眼一旁焖好的牛肉，也点了加热。他看到一旁还有一袋子面包，提过来打开，撕下一块面包递到她唇边。陈静一顿，靠着料理台张嘴吃了。

傅临远撕下另外一块面包放进嘴里，漫不经心地空出一只手，把她揽到椅子上坐着。这椅子是高脚椅，陈静坐下，露着长腿，从他手里撕面包。

傅临远拍她的手——他要喂她。陈静一顿，耳根红着，一只手握着水杯，一只手接过他喂来的面包。

过了一会儿，汤跟牛肉热好了。傅临远端到两个人跟前，陈静拿过筷子，一人一双，开始吃这一顿晚饭。

傅临远端起碗喝汤，眉眼冷峻。陈静用余光看他。

吃完晚饭，傅临远直接把碗筷收进自动洗碗机，陈静要去拿抹布，傅临远单手搂着她的腰，拦住她："你去沙发上坐会儿。"

陈静看他一眼，傅临远动都没动那抹布，扯过纸巾擦拭了一下桌面，把纸扔进垃圾桶，随后洗了个手，牵着她的手走到沙发前。陈静在沙发上坐下才觉得疲惫，傅临远把她抱在怀里，伸手给她按腿。

陈静没料到他会这样，脸颊通红，直起身子，在他耳边道："没用的。"

傅临远听了，一顿，偏头看她，在她耳边道："那怎样有用？"

陈静抿唇，推他的肩膀。傅临远的唇角微勾。

这时，陈静的手机响起，是蒋禾发来的两条微信消息，最新一条刚来。

　　蒋禾：静静，我回到房间没看到你，傅总来了？
　　蒋禾：静静，人呢？
　　陈静：在，抱歉，忘记跟你说了。
　　蒋禾：傅总带走你的？
　　陈静：嗯。
　　蒋禾：你们现在什么情况？你们现在什么情况？什！么！
情！况！

陈静看了一眼身侧的男人，傅临远支着手看着手中的资料，光线投在他的眉眼上，俊朗帅气。陈静眉眼柔和，将腿搭在他的腿上。

她看了会儿，收回视线，低头回复蒋禾："我跟他和好了。"

她终于可以光明正大地跟蒋禾说，她与傅临远有进一步的发展了。

蒋禾安静几秒，接着发了一长串"啊"的文字消息过来，因为太激动，她又发了一条语音，陈静想点转文字，结果一点到语音就开始播放。

蒋禾："静静宝贝……恭……"

她的声音突然响起，陈静手忙脚乱地关掉，傅临远已听到，撩眼看来，顺势想看她的手机，陈静竖起手机不给他看。

傅临远："她在激动什么？"

陈静神色镇定："激动就激动，需要理由吗？"

"伶牙俐齿。"他懒洋洋地说道。

陈静没理他，低头看蒋禾的消息。傅临远拿起资料，胳膊搭在她腿上，继续看着。

语音转文字后，蒋禾一长串的话跳出来。

　　蒋禾：静静宝贝，恭喜恭喜，我真没想到有一天你会成为我
　　老板娘。

陈静无奈，回复道："目前只是刚确定关系，其他的事都太长远。"

蒋禾看到陈静发来的消息，心想如果他们经历了这些还会分开，那还相信什么爱情啊？

　　蒋禾：那你今晚不回来睡了？

陈静一顿，看了一眼自己身上，她的衣服被傅临远扔在一旁的脏衣篓里，她此时穿的是他的衬衫，不仅舒服，多少也有点贪恋在他身边的意思。

陈静踢他一下，傅临远撩起眼看过来。

陈静安静地看他几秒，腿往外伸。傅临远看到她跟蒋禾的聊天框，握住她的脚踝，语气淡淡的："今晚在这儿睡。"

陈静说："也行。"

他睨她一眼，紧握住她的脚踝，继续看着那家外资公司的资料。陈静

收回视线，靠着沙发扶手，拿过一旁的平板，可这平板是傅临远的。

她顿了顿，想放下，一旁却伸过来一只手。傅临远拿走平板，在屏幕上面按了几下，不一会儿，把平板还给陈静，说："密码是你的生日。"

陈静指尖一顿，心有些颤。她看着他冷峻的眉眼，接过平板，输入密码"0628"，解锁。

他的平板页面很干净，除了几个常用的软件和傅恒集团的 App，基本也没什么，有一个编程软件在程序坞中，图标颜色比较深。

陈静登录 QQ——客栈还没装内部通信软件，暂时就用 QQ，方便又简单。

木杉给她发了一份客栈的开业推广计划，陈静点开，木杉的推广计划跟陈静一开始的策划是一样的，也是结合短视频，请网红打卡，并免费赠送下午茶。

现在她们需要选一下合作的网红。

她跟木杉聊着，傅临远则看着资料，两个人都安静地做着自己的事情，但又亲密地挨在一起。她好几次要收回腿，傅临远直接扣住她拉回去，她也没挣扎。

夜深了，傅临远放下资料偏头看她，见陈静还在敲着键盘。他轻扫一眼屏幕。

木杉，头像看起来是个女生。

他收回视线，放下她的腿，起身走向茶几，倒了杯温水，走回陈静身边递给她。

陈静专注于工作，接过杯子喝一口，又把杯子顺其自然地递还给傅临远。

傅临远接过杯子，放在一旁的桌子上，靠着桌子，随意拿了一盒薄荷糖，倒出一颗放进嘴里。

他看向陈静。陈静还在忙，灯光打在她身上，她是真的美。傅临远耐心地等着她处理完工作，陈静跟木杉确定好人选，看着屏幕问傅临远："短视频窗口到时能给我们开一下吗？"

傅临远："可以。"

陈静给木杉发消息过去，木杉回复"好的"。

陈静又点开一个文档，傅临远看她还要忙，点了一根烟。啪的一声，淡淡的薄荷味传来，陈静闻到薄荷香味，抬眼看去，他指间夹着烟，睨着她："忙完了？"

陈静反应过来："你在等我？"

"不然呢？"

陈静"哦"了一声，说："再等会儿。"她收回视线，继续看着文档。

傅临远抽了两口烟就没再抽了，把烟随意搭在烟灰缸里，又等了会儿。

陈静总算忙完了，她刚挪开平板，傅临远就把平板拿走了，随后托着她的腿把人抱起来。陈静一顿，立即用两手抱着他的脖颈，看着他的眼眸。傅临远抱着她往房里走去，来到床边，俯身把她放在床上。

二人对视着，傅临远吻住她的唇。淡淡的薄荷味传来，陈静紧搂着他的脖颈，傅临远抬起手顺着她的脖子往下。陈静闭着眼，两个人吻着。

但今晚陈静确实有点受不住了，于是这次的吻停在腹部。

过了好一会儿，他起身侧躺下来，把她拉到怀里。陈静拢着衬衫靠过去，抬头亲他的下巴。

傅临远垂眸："别惹我。"

陈静眉眼一弯。傅临远拉过被子盖住两人，拢她进怀，问："买票了没？"

陈静有点困，但知道他想说什么，她说："还没，打算明天再买，你要是忙，我自己回去。"

傅临远："不忙。"

他哪有不忙的时候，陈静不信他这话，但也懒得再说什么，靠着他的胸膛渐渐地睡着了。

隔天一早，陈静醒来，身边已没人了。她顿了顿，掀开被子起身，拉开房门往外一看。

于从站在傅临远的面前正在说话，因为她的动静，于从下意识地看过来。

傅临远神色微冷，挡在于从面前，居高临下地睨着他。于从反应过来，唰地收回了视线。他知道陈静来了，刘特助跟他说了。陈静看于从来了，也知道自己此时穿得不合适。她关上房门，打了个哈欠，进浴室里洗漱。

洗完出来，她擦着脸。傅临远拧开门，视线落在她身上，问："早餐吃什么？"

陈静说："都可以。"

她没穿鞋，赤脚踩在地板上，整个人如出水芙蓉。傅临远看她几秒，拿起手机给于从打电话，让酒店送早餐上来。陈静来到他面前，仰头看他，傅临远垂眸看了她几秒后，低头亲了亲她的额头。

陈静的心一跳。

他说："于从拿了衣服，你等会儿换上。"

"在哪儿？"陈静探头，一眼看到衣架上多了一条红色裙子，陈静本打算叫蒋禾送衣服上来，现在看来倒是不用了。

她收回视线，踮起脚，亲亲他的下巴。

傅临远眸色一深，突然扣紧她的腰。陈静仰头看他："你真不经撩。"

傅临远下颌一紧，盯着她。二人对视，陈静推他的胸膛，此时门铃声也响起，应该是送餐的人来了。傅临远松开她，把门关上，把她留在房里，他去开门。

陈静当然知道自己此时不能出去，她就穿了一件衬衫。

一分钟后，傅临远道："陈静。"

陈静这才把门拉开，傅临远站在料理台旁给她倒咖啡，陈静闻到咖啡香气，坐在高脚椅上，接过就喝。桌上还有三明治，两个人慢条斯理地吃着。吃完饭，陈静给蒋禾发消息，说等下去她房间拿行李箱。

> 蒋禾：我已经帮你拿到楼下了，今天我退房。
>
> 陈静：好的。

她换上那条裙子，这是一条方领的长裙，上面的吊牌显示是某个奢侈品牌的定制款。

陈静换好出来，于从正好上来帮忙拿傅临远的行李箱。他抬眼看向陈静，笑着点头。陈静也笑笑。

傅临远穿着黑色衬衫跟长裤，领口微敞，他拿起手机，轻揽着她的腰，三个人往电梯走去。

下到一楼，傅临远和陈静出了电梯，一眼就看见蒋禾。她站在陈静的行李箱旁挥手，看到陈静时眼睛都直了，心想：傅总眼光太好了，挑这样一条裙子给陈静穿。

　　陈静笑着上前，蒋禾看着他们，咳了一声，喊道："傅总。"

　　傅临远神色冷峻，"嗯"了一声。

　　蒋禾冲陈静挤眉弄眼，陈静笑笑，说道："走吧。"

　　她要去拿行李箱，傅临远已经先一步拿过她的行李箱。陈静收回手，蒋禾走在陈静身侧，眨了眨眼，又想：原来傅总谈恋爱，也是会帮女朋友拿行李箱的啊。

　　出了酒店，蒋禾就没法跟陈静一起走了。她这次是开车来的，跟陈静抱了一下当作告别，然后就去开自己的车。于从也把黑色轿车开来了，停在一边。傅临远一只手牵着陈静的手，一只手拉着她的行李箱走向黑色轿车。

　　身后一辆玛莎拉蒂停下，顾琼戴着墨镜、踩着高跟鞋走下车，一抬眼就看到前边的两个人。傅临远牵着一个高挑漂亮的女人。那个女人穿着一条她没订到的红色裙子，头发扎起，露出纤细的脖颈，眉眼清丽，被他牵着走向黑色轿车。

　　女人身上的红裙飘曳，像朵绽放的红玫瑰，耀眼夺目。

　　顾琼站在原地，愣愣地看着那对背影，直到他们上车。黑色轿车启动，那个女人上车前提了下裙子，脚腕纤细漂亮。

　　车子开走，带起郊区的尘土。顾琼呆站了好久，直到酒店保安询问她，她才回过神，将手中的车钥匙递给保安，让他去泊车，又问了一句："比赛还有几场？"

　　保安说道："两场。"

　　还有两场，但傅临远却提前离场了。她看到刘特助，喊住了对方，刘特助拎着笔记本电脑刚从电梯里出来，走得急匆匆的，迎面就对上戴着墨镜的顾琼。

　　顾琼抱着手臂，问道："傅临远今天不看比赛了？"

　　刘特助听见有人直呼傅总的名字，有点诧异，说："傅总今天没空，先走了。"

顾琼安静下来，想着那抹红色的身影。她只看到陈静的侧脸，不过即使看到了正脸，她也不知道那女人是谁。她没见过陈静，并不知道她曾经是傅临远的秘书。

二人上车后，有人给傅临远打来电话。他将一只手搭在后座中间的扶手上，牵着陈静的手，一只手接起电话，那边还是宴珣，昨晚的事没谈完。

宴珣咳了好几声后邀约道："今晚有时间吗？去喝杯酒，当面聊。"

傅临远："没时间，电话里谈。"

"去哪儿啊？"

傅临远："陪她回一趟周镇。"

宴珣在心里骂了一声。得，他知道了，傅临远确实有个女人，在他心中地位还不低。不知为何，宴珣脑海里浮现出陈秘书那张脸，但没有确切的证据。他很好奇，不过嘴上还是说："行，等你回来，回头再约上闻敛。"

傅临远"嗯"了一声。两人言归正传，谈起那家公司。

陈静坐在一旁滑动着手机屏幕，她在看昨天无人驾驶比赛的结果。傅恒集团跟研发总监所说的一样，用了 WN 公司的系统，只是重在参与，并没有拿出什么亮眼的成绩。昨天的比赛，傅恒集团的车子在半路就因为避让其他的车辆而停下了，也没有避开飘来的叶子，扣了很多分数。在之后的路程中，车子的雷达系统也时不时地发生点错误，停过几次车，虽然最后顺利抵达终点，但已经被甩在很后面了。

有人形容傅恒集团的车子像只老乌龟，网民全在笑它，甚至说它的造型也像乌龟。大家都在玩梗，"老乌龟"的称呼也就应声而出。傅恒集团落败的局面已定，要拿冠军得等下一次的比赛，但也因傅恒集团提前说明，大家本就对它没有期望，所以也没有失望。

今天的比赛，傅临远确实没必要留在现场了。

看完了比赛消息，陈静点进买票 App，看了眼时间，用指尖拽了下他的指尖。

傅临远停下话头，偏头看她，陈静凑过去询问："我们买几点的车票？"

傅临远垂眸看向她的手机页面，挪开手机说道："不坐动车。"

陈静眨了眨眼，"哦"了一声。

傅临远说道："我来安排。"

"好。"

陈静没多说什么，因为她知道坐动车时间长，可傅临远的时间就是金钱，就由他来安排好了。电话那头，宴珣模糊地听到一道似曾相识、温柔好听的声音，他屏住呼吸，感觉自己距离真相越来越近了。

陈静用手机给肖梅发微信消息，说今天会回去，具体时间未定，让她别等自己。

肖梅回了一句"好"。

陈静也给蒋禾发了消息，说她先回周镇，蒋禾知道陈静的事情也多，虽然失落但也理解。

蒋禾：等客栈开业了，我抽一天时间去玩。

黑色轿车并没有回傅恒集团，也没有去公寓或是卓越万代，而是开到市中心一个购物广场的地下车库。

陈静见状，偏头看他："你要买东西？"

傅临远"嗯"了一声："下车。"

陈静推门而出，心想：既然不赶着去高铁站，那买点东西带回去也好。

傅临远牵着她的手往电梯走去。两人进了电梯，傅临远按了大型超市所在的楼层。

这也是陈静想去的地方，她盘算着家里缺什么，想买点回去，她的行李箱还能挪出点位置。抵达楼层，两人走出电梯，傅临远顺手从工作人员手里接过一个大推车，一只手握着推车把手，另一只手牵着陈静，说："看看有没有什么想买的。"

琳琅满目的货品摆在货架上，陈静想把家里的茶具给换了，现在用的茶具有点年头了。她在茶具的货架旁停下来挑选。

傅临远推着推车等着她。

这些茶具都太好看了，陈静踮起脚要去拿上面那一套，傅临远伸手帮她取下来。陈静接过，看了两眼，放到推车里。傅临远提醒她再拿一组日常用的杯子，陈静这才反应过来家里日常用的玻璃杯只有两只。她笑着顺

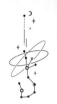

手拿了一套杯子，杯柄有各种颜色，好分辨。

两人继续往前走，因为要看一样东西，她下意识地挽住他的手臂把他往回拉。傅临远挑眉看向她的手臂，陈静仰头问他："这个好吗？"

他看向那个小杯子："可以。"

陈静也喜欢这个小杯子，她把它放到推车里，挽着他的手就走。傅临远单手推着推车，偶尔提醒她买什么。

陈静反应过来，发现他是想把她家里一些老旧的东西换掉，而这些东西也是她想换但还没来得及换的。

她的心狠狠一跳，抬眼看向。傅临远也在看货架，察觉到她的视线，偏头看来。陈静对上他的视线，踮起脚，犹豫了一下，想到这儿是公共场所，还是作罢。她又放下脚跟，傅临远也收回视线，推着车，问："你刚才想干什么？"

陈静笑笑："不告诉你。"

这个超市很大，一路走着，她时不时地拽住他的手臂拿东西，偶尔陪着他停下，就这样闲逛着，也买了不少东西。结账时，两个人站在收银台前的队伍里，傅临远把袖子挽起来，仍牵着她的手。

他长得本就出众，有几个女生在后面，拿着手机对着他们两个人。

"哎哎哎，他好眼熟啊。"

"真的有点眼熟。"

结完账，两个人推着购物车回到地下车库。于从下车，帮着把东西放进后备箱。他还是第一次见到傅总逛超市。这些东西以往都有专人采购回卓越万代，傅家老宅那边也是一样的，只有章欣彤偶尔会自己出去采购。

于从在心里感叹，傅总不一样了。

两个人坐车去吃了午饭，随后车子就往机场驶去。这次是搭乘私人飞机。当他秘书那两年，陈静也搭乘过。

私人飞机上的工作人员并不多，机舱里很安静。陈静坐到沙发上，打开自己的笔记本电脑开始工作，傅临远签了几份文件，抬眼看到她在认真地看策划书。

他看了她好一会儿。

陈静察觉到一旁的目光，挪开笔记本偏头看去。傅临远靠着椅背，四目相对，陈静靠近他，问道："看什么？"

傅临远的视线落在她的唇上："看你。"

陈静眼一弯，带着几分笑意。

傅临远偏头凑近，接着再微微一偏头，吻住她的唇。陈静微顿，也跟着偏头。二人唇舌交缠，最后发展到陈静坐在他腿上，他握着她的腰，深深地吻着。

窗外，有白色的云朵掠过，陈静的头发被他的手掌按住，只是接吻，她眼眸里就水雾一片。

飞机抵达周镇时正值夕阳西下。

车子驶入周镇，停在陈静家门口，夕阳的光芒打在地面上。

老钟喊了超市的工作人员过来帮忙提东西。傅临远亲手拎着陈静的行李箱，空出的一只手牵住她的手。

两个人一起上楼。肖梅在做饭，听见门铃声，小芒开了门，一眼就看到他们交握的手，笑着回身喊道："肖阿姨，他们回来了。"

陈静看向肖梅："妈。"

肖梅手里抓着把香菜，看着他们，难掩欣喜，说："快进来，等一会儿就能吃饭了。"

傅临远声音低沉："叨扰了。"

"不会，傅先生别客气。"肖梅虽心喜，但面对这气势强盛的男人，一时没法把他当成女婿，"进来啊。"

她嘱咐陈静一句后，就走回厨房。

陈静看傅临远一眼。傅临远跟她走进去，老钟他们帮着把其他东西送进屋里。小芒探头看着，帮着安排位置。她给老钟和工作人员一人拿了一瓶水。老钟笑着接过，擦擦汗，跟傅临远说："傅总，我先走了。"

傅临远点头。

小芒不想当电灯泡，去厨房帮肖梅。客厅剩下陈静与傅临远，陈静看着高大的他站在她家客厅，有种难以言喻的心情。

她笑着道："欢迎来我家。"

傅临远解着领口纽扣，淡淡地说："加个'们'字。"

陈静一听，说："不加。"

傅临远眉头微挑，倒是没与她理论。某些时候，她真是伶牙俐齿的，这是她的另外一面，他觉得新鲜，也很喜欢。

陈静给他倒水，傅临远的手机响起，是冯志打来的电话，要与他商量关于港城那边的事。

他端着水杯，走到窗边去接电话。陈静看他忙，就没打扰，整理着茶几，准备等会儿换上新买的茶具。不一会儿，肖梅做好饭，小芒帮着端出来，傅临远挂断电话，在陈静的身侧落座。肖梅高兴，倒了两杯白酒，递给傅临远一杯，他没有推辞，面不改色地接过来，与肖梅碰了杯，喝着。

小芒咬着筷子看着傅临远，心想：傅先生真是举手投足都大方啊。

陈静倒不担心傅临远的酒量，至于肖梅，她也不担心，肖梅喝不了多少，就是喝点开心一下。

吃过晚饭，陈静泡了茶，傅临远陪肖梅喝了一会儿茶就起身告辞。陈静与肖梅送傅临远到门口，傅临远扣着衬衫的袖扣，先看向她，又看向肖梅，道："肖阿姨，不必送了。"

肖梅："慢走，傅先生。"

傅临远点头，视线与陈静对上。在周镇不太方便的地方就是两人中间隔着一个肖梅。他收回视线，看着肖梅说："早点休息。"

"傅先生也是。"肖梅说道。

傅临远的手机响起，他看了一眼，接起电话，冲她们点点头，转身下楼。母女俩目送他走后，肖梅把门关上，看向陈静："确定了？"

陈静点头："是。"

肖梅说："好。"

她拉着陈静回到客厅，心里寻思着要不要重新装修一下房子，等陈静结婚的时候也好看点。陈静倒没想这些。

屋子里还有一大堆傅临远送来的礼物，肖梅看了一眼，问："都买了些什么？"

陈静笑道："看一下就知道了。"

于是，三个人就开始拆盒子，有些是陈静今天跟傅临远买的，有些是傅临远早已准备好的鹿茸、海参以及燕窝之类的补品。肖梅已经做好心理准备，想到未来恐怕会收到很多礼物。

她不惊讶，小芒却很惊讶，看到陈静那么镇定，她有些羡慕陈静见过世面。

洗完澡后，小芒回屋玩游戏，陈静陪肖梅坐了一会儿，随后肖梅去睡觉，陈静也回房处理工作，她忙着忙着，偶尔看向手机，想给他发条消息，不知道他是不是在周市的酒店住着。

突然，手机弹出一条消息提示。

    傅临远：下来。

陈静心一跳，拿起手机，从窗子探头往外看，能看到他的身影在楼下。陈静合上笔记本电脑，捞过一旁的外套披在身上，小心地走出房门。客厅里黑漆漆的，肖梅睡得正熟，陈静放轻脚步，换了鞋，打开门走出去，一路走下楼。

傅临远手插裤袋站在那儿，陈静站在楼梯口看他几秒，随后走过去。傅临远从口袋里伸出手，牵住她的手。

陈静笑了下，与他十指交缠。她没看到轿车，问他："你的车呢？"

傅临远带着她穿过马路，朝一栋楼走去，陈静认出那栋楼，之前她在楼下看见过于从。她顿了顿，猜到傅临远在这儿置办了一套房子。她被他牵着上楼。来到三楼，他开了门，屋里的格局跟她家有点相似，不太一样的地方就是这儿的陈设都很现代化。家具不多，厨房很新，没有电视，只有投影仪。桌子也很大，上面摆着咖啡机。沙发是灰色的，很大、很长，没有柜子。

关上门，陈静跟着他走进去。

傅临远闻到陈静身上的沐浴液香味，轻扯领口，说："你坐会儿，我洗个澡。"

陈静在沙发上坐下，说道："去吧。"

她挪过他的平板，输入密码后随意地看着新闻。他这儿的沙发比陈静家的木质沙发要舒服，还有地毯，陈静坐在地上，靠着沙发玩了会儿平板。傅临远放在桌上的手机响起，陈静看了一眼，是傅恒集团的人力打来的。

　　陈静顿了顿，不想理，继续看平板，电话也继续响着。陈静怕对方有什么重要的事，拿起那个黑色手机，准备起身。

　　这时，浴室门打开，傅临远穿着黑色睡衣走出来，拿着毛巾擦拭着头发，水珠顺着他的脖颈滚落。

　　陈静举着手机，抬眼，顿了几秒："人力来电。"

　　"你接。"他声音低沉，带着几分懒散走来。陈静接通，按了免提键，冲傅临远举起来，那头人力的声音传来："傅总，秘书的简历我发你邮箱了，我跟您再确定一下，招男秘书，对吗？"

　　傅临远擦拭着头发。陈静这样举着也不方便，就把手机塞到他手里，然后扯过他的毛巾擦拭他的发丝。傅临远用另一只手握着她的腰，回复着那边的问话，说道："嗯。"

　　"好的，傅总，都发到您的邮箱里了。"

　　傅临远挂断电话，把手机搁在茶几上。陈静看着他的眉眼，问："你这段时间没秘书？"

　　傅临远："嗯。"

　　陈静说："客栈开业后，你要是还没秘书，我去帮你一段时间。"

　　她知道傅恒集团现在是着急用人之际，冯志跟齐总又总不在公司，傅临远目前只有一个刘特助可用。即便招到新秘书，也需要适应一段时间。

　　傅临远搂着她的腰，陈静今晚穿的睡衣是分体式的系扣上衣跟长裤。傅临远声音低沉，看着她的眉眼，沉声道："过段时间再说。你若是再回来当我的秘书，我无法专心。"

　　陈静觉得他在撒谎，他向来理智，还会分心？傅临远低下头，直接吻住她的唇，陈静仰头，与他唇舌交缠。

　　过了会儿，傅临远把她抱起来，往房里而去，把她放到床上。

　　陈静披散着头发，靠在他怀里，他用手指卷着她的发丝，低头看着她。陈静握着他的手臂，两人安静地靠着彼此，陈静肌肤白皙，微微泛红。过了好一会儿，傅临远低头在她耳边不知说了什么，她挑眼看他，对视几秒，她红着脸又被他吻住了。

　　窗外是条小溪，夜晚的水面波光粼粼。昏暗的屋里，陈静在他手臂上留下了抓痕。她看着他，爱着他的眉眼以及一切。他也喜欢她此刻的美。

深夜，房间里有细碎的声音传出，陈静的头发披散在肩上，她直起身子，吻着他的薄唇，将手搭在他肩膀上。傅临远搂着她的腰吻住她。陈静的声音被堵在喉咙里，眼角红着，脱力地任由他为所欲为。

许久后，陈静被他搂腰抱起，走向浴室。床上的被单被拖拽到地上，深色的被单与灰色的地砖相呼应，有种旖旎感。他的浴室也是重新装修过的。

在花洒下，陈静搂着他的脖颈，主动吻着他的薄唇。傅临远扣着她的后脑勺，低头接住她的吻。

水声哗啦啦，水流汇集到脚下。陈静迷离地看着他的眉眼，又踮起脚缠着他。傅临远眉头微挑，用手按着她的腰，时不时地回应她。

最后，陈静浑身发抖，被他抱出浴室。回了房里，傅临远又取了件衬衫，亲自给她穿上。陈静恢复些许神志，坐在床上，抬眼看他。

或许是因为爱他，所以每次她都很投入，全身心都由他掌控。

傅临远捏着她的下巴，眸色很深，两个人对视着。

几秒后，她仰起头，又去搂他的脖颈。傅临远俯身再次吻住她。两个人纠缠了一会儿，手机响起。傅临远松开她，亲吻她的眉心："等我一下。"

陈静"嗯"了一声，松开他的脖颈。傅临远转身出去接电话，客厅的灯光昏暗，而房间里只有一盏床头灯亮着。陈静坐在床头，看到这房间里也有投影仪，她拿起遥控器，打开投影仪，投影幕布缓缓落下，App 的页面跳出来。

陈静随意地按着遥控器。傅临远打完电话，倒了杯水进来，看到她坐在床头看着无声电影。少许的光影打在她身上，她把长腿收在他被子里，看得认真，眉眼漂亮。

他将水杯递给她，陈静接过。傅临远也在床边坐下，直接把她拉到怀里，陈静顺势靠过去问道："你什么时候租的这间房？"

傅临远单手搂着她的腰，闻着她身上的香味，应道："前不久。"

陈静"哦"了一声："你这样装修一下，比我家看起来时尚多了。"

他听着，亲吻她的头发："钥匙给你留着。"

陈静笑了下，道："好啊。"

傅临远看她捧着水杯，专注地看着电影，便伸手拿走她的杯子，用手

掌扣着她的腰，问："饿不饿？"

陈静摇头。傅临远看了一眼幕布，这种文艺电影他不怎么看，便拿过平板，输入陈静的生日，解锁后点进邮箱。陈静看了会儿电影，用余光看到他在工作，她就着光线看他的眉眼，两人用了一样的沐浴露，很香。

陈静看着他专注的侧脸，突然仰头凑过去，直接咬住他的喉结。

傅临远顿住，搭在她腰上的那只手猛地握紧。下一秒，他直接把她抱起来，按在腿上。陈静松开他，对上他的眼眸，傅临远的喉结动了一下，紧盯着她："你是今晚不想睡了，还是明天不想走了？"

陈静知道自己惹到他了，伸手搭着他的肩膀，眉眼一弯，凑近他，亲了亲他的唇角："我还是想睡的，也还是想走的。"

傅临远按她的腰，说："是吗？看你的表现并不像。"

她身上穿着他的衬衫，却不算很长，显得腰身纤细。

感觉到他掌心的热度，陈静有点紧张了，摇头："你再认真看看。"

傅临远默默看着她。陈静也看着他，只是她这副头发凌乱、皮肤白里透红的样子更令人着迷。两个人僵持几秒，傅临远直起身子吻上她的脖子，声音低哑："那我先收点下回的利息。"

陈静心一颤，垂眸看他，突然想起一句话——又菜又爱撩，大概说的就是她。

这一折腾，她也顾不上看电影了。投影幕布缓缓收起时他还在吻她，陈静搂着他的脖颈回应他。过了好一会儿，他松开她，下床去给她倒温水。等他端着水回来时，陈静已经有点困了。她喝完水，拽着他的手说："我明早要提前起来，你调下闹钟。"

傅临远："好。"他解下腕表，在平板电脑上按了几下，设置了个闹钟后也上了床。陈静顺势枕在他的手臂上，傅临远亲吻她的眉心，她蹭了蹭他，头发披散在他的肩膀和手臂上。两个人慢慢睡着了。

隔天一早，大约六点，闹钟就响了。傅临远关掉闹钟后，拨开她额前的发丝："陈静。"

陈静"嗯"了一声，头发披散着，刚睡醒的样子随性又好看，傅临远安静地看她这般模样，陈静对上他的视线。

她想起她的睡衣，问："还能穿吗？你没弄坏吧？"

傅临远把她的睡衣拿过来，陈静接过来，就打算去浴室换，傅临远搂住她的腰："在这儿换。"

　　陈静抬眼看他几秒，又看了一眼平板上的时间，她要赶在肖梅起床前回去，没有时间跟他磨蹭，她收回视线，直接就把衬衫脱掉。

　　傅临远盯着她，喉结微动。

　　陈静也看着他，二人的视线纠缠着，陈静慢条斯理地换上睡衣，说："我回去了。"

　　傅临远"嗯"了一声。他轻扯领口，牵着她的手走出去，捞起一件薄外套给她穿上，随后又牵着她出门。

　　周镇的清晨雾蒙蒙的，很多人都要早起，陈静跟傅临远从楼上下来时，对面便利店的老板刚醒，支开门出来，伸着懒腰，手臂刚放下去，就看到陈静与一个高大男人牵着手，往家里走去。

　　他的眼睛睁大了。

　　陈静也看到了便利店的老板，冲对方点点头。对方愣怔几秒，看陈静大大方方的，立即问道："陈静，这是你男朋友啊？"

　　傅临远听见这三个字，偏头看身侧的女人。

　　陈静微微一笑："是，我男朋友。"

　　"恭喜恭喜啊！长得真帅。"

　　傅临远抬眼，跟便利店老板点点头。

　　便利店老板没想到他会跟自己打招呼，也赶紧点头，心想：这长相，这身高，怕是什么大人物吧！

　　陈静看了一眼傅临远，两个人的视线对上几秒，陈静的心怦怦直跳。她收回视线，另一只手搭上他的手腕，继续往家里走去。

　　傅临远的眼里带了几分笑意。二人走到陈静家门口，周晨伟正好推着单车从巷子里走出来，他往这边一拐，三人迎面碰上。他一顿，停下单车，看着那紧挨着的两个人，空气一瞬间仿佛静止了似的。

　　傅临远神色冷漠，视线淡淡地扫着周晨伟。

　　周晨伟这才反应过来，傅临远从一开始就对他有敌意，那种敌意隐隐约约的，他竟没发现。

　　陈静大大方方地冲周晨伟点了一下头，然后转过身子对傅临远说："我

上去了。”

傅临远收回在周晨伟脸上的冷戾视线，看向陈静：“好。”

知道他在京市还有工作，陈静便问：“你什么时候回京市？”

傅临远：“再陪你一天。”

陈静想到今天自己还有事，紧紧牵着他的指尖，有点不舍：“嗯，好。”

傅临远：“我吃完早餐来接你。”

陈静一顿，轻声问道：“你要跟我们一起去医院？”她早上要带肖梅去复查。

“嗯。”

“好。”

她松开他，他也松开她。陈静转身往楼上走去，傅临远站在原地目送她上了楼，随后才离开，回住所处理工作。

老钟一早就醒了，在商超门口看见了自家老板，心想傅总挺体贴的，应该是怕陈静的母亲觉得二人进展太快而担心。陈静也是这样想的，她悄悄进门后心想：怎么跟早恋一样，还偷偷摸摸的？

她洗漱完，换好衣服，又用遮瑕膏遮了一下脖颈。肖梅也醒了，从房门走出来，陈静去弄咖啡，又问她要吃什么早餐。肖梅看她，问道：“你怎么起那么早？”

陈静一边磨着咖啡粉，一边直接挑明：“我昨晚在傅临远那里睡的。”

肖梅愣了几秒。

陈静回身看她：“妈，我二十六了。”

肖梅呆站几秒才回过神，走到沙发边坐下，想了会儿，道：“那你就多睡会儿啊，这么早跑回来干吗？”

陈静笑着给她倒水：“还不是怕你多想。”

“不会。”肖梅接过杯子，看着自家女儿，欣慰道，“妈很开心，你得偿所愿。”

陈静听着，眉眼温柔，说：“我会好好珍惜的。”

肖梅知道，陈静向来听从自己的内心，当她觉得可以的时候，就会往前走，而肖梅对傅先生也确实很满意。

她问：“你们以后就这样相隔两地吗？傅先生有没有说结婚的事情？”

陈静一顿，说："我们刚在一起呢，谈什么结婚？"

"那他以后就这样跑来跑去？"

陈静一边煮着咖啡一边说道："再看吧，跑来跑去也行的。"

肖梅却有几分担心，毕竟傅先生不是普通人，京市那样的地方乱花迷人眼，不过一大早就逼着陈静聊这个话题也不好，她便去洗漱了。陈静喝完咖啡，去厨房里蒸包子。吃过早餐，大约九点半，肖梅换下家居服。陈静挽着她的手下楼，看见傅临远把手插在裤袋里，在楼下等着。

他伸手接过陈静手里的包，说："肖阿姨，早上好。"

"早上好，傅先生。"

陈静给肖梅开车门，肖梅坐进后座，陈静关上门，抬眼看傅临远。傅临远给她打开副驾驶侧的车门，陈静笑道："傅总，今天辛苦了。"

傅临远扫她一眼。陈静笑着坐进去。

傅临远弯腰，拉过安全带给她扣上，陈静与他对视，心咚咚直跳。傅临远睨她一眼，将车门关上，绕去驾驶座开车。

黑色轿车启动，他双手握着方向盘转动，衬衫袖子挽起，露出一截手臂和手腕上的腕表。

车子抵达医院门口，正好有个停车位，陈静挽着肖梅下车，傅临远关好车门也跟上来，牵着陈静的手走进医院里。

还是上次那个医生给肖梅复查。

陈静挽着傅临远的手臂在一旁等着，多少有点紧张。傅临远改而搂着她的腰，那温度传来，陈静瞬间没那么紧张了。

医生说肖梅恢复得很好，接下来只要多加注意就好了。

陈静顿时松一口气，肖梅也是。

从医院出来后，肖梅对傅临远道："傅先生中午到家里吃饭吧？"

傅临远："好。"

回了家里，肖梅去做饭，小芒去打下手。客厅就剩下陈静与傅临远，陈静拿过笔记本电脑，点开客栈的整体平面图给傅临远看，说："开业时间本来是这个月上旬，现在打算改成二十号。"

傅临远靠着椅背，一手搭在她腰上，"嗯"了一声。

陈静偏头看他："你有空来剪彩吗？"

傅临远："不确定。"

陈静点头，也不勉强他。他的事确实多，这种小项目，他压根不需要亲自来。陈静支着下巴，继续滑动着笔记本触摸板。

傅临远点开邮箱，看里面的邮件。

两个人安静地坐着，他的手偶尔把她往旁边挪的腰按回来。小芒端着汤出来，看到这一幕——他们坐得好近，但各自安静做着自己的事。

偶尔，陈静会问傅临远一些问题。她抬眼望去，傅临远撩眼回复她，这画面被小芒看到好几次，心想：傅先生看陈静姐的眼神好深情。

吃过午饭，又坐了会儿，傅临远起身告辞，他得回京市了。陈静送他下楼，老钟早就把车停在楼下，站在车旁。

傅临远回身看她几秒，单手搂住她的腰。陈静握了他的手臂一下，抬眼看他。二人对视几秒，她开口，千言万语汇成一句话："注意安全。"

傅临远按着她的腰："嗯。"他掌心滚烫，又道，"陈静。"

陈静"嗯"了一声。傅临远低头亲吻她的唇瓣，陈静任由他吻着。傅临远吻毕，说："找个时间，见一见我父母。"

陈静一愣，对上他的眼眸。

傅临远声音低沉："他们想见你。"

从上次那通电话后，陈静就知道，章欣彤跟老傅总知道她的存在，应该是傅临远告诉他们的，所以现在她也不是特别意外。

只是，陈静觉得她好像误会了这个男人的意图。他是认真地想要跟她发展，想要有个未来。

陈静紧紧盯着他的眉眼，许久，点头道："好。"

目送黑色轿车离开后，陈静站在原地抱着手臂，心中涌出不舍。这种感觉她从来没有过。

陈静很清楚，她很投入，跟第一次的纠缠不一样，她会流露出对他的贪恋。这种感觉很危险，只要他给她一击，她就能溃不成军。

站了好一会儿，陈静收回视线，转身上楼。再不舍，生活、工作还得继续。

她进了门，肖梅正坐在沙发上给小芒结算工资。肖梅的腿好了，小芒的看护也就结束了，她这段时间推掉不少工作，她喜欢陈静她们家。

肖梅跟陈静作为雇主，看见她打游戏从来不会生气，肖梅还让她教自己打游戏。小芒觉得在她们家当看护很自在，所以舍不得走，做的事情也越来越多，陪着肖梅买菜、做饭，基本把自己当成这个家的一分子了。但天下没有不散之筵席，她得走了。

肖梅结算工资时，小芒哭了，泪水滴答滴答地掉在手机屏幕上。

肖梅也挺难受的，这姑娘年纪小，但很会照顾人，给肖梅带来很多快乐，这是那些邻居不能比的。她拉着小芒的手道："小芒，这段时间谢谢你，我都把你当成一家人了。"

"肖阿姨，我也是！"小芒哭出声，紧抓着肖梅不放。

陈静看见她们这样，也挺不舍的，往小芒手里塞纸巾。小芒擦擦泪水，说："我之前看护过一个老太婆。她真的好刁钻，说我弄湿她的洗手台，得扣工资。她觉得我的工资多，得顺便干保姆的活儿，我都气死了，当时就不想当看护了。在你们家我不会受气，我希望以后都能遇见像你们这么好的人。"

没想到小芒年纪轻轻却经历了不少事。

肖梅说道："以后有空就到家里来玩。"

小芒点头，看向陈静道："陈静姐，我要跟你学习，成为一个能拥有自己事业的人。"

陈静笑笑："好，有什么事你可以找我。"

"谢谢陈静姐。"小芒说完，手机屏幕亮起，她拿起来看，陈静不经意地一扫，好像看到了周晨伟的微信头像。小芒按了一会儿手机就放下了。

陈静看了一眼肖梅。肖梅朝她使眼色，然后把钱装进文件袋里递给小芒。

小芒又跟肖梅抱了一会儿，陈静才送她下楼，她给小芒叫了车。送走小芒后，陈静回到家里，肖梅正在擦拭桌上的灰尘，说："我听小芒说，周晨伟前几天送鱼跟排骨给小芒，让小芒假装是她买给咱们吃的。"

陈静听着，一顿。

肖梅道："小芒不敢收，但他们私下肯定有联系。前几天小芒还在市中心遇见了周晨伟，她当时要带她妈妈去看医生，在路上摔倒了，是周晨伟

把她扶起来的。小芒啊，估计有点喜欢周晨伟。"

撇开他妈妈不说，周晨伟确实是个挺好的人，或许不够完美，但他很体贴，长得也不错，接触多了，小芒有点喜欢他也正常。

陈静说道："原来如此。"

肖梅拆开新买的杯子，觉得五颜六色的很好看，又问道："这是傅先生选的？"

陈静看了一眼，道："嗯，妈，你以后喊他傅临远吧。"

"我一时改不了口。他什么时候到京市？"

陈静看了一眼时间："应该三个小时后。"

肖梅"嗯"了一声。

陈静进房里去拿电脑，然后要去办公室，下午她还要跟木杉她们一起去客栈。最近朱愉在帮忙招人。这三个女生来了后，分担了很多工作。肖梅看着陈静去拿笔记本电脑，心里还是想着她跟傅先生分隔两地的事，异地的感情经不起考验啊。

但她知道陈静有自己的想法。陈静实际上也没什么想法，她现在必须把客栈先开起来，后续的事情再说，她觉得距离并不是问题，至于傅临远那边，她也相信他，他若是想要随便勾搭别人，那他有大把机会，甚至可以说是随手可得。

陈静不会在这件事情上给自己增添烦恼。

她下午去了客栈，订了花，看了所有房间，甚至邀请了试睡员来试睡，结果也出来了，都很满意，至少是个非常合格的客栈。三个女生的能力超乎她的预料，都很优秀，而且年纪相仿，彼此之间都有话题。

陈静也没什么架子，把自己会的都教给她们，互相学习。

一忙起来，陈静晚上就没回家吃饭，而是带她们三个人出去吃的。

晚上八点多，陈静才回来，肖梅给她留了汤。陈静站在厨房里喝汤，手机在这时响起。她一看来电人是傅临远，按了接听键，把手机放在耳边。

那头，傅临远轻扯领口，沉声问："在干吗？"

陈静放下碗，站在料理台边，道："刚回家。"

"下午去客栈了？"

陈静"嗯"了一声。

傅临远合上文件，放下钢笔，道："陈静，我给你买辆车吧。"

陈静一顿，想起京市那辆车，说："我自己能买。"

傅临远："那你自己买，我添点钱，买辆好点的。"

陈静听着，心脏咚咚直跳，说："我买那么好的车干吗？"

傅临远喝了一口温水："我偶尔也要坐。"

陈静笑了，心想真拿这人没辙，也懒得矫情，说："那看看吧。"

傅临远说了声"嗯"。不一会儿，于从就给陈静发了五辆车的信息，显然是他精心挑选的。五辆车的价格从三十五万到二百多万不等，二百多万的那辆车的颜色是最夺目的，而且是第一个发来的。

这辆车碾压了后面的车，陈静猜到傅临远想让她买这辆，可她还是选了五十万的那辆。她的股票卖了有四十万，剩下的部分，他想出就让他出。

傅临远说："不再挑挑？"

陈静："不，就这辆，要不是你要坐，我就选三十五万的那辆。"

傅临远一时无语。

最后就拍定买这辆，于从去办。

陈静喝完汤，走出厨房，接着电话往房间里而去。肖梅听她在厨房里说话的内容就知道来电的是傅先生，她这个母亲也尽量降低存在感。进了房间，陈静打开笔记本电脑，握着手机道："傅临远，颜色选低调点的，我想要黑色。"

傅临远"嗯"了一声。陈静看着屏幕里的轿车，想了想，选了棕色的内饰。

她问："选棕色的话，是不是要过段时间才能拿到车？"

"我让人尽快给你调到店里，再运回去。"

陈静问道："那运费呢，贵不贵？"

傅临远懒得回复她。

陈静顿了顿，说："你不搭理我？"

傅临远听着，往后一靠："哪敢。"

陈静又笑了。或许是因为打电话时两个人没有眼神交流，他的话反而多了点。陈静坐在电脑前选着车的配置，傅临远也耐心等着，顺便批改着

文件。

陈静想到什么就跟他说，他散漫地应着，就这样，二人打了一个多小时电话。

挂断电话后，陈静的手机都烫手了。她看了一眼手机，忽然想起昨晚在他房子里的时候，有点想他。

她放下手机去洗澡，回来后，擦着头发坐在床头，用平板电脑随意地看看股票。

那头，傅临远回了卓越万代，扯下领带扔在沙发上，弯腰拿起烟盒，点燃一根烟。屋里空旷寂静，他拿起手机，点开她的微信头像，思念也涌上来。

那种细细的感觉流动着，他这才发现，放她走后，偶尔盯着她的头像时心里的那种感觉也是思念。

这一夜，陈静很晚都睡不着，就拿起笔，打开手账本，在上面画下傅临远现在的模样。她很久没画画，有些生疏，不过很快，一个人影就出现在手账本里。他把手插在裤袋里，外套搭在手臂上，一只手夹着烟，领口微敞，领带也松松垮垮的，漫不经心地站着，有几分不羁与痞性。

陈静给自己的画技点赞。她合上手账本，一抬眼，都两点半了，于是赶快去睡。

隔天一早，陈静家楼下就停了一辆托运轿车的大货车，把几栋相邻的单元楼的门都挡住了。

陈静跟肖梅下楼，老钟正在安排司机把车卸下来。不少人在附近围观，肖梅微愣，问："静静，这是什么？"

陈静完全没料到速度那么快，镇定地道："我买的车。"

肖梅："你什么时候买的？"

陈静："昨晚。"

肖梅："昨晚买的，今天就能到吗？"

陈静低声道："傅临远帮了点忙。"

肖梅顿时明白了，傅先生做什么她都不惊讶。

黑色的轿车停在家门口，货车司机让陈静签个名，随后就走了。老钟给陈静递来各种资料，并把车钥匙给她，说："临时车牌是连夜办好的，也

485 /

给你装好了，十五天后到期，你先用着。正式车牌一个月左右到。"

陈静接过资料和车钥匙，说道："谢谢钟总。"

"客气什么。"老钟心想，都要当老板娘的人了，还这么客气。他又跟肖梅聊了会儿天就走了。这车停在门口，几个邻居都围着看，又跟肖梅搭话。肖梅笑笑，一一回答着。

其中有个阿姨小声地道："陈静这经济实力，难怪林秀丽要出那样的损招，这样的儿媳妇，谁不想要？"

名校毕业，有实力创业，有钱，性格还挺好，哪家人不想要？

林秀丽当初确实也看中了陈静的这些优点，当她发现陈静身边出现了傅临远，怕儿子失去机会，才走了那样的路，只是反而害了周晨伟。

林秀丽这些时日都没再出门，她根本没脸出来。

肖梅当没听见她们这些话，只觉得陈静值得更好的。陈静把车开到她办公室楼下的停车位，然后拍了一张照片给傅临远。

> 傅临远：喜欢吗？
> 陈静：喜欢。
> 傅临远：好。

知道傅恒集团今日要开股东大会，陈静就没再打扰他，去忙自己的事了。下午忙完了，她开车回家。

天气已经热起来了，阳光很好。陈静去洗了个澡，穿着家居服出来，母女俩坐下来一起吃晚饭。肖梅的脚好了以后，陈静也轻松许多，可以放心地工作了。

傅临远开完股东大会，从会议室里走出来。刘特助跟在他身侧，傅临远接过刘特助手里的文件，翻看了一会儿，说："男秘书不招了，撤掉这个职位，再多招几个助理进来。"

刘特助一听，有些疑惑，但还是说："好的。"

傅临远走进办公室，于从送了饭上来给他吃，他处理完工作已经是晚上八点多，手机响起，是宴珣、闻敛还有陆臣等人约他上酒吧一聚，傅临

远合上文件，捞了外套便出门，于从启动车子，抵达清吧。

傅临远推门而入，歌手的声音传来："被偏爱的都有恃无恐……玫瑰的红，容易受伤的梦……"

宴珣在吧台招手，傅临远把外套递给服务员，走过去，坐在高脚桌边，陆臣把头发剪短了，啧啧感慨："要请你还真难啊。"

宴珣跟闻敛相视一笑，闻敛淡淡地握着酒杯，傅临远接过调酒师递来的酒，抿一口，问陆臣："调研好了？"

陆臣点头："当然，我出马肯定能好。"

傅临远没应，喝着酒，把玩着酒杯。宴珣很想问问那天在他怀里的女人是不是陈秘书，但这儿人多，也不太好问。这时，清吧门口的铃铛一响，顾琼带着她的小姐妹走进来，往一旁走去，顾琼视线一扫，看到傅临远，脚步一顿。

她今日穿着白色衬衫跟长款 A 字裙，看了他好一会儿，还是跟她的小姐妹去那边见朋友。又过了一会儿，顾琼终究还是端着酒杯起身，往这边走来。

她笑着先跟闻敛敬酒："闻二哥，敬你一杯。"

闻敛看傅临远一眼，唇角含着笑意，举起杯来跟她碰一碰。顾琼喝完一杯后就站着跟闻敛聊天，她不怎么搭理宴珣，也不认识陆臣，只用余光看傅临远。

傅临远靠着吧台，边把玩着酒杯边跟陆臣说话，完全没看她。桌上放着的手机被陆臣的指尖一碰，屏幕不小心亮了。

最近通话列表上，最上面一个刚刚通完话的联系人备注是"老婆"。

顾琼一愣。离得最近、不小心看到的陆臣也是一愣，满脸震惊，看向傅临远："老婆？你老婆？你什么时候有了老婆？"

傅临远垂眸看到手机页面，神色淡淡，直接关了屏幕。

陆臣呆愣住，好奇这个人是谁。他不在国内的这段时间发生了什么？谁能来告诉他？

顾琼则在想，这是他给那个女人的备注吗？

木杉想找陈静对开业流程，陈静让她直接到家里来。晚上吃完饭，两个人坐在沙发上聊着，木杉多看了几眼陈静的咖啡机。

陈静笑道："想喝吗？"

"想。"木杉直接道。

陈静起身："我给你做一杯。"

"哇，谢谢。"

陈静走到咖啡桌旁，取出咖啡豆，她这儿手冲、机冲的设备都有，要快的话当然得机冲。她一边制作着咖啡一边跟木杉谈话，木杉站起身走到咖啡桌旁，看着她忙活："陈静，这次开业，大老板会来剪彩吗？"

陈静顿了下，低头倒好咖啡豆，声音温柔地回道："他不一定会来。"

"啊，好失落啊。"木杉笑道。

陈静抬眼看向她："怎么？你很想见他？"

木杉靠着桌子，点头："当然想了，我想看看他真人。"

陈静这才想起来，木杉说过她同学当初为了傅临远考去京大，并且也应聘过傅临远秘书的职位。当初面试时，陈静心慌意乱，并不太记得其他应聘者的长相，但有一点可以肯定——来面试的都是长得非常好看的女生。她看了木杉几秒，道："周市这个项目太小了，傅总不一定能抽空来。"

"我知道，就是想着会不会有万一嘛！"木杉摊手，她还想替她同学看看傅临远呢！

陈静笑笑，收回视线，继续专心制作着咖啡，木杉看着陈静制作，不一会儿，一杯浓郁的咖啡就做好了。陈静将咖啡递给木杉，木杉接过喝了一口，点头道："好喝，我喜欢苦一点的。"

"那就好。"

又过了一会儿，确定好一切流程后，已经是晚上九点多。木杉起身离开，陈静送她走后，回屋拿睡衣洗澡。

洗完澡出来，肖梅在房里挑衣服，她在客栈开业那天也要出场，喊陈静帮忙看看。

陈静走进去，肖梅指着一条大红色的裙子，陈静摇头，在衣柜里翻了一下，选了一条颜色较浅但很衬托肤色的旗袍。

肖梅的身材一直挺好的，哪怕到了现在依旧保持得很好。肖梅接过那条旗袍，说："你爸当初就怂恿我买旗袍，没想到买了，他还没看到，就

去了。"

这条旗袍是之前买的，丈夫去世后，肖梅一次都没穿过，就压箱底了。陈静关上柜子门，靠着柜子道："开业时穿一次吧，就当给爸爸看。"

肖梅眼眶一红，点头："好。"

肖梅试了一下，陈静在一旁看着，虽然是很久之前买的，但其实这两年这个款式又流行回来了，还是很好看。

试完衣服，肖梅准备休息。陈静也回到房间，她的头发有点湿，她拿着吸水毛巾又擦了擦，随后坐到电脑前。她看到陆臣早先发了一条朋友圈，照片是在清吧，角落里有一个手腕，戴着熟悉的腕表。看来他们在酒吧聚会。陈静关掉朋友圈，点开网页看股票。

跟在傅临远身边的那两年，他偶尔会去酒吧见好友，陈静给他送过几次外套，基本上都是男人局，哪怕陆总有女朋友，也不会带着去。

至于会不会有人搭讪，就算不在酒吧，傅临远也容易被搭讪。陈静尽力不去想这些，她还有些期货要处理。另外，前段时间买的一只股票最近行情不好，陈静也需要趁早脱手，她没那么大的资本可以继续滚，差不多的时候就卖掉，还能留点底。又过了半个多小时，手机响起，陈静看了一眼来电人，是傅临远。

陈静接起来，问道："你今晚去喝酒了？"

傅临远弯腰坐进车里，听罢，顿几秒，说："嗯，从陆臣的朋友圈看到的吗？"

陈静支着下巴："是呀。"

傅临远把车窗摇上去，往后一靠："还没拉黑他？"

陈静笑道："干吗拉黑他？"

傅临远轻声反问："你说干吗？"

陈静又轻轻笑了笑，没出声。

傅临远解着领口，黑色轿车疾驰在京市的大路上。傅临远放下手臂，搭在扶手上，指骨分明，泛着青筋。他轻敲着扶手，声音低沉："宴垧组的局，闻敛也在。"

陈静竟听出他是在解释，轻声"嗯"了一声。

傅临远说："别多想。"

"谁多想？"陈静立即反驳。

傅临远眉头微挑，说："嗯，没有，我主动解释。"

陈静眉眼弯着，关上电脑，转身走回床边，拉开被子，靠在床头，跟傅临远说客栈已经准备好开业了，商会的张成和村镇负责人联系她，说回头会过来帮忙剪彩。其实要不是傅临远出面，他们肯定不会来，但这次他们都主动要求来，可见傅恒集团的面子多大。

陈静与他说完这些，傅临远也正好抵达卓越万代，他进了门，扯下领带，陈静在这边听见他扯领带的声音，心想，还真有点想他。

傅临远把领带扔在沙发扶手上，在沙发上坐下，也有点想她。

两人安静几秒，傅临远开口："你生日快到了。"

陈静"嗯"了一声。

"我想给你过。"他说，"顺便抽一天让你见见我父母。"

陈静顿了几秒："几号呀？"

傅临远说："看你时间，我派人去接你。"

"好。"陈静的心咚咚跳。

随后，两个人又聊了会儿，直到手机滚烫才挂断电话。见他父母这事情，是客栈开业后的一件大事。这一夜，陈静睡睡醒醒。接下来的几天，陈静根本没时间想这个。

二十号这天，风和日丽，天气很好，无舍客栈正式开业。

鞭炮噼里啪啦地响着，满地的鞭炮碎屑红通通一片，周镇以及隔壁村镇的不少人都来参观，无舍客栈准备了很多吃的招待他们。

肖梅脸上带着笑容，忙进忙出，把自己制作的麻花之类的小零食装好，一袋袋送出去，逢人就给，很博好感。

商会会长张成以及村镇负责人剪完彩，陈静陪着他们逛逛客栈，木杉等人招呼在网上"优惠订"的旅客。现在属于旅游淡季，优惠力度挺大。

有网红已经办理好入住，举着摄像机，一边走一边介绍，整个客栈热热闹闹的。

傅恒集团在短视频平台买了流量，不少人通过短视频看到无舍客栈开业，觉得这个风格很好看、很吸引人，根据链接订了房。后台的订单一单接一单，连暑期档都有人询问，第一天开业，收获满满。最重要的是肖梅

好像找到事情做了，她进进出出，脸上满是笑容，陈静看到母亲这样，觉得无比开心。

肖梅做饭好吃，也很懂情调，丈夫在的时候，无论日子多苦，她都能把日子过得很充实。照顾女儿跟丈夫是肖梅最拿手的事，这几年陈静在外面工作，肖梅还是那样过日子，但始终少了些许的冲劲。如今，这种冲劲又回来了。

晚上，陈静与张会长以及村镇负责人吃完饭，回到家里，跟肖梅说她要去见傅临远的父母。肖梅一听，顿了顿，随即道："好，是该见见，他已经见过我，接下来确实也该安排你见他父母。"这个男人安排事情滴水不漏，也很周全，这让肖梅对傅临远的好感又上一层。

陈静收拾了一下行李，傅临远派的私人飞机一早就到，由老钟接陈静去机场。第二天一早，肖梅起来做好早餐，敲陈静门。陈静应了声，起身洗漱，然后吃早餐。

在餐桌上，肖梅说道："这次去，多住几天，客栈的事情不必担心，我帮你看着。木杉那个孩子，我觉得挺好的。"肖梅看出那三个女生都挺有能力的，陈静说道："嗯，是的，她们都很好。"运营、客栈经营和财务这块，目前分别由她们三个人负责，陈静很庆幸能招到她们。

"所以多住几天，两人分隔两地太久也不好，我一个人在家里没问题。"

陈静喝着豆浆："好。"

肖梅给她夹油条："另外，生日的话，他要帮你过，就开心过，不用管我，我年年帮你过生日，都过腻了。"

陈静想，为了让她留在京市，肖梅真是什么都敢说。她故意饩肖梅："行，妈妈不爱我。"

肖梅瞪她一眼，陈静一笑。

肖梅道："真想让你爸知道，你现在嘴巴是越来越厉害了。"

陈静喝完最后一口豆浆："爸肯定夸我。"

肖梅无语。

陈静笑着起身抱抱肖梅，然后进浴室里漱口，弄完才进房里换衣服。陈静选了一条浅色系的裙子，头发全扎起来，露出白皙的脖颈，随后看了一眼时间，拎上行李箱，走出门。肖梅收拾着餐桌，嘱咐她注意安全，陈静说道:"知道了。"

她一把拉开门,看到门口站着的高大男人,傅临远一身黑色衬衫,手臂上挽着外套,手插在裤袋里,眉头微抬。

陈静心一跳:"你怎么来了?"

傅临远牵过她的手:"来接你。"

他探身把礼物放到鞋柜上,肖梅手里抓着抹布探头看来,神色诧异。

傅临远礼貌点头:"肖阿姨,我带走她几天,回头给您送回来。"

肖梅回神,说道:"傅先生……临远,那麻烦你照顾她了。"

"好。"

傅临远牵着陈静,陈静关上门,抬眼看他,跟着他下楼。下到一楼,她说:"不是说让老钟送我去吗?"

傅临远偏头看她一眼,收回视线,带她往轿车走去,声音低沉:"我想自己来接你。"

陈静仰头看他,男人侧脸冷峻,紧紧牵着她的手。

来到车旁,傅临远打开门,陈静弯腰坐进去。车里开了空调,陈静把包放在一旁,傅临远从另一边上车。

车门关上,黑色轿车启动,开出周镇。后座安静,陈静的手靠着扶手,碰到他的手背,傅临远反手握住她的手。陈静抬眼看去,傅临远也正看着她,算起来,两个人也有十来天没见了,每天都会通电话,偶尔也会视频,但视频只能看不能碰,会增加烦恼,所以更多的还是通电话。

二人对视几秒,傅临远抬手把隔板升起来,将扶手一抬,倾身过去,把陈静搂入怀里。陈静视线被挡住,呼吸间都是他身上的檀香味,与他对视几秒,他堵住她的唇。

陈静的腰往上拱一下,傅临远直接握住她的腰,在这逼仄的座位上,吻得她脖颈高仰。陈静抬手攀着他的脖颈,傅临远又将手伸到她后颈托住,狠狠地吻着她,陈静的舌尖被他吮着,眼角泛着红。

许久,他离开少许。陈静舌尖发麻,撩眼看他。

下一秒,傅临远坐回去,顺势把她抱到腿上。陈静用手撑着他的肩膀,问:"你什么时候到周镇的啊?"

傅临远握着她的腰:"一个多小时前。"

"所以，你昨晚没怎么睡？"此时才八点多，他如果七点前到了，那意味着他昨晚是乘坐私人飞机来的。

傅临远："回京市再睡。"

陈静深深地看着这个男人，在过去她从没想过，得到这个男人的爱竟会这样幸福。

"那等会儿上了飞机，你再睡会儿。"

傅临远"嗯"了一声。不一会儿，二人抵达机场，上了飞机，机舱的桌面上还摆放着文件，陈静坐下后，扫了那些文件一眼。傅临远端了一杯咖啡递给她，陈静接过来，支着下巴："傅总真是日理万机。"

傅临远挽起袖子，翻开文件，听见她这话，眉头微挑："批改完，晚上带你去吃饭。"

陈静只能说好，她也就是小小抱怨一下，本以为他上飞机能睡会儿，看来是睡不了了。陈静喝完咖啡，拿出平板电脑开始处理工作。空姐送来了些比较精致的糕点，是特意为她做的。

陈静拿起其中一个糕点咬了一口，味道挺不错的。她递到傅临远面前："你也试试，好吃。"

傅临远扫了一眼，握住她的手腕，低头咬走，咀嚼着，下颌线冷硬。

抵达京市时接近中午，于从开车来接。傅临远中午得去见个行长，陈静并不适合在场，他也不想让陈静喝酒，于是直接把她送到卓越万代。当傅临远秘书两年多，陈静从没来过他这个私人住所。门一开，这房子的风格一看就适合他，她看到硕大的落地窗、灰色系的沙发、冷色调的桌子，以及开放式但似乎完全没用过的厨房。他这房子这么大面积，只有一间主卧，另外一间是书房。书房有一扇落地窗，他偶尔会在客厅办公，所以酒柜那边还有一张很长的桌子以及两把椅子。

傅临远提着陈静的行李箱进了主卧，拿着领带走出来，垂眸看她："等会儿有阿姨来给你做饭，你休息会儿。"

陈静点头："你少喝点酒。"

傅临远唇角微勾，点了下头。陈静走近他，抬手帮他把领口的扣子扣上，又帮他系上领带。系完后她要退开，傅临远握住她的腰，陈静仰头看他，踮起脚，吻了吻他的薄唇。傅临远直接低头，再次堵住她的唇。

不一会儿，她后背就抵上了他家的柜子。就在他吻她的脖颈时，陈静推搡他的肩膀，声音轻颤："傅临远，迟了。"

傅临远直起身子，单手还扣着她的腰。陈静扣着领口，脸红着与他对视，忍不住出声："大白天不好。"

傅临远眉头一挑："和自己女朋友，有什么不好的？"

陈静听着，瞪他一眼。直到她扣好扣子，傅临远才松开她道："家里开门密码是你的生日，但凡用到密码的都是你的生日。"

陈静送他出门，心想怎么所有密码都是她的生日。

这儿一梯一户，出了门就是电梯，傅临远走进电梯，两个人视线对上，直到电梯门关上。陈静站在原地，心依旧怦怦直跳。她站了一会儿，转身回屋，带上门，走进主卧看了看，他的床品也是深色系的。

陈静准备把行李箱里的衣服取出来收好，一拉开衣柜，衣柜里已经挂着不少新款女装。陈静一愣，取出来一看，全都带着吊牌，吊牌上有她的身高体重，衣服也是她喜欢的风格。

陈静松了一口气，有一瞬间还以为是别人的。她弯腰把自己的衣服也挂进去，收拾好行李，拿起手机给他发消息。

> 陈静：你衣柜里的女装是谁的？
> 傅临远：你的。
> 陈静：你不说我以为是哪个女人的。
> 傅临远：我没那么蠢。

陈静笑起来。她回到客厅坐着，给肖梅发消息，说自己已经到了。肖梅回复"好"，说她在客栈忙活着给木杉她们做午饭，问她吃饭没。陈静正准备回复，家里的门铃就响了，她起身打开门，门外是个穿着厨师制服的阿姨，手里拎着一个菜篮子。阿姨微微一笑："陈小姐吧？我是李婶，来给你做饭。"

陈静这才想起这回事，立即让开身子："李婶，你好。"

李婶在门口穿上一次性拖鞋，说："陈小姐有什么忌口都可以跟我说，我什么菜系都会。"

看着李婶熟门熟路的样子，陈静就猜测对方应该偶尔会给傅临远做饭，她笑着道："我没什么忌口，李婶随意。"

李婶走到厨房，放下菜篮子道："傅先生说你不吃太辣的和凉的。"

陈静一顿，没想到他还嘱咐了人家这个，她笑道："是，吃太辣的胃受不了，吃凉的也不太舒服。"

"好的。"

陈静想去帮忙，但李婶一看就是那种"这个厨房我做主"的人，跟肖梅有点像，陈静观察了一会儿，决定不过去。她回到客厅拿出笔记本电脑处理工作，短视频后台的订单如洪流一般涌进来，不少都被木杉处理了。

陈静帮着处理了一些。

不一会儿，李婶喊她吃饭，陈静合上笔记本电脑，叫李婶一起吃。李婶笑着说她自己装了一份，陈静一看，李婶另分了一份自己吃，一看就是有固定规矩的，陈静便不再担心，低头吃起来。

吃过午饭，李婶收拾好就离开了，她走后，厨房又恢复了那种主人不食人间烟火的感觉。下午，陈静觉得热，进浴室洗了个澡，穿着家居服出来，感觉有些困，合上笔记本电脑，在沙发上躺下就睡。

四点半左右，傅临远回来了，他解开领口，松下领带，进门一偏头就看到她在沙发上睡着的模样。他带上门，把外套搭在衣架上，倒了一杯冰水。喝完后，他放下杯子，走到沙发边，俯身看她。她穿着舒适的家居服，偏头睡得很熟，头发披散在枕着的抱枕上。

傅临远看她几秒，伸手，想把她抱到房里。

陈静却缓缓睁眼，四目相对，安静几秒，陈静的声音带了几分刚睡醒的柔软："你回来了？"

傅临远的喉结动了下："嗯，还睡吗？"他看着她的眉眼，陈静睡得太熟，还有些迷糊，她扭头看了一眼桌上的电脑，四点半，又收回视线看他，摇头道："不睡了，睡得头晕。"

她直接搂住他的脖颈，傅临远带着她起身。陈静屈膝坐着，傅临远在她身侧坐下，领带松散着。

陈静凑过去嗅一嗅："没什么酒味。"

傅临远将领带扯下来扔在一旁，偏头看她："没怎么喝。"

陈静"嗯"了一声，还有点倦懒，问："我们晚上要出去吃吗？要不，我在家给你做？"她认真地看着他，傅临远靠着椅背，握着她的脚踝："可以不出去吃，你不用做饭，李婶做就行。"

陈静看着他："你不想尝尝我的手艺？"

傅临远声音低沉："尝过了。"

陈静突然伸手勾着他的脖颈，接着长腿分开，坐在他腿上。傅临远抬眼，搂着她的腰，陈静看他棱角分明的脸。

傅临远用指尖拨开她肩膀上的发丝。随后，他堵住她的唇。

陈静也渴望他，与他接吻，傅临远一手按着她的腰，一手抬起来解着她的家居服，深深地吻着她。

硕大的大平层里，只有沙发上有细碎的声音，她轻轻颤抖着。落日余晖投进落地窗里，傅临远一按遥控器，窗帘拉上。

她脖颈泛红，过了好一会儿，被他抱进卧室里，只有一盏橘色灯亮着。

她的腿又长又美，腰被他掐着，双手紧紧握着他的手臂，在上面留下抓痕。他俯身吻着她的唇。

天地之间，只有他们两个人，渴望着彼此。

李婶来了，见卧室门紧闭，神色自然地去做饭，假装没看到客厅的混乱，做好饭就静静地关门离去。

这一夜，陈静累极了，傅临远哄着她喝燕窝粥，陈静迷迷糊糊地吃了才休息。

隔天一早，傅临远起床，俯身亲亲陈静的眉心，说："我去公司。"

陈静趴在床上"嗯"了一声，又继续睡着，傅临远给她拉好被子。

不一会儿，他从浴室里出来，水珠顺着脖颈滑落。他换好衣服，扣着纽扣，小心带上门，给李婶打电话，嘱咐她过来做早餐，但不要吵醒她。

随后，他捞起外套便出门。

陈静这一觉又睡了一个多小时，大约九点半才起床，她扣着睡衣纽扣，随意拿起手机一看，一大早就有很多私人消息。不仅如此，她还看到一则刚刚发布的金融消息——傅恒集团收购了一家旅游公司，这家公司不只有旅游项目，还打造了不少网红客栈。

并且，这家公司被傅恒集团收购后，陈静成为这家公司的负责人。

　　这个消息在圈内炸开，大多数人不认识陈静，但跟傅恒集团合作过的人知道陈静是傅临远的前秘书，傅恒集团内部群更是沸腾了。

　　蒋禾给她发来消息。

　　蒋禾：我这辈子没这么震惊过。
　　蒋禾：我的天，傅总这等于送你一家公司啊！

　　陈静也愣住了，坐在床边半天没回过神，她翻看着这些消息，傅恒集团的任命书已经发到了她的邮箱里。陈静心里颤抖，点开仔细看了看。

　　随后，她深呼吸一口气，下床冷静地去洗漱、换衣服。出去后，李婶给她端来早餐，陈静说了声谢谢，坐在餐桌旁吃起早餐。

　　与此同时，在傅临远办公室里，陆臣看到这条消息，愣住了。他看向傅临远："陈静是不是要回来了？"

　　傅临远翻看着文件，神色冷漠，应都没应。

　　陆臣"啧啧"几声："我就说她那么优秀，肯定得回京市发展，傅临远，你把她聘请回来，也不跟我说一声。"

　　下午，陈静忙完手头的事，进卧室里换了一套衣服。鞋柜上放着车库几辆车的钥匙，陈静随意地拿了一把，随后下楼开走那辆车，往傅恒集团大厦而去。

　　车子抵达傅恒集团大厦门口的停车位。陈静仰头看着这座大厦，过去两年多，她每天都出入这儿。她收回视线，走上台阶，迎面就碰到乔惜。乔惜看到她，愣怔几秒，下意识地抱着文件停住。

　　陈静含笑道："乔惜。"

　　乔惜恍然回神，"啊"了一声："陈静，你……你来找傅总？"

　　陈静"嗯"了一声。她大大方方的，乔惜却又愣住。果然，傅总喜欢陈静，他真的去追她，还把她追回来当女朋友了。

　　乔惜心情复杂，看着陈静，想起陈静在傅恒集团的时候傅总那"护犊子"的样子，原来一切都有迹可循。

　　乔惜说："是不是因为那家旅游公司的事啊？"她忍不住八卦一下。

　　陈静看她那八卦的神情，笑道："是呢。"

"哦。"乔惜理解地应了声。陈静跟她说:"下回请你们吃饭。"

"好呀。"乔惜点头,看着陈静走向电梯,陡然想起黄沫说傅总之前在公司有个女人,看来那个女人是陈静吧?

前台也认出了陈静,唰地从椅子上起身,上前给陈静按了傅临远的专属电梯。陈静跟她笑笑,说了声谢谢,然后进了电梯。

前台站在原地,目送电梯门合上,才回到座位。大堂里的人全凑过来。

"陈静吧?"

"嗯。"

"现在看,她好漂亮啊。"

"难怪傅总喜欢。"

"只是因为漂亮吗?难道不是因为她很优秀吗?"

"也是,以前陈静在的时候,傅总真的很护着她。"

"情不知所起,一往而深吧。"

"傅总追去周镇啊,他那样的人,居然会跑那么远去追她……说明是真喜欢了。"

"嗯。"

电梯抵达顶层,门打开,办公室有几分冷清,陈静下意识地看了一眼她原来的工位,旁边多了一张桌子。那张桌子收拾得很干净,陈静猜测原来是姚桃的。

这时,陆臣从傅临远办公室里走出来,一眼就看到陈静,眉眼一扬:"陈静!"

陈静看到他,微微一笑:"陆总。"

"好久不见,我很想你。"陆臣往她这儿走来,两个人相隔一米,陈静穿着裤装,头发扎了个丸子头,笑盈盈的:"陆总刚回国?"

"别提了,出国半年多了,事情刚办完。"陆臣看她是越看越美,"晚上一起吃饭?"

陈静轻扫一眼那办公室,摇了摇头:"下回吧。"

"行,你回来就好。"陆臣的手机正好响起,他看了一眼,示意他需要接个电话。陈静点点头,与他擦肩而过。陆臣拿着手机往电梯走去,但到了电梯门口,他脚步微顿,一种第六感促使他回头看去。傅临远抱着手臂

靠着门框，盯着陈静，陈静走到他跟前。

两人没开口，可陆臣觉得气氛有些微妙，他走进电梯，电梯门合上。电梯外，陈静上前挽住傅临远的手臂，傅临远睨她一眼，进了办公室，拿了一杯咖啡给她。

陈静接过，顺势松开他的手臂，看着他的眉眼，道："旅游公司，什么意思？"

傅临远靠着桌子，将桌子上的文件递给她，声音低沉："我希望你在京市能有归属感。"

陈静心一颤，看他一眼，放下杯子，接过文件翻着。傅临远揽着她的腰，往前带了带，垂眸看着她手中的文件，道："客栈做得不错，我相信你能做好这家公司。"

陈静抬眼与他对视。傅临远神色淡定。陈静抬手轻拽一下他领口："你有私心。"

傅临远神色不动。

"你想让我留在京市。"陈静直接点破，"傅临远，你好有心机。"

他没否认。陈静留在京市这几年，也没在这儿拥有什么。可她在周镇有母亲，如今也有了客栈，那是更深的牵扯。而在京市，除了一个傅临远，基本没什么可让她牵挂的。或许是因为他清楚她是独立成熟的人，才不得不安排这样一个"王国"给她，让她对京市有更多的眷恋。

不得不说，他深谙陈静的心思，陈静对这个公司感兴趣，她不想当傅临远的秘书，以她的能力，能有更好的发展。投资圈的门已经敲开半扇，只要努力，她完全可以跟蒋禾一样，成为一名优秀的经理。

前段时间，蒋禾升职成为傅恒集团控股的投资部的经理，距离她的买房梦也更近了一步。傅临远当然不希望陈静输给任何人，她回到京市，当然要站得更高才行，何况她本来就有能力，将一家公司交给她最合适。

傅临远握紧她的腰："如何？"

陈静将手搭在他的肩膀上，捏着那份文件："我试试。"

傅临远心里松了一口气，低头亲吻她的眉心。陈静放下文件，往他身上靠去，用两只手搂着他的腰，傅临远把她搂进怀里，说："我做得不好的地方，你记得提出来。"

陈静笑道："好啊。"

傅临远偏头亲吻她的脸颊，陈静抬头与他接吻。踮脚吻了会儿，陈静抽身，唇瓣被他吮得发红，她问道："你不招秘书了？"她这次回来，发现他这儿冷清好多。傅临远用指腹摸着她的唇瓣："不招了。"

陈静"哦"了一声。

傅临远垂眸看她一眼："有过你一个就足够。"

其实，陈静来当他秘书之前，他身边的秘书都干不长久，齐特助算是秘书转岗。后来公司觉得傅临远身边还是需个女秘书，陪他出席一些应酬，于是才又着手招聘，主要招京市大学的学生，想给她们一些机会。

陈静上任后，很多人都觉得她也不一定能干得长久，她若是对傅临远产生了什么想法，肯定会被辞退的，但陈静一直是个进退有度的合格的秘书，因此才能任职两年多。

当然，傅临远护着她，也在很多人的意料之外。

陈静听着，问道："真的？"

傅临远"嗯"了一声，陈静又踮起脚，本想去亲他的薄唇，忽然改而咬住他的喉结。

傅临远一愣，眸色微深，一把按住她的后脑勺。他声音很低，带了几分隐忍："陈静，你今晚不想睡了。"

陈静笑了，亲亲他的喉结。傅临远闭了闭眼，就在他准备把她抱起来时，陈静按住他的肩膀，盯着他："咱们去吃饭吧？我想出去吃。"

傅临远垂眸，眸色仍然很深，他强忍着："去哪儿吃？"

"去口岸那里吃西餐。"

傅临远点头："好。"

陈静从他怀里离开，熟门熟路地拉上了窗帘，傅临远拿过外套，搭在手臂上，揽过她的腰。他问："开了什么车过来？"

陈静把车钥匙递给他看，是黑色宝马，比较低调。傅临远接过钥匙，与她一起下楼，抵达一楼后，傅临远牵着她的手走出去，迎面碰到蒋禾、乔惜，还有策划部的几个女同事。她们都挺诧异的，虽然知道陈静现在是傅总的女朋友，但真的见到两个人在一起了，又是另一种感受。

蒋禾笑眯眯地看着陈静。陈静下意识地看了一眼身侧的男人，笑着冲

她们大大方方地点点头。几个人立即抬手跟陈静挥挥手。

傅临远神色淡淡，牵着她走下台阶。

口岸那家西餐厅，陈静之前来过，环境很好。在当他秘书的时候，某次傅临远要见一个客户，陈静订的就是这家餐厅。后来那位客户不想吃西餐，只能订另外一家中餐，因为离得近，她便亲自来这家餐厅退订。办完正好日落时分，陈静从餐厅出来，看到夕阳投在餐厅走廊上，非常美，给她留下了很深的印象。

她挽着傅临远的手臂走进去，两个人在靠走廊的位置坐下，点了餐，夕阳的光芒正好照进来，陈静拿起手机，对着夕阳拍摄。傅临远把餐牌合上，递给服务员，视线落在她的脸上。

陈静拍了几张，回头看向他："夕阳是不是很美？"

傅临远"嗯"了一声："你更美。"

陈静抿唇，眼里带着笑意，她染的头发经过一段时间褪色，现在的发色越发自然，此刻她的头发上镀了一层夕阳的暖色，衬得皮肤白得近乎发光。

她低头按着手机给照片调色、加滤镜，再保存下来。

不一会儿，菜上了桌。傅临远给她切好牛排，放到她面前，陈静说了声"谢谢"，拿起叉子试了一口，肉质鲜嫩，很好吃。

傅临远的主菜选了鳕鱼。他切了一块，叉着放到陈静唇边。陈静抬眼咬住，咀嚼两口，觉得鳕鱼也不错。

服务员端了汤上来，傅临远推到她面前。陈静低头喝着。

傅临远端起咖啡喝一口，安静地看着她喝汤。陈静要用纸巾，傅临远抽了一张递给她。夕阳渐渐沉下去，夜幕降临，座位上的灯被打开了，灯光也很美。陈静往后靠去，看了看那片灯光，收回视线，看向傅临远："我们这算约会吗？"

傅临远擦拭指尖，撩眼："当然算。"他拿起桌上的手机，拎起她的包，随后牵着她的手："去逛逛？"

陈静被他牵着，说："这儿好像没什么好逛的，就是餐厅多。"

傅临远买单后，声音低沉："那去购物中心？"

陈静摇头。傅临远睨她一眼："约会时只吃饭，不逛街？"

陈静笑着道："再看看。"她挽着他的手臂，两个人走出去，口岸这儿的风挺凉爽的。陈静用余光看到走廊尽头的娃娃机，挽着他往那儿走去，傅临远垂眸扫她一眼。

陈静抬头："玩一玩？"

傅临远拨开她额前的发丝："随你。"他的语气虽没起伏，但陈静竟听出几分无奈，她眼里含笑，还是拽着他过去。她都记不清上次玩娃娃机是什么时候了，应该是初中。如今的娃娃机更便捷，扫码付款就能买游戏币，傅临远拿出手机，扫码买了一兜。

他一手挽着外套，一手从出币口拿出她的币。陈静放了一枚进去，开始夹娃娃。操作起来没那么容易，基本上一夹上来就掉了。

她并不慌，又投了一枚币，傅临远站在她身侧，垂眸看着，说："再夹几次，差不多了。"

陈静点头："我知道。"

其实夹娃娃就是概率问题，肯定是提前设置好的。陈静又努力一把，也不知道花了多少个币，终于夹了个粉色的娃娃。她有点兴奋，递给他看，傅临远唇角微勾："不错。"

陈静轻晃着娃娃，说："虽然付出跟收获不成正比，但是我好像挺高兴的。"

傅临远"嗯"了一声，这也是他愿意陪她在这儿夹娃娃的原因。他一手搂着她的腰，带着她离开。

下了楼，二人沿着口岸走着，陈静把娃娃挂到包上，再由傅临远拎着。

两个人逛了一圈，果真没什么店，傅临远想带陈静去购物中心，陈静不想去，于是两个人就打道回府。

傅临远一进门就接到电话，他站在窗边打着电话，陈静把他的外套挂好，披散着头发去洗澡。等她穿着睡衣走出来时，傅临远还在打电话。

陈静没去打扰他，准备走到高脚桌旁边煮杯咖啡喝。她穿着舒适的睡衣，头发刚吹干，披散在肩膀上。傅临远从落地窗的倒影里看到她，听着那头宴珣说话的声音，就在陈静往高脚桌那儿走去时，他突然伸手揽住她的腰，把她往怀里带。

陈静猝不及防地抬眼，傅临远扣着她的脖颈，低头吻住她。这次，他速度很快地挂了电话，话说到一半的宴珣不明所以。

陈静回神，攀着他的脖颈，仰头与他接吻，两个人的身影映在落地窗上，陈静的睡衣肩带往下滑落。过了许久，傅临远离开少许，道："今晚有流星，我洗个澡出来陪你看。"

陈静一愣，往外看去："真的吗？"

傅临远"嗯"了一声，松开她，解开衬衫纽扣往主卧的浴室走去。陈静拢了下睡衣，仰头看着窗外。

桌上的手机响了，但不是她的，陈静看了一眼，是宴珣打回来的，她没接，等着傅临远一会儿出来再回复。陈静拿过一旁的平板电脑，打算登录微信。没想到傅临远的微信登录着。她一点开就看到他的聊天列表。这个男人的列表上有不少消息，其中的一些是冯志、宴珣、陆臣等人发来的，不好再看，在要退出之前，看到置顶的头像是她的，而备注是"老婆"。

陈静一愣，心怦怦直跳，心想，他是什么时候备注的？她关掉屏幕，站在桌旁发了会儿呆。

过了一会儿，傅临远擦拭着头发，从浴室里出来。他看了一眼腕表，搂过她的腰，带到落地窗前。陈静靠在他怀里，仰头看他，踮起脚亲亲他的下巴。傅临远收紧手臂，垂眸睨她一眼。陈静唇角勾起，收回视线，问道："真有流星吗？"话音刚落，就见天边快速地划过一道流星。

陈静小小地"哇"了一声。她很少这样，傅临远又看她一眼，陈静目不转睛地看着天边，神色有几分期待，眼眸中流动着光芒。傅临远低头吻住她的脖颈，陈静一顿，仰起脖颈，任由他吻着。男人紧扣着她的腰，吻逐渐向下，陈静搂着他的脖颈，看着他的眉眼，想着他备注的"老婆"二字，她的心像被灌满了一般。

不一会儿，衣衫落地，陈静后背抵着落地窗，搂着他，傅临远吻着她的唇。她的声音藏在他唇齿间。这扇落地窗可以从里面看到外面，但是从外面看不到里面。但窗帘还是被傅临远拉上了，陈静搂着他的脖颈，亲吻他的薄唇，将一切都交给他。

隔天一早，傅临远接了个电话，他放下手机，俯身亲吻她的眉心，说："今天去见见我爸妈。"

陈静睁眼，对上他狭长的眼眸，顿了顿，说道："好。"

早上九点半，吃完早餐，陈静进房里换衣服。她挑了一条裙子，拿着腰带走出来："傅临远，给我拉下拉链。"

傅临远把正在通话的电话随意地放在桌上，一手拉着她的裙子，另一手为她拉上拉链。

宴珣在那边很是无语，他这次总算听清了，傅临远身边的女人是陈秘书没错。他"喂"了一声，喊道："陈秘书。"

傅临远拿起手机直接挂断，陈静转身把腰带扣上，撩眼看傅临远："我得买点东西，你跟我说说伯母喜欢什么，老傅总喜欢玩玉对吧？我买点。"

"我都给你准备了。"他说。

陈静摇头："你准备的是你的，我要自己准备。"

傅临远听罢，倒也没再说什么，他知道她的性格。这件裙子的袖子有扣子，陈静自己不好扣，傅临远握住她的手腕，低头给她扣上。收拾好之后，傅临远拎过她的包，揽着她的腰往外走。因为要回傅家，他今天穿的这件衬衫的袖口还有金丝线，没有平日里看着那么冷漠，有几分随意。

他耐心陪着陈静去了几家珠宝店。陈静选了又选，给傅中衡买了玉，给章欣彤买了项链，陈静的眼光一直很好，价格虽贵，但好看就行。

抵达傅家，傅临远牵着她的手入门，章欣彤跟傅中衡在客厅等着。一抬眼，就看到傅临远把人牵进来的画面。陈静冷静自持，进退有度，眉眼却温柔娴静，整个人的气质与众不同。

她虽然偶尔会调侃或挑衅傅临远，但那都是在他面前才会有的举动，在外面，光是她眉眼间的那点温柔就很受人欢迎。章欣彤一看就喜欢，笑着站起身："静静。"

陈静站定，温柔一笑："伯母，老傅总。"

傅中衡对陈静也没什么意见，她当傅临远秘书那几年，傅临远很信任她，傅中衡自然也信任她，所以此时看到她成为儿子的女朋友，他觉得也挺好的。他早些时候就听公司的人说傅临远很护着陈静，倒是没想到，儿子护着护着竟然动心了。

章欣彤把陈静拉过去，嘘寒问暖。陈静一一作答，傅临远在一旁坐下，给傅中衡点烟。傅中衡偏头问傅临远："你打算把旅游公司交给她？"

傅临远"嗯"了一声。他也拿出一根烟，虚虚地夹在指间，这种特制的烟味道很淡。傅中衡点头："也行，我再问你一个问题。"

傅临远把玩着烟。傅中衡轻声问道："顾琼没回来之前，你就喜欢上她了吧？"

傅临远指尖一顿，说："是的。"

傅中衡点头："看来你当初一眼选中她时就有私心。"

傅临远声音低沉："那倒没有。"

傅中衡看他一眼，冷哼一声："嗯，有没有你心里清楚。"

傅临远听罢，懒得回复。

不一会儿，该吃饭了，章欣彤拉着陈静往餐厅走，父子俩也跟着起身，今天做饭的是李婶，陈静看到她，与她打招呼，李婶也笑着跟她打招呼。章欣彤看着陈静这般应对，更喜欢她了，觉得她礼貌与教养都有，不轻易看轻人。

吃饭时，章欣彤拉着陈静聊天，从有机菜聊到激素肉，陈静偶尔接上一两句，傅临远抬手给陈静盛汤，四个人其乐融融地吃完午饭。下午傅临远得处理工作，陈静陪章欣彤制作甜品。

陈静挽起袖子，帮着打蛋清。章欣彤打心眼里喜欢她，说："以后有空你就来家里陪陪我，当然，前提是不耽误你的工作。"

陈静说道："好。"

做完甜品，章欣彤就安排吃下午茶。

傅临远出去打电话，章欣彤泡了杯咖啡，又用小盘子装了几颗小芋圆递给陈静。陈静知道这是要她拿给傅临远，她端着这两样东西走去阳台，放在他手边，傅临远看她一眼，接着伸手搂着她的腰，带到怀里。

陈静一顿，放松身子靠在他怀里，傅临远亲吻她头顶，陈静仰头叫他试试这个芋圆。傅临远拿起一颗，却先喂她。陈静张嘴咬住，小声地道："我吃过了。"

傅临远："是吗？再吃一颗。"

陈静咀嚼着道："伯母的手艺很好。"她又拿了一颗喂给他，傅临远垂眸看她几秒，张嘴吃了。他吃腻了章欣彤的手艺，也就陈静觉得新鲜。

屋里，傅中衡从楼上下来，看章欣彤往阳台看，他也跟着看去，瞟到了陈静喂傅临远吃东西的这一幕。章欣彤支着下巴说："以往我逼他吃，他都不吃，现在有个老婆管着，他不得不吃。"

傅中衡看一眼自家老婆："人心险恶。"

章欣彤瞪他一眼。傅中衡咳了一声，也走过去捏了颗芋圆吃。

见过傅家父母，陈静心中的一件大事也算解决了。

客栈的生意很好，主要是陈静的理念好，当然也有天时地利人和的原因。木杉她们又招了几个员工，安排了员工宿舍，陈静这两天都与她们线上视频沟通工作，打算让木杉她们全权接手客栈的运营。

傅临远这几天抽空带陈静去万里远程公司的总部看了看，没过多久，陈静的生日也要到了。傅临远要帮陈静过，一早就在安排，不少人都收到了傅临远的邀请，知道傅临远这是想正式向所有人介绍陈静。

蒋禾立马去买高定礼服，她要亲眼见证这一时刻。乔惜等人当然也不甘示弱，整个傅恒集团都挺热闹，热闹的不单是傅恒集团，圈子里的人自然也在关注这件事。

6月28日这天，黑色的跑车疾驰在路上，前往举办生日宴会的酒庄。陆臣急刹在酒庄大门口，正好看到宴珣，摇下车窗，探头道："宴珣。"

宴珣也刚从车里下来，手插裤袋过来。陆臣指着酒庄大门："是陈静过生日对吧？"他像是要再确认一遍。

宴珣一听笑了："是啊，傅临远老婆的生日。"

陆臣抓抓头发，呆坐几秒，摆手："你先进去。"

宴珣笑看他一眼，也不等他，直接就往里面走。陆臣又坐了好一会儿，见人来得差不多了，他才推门下车，从后座抱出一个超大的礼物，走进大门。他直到此刻还在幻想着傅临远大张旗鼓过生日的对象只是个跟陈静同名同姓的女人罢了，可等他站到大厅里，便看到陈静偏头跟傅临远说话，傅临远微低头，眉眼冷峻，手握着她的腰，认真听着她的话。这时，他的幻想终于破灭。

陆臣想：我要退股！

陆臣站了好久，不少人看到他手里捧着的巨大礼物，纷纷往他那边看去，自然引起了傅临远与陈静的注意。傅临远撩起眼眸，与陆臣的视线对上，神色不变。

陆臣却咬牙切齿、下颌紧绷。

无声的暗流在空气中流动，以至于其他人都感觉不对劲。傅恒集团的员工这才反应过来，陆总曾大张旗鼓地追过陈静，追得煞有其事，只是后来陆总出国去办事，陈静离职，他的追求好像就没有下文了。没想到他一回国，喜欢的女人已经成了傅总的女朋友。

这么一想，他们多少能理解陆臣此时的心情。

当事人陆臣紧抱着礼物，走向傅临远跟陈静，那气势竟带了几分压迫感。傅临远没动，但他的气势也在那儿，等着陆臣迎面走过来。陆臣来到他们面前，看着傅临远："其实从一开始，你就在暗中阻挠。"

傅临远神色不变，算是默认。陆臣咬牙切齿，脑海里突然浮现那次陈静无意中牵到傅临远的手的画面，现在想起来，讽刺得很。

"你挺无耻啊。"陆臣冷哼一声，还是忍不住想问，"你什么时候——"

傅临远眉眼冷峻，抬眼道："多谢你今晚来参加我女朋友的生日会。"

这话又给陆臣造成暴击，他唰地看向陈静，想说点什么。可是当他看到陈静漂亮的眉眼以及几分担忧的神情后，气势瞬间垮了，想起之前对她造成的伤害，脑海里也浮现出他这半年在国外找的莺莺燕燕，彻底没了底气。

他做不到傅临远那么深情。他的喜欢一直都浮于表面，他说想去周镇看陈静，但始终没有行动。其实他是有机会的，这半年偶尔回国一次也没什么，他没那么忙，也没想要一直留在欧洲。说白了，即使再喜欢陈静，也不足以让他放弃现有的生活，所以他才会一拖再拖，拖到今天，她成了别人的女朋友。

身为傅临远的好友，陆臣最清楚他身边也有很多女人出现，但傅临远从不轻易点头，也从不主动撩女人，都是女人撩他，但接不接受，主动权在他自己。

在国外那几年，陆臣身边的女人常换，在名利场里，傅临远身边也围绕着许多女人，但一出这个门，他就形单影只。

陆臣有时觉得傅临远装，但又不得不佩服他的自制力。所以在陆臣父亲卖掉手里的公司和一些其他资产后，他就游说他父亲加入傅恒集团。在傅临远刚接手傅恒，被做空机构盯上时，有一个股东顶不住压力，打算卖掉股份，陆臣也接手了他手里的股份，正式成为傅恒集团的股东。

他做的决定是对的，至少他手里的股份已经水涨船高了。

现场很安静，陆臣看了陈静好一会儿，随后扬起笑脸，将手中的礼物递给陈静："生日快乐，静静。"

陈静看他情绪好些了，也松了一口气，微微一笑，伸手去接礼物："谢谢陆总……"

话没说完，那份礼物被傅临远接过。

傅临远随手递给一旁的于从，叫人端来酒，递了一杯给陆臣。陆臣接过，脸上隐隐带了挑衅的神色，他是故意喊她"静静"的。

傅临远神色不变，眼眸隐有锋芒，他端过酒杯与陆臣碰杯，二人对峙着。

陈静看他们碰杯了，却放松下来。她端过酒杯，也与陆臣碰了下。她的眉眼仍是那般清丽，神色冷静，脸上带着微笑，很是好看，陆臣多看了她几眼。

傅临远的下颌紧了几分，等她喝完酒，揽着她的腰，对陆臣道："你随意。"章欣彤带了姐妹来参加宴会，正好在跟他们招手。傅临远把陈静送到章欣彤身边，按着陈静的肩膀低声道："我妈陪你一会儿。"

陈静点头，她看到宴珣跟闻敛来了，他肯定得跟他们见一下。傅临远走后，章欣彤拉着陈静，笑着跟她的姐妹介绍，她的姐妹一个个保养得特别好，看起来都很年轻。今晚章欣彤可以不用来的，毕竟这是年轻人的聚会，但她还是来凑热闹了，还让人带了很多她亲手制作的糕点，她乐于跟人分享自己的手艺。

"陈静跟傅临远是一个学校毕业的？"几位姐姐笑着问道。

章欣彤点头道："是呀，京市大学。"

"那真好，算起来两个人是校友，还是学长和学妹。"

"就相差一岁，傅临远要是不跳级，估计两个人在学校就能碰上。"

陈静脸带微笑："他回学校上过课。"

"你上过他的课？"

陈静点头："嗯。"

"哎呀，这又多了一层缘分。"其中一个姐姐掩嘴笑起来。

　　陈静觉得她们很可爱，但她没有开口硬插入她们的对话。她端来一些糕点，摆放在一旁的桌子上，又让服务员给其中一个姐姐换了酒杯，因为注意到她的酒杯上沾了口红，刚才擦了几下那杯子。那个姐姐冲章欣彤点头，表示傅临远的女朋友真的可以，章欣彤看见，不由得眉眼扬起。

　　章欣彤不怕自己未来的儿媳骄纵，也不怕她恃才傲物，但就怕她是个不讲理、不思考的人。但显然，陈静完全不是那样的人，她清楚地知道自己该做什么，不该做什么，说得再明白点，就是足够清醒。

　　闻敛跟宴珣在那边喝着酒，看着在章欣彤身侧的陈静，闻敛挑眼笑了下，问："陆臣很生气吧？"

　　"估计气炸了。"宴珣调侃道，又看向傅临远，"你也有点过分。"

　　傅临远抿着酒，手插在裤袋里，没应。他自己本就没有料到后面的发展。

　　这一晚来的人不少，都是冲着看傅临远的女朋友来的。到了下半场，一个八层的蛋糕被服务员推出来。傅临远在人群中把陈静牵到蛋糕前，拿过打火机，点燃上面的蜡烛，炫彩的蜡烛亮起来。

　　"许愿！许愿！"蒋禾等人在旁边催促。

　　傅临远偏头看着陈静，声音低沉："许个愿望，我帮你实现。"

　　"哇！"人群中有人尖叫。

　　陈静站在他旁边，与他对视几秒，笑着收回视线，双手合十，闭眼，心中默念：愿我爱的人身体健康，一帆风顺。

　　她睁开眼，一手握着他的手腕，凑过去吹灭蜡烛。这时，啪的一声，绚丽的烟花在外面的天空中炸开，整个天空仿佛活了，美得惊人、热闹。

　　"哇——"蒋禾等人拎着礼服裙就往外走去，原本寂静的天空上全是绚烂的烟花，陈静也转头看去。傅临远揽住她的腰，陈静靠着他的肩膀看着夜空。

　　过了一会儿，星座大厦的灯突然亮起来。一个巨大的魔方出现在大厦表面，接着快速转动，停止变化后，出现几行字。

　　陈静，
　　Seulement vous.（只有你。）

众人瞬间安静。

陈静唰地抬眼，对上他的视线，傅临远在她眉心亲了一下。其余人"哇"了一声，举起手机很是激动地拍下这一幕。

吻眉心是珍视的意思。

傅恒集团的员工想，过去的两年多，他们看到傅总出现的时候，身边总有陈静，有时陈静会抱着他的外套，有时会拿着文件在他身侧跟他说话，傅总会看着陈静。他们有时也会看到陈静在泡咖啡，傅总在批改文件。或许就是有这些点点滴滴的相伴，才有今天的相爱。

一辆黑色的保姆车停在酒庄的大门口。顾琼坐在座位上，驾驶座上是她的助理，助理握着方向盘，顾琼看着窗外的烟花，又看了眼绚丽的星座大厦，问："你再跟我说一遍，那个女的，原来是什么？"

助理回道："她叫陈静，原来是傅总的秘书，据说，傅总很护着她。听说江曼琳的闺密方晓看到过傅总把她抱下楼，其他人都不知道他们的关系。傅总……好像是主动的那一方，把她放走过一次，后来又回她家乡去追她回来。"

听着助理的话，顾琼紧握着扶手，转头看着那些烟花，一声不吭。

生日宴会过后，陈静就要正式接手万里远程这家公司。

早晨，她又一次穿上职业套装，简单吃了傅临远做的早餐。谁能想到这个男人会做早餐？当然他做的早餐非常简单，就是面包夹果酱，再倒了杯牛奶。

吃完早餐，陈静拎起包。傅临远穿上外套，拿了车钥匙。陈静站在玄关穿高跟鞋，新买的鞋子有点难穿。傅临远扣好袖扣，看她还在折腾，便半蹲下，握住她的脚踝，拿起高跟鞋扣着她脚趾往上一按，穿上了。

陈静笑道："谢谢，傅总。"

听见这称呼，傅临远直起身子，视线落在她这一身装扮上——及膝 A 字裙勾勒出纤细的腰身，白衬衫配了件西装外套，与当他秘书时的模样差不多。她穿套装很吸引人。

傅临远牵着她的手，开门出去，道："晚上回来再收拾你。"

陈静砰的一声反手关上门，笑道："晚上我加班。"

"我去接你。"他说着，按开了电梯，两个人走进电梯里，陈静拎着小包，被他牵着手。有其他人进来，傅临远把她往后拽了拽，改而搂着她的腰，到了另一层，有个男人怀里抱着一个超大的礼盒进来。

陈静看到那个礼盒，觉得似曾相识，随后才想起来，昨晚生日宴，陆总好像也递来一个这么大的礼盒，可是没有送到她这儿。她在生日宴会上收到的礼物都还没来得及拆，堆在客厅的地毯上。昨晚一进门，她就被他压着吻，后来，被他按在床上，一整夜都与他纠缠，溃不成军。今天又正好要去万里远程公司，所以打算晚上回来再拆。

"看什么？"傅临远低沉的声音在头顶响起。陈静回神，抬眼对上他的眼眸："我记得昨晚，陆总好像送了一个礼盒。"

傅临远收回视线，冷飕飕地道："你感兴趣？"

陈静从他冷硬的侧脸以及语气中听出他的醋意，忍住笑，说："还好吧，不过这么大的礼盒，能装什么呢？"

"回头给你买十个。"

陈静一听："别，不要，我说说而已。"

电梯终于抵达负一楼，里面的人鱼贯而出，陈静跟着傅临远走向车旁。陈静弯腰坐进副驾驶座，傅临远给她扣好安全带后去了驾驶座。陈静整理了一下头发，傅临远启动车子开出去。于从今早去接客户，没法过来。

轿车抵达万里远程公司的大厦，停在大厦门口，其实这栋大厦距离傅恒集团大厦并不算远。陈静解开安全带，顿了顿，手搭着扶手靠过去。傅临远偏头看她几秒，低头吻住她的唇，吮了下，又用指尖捏着陈静下巴，道："有事打电话。"

陈静点头，凑上前，又亲了亲他的唇角。傅临远眸色微深，但还是松开她，陈静推门下车，弯腰道："傅总再见。"

傅临远支着下颌，一脸"你死定了"的表情。陈静笑着踩着高跟鞋走上台阶。大厦门口已经有不少万里远程公司的高层在等陈静，看到她，众人纷纷喊了一声"陈总"。

他们认出楼梯下那辆车是傅恒集团总裁的，不过他们现在还是要先跟陈静搞好关系。

陈静笑着跟他们打了招呼，随后就由他们带她上楼。万里远程公司租了这栋楼的 19 层、20 层、21 层、24 层、25 层，他们带陈静从 19 楼往上一层一层去看。

陈静对这家公司做过尽调，看似花团锦簇，却曾有过一次财务造假，而且手里很多开发区都搁置了。虽然还有点前景，但是内部也一团乱麻，并不是来了就能坐稳的公司。

陈静听着他们汇报，知晓两年前的项目还在苟延残喘地跟进，眉头都要拧皱了。

到了 25 层办公室，陈静随意地倒了杯水喝，人力那边说给陈静招了一个女助理，还没到岗。陈静坐在办公桌前翻看这些项目，拿笔一画，砍掉不少项目。下午开会时，那些高层都惊呆了，心想：她这是疯了吗，投那么多钱去做的项目全砍了？之前的付出不都白费了吗？

陈静看他们的表情就知道他们不满，可也没办法，她在傅恒集团就没见过这样没用的项目。傅临远的每一通电话、每一个会议都会高效地做出决定，项目也分得很清楚，从不会这样一团乱。

陈静跟他们解释："现在不砍掉，将来落地以后，维护成本只会让这个无底洞越来越大，你们万里远程公司为什么会被收购？因为你们的上一任领导兜不住了。"

大家安静了，陈静看着他们又道："我们一样样来，先把能扶起来的扶起来，资源整合好了才能有前景。"

他们点了点头，不满也逐渐少了些。不过点头不代表他们心里没看法，陈静现在顾不了那么多了，她要交出令人满意的答卷，既是为了傅恒集团，也是为了自己这么多年的努力。

晚上，陈静加班到九点半才走出大堂，她本想叫个车，却发现黑色的轿车已停在门口。陈静一顿，于从从车里下来，给她开了车门。

陈静笑道："谢谢。"她弯腰坐进去。

傅临远坐在后座翻看着文件。他领口微敞，领带有点松，身上有淡淡的酒味，晚上应该去应酬了。陈静也挺累的，她脱下高跟鞋。傅临远合上文件随意搁在一旁，弯腰握住她的脚踝，按在小腿上，陈静"哎"了一声，傅临远手一翻，就看到她的脚后跟磨破了，还磨出了血。

　　陈静穿的是裙子，这样被抬起来腿，不太好。她立即升起隔板，傅临远扯了一张纸巾，擦拭她的脚后跟上的血，陈静看着他冷峻的侧脸，道："好长时间没穿这么久的高跟鞋了，加上这又是新鞋，磨脚很正常。"

　　傅临远往后一靠，握着她的脚踝，"嗯"了一声。车里没备止血贴以及消毒水，也没法清理。陈静的裙子往上缩，她觉得有点难为情，往下拽了拽。

　　傅临远看她几眼，眼中带了几分似笑非笑的意味。陈静的耳根红了。

　　傅临远将手搭在她的小脚上，带来温度，他问道："你昨晚许了什么愿望？"

　　陈静靠着椅背摇头："不告诉你。"

　　傅临远静看她几秒，倒是没再问。回到卓越万代，傅临远取来医药箱，坐在沙发上给陈静消毒擦药，他也没问陈静今天的工作怎么样，他知道这家公司没那么好管。

　　陈静拿着平板电脑翻万里远程公司的那些项目在网上的评价。等擦完药，她下了沙发，坐在地毯上拆礼物。傅临远靠着沙发扶手检查邮箱。这些礼物都写了送礼人的名字，陈静拿着手机记着别人送了什么，以后好回礼，傅临远看着她一边拆一边记的认真模样。

　　蒋禾等人送的礼物她都很喜欢，长辈们送的礼物却让她挺惶恐，尤其是傅中衡，直接送了一根金条。陈静呆愣几秒，举着那金条给傅临远看。

　　傅临远没什么表情，说："收着吧，以后多的是。"

　　陈静心想老傅总送的礼物真是别具一格，她收回视线继续拆。礼物有点多，拆到后面她都有点晕了。傅临远等了好一会儿，她还在拆。

　　傅临远问："还没完？"

　　陈静"嗯"了一声，将手搭到沙发上，扭头看他，故意反问："你急啊？"

　　傅临远定定看她几秒，眼眸微眯。下一秒，他合上笔记本电脑，一把捏住她的下巴，低头堵住她的唇，顺手拿走她手里不知是谁送的礼物，搁在茶几上。

　　陈静仰头，被他吻着。他的指尖往下，陈静脖颈泛红，任由他施为。

　　深夜，陈静累极，想休息了，但她想起外面拆开的礼物盒，觉得应该收拾一下。傅临远这儿有来打扫的阿姨，但一般都是下午才来，那些礼物盒又都堆在地毯上，不方便走路。她起身，拢着外套下床。

来到门边，她看到傅临远穿着黑色睡衣，站在客厅里接着电话。宴珣打电话来说华辉公司的事，其实傅恒集团至今还在上诉，并没有完全处理好。

他一边接着电话，一边随意地把那些礼物盒扔进一个大箱子。陈静靠着门框安静地看着他，以前只看到他在工作时的冷静自律、高高在上，然而实际上，他在家会做简单的早餐，偶尔也会像这样，懒散地收拾着乱得令他难以忍受的礼物盒。

陈静看了一会儿，趁着他去吧台倒酒时走过去，从身后搂着他的腰。

傅临远一顿，低声问道："醒了？"

陈静抱着他劲瘦的腰，靠在他宽阔的肩膀上，"嗯"了一声。

傅临远放下酒杯，拉开她的手臂，回身靠着吧台，把她拉到怀里。陈静又紧搂着他的腰，懒洋洋地靠在他怀里。宴珣此时在酒吧，有点吵，所以根本没听到陈静的声音。他继续说他的事，傅临远懒洋洋地听着，陈静听到宴珣的话，心想华辉公司的事情真是麻烦，钟龙提供了源代码，但因为他老婆手里有协议，傅恒集团没办法使用源代码。

那家外资公司也不是吃素的，一派强盗作风，甚至无视法律，所以还有很多事情需要掰扯。还好实力雄厚的傅恒集团能顶得住，换成别的公司早让他们得逞了。

谈完电话，傅临远放下手机，垂眸看她，陈静昏昏欲睡，抬眼对上他的视线，克制住睡意道："我想到一个损招。"

傅临远示意她继续往下说。陈静看着他的眼眸道："让那家公司也用不了这个系统，这个事情让钟龙去办。"

既然得不到，那暂时毁掉。

傅临远眉头微扬，觉得这不失为一个好办法，既然对方不想讲道理，那就用蛮力吧。陈静看他没回复，踮了踮脚："怎么样？"

傅临远搂着她的腰，垂眸看她："挺好的。"

陈静一听，就知道他采用了。

傅临远看她打个哈欠，拦腰把她抱回房间，随后关掉房里的灯光。两个人躺在床上，他抬起手臂把陈静搂过来，陈静将头埋在他怀里，不一会

儿，两个人便睡着了。

砍掉那几个项目，算是陈静上任后的第一把火，直接烧到股东那儿，包括傅恒集团，但傅临远一声不吭，默许陈静的行为。这让其他人有气无处可发，只能忍着。

有人私下传傅临远把她宠上天，不管万里远程公司的死活。

没人知道陈静做的事情就是傅临远想做的事情，他们越是在一起生活，做的许多决定就越是相似。陈静本就很了解傅临远，他做的一些决定，有些人会觉得难理解，只有陈静知道他为何这样做。傅临远对陈静也是一样的。或许，此刻他们才更明白，为何二人会相互吸引。

傅临远的默许加支持，当然也有宠她的原因在里面。陈静很争气，她想做好的事情怎么样都会努力去做，顶着压力也要做，所以她态度很坚决，也从没跟傅临远抱怨过。

陈静上任一周后要参加一个互联网峰会，傅临远也会出席，但两个人抵达的时间不一样。陈静到得早，她在现场遇见蒋禾。升职后的蒋禾也要参加这类活动，她笑眯眯地上前挽住她的手："宝贝，好巧哦。"

陈静笑着道："好巧。"

蒋禾说："最近好忙，我头发都秃了，你看看，是不是？"她低头给陈静看，陈静看了一眼，推她肩膀一下："哪儿秃，还是很浓密。"

"哈哈，就是想让你多关心我，你看看你现在，就只跟傅总一起出现。"蒋禾虽然这么说，但也只见过一两次傅总牵着陈静，实际上是因为双方的工作都忙，很少见面。

陈静说："等忙完了，我们找机会再聚。"

"行呀。"蒋禾说，她们确实很久没聚过了。

这时，门口停下一辆黑色的轿车，车门打开，傅临远迈出来，扣着外套的纽扣往里走，正好也看到她们。

他的视线在陈静脸上扫过。

蒋禾推了陈静的手臂一下，陈静笑笑，带着蒋禾往里走。她现在有助理了，助理在帮她看座位。走到里面一些，蒋禾就被人叫走了。

陈静拿着手机给小助理发消息，发完了放下手机，傅临远就往这边走来，他扣着领口的纽扣，视线轻扫着她，正要说话，手机就响了。他拿起来看一眼，接了。

陈静上前，帮他扣纽扣、系领带，动作很自然，尽显亲昵。

扣好扣子后，陈静理着他的领口。傅临远打完电话，放下手机，道："晚上应酬不许喝酒。"

陈静撩眼："只喝一点，没事吧？"

傅临远没应，算默许。

随后，那边就有人来找傅临远，傅临远捏捏她的手腕，随后转身离开。陈静觉得手腕有点烫，笑了笑，站在原地目送他离开。小助理正好也来找陈静，说："陈总，跟我来。"

陈静点头，神色恢复冷静，跟着小助理走向座位。她的位置在中间，不跟傅临远一样在第一排。陈静想，坐在中间也挺好的，落座之前，她用余光看到后面两排的位子上坐着一个漂亮女人，戴着墨镜，穿着白色的套装裙，头发蓬松。

陈静一愣，那女人是顾琼。

这时，顾琼取下墨镜。陈静便收回视线坐好。正好蒋禾挤到她身边跟她说话，陈静偏头凑过去，与她交谈着，很快便忘了身后的女人。

虽然那一眼很惊艳，但没在她心里留下太深的印象。

今日的峰会，傅临远依旧会上台宣讲，他穿着黑色衬衫以及长裤，领口紧扣，戴着黑色耳麦。他时而用指尖轻按着耳麦，讲话言简意赅，偶尔视线轻扫向正中间的位子，不动声色地与陈静的视线对上。

蒋禾凑近陈静，笑道："傅总之前在峰会上给你告过白，就是代码的那件事。"

陈静安静地听着，那也是她第一次知道，星座大厦上的方块状灯光是他写代码操纵的。

蒋禾低声道："有一段时间，我一直在找你们关系的蛛丝马迹。"

陈静偏头看蒋禾："你好闲。"

蒋禾嘿嘿一笑，道："谁让你们藏得那么深？"

陈静想了想，说："对不起。"

"道什么歉。"蒋禾瞪她，"我替你高兴。"

陈静握着她的手："谢谢。"

蒋禾看她几秒："静静，你这算是得偿所愿吧？"

陈静淡淡回道："算是，但也算意外之喜。"

她一开始对他没有什么期望，也并没有想过未来。他们开始于意外，所以现在收到的就是意外之喜。之前答应他时陈静还有些不确定，但经过这些日子的相处，她的不确定消散很多。他这个人说到做到，值得她喜欢。

峰会现场开了一家临时咖啡店。陈静趁着休息时间带小助理去买杯咖啡，也顺便透透气。馆里人很多，有点闷，她刚走进那家咖啡店，就听到一个娇软好听的声音带着几分骄纵说："搞什么啊？好冰——"

顾琼拿着纸巾擦拭着衬衫，脸色难看，服务员不停道歉，周围的人也看着她。

"你刚才明明就是故意的。"顾琼听见道歉，心中又燃起一把火，直接戗那个服务员。服务员立即拿纸巾递给她，她狠狠地接过去，又低头开始擦拭。她白色的衬衫被咖啡弄湿了一大块，有些狼狈。周围人的目光往她身上扫去，陈静走过去，微微挡住那些目光。

她抬头点咖啡。顾琼抬眼，正想再对服务员说什么，就看到了她。

顾琼眯起眼睛盯着陈静，这是她第一次近距离看到傅临远的女人。两个人的身高没差太多，她可以看到陈静细腻的皮肤以及清丽的眉眼。陈静的气质有几分清冷，但又隐隐带着温柔。

顾琼微咬牙根，静静看她。

陈静点完咖啡，回头对上顾琼的视线，神色平静、柔和，目光并没有多停留。

手机响起，她拿起来看一眼。

> 傅临远：在哪儿？
> 陈静：咖啡店，你要喝咖啡吗？
> 傅临远：不喝。

他只是想确定她去哪儿了而已，陈静看他这样回复，就没再多说什么，她放下手机，等着咖啡。顾琼看了她好一会儿。

实际上，她们两个人都长得特别好看，在这儿也是一道风景。穿套装的陈静十分柔美，顾琼则个子高挑，墨镜一戴，气场很足，有几分令人仰望的感觉。

此时顾琼的心情并不好，她回头扫了那些人一眼，冷着声音问道："看什么看？"

她转过身子，试图隐藏衬衫上的痕迹，她没带外套来，此时样子很难看。她拿起手机，想打电话让人送外套来，但不知为何又放下了手机。她挺直腰，不说话，但其他人能感觉到她有几分无措。

咖啡制作好了，小助理接过咖啡，陈静看了一眼顾琼。这样近距离看，发觉顾琼更美了，有种烟雾般的感觉。陈静想起她抱大提琴的模样，其实她更适合那种高雅的穿着，而不是现在这样。陈静从小助理手里拿过西装外套，放到桌上，什么话也没说，带着小助理走了。

顾琼盯着那外套，回头看了一眼离开的那抹高挑纤细的身影，脸色冷冷的。

她又看向那外套，她知道陈静的意思——她果然知道自己的存在，顾琼更加相信这一点，她久久地看着那外套。

陈静喝着咖啡回到宴会厅，傅临远手插裤袋站在远处跟人谈话，视线扫来。

谈话的那人也见过陈静，知道她之前是傅临远的秘书，现在是他的女朋友，所以识相地走开。

陈静走近傅临远，他握住她的腰，将她往前带了点。陈静问他："要不要尝尝？"

他垂眸询问："你的外套呢？"

陈静一顿，看着他的眼睛，道："掉了。"

她面不改色，傅临远扭头看了一眼一旁的小助理。小助理第一次被这么冷峻帅气的男人盯着，第一时间觉得有压迫感，张了张嘴正想回答，陈静就喊了声："傅临远。"

傅临远收回视线，陈静对上他的眼眸："你喝不喝？"

傅临远眉心微拧，看她这样子，便握住她的手，低头喝了一口。

陈静笑问："好喝吗？"

傅临远懒得回答，只把苦涩的液体咽下去，喉结滑动。几秒后，他松开她，脱下外套，搭在她肩膀上，示意她穿上。陈静拢着外套说："等下冷了就穿。"

有几个人总在往这边看，看来是在等傅临远。

陈静低声道："你快去。"

傅临远睨她一眼，转身离开。陈静把他的外套抱在怀里，带着小助理回了座位。

小助理低声道："陈总，傅总对你好好哦。"

这儿的空调温度很低，陈静没有外套，估计会扛不住。

陈静笑笑："嗯，他很好。"她抱着外套坐下，而身后不远处，顾琼那个位置一直空着，她没回来。

晚上，与会人员有应酬。不过陈静与傅临远没有坐在一桌，他那一桌全是行业巨头。陈静跟蒋禾在一桌，一边吃饭一边喝酒，陈静膝盖上放着他的外套。到了敬酒环节，蒋禾拉陈静起身，道："去给你老公敬酒。"

陈静听见这称呼，顿了顿，看向蒋禾。

蒋禾笑眯了眼："你私下不喊他老公？"

陈静淡淡回道："直呼他全名。"

"哈哈哈，也就你敢，走，敬酒去。"被蒋禾拉着，两个人去了那一桌，傅临远看到她走过来，手握着酒杯把玩着，视线看着她，带了几分警告。

从眼神中，陈静看出他不想让她给其他人敬酒，但她想，来都来了，于是端着酒从他左手边的人开始敬，傅临远的下颌紧了几分，他捏着酒杯喝着，没看她，听着她的声音从左侧移向右侧。

这一桌有人知道陈静的身份，也有人并不知道。这些行业巨头没兴趣在这么重要的场合为难别人，所以一圈下来，陈静倒是没喝多少酒。

最后，她来到傅临远身侧，拿过酒瓶倒了一杯酒，接着说道："傅总，我敬你一杯。"

傅临远撩眼看她，四目相对，他看了她好几秒，不接茬。陈静看他这样，都想去拽他的手了，但还是保持镇定，笑着说："看来傅总……"

傅临远抬手碰了下她的酒杯，发出叮的一声。

他一口喝完杯中的酒，看向她。陈静松了一口气，也喝完杯子中的酒，随后笑着跟蒋禾离开。

蒋禾凑近陈静："他是不是生气了？你跟其他人喝酒的时候，他眼里像淬了冰。"

陈静想起他嘱咐的话——不许喝酒。她不只喝了，还喝得不少。

回到座位，陈静拿起筷子夹菜吃，填填肚子。

晚上八点半左右，人渐渐走了，陈静跟蒋禾也洗了手离开餐厅。

进入七月，天气已经热了，空气中还带着白天的余温。黑色轿车停在陈静的面前，于从下车给陈静打开车门，陈静弯腰坐进去。

车里有淡淡的酒味，傅临远支着额头闭目养神，领带松散，领口微敞，侧脸冷峻，忽然睁眼看她。

陈静心一跳，觉得自己今晚的行为好像在挑衅他。她解着头发，扎了一天，头皮不太舒服。头发披散下来，舒服多了，陈静靠在椅背上。

车里挺安静的，于从知道陈静今晚喝了不少酒，他紧握着方向盘，有几分紧张。

车子一路往卓越万代行驶，树影在车窗外扫过。很快，几人抵达地下车库。

陈静与傅临远下车，一同走进电梯，陈静刷卡时往后看一眼，傅临远在理袖子。他这样低头的样子很冷峻，带着几分痞性。

陈静收回视线。到了家门口，陈静刷卡进门，傅临远跟在她身后，砰的一声关上门。陈静脱下高跟鞋，抬眼看他，傅临远的神色仍旧冷漠，他看她几秒，突然捏住她的下巴，低头堵住她的唇，接着用指尖解着她身前的扣子。

陈静"嗯"了一声，推着他。傅临远把她抵在墙上，声音低沉："真行，挑衅了我一个晚上。"

陈静握着他的手臂，推搡着，但抵不住他的攻势，最后只得伸手搂着他的脖颈，与他纠缠着。

许久，陈静从浴室里被抱出来，她直起身子狠狠地咬他的肩膀，傅临远搂着她的后颈，说道："不让你喝酒还不行？"

陈静改而去吻他的喉结。傅临远眼眸微眯，掌心用力。

隔天是周末，陈静赖床时，傅临远已经下楼运动完回来了，在客厅喝

着温水。陈静起身穿好睡衣，拢拢领口走出去，傅临远抬眼看到她，递给她一杯水。陈静接过来喝着，懒洋洋地靠着他，傅临远单手搂着她的腰，翻着平板电脑上的邮件，一早就开始处理工作。

陈静出神地看着他。这时，卧室里她的手机响起，她走进去拿起来一看，发现自己收到一条短信，有些意外，毕竟如今很多人都不爱发短信了。号码来自京市。

还你外套，中午在凯旋门餐厅见。

她没有自报家门，但陈静知道是谁——顾琼，那长得像白玫瑰的女人。

陈静回她："好的。"

吃过早餐，傅临远就得去傅恒集团大厦了。陈静把手中的外套递给他，男人穿上，理着领口，揽过她的腰，低头亲吻她的眉心："好好休息。"

陈静点头，她是还有点晕——昨晚喝太多酒了。她目送傅临远出去，关上门后，陈静抓抓头发，坐到沙发上处理工作，这一忙，就到了十点多。

陈静进房间换衣服，选了一条法式裙，把头发扎起来，露出脖颈。随后，她拎着包，拿了车钥匙出门。很快，轿车抵达凯旋门餐厅，陈静停好车，拎着包走进去坐下，先要了两杯咖啡。这时，门被推开，陈静抬眼，看见顾琼提着一个袋子走进来，她穿着白色的西装裙，腰掐得很细。

她坐到陈静的对面，把袋子递给陈静："你的外套。"

陈静接过，放在一旁，推了一杯咖啡给顾琼。

顾琼取下墨镜放在一旁。陈静细碎的发丝落在脸颊边，她的手腕跟手臂都很白皙，近距离看着又白里透红。顾琼安静几秒，想起她之前是他的秘书，开口道："去年我过生日，粉钻是你跟于从送来的？"

陈静点头，神色冷静："是的。"

顾琼顿了顿，捏着咖啡勺子，挑衅地说："所以你应该知道我跟傅临远过去的事。"

陈静摇头："我并不知道，顾小姐。"

顾琼神色一愣："你不知道？如果不知道，你为何会离开？"

陈静看着顾琼，笑了笑，说道："顾小姐，我离开是因为我没有得到他的心。"

顾琼愣住。她不敢相信陈静什么都不知道，也没有问他，对于自己的存在，陈静不在意吗？

顾琼不信，她问："你真的不在意他的过去吗？我，你也不在意吗？"

陈静安静几秒，看着顾琼美丽的脸，说道："不在意，我在意的只有他现在的态度。"

顾琼完全呆住，感受到了陈静冷静自持的态度。陈静成熟，能判断一个男人的心，选择走自己想走的路。顾琼觉得自己做不到这样，她肯定会逼着傅临远做各种事，可眼前这个女人却没有这么做。

顾琼突然意识到，陈静也有她自己的骄傲，她若斤斤计较于过去，那等同于把自己放在秤上与顾琼对比。

顾琼前段时间得知了陈静的存在，坐立不安，觉得等不到自己回到过去那般美好的样子，就有人横插一脚抢走了傅临远。她暗自拿自己与陈静对比，可或许，陈静从头到尾就没拿她对比过自己。

顾琼的指尖紧了紧。陈静看她涂着大红色的指甲，其实那也不适合顾琼。

她收回视线，问："你还有什么想要问的吗？"

顾琼摇摇头。

陈静说："我看你跟我也吃不下饭，要不就先这样，回头有空再见。"

顾琼顿了顿，点头。陈静起身，拎起那袋子，推门而出。

顾琼坐了很久，看着指甲上的红色。为什么红色这么刺眼，也不适合她？她想着回去一定要把指甲的颜色卸了，又拿起手机给小姐妹打了个电话，问："傅临远最近在忙什么？"

小姐妹一向消息灵通，停顿几秒，才道："前几天他刚刚在 TW 预订了钻戒。"

顾琼陷入沉默。

走出凯旋门餐厅时正好中午，陈静坐进驾驶座，把袋子放到副驾驶座上。她本想着回去吃饭，想了想，又把车开到傅恒集团大厦附近，给蒋禾打电话约她出来吃午饭。

蒋禾刚刚开完会，接着陈静的电话，看着前面听冯志说话的傅临远。

陈静说："出来吃饭吧。"

蒋禾高兴地一口答应下来："好的，来了。"

陈静笑道："我的车子停在隔壁大厦门口。"

"好。"蒋禾应了一声，随后挂断电话，往电梯走去，正好与傅临远等人擦肩而过。傅临远翻着手中的文件，眼眸轻撩，看了蒋禾手中的手机一眼。

蒋禾从他身侧经过时还有几分紧张，心想，傅总女朋友跑公司来约她吃饭，却没约他。

她不由自主地屏住呼吸走向电梯，这时，冯志喊道："蒋禾，中午一起吃饭啊。"

蒋禾脚步一顿，心里骂了冯志一声，回身笑道："不了，我有约了。"

傅临远从文件中抬起头，神色淡淡地看来。蒋禾有几分紧张，冯志问："谁约了你啊？大中午的，咱们还有事要谈，边吃边谈。"

"我吃完饭回来找你，冯总。"蒋禾坚决地说道。冯志一听，终于说："行吧。"他摆摆手，蒋禾松一口气，快步走向电梯。难得能跟陈静单独吃顿饭，绝对不能被人打扰。

她按了电梯按钮，快步闪了进去。傅临远收回视线，进了办公室，冯志也跟着进去。

电梯抵达一楼，蒋禾走向隔壁大厦。黑色的宝马静静地停在路边，蒋禾上前，拉开副驾驶侧的车门坐进去，说道："差点就被留下了。"

陈静笑看她一眼："怎么说？"

"我们刚开完会，一行人走出会议室，冯志说一起去吃饭。"蒋禾边说边扣上安全带。

陈静说："那我打扰你们了。"

"没事，也不是什么大事。"蒋禾偏头看着陈静，"你来了却不找傅总，他会不会生气？"

陈静握着方向盘，往购物中心开去，她笑道："他没那么容易生气。"

蒋禾"啧啧"两声："他看了我好几眼。"

陈静含笑，没应。

抵达购物中心后，闺密俩挽着手走进餐厅。陈静跟蒋禾之前来过这家餐厅几次，都挺喜欢的，上菜也快。蒋禾说她奶奶的身体越来越不好了，想找个时间把奶奶带到京市来照顾，还可以在京市的医院给她做检查，这边的医疗条件自然要比老家的好。

　　陈静觉得这样也好，不过老人家在大城市可能住不习惯。这也是她一直没提要让肖梅来京市的原因。见肖梅最近在周镇的客栈忙得热火朝天，整个人都有活力多了，陈静也就放心了。

　　蒋禾喝着汤道："就是挺两难的，在京市能赚钱，回去我啥也不是，可奶奶又喜欢老家。"

　　陈静拿了一张纸巾放在蒋禾的手边，说："可以先让奶奶治疗好身体，再把奶奶送回去。"

　　"也只能这样了。"

　　闺密俩吃完饭，蒋禾还得赶紧回傅恒集团大厦，她现在升职了，加班已经习以为常了。陈静把蒋禾送回去，随后去万里远程公司拿文件。

　　小助理刚上任，今天主动加班在办公室里整理文件。

　　陈静觉得这女孩挺好，她刚进傅恒集团那会儿也会主动加班，希望自己能快点上手，帮到傅临远。她拿了文件，让小助理早点回去，小助理点头说："好的。"

　　陈静回了卓越万代，钟点工阿姨在打扫卫生，陈静坐在地毯上翻看文件。

　　万里远程公司的好几个项目，她得亲自飞到当地看看。不一会儿，钟点工阿姨打扫完卫生，看她在忙，便悄然离开。陈静靠着沙发，整理着所有的项目。近几年旅游公司的竞争其实很激烈，尤其是有了短视频以后，一点点问题被拍到，就容易在网上被放大，万里远程公司也出现过这样的情况。

　　三点半左右，门打开了。陈静抬头一看，傅临远走进屋里，随意把外套扔在沙发上，手里还拎着份蛋糕。他将蛋糕放在她手边。陈静认出是傅恒集团的食堂做的，食堂的小蛋糕都很好吃，用的都是动物奶油。

　　她抬眼看他。傅临远抬手慢条斯理地解着衬衫纽扣，轻扯开领口，垂眸看她："中午来傅恒集团大厦这边了？"

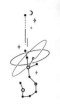

　　陈静就知道瞒不过他，点了点头。傅临远不吭声，几秒后俯身吻住她的唇。陈静仰头与他接了一会儿吻，他退后少许，托着她的脖颈："下回来，发条消息，别偷偷摸摸的。"

　　陈静听了回复道："我哪里偷偷摸摸的？"

　　傅临远轻嗤一声，隐去不爽。

　　他在一旁的沙发上坐下，陈静打开小蛋糕，拿起勺子挖了一口吃，味道很好。她又挖了一勺举给他。傅临远拿过她面前的文件翻看，余光看到递过来的蛋糕，张嘴吃了。不过陈静知道他不爱吃甜食，所以只喂了一口，剩下的自己吃完了。

　　傅临远放在手边的手机响起，他拿起来一看，神色微顿。

　　几秒后，他抬眼看向陈静："你与顾琼见面了？"

　　陈静捏着勺子的手一顿，抬眼看去，对上他狭长的眼眸。两个人对视几秒，陈静大方承认："是见面了。她约我，把外套还我。"

　　傅临远一下子就想到她说丢了的那件外套，看了她几秒，道："有什么问题，你可以直接问我。"

　　他很坦荡，只要她问，他都会回答，不会有任何隐瞒。

　　陈静一顿，与他对视着，过了好一会儿，问道："你爱我吗？"

　　傅临远没有任何犹豫："爱。如我之前所说，遇上你之后，不会有别人，也没有二心。"

　　陈静笑道："那我没什么需要问的。"

　　她笑得很美，傅临远静静看着她，心跳隐约加快，俯身再次捏住她的下巴，吻住她的唇。陈静的手放在他的腿上，被他握住，两个人十指交缠。安静的午后，阳光投进屋里，照在接吻的两个人身上。

　　接下来的一段时间，陈静带着小助理以及高管去看万里远程公司的项目，开启到处飞的生活。

　　有一天刚下飞机，陈静一打开手机就看到一则新闻。那个跟傅恒集团对着干的外资公司的内部系统中了病毒，处于瘫痪状态，而他们夺走的那个雷达系统在这次病毒攻击中被格式化，数据恢复不回来，成了"幼儿"。华辉公司创始人钟龙的老婆以及她那个情人因涉嫌给外资公司种病毒而被抓捕。

傅恒集团继续上诉，这次加了一条"故意损坏系统"的主张，直指外资公司。

傅恒集团得到暂时的胜利，陈静替傅临远和傅恒集团开心。手机响起，她点开一看。

> 傅临远：到了？
> 陈静：嗯，刚到，看到华辉公司的新闻了。
> 傅临远：嗯。
> 傅临远：你的功劳。

陈静笑笑，给他发了个"我上车了"的表情包，傅临远就没再回她，他也在外出差。陈静抵达酒店后洗了个澡，换了身衣服，就开始整理资料。黎城这个项目，是在购物综合中心建一座彩色城堡，里面计划开咖啡厅等各种网红店，专门用来吸引人拍照的，但是推进得一直不顺利。

小助理握着手机说道："晚上有个饭局，姐。"

陈静点头："好。"

她提前了解过这家购物综合中心的负责人，得知今晚免不了喝酒，便提前准备了些醒酒药，又跟小助理先吃了点面条垫垫肚子。晚上六点半，陈静带着小助理出门，前往酒店包厢。

进门后，陈静与负责人李总握了握手，接着坐下开始吃饭。对方一直往陈静的杯里倒酒，陈静笑笑，端起来就喝，小助理在一旁护着她，也帮着喝了点。

深夜，陈静带着小助理回酒店，刚进门，手机就响了。她一看，是傅临远的电话。

陈静今晚喝了那么多酒，有几分紧张，接起来，声音如常："喂？"

"喝酒了？"男人一下子就戳破了她想掩饰的事。陈静一顿："喝了一点点。"

傅临远指间夹着烟："明晚我让人陪你去。"

陈静在沙发上坐下，听到他那边沙沙的声音，询问道："你在哪儿呢？"

傅临远声音低沉："在外头。"

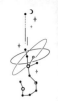

陈静"嗯"了一声。他这次好像是去海城出差了。

陈静懒洋洋地趴在沙发上，喝了酒，她想他了。傅临远也想她，这段时间她出差的次数比他多。

他把玩着烟。

两人先聊着，不一会儿，陈静竟睡着了。她轻缓的呼吸声传来，傅临远眸色微深，静静听着她的呼吸声。

第二天，果然有人过来陪着陈静应酬，陈静见过那人，是周氏的少爷周扬。

周扬手插裤袋，笑得风流："陈秘书，好久不见。"

陈静一愣，笑道："周少爷，好久不见。"

两个人走进包厢，周扬看了陈静一眼，说道："陈秘书越来越漂亮了，难怪傅总会喜欢你。"

陈静笑笑，没搭理周少爷的调侃。有了周扬，陈静就喝得少了，当然，周扬只是来帮陈静挡酒，正事还得陈静去办。

两天后，陈静总算成功推动项目，等到施工队正式开工以后，她才启程回京市。

抵达京市时正是下午，陈静走出机场，一眼看到停在接机口的黑色轿车。傅临远手插着裤袋，神色冷峻地看着她。

陈静眉眼一弯，快走几步，松开了行李箱，两手搂住他的脖颈。傅临远一手按住她的腰，一手接了她的行李箱。

陈静仰头："你怎么来接我了？"

傅临远垂眸看她："回傅家吃饭。"

"哦，你昨晚说过。"陈静想起昨晚他说今天等她回到京市后去傅家，她想踮起脚亲吻他的薄唇，但这儿人多，她又按下心中的想法。

傅临远道："上车。"

"嗯。"

两个人走向车子，陈静淡淡地跟他说这次出差的进展。傅临远把行李箱推给于从，于从接过，放到后备箱里。傅临远拉开后座的车门，陈静弯腰坐进去，傅临远不一会儿也坐进来。

车门关上，隔板也顺势升起，陈静牵着他的手，拽了拽。傅临远眉头微挑，几秒后，手撑着车窗，把她圈在怀里。两个人四目相对，算起来，她出差四天，两个人也有四天没见面，陈静微抬下巴，傅临远深深地吻住她的唇。

思念都藏在这个吻里。

黑色轿车抵达傅家，陈静下车，挽着傅临远的手臂，跟着他走进门。

在客厅看到肖梅时，陈静愣了愣，有些欣喜："妈，你怎么来了？"

肖梅含笑，章欣彤挽住肖梅的手，笑着道："静静，你妈妈特意来京市看你呀。"

陈静的心咚咚直跳。她转头看向傅临远，她知道，这肯定是他安排的。两个人的视线对上几秒，傅临远偏头从一旁拿过一个锦盒打开。

陈静看到里面的钻戒，一时愣住。傅临远取出钻戒，握住她的手，垂眸看她："陈静，嫁给我。"

陈静呆住。

长辈们都带着笑看着这一幕，傅临远单膝下跪，撩眼看向她，紧紧地牵着她的指尖，声音低沉："在双方父母的面前，我向你承诺，这一生只有你。"

陈静低头看着眼前这个男人，他眉宇冷峻，眼神很认真。跟在他身边两年多，她见识过许多他神情散漫的时刻，也难以想象他向一个女人求婚的模样。

如今，他在向她求婚。

她的母亲就在一旁，他的父母也在，面带笑容地见证孩子们的幸福，她是被祝福的。

陈静的指尖蜷缩一下，低声问道："我要是不答应，你怎么办？"

傅临远淡定地回答："那就下次再求，时间多的是。"

陈静唇角微扬，眼里带着笑意。傅临远紧捏她的指尖，在她的笑容下，将钻戒套上她的手指。接着，他起身拉着陈静的手臂，将她拥入怀中，掌心按着她的后脑勺，陈静双手伸出去搂着他的腰，把脸埋在他的胸膛。

她听着自己的心跳，想：傅临远，我爱了你好多年。

傅临远轻轻地亲吻她的头顶。

　　傅临远的父母与肖梅交换了一个眼神，脸上皆带笑。肖梅眼里隐隐有泪光，她在心里对丈夫说："你女儿要嫁人了，你记得要保佑她这一生平安顺遂，幸福快乐。"

　　傅临远轻按着她的后脑勺，说："给我点时间，我来准备婚礼。"

　　陈静"嗯"了一声："好啊。"

　　章欣彤在一旁笑道："我也给点意见吧。"

　　傅中衡拉了一下章欣彤，睨她一眼，意思是：儿子有主意，你给什么意见？

　　章欣彤回瞪傅中衡，傅中衡安静下来。

　　因还有两家父母在，陈静不好一直靠在他怀里，不一会儿，就直起身来。

　　傅临远扣着她脖颈的手轻轻摩擦了一下，才松开她。

　　陈静转头一看，两位母亲都笑着看她，陈静朝她们走去，牵住肖梅的手："妈。"

　　肖梅有些激动，不知该说什么，只握住她的手，章欣彤在一旁笑道："你妈妈早上刚到，特意给你个惊喜。"

　　陈静点头笑道："真的是惊喜，我还想着忙完这阵之后回去看看。"

　　"我在家很好，最近都在客栈忙，傅先生说想跟你求婚，希望父母都能在场，让你感觉安心些，所以我就来了。"肖梅笑道。

　　陈静弯着眉眼："妈，你不是改口喊名字了吗？"

　　肖梅无奈："一时忘记改了。"

　　章欣彤一左一右地拉着陈静跟肖梅的手，往小客厅带，亲切地问道："他有时给人的感觉就是太成熟了，气势太强了，对吧，亲家母？"

　　肖梅点头。她永远记得第一次见傅先生的场景，他身上带着令人无法忽略的压迫感，以至于后来很难改变对他的印象。

　　"他小时候其实也很可爱的。"章欣彤带着她们坐到沙发上闲谈。

　　陈静看向傅临远，他被傅中衡拉着谈话。傅中衡虽然暗示老婆别插手傅临远的婚礼，自己却在那儿给傅临远支着儿。

　　傅临远神色淡淡地听着，视线往这儿扫来。陈静对上他的视线后，眨了眨眼，收回视线，刚才两个人都觉得父母在挺好的，现在又觉得父母在有诸多不便。

"他小时候很可爱吗？"肖梅有些好奇地问道。

章欣彤道："嗯。"

陈静无法想象他小时候的样子，章欣彤想了想，觉得傅临远的可爱期太短了。他青春期时也有过迷茫，也算是他人生中比较像同龄人的时候，但这个阶段也很快就结束了。

章欣彤可惜道："家里好像都没他的照片了，顾家那边会稍微多一点。"

看来傅家与顾家一直关系很好。

傅中衡喊傅临远去阳台，父子俩各自点燃一根烟，把阳台门关上。

傅临远一边把玩着烟，一边听着父亲说话。章欣彤探头看了一眼后，从桌上拿起手机，拉过陈静的手，道："静静，给你看个视频。"

陈静说"好"。

章欣彤打开手机，投屏到电视上。陈静抬眼，看出是个偷拍的视频，应该是于从拍的。傅临远站在 TW 高奢珠宝订制工作室的柜台旁，对面是 TW 的法国设计师。傅临远声音低沉地告诉对方他要的款式、钻石净度以及颜色，希望对方能设计出一枚独一无二的钻戒，刻上他与陈静的名字。刻字的时候，他要在现场。对方设计师全都答应下来，说需要看看新娘的长相。

傅临远拿出手机，点开一张陈静穿着套装裙的照片，设计师见状，说道："Elle est si belle.（她真漂亮。）"

傅临远说："谢谢。"

设计师拿着照片看了看，与傅临远商讨他的理念，傅临远耐心地听着，时不时地提出意见。章欣彤听于从说，傅临远订制这只钻戒花了一个多小时。

视频播完，陈静一时没回过神，她抬起手，本以为不过是普普通通的成品钻戒，没想到却是他认真订制的。章欣彤凑近陈静道："你把钻戒摘下来，看看有没有刻字。"

陈静取下戒指，低头翻看。钻石的成色很好，净透，两个人一时间都没找到刻字。找了好一会儿，在里层隐隐约约看到银色的字，那抹银色轻轻一晃就会不见，但是从一个特定的角度看，就能看到"JING & YUAN"

的字样。显然连这个刻字都是精心设计过的。

"还挺新奇啊，居然能这样刻。"章欣彤有点惊喜，捏着钻戒看了看。肖梅说："这钻戒的颜色很漂亮。"

章欣彤点头，道："TW 的戒指都不错，还很难预约。"

肖梅没听说过这个品牌，但她知道傅临远一定会给陈静最好的。

陈静抬眼看向阳台上的男人。这个男人总是只做不说，要不是章欣彤给她看了视频，她不会知道他参与了钻戒的制作。眼看着傅临远他们要进来了，章欣彤立即把电视关了，小声跟陈静说："我让于从偷拍的，傅临远都不知道。"

陈静觉得他那么敏锐，应该不会没发现。

章欣彤说："于从用微针摄像机拍的。"

陈静觉得那他可能真的没发现。章欣彤接着道："我听说他要去预订钻戒，就让于从偷拍，我觉得这很值得纪念，按他的性格肯定懒得记录这些。"

陈静低声道："谢谢伯母，你回头把视频也发我一下。"

"好啊，其实你们结婚的时候，这个视频也可以放到屏幕上播放。"章欣彤心里都有计划，陈静笑笑。

阳台门拉开，傅临远跟傅中衡走进来，陈静的视线与傅临远对上一秒，镇定地收回来。

傅临远在她身侧坐下，身上带了淡淡的烟草味。陈静与章欣彤聊着天，放在一旁的手去牵他的手。

傅临远看着手机，察觉她的手伸过来，主动收拢手掌，把她的手握在掌心里。

傅中衡问陈静："万里远程公司最近怎么样？"

陈静说自己刚刚推动了黎城的项目，傅中衡点了点头，他当然也听说了外面的一些风言风语，说傅临远太宠自己的女朋友，但傅中衡站在长辈的角度，赞同傅临远的做法，觉得那些话不过是想刻意中伤陈静，离间二人的关系。同时，陈静做的每件事情他都觉得很妙。他一开始没想到性子温柔的陈静竟能做出那么果断的决定，他现在清楚陈静是表面看着温柔，实际上有自己的想法，看来京市大学出来的学生都不是吃素的。

傅中衡也能理解儿子为何会被她吸引了。无声的默契才是完全的契合，就好比他与章欣彤，两个人虽身处不同行业，但在大事上永远都是一个想法。

　　过了会儿，夕阳落下，阿姨提醒他们可以吃饭了，于是两家人一同去餐厅吃饭。章欣彤跟陈静、肖梅聊个不停，在餐桌上，三个女人一台戏，两个男人则安静地吃着饭。

　　吃过晚饭后，陈静又在傅家坐了会儿，才挽着肖梅离开。

　　傅临远开车带她们回家，他握着方向盘，对肖梅说道："我家在这个小区里还有套房子，阿姨你先暂住那里。"

　　本来章欣彤留肖梅在傅家老宅住，但肖梅拒绝了。

　　陈静握着肖梅的手道："妈，我们先回老院子看看，怎么样？"

　　肖梅点头："好啊，难得过来，我也想找个时间去老院子那边看看。"

　　陈静："好，我陪你去。"

　　老院子承载了陈静一家人的回忆，但自从父亲去世后，陈静就没再踏足那里，怕触景生情。

　　肖梅看着车窗外的建筑与景色，感慨道："偶尔也挺怀念大城市的。"

　　肖梅年轻时也在京市上班，当会计，陈静出生之后就辞了。后来陈静上小学了，肖梅也会找些兼职，断断续续地上班。到陈静上高中的时候，因为担心陈静的学业，她才彻底辞职在家照顾女儿。

　　陈静靠着肖梅的肩膀听她说话。

　　傅临远转动着方向盘，时不时看一眼车内后视镜里依偎着母亲的陈静。她私下就是有这样黏人的一面。

　　傅临远家所在的那个小区基本都是大平层，另外一套房也是大平层，已经收拾好了。到了小区，傅临远先回了家。陈静陪着肖梅去另一套房子，这套虽然跟傅临远家那套的面积一样大，但显然要有人气多了，格局中规中矩，不像傅临远家那套一样透露着拒人于千里之外的感觉。

　　肖梅终于有机会跟陈静单独相处，她摸了摸陈静的头发，说："傅先生直接到客栈找我时，我还不知道他来干什么呢！"

　　陈静握着肖梅的手，笑道："妈，不过说真的，看到你在，我好安心。"

　　"妈妈能亲眼看到你被求婚，也好开心。"

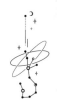

陈静张开双手，抱抱她。

肖梅拖过行李箱，道："对了，木杉她们让我给你带生日礼物，虽然你的生日已经过去蛮久了，但这都是她们之前准备好的，就想着等你回来给你，这次我来，她们让我带过来。"

肖梅从行李箱里面抱了几个盒子出来。

陈静一笑，觉得暖心，说："回头我回她们礼物。"

"嗯，她们都是些可爱的孩子。"肖梅笑着道。母女俩独处了一会儿，陈静才抱着几个盒子离开那套房子。

陈静开门进屋，傅临远领口微敞，袖子挽起来，坐在沙发上看笔记本电脑。他戴着耳麦，应该是在开视频会议。陈静就没打扰他，放下盒子，穿着拖鞋去倒了杯水，端着杯子走到沙发旁坐下，余光看到屏幕上有冯志等人的脸。

她收回视线，又觉得沙发上不如地毯上舒服，于是坐到地毯上，把手伸过去，傅临远看她一眼，接过她的手把玩着。

陈静就这样趴在沙发上看着他跟人开会。

过一会儿，视频结束，傅临远取下耳麦扔在桌上，合上电脑，握着她的手腕把她拉起来。陈静坐到他腿上，看着他的眉眼。傅临远往后一靠，手搭在她的腰上。二人对视着，不一会儿，傅临远起身，陈静搂着他的肩膀被他抱起来，往浴室走去——两个人都还没洗澡，一身灰尘。

陈静搂着他的脖颈吻他，傅临远吮着她的唇，拧开了浴室的门，抱着她进去。

陈静手指上的钻戒熠熠发光，攀在他肩膀上时更是好看。

钻戒不经意划到他的下颌，划出了一道血痕，陈静惊了一下，直起身子，踮脚去舔舐他的下颌。傅临远把她抵在墙上，偏头再次吻住她，手抚过她的长腿。

水珠滚落，落在两人的身上。

深夜，陈静被他搂在怀里，她抬起手，看着手指上的钻戒，看了好一会儿，翻身去搂他的脖颈。傅临远搂着她的腰，亲吻她的眉心，他显然也还没睡着，下颌的那条血痕已经淡了很多。

傅临远睁开眼，垂眸道："不困？"

陈静又凑上前亲亲他的薄唇。傅临远托着她的脖颈，沉声道："你今晚很热情。"

陈静问："我平时不热情吗？"

傅临远唇角微勾，没应，只把她按到怀里，陈静的头发披在他的手臂上，带着淡淡的香味。他有些倦懒地闻着她的发香，说："陈静。"

"嗯？"

他喉结微动："你该回周镇收拾下行李了，我们很快会成为合法夫妻。"

陈静顿了顿，说："好。"

傅临远满意了。她来京市时只带了一个行李箱，他给她添置了不少衣服，但总感觉少了点什么，或许是因为她没带太多以前的东西来，以至于这套房子里她的痕迹太少。他去过她的公寓，见识过她那儿的环境，那才像她生活的地方。

陈静又想去亲他的喉结，也这么做了。傅临远喉结一动，按住她，说道："你刚才什么情况你不知道？"

陈静耳根一烫，松开他。傅临远轻嗤一声，想她真是又菜又爱撩。

两个人搂着，偶尔说点话，渐渐地就睡着了。

接下来的几天，陈静抽空带肖梅去老院子那里看了看。一走入巷子，回忆就浮上来，但她们更多感觉到的是这儿的变化。环境变得更乱了，很多单车堆放在墙角下，还有人在墙角下给自家的猫、狗搭了小小的窝，显得没有以前那么空旷。

母女俩到了之前住的地方，大门都换了，看不到里面的环境。

肖梅说："都变了。"

陈静挽着她的手："怎么可能不变呢？时间过去这么久了。"

"也是。"

母女俩在巷子口正好看见了赵医生，他头发花白，精气神十足。陈静喊道："赵医生。"

赵医生回头，顿了几秒："你是……傅临远的秘书？"

陈静笑道："是的。"

赵医生"哦"了一声，抚摸着胡子道："身体好了吧？"

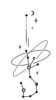

陈静说道："好了，现在不疼了。"

"那就好。"赵医生点头，"好好养着吧，能给傅临远生个可爱的宝宝。"

陈静一听脸都红了："赵医生，您说什么呢。"

赵医生看陈静一眼，道："傅临远特意请我给你看病，你们之间难道就没什么关系？我可不信。"

肖梅听得一头雾水，陈静神色镇定地说道："嗯，他是我男朋友。"

赵医生点了点头。

陈静跟赵医生打完招呼，带着肖梅就往外走，肖梅看向陈静："你之前生理期一直肚子疼，是这位医生给你看好的？他也是傅先生安排的？"

陈静"嗯"了一声，说："上班的时候难受，他看出来了……"

"哦，原来如此。"

自从肖梅来了以后，章欣彤天天打电话喊她们过去吃饭，午饭、晚饭都会邀请她们去吃。肖梅挺感叹的，觉得傅先生的母亲实在热情。不过她也松了一口气，觉得陈静以后会越来越好的。

傅临远在准备婚礼，陈静就抽空跟肖梅回了一趟周镇，去收拾一些东西。陈静打开行李箱，把之前在京市住公寓时添置的东西都收拾收拾放进去。

最后，她看到那本手账本，这本手账本跟随她很多年，里面记录了对傅临远的暗恋，也有一些过去的心情。

陈静犹豫了一会儿。肖梅在外面喊她："木杉她们来看你了。"

陈静起身道："来了。"

她随手放下手账本，起身出去，木杉等人笑着喊道："陈静！"

陈静笑着走过去，几个女生抱在一起。

木杉道："结婚一定要通知我啊，我要去参加。"

陈静点头："好的。"

木杉不知道陈静的男朋友是傅临远，只是听说陈静要结婚了。几个女生坐下来聊天，肖梅收好衣服，进了陈静的房间，把衣服叠好，弯腰放进陈静的行李箱里。

中午肖梅下厨，木杉她们便留下来吃饭，一起喝着啤酒聊着天。木杉给陈静看客栈最近的营业额，陈静觉得颇有成就感，因为她真的一手把客栈做起来了。

即使开业后她就去京市了，但前期的调查、整体的策划、发展路线等都是她做出来的。陈静拿起啤酒跟木杉碰了碰杯，道："回头咱们设立股份制，我跟傅恒集团说一声。"

木杉一听，眼睛一亮："好啊。"朱愉跟李艺佳也对视一眼，这太爽了。

"你们少喝点啊。"肖梅无奈地提醒道，可她们没听她的。

半个小时后，四个人才吃完饭，虽然喝了啤酒，但都没醉。木杉她们得回客栈，陈静送她们下楼。

回屋后，陈静解下发绳就去洗澡了，她等会儿要回京市，不能一身酒味。

肖梅收拾着桌子。不一会儿，门铃响起，肖梅回身去开门。门一开，就看到傅临远。

傅临远手插着裤袋，一身西装革履，冲肖梅点点头，说："肖阿姨，我来接她。"

肖梅笑道："她刚刚去洗澡了。"

傅临远闻见了淡淡的酒味，问："她喝酒了？"

"跟木杉她们一起喝的，进来吧。"肖梅松开门，继续去收拾桌面，傅临远进门后看了眼桌上的啤酒瓶，再看了一眼垃圾桶里的啤酒瓶，喝得不少。他眼眸微眯。

肖梅说："她的行李都收拾得差不多了。"

傅临远"嗯"了一声，看肖梅在收桌子，走过去帮着把折叠桌收起来。肖梅说："我来就好。"可傅临远单手就竖起那桌子靠着墙放好了，肖梅笑了笑，给他倒了杯茶。

不一会儿，浴室门拉开，陈静带着一身水汽走出来，头发有些湿。

她往客厅看去，看到靠着柜子的男人，倒不意外——他说了今天来接她，所以她喝了酒就去洗澡了。

傅临远抱着手臂，淡淡地道："过来。"

陈静才不过去，她洗了澡但没洗头，就怕头发都沾上酒味。

"我去拿行李箱。"她说完就快步往房里走去，直接合上行李箱，推着两个行李箱出来，往傅临远面前推了推，朝他示意。

傅临远定定看她几秒，放下手臂，接过她的行李箱，凑近时，闻到她身上的沐浴液香味。

他看着她的眉眼，陈静有点紧张："看我做什么？"

傅临远一手握着两个行李箱的手柄，一手牵着她的手，往外走去："喝了一箱？"

陈静理直气壮地说："我喝了四瓶而已。"

傅临远淡淡睨她一眼，往门外走去。陈静跟肖梅告别，肖梅要留在周镇一段时间，等陈静结婚的时候再去京市，还可以趁这段时间准备一些结婚用的东西。

肖梅擦干手，出来送他们。陈静松开傅临远的手，跟肖梅拥抱。

肖梅顺顺她的背，安抚道："我忙完就过去。"

陈静"嗯"了一声。随后，她跟傅临远下楼，肖梅站在门口目送他们，看着傅临远紧紧牵着女儿的手，心里十分欣慰。

这次去京市，傅家父母对陈静的好她都看在眼里，所以她更放心了。

到了楼下，于从上前帮忙提行李箱。陈静与傅临远乘车前往周市的机场，上次傅临远来接肖梅去京市，也是乘坐私人飞机。

抵达京市，傅临远得回傅恒集团一趟，陈静先回卓越万代，于从帮着她把行李箱送进去。

陈静看于从嘴角有瘀青，问道："你这是怎么了？"

于从笑笑："最近在跟人切磋。"

陈静"哦"了一声。于从不单是助理，其实也算是半个保镖，他的拳击都是傅临远教的。

送走于从后，陈静进屋收拾行李箱，门外传来开门声。陈静起身，不小心弄倒了行李箱，衣服都散在地上，陈静"唉"了一声，把发丝勾到耳后，赶紧蹲下去捡。

傅临远扔下外套往屋里走来，看到这一幕，声音低沉："冒冒失失。"

他蹲下身子，帮着她收拾衣服，陈静直起身子瞪他一眼。

傅临远眉头一挑，随手拿起她的衣服放进行李箱里，却不经意摸到一个本子，他一扬手，里面夹着的书签掉到地上，连带着最后几页都露出来。

傅临远凝神看去，在那本子里看到他的样子。

陈静唰地抬头，下意识地伸手去够本子。傅临远已经拿着本子起身，他翻着手账本，陈静的手停在半空中，抿了抿唇，站起身。

傅临远指着本子下方写着的"fly"给她看。

"我？"

陈静顿了顿，一声不吭地看着他。

傅临远的心微微颤着，可面色不改，他又往后翻了翻，看到西装革履的他的画像，突然意识到他一开始就判断错误了，她对他不单是突如其来的心动，还抱着更深的感情，她压根就没有任何狩猎的意思。

他修长的指尖紧了几分，看向她。陈静冷静地抬眼道："大学的时候我就喜欢上你了。"

这一句话令傅临远喉结一动，他静看她几秒，说："你掩饰得太好了。"

陈静笑了笑。傅临远深深地看着她，仿佛要将她纳入骨髓里，又抬手摸着她的脸："对不起。"

陈静微顿。傅临远捧着她的脸，垂眸看她："我曾经以为给你车子跟房子是给你后路和保障。"

陈静说："我知道。"

傅临远深深地看着她，几秒后把她按到了怀里。陈静伸手搂着他的腰，傅临远的声音很低："你要感情，应该对我开口，或许我就能早点意识到，我们也就不用拖那么久了。"

陈静轻"啧"一声："你能让我信任吗？"

傅临远想，起初确实不能。他没回答，陈静知道他清楚自己的德行。他这种人根本不需要跟任何人狡辩些什么，他有时就是薄情，就是轻慢。但也因此，他一旦用心，她就能感觉得出来，就比如此刻他的怀抱，他掌心的热度。

两个人相拥了一会儿，陈静离开他的怀抱，仰起头道："衣服还没收拾好。"

傅临远松开她，陈静把头发撩到耳后，蹲下身子，把散落一地的衣服收进行李箱。傅临远蹲下，也帮她收拾着。陈静的贴身衣物都用收纳袋收着，所以没有落在外面，她起身将它们挂进衣柜里。

就两三天没见，她的衣柜里又多了新衣服。陈静回头看他："你又买了衣服？"

傅临远把她的衣服挂在一旁，眉眼冷峻，随意地"嗯"了一声。陈静挑眉，收回视线，道："上次买的还没穿过。"

傅临远合上柜门，从身后抱住她道："不喜欢就送回去。"

陈静靠着他的怀抱，"嗯"了一声，她随意整理着衣柜，傅临远紧搂着她的腰，闻着她身上的香味，问道："那是日记本？"

陈静说："不是，是手账本。"

"我能看看吗？"

陈静关上衣柜，坦荡地道："可以。"反正感情已经坦白，那也没必要遮遮掩掩的。

傅临远把陈静的行李箱放进柜子里，关上柜门。他坐到床头，把陈静拉进怀里，陈静捧着那本手账本，一边翻一边说："手账本跟日记本有点像……"

她翻开第一页，上面是她第一次做的随记，还贴了贴纸，写下的心情语录也就一句话——天气真好。

下面有个日期，是大一下学期三月份。

傅临远垂眸看着她翻。她做得很精美，但很少写心情随笔，写的话也就是一两句。

> 学校里的樱花开了，如梦似幻。
> 晴空万里，我在这里。
> 路遥知马力，日久见人心。
> 思念。

接着，日期到了大三，是他回学校演讲，陈静坐在台下喜欢上他的那一天。这一天的心情随笔是摩斯密码。

陈静翻到这儿，仍然挺镇定的。傅临远却一眼读出来，说："就是这一天？"

陈静指尖一顿，道："你怎么知道的？"然后反应过来，他能读懂摩斯密码的意思，这个男人……太厉害了。陈静立即翻了一页，后一页，她用德文写着"喜欢远"。

陈静只得又翻了一页。她不用问都知道傅临远也能看懂那句德语，一开始她神情坦荡，现在又觉得耳根发红，后面怎么写的全是对他的喜欢？

搂着她腰的那只手愈发紧，陈静啪地合上手账本，回头看他："你能不能松点？"

傅临远没应，拿走她的手账本，用修长的指尖翻开，翻到她刚刚合上的那一页——她画了在学校演讲的他，头发、眉眼、脖颈、喉结、领口、腕表都画得细致，下面还有"fly"三个字母。

他看了许久，声音低沉："回头，我也画一幅你的肖像。"

陈静有点诧异："你会画画？"

傅临远合上她的手账本，望进她眼里，道："在美国读书的时候学过。"

留学生活中其实有很多诱惑，但他把时间更多地放在学习和爱好上，比如计算机、卡牌、赛车、外语等，素描就是其中一种爱好。

陈静听着，想起他写的代码。她过生日那天，操纵灯光的代码也是他写的。

陈静说道："那你留学时学过不少东西啊。"

傅临远："还行。"

他把手账本放在床头柜上，搂紧她的腰。陈静看他几秒，凑上前去吻他，傅临远按着她的腰，陈静将手搭在他肩膀上，整个人半跪着，她腰部挺直，长发及腰。

两个人深吻着。

此时，阿姨来做饭了，她知道两个人在家，主卧门开着，可她也没多看，就在厨房里做饭。今日章欣彤让她顺便带了一些刚买的燕窝以及海参，说炖好放着，晚上给陈静当夜宵。

主卧里的温度升高。傅临远下了床，衬衫的扣子被她解得差不多，他的胸膛若隐若现。他锁上卧室的门，回到床上，用指尖撩开她的领口，俯身吻住她。

陈静搂着他的脖颈迎上去。

将近晚上八点，两个人才从房里出来，陈静穿着吊带裙和浅色外套，

懒洋洋地坐在餐桌旁。傅临远把晚饭热好，端上桌。陈静捧着碗喝汤，傅临远给她夹菜。

吃过晚饭，两个人都得处理工作，傅临远坐在沙发上翻着文件，陈静戴着耳麦跟万里远程公司的高层开视频会议，说得口干舌燥。

她拉拽了一下他的手。

傅临远一边接着电话，一边起身倒了一杯水放在她手边。陈静抬眼看他，笑着无声说了句"谢谢"。傅临远手插裤袋，听着电话那边于从说话的声音，眼睛看着她。

陈静收回视线，继续开会。视频会议那头的人看到一只戴着腕表的手给陈总递水杯，都不用猜，便知道那是傅恒集团的傅总。

会议结束后，陈静合上笔记本电脑，抬眼看去，傅临远正在与国外的高层开会，陈静拿起平板，用脚踢了下傅临远，傅临远神色不变，握住她的脚踝放在腿上，面对镜头时神色冷漠。陈静笑了一下，把水杯递给他。傅临远接过，喝了一口。

这一晚，两个人将近十二点半才回主卧，陈静今天累极了，窝在他怀里不一会儿就睡着了。她梦见在京大念书的日子，她抱着书站在教室后方，看着台上的男人，而台上的男人撩眼，一眼看到了她。她的心咚咚直跳。两个人对视着，仿佛一眼万年。

半夜，她翻个身，下意识地去搂傅临远的脖颈，却搂了个空，陈静愣了几秒，迷糊中睁眼往旁边摸去，空空的。她赤脚下了床，往外看去，客厅的壁灯亮着。

陈静走出去，一眼看到傅临远站在落地窗边，手里拿着她的手账本，嘴里咬着烟，翻看着。

陈静微愣，走向他，从身后搂住他的腰，迷迷糊糊地道："你怎么起来了？"

傅临远一顿，拿下嘴里的烟按在烟灰缸里，握住她搭在他腰上的手，说："我在反思。"

陈静不解："嗯？"

傅临远安静几秒，把她从身后拉到怀里抱着。陈静搂着他的脖颈看他，傅临远也低头看她几秒，又按着她的后脑勺，把她紧紧地按到怀里。

他声音很低："如果我们不是那样开始多好。"

陈静明白了他的意思，也放低声音，有几分温软："现在这样不是挺好的吗？"

是挺好的，他失而复得，但他还是做得太少了，他相信自己能做得更多。

陈静踮起脚攀着他的脖颈，傅临远低头紧搂着她，两个人相拥许久，陈静竟从中感到他对她的心疼。

他这男人，高傲、散漫、冷漠、薄情、被动。但此时，他心疼她，而她也能清晰感受到他的心情。

她故意调侃道："傅总，不该我安慰你吧？"

傅临远按着她的腰："不需要，你换个称呼。"

陈静笑道："傅总挺好的。"

她紧搂着他的脖颈。其实每次喊他傅总，她的心都会悸动，永久记得喜欢上他时的心情。傅临远顺着她的发丝，说："迟早你得改称呼。"

这时，陈静才意识到，以后会有更亲密的称呼出现，她又一次想起他微信里给她的备注，她是不是也该给他改一个？改什么好呢，直接改成傅临远，或是 FLY 吗？

手账本的秘密被发现后，陈静更轻松了，她依旧理智地爱着傅临远。

万里远程砍掉那些项目后，整艘船更轻松了，项目经理更能专注地做一件事情。

傅恒集团的傅临远太宠女友的消息依旧在传，但更多的人认可了陈静的能力。

这天，陈静在办公室里看文件时，电脑上出现一则热点新闻。

万里远程公司首席执行官陈静向山区捐赠五千万。

陈静微愣，她可没那么多钱捐出去啊！她点进那则新闻，想到前几天傅临远让她签关于售卖那套房子和车子的文件，她以为他有什么安排，看来，是傅临远卖了房子以及车子后替她捐出去的。

小助理拿着手机进来，探头看陈静："陈总，有家媒体想给你做个专

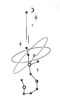

访，是关于这次捐赠的。"

陈静说："暂时不接受采访。"

小助理："好的。"

手边的手机亮起来，陈静抬眼一看。

　　傅临远：下来。

陈静记起今天要去挑选婚纱。她关上电脑，拎上小包，拿了外套，踩着高跟鞋下楼。傅临远站在车旁，一手插裤袋，一手夹烟。他掐灭烟，给她开了车门，坐进车后又弯腰给她扣上安全带。

陈静撩眼看他："你把房子和车子卖了，钱捐了？"

傅临远看着她的眉眼："嗯。"

陈静唇角微勾："做得挺好。"

傅临远轻睨她一眼："谢谢老婆的认可。"

陈静心一跳，神色倒还冷静。傅临远绕去驾驶座启动车子。陈静偏头看他，他双手转着方向盘。车子上了大路，在等红绿灯时，他偏头看到她的目光，放下一只手，握住她搭在中控台上的手。陈静抓紧他修长的手指。

两只手交握几秒，车子再次启动，陈静不好再牵着他，就松了手。

车里的气氛很甜蜜，无声中对视时更甚。车子抵达 TW 婚纱工作室，设计师带着团队在门口等着。傅临远锁上车，牵着陈静的手走上台阶，设计师带着人跟在身后，推开了 VIP 厅的门。

有人送了茶水、甜点进来，放置在桌面上。

设计师拿着软尺，为陈静量尺寸。傅临远站在一旁看着，他已经递交了自己的尺寸给工作室，他的服装没那么复杂，陈静的婚纱却需要设计。

这是位顶级设计师，一边量尺寸一边用法语跟傅临远交流。

陈静大学加修了德语跟法语，她更喜欢德语，学得也更好，法语只能听懂，要她开口还有点难。

傅临远一边回着设计师的话，一边拉过软尺，亲手量陈静的腰，陈静抬眼。未婚夫妻对上视线，傅临远看她几秒，指尖紧了紧，略带几分故意。

明明隔着衣服，陈静的脸却红了一些，她神色镇定，暗自咬牙。

傅临远唇角勾起，对设计师说了他的看法："Ma femme est en bonne forme，Design simple.（我老婆身材很好，设计简单点。）"

陈静听懂了，耳根也跟着红。一旁的设计师点点头，说："Oui，Je pense aussi.（是的，我也这么认为。）"

陈静假装没听见，睨了眼傅临远。傅临远静看她几秒，接着就收了软尺，随意地递给一旁的设计师。设计师接过后，拿着笔在画稿上面写上陈静的尺寸。

软尺挪开，陈静的呼吸才变匀，她接过设计助理递来的咖啡。傅临远认真听着设计师的想法，时不时与设计师沟通，陈静喝着咖啡，看着他认真的侧脸，仿佛又看到那段视频里的他。

设计钻戒时，他也是这般低头跟设计师谈话，偶尔给对方一点建议。他对她的事比她自己还重视，光是婚纱的前期沟通就用了一个多小时。

中式礼服跟敬酒礼服由 TW 婚纱工作室的另外两名设计师负责，这两位设计师都是中国人，所以更好沟通一些。沟通的时间也有一个小时之久。中式礼服上还要有手工刺绣。

敲定衣服的设计后，天色已晚。TW 中国地区的总裁特意过来，请傅临远跟陈静吃饭。法国厨师现场制作菜品，他蓝眼碧发，侃侃而谈，傅临远握着酒杯，偶尔回两句，几人全程使用法语。

陈静抿着红酒，看着他，心想傅临远喜欢的语言中应该有法语。

总裁了看陈静一眼，用法语说："Elle est belle et vous convient parfaitement.（她很漂亮，与你很般配。）"

傅临远看向陈静。她今日戴着小巧的耳环，脖颈修长，喝酒的姿势带着几分优雅，清丽的眉眼在光线下显得格外温柔。

傅临远静看了几秒，用法语回："Ma surprise.（我的惊喜。）"

地区总裁笑着点点头，用中文说："祝福你们。"

傅临远说："谢谢。"

陈静喝了不少红酒，不至于醉，只是有点晕，脸颊泛红。吃过晚饭，她被他牵着手，地区总裁送他们下楼，傅临远拉开车门送陈静进去。与总裁握手后，他也坐进车里。于从发动车子。

不一会儿，隔板升起。男人侧过身子，按着车窗，把陈静抱在怀里，

堵住她的红唇。这一幕似曾相识，仿佛回到江曼琳生日那一夜。车子抵达卓越万代地下车库，陈静被傅临远拦腰抱出来，她醉了。那红酒的珍藏时间久，度数高。

她的眉眼极为漂亮。

傅临远大步地走出电梯，进门，把陈静抱进房里，给她倒了一杯水，俯身喂她喝。陈静一只手握着他的手腕，空出的另一手去解他领口，傅临远不动声色地垂眸一看，声音低沉、隐忍："胆子不小。"

他放下杯子，直起身子，一手解着领口，一手握着她的手，陈静仰头静静地看他。傅临远把扣子解得差不多了，把她抱起来，陈静用两手搂着他的脖颈。傅临远道："先洗澡。"

两人身上都有酒味。傅临远直接带她进浴室，把她扣在墙壁上，两个人深吻着。夜很长，属于他们的未来才刚刚开始。

等待婚纱设计好期间，陈静与傅临远需要先领证，拍证件照。

傅临远陪陈静去了周镇，把肖梅接来。

肖梅这次依旧住在卓越万代的另外一套房子里，这次住的时间要长一些，所以这儿需要好好收拾一番。陈静忙完工作就来帮肖梅收拾。

肖梅拿出一本房产证递给陈静，陈静接过来翻看几眼："这是什么？"

肖梅说道："咱们在周镇的那套房子是你爸买的，现在我交给你，你把它跟嫁妆放在一起。那套房子的房产证上本来就有你的名字，以后你自己收着。"

陈静推开房产证，说："这个你自己留着。"

肖梅听罢，收起房产证："也行，留个房子，有个念想。"

她还给陈静准备了些现金当嫁妆，虽然只有二十万。这些年，肖梅把陈静给的钱都存起来了，现在又拿出来给她当嫁妆。她当然不会要，她用来投资的一些账户里还有不少钱。

肖梅看她不拿，无奈得很："行，那我继续收着，也算给你备用。"

陈静笑道："这才对。"

肖梅准备了一些婚礼上用的东西，都放在小行李箱里，她一一拿出来给陈静看。周镇的结婚仪式要比京市的复杂，但肖梅都简化了，只带了一些必要的东西。也不只肖梅简化，现在周镇很多年轻人结婚也都不太守旧时候的那些规矩了。

母女俩聊着，门铃响了。陈静起身去开门，傅临远手臂上挽着外套，站在外面。

陈静笑道："开完会了？"

"嗯，晚点去家里吃饭。"

陈静带着他进门，傅临远喊了声："肖阿姨。"

肖梅笑着应了一声，给他倒水。傅临远随意看了一眼屋子，偏头问陈静："收拾好了吗？"

"收拾好了。"陈静道。

傅临远点头，接过肖梅递来的茶杯，说了声"谢谢"。这时于从也跟着进来，将手里的文件袋放在桌上。

傅临远说："肖阿姨请坐，陈静，你也是。"他最近偶尔会喊陈静"老婆"，但有第三个人在场时，他不会这么说。

陈静跟肖梅对视一眼，各自坐下，于从离开，把门关上。

傅临远从文件袋里取出资产证明推到陈静跟前，道："除了傅恒集团，这些是我现有的资产，你看看。"

陈静一顿，拿起来随意翻着。她其实很清楚傅临远的资产情况，跟在他身边那两年多，她也帮他置办了不少，所以稍微翻两页就都清楚了。她放下文件，抬眼看他。

傅临远又取出两张卡，一张推到她面前，一张放到肖梅面前。傅临远抬眼看向陈静："这是我的主卡，以后你用。"

陈静看着那张卡，又看了一眼肖梅面前的卡，肖梅那张卡应该是傅临远的一张副卡，他会定时往里面划钱。

傅临远对肖梅道："肖阿姨，这张卡您留着用。"

肖梅下意识地握紧陈静的手腕，示意她开口拒绝。不用看，她就知道这卡里肯定有不少钱。

陈静没想到他连她母亲都想到了，她安静几秒，把卡放回傅临远跟前，说："两张卡都不要。"

傅临远将骨节分明的手搭在膝盖上，看着她。

二人对视，傅临远沉声说："老婆，分那么清？以后吃饭要不要 AA 制？"

这一声"老婆"一出，陈静心一跳，但还是尽量镇定地回答："那倒不用，吃你的、穿你的、住你的，挺好。"

傅临远轻飘飘地开口："你挺能说的。"

陈静一下子就把他给哄住了。

未婚夫妻俩对视着，陈静唇角微勾，傅临远眼眸微眯，这时，他的手机响起。他拿起来看了一眼，是齐茂升的来电，那就是工作上的事，他站起身去接。

他一起身，陈静就把资产证明以及两张卡一起放进文件袋里。她看了一眼腕表，差不多到晚饭时间了，便对肖梅说："妈，晚上去傅家吃饭。"

肖梅点头："我换件衣服。"

她收拾了一天，衣服有点皱，不适合去人家家里做客。她去房间换衣服，陈静则倒了杯水喝着，看着他宽大的背影。等傅临远挂断电话，陈静起身拿了他的外套，顺势拎起那个文件袋，站在门口笑盈盈地等着他。

傅临远轻扫一眼桌子，就知道卡已经被她放进了文件袋里。肖梅正好换好了衣服，也走出来。

陈静上前挽住肖梅的手，含笑看着他。傅临远睨她一眼，轻嗤一声。陈静假装没听见。

三个人一起出门，于从在楼下等着他们，这次他开的是保姆车，比较方便。

车子抵达傅家，夕阳落下，照在傅家别墅前面的湖泊上，很是美丽。一进门，章欣彤就满脸欣喜地迎出来，一边擦手一边说："来得刚刚好啊，静静，肖梅，我今天做了蛋挞当饭后甜点，等会儿你们俩都要试试。"

陈静说："好的。"

肖梅点点头，她这些时日在周镇，章欣彤经常找她打视频电话聊天，两个人变得跟好朋友一样。章欣彤挽住她的手，又拉了陈静的手，往餐厅走去。

老傅总看见傅临远手里拎着文件袋，问道："是什么？"

傅临远随意地放下文件袋，没应他的话。父子俩并肩往餐厅而去。

桌子上摆了许多好菜，有几道菜是老傅总亲自下厨做的，比如爆炒鱿鱼。

陈静夹了一筷子放进嘴里，老傅总问她："好吃吗？"

陈静一脸诚恳："很好吃。"

手艺得到认可，傅中衡满意了："好吃你就多吃点，以后多跟他一起回来吃饭。"

陈静说："好。"她看了傅临远一眼，傅临远端起碗给她舀汤，他的袖子挽起来，露出腕表，眉眼冷峻，陈静眼里含笑，收回视线。

吃过晚饭，两位母亲在客厅交流着甜点的制作心得，陈静坐着听她们聊。傅临远在一旁泡着茶，水雾缭绕，他有几分漫不经心，又拿了一旁的橘子，一边剥着，一边听着傅中衡说话。

剥好后，他拿张纸巾垫着橘子，放到陈静的手边，动作很不经意。

陈静顺手拿起一瓣，咬了一口，觉得很甜，又拿了一瓣咀嚼着。

傅临远喝着茶，傅中衡看到他这不经意的剥橘子动作，却假装没看到。

章欣彤拉着肖梅的手，问道："关于彩礼，肖梅，你有什么看法？"

肖梅摇头："没有，按你们的礼数来就行。"

章欣彤就知道肖梅会这样说，她看了一眼陈静，陈静含笑道："伯母，我妈的意思就是我的意思。"

章欣彤心想：看来这几乎是连谈都不用谈啊。她又看了一眼傅临远，傅临远长腿交叠，眉宇冷峻，顺势喂了一瓣橘子到陈静的唇边。

他说："妈，你安排。"

"那我就自己安排了，肖梅，有什么问题你直接跟我说。"章欣彤握着肖梅的手说道。肖梅笑着点头："好。"

于是，婚礼的工作安排就这么敲定下来——各自准备，也不用谈。当然这在周镇是不可能的，在周镇，双方光是彩礼就要掰扯好久，谈崩的也不是没有。

从傅家回来，陈静跟傅临远送肖梅回到那套房子。

傅临远搂着陈静的腰慢慢地走在小区里，小区里绿化很好，夜晚，灯光昏暗，但景色别有一番韵味。傅临远低头亲吻她的额头，说："卡我放家里，你需要就拿。陈静，我是留给你以防万一。"

陈静抬眼看他。傅临远垂眸，二人对视几秒，陈静点头："好吧。"

进屋后，傅临远把两张卡扔进床头柜的小收纳盒里，陈静拿了睡衣，踮脚亲吻他的唇瓣，说："我去洗澡。"

"一起。"他取了自己的睡衣，握住她的手腕，一起进了浴室。

又过了两天，一家人陪着陈静和傅临远去领证，傅临远穿黑色衬衫、黑色长裤，陈静穿白色衬衫以及 A 字裙。

相片洗出来，章欣彤跟肖梅对着看，傅中衡也在一旁探头看着，说道："年轻真好。"

"静静真漂亮。"章欣彤拿着手机把相片拍下来，夸赞道。肖梅也觉得两人是郎才女貌。

那相片陈静也看了看，觉得很好。她抬眼看他，傅临远握着笔，在表格上签下名字。陈静拿过笔，也在表格上签下自己的名字。

傅临远拿起相片，随意看着，此生第一次有种奇妙的感觉。他接过工作人员递来的两本结婚证，把多余的相片夹进去，随后牵着陈静的手。

陈静拿过他手里的结婚证翻看，抿了抿唇，记起在陆臣生日宴会上，她被他按在墙壁上吻的画面，那是他们的开始。

她看向傅临远："你有没有想起什么？"

傅临远给她拉开车门，睨她一眼："有，我第一次控制不住吻你。"

陈静唇角轻勾，弯腰坐进车里。傅临远也跟着上车。

于从启动车子，从车内后视镜看到他们手里的结婚证，心想，陈静赢得彻底。

那次是傅临远第一次主动，也是第一次失控。过往也不是没有女人在他面前喝醉过，甚至装醉装得宛如影后，一般人看不出来。

醉得很漂亮的女人也有很多，然而无论是真醉还是假醉，傅临远却从没动过念头。

唯独那次，她是他秘书，跟在他身边两年多，按理说她这张脸他也看习惯了，可他还是主动了，失控了，就像一种命中注定。

黑色轿车往傅家开去，中午要在傅家吃饭。陈静支着扶手，随意地翻着结婚证，看了看两个人的相片，又抬眼看向傅临远。他把玩着她的手，正在接电话，那头似乎是闻敛。

两辆车在傅家门前停下。傅临远也挂断电话，凑近她，亲了亲她的唇瓣，道："晚上抽空出来，闻敛说聚聚。"

陈静点了点头，她刚刚在他身边都听到了，轻拽着他的领口道："我跟蒋禾吃饭，吃完一起过去。"

傅临远"嗯"了一声。

随后，刚领证的夫妻俩下了车。一进门，章欣彤"哎呀"一声，笑着拿走结婚证："我拍几张照片。"

她拉着肖梅就去小客厅拍照。阿姨端来水果，放在茶几上。陈静拿了块哈密瓜吃，傅临远挪过一旁的笔记本电脑，处理些工作。傅中衡走到小客厅，探头看着她们拍照。

大客厅里就剩陈静跟傅临远，陈静回着蒋禾的消息。

蒋禾：拍几张结婚证给我看看？

陈静抬眼看了看在那边拍照片拍得不亦乐乎的两位母亲，收回视线，回复蒋禾："结婚证在两位母亲的手里。"

蒋禾：行吧，理解。

陈静咬着哈密瓜，偏头看傅临远，他的手肘搭在沙发扶手上，长腿交叠，指尖滑动着触控板。陈静凑过去，拿了一片哈密瓜喂到他薄唇边，傅临远没抬眼，握住她的手腕咬了一口，陈静问道："甜不甜？"

傅临远咀嚼着："还行。"

陈静又举起手来喂他，傅临远几口吃完，随意地抽了张纸巾，拉过她的手，给她擦拭上面的哈密瓜汁，眼睛还看着笔记本电脑。

齐茂升发来消息，港城那边出现变故，金融市场一片混乱。齐茂升问傅临远要不要撤出港城。之前把一些资产移去港城，是为了解决外资公司那个麻烦，实属无奈之举，如今已经成功脱离困境，齐茂升希望能回来。

傅临远给陈静擦拭完手却没松开，一直握着，陈静只剩一只手能动，她又拿了片哈密瓜，靠着椅背，看着他的电脑屏幕，吃着吃着，吃得只剩下一块皮。

　　陈静顿了顿，故意抬手，把哈密瓜皮喂到他跟前，傅临远专注于工作，随意低头去咬，然后一顿，垂眸看着陈静递来的哈密瓜皮。

　　他安静几秒，撩眼看她，陈静咳了一声，立即要起身，傅临远单手一扣，搂住她的腰就往回拖。

　　陈静推他肩膀。"有人、有人。"她求饶道，"我道歉、我道歉，不该喂你吃瓜皮。"

　　傅临远偏头看她，语调懒洋洋的："尿得挺快。"

　　陈静看到傅中衡都往这儿看来了，还能不尿？傅临远看了一眼那边的父母，章欣彤激动得都要举起手机了。他松开陈静，陈静的心怦怦直跳，踢了下傅临远，傅临远挑眉，继续看向笔记本，处理着工作。

　　陈静呼了一口气，装作镇定地倒了杯水喝。

　　那边的章欣彤还有点失落，放下手机，傅中衡轻哼一声，心想：幸好傅临远懂分寸，不然成何体统。肖梅倒没看到，她刚刚从洗手间出来，擦擦手，正好厨房阿姨端菜出来，喊几人吃饭。

　　章欣彤去餐厅前，把两张结婚证发了朋友圈。于是，圈子里的人都知道傅临远与陈静领证了。很多人纷纷留言祝福。

　　　临远领证啦？恭喜恭喜。
　　　婚礼记得派喜帖给我啊。

　　章欣彤回复："那肯定的，谢谢大家的祝福。"

　　吃过午饭，傅临远得去傅恒集团大厦，他把陈静送到卓越万代，再去傅恒集团大厦。

　　陈静回家拿了车钥匙，开车去接蒋禾，蒋禾在公寓大门前等她。陈静停下车子，蒋禾拉开副驾驶侧的车门上了车，然后把她亲手做的一对陶人放到陈静的中控台上："你们领证的礼物。"

　　陈静看一眼笑道："谢谢，很漂亮。"

　　蒋禾戳戳那陶人，说："等你办婚礼的时候，我再准备别的礼物。"

　　陈静转动方向盘，开出去，道："不用啦，你人来就好。"

　　蒋禾笑道："那不行，必须准备。"

陈静含笑，蒋禾看着她的侧脸，突然发现陈静越来越漂亮了，她的长相有种说不上来的改变。

蒋禾想，陈静总是这样，看似温柔，其实很有主意，总能顺着自己的内心走，当初豪赌一场时是这样，离开傅恒集团时也是这样，看似痛苦，走的每一步却都很干脆。

她说："陈静，以后我得向你学习。"

陈静看她一眼，问道："学什么？"

"不告诉你。"

姐妹俩下午去逛街，很久没一起逛街了。蒋禾看陈静刷的是自己的卡，问道："傅总没给你卡？"

陈静提过礼袋，道："给了，我没拿。"

蒋禾"啧啧"两声："我就知道。对了，他们家给多少彩礼，你知道吗？"

陈静摇头："不知道，我们只是互换了行李箱。"

"你没打开看看？"

陈静："没有。"

肖梅准备的嫁妆放在行李箱里，章欣彤也准备了一个行李箱。不过章欣彤那个是超大号的，推进电梯里，堵得人都走不进去，进家门时还费了不少劲。

蒋禾一顿，想着那捐出去的五千万元。那套房子值四千多万元，陈静都没要，现在对彩礼这么随意也正常。蒋禾喜欢陈静这份随意。不过傅总连自己的卡都能给出来，看来彩礼不会少。

两个人挽着手，逛了一个下午，晚饭在一家西餐厅吃，这家店的牛排很好吃。

吃过晚饭，陈静的手机响起。傅临远发了个地址过来，让她过去。陈静跟蒋禾说："一起去喝两杯？"

蒋禾眼睛一亮："好啊。"

姐妹俩开车前往那家清吧，之前傅临远常来这里。停好车子，陈静跟蒋禾下车，两个人挽着手上台阶，在门口遇见走出来的于从。

于从脚步一顿，朝陈静点头："太……"

　　陈静猜出他要喊什么，笑道："你还是继续喊我陈静吧。"

　　于从微顿，"嗯"了一声。

　　蒋禾笑问："于从，你是不是想喊陈静'太太'啊？"

　　于从看向蒋禾："不应该吗？"

　　蒋禾哈哈笑起来。于从看了她几秒，没回应，走下台阶，往车子走去。蒋禾回头看他，他正拿起烟点燃，蒋禾收回视线，跟着陈静走进清吧，说："于从跟在傅总身边蛮久了，听说他拳头很硬。"

　　陈静"嗯"了一声。

　　两个人一进门，就有服务员迎上来。闻敛在卡座那边订了位子，陈静跟蒋禾走到卡座边，宴珣跟闻敛已经来了，闻敛还带了夏言，夏言很漂亮，是学舞蹈的。她冲陈静点点头，陈静也微微一笑。

　　宴珣倒着酒对陈静笑道："他还没到，据说被工作上的事绊住了。"

　　陈静说道："嗯，他给我发消息了。"

　　她跟蒋禾一块坐下，蒋禾笑着跟宴珣、闻敛以及夏言打招呼，夏言伸手跟蒋禾一握。

　　宴珣给她们递过来酒杯，陈静接过，跟他碰了下杯，喝了一口。闻敛跟夏言也跟陈静举杯。陈静大大方方地喝着。

　　宴珣记得她在黎城打麻将那次，昏暗的光线下，她清丽漂亮，专注又带着几分谨慎。宴珣想，难怪傅临远会喜欢上陈静，她身上有一种温柔还带着自信的气质，举手投足都落落大方。

　　此时，陈静被卡座中的其他男人看到，有人起身端着酒杯往这边走来。

　　傅临远轻扯着领带走进来，正好看到有个男人走到卡座，站在一旁正在跟陈静说着什么，傅临远神色冷漠地走过去，取下领带，随手递给陈静。

　　陈静仰头，伸手接过，那个搭讪的男人微愣，看向傅临远："你们认识吗？"

　　傅临远拽开领口，语气淡淡的："不算认识，她是我妻子。"

　　那男人听见前句正松一口气，听见后句愣了一秒，迎上了对方冷戾的视线，便端着酒杯赶紧溜了。

　　"哈哈哈哈哈。"宴珣忍不住笑起来，傅临远走进卡座，坐在陈静身侧，端起酒杯睨陈静一眼："跟他聊了多久？"

陈静把他的领带放进包里，端起酒也喝着，道："没聊多久。"

她轻挽住他的手臂，傅临远看了一眼她勾着自己的手腕，喉结动了动，收回视线，喝着酒。他又被她哄住了。

蒋禾在一旁也看笑了，原来傅总也会吃醋！

今日清吧里的人不算多，聚会的目的是庆祝傅临远跟陈静领证。几个人聊着天，宴珣觉得光聊天没什么意思，于是拿出卡牌跟扑克牌，问他们玩什么。傅临远选了卡牌，这个比扑克难玩一些，要熟悉一些咒语，咒语与咒语对应，如果抽到巫女，就要玩大冒险。

宴珣叫蒋禾过去与他坐在一起，蒋禾笑着坐过去，这样就变成三组人了。

傅临远接过卡牌，把玩着，陈静第一次见他玩这个，他的手指在昏暗的光线下骨节分明，很快洗好牌，他停下，往陈静面前先放了一张，再依次往右边发过去。

陈静拿起自己的牌一看，有巫女图案，她愣住。

傅临远手里的牌很好，余光看到陈静手里的牌，眉头一挑："老婆，你运气真好。"

陈静安静几秒："不是你发的牌吗？"

傅临远放着牌，一言不发。

这一把傅临远再怎么打，陈静手里的巫女牌都注定他们就算赢了也得付出点什么。

宴珣扔下最后一张牌，笑着说："我们今天的大冒险很简单，听说没有哪个女人能从自己老公的手机里活着走出去。这样，陈静你拿你老公的手机看看他的微信，还有各大社交平台的账号。"

陈静一顿，看向傅临远。傅临远也偏头看她，四目相对，他把手机推给她，陈静也懒得磨蹭，拿起来输入她的生日，顺利解锁。接着，她点进他的微信，一眼看到置顶的她，她往下滑动，只有工作上的消息。接着，她点进他的通信录。

傅临远在一旁喝着酒，与闻敛交谈，根本就没看她翻。

陈静翻完他的通信录，发现他手机里除了她，没别的女人。

什么黄沫、唐萌、方晓，甚至连顾琼都不在他的微信里，而除了顾琼

以外，这些人陈静都加了。

陈静像完成任务一样，把他的手机放回桌上，宴珦看向陈静笑道："翻完了，还活着吗？"

陈静笑道："这不是活得好好的？"她看向傅临远，傅临远搭着扶手，跟闻敛不知在谈什么，淡淡地点了点头。

陈静看了他几秒，觉得很爱他。

傅临远撩眼看她："翻完了？"

陈静点头。傅临远看向陈静的手机，陈静下意识地用酒杯挡了挡——她可没他删得那么干净。

傅临远眼眸微眯，轻嗤一声。别人不说，她手机里肯定还有陆臣的微信。

夜深了，陈静喝了不少酒，醉了。傅临远拦腰把她抱进门，把两个人的结婚证放进抽屉里，随后关上抽屉，把她抱进浴室去清洗。

陈静醉醺醺地摸着他的脸。傅临远把头埋在她脖颈处，往上咬着她耳朵道："老婆。"

陈静心一颤。回到床上，她握着他的手臂，偏头咬着唇。傅临远亲吻她的脖颈，逼她开口换称呼。陈静溃不成军，在他手臂上留下抓痕，在最后的时候，被逼着仰头叫道："老公。"

她眼角泛红，看着他。傅临远喉结一动，汗水滚落，看着她这美丽的样子。

他要给她一个盛大的婚礼。

领证后，陈静一边上班，一边完成试婚纱、拍婚纱照这些事情。傅临远也很忙，他手里有两家公司在准备上市，同时要筹备婚礼。

婚礼时间定在九月，正是天气好的时候。婚礼的前一周，陈静的亲戚陆陆续续从周镇来了京市。

傅临远跟闻家预订了三间五星级酒店，专门用来招待这些赶来参加婚礼的亲朋好友，木杉等人来了京市后，才得知陈静要嫁给傅临远。木杉简直惊呆了，说："我的天，嫁给傅临远啊！我的天——"

于从安排她们入住酒店，听见木杉的话，笑了笑。蒋禾作为"娘家人"，也来帮忙招呼那些亲戚。

她跟于从跑上跑下地帮着忙，偶尔她提不动那些人的行李箱了就喊一声于从。

于从过来帮她提行李箱，蒋禾看于从一眼："你最近好像帅了。"

于从把头发剪短了，看她一眼："有吗？"

"当然有，此时帮我提行李的样子更帅。"蒋禾笑眯眯地道，"傅总给你涨薪资没有？"

"你问那么多干吗？"于从说完，提着行李箱就走，傅临远不只派了于从来招待这些亲戚，还有刘特助等人。章欣彤也时不时来招呼陈静的远房亲戚，拉着肖梅跟人家聊得那叫一个开心，那些亲戚知道章欣彤的身份，觉得从没见过这么亲切的富太太。

这一周，发出去的喜帖多如雪花，黎城、海城的合作集团的领导以及一些圈内好友都会来参加婚礼。

婚礼现场有一个高尔夫球场那么大，在一个玫瑰庄园里，沿路都是玫瑰。庄园中间的湖面上搭建了一个台子。整个庄园以湖泊为中心往外扩展。

现场布置得很高级，颜色以白色为主，投影的幕布立在台上。

婚礼这天，陈静凌晨就起床准备，她穿好定制的婚纱，开始化妆。蒋禾、乔惜、木杉等人组成伴娘团。

摄影师在房里跟拍，让她们打开装着聘礼的行李箱，蒋禾笑着帮忙去打开，看到里面不只有现金、金条，还有章欣彤准备的五金和珠宝。

蒋禾等人被行李箱里的东西闪了眼。

"天哪，天哪。"木杉夸张地叫道，"哇，金条啊。"

陈静完全用不到章欣彤送的五金，因为她身上的珠宝都是搭配着婚纱来的，所以她也愣了愣。摄影师虽然惊讶，但还是很专业地上前对着这些东西开始拍照："看着值不少钱。"

陈静这才理解傅临远说的"收着吧，以后多的是"是什么意思，看来老傅总有送人金条的爱好。

蒋禾看到最上面有三个很大的红色文件袋，蹲下配合摄影师打开，从里面拿出三本房产证、两本车证和车钥匙，全场的人又惊住了。

居然还有房产证跟车证啊！这彩礼太牛了。蒋禾翻开三本房产证，一

本是卓越万代的，名字写的是肖梅。

肖梅不敢置信："什么？"

另外两本房产证的名字写的都是陈静，有一本是附近一个楼盘的大平层的房产证，另外一本是一栋别墅的房产证，别墅是章欣彤给陈静的，大平层是傅临远给的。另外两辆车都是好车，一辆是老傅总送的，另一辆是傅临远送的。

蒋禾"啧啧"几声："牛，太牛了——"

最后一个文件袋里面是支票，一共三张。蒋禾坐在地上，看向陈静，竖起拇指，陈静不知该说什么。

傅临远从没提过任何跟彩礼有关的话题，但直接把想送给陈静的东西全安排在章欣彤那边，由章欣彤塞进行李箱里。因为陈静跟肖梅一直没打开行李箱，所以陈静一直不知道里面都是些什么。摄影师拍着相片，一旁的乔惜也拿起手机不停地拍着，忙得来回走动，她说："该往哪边磕头才能求到这样一个老公？"

蒋禾笑起来："等你找到了，我也去磕一磕。"

木杉："别忘了我，我也去。"

朱愉也笑道："算我一份吧。"

李艺佳说："我没你们那么贪心，我只要一半就好，可能比较好求。"

蒋禾说她作弊，大家都笑起来。肖梅看了一眼陈静，陈静笑着安抚她："事已至此，就先收着吧！"

肖梅无奈，不过反正以后都是一家人，都好商量。

摄影师拍完了彩礼，就开始录像。门外有人提醒新郎来了，蒋禾几个人堵不住门，陈静透过头纱看到傅临远随手送出去一叠红包，接着走到她面前，单膝下跪，取过一旁的高跟鞋，握住她的脚，给她穿上。

他撩起眼，陈静透过头纱看着他。四目相对，傅临远撩起头纱，吻了吻她的唇，道："走吧。"说着就拦腰把她抱起来。

陈静搂着他的脖颈，被他抱上了车，身后一排的车看不到尽头。等前方新人坐的车启动，其他车慢慢地跟着启动，像一条长龙。

陈静的心咚咚跳着，被他牵着手。车队一路来到了庄园。

陈静下了车，一眼看到两边的玫瑰花，这些玫瑰花以红色为主，也有香槟色和粉色的作为搭配。陈静的裙摆从玫瑰花上划过，带出了些许的花瓣。花瓣随着她的动作翻飞，落在她的裙摆上。

这一幕美得蒋禾几个人倒吸一口气，纷纷拿起手机拍着。

宾客们远远地看到这一幕，眼里都带着惊艳。

新人缓缓走过草坪，陈静撩起头纱，看了傅临远一眼。傅临远紧紧牵着她的手，垂眸看她："你今天很美。"

陈静笑着道："你也很帅。"

两个人一同想起当初陈静面试那天，他推门而入，拿过平板，抬眼就点了陈静。那一点像一支笔，将两个人从两条平行线拽到一起，缠绕住。

傅临远得先上台，他松开陈静的手，跟着主持人上台。

陈静站在另一头看着他。傅临远听着主持人说话，眼眸看着站在那里静等着他的新娘。陈静等了会儿，没看见陈家的老堂叔，她偏头去找。这时，穿着一身黑色西装的陆臣走到她身侧，他把头发剪短了，朝她伸出手笑道："老堂叔刚刚肚子不舒服，去洗手间了，静静，由我带你上台吧。"

陈静微愣，看着陆臣那张风流的笑脸。

陆臣眨眼，道："走吧。"

陈静顿了顿，蒋禾拉起陈静的手递给陆臣，说："陆总也算你们的牵线人了。"

陈静无奈，抬眼看向傅临远。傅临远将手背在身后，指尖摇了摇，示意于从快去找老堂叔。于从从主桌起身，转身就走出去。

陈静见状，笑了起来，大大方方地挽住了陆臣的手臂。

傅临远的下颌紧了几分。陆臣眉眼一扬，带着陈静走上台，走向傅临远。

现场的傅恒集团员工见状，安静几秒，接着纷纷倒吸一口气。有人喊了句："牛啊，陆总！"

大家全兴奋了起来。很快，陈静与陆臣抵达舞台，还差几步就要走到傅临远面前了。傅临远睨了一眼陆臣，看着陈静，伸手揽住她的腰，往前一带。他低头撩起她的头纱，声音很低："让他看着。"说完，不等别的流程，低头就吻住陈静的唇。

全场沸腾，陆臣心想：我后悔了，这么近距离看着！

陈静早习惯被傅临远吻了，他吮着她的唇，下颌线条分明，接吻时越发性感。陈静微微踮起脚。陆臣内心受到了一万点暴击，他就不该揽这个活。

许久，傅临远松开陈静，偏头拿过于从手里的锦盒，取出新定制的另一枚钻戒，抬起陈静的手，给她戴上。陈静笑看他，也拿过蒋禾递来的锦盒，取出男戒，给他戴上。

傅临远撩眼看她："回头把他删了。"

陈静说："好。"

陆臣心想：我还在这里干什么啊？

这时，二人身后的投影幕布缓缓降落。上面出现一幅傅临远画的画，是陈静抱着书站在教室后排的模样。陈静心一跳，他真的画了她，画的还是她大学时期的样子，与她为他画的那幅画呼应。

这个男人永远说到做到，她爱有所值。在画的下面，傅临远用笔写下了一串摩斯密码：

　　　那一晚星空下，才是我爱你的开始，陈静。

陈静忘了。那一晚，她坐上他重机的后座，搂上他腰的那一刻，悸动蔓延，满天繁星，那才是二人的开始。

特约番外　　不落空

关于要孩子的事，傅临远从来不提，两个人在房事上挺频繁，但都会做好措施。着急的反而是肖梅，这天，夫妻俩从公司回来，肖梅把他们喊来吃饭。

厨房里有水声传出。听见他们的进门声，肖梅喊道："陈静，来帮忙。"

陈静应了声："来啦。"

她脱下外套，递给傅临远。傅临远接过，随意看了厨房一眼，倒是没多话。这几年相处下来，傅临远知道肖梅有话都喜欢在厨房里说，这会儿应当也是找陈静谈话，他解开袖口，说道："去吧。"

陈静笑着转身走进厨房。

身后，傅临远把她的外套理好，挂在衣架上，高大的背影一如当年。陈静走上前，站在肖梅身边，顺手拿起空心菜帮忙择。肖梅剥着虾线，看一眼她那双如白玉的手，说道："意思意思就行。"

陈静仔细择着菜梗："我喜欢空心菜。"

"今天买的都是你喜欢的菜。"肖梅接了话，继而问道，"那天看到的小男孩，是闻先生家的？"

陈静"嗯"了一声。

肖梅立刻来劲了："看着有五六岁了啊。"

陈静回道："没有，才四岁。"

"四岁？这孩子长得好，很像他爸爸。"肖梅关掉水龙头，撑着料理台，看向陈静，神色认真，"静静，当年你的出生，对我跟你爸爸来说，是生命中的惊喜。"

陈静停下动作，也看着肖梅。她心里暖暖的，无奈一笑："妈，我知道你想说什么。"

肖梅说道："我也不是要催你，但总要问问你们的想法嘛，哪天你要是告诉我，你坚决不生，那我也尊重你的决定。"

陈静半靠着桌子，听罢，说道："不是不生，就如你说的，我是你们的惊喜，那么，我也期待着我的惊喜，只是……"她努努嘴，往外看。傅临远正站在窗边打电话，一手拨弄着盆栽里的叶子。

肖梅顺着她的视线看去："他不肯让你生？"

陈静收回目光："那倒不是，但我总得跟他商量一下。"

傅临远对于孩子的想法，陈静摸不太透。他对那个名叫夏知祺的小男孩很好，是个合格的叔叔，但他在避孕这件事情上很严谨，丝毫没有允许意外发生的意思。而且，两人是夫妻，这件事情她一个人做不了决定。

肖梅点头道："确实得商量，你找机会摸摸他的想法，我看欣彤也挺期待孩子的。"

陈静有几分诧异："你怎么知道？她没表现出来呀。"

肖梅取下锅准备开始炒菜，看一眼女儿，说道："欣彤肯定不会跟你开这个口，她多喜欢你啊，她觉得这是你们年轻人的事情，只是我上次看到她逗闻先生的儿子，就知道，她多少也是有期待的。"

陈静听罢，笑了笑。自从夏知祺出现后，孩子的事确实无法忽视，她也很喜欢夏知祺那小模样。

油下了锅，肖梅就把陈静赶出厨房。

陈静手上还有水呢，说是帮忙，其实就择了几根菜。她一出去，傅临远正好转身，夫妻俩相对而立，陈静微微一笑。傅临远抽过纸巾走上前，抓起她的手，帮她擦干。陈静看着他的眉眼，喊道："傅临远。"

傅临远抬眼，看见陈静眉眼弯弯，他喉结微动，把玩她的手。

吃过晚饭，夫妻二人散步回家。这几年，傅临远给肖梅安排的保姆没用上，她还是习惯什么事情都自己做。那套房子虽大，但她能打扫得极其干净，还时不时地喊他们两个人回家吃饭。

其实这是他们最好的状态，和肖梅住在同一个小区，但又不住在一起，万一有什么事情，陈静跟傅临远也能照顾得到。

偶尔肖梅也会回一趟家乡，去客栈帮一段时间忙。如果留在京市，她平时也有消遣的事，比如去上课、学做甜品、蛋糕、果茶等等，生活很充实。

回到家里，傅临远还有工作，要开个视频会议，陈静先去洗澡。她换了一身睡衣出来，坐在傅临远的左手边，取过公司的文件翻看，在文件上签下名字后，陈静就没什么事了，她拿起手机，点开，看到夏言发的夏知祺的相片。

夏知祺坐在积木堆里，撑着下巴，一脸百无聊赖。陈静笑了，想起肖梅今天说的话，放下手机，头枕着手臂，看向戴着蓝牙耳机、翻着文件的傅临远。

"老公。"

听到这一声，傅临远翻文件的手一顿。他抬眼看向视频，关闭麦克风，偏头看向她。

陈静笑着道："等会儿忙完，我们谈谈。"

傅临远看她几秒，"嗯"了一声，随后再看向视频，略微加快了速度。不一会儿，他便合上笔记本电脑，取下蓝牙耳机，随后伸手拉住陈静的手，把她带到怀里，让她坐在他腿上。傅临远搂着她的腰，说道："今晚你欲言又止，我就猜到你有话要说。妈在厨房说了什么？"

陈静笑着圈住他的脖颈："瞒不过你。"

傅临远等她开口。陈静用指尖把玩他微敞的领口，问道："你喜欢夏知祺吗？"

傅临远一听，眉梢微挑，已经预料到她接下来的话了。陈静也知道他猜得到，但还是说："我想要个孩子。"

傅临远往后靠了靠，握着她的腰，问道："什么时候要？"

陈静"哎"了一声，揪他领口："你说得好像市场买菜，随时都能买。"

傅临远轻笑出声："老婆，容我提醒你，你的公司正在融资上市的关键时刻，没法分出心神来要孩子。"

陈静道："我当然知道，所以得跟你商量。"

傅临远点头道："我听你的。"

陈静看着他几秒，问道："你对于孩子，有什么想法？"

客厅里光线很亮，显得傅临远五官凌厉，可他的眼眸因看着她而带着柔情："我挺喜欢孩子的，也想当个好父亲，但你才是拿主意的那个。你如今不单单是陈静，更是一个公司的决策人。要不要孩子，什么时候要，都需要考虑好。孩子出生，只能是荣耀，不该给你造成任何负担。"

陈静定定地看他好一会儿，突然用力圈着他，埋在他脖颈处。原来这就是他一直严谨地做好避孕措施的原因，他比任何人都懂得尊重她。

傅临远被这么用力抱着，顿了顿，低头去看她，用指腹刮刮她眼角。

陈静笑了："没哭。"

傅临远眉梢微挑。陈静离开少许，看着他："公司上市后，我们就准备要孩子。"

傅临远亲了亲她，说："好。"

万里远程公司这几年到了陈静手里。一开始圈子里戏称，这是傅恒集团的傅先生买给女友的大玩具。不少人纷纷押注，想看看万里远程公司这个大玩具会不会有一天被玩坏了。

结果大家都看走眼、押错注了。万里远程公司不但没有被玩坏，而且在陈静和风细雨的手段下，逐渐在各大旅游公司中杀出了重围。

去年万里远程公司上架了旅游攻略 App 以后，更是一阵爆火。因为万里远程公司不单单做一、二线城市的旅游攻略，它包含一块详细的地图，从一线城市到三、四线城市，甚至最不为人知的村落，在这个 App 上都能搜索得到，并找到旅游攻略。

哪怕只是一个小村庄，用户都能找到适合夏季游玩的溪流，里面甚至会标明安全系数以及交通线路等等。万里远程公司用了大量的人力以及技术，让整张地图透明化。尤其是在去年，做一个针对 G 市的调查时，工作人员还发现了一个拐卖人口的村庄，并将相关信息上报给了警方。

从此，万里远程公司名声大噪。那些贴在陈静身上的"傅先生的老婆"的标签被撕下来，人人都称呼她为陈总。

而最近，万里远程公司正在启动上市，这件事，陈静已经准备了三年，她把她的所学都交在万里远程公司这个"大玩具"上面。

她没有辜负傅临远，也没有辜负自己。

11 月 25 日，万里远程公司在港城成功上市，敲锣那一刻，万人狂欢，陈静被簇拥在人群中，拢着披肩，眼里含笑。蒋禾站在她身边，在吵闹声中问道："你老公呢？他怎么没来？"

陈静回过神，挽着蒋禾的手道："他出差了。"

"哇，你公司上市，他都不来捧场，几个意思？"蒋禾"啧啧"几声，虽然她还是傅临远的下属，但她是傅临远老婆的闺密，这身份要更高一层，可以说他坏话。

陈静笑道："也不算什么大事……"

"这还不算大事？你是不是太宽容了啊——"话音未落，蒋禾喉咙卡住，陈静顺着她的视线看去。

门口，傅临远身穿黑色大衣，两手插在外套口袋里。他取下嘴里的烟，在一旁掐灭，狭长的眼眸静静地看着她，拿出手机，在屏幕上摁了几下。

陈静的手机立刻响起，她拿出来一看，他询问："好了吗？"

陈静敲下"好了"，身子就被蒋禾一推，蒋禾将两手圈在唇边："快去。"

陈静笑着把手机放进小包里，拢了拢披肩，走下台阶，朝他走去。傅临远看着她走近，脱下外套抖开，搭在她肩膀上。他搂上她的腰，带着她往外走。

陈静冰凉的肌肤一下就暖和了。

她踩着高跟鞋，挽着他的手臂："你什么时候来的？不是说明天才能回来吗？"

傅临远偏头看她："这么重要的日子，当然得来陪你。"

陈静笑弯了眉眼，依偎在他怀里，两个人朝酒店走去。此时正值初冬，寒风凛冽，陈静穿着红色礼服裙，与傅临远走在港城的街头，数着夜空中的星星。有记者堵在酒店门口，看到陈静跟傅临远走近，立即站起身，冲过来采访二人。

傅临远搂着陈静站定，陈静面带微笑地在那些举到跟前的话筒前回答提问，从容、淡定。

记者采访完陈静，又把话筒拿到傅临远面前："傅先生，问一个私人问题。请问，当初陈小姐在你身边当秘书时，你是否就已经对她情有独钟？"

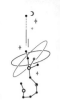

陈静抬眼看向傅临远。

傅临远一手插在裤袋里，睨她一眼，语气淡定，道："情不知所起，一往而深。"

记者们欢呼了一声，连酒店的前台都跟着欢呼。陈静微笑应对，随后，夫妻俩躲过记者，进了电梯。门一关上，陈静就偏头看他："傅总撒谎真是面不改色。"

什么情不知所起，从傅临远给她写的摩斯密码就能明显看出，他对她心动，正是在他与陆臣赛车，她被强拉上他后座那时。在那一片压得很低，星星仿佛就在头顶的天空下，他第一次对她心动，所以才不是什么"情不知所起，一往而深"。

傅临远垂眸看她，搂着她的腰，道："你怎么知道这不是真的呢？或许，从你出现在我面前的那一刻，我就已经上心了。"

陈静心一跳。

两人对视着，傅临远唇角微勾，借着电梯门开，揽着她走出去。进了房间，对面就是一大扇落地窗，陈静脱掉披肩，走到落地窗前，看着国际金融中心的夜景。傅临远倒了两杯红酒，将其中一杯递给她。陈静接过来喝了一口。

她烫卷的发丝搭在肩膀上，皮肤白皙，裙子是 V 领的。傅临远靠着桌子，喝完后随手把杯子推到身后，搂过她的细腰，陈静仰头，踮脚与他接吻。两个人深深地吻着，气喘吁吁时，陈静离开少许，眼里带着水光，说道："接下来的任务是孩子。"

傅临远抬手拉下她后背的拉链，嗓音低沉："孩子不是任务，你快乐才是任务。"

说着，他再次吻住她的唇。

陈静的手攀着他的肩膀，礼服裙滑落，男人的大手摸上她的腰，不一会儿，他靠坐沙发，陈静坐在他腿上，低头与他接吻。傅临远手握着她的腿，直起身子亲吻她，水珠顺着胸膛滚落。

陈静的长腿搭在他的腿上，懒洋洋地不想动，也不想去洗澡。

傅临远握着她的脚踝，翻看平板电脑，问道："好了没？"

陈静将长腿往上抬一抬："再过一会儿。"

傅临远神色淡淡，握着她脚踝的手有些无奈，但也任由她这么折腾。

万里远程公司上市后，陈静就致力于生孩子，傅临远全然配合，于是在第二年的春天，陈静怀孕了。

肖梅从周市赶来，章欣彤跟傅中衡连夜结束巴黎之旅，回来照顾陈静。陈静在怀孕前已经做足了整个孕期的功课，傅临远也跟着一起学习，看育儿书跟看公司文件一样认真。于从偶尔都能从后视镜看到傅临远在看育儿书，简直要惊掉下巴。

陈静怀孕的这些日子，依旧上班、锻炼，偶尔在家里时才会有点娇惯。傅临远给她揉脚，陈静看文件。一天晚上洗完澡，陈静掀开裙子，让他为自己的腹部涂抹茶油。傅临远领带还没解，坐在床边给她涂抹。

陈静怕长纹，傅临远涂抹得更仔细。夫妻俩聊着天，傅临远的手掌被孩子踢了一脚，他顿了顿，抬眼，陈静笑着看他："跟你打招呼呢。"

傅临远头一次跟孩子互动。他用指尖推了下孩子的小脚，那小脚就用力一踹。

陈静笑出声。

傅临远扶一扶她的腰，问道："孩子这样踹，你疼不疼？"

陈静摇头："不疼。"

傅临远放下心来，手掌再次搭上她的肚子，小孩可能知道爸爸在外面，又开始连环踢，傅临远垂眸感受着。陈静唇角的笑容依旧在，她在灯光下静静地看着这个男人，灯光晕开，房里一片温暖。

傅临远做丈夫，令人着迷。因为他的情绪一直很稳定，爱她也会用行动让她知道，他话不多，可每件事都做得到位，当年说不让她沾一滴水，她就真的再不需要亲自下厨，家里阿姨都拣着她喜欢的菜做，他的偏好反而不再重要。

陈静时常想，她眼光很好。连蒋禾都说，陈静这挑老公的能力，估计上辈子积了德吧。

十个月后，因为宝宝还没有要出来的意思，陈静与傅临远商量好，直接选择剖宫产。整个产程，傅临远穿着无菌衣，牵着陈静的手陪着她。

听见孩子的哭声，他抬起头，看到那浑身发红的孩子张着嘴巴，拳头

紧拧，哭得震耳欲聋。

医生把孩子送到傅临远面前，笑道："恭喜，是个男孩。"

傅临远轻扫一眼那孩子的性征，难免有几分失落，他看向医生："谢谢你，辛苦了。"

那女医生笑道："不必客气。"

医生把孩子带走了，傅临远垂眸看向还昏睡着的陈静，弯腰低头亲了亲她的眉眼。主任医师正在给陈静缝针，产房里一片安静，孩子出生是一件令人欣喜的事情，但手术中的母亲也很重要，尤其是陈静的皮肤那么白，多了这样一条疤痕，医生都觉得不忍。

傅临远紧握着陈静的手，静待着。

许久，手术终于结束了。陈静睁眼，看到他狭长的眼眸，夫妻俩对视几秒，傅临远低头亲吻她的唇瓣。

"冷不冷？"

陈静摇头："还好，宝宝呢？"

"送出去了。"

陈静安静一秒："是男孩还是女孩？"

傅临远嗓音很低，淡淡地道："臭小子一个。"

陈静笑起来："那你失望了。"

从备孕开始，傅临远戒了烟，也开始学习一些育儿知识。至于更期待男孩还是女孩，傅临远并没有多大表示，但一些细节，还是让陈静看出他的心思。比如章欣彤强拉着一家人去逛儿童购物中心时，傅临远会更关注女孩的衣服、玩具；准备待产包时，因为还不确定是男孩还是女孩，所以一般会选颜色比较中和的，男女都能用，但傅临远还是选了偏粉色的。这心思昭然若揭。

至于孩子的名字，自然是准备了两个。男孩的那个名字傅临远翻了一会儿书，一个小时不到就定下来。女孩的那个名字，他翻了不止一本，想了很久，陈静在他怀里都睡着了，他还在翻，最后定下了"傅星玥"这三个字。

第二天陈静看到这个名字，觉得很好，掌上明珠之意。不过，现在这个名字用不着了。陈静捏了下男人的指尖："等二胎吧。"

傅临远看她几秒，反握住她的指尖道："一个就很好。"

他虽没有看到那剖开的肚皮，但在手术室里听到的、感知到的，足以让他清楚生孩子的凶险。此时，孩子出去了，妈妈却还得待在手术室里，等待着熬过危险期。傅临远并不想有第二次。

陈静笑笑，也觉得自己说得太早了。

她指尖不冷，但脸色偏白，麻药渐渐退去，感知回来了。傅临远察觉到这一点，低头吻住她的唇。男人带来的温热让陈静一下子就温暖了。他亲吻一会儿，退开，彼此四目相对。

几秒后，他再低头，亲吻她眉心。陈静闭上眼，觉得很温暖。

"辛苦了，老婆。"男人低沉的声音在耳边响起。

过了一会儿，傅允礼被抱进来，陈静总算见到了从她肚子里出来的男孩。本来小小一团是看不出什么的，可陈静隐约能感觉到，他那眉眼与傅临远太相似了。

陈静抬手，摸了摸男孩的小脸。傅允礼，你是我的宝贝，我很爱你爸爸，也很爱你。

傅临远站在床边，看着陈静与孩子，眼眸中染上几丝柔情。

出了手术室，家里人围上来，外婆、爷爷、奶奶、蒋禾这个干妈、于从、夏知祺在床边围了个结实。傅允礼躺在妈妈的臂弯中，眼睛半睁不睁，拳头紧握。他舔了舔手背，正式进入这个大家庭，感受到大家对他的爱。

章欣彤开了口："可惜了，以为是个女孩。"

傅允礼舔手背的动作一停，往陈静怀里蹭去，仿佛听懂了似的。

傅中衡叉着腰说道："男孩女孩都可以。"

傅允礼又把身子扭了回来，又像听懂了似的附和着爷爷的话，所有人看到这一幕，全都笑了。

傅家出天才，傅允礼会不会是下一个天才呢？

接下来的日子，章欣彤跟肖梅要帮着带孩子，陈静要坐月子，于是章欣彤在傅临远楼下买下一套房子，与肖梅住了进去。陈静的月子无论交给谁她们都不放心，于是决定两个人一起照顾她。

傅允礼对奶水不挑，会吃陈静的母乳，偶尔也会喝奶粉，这让陈静没

那么辛苦。晚上的时候，傅允礼有时会跟奶奶或者外婆睡。

陈静产后，身体正在恢复期，情绪会稍微敏感一些，傅临远基本每天都会提前下班回来陪她。这一天，他扯着领带推门而入，正撞见陈静抱着傅允礼在喂奶，睡衣撩开，露出锁骨以及白皙的肩膀。

昏暗的光线下，她眉眼带着温柔，比以往更漂亮。

陈静抬眼看到他，用手拢了一下睡衣："老公，你回来啦？"

傅临远微微回神，"嗯"了一声，走到衣架边，将领带随意地搭在上面，解开领口以及袖口，拿起桌上的水杯，走出去给陈静倒了一杯水回来。陈静空出手笑着接过，喝着水，扎起来的头发有些许松散。

傅临远在床边坐下，拿过一旁的杂志翻着，视线偶尔看向傅允礼。

傅允礼用小手抓着妈妈的睡衣，眼睛本来闭着，喝着喝着，瞥向父亲，父子俩视线对上几次。陈静察觉他喝完了，就把他挪开，拢上睡衣，轻轻给他拍嗝。傅临远看她睡衣被沾湿，伸手道："我来吧，你去换件衣服。"

陈静低头一看，脸颊有点红。

她把傅允礼递给傅临远，立即下床，取了架子上的睡衣就进了浴室。她掩上门，站在洗手台前脱下睡衣。孕期再怎么保养得当都会胖一点的，如今她就比之前圆润一些，多少有点没法接受自己身体的一些变化。她低头看了眼胸部，叹了口气，拢上睡衣。

浴室门被悄无声息地推开了。陈静还在扣扣子，一只大手搂住她的腰，陈静猛地抬眼，傅临远站在她身后，陈静想起他刚刚看到她睡衣被沾湿的模样，张嘴正想说话，傅临远却抬手把她肩膀上的睡衣拉下去，陈静吃了一惊。

"傅临远？"

他低头，吻着她的脖颈和肩膀，一手搂着她的腰，嗓音低沉："让我亲一下。"

陈静的脸腾地全红。感受到男人的手顺着睡衣下摆摸进来，陈静握着他的手腕："你不觉得我身上都是奶味吗？"

傅临远停下亲吻，嗅了嗅她的锁骨，嗓音带了几分慵懒："没闻到。"

陈静才不信，但他却已经又开始亲吻她。陈静脸颊泛红，不一会儿，就被他推在洗手台上。陈静勾着他的脖颈，她还在月子中，当然不能发生什么，但亲吻是可以的。

直到傅允礼的哭声传来，傅临远才松开她走出去查看孩子的情况。陈静匆匆洗了个澡。扣好睡衣出来时，一眼看到傅允礼已经哭完了，躺在小床上，扯着小被子玩。陈静头发湿润，站在小床边，笑着望向傅允礼。

傅临远拿了个吹风筒，走到陈静身后帮她吹头发，眼眸也看向傅允礼。傅允礼看到爸爸的目光，"哼唧"一声，撇开眼。

陈静觉得自己看错了，问道："老公，你看到他瞪你没？"

傅临远语气淡淡的，瞥了一眼儿子："没有。"

傅允礼听见这话，头偏过来，又"哼唧"一声。陈静这下确定了，她笑出了声："老公，他真的瞪你了！"

傅临远轻"啧"一声。

月子过后，陈静又休息了一个多月，接着，正式回归职场。家里除了章欣彤和肖梅，还有从别墅带来的保姆，专职照顾傅允礼。傅中衡也直接搬过来，成天围着傅允礼转。陈静完全不用操心傅允礼的事，可以安心地回到职场，继续当陈总。

万里远程公司这天要接待各地旅行社的负责人，举办了一场宴会，这也是陈静产后第一次穿上高跟鞋和礼服。礼服是红色的，摇曳的裙摆像是一朵玫瑰花。助理小孟站在陈静的身侧，眼睛都看直了。

"陈总，你好像又漂亮了。"

陈静挑眉："真的假的？"

"真的，有一种说不上来的韵味。"

陈静听着挺高兴。各地旅行社的负责人端着酒杯过来敬她，商谈客栈的事。其中一个负责人身侧还带着一名女生，这名女生穿着杏色的礼服，长发微卷，很是惹眼。陈静轻扫一眼，觉得她看上去有点熟悉，但一时想不起来在哪儿见过。

过了一会儿，那女生开口："陈总……陈秘书。"

这久违的称呼让陈静微愣，接着记忆回流，陈静想起来了，是唐萌，那个在京市大学问傅临远要微信，后来出现在陆臣生日宴会上的女孩。陈静微微一笑："萌萌？"

"你还记得我。"唐萌的语气有点诧异。

陈静笑道:"当年跟在傅总身边,需要过目不忘。"

唐萌听她还喊傅总,愣了几秒。她望着陈静漂亮的眉眼,她当年怎么也不会想到,最后傅临远居然娶了陈静。

其他负责人笑道:"陈总居然还称呼傅先生为傅总啊?"

陈静含笑,端着酒杯对上他们的视线,说道:"他不会介意的。"

其余的人纷纷笑起来。

他们倒也想开开玩笑,但傅临远不是那种能开玩笑的人,所以还是算了。其中一个负责人跟陈静说,唐萌是他侄女,如今在帮他设计店铺,这次带她来见见世面。陈静点点头。助理小孟凑近陈静,问道:"这该不会是傅总的风流债吧?"

陈静笑而不语,没回答,喝了一口酒。

宴会结束,陈静没喝太多,还很清醒,小孟去开车。陈静走出门口,恰遇唐萌也走出来。唐萌看着她,点点头,陈静温柔一笑,便往外走去,看到门口停着傅临远的黑色轿车,于从站在车旁。看到她出来,于从拉开车门。

车里,傅临远怀抱着傅允礼,正在翻文件。陈静一顿,笑着走上前,提着裙子弯腰坐进去,问道:"怎么把他带来了?"

傅临远放下文件,偏头看她:"他闹着要来。"

陈静一笑,从他怀里接过傅允礼,抱在怀里逗着。傅临远俯身过来,帮她扣上安全带,车窗缓缓摇上。

唐萌站在台阶上,远远地看到那个男人怀里抱着儿子,也看到他给陈静系上安全带。车里光线昏暗,两人却亲密无间,一片温馨。于从绕过车头,看了一眼唐萌,收回视线,坐进车里。

傅允礼在成长之路上,不会特别依赖其中一个人,因为带他的人多,所以谁带都可以,但他比较听妈妈的话。

在他学会翻身、学会爬、学会走的时候,前方等待的永远是陈静,他跌跌撞撞地往她怀里扑去。傅临远常常支着额头,看着儿子这般霸占着自己的老婆,偶尔占有欲发作,长腿一伸,绊了儿子一下。

傅允礼摔在柔软的地毯上,蒙了一会儿,却不哭,坐起身,继续往陈静那儿爬去，缩进陈静的怀里，才哼哼唧唧，满脸带泪，一副被欺负了的样子。

陈静见状，哭笑不得，假意打傅临远一下。傅临远眉梢微挑，任由老婆往自己手臂上招呼。傅允礼到底是小孩，看妈妈这样打爸爸，他就满足了，眉眼舒开，泪水都消失了，堪比川剧变脸，令陈静叹为观止。

傅家出天才，傅允礼在上幼儿园时就展现出了惊人的数学天赋，对于数字十分敏感。傅中衡得意地道："咱们家又要出天才了。"

于是，傅允礼换到私立幼儿园，从幼儿园开始学的东西就跟别的孩子不一样。

母亲节时，学校组织了母亲节活动。陈静作为傅允礼的妈妈，被邀请去学校参加活动。这也是陈静第一次参加儿子的校园活动，她换掉平时穿的制服，挑了一条修身的裙子，一派清新。傅临远洗漱时，看着她扎头发，眼眸都没挪开。

临出门时，傅临远在门口压着她吻了好久，直到傅允礼在外面敲门，他才松开。陈静瞪了他一眼，匆忙整理头发。傅临远扣着袖扣，神色淡定，给她拉开门，陈静踩他脚一下，这才拐出去。

傅允礼背着蓝色书包："妈妈，你太慢了。"

陈静摸摸他的头发，说道："不好意思啊，走吧。"

身后的门也打开，傅临远走出来。傅允礼抬头看到爸爸，"哼"了一声："爸爸早。"

傅临远拿过车钥匙，嗓音低沉："早。"

随后，一家三口走进电梯，下楼。傅临远开车送他们去幼儿园。傅允礼坐在陈静身侧，牵着陈静的手，一派乖巧，偶尔歪头跟陈静说话。陈静眉眼温柔，仔细地听着。

到了幼儿园，傅允礼拉着陈静下车，傅临远目送母子俩进了校园，才把车开走。

有小孩蹭过来，说道："傅允礼，你爸爸好帅，你妈妈好美。"

傅允礼一脸骄傲："当然了！"

陈静微微一笑，与其他同学的妈妈打招呼。她落落大方，眉眼温柔，令不少妈妈都心生好感。

幼儿园老师准备了很多活动，母子互动、跳舞、唱歌等等。傅允礼完全展现了他的聪明劲，任何题目都没有难倒他。他过目不忘，凌乱的拼图能以最快的速度拼好，被打乱的魔方三两下就弄好了。

好几个妈妈都惊呼，拉着陈静道："你们家孩子将来肯定得跳级吧。"

陈静笑道："再看吧，听他爸爸的意思。"

"这么聪明！听说你先生当年16岁就上大学了？"

陈静"嗯"了一声。

"太厉害了。"

陈静含笑，温柔地看着傅允礼。

最后一个环节，是孩子们给母亲唱歌，并送上自己准备的礼物。傅允礼唱完歌，匆匆地往陈静这儿跑来，往她怀里放礼物。陈静接过来，里面有傅允礼自己制作的立体卡片，上面是他画的穿着婚纱的陈静。

陈静被感动了，她紧捏着卡片，搂住傅允礼。傅允礼从信封里取出一封信，递给陈静。陈静以为是傅允礼的画，谁知道一展开，竟是傅临远的字迹。

老婆：

展信佳。感谢你来到我身边，成为我的妻子。我曾年少轻狂，对待感情轻慢，可自从你进入我的视野，或许追溯到点名要你做我秘书的那一刻，就注定了这一生我都会对你执着。不知不觉间，你占据了我的生命、我的一切，让我所思所想都围绕着你。

其实那一年，你取走离职信后，我摔下钢笔的那一刻，便明白自己对你已经情根深种。我深知，你会回到我身边，是因为你爱我，若没有那段前情，你早就头也不回地离开我了。夜深人静时，想到这个可能，我的心便如刀割一般。

幸好，我还有这样的运气，能留住你。

这一生，我会爱你、敬你，给予我所能给予的一切。我是个无神论者，但此刻也略带点期望，希望来生还能与你再相遇，下一次，愿我能先爱上你。

　　陈静，我爱你。

　　遇见你之后，这颗心中只有你。

傅临远

　　陈静紧捏着信，笑红了眼眶，她没想到傅临远竟会写这么肉麻的信。

　　傅允礼探头，絮絮叨叨地抱怨道："爸爸居然没提到我！一个字都没有！"

　　陈静合上信，搂着他道："你永远是我们的宝贝。"

　　合完影，母亲节活动就结束了。陈静牵着傅允礼，带着他离开。一出校门口，就看到傅临远站在车旁，正等着他们。夕阳落下，他解开了袖扣，等她走来，顺手搂住她的腰。陈静到嘴边的话咽下了，顿了顿，在他侧脸落下一吻。

　　傅临远一顿，偏头看她。

　　陈静唇角微勾："老公，我爱你。"

　　傅临远目光深沉："我也爱你。"

图书在版编目（CIP）数据

红玫瑰：全二册 / 半截白菜著 . -- 北京：中信出
版社 , 2025. 7. -- ISBN 978-7-5217-7639-3

Ⅰ . I247.5

中国国家版本馆 CIP 数据核字第 202577Y1X2 号

红玫瑰：全二册
著者：　　半截白菜
出版发行：中信出版集团股份有限公司
　　　　　（北京市朝阳区东三环北路 27 号嘉铭中心　邮编　100020）
承印者：　　河北鹏润印刷有限公司

开本：880mm×1230mm 1/32　印张：18.5　　　字数：568 千字
版次：2025 年 7 月第 1 版　　印次：2025 年 7 月第 1 次印刷
书号：ISBN 978-7-5217-7639-3
定价：65.00 元（全二册）